国家社科基金
GUOJIA SHEKE JIJIN HOUQI ZIZHU XIANGMU
后期资助项目

跨越与交互：
新媒介文学的审美经验研究

Transcendence and Interaction: A Study of Aesthetic Experience in New Media Literature

周才庶　著

长江出版传媒｜湖北人民出版社

图书在版编目（CIP）数据

跨越与交互：新媒介文学的审美经验研究 / 周才庶著. -- 武汉：湖北人民出版社, 2024. 12. -- ISBN 978-7-216-10880-5

Ⅰ . I01

中国国家版本馆CIP数据核字第202463NZ70号

责任编辑：李月寒
封面制作：董　昀
责任校对：范承勇
责任印制：蔡　琦

跨越与交互：新媒介文学的审美经验研究
KUAYUE YU JIAOHU：XINMEIJIE WENXUE DE SHENMEI JINGYAN YANJIU

出版发行：湖北人民出版社	**地址**：武汉市雄楚大道268号
印刷：武汉市籍缘印刷厂	**邮编**：430070
开本：787毫米×1092毫米　1/16	**印张**：22.5
字数：404千字	**插页**：3
版次：2024年12月第1版	**印次**：2024年12月第1次印刷
书号：ISBN 978-7-216-10880-5	**定价**：98.00元

本社网址：http://www.hbpp.com.cn
本社旗舰店：http://hbrmcbs.tmall.com
读者服务部电话：027-87679656
投诉举报电话：027-87679757
（图书如出现印装质量问题，由本社负责调换）

国家社科基金后期资助项目
出版说明

后期资助项目是国家社科基金设立的一类重要项目，旨在鼓励广大社科研究者潜心治学，支持基础研究多出优秀成果。它是经过严格评审，从接近完成的科研成果中遴选立项的。为扩大后期资助项目的影响，更好地推动学术发展，促进成果转化，全国哲学社会科学工作办公室按照"统一设计、统一标识、统一版式、形成系列"的总体要求，组织出版国家社科基金后期资助项目成果。

全国哲学社会科学工作办公室

目 录

导　言

一、新媒介文学景观

当代文学面临媒介之变,文学产生多种面孔。

中国文学凝结出诗经、楚辞、汉赋、唐诗、宋词、元曲、明清小说等璀璨明珠,历来具有诗以言志或诗以缘情的思想倾向,作者在抒怀咏志之时关心江山社稷、国家民族、百姓生灵。新文学之变更是与内忧外患之国家命运息息相关,中国文学书写历史时代的沧海桑田、中华民族的兴衰变迁与人民大众的喜怒衰愁。在这样一种圣贤发愤与精神高蹈的文人传统下,文学的媒介不大被注意,作品的介质、书写的工具、传播的方式仅为遣兴把玩的对象,它们很难进入正统诗论诗教的视域之中。实际上,文学的思想追求与精神导向并不能脱离它本身的物质基础。

如今,我们站在千年古典文学与百年现代文学的丰碑之前,面对由数字技术及其新型媒介所塑造的文学新生态。文学生产的媒介、技术愈发显示出重要性。文字抄写、刊刻与农业文明、工业文明相适应,但由抄写或刊刻占据文化主导权的时代一去不复返了。我们正在经历并见证媒介革命,它不逊色于人类文化史上任何一次革命。数字技术与新型媒介改变了社会的生产方式、人们的交流方式,也改变了文学的艺术生产,媒介的革命是里程碑式的。

2002年中国电影正式开启产业化道路,电影发行放映的院线制改革全面实行,电影从文化事业转为文化产业。此后,全国电影总票房从2002年的不足10亿元飙升至2019年的642.66亿元,2020年在疫情影响下仍然达到了204.17亿元。[①]我国的银幕、影院和院线数量已居世界前列,拥有巨大的电影市场。

---

① 尹鸿,孙俨斌.2020年中国电影产业备忘[J].电影艺术,2021(2):53—65.

1998年中国网络文学起步,经过风云波谲的发展,已然声势浩大。《2022年中国网络文学发展研究报告》指出,网络文学用户规模达4.92亿人,网络文学作家数量已超2278万人。①中国网络文学产量巨大、用户众多,付费阅读、社交阅读开启了文学阅读新方式。中国网络文学不断拓宽海外文学市场,阅文集团旗下海外门户起点国际(Webnovel)足迹遍布全球。网络小说不断产出、进化和迭代,展现出文学的全新面貌。

面对影视艺术、网络文学蓬勃发展的现状,许多人认为:以文学期刊和文学出版为主导的传统文学面临瓦解,文学介入社会实践的功能极大地降低,曾经坚固的文学力量已经烟消云散。不可否认,纯文学期刊在大众市场上流失了大量读者,庞大的阅读群体已经进入了网络文学空间。新媒介带来了文学生态的重新分布与文学话语权的重新分配,以作家为中心的创作转向作家读者即时互动的沟通创作,以作家作品为中心的文学批评不断受到市场数值的干扰,文学作品持续以影视剧的形式参与大众文化的消费之中,凡此种种,不一而足。在媒介变迁中,文学的生产机制进行了革命性的建构,文学的存在方式产生了颠覆性的转折。事物的衰落与新生是并存的。文学并未降级或者失效,而是生成了另一副面孔——新媒介文学。

新媒介文学是以文字语言、影像语言、网络语言为载体的文学,突破了以书写文字为本的传统文学形式,形成了文字和图像相互关联的文学形态。新媒介文学包括以语言文字为基础的小说、以网络语言为基础的网络小说、以影像语言为基础的影视作品等类型,整合了它们的艺术表现和文化功能。新媒介文学的基点是媒介,归属是文学。漫长的文学发展过程历经口语、印刻、书写、手抄、印刷等媒介方式的变迁,每一次媒介转型都要面对新媒介的红利与挑战。在文学抄本的时代,印刷媒介是新媒介,印刷文学也可以是遥远古代的"新媒介文学"。新媒介与旧媒介是相对的。新媒介是旧媒介时代科技与实践的产物。当我们说新媒介文学,它内在地包含了媒介演进之时文学的既有意义。本书所谈的新媒介文学是当下媒介融合语境下文学的基本形态:以媒介为基点来看,它包含了印刷媒介、影视媒介、网络媒介的语言形态与艺术特性,尤其强调影视与网络媒介带来的新型属性;以文学为归属来看,它承接起口语到书写、抄写到印刷的那些消逝的"新媒介"时代文学的传统价值,保留了文学的审美特征,同时,在数字技术的推动下拓宽了自身的存在方式,而不是终结了自身的存在意义。

---

① 2020 中国网络文学蓝皮书[N/OL].文艺报,2021-06-02(3)[2021-12-12]. http://wyb.chinawriter.com.cn/202106/02/node_3.html.

新媒介文学强调媒介在文学中的作用。媒介在连接其他元素,并让其他元素互为介质的时候,才成其为媒介。新媒介文学凸显出一种媒介逻辑。文学是语言的艺术,语言文字是文学的媒介,这是被普遍接受的观念。按照唯物主义对于文学作品的理解方式,这种观念可以更新。语言应该包括传播媒介与表意符号这两重属性,前者具有传播媒介的物质性,后者具有表意符号的精神性。物质性决定精神性,即传播媒介的变化会引起表意符号的变化。语言的传播媒介由口语媒介、文字媒介发展到影像媒介、网络媒介,语言的表意符号应由文字的语言拓展出影像的语言、网络的语言。如今我们可以把印刷媒介生成的纸质文本看作"旧媒介",把通过电子屏幕显示的多元文本看作"新媒介"。那么,新媒介文学的语言包括文字语言与影像语言。这一认识的背后是文学理论的漫长沿革。18—19世纪欧洲初建文学理论之时,认识论哲学风行,文论家对于知识和真理的信念十分执着,而只把语言视作文学的媒介,这种表意符号只是作者描摹世间万象、传递思想感情的工具,而工具本身是不被重视的。20世纪,存在论、现象学逐步替代传统的认识论,现象学代表人物英加登将语言在文学作品中的地位大大提升,语言开始作为文学作品的基础而存在。美国新批评理论家韦勒克、沃伦的《文学理论》率先提出文学作品的存在方式问题,他们把语言看作交流的媒介,也看作是文学作品的基础存在。他们认为一部文学作品"是交织着多层意义和关系的一个极其复杂的组合体",要关注"艺术品的存在方式"和"层次系统"。[①]但是,他们没有指出语言的两重层次,尤其是语言的物质性要素,即语言在交流沟通或形成艺术作品之时所具有传播媒介的物质特性。

文学作品的表意功能只有通过媒介才能传递,新媒介文学立足媒介审视文学不断更新和生成的存在方式。口头、文字、印刷和数字媒介对作品的形态、作家的创作、读者的阅读具有不同的影响。媒介在创作和阅读中的载体功能、在交流与传播中的沟通功能已经受到重视,但是媒介本身的存在性有待深入理解。媒介对于文字符号的依附性逐步瓦解,其在文学活动中愈加显示出独立性。媒介作为文学作品的物质基础,它在文学形式和文学情境中具有关键作用,并且显示出文艺特性,这促使我们进一步思考新媒介文学的特征。

新媒介文学是伴随数字媒介而形成的文学。数字媒介语境下,书写文学作品与影视文学作品的关联越来越紧密,比如小说大量改编成影视剧,对

---

① 雷·韦勒克,奥·沃伦.文学理论[M].刘象愚,邢培明,陈圣生,等,译.北京:生活·读书·新知三联书店,1984:16—17.

小说进行影视再创作,或者以影视剧为基础创作文学脚本,作家与影视生产者产生了一些共享的创作经验。在学科门类中,文学艺术与影视艺术是并列的艺术,或者说是同一种艺术而被划入了不同类别中,而当我们以新媒介文学视域来审视它们,便能更好地理解其中的互文关系。影视作品和网络文学作品产生了强大的经济驱动力,新生代的创作者和阅读群体不断崛起,他们拥有强大的互动和消费能力,促使文学场域发生急剧的震荡和变革。文学已不是非功利的、纯粹的文学,而是功利化的、复杂的文学。不受外在市场、消费等强制因素干扰的纯文学已经越来越稀有。新媒介文学并不排斥文学的市场效应和经济价值,而是接受市场的考量和大众的审判。当影视文学的票房成为作品的重要指标,网络小说的付费阅读渐成气候,文化产业的体量产值备受关注之时,新媒介文学已经无法脱离被货币化的文化现实。

新媒介文学不可能毫无前提地从现实中生长起来,它虽然在新的文化实践中产生趋利化的倾向,但仍保留了传统文学诸多纯粹的审美特性。在这种背景下,如果将文学的审美体验让位给文学的经济供应,那么文学的超越性和人文性价值终将支离破碎。面对市场化、产业化的新媒介文学,掌握其中文学作品的存在方式、作家的创作经验和读者的阅读体验是如何转变的,是新媒介文学审美经验研究的主要问题。新媒介文学的审美经验研究正是要在不断更新的文化生态中保持文学的审美评判力度。

二、审美经验的基本问题

审美经验之审美偏于心灵感知,审美经验之经验偏于实践体验。审美关乎美感、快感、情感、想象等诸多因素,也联系着理性与真理;经验通过审美主体的体验而产生,是后天经由实践而获得的。康德在《纯粹理性批判》中将知识分为经验性知识与先天知识。"把先天的知识理解为并非不依赖于这个那个经验、而是完全不依赖于任何经验所发生的知识。与这些知识相反的是经验性的知识,或是那些只是后天地、即通过经验才可能的知识。"①按照时间,人类没有任何知识是先于经验的,一切知识都是从经验开始。尽管如此,知识并不因此就是从经验中发源的,还有另外独立于经验,甚至独立于一切感官印象的知识。康德举出盖房子的例子,挖房子地基的时候,工人不必借助房子真的塌下来的经验,有些道理不是从真实经验而是从普遍规则中引出来。由此,知识被区分为先天知识、经验性知识,而先天知识中

---

① 康德.纯粹理性批判[M].邓晓芒,译.杨祖陶,校.北京:人民出版社,2017:2.

那些完全没有掺杂任何经验性东西的知识则成为纯粹的知识。由审美和经验组成的审美经验并非先天的、纯粹的,而是在审美前提下强调具体经验与现世实践。

审美经验是在审美过程中审美主体和审美客体之间生成的主观经验。审美主体在全身心的投入中对审美对象作出反应、形成感受和体验。审美客体是一个文化客体,它以物的形态存在于人们面前,以媒介传播的方式引起人们的直接观照。审美经验在审美主客体之间形成一种互动关系,它是具有审美形式的综合整体,是不断经历时代变迁的动态过程。生产艺术和理解艺术都是一个过程。从生产的角度来看,审美经验是生产者将自己的经验转化为作品,与他人分享。从理解的角度来看,审美经验是对作品所言说之辞以及未言说之意作出有意识的反应的能力,是被某些对象和情景激发出来的感受。和谐、快乐的体验是审美经验,痛苦、震惊的体验也是审美经验,它是一种身体释放和精神皈依的方式。审美经验并不是一个新的概念或理论,文学理论学科中广泛存在从审美经验的角度来阐释文学的现象。审美经验是人类必然的需求。马克思主义文论家詹姆逊说:"人们必须做出政治上的判断,我认为这至关重要;但问题应该首先从其内在的概念性上予以分析讨论。对艺术作品亦是如此。我历来主张从政治社会、历史的角度阅读艺术作品,但我绝不认为这是着手点。相反,人们应该从审美开始,关注纯粹美学的、形式的问题,然后在这些分析的终点与政治相遇。"[①]面对复杂的文化现象,有诸多政治立场、社会分析,但审美判断必不可少。审美经验基于主体的心理感知而表现出持久的理论活力。

在审美主体和审美客体的动态关系中,传播媒介是连接两者的桥梁。人类审美活动始终离不开审美对象的传播媒介因素。由于传播媒介处于文化交流活动中的中介环节,它在过去的文学研究和美学研究中被严重忽视,没有成为文学审美经验研究的重要问题。审美经验是传统的美学问题,我们曾经从现象学、解释学、主体心理的角度来谈审美经验,却并未充分注意媒介在审美经验产生中的支配性作用,即审美客体的媒介形式多大程度上塑造了个体的审美心理、文本的现象学呈现、接受者的阐释维度。数字媒介的传播手段已经促成了若干新媒介艺术形式,以前所未有的力度直接刺激审美经验的快捷生成。这使得研究者不得不重视媒介在审美客体中作为文化存在的因素,也使得研究者自然地关注到不同媒介传播方式所激发的审美经验的形态变迁。审美对象的不同媒介形式会激发审美主体不同的审美

---

① 王逢振.詹姆逊文集:第一卷　新马克思主义[M].北京:中国人民大学出版社,2004:131.

感知,传播媒介在审美过程中产生关键作用。

媒介不只是我们了解世界的中介或途径,更是成为我们身体的延伸。加拿大传播学家伊尼斯认为媒介可以分为两大类,即有利于空间上延伸的媒介和有利于时间上延伸的媒介,由此媒介产生传播的偏向——空间的偏向和时间的偏向。羊皮纸、黏土和石头等笨重的材料性质耐久,可以历经历史的沧桑而保留下来,是倚重时间的媒介。莎草纸等纸张质地轻盈,可以远途运输,但容易损坏腐烂,是倚重空间的媒介。①前者有利于传承,后者有利于传输,对帝国的形成和文明的确立有重要的意义。伊尼斯提示我们媒介具有传播的偏向,不仅如此,我们还注意到不同媒介适应不同的内容。用二胡很难演绎《致爱丽丝》的轻盈,用钢琴又很难传达《二泉映月》的凄凉;交响乐队很难演奏跳跃的说唱,架子鼓无法敲击舒缓流畅的乐曲;难以想象,齐白石简淡的鱼虾图用彩色颜料画出来是何等模样,而被海德格尔深度阐释的凡·高的《农鞋》变成一幅中国工笔重彩画会是何种效果。媒介不是工具化的载体,它本身构成审美对象的符号表意效果,是所承载内容不可缺少的部分。不管是宏观的帝国统治、文化传承,还是微观的个体经验、艺术感悟,媒介都在影响和制约这一切的形成。"媒介作为一种文化的技术逻辑和力量,无情地塑造着大众的文化习性,在不断加剧的媒体化过程中,我们似乎看到了一些征兆:不是媒介来适应主题,而是相反,是主题不断地适应媒体。"②并不是先在地有某种固定的审美经验模式,然后由媒介去应对这种模式;相反,审美经验是变化的,新媒介激发出新的审美经验。审美经验的基本问题是审美主体和审美客体之间所形成的动态实践关系,尤其是由不同媒介形态所激发的差异化的经验属性。

三、内容框架与研究目的

本书将新媒介文学的审美经验划分为三个方面:第一,作品,也称文本形态,即审美经验产生的依据;第二,创造经验,即艺术家创作作品的角度;第三,接受经验,即观众接受作品的角度。审美经验作为一种主观经验,其中,作品是主体经验获得对象化存在的审美客体,创造经验是审美主体对审美客体的艺术质料进行加工,接受经验是审美主体对审美客体产生艺术情思并加以接受。审美客体自身具有符号的审美意义,审美客体符号必须经由媒介传播才能有效存在,并激发审美主体的感知。在审美主体与审美客

---

① 哈罗德·伊尼斯.帝国与传播[M].何道宽,译.北京:中国传媒大学出版社,2012:38.

② 周宪.中国当代审美文化研究[M].北京:北京大学出版社,1997:265.

体的关系之中,关注不同传播媒介如何塑造文学作品的面貌,不同媒介在激发审美主体对审美意义的想象和体验中所起的作用,是新媒介文学审美经验研究的重要问题。本书从文本形态、生产者和接受者三个维度考察新媒介文学的审美经验。

第一章介绍媒介演进与新媒介文学的形成。本章对书写、印刷、影像和网络进行媒介考古学探究,回溯这几种文学媒介方式产生的背景和特征。全媒体时代多种媒介方式并存,不同媒介具有各自独特的传播特性与文化价值。从宏观上看,书本、报纸、电影、电视、网络等多种媒介共存,进行媒介融合的外在社会运作;从微观上看,同一文本中有文字、声音、影像等媒介方式的交叉,彼此借鉴他者的艺术表达,由此形成文本互涉的传媒景观。新媒介文学更新了以纸质文本形式存在的传统文学样态,文学疆界得以延伸,文学模式产生更迭。文学因子在传统文学中延续、在网络文学中发展,还以语言、意象、意境等离散方式渗透到影像文本中。新媒介文学出场,以文字、影像、网络语言为媒介,突破以文字为本的传统文学形式,形成文字、声音和图像相互关联的文学形态。新媒介文学以媒介为逻辑起点,媒介可以分为物质基础和表意符号两个层面,媒介的物质基础决定语言的符号系统,以及文学创作和接受的社会情境。

第二章总述数字时代审美经验的美学内涵。本章阐释审美经验的美学内涵,包括西方审美经验的意义流变与中国审美经验的知识图景。审美经验的精神源流在于鲍姆加登、康德、席勒等人对审美概念的建构。西方审美经验在社会批判理论、文学解释学、现象学三个维度展开,从形而上的概念确立到具体的经验分析,形成了蕴含时代意识的现代性衍变。中国审美经验理论同样形成了一个知识谱系,20世纪80年代在审美心理学的维度展开,90年代与现象学、解释学、生活美学等诸种美学形态相关联,审美经验中的感知、想象、情感等构成要素得到了详尽阐释,倾向于语义摹仿而忽略本土建构。20世纪审美经验理论的基本指向是审美主体对审美客体的身心体验,不大关注媒介这一重要因素。不过本雅明对机械复制技术、艺术品光晕、电影的革命性意义等的诸多论述,显示出审美经验理论的媒介向度。

审美经验理论必须重视经验现象,从哲学的抽象演绎进入艺术的现实归纳。新媒介带来一系列感知、想象和体验,促使审美经验中的文本形态、创作经验和接受经验产生变迁。审美经验产生裂变,这就需要反思传统审美主义的立场。审美主义起源于德国的现代性思想传统,强调感性体验和审美自律。法兰克福学派将审美主义推向社会批判,对审美现代性作出总体性反思,审美主义从审美自治延伸至社会领域。审美主义作为一种回归生命、维护感性生存方式的思潮,采取非功利的审美态度,坚守超越性的文化情怀,却抵抗大众化的新兴媒介文化。新媒介文学具有世俗化倾向,表现为拓展的文学表意空间与失落的历史纵深维度,这是审美主义批判的现实难题。因此需要一种新审美主义来重提文学性,关注文学的感性力量,直面新媒介文学的审美经验。

随后本书分别从复合文本形态、创作生产经验、受众审美心理三大角度阐释新媒介文学的审美经验。

第三章讨论新媒介文学的复合文本形态。欧美关于超文本、遍历文学、数字文学、电子文学的概念研究可以说是新媒介文学的诸种理论表述,在中国,新媒介文学形成了印刷文本、影像文本和网络文本交叉融合的复合文本形态。以鲁迅文学奖获奖小说为例,当代小说采取了"剧情化"叙事;以畅销小说为例,这类作品运用了类似影视剧画面奇观的"图像化"叙事。新媒介文学文本在文字运用、叙述表达、篇章管理等方面经受视听媒介的塑造。网络文本基于玄幻、仙侠、言情、悬疑等类型,产生超文本特征、互动特性和悬念叙事。影像文本处于产业运作中,声音、字幕和画面有其传播特征与审美特质,影像语言侧重视觉化叙事。《活着》《陆犯焉识》《芳华》《白鹿原》等诸多小说转换成影像文本,同一题材的小说、院线电影和网络电影在文本表达上有差异,体现出新媒介文学动态化、融合化的文本特点。

第四章论述新媒介文学的创作生产经验。书写—印刷文学的创作作为成熟的文学表达机制,相关作家的创作经验可以区分为两种:一是独立化的创作体验,即独立的、不依附于他人的文学表达;二是功利性的文学生产,即文学写作进入生产模式,更多地受到市场和读者的影响。网络文学是新媒介文学的典型样式,网络文学签约作家进行商业化写作,网络传播促使创作群体重组、创作经验扩展。影视作品是新媒介文学的衍生形态,影视作品在电影市场和政府审查的双重博弈下进行生产,集体化的创作行为下多种创作经验相互妥协。新媒介文学存在生产跨界现象,即作家进入电影场域、电视导演进入电影行业等,创作者的跨界带来了生产经验的交汇。

第五章阐述新媒介文学的受众审美心理。新媒介文学的接受经验分为书写—印刷文本、网络文本、影像文本的受众审美心理,它们是读者在文学作品的阅读与使用中产生的用户审美体验。读者对书写—印刷文本的阅读体验是新媒介文学接受经验的基本组成部分,书写—印刷文本的接受经验分化为古典式的"静穆"体验和现代式的"沉浸"体验,以及职业阅读和大众阅读。网络文学的用户体验是新媒介文学接受经验的重要部分,阅读方式分为免费阅读和付费阅读,在作品点击率和数字消费的驱动下,读者面对符号复合性和动态交互性文本获得"介入式"体验。影像文本的观看之道强调立体化的感官体验,观众调动视觉、听觉乃至触觉进入审美活动,显现出综合的身心体验,但也可能产生盲目性的群体效应。媒介变迁下读者的感知方式和阅读状态都面临变革,在对不同媒介形态的文学文本的评判中形成后人类审美体验。影视文本、网络小说日益兴盛,世俗化的接受经验全面铺展。新媒介文学的受众审美心理偏向娱乐和消费,感官化的身体体验亦被唤醒,世俗化的接受经验通过数量众多、效应庞大的无名集体得以合法化。

第六章基于新媒介文学的审美经验特性,探索新媒介文学的文论话语建构。全媒体时代的审美经验产生新特征:审美主体的理性认知与情感想象受到媒介因素的影响,审美主体的身体感官再次彰显,审美对象处于内在非功利性与产业化功利性的制衡之中。新媒介文学情境出现,它有三种明显倾向:其一为商业化、产业化,其二为社交化、社群化,其三为文学的审美特性从语言文字向画面影像层面渗透。文学生产对新型审美经验产生认同。文学生产追逐市场利润,也追求审美价值。文学消费体现出新型审美经验。以报纸副刊、文艺小报、文学杂志等出版形式存在的文学已经具有文学消费特性,而新媒介文学消费实现了边际扩张:一方面表现为消费的文本形态多样化,文字的阅读消费扩大为传统小说、影视文学、网络文学等多种形态的使用消费;另一方面表现为消费的对象扩大化,文学作品的消费发展为对作者、现象的消费。新媒介文学消费在审美特性上显示出寻求审美快感、情感满足、群体认同的倾向,趋向普遍性的视觉反映方式跨越了感官分工与艺术分化,体现出艺术具世性和审美多元性。文学理论若囿于形而上的抽象逻辑、未能有效解释新的经验和现实,则会陷入尴尬境地,因此,必须形成有效的文学解释。从批评主体、评论对象、话语方式三个层面来看,新媒介文学的批评话语多样。新媒介文学的新型审美经验是其文论话语建构的现实基础。要从分散的网络文艺批评走向系统的新媒介文学理论,新媒介文学的文论话语需以文艺作品为本体、以审美特性为重要准则、以中国特色为旨归,形成理论合力,提高文论话语的阐释力。

本书的研究目的在于阐明新媒介文学现象及其审美经验特性。所谓理论从来不是空洞无物的主观臆想,它源于真实的人类世界与变化的生活样态。哲学家通过理论走向真理,文学家通过理论辨识经验,人类学家通过理论构建图景。人类学学者项飙指出:"理论不是给出判断,而是给世界一个精确的图景,同时在背后透出未来可能的图景。……作为图景的理论就要有意识地从一个特定的视角和问题意识出发加以思考,解释生活中不同方面之间隐形的联系，使人们能够据此对未来有更多的想象。"①从各种新型文艺现象里面看到事件与真相，转化为审美、价值、文化等问题，归纳为概念与学说，这是实在的文学理论。对审美活动的研究要"从现象出发""从问题出发""回到美和美感的实际上来"。人的审美是极其复杂的现象，无法通过单一方法进行公式化的解决，它不是从假想、公式、派别进行论证，而"要以人的活动为中心"②。文学是有文学活动的文学，美学是有审美活动的美学。当代美学趋势要从审美活动框架中发展美学，提出实证性的图景，激发理论的生命力。本书试图在文学的审美活动中切入实证研究，将思辨的美学认识贯穿其中，将文学活动的现实与审美经验的命题结合起来。

具体而言，研究目的有三。首先，分析新媒介文学现象，以此应对文艺现实的发展需要。影视作品、网络小说、人工智能的强势发展给书写—印刷文本造成冲击，但也带动了巨大的产业效益和文化效益。以新媒介文学视域审视文学，既是对传统文学边缘化趋势的抵抗，又是对文艺现实的理论回应。其次，基于新媒介文学现实，探索新媒介文学的研究范式，更新文学观念、思维方式和研究路径。新媒介文学的审美经验在文本形态、创造经验和接受经验三个维度产生诸多裂变，本书以跨学科视野、数字媒介视角逐一进行辨析。再次，在新媒介文学的审美经验研究基础上，推进新媒介文艺理论建设，探索中国文论话语建构。中国新媒介文学蓬勃发展，用户众多、体量庞大、产值巨大，形成小说、影视剧和网络剧协同创作发展的局面，文艺理论需要将新媒介文学的审美经验和中国文艺的特性纳入建设之中。

在文学理论的黄金年代，各种流派交织在一起，不断接续的学说和权力保卫文学领地，确证文学的存在与文学的意义。数字媒介环境下，文学边界似乎变得模糊难辨，文学理论变得暧昧不清。由此，理论家指出，文学是由文化来裁决，由社会所决定的。③"一个深信不疑的时代，一个曾经我们知道什么是文学、文学应该是什么样的时代永远离我们远去，以至于可以说，我们唯一失去的东西，正是长期以来一直获得大家公认的，'身份明确'的文

① Biao Xiang. Theory as Vision[J]. Anthropological Theory. 2016,16(2)：213—220.

② 高建平.论审美活动——主客二分的美与美感及其超越[J].学术研究,2021,(2):143—150.

③ 如乔纳森·卡勒(Jonathan Culler)说,文学由文化来裁决。(乔纳森·卡勒.当代学术入门:文学理论[M].李平,译.沈阳:辽宁教育出版社,1998:23.)理查德·舒斯特曼(Richard Shusterman)说:"文学是在某个特定时期里,由一个特定的社会所决定的。"Richard Shusterman. Pragmatisit Aesthetics: Living Beauty, Rethinking Art [M]. Oxford: Blackwell,1992.)

学。"①这种不确定性由当代媒体生态造成。成为作家的方式、写作的理由、阅读的情境以及交往的途径都在发生改变。面对新媒介文学境况,万千变化的繁多形态需要我们去辨识。本书目的不是评估当代文学的兴衰荣败,而是以媒介视角重新看待文学,看到新旧媒介更替之时文学的变化,看到潜藏在文学进程中受制于媒介的普遍规律,进而归纳新媒介文学的审美经验特征。

---

① 樊尚·考夫曼."景观"文学:媒体对文学的影响[M].李适嬿,译.南京:南京大学出版社,2019:12.

第一章　媒介演进与新媒介文学的形成

纵观文学发展历程,从声音到文字、抄写到刻印、印刷到数字化,文学在重要的媒介转折阶段总会产生新的特征。文字、语言这类表意符号常常被等同于文学本身,它和朝代更迭的历史逻辑相结合,形成广阔深厚的文学史,并成为文学研究的主要范式。作品形制、传播技术这类物质基础往往被视作形而下的器物层面,并非文学研究的主流。实际上,文字、语言的形成与表达基于一定的物质载体,表意符号与物质基础共同构成了文学媒介,媒介塑造了文学创作、文学文本、文学阅读等方面的文化实践。如今,长久累积的多种媒介并存,彼此之间产生互文作用。不同媒介可以彼此借鉴有效的艺术表达方式,同时,不同媒介形成了层级化的媒介结构,口语、文字、影像到网络媒介呈现出递增的社会效应。新媒介文学在漫长的媒介转折和演变中形成,且伴随着文学疆界的延伸与文学模式的更迭。以媒介为逻辑起点重新认识文学,辨析文学媒介的物质性显现与符号性特征,可以在数字化时代更好地体认文学在不同媒介文本互涉下的审美特性。文学作品的题材立意、叙事特点、形式风格也取决于相应媒介及其互文性。本章介绍文学传播媒介的转折与演变、多种媒介方式的并存与竞争,进而呈现新媒介文学的现实形成,辨析新媒介文学的理论依据。

第一节　文学传播媒介的转折与演变

一、书写文字的诞生

原始社会人与人交流的媒介是手势、表情、动作等。通过人体的发音器官得以传播的口语交流使得人类离文明的进程更近了一步。口语交流的对象必须是即时在场的,这种交流方式受到空间的限制,在口语交流中,交流者逐步形成了一种集体性的精神倾向。马布亚哥(Mabuing)岛上的鳄鱼族人,都被认为具有鳄鱼的脾气:他们自高自大,凶狠残暴,随时准备动武。在苏人(Sioux)中,有一个被称为"红"的部落分支,是由美洲狮、野牛和驼鹿这三个氏族组成的,这几种动物都以暴烈的天性称雄,所以这些氏族的成员天生就是战士。①原始部落中,所属氏族的图腾是凶猛的动物,其氏族特征也近似于这些动物的特征。相反,如果是从事农业的部族,自然而然性情相对平和。涂尔丁以人类学的视野对原始社会的集体人格作出描述,他指出,个体失去了自身的人格,他和他的"动物伙伴"共同组成了单一的人格。原始社会中,人和外在对象、人与人之间产生了一些容易混淆的、难以区分的特征,构成了一种集体人格。这种集体人格是原始人类在共同面对自然挑战、在人与人的交流氛围中所形成的。

　　口语的使用使得部族的成员形成一个集体,同时,口语的使用因生存环境、地理接壤而产生交汇与差异。本来同源的语言,因为地理上的阻隔而产生差异;本来不同语系的语言,因为邻近的地域而产生近似的特点。"在同源语言趋向差异化的同时(俄、法、英),不同源的语言,在接壤之地却使各自具有共同的特点:例如,俄语在某些方面不同于其他斯拉夫语族语言,却接近于——至少在某些语音特征上——芬兰－乌戈尔语和地理上相近的比邻国家土耳其的口语。"②语言和音乐、舞蹈一起,把原始部落的人汇集在一起,在不同地域形成不同的文化体系。当故事在群族间传播或代代相传时,势必丢失原有的些许意思,为了挽救集体记忆,诗歌或史诗的叙事方式开始产生。中国古代更有诗乐舞一体的情况,诗歌、音乐、舞蹈在先民文化中和谐交织,提供群体性的膜拜仪式。以群居方式生活的族群通过口语联合起来,口语让社群成员建立起在场的集体文化氛围。文字则创造了孤独的人类。

　　文字使听觉信号转变为文字符号,是语言的开拓和延伸,使语言打破时间和空间的限制。文字起源于图画。据语言学家周有光研究,原始的文字资料可以分为刻符、岩画、文字画(文字性的图画)、图画字(图画性的文字)。"刻符,包括陶文和木石上的刻画符号。岩画,包括岩洞、山崖、石壁和其他处所的事物素描。刻符和岩画都是分散的单个符号,没有上下文可以连续成词,一般不认为是文字。但是,刻符有'指事'性质,岩画有'象形'性质,它们具有文字胚芽的性质。文字画(文字性的图画)使图画开始走向原始文

---

① 爱弥尔·涂尔干,马塞尔·莫斯.原始分类[M].汲喆,译.渠东,校.上海:上海人民出版社,2005:5.

② 列维·斯特劳斯.种族与历史;种族与文化[M].于秀英,译.北京:中国人民大学出版社,2006:9.

字。图画字(图画性的文字)是最初表达长段信息的符号系列。从单幅的文字画到连环画式的图画字,书面符号和声音语言逐步接近了。"①"刻符和岩画大都是个别符号,不能连续成词。进一步出现文字性的图画(文字画),有初步表情达意的作用。"②原始文字跟原始巫术结合紧密。中国的甲骨文已达到成熟水平,可还是跟原始占卜结合紧密。这些文字是沟通神、人的系统符号,具有统治、预言的权力趋向和神圣力量。

基本独立形成的成体系的文字有美索不达米亚的苏美尔文、古埃及的象形文字、中国的汉字、美洲的玛雅文字等。美索不达米亚的神话传说中,书写术是由智慧神恩基所传授;印度有梵王和佉卢造字的传说等等。在中国,文字从原始社会中的图画符号、巫师文字发展为通行文字,经历了漫长的历史时期。关于汉字的起源,有结绳记事、八卦书契和仓颉作书等说法,它们还处于以视觉示意方式进行交流的前文字阶段。殷墟甲骨文是汉字的祖先,已经是相当成熟的文字。比甲骨文更早的时候,汉字可能主要是象形字和指事字。③殷商有甲骨文,周朝也有甲骨文,但商周文字后来变成篆书,分为大篆和小篆。春秋战国时期的秦国流行大篆;吞并六国以后,秦帝国开始流行小篆。秦朝实行"书同文"政策,在全国以秦国的小篆为标准文字。东汉《说文解字》收录小篆9353字。从甲骨文到小篆,汉字有了明显的图形特征。文书人员(隶人)为了书写方便把图形性的线条改为"笔画",就成了"隶书"。隶书是汉朝的通用字体。在从篆书到隶书的"隶变"过程中,汉字的图形性就完全消失了。隶书写得平整就成了"楷书",楷书盛行于东汉,传到如今,一直是正式的字体。《康熙字典》收楷书汉字47035个。④字母文字是文字的最后阶段,根据考古学者和字母学者考证,希伯来字母、阿拉伯字母、希腊字母、拉丁字母、印度字母、斯拉夫字母等,看起来有着截然不同的面貌,不过它们在本源上是同一个祖先。⑤周有光认为文字具有技术性和艺术性两个方面,拼音文字技术性强而艺术性弱,汉字技术性弱而艺术性强。"文字是从图画发展而成的。原始图画向两方面发展,一方面发展成为图画艺术,另一方面发展成为文字技术。图画艺术是欣赏的,文字技术是实用的。可是,文字从娘胎里也带来了'艺术基因',因此文字本身也有'技术

---

① 周有光.世界文字发展史[M].上海:上海教育出版社,2003:4.

② 周有光.世界文字发展史[M].上海:上海教育出版社,2003:23.

③ 周有光.世界文字发展史[M].上海:上海教育出版社,2003:101.

④ 周有光.世界文字发展史[M].上海:上海教育出版社,2003:100—101.

⑤ 周有光.世界文字发展史[M].上海:上海教育出版社,2003:221.

性'和'艺术性'两个方面。"①技术性的要求包括书写方便、传输快速、便于打字;艺术性的要求包括写出来美观,形成书法艺术。

汉字是用意符和声符来表意的文字体系。每个汉字都是一个整体,它所承载的语义也是一个单元,而不是一系列的语义要素。汉字中的象形字基本上是不表达声音的视觉符号,其形构系统和发音系统是一分为二的。在字母文字中,字母及其声音本身不代表任何语义,但它们存在着一种序列关系,当这些文字以一定顺序排列起来便承载了语义,就如英文单词通过字母的不同组合来表达发音和意义。这与汉字不同,中国文字起源于象形类的刻画符号和图案,许多单个的汉字本身就代表着意义。亚里士多德说:"口语是心灵的经验的符号,而文字则是口语的符号。"②文字是对口语的记录,不同文字体系虽有各自不同的表述系统,且不同文字体系下的思维方式差别甚大,但它们自成体系的发展推动了人类从口语时代进入文字时代。

口语传播之时,谈话相伴着手势,人们聆听和观察,这种传播具有即时性。文字传播之时,现场的丰富内容被文字归纳为一种抽象的视觉代码。人们从听觉空间过渡到由文字发明带来的理性阅读空间。文字的出现,以及文字的抄写,促进了详细文本的形成,让人类开始在宁静的阅读中展开绵长的回忆和深入的思索。这种转化,包含着从族群社会到个人社会的过渡,个体有了充分阅读的机会,具备了个体的身份,可以追求个人的目标。口头教导能够获得在场的权威效果,赋予教导者崇高地位。古希腊毕达哥拉斯、苏格拉底没有以文字记载来教导学生。孔子弟子三千、贤徒七十二,他也没有以文字记录自己的生命体验与教育事迹,而是由他的弟子及再传弟子将其思想记载成文。所谓"述而不作"(《论语·述而》),于孔子的本意是尊崇古人、信而好古,从传播效果来看,孔子的口头传授反而赋予他的叙述一种不可复制、不可替代的权威力量。口头传播与文字传播有巨大的差异性,在口头传播中产生了伟大的偶像。从口语到文字,普通个体有了更多发展的可能性。集体性的审美经验逐步解散为个体性的审美经验,而少数圣人的神化则演化为知识精英群体的崛起。

二、印刷文明的产生

中国两汉时期已经有造纸技术,隋唐之时纸已经遍及全国。一般的考证认为,我国印刷术起源的时间段应该在南北朝至隋朝,隋唐五代共持续

---

① 周有光.语言文字学的新探索[M].北京:语文出版社,2006:17.

② 亚里士多德.范畴篇;解释篇[M].方书春,译.北京:生活·读书·新知三联书店,1957:55.

380年(581—961),是雕版印刷的早期阶段。此时雕版印刷品主要是社会中用量最大的读物、用物和宗教用品,如佛经、佛像、历书、语言文字工具、经济活动中的票据以及图文并茂的插画本。五代十国时期,由政府主持刊刻儒家《九经》无疑是印刷史上的创举。最初来自民间的技术被用于刊印圣贤之书,一则使印刷的应用范围大大拓宽了,二则使雕版印刷得到全社会认同。①宋王朝把出版图书看作是振兴文教和巩固政权统治的一项措施。宋太宗即位后命翰林学士李昉主持《太平广记》《太平御览》《文苑英华》三部大书的编纂和开雕工作。宋太宗、宋真宗在位时,公元968—996年刊印"十二经"注疏及正义;加上1011年刊印的《孟子》,构成"十三经"。994年始印"十七史",至1061年竣工。宋代官府刊印大量儒家经典、正史、文学著作以及佛教经典。北宋时期(11世纪)毕昇发明了活字印刷术。雕版印刷的印版要占用很大空间,其印版的存放和保管都是问题。活字印刷可以避免雕版印刷之不足,事先制成的单个活字可以随时拼版,其利用率和周转率大大提高。11—13世纪,中国已经普及活字印刷技术和排印技术。

德国的约翰内斯·谷登堡(? —1468)是西式活字印刷的发明者。世界最早的圣经印本《四十二行圣经》由他于1452—1455年在德国美因茨用哥特体印制而成,它是西方活版印刷术发明初期的古籍代表制品。源自中国的活字技术原理和基本技术工序给谷登堡有益的启示,他以自己的方式变换了活字用材、着色剂成分及压印方法,引入了新的工具设备,从而革新了传统工艺,使之更适于通用字母文字的拉丁文化区和基督教世界。②这意味着西方也进入了印刷时代,此时对信息传播需求急速升温。15世纪中期,欧洲文艺复兴通过抄写传承了诸多古老著作,古代的知识得以保留,新的知识迅速增长。印刷术出现之后,知识传播有了新的途径,人们获取知识的成本降低许多。

马克思和恩格斯多次提到谷登堡及其印刷术,充分肯定印刷术发明的划时代意义。马克思认为,印刷术是"最伟大的发明"③。恩格斯曾参加德国《谷登堡纪念册》的编写工作,并撰写印刷工人庆祝谷登堡节的新闻。他把印刷术比作新的文化神,在其翻译的西班牙启蒙学者金塔纳的诗《咏印刷术的发明》中,对印刷术发明的意义作了生动的比喻:

---

① 潘吉星.中国科学技术史:造纸与印刷卷[M].北京:科学出版社,1998:340.
② 孙宝国.十八世纪以前的欧洲文字传媒研究[M].哈尔滨:黑龙江人民出版社,2005:123.
③ 马克思恩格斯全集:第四十七卷[M].北京:人民出版社,1979:472.

你不也是神吗?

你在数百年前给予思想和言语以躯体,

你用印刷符号锁住了言语的生命,

要不它会逃得无影无踪。

如果没有你哟,

时间也会吞噬自身,

永远葬身于忘却之坟。……

…………

禁锢在独卷手抄书内的思想,

无法传扬到四面八方!

还缺少什么? 飞翔的本事?

大自然按照一个模型,

创造出无数不朽的生命,

跟它学吧! 我的发明! [①]

　　印刷的书籍媒介让文化的传承有了更为便捷的方式,印刷这种传播方式促进人类的语言表述和感知方式产生变化。正如斯大林在《马克思主义和语言学问题》中所说:"生产的继续发展,阶级的出现,文字的出现,国家的产生,国家进行管理工作需要比较有条理的文书,商业的发展,商业更需要有条理的书信来往,印刷机的出现,出版物的发展,——所有这一切都给语言的发展带来了重大的变化。"[②]印刷的出现和使用影响言语使用和语言观念。印刷时代诞生的文学作品,其语言的表述更为繁复,在篇幅上大大增长。

　　在未掌握文字的原始时代中,人类生活于口头语言的空间中。在这个空间里,没有范围、没有边际、没有方向,它由情感所掌控;而书写在一定程度上将这个空间规范化,界限、顺序、结构逐步建立,它由理性所掌控。书写的纸张、印刷的书籍,通过它的表述逻辑严格地约束了不着边际的文字,塑造了新的媒介空间与思维方式。思维方式的变化与媒介空间的变化相呼应,传播学学者梅罗维茨(Joshua Meyrowitz)指出媒介物质性的改变会带来微观的感知方式、传播方式和宏观的传播环境、社会文化等方面的改动。人类的栖息地从蜿蜒的村庄城镇发展到网状城市的线性街道,新的媒介环境

---

① 马克思恩格斯全集:第四十一卷[M].北京:人民出版社,1982:42—43.

② 斯大林选集:下卷[M].北京:人民出版社,1979:518.

通常会阻碍非正式的口头对话。随着媒介的变化,人类的物质世界和精神世界从声音的圆形世界进入线性的印刷形式。①印刷媒介宏观地影响了社会和文化,它一方面与权力、意识形态、新闻惯例、经济状况交织在一起,另一方面激发了文学、科学的潜力,"写作开始打破部落的凝聚力和思维的口头模式,因为它提供了一种构建和保存文章的方式,将一长串相连的想法编码通过文字保存下来,而这些想法对大多数人而言是难以记忆的。写作的发展不仅改变了传播模式,也改变了传播的内容。写作确立了真正的'文学''科学'和'哲学'的潜力"②。

在马歇尔·麦克卢汉(Marshall Mcluhan)看来,在口语传播时代,人们生活在一个声音的世界里;相对而言,在使用文字的社会中,人们大多生活于一个视觉的世界。"表音文字技术的内化使人们从听觉的巫术世界转化到视觉的中立世界"③,"在文字发明之前的世界中,人们所体验的是听觉对视觉的全面压制,在这样一种听觉的极端世界中,不可能实现任何感官的平衡互动,正如印刷术在西方体验中将视觉元素提升到一个极端强度后,任何感官的平衡互动都是极端困难的"④。文字的发明,使人类进入了符号化的视觉世界。抄本文化与印刷文化相比,更强调触觉,比如在竹简或莎草纸上抄写和阅读,对于每一份媒介物质的独特触感是整个过程的重要体验。抄本世界,并非冷静的视觉解析,而是所有感官的移情和共同参与。从抄本文化到印刷文化,人们已经具备了观察和解析文字符号的习惯。印刷文化将视觉元素提高到新的高度。由印刷媒介所塑造的文化空间里,基于阅读和写作的视觉文化压倒了基于口语的听觉文化。印刷文明的产生之所以是文化的关键转折点,并不仅仅在于以它为载体的内容得以代代相传,而且在于由印刷技术而实行的文化秩序得以确立。

三、影像媒介的扩张

1895年12月28日,法国人路易·卢米埃尔兄弟在巴黎卡普辛路14号大

---

① Joshua Meyrowitz. Media Theory[M]// David Crowley, David Mitchell. Communication Theory Today. Stanford: Stanford University Press, 1994:50—77.

② Joshua Meyrowitz. Media Theory[M]// David Crowley, David Mitchell. Communication Theory Today. Stanford: Stanford University Press, 1994:50—77.

③ 马歇尔·麦克卢汉. 谷登堡星汉璀璨:印刷文明的诞生[M]. 杨晨光,译. 北京:北京理工大学出版社,2014:81.

④ 马歇尔·麦克卢汉. 谷登堡星汉璀璨:印刷文明的诞生[M]. 杨晨光,译. 北京:北京理工大学出版社,2014:94.

咖啡馆的"印度沙龙"内用"活动电影机"将拍摄的胶片在银幕上放映出来，这标志着电影的诞生。最早的电影采用的是一种"客观再现"的方式，诸如《水浇园丁》和《火车进站》等几分钟短片都是再现真实的生活，将生活中的片段搬上银幕。这种新鲜玩物在当时制造了新奇的观感，而尚未使人们对电影进行艺术探索。1896年，法国魔术师乔治·梅里埃制作了一系列影片，探索影像媒介的叙事潜力，也有电影史学家将电影的起源追溯到此。1902年的《月球旅行记》是梅里埃最重要的代表作品，影片讲述一批天文学家乘坐炮弹到月球探险的故事。梅里埃的短片在世界各地展览，震撼了大量观众。这些片子如今看来不再新奇，但它们是"一种艺术形式的先驱"。[①]梅里埃的影片有着瑰丽的想象，以戏剧的方式来制作影片，此时的电影已经进入了有意识的艺术探索阶段。1915年，随着美国导演格里菲斯执导影片《一个国家的诞生》的出现，小剧院在整个美国兴盛起来，电影成为其中实际的艺术形式。这个时期的电影大多是小戏剧、探险故事或表演的影像记录。20世纪20年代，电影产业逐步转移到好莱坞。自此，电影掀开了它百年风华的发展史。

1925年，英国约翰·贝尔德在伦敦百货公司的橱窗演示了电视播放机（Televisor），第一台电视雏形产生。1928年，贝尔德又率先试验成功彩色电视。1936年，英国广播公司（BBC）建立电视台，设立独立电视网。1955年，商业电视在伦敦开播，BBC在伦敦进行了彩色电视实验广播。早期电视的剧本类型包括系列剧、连续剧、滑稽和综艺节目、音乐节目等。"在二战爆发前，英国、德国、美国等西方国家和苏维埃俄国都开始了电视的试播。"[②]第二次世界大战一度阻碍了电视事业的进一步发展。二战之后，电视发展骤然加快，特别是美国以其雄厚的经济实力再次推动了电视的发展进程。荧幕上火爆的综艺节目、"肥皂剧"抚慰着人们战后备受创伤的心灵。新闻报道也逐步成形，肯尼迪、尼克松的总统竞选在电视上直播，1953年英国伊丽莎白二世女王加冕报道掀起了电视对政治生活和历史时刻进行直播的高峰。电视初步兴盛之时，对电影构成了威胁，人们更愿意在家里看电视而不是去电影院观看电影。20世纪50年代以后，电影和电视两种艺术类别的竞争趋于缓和，两者在生存挑战和利益冲突之间化解矛盾，比如好莱坞向电视台提供影片、电影公司投资拍摄"电视电影"。电影和电视开始联盟、合流，形成

---

① Marcel Danes. Encyclopedic Dictionary of Semiotics, Media, and Communications[M]. Toronto Buffalo London: University of Toronto Press, 2000: 48.

② 周星，王宜文，等. 影视艺术史[M]. 桂林：广西师范大学出版社，2005: 77.

一种强势的传播语境。

电视的推广促使影视媒介走入千家万户的日常生活。影像成为一种强势的传播媒介，重新塑造人类的文化景观。印刷媒介主要是通过静态的文字或图像传递内容，影视媒介则通过活动的影像来传递信息，并且加入了声音的传达。影视媒介以特写镜头、摇镜头、跟拍镜头、平行蒙太奇和交错蒙太奇等多种电影语言来讲述故事、表情达意，其摄影机运动、镜头景位、音像关系、片段切分和蒙太奇等基本修辞手段都会影响影像的表达。法国理论家麦茨（又译作"梅茨"）指出，电影不同于其他艺术形式的地方在于它同时提供声音、运动和各种组合关系的安排，提供缺席之物而不是在场之物的知觉。在歌剧和戏剧中，演员、音乐和视觉符号在舞台上是在场的；电影和电视并不如此。在麦茨看来，电影是虚构的，因为它总是通过符号的意义而不是呈现表演者的真实时空来再现东西。[1]影像媒介的表意实践，比如灯光、声音、剪辑、色彩、构图，都比印刷媒介更为丰富。

"印刷品只给我们往昔的固定立体镜像。它的意象流比口语和书写要快得多。尽管如此，它离同步性还是有千里之遥。同步性与电报一道诞生，它已经成为我们文化方方面面的特征。"[2]影视媒介可以同步展现现实中的事件和景象，它一经诞生，便产生了巨大的能量。在麦克卢汉看来，影视媒介的出现，使得视像语言和文字语言的分裂成为不争的事实。"今天，我们的图形经验和其他经验里充满了来自全球一切文化的暗喻。书面的地方话总是把人们锁定在自己的文化界域之内。与此相反，技术人的语言利用了世界上的一切文化资源，所以他的语言必然会喜欢那些民族性最少的媒介。因此，视觉形式的语言很方便顺手，是一种人人可以任意驾御的世界语。"[3]印刷媒介的书面文字较多地受到地域文化的限制，语言文字的隔阂让跨文化交际相对困难，所以需要借助于翻译。视觉形式的语言则是民族性最少的媒介，影像的视觉符号轻而易举地超越了民族的障碍，不同地域的人们同样可以理解一种画面表达。影视媒介冲破文字的屏障，更容易达到跨界的沟通。

横向来看，影视媒介更有利于跨文化传播，更易形成一种全球性的共享

---

① Jonathan Bignell. Media Semiotics: An Introduction[M]. Manchester: Manchester University Press, 1997: 180.

② 埃里克·麦克卢汉，弗兰克·秦格龙. 麦克卢汉精粹[M]. 何道宽，译. 南京：南京大学出版社，2000: 447.

③ 埃里克·麦克卢汉，弗兰克·秦格龙. 麦克卢汉精粹[M]. 何道宽，译. 南京：南京大学出版社，2000: 468.

文化。纵向来看,印刷媒介提供静态的文字或图像,影视媒介通过流动的画面让受众获取审美经验。观众直面流动的影像,由印刷媒介所确立的视觉感知因影像的流动性质而变得具有"时间感";原本存在于书面印刷文化中的距离感被极大压缩,人们直接面对活动着的人物和事件。本雅明指出:"面对画布,观赏者就沉浸于他的联想活动中;而面对电影银幕,观赏者却不会沉浸于他的联想。观赏者很难对电影画面进行思索,当他意欲进行这种思索时,银幕画面就已变掉了。电影银幕的画面无法被固定住。"①本雅明似乎还沉浸在凝神观照的传统艺术之中,怀想着独一无二、无法复制的艺术作品的耀眼"光晕"(aura),他认为电影快速闪动的画面难以让观众认真地思索。承载于纸质媒介上的文字、绘画艺术总是对接受者预设了一定的知识修养与鉴赏能力,其审美经验是以"静穆"的观看与思索为基础的。而影像媒介则将抽象的文字具象化为银幕上的形象,不再需要接受者通过文字的转码来编织关于形象的想象力,他们对于形象的距离感也就相应缩短。除了最低限度的观看能力之外,影像媒介变幻不定的画面,对于受众并没有太多先在要求。但这并不意味着影像媒介无法提供思索的机会,无法展开深度理解。在影像媒介环境中成长起来的观众已经完全能够适应活动的画面,并且在快速闪动的画面中想象、理解、认知与批评。影像媒介提供给人镜像式的心理幻象、光影流动的感官刺激、窥视欲望的隐秘再现,百年的影像发展历程培养了新的观众,其审美经验除了延续口语传播和文字传播时代的某些共同特质外,更是产生了新的体验。

四、网络平台的建立

1946年2月,世界上第一台电子数字计算机ENIAC在美国研制成功。它当时由约1.8万个电子管组成,是一台庞大而笨重的机器,体重达30多吨,占地两三间教室。计算机的诞生在当时是相当了不起的成就,开启了人类的信息时代。

互联网诞生于1969年,这一年美国国防部高级研究计划管理局(ARPA,Advanced Research Projects Agency)组建了用于军事防御系统的"阿帕网"(ARPAnet,Advanced Research Project Agency network)。阿帕网只把美国的几个军事及研究用电脑主机连接起来,从军事上置于美国国防部高级机密的保护之下,从技术上还不具备向外推广的条件。1986年,很多

---

① 瓦尔特·本雅明.机械复制时代的艺术作品[M].王才勇,译.北京:中国城市出版社,2001:123—124.

大学、政府资助的研究机构甚至私营的研究机构把自己的局域网并入美国国家科学基金会的广域网。最初互联网只在美国各大学和研究机构之间使用。1991年,欧洲粒子物理研究所(CERN)的科学家提姆·伯纳斯-李(Tim Berners-Lee)开发了万维网(World Wide Web),互联网才开始向社会普及。20世纪90年代以前,互联网的使用仅限于学术研究领域,90年代以后互联网商业化服务逐步成熟。自此,网络平台正式建立起来。

网络平台的建立,具有划时代的传播意义,主要表现在两个方面:第一,声音、文字、影像等不同媒介方式的艺术得以在网络上传播;第二,网络本身发展出独立的艺术,比如网络文学。

第一个方面,网络主要是作为一个展示和传播的平台,不同媒介方式的艺术仍然能作为独立的类型提供审美经验,并且在网络上整合成一种复合式的体验。电子媒介在20世纪60年代开始模拟,自90年代急速地数字化,在这个发展趋势下产生了决定性的转折。"数字媒介的出现让图像和声音之间产生了一种基本的新型关系,无论是在它们的生产还是接受过程中:直到此时人类感知才获得了一个交汇点,声音和光线在历史上首次直接结合起来,并在同一个媒介上呈现模拟图像和数字系统,或者在同一个编码下交互和形成。"①网络平台所提供的正是数字媒介对图像、声音、文字的多维组合、共同交汇。网络给广播、电影、电视提供点击播放的平台,促使视觉听觉文化大肆扩张。"自从19世纪末,电话、摄影和电影的发明,以及20世纪广播、有声电影、电视、录音磁带和录像的发明,视听文化已经历史性地扩张与改革。所有这些媒介重新划定了视觉和听觉的边界并重新设定了它们之间的关系。最初,在19世纪时,媒介最先分隔了图像和声音,随后在20世纪又将两者结合起来。"②

第二个方面,网络本身发展出独立的艺术,网络文学、网络电影、网络电台等等。比如网络文学就是依靠网络媒介而形成的文学样式,欧阳友权将网络文学的存在形态分为以下三种。第一种,广义而言,指经电子化处理后

---

① Dieter Daniel, Sandra Naumann. Shifting Aesthetics of Image—Sound Relations in the Interaction Between Art, Technology, and Perception [M]// Liv Hausken. Thinking Media Aesthetics : Media Studies, Film Studies and the Arts. New York: Peter Lang GmbH,2013:217—238.

② Dieter Daniel, Sandra Naumann. Shifting Aesthetics of Image—Sound Relations in the Interaction Between Art, Technology, and Perception [M]// Liv Hausken. Thinking Media Aesthetics : Media Studies, Film Studies and the Arts. New York: Peter Lang GmbH,2013:217—238.

所有上网的文学作品,即在互联网上传播的文学。第二种,发布于互联网的原创之作,它与传统文学作品相比,不仅有媒介载体的不同,还在创作方式、作者身份和文学体制上有了不同。第三种,利用数字多媒体技术和网络交互作用创作的超文本、多媒体作品,它们具有网络的延伸性、网民互动性,但不能下载作媒介转换。①而第三种被界定为"真正意义上的网络文学"。第一种形态是借助网络平台将印刷文字进行电子化处理的文学作品,其实还是传统意义上的文学。第二、三种形态则是通过网络所发展起来的新的文学样式,这也是欧美网络文学界所强调的"数字诞生"(digital born)②,它们的文字表达、结构方式、表意形态等诸多方面被网络媒介所塑造。"媒介决定了编码如何展开。可以说,媒介的物质性特征可以决定人们如何解释符号或文本。"③从口语、文字、印刷、影视到网络媒介,媒介不仅仅是外在于我们的中介工具,更是在我们周围形成一种媒介环境,个体的感知、想象、理解与判断都被媒介所制造的符号景观所笼罩,新媒介文学的审美经验在这种环境下生成了诸多变迁。

以哈罗德·伊尼斯(Harold Innis)、马歇尔·麦克卢汉为代表的多伦多学派提出了传播媒介的议题以及传播的物质性问题,他们将传播媒介的承载内容剥离,认为媒介本身是人体的物质性延伸,且重构了人与物的社会关系。伊尼斯认为传播媒介影响了帝国的兴衰,偏重时间的媒介和偏重空间的媒介各自影响了帝国不同的统治类型。麦克卢汉认为,媒介是人类感官的延伸,它不仅能决定所传播的内容,而且能决定传播得以发生的种种社会关系,新的媒介创造新的尺度、速度和模式。伊尼斯的理论更具社会和政治色彩,考察了媒介与文明的分期有何关联,并如何改变社会与文明。麦克卢汉则更为细致地考察技术媒介如何改变心理、身体、感官。

伊尼斯和麦克卢汉被视为第一代媒介理论学者,梅罗维茨在此基础上建立了第二代的媒介理论。麦克卢汉把历史分为口头、书写/印刷和电子这三个主要时期。梅罗维茨把媒介史划分为口头、手抄、印刷以及电子文化四个不同阶段。他指出媒介理论应该关注每种特定类型媒介的特性、每种传播手段相对固定的特征,以及这些特征如何使得该媒介在物理、心理和社会层面上区别于其他媒介及媒介间的交流方式。传播媒介除了所传达的内容之外,还有诸

---

① 欧阳友权.网络文学的本体追问与意义体认[J].文艺理论研究,2007(1):58—62.

② N. Katherine Hayles. Electronic Literature: New Horizons for the Literary [M]. Notre Dame, Indiana: University of Notre Dame Press, 2008:3.

③ Marcel Danesi. Encyclopedic Dictionary of Semiotics, Media, and Communications[M]. Toronto: University of Toronto Press, 2000:142.

多潜在的影响。梅罗维茨指出："媒介问题至少与两个社会层面有关：微观的个人情境层面和宏观的文化层面。前者是指所选择的特定媒介如何影响特定的情况或互动。后者是指新媒介可能改变社会互动和社会结构。"①互联网技术的出现与数字时代的来临重新开启了学者对媒介史的划分，传统口语社会、现代印刷社会到全球电子文化的变迁被更多地提及。

从口语媒介到文字媒介，原始社会的集体人格逐步瓦解，个人的阅读空间得以形成；从文字媒介到印刷媒介，个人对于文字符号的解析习惯已经形成，文学的力量强势显现；从印刷媒介到影像媒介，影像语言的表意方式逐步成熟，光影流动的画面带来了蓬勃的视觉文化；网络平台的建立，为诸种媒介的传播特性和表达逻辑提供了融合的途径。"书写和印刷文字强调的是思想，而大多数电子媒体强调的是感觉、外观和情绪。"②个体对真理和真相的追问转移到情绪和感官的活动中，他们关心"这看起来如何""这是什么感觉"，而不是"这是真的吗"。网络媒介恢复了口语传播时代的关键特征：即时的感知、反应和行动，感官体验再次成为交流的主要形式。网络媒介上的口头形态与过去的口头形态也有不同，它不再受到时间和空间的物理限制，它也可以被保存、分享。网络媒介绕过了书写和印刷媒介所确定的传统文学界，群体组织、社群边界重新形成，并促成新的文艺观、世界观。"电子革命打破了话语与其物质性之间的旧有联系，迫使我们理性地审视一切与写作有关的行为和概念。"③这是一场深刻的剧变。历来人类历史以经济、社会为纲，当我们以媒介为纲纵览人类文明的进程，会发现每一次媒介的演进都是一场剧变，它带来分享知识和创造艺术的新方式。

第二节　多种媒介方式的并存与竞争

一、不同媒介的独特价值

纵向而言，文学传播媒介历经口语、文字、印刷、影像、网络的演变；横向

---

① Joshua Meyrowitz. Media Theory[M]//David Crowley, David Mitchell. Communication Theory Today. Stanford：Stanford University Press，1994：50—77.

② Joshua Meyrowitz. Media Theory[M]//David Crowley, David Mitchell. Communication Theory Today. Stanford：Stanford University Press，1994：50—77.

③ 让－菲利浦·德·托纳克. 别想摆脱书：艾柯、卡里埃尔对话录[M]. 吴雅凌，译. 桂林：广西师大出版社，2013：iii.

而言,文学传播媒介具有各自独特的媒介属性。麦克卢汉认为人类历史上有三次基本技术革新。首先是文字的发明。字母的发明,将多个空间的复杂互动转化为单一的空间,将所有感官强化为一种单纯的视觉代码。[①]文字的发明,打破了原始社会各种感官的平衡,突出了视觉的作用。其次是15世纪机械印刷的推广,进一步加快了感官失衡的进程。再次是19世纪中期电报的发明,预示了电子时代的到来,此时人的感官趋向平衡。电子媒介整合人的感官,使之重新回归印刷文字发明之前的整体思维。麦克卢汉指出,媒介的变化给人类带来全新的表达形式和社会结构,文字媒介、印刷媒介和电子媒介分别改变着人们的感受形式、精神面貌、思想形态乃至政治社会体系。口语时代人们处于集体主义的氛围之中,文字媒介带来了个人主义倾向,而电气技术则让人们回归到集体性的相互依存之中。

媒介在社会结构变迁中起到支配性作用。波德里亚考察了文艺复兴至当代传媒时期,提出了仿象理论,认为当代社会是由传媒所营造的仿真社会。仿象理论在艺术作品的使用价值和交换价值之外强调象征交换的符号价值,解释了"超真实"这个问题。他将仿象分为三个阶段:

> 仿象的三个等级平行于价值规律的变化,它们从文艺复兴开始相继而来:
> ——仿造是从文艺复兴到工业革命的"古典"时期的主要模式。
> ——生产是工业时代的主要模式。
> ——仿真是目前这个受代码支配的阶级的主要模式。
> 第一级仿象依赖的是价值的自然规律,第二级仿象依赖的是价值的商品规律,第三级仿象依赖的是价值的结构规律。[②]

波德里亚认为,第三个等级的仿真发展到拟象阶段,真实本身已经被瓦解,出现了"超真实",这不是客观存在之物,而是人为再生产之物或想象之物。"超真实"成为一种比"真实"更为现实的存在,我们被生活中的各种符号和拟象所包围。如今社会、经济、历史、政治的整个现实都与"超真实"的拟象结为一体,人们的生活浸染在对现实的审美幻觉之中。"新一代符号和物体伴随着工业革命而出现。这是一些没有种姓传统的符号,它们从没经历

---

① 马歇尔·麦克卢汉.谷登堡星汉璀璨:印刷文明的诞生[M].杨晨光,译.北京:北京理工大学出版社,2014: 115.

② 让·波德里亚.象征交换与死亡[M].车槿山,译.南京:译林出版社,2012:62.

地位限制,因此永远不需要被仿造,它们一下子就被大规模生产。它们的独特性和来源的问题不复存在:它们来源于技术,它们只在工业仿象的维度中才有意义。"①社会通过技术来生产无限系列的物体/符号。生产作为一个特殊阶段而进入符号秩序。"正是符号自身生产和再生产了种种真实,真实因此就在符号的领域之中,而并不是对符号的超越。"②仿象的不同阶段从根源上看也在于不同媒介的促进作用,波德里亚所谓的仿造、生产和仿真阶段实则对应文字抄写传播阶段、印刷传播阶段和电子传播阶段,其不同媒介的传播特征制约了社会中交换特征的形成。

电子传播媒介虽然强势地塑造了社会的诸多新特征,诸如麦克卢汉所谓的集体主义复归、波德里亚所谓的仿真阶段,但是口语、文字、印刷、影像、网络等多种不同的传播媒介各自具有独特价值和存在意义。

首先,口语传播媒介的即时感、在场感仍是重要需求。面对面在场交流无法被新兴媒介所取缔。电子媒介实现了远距离的交流,我们通过手机、电脑接收远方的信息,似乎面对面的在场交流可以被远距离的沟通所取代,而事实上,人类对于近距离交流的内在愿望是难以压抑的。贝尔发明电话时,他对朋友说的第一句话是:"来呀,我要你过来。"③这句话是远距离交流的象征——渴望不在场的人到来。就如远在家乡的父母与你发着信息,而在内心期盼着你出现在他们眼前;被山川阻隔的恋人在视频中通话,而依然期盼着可见可感的真实个体依傍左右;在影像媒介中光彩靓丽的影视明星通过影视发布会与观众见面互动,营造特定的在场效果,促进影视作品的传播与消费。

其次,文字媒介所确立的书写范例与思想逻辑维系着精英文化的传统。"祭祀舞蹈是连接上帝与他的子民、与他的自然的媒介。古代诗人曾是思维冥想的传播媒介。希腊古都德尔斐的先知是古代众神的传播媒介。由于他物的疏离以及回归自我,我们的观念被其他中介事物所调解。任何媒介,正如哈罗德·伊尼斯所指出的,形成了自己的市场。它帮助国王增加他们的权力,正如古埃及的象形文字帮助古埃及的统治者成为不朽的统治者。符号

---

① 让·波德里亚.象征交换与死亡[M].车槿山,译.南京:译林出版社,2012:70.

② Jean Baudrillard. Simulacra and Simulation[M].Sheila Faria Glaser, trans. Ann Arbor: The University of Michigan Press,1994:30.

③ Avital Ronell. The Telephone Book: Technology, Schizophrenia, Electric Speech[M]. Lincoln, Nebraska: University of Nebraska Press,1989:228.

(图画或拼音文字)的使用极大地促进了对人民的统治。"①文字媒介促使人们进入理性系统中。文字媒介在精神偶像的确立、社会等级秩序的稳固方面起到了重要作用。文字媒介传承人类的哲学思想,记载历史事件,并发展出依托于语言文字的文学艺术。文字媒介可以区分为狭义和广义两个维度:狭义上看是指手抄文字和印刷文字,以纸质文本的形态存在;广义上看是存在于影视媒介、网络媒介以及其他新媒介中的文字。

再次,影像媒介传递直观可感的视觉景象,丰富了信息的传播途径。影像媒介提供二维乃至三维的直观画面,减弱了受众理解时对于文字抽象思维的需求力度,扩大了受众群体。学者威廉·弗卢塞尔(Vilem Flusser)在《摄影的哲学思考》中指出:最初人们从四个维度的时空中体验生活,新形式的视觉媒体的产生,减少了人类经验中几个可能的维度。"建筑将经验维度减少为三种:长度、宽度和高度。传统图像诸如石洞壁画则将经验维度减少为两种:长度和宽度。印刷文字的出现标志着倒数第二个步骤的到来,它将人类经验减少为一种尺度:印刷的直线性。最后一个阶段则始于照相术,即最早的'技术图像'(technical image),视觉媒体由编码组成,它将人类经验减少为无尺度的。"②不管人们是否真的已经意识到,人类在19世纪进入了技术图像的广泛包围中。弗卢塞尔认为技术图像走向终极的抽象体验,而不痛惜其他经验的丧失。在这最后一个尺度,充满着交流的可能性以及人们之间扩大对话的希望。照相、摄影只是技术图像的一种表现,此外还有电影、电视、计算机等。弗卢塞尔对技术逻辑和线性思维作出的讨论,与麦克卢汉相似,他关注传播的结构而不是专注于文本,相信一个时代主导的媒介塑造人们的意识。尽管有人质疑技术图像时代受众能否在影像的沟通渠道中成为主动的参与者,能否在对话和讨论中获得一种平衡,但毋庸置疑,影像媒介拥有强势的地位,电影、电视等媒介所承载的是清晰可感的直观事件,是可以显现、剪辑并用画面解读世界的意识形态。

总体而言,口语、文字、影像等不同传播媒介各自具有不可替代的传播特征和传播意义,晚近发展起来的媒介方式无法取缔旧有的媒介。

① Sead Alić. Philosophy of Media–Is the Message[J]. Synthesis Philosophica,2010,50(2):201—210.

② Peter Schaefer. Vilém Flusser's Philosophy of New Media History[J]. New Media & Society,2011,13(8):1389—1395.

二、多种媒介的互文作用

20世纪60年代,法国理论家克里斯蒂娃(Julia Kristeva)开创性地提出了互文理论,关注文本之间的关系。1967年,克里斯蒂娃在《批评》(*Critique*)杂志发表《巴赫金:词语、对话和小说》("Bakhtine, Le mot, le dialogue et le roman")①一文,初次提出"互文性"(intertextuality)概念,在这篇关于巴赫金理论的评介文章中,克里斯蒂娃强调了"任何文本都是对其他文本的吸收与转化"②。巴赫金指出要"通过观点来了解观点,借助经验来总结经验,通过言语来阐释言语,立足文本来理解文本"③,他认为"文学词语"不是仅有一种固定意义,"而是多重文本的'平面交叉',是多重写作的对话",词语的书写者包括作者、读者以及历来的文化背景。④在相应的文本空间产生三种维度:写作主体、读者和外部文本,在横向轴上文本中的词语同时属于写作主体和读者,在纵向轴上文本中词语指向先前或共时层面的文本集合体。在这样的文本空间中,文本在"对话性"(dialogue)和"双值性"(ambivalence)⑤两个轴线上延伸,前者是作者或读者与文本语言的对话,后者产生了意义的"多声部"。"双值性"就是"在一个词语、一个段落、一段文字里,交叉重叠了几种不同的话语,也就是几种不同的价值和观念"⑥。

克里斯蒂娃受到巴赫金提出的"对话性""复调小说""狂欢化"的启发,提出并逐步明确互文性的概念。"互文性"又称"文本间性""文本互指""文本互涉",意思是任何文本都是对其他文本的吸收和转换,一个文本中会交叉出现其他文本的词语、表述和意义。克里斯蒂娃提到:"任何本文都不会只

---

① 这篇文章是作者在她的老师罗兰·巴特的研究课上所作的报告,首次发表于1967年《批评》杂志上,收入作者所著的《符号学:语义分析研究》(*Semeiotikè:Recherches Pour une Sémanalyse*)。该书1969年由塞伊出版社出版,中文版2015年由复旦大学出版社出版。《巴赫金:词语、对话和小说》这篇文章广受关注,20世纪80年代在欧美学界影响尤大,其理论起点源于巴赫金的两本著作《陀思妥耶夫斯基诗学问题》与《拉伯雷的著作》。

② 朱莉娅·克里斯蒂娃. 符号学:符义分析探索集[M]. 史忠义,等,译. 上海:复旦大学出版社,2015:87.

③ 托多罗夫. 巴赫金、对话理论及其他[M]. 蒋子华,张萍,译. 天津:百花文艺出版社,2001:205.

④ 朱莉娅·克里斯蒂娃. 符号学:符义分析探索集[M]. 史忠义,等,译. 上海:复旦大学出版社,2015:85.

⑤ 朱莉娅·克里斯蒂娃. 符号学:符义分析探索集[M]. 史忠义,等,译. 上海:复旦大学出版社,2015:87.

⑥ 朱莉娅·克里斯蒂娃. 主体·互文·精神分析:克里斯蒂娃复旦大学演讲集[M]. 祝克懿,黄蓓,编译. 北京:生活·读书·新知三联书店,2016:17.

产生于一位作者的创造意识——它产生于其他本文,它是按照其他本文所提供的角度写成的。"①互文性是现有文本与已有文本展开的一场对话。一方面,文本的所指受到作者和读者的主观意愿的影响;另一方面,文本中字、词、句的选择与文本意义的生产总是与之前其他文本存在关联,文本的产生基于其他的文本材料与客观历史。互文性从文本的生产和消费两个方面显示具体文本与外部社会的复杂关系。互文性根本上是一种文本理论,但它具有跨学科的特点,适用于传媒文化的生产领域与具体实践。参照互文性,有的学者提出了"跨媒介性"(intermediality)的问题。"在跨媒介研究兴起的过程中,互文性概念始终如影随形。……这一概念既主要涉及文学研究领域,又涵盖了极为丰富的具体实践形态。当其作为一个重要的参照性概念进入跨媒介研究领域,必然会在新的概念系统中不断产生理论重构效应。"②艺术的跨媒介性存在于不同的媒介之间。特定媒介的手段、主题与摹仿会唤起另一种媒介的传统元素与表达结构,形成跨媒介互动。一个文本潜在地与其他文本构成互涉关系,一种媒介也与其他媒介相互关联。我们现在同步地生活在多重媒介的世界中,无法执着于一种人类感官,也无法局限于一种媒介文化。

多种媒介的互文作用可以分两个层面:从外在的社会运作模式上来看,表现为媒介融合的趋势;从内在的艺术表达形式来看,表现为不同媒介相互参照、产生新的表意途径。

就第一个层面而言,媒介融合(media convergence)的原意是各种媒介呈现多功能一体化的趋势。媒介融合可以指两种以上的媒介组合成新的媒介形态,如电子杂志、手机新闻等;媒介融合也可以指一切媒介要素的结合,如传播手段、媒介功能、媒体组织机构等要素的融合。媒介融合是在多元化的传送渠道下媒介信息的操作模式,它把报纸、广播、电视台等传统媒体与互联网、手机智能终端等新媒体的传播渠道有效结合起来,通过多种平台将信息传播出去。从外在的社会维度可以看到媒介融合的便利性效果。

就第二个层面而言,特定媒介艺术会产生另一种媒介的表现形式与文化逻辑,进而与其他媒介艺术产生具体或潜在的联系。比如文字媒介运用口语媒介的表达形式、影视媒介运用文字媒介的语言逻辑等。麦克卢汉说:"媒介作为我们感知的延伸,必然要形成新的比率。不但各种感知会形成新

---

① 朱丽娅·克利斯蒂娃. 符号学:语义分析研究[M]//J.M.布洛克曼. 结构主义:莫斯科—布拉格—巴黎. 李幼蒸,译. 北京:商务印书馆,1980:98.

② 李健. 跨媒介艺术研究的基本问题及其知识学建构[J]. 中国比较文学,2021(1):26—42.

的比率,而且它们之间在相互作用时也要形成新的比率。电台改变了新闻报导的形式,正如它改变了有声电影的形象一样。电视造成电台节目编制中的急剧变化,其形式表现为编制最流行的节目或纪实小说。"①一般而言,新媒介会借用已有媒介的表达逻辑,并对已有媒介产生逆向作用。

具体来说,可以分为以下几个方面。第一,文字媒介运用口语表达形态,包括运用口语传播时代口头流传的故事和诗篇,以及文字媒介传播时期的民间口头文化。书写文本与口头文本存在明显的界限,但我们也不难发现两者之间的互文性。古代文学的研究学者发现:"在早期文本里,我们的确有最基本意义上的'口头形态'的痕迹,也就是说句末的辅音会影响下一句开头的用字,但是这也可能来自于对歌者演唱的记录,或者校勘的过程。"②早期诗歌文本中存在口语媒介所留下的痕迹,如许多诗人在凝练的诗句中会运用口语媒介的质朴元素。文字传播时代的文学文本中也被倡导运用民间的口头文学,比如苏轼说"街谈市语,皆可入诗",胡适《文学改良刍议》提到"不避俗字俗语"。第二,影像媒介运用文字媒介及其表达逻辑。影视剧中的台词、旁白直接采用文字媒介。影视作品采用文字媒介的抽象思维来完成艺术表达,影视剧中的时间线索、叙事方式时常借用文字媒介所确立的抽象思维。艺术家迪克·希金斯(Dick Higgins)认为:"在'电影'这一媒介中,其他媒介的概念和原则变成了主题,并在审美的意义上得以实现,这就像电影的概念在其他媒介中也能得以实现一样。"③欧洲著名导演英格玛·伯格曼执导的《野草莓》是意识流电影的经典之作,主人公医学教授伊萨克·波尔格在前往颁奖典礼的旅途中展开自我反省和审判,影片采用复调式的叙事结构,将现实与梦境交织。这部电影并不专注于画面的华丽呈现或影像的直观炫耀,而是借用文字媒介所擅长表现的意识跳跃、复调结构,从而形成强大的艺术张力,也给观众带来接受上的难度与深度。费德里科·费里尼的《八部半》表达现代人的精神危机、无望混乱的内心生活,将人物的心灵视觉化,影片从内在逻辑上同样是运用文字媒介的表意策略。第三,网络媒介将口语媒介、文字媒介和影像媒介的内容与表达形式整合在一起。

多种媒介并存,并不是说一种新兴的媒介会从根本上取缔另一种媒介,

---

① 埃里克·麦克卢汉,弗兰克·秦格龙.麦克卢汉精粹[M].何道宽,译.南京:南京大学出版社,2000:270.

② 宇文所安.中国早期古典诗歌的生成[M].胡秋蕾,王宇根,田晓菲,译.北京:生活·读书·新知三联书店,2014:12.

③ Dick Higgins. Horizons. The Poetics and Theory of the Intermedia [M]. Carbondale: Southern Illinois University Press,1984:133.

或使得依托于旧有媒介的艺术形式终结;而是不同媒介在外在结构和内在逻辑上交互作用以形成新的文化生态。"事物可以同时是意义和媒介、交流渠道和编码。人类语言可能会被认为是媒介的普遍中介物、意义的意味、其他渠道的交流渠道。"①人类语言通过口语、文字、影像等不同媒介传递出来,而其又是不同的思考主体之间的媒介。媒介不只是工具性的中介,它本身构成丰富的意义。"如今,视觉和听觉信息之中的技术和文化交织得如此紧密、如此多样,以至于人们难以想象,在视听设备的媒介产生之前,是如何将图像和声音的文化与艺术品分离开来的。"②媒介的互文作用一直存在,种种媒介之间具有相互转换关系。从外在的社会运作到内在的艺术表达,全媒体时代下媒介的互文作用是普遍的。

三、媒介结构和宏观层次

全媒体时代多种媒介并存,不同媒介之间存在互文性,诸多媒介形成了一定的媒介结构和层次。媒介传递信息,也构成信息。媒介传递思想,也改造思想。"今天大众媒体给我们提供现成文字、图像、形式、类型、行为方式和媒体礼仪。这些机器已经给予我们大规模的复制图像/文本作为邀请,以让我们适应机器的世界,一个我们将自己体验为机器的世界。"③媒介承载人类生活中的景观现象,给人们带来了新的契机,也造成新的忧虑。迅速增长的电子媒介在引导或创造社会进程中起到重要作用。"问题不仅是媒介和社会进程之间的共有关系,而且也在于,在媒介的影响下,人类的构成作为整体的或内在于自身的组成部分所产生的变化。在这个意义上,哲学无法忽视正在更新着的媒介对人类生活和当代哲学思想的影响。"④媒介的变迁是形而下的现实问题,直接带来社会进程的变迁;也是形而上的思维问题,潜在地影响人类的思维。

全媒体时代的媒介结构由口语、文字、影像和网络等媒介组成,彼此产

---

① Sead Alić. Philosophy of Media—Is the Message[J]. Synthesis Philosophica,2010,50(2): 201—210.

② Dieter Daniels, Sandra Naumann. Shifting Aesthetics of Image—Sound Relations in the Interaction Between Art, Technology, and Perception[M]// Liv Hausken. Thinking Media Aesthetics: Media Studies, Film Studies and the Arts. New York: Peter Lang GmbH,2013:217—238.

③ Sead Alić. Philosophy of Media—Is the Message[J]. Synthesis Philosophica,2010,50(2): 201—210.

④ Hrvoje Jurić. Philosophy and Media[J]. Synthesis Philosophica,2010,50(2):199—200.

生互文作用的媒介将文字、图像、表演、音效等要素糅合起来。媒介结构由不同的传播媒介所组成,各式媒介的地位和影响不甚相同。媒介结构是分层级的,虽然不同传播媒介各自有独特的价值,并且彼此存在互文关系;但是处在不同地位的媒介所激发的审美经验、所产生的社会效应也是不同的。

首先,全媒体时代的媒介结构以网络媒介为基石,网络平台上可以传播口语、文字、影像的内容,同时在网络媒介中生成网络文学等新的艺术范式,网络媒介是全媒体社会最新颖而广泛的媒介形式。"如今在大部分情况下经验是虚拟的。人类历史将进入电影的、体育的或音乐的产业历史,拥有着无法比拟的趣味。互联网是一个渠道,或者更确切地说,是进入一个传播迷宫。"①其次,影像媒介在全媒体社会中处在仅次于网络媒介的强势地位,它是影视产业等大众文化发展的基础力量。影像媒介提供直观图像,极大地扩展了受众规模,将通俗的审美经验带入日常生活。影像媒介的互文性中包括文字、声音的表达形态,而图像占据支配作用,它促使人类的审美经验走向视觉化、感官化。再次,文字媒介在全媒体社会丧失了印刷媒介时代的绝对优势地位,其文化规模和社会效益被影像、网络等电子媒介所抢占。以文字媒介为载体的艺术形式边缘化,传统的文学创作、文学作品、文学阅读正在产生一系列的转型。文字媒介一方面借助学科体系、教育体制的保障而维系传统的、精英式的存在方式;另一方面与影像媒介进行文本互涉而获得更广泛的社会影响。最后,口语媒介在全媒体社会中承担日常交流功能,而不再具有原始口语传播时代主导性的艺术创造力量。所有人都在进行口语交流,但这种交流只是一种日常交际,不是艺术样式。基于口语媒介的艺术形态诸如民间歌谣、唱词、谚语都能通过电子媒介方式得以保存,人们不再通过口耳相传的口语方式来创造辉煌文化。留给口语媒介的仅仅是功用性的表达效果和现场性的宣传效果。全媒体社会中不同媒介虽然缺一不可,但是有一定的等级秩序和媒介地位。

媒介结构宏观上是分层次的,在诸种层次内部有许多交织的微观因素,特定文本的形式风格、题材立意、叙事结构、表征政治借助于相应媒介及其互文性而呈现。一种媒介可以调动或释放另一种媒介的威力。"印刷的书籍促使艺术家尽其所能,把一切表现形式压缩到印刷文字那种单一的描述性和记叙性的平面上。电力媒介的出现立即把艺术从囚衣的束缚下解放出来,也创造了保罗·克里、毕加索、布拉克、爱森斯坦、麦克思兄弟和乔伊斯的

---

① Sead Alić. Philosophy of Media—Is the Message[J]. Synthesis Philosophica, 2010, 50 (2): 201—210.

世界。"①印刷文字将声音的、视觉的、心理的各种人类体验抽象化为文字符号，在单一的平面纸张上展示纷繁的世界，它所依靠的是接受者对抽象文字的想象与解码。电子媒介为人类提供了更为立体的表达方式，艺术从美妙又艰深的文字中解脱出来，有了更为多元的传播途径。20世纪，瑞士画家保罗·克里善于在绘画中借用音乐形式，抽象的构图、出色的图案、交织的几何图形、扭曲的事物符号、色彩奇趣的画面构成了其多样的现代派风格。西班牙画家毕加索善用剧烈变形、扭曲和夸张的笔触，用几何彩块堆积与抽象造型创作了极具冲击力的作品。法国画家布拉克最早将字母糅合进绘画，将颜料与沙子混合作画，使用先锋的拼贴画法。苏联电影导演爱森斯坦在影片的蒙太奇手法、声画框架、单镜头画面结构、色彩等方面极大推进了电影的发展，其《战舰波将金号》将蒙太奇手法推向极致，其中"敖德萨阶梯"的剪辑造成相当震撼的美学效果。爱尔兰作家乔伊斯的《尤利西斯》《芬尼根守灵夜》具有后现代特征，挑战读者的阅读能力却又魔幻般地吸引着读者。这些20世纪文学艺术场域中的杰出代表，从表面上看，他们的创作是特定艺术领域内纯粹的文本表达；而事实上，乔伊斯在小说中对同形异义文字游戏的编织也好，布拉克对字母与绘画的奇异糅合也罢，电力媒介的出现赋予这些创作更多的想象力与表达方式。电力媒介释放了文字、画面、影像的表达潜力。

哲学家韦尔施在《重构美学》中指出，要建构美学的新图景，特别提到"现实的非现实化"问题。就是说，今日现实主要由传媒传达，现实深深地为媒介所影响。仿真与真实之间产生了混淆。以一些时事新闻为例，在铺天盖地的媒体报道中，最终你根本不知道亲眼所见的是重新播放的现实，还是只是一种仿真。这动摇了人们对于所谓现实的信仰。虽然说眼见为实，但在传媒的表达中，你永远看不到你不应当看的东西；而且你根本无法确定你的所见是真实发生的事件还是电视频道所赋予的媒介景象。"这样的经验首先软化了我们对传媒—现实的信任。现实的描述与仿真之间的差异，变得越来越不明显，且渐趋失去它的意义。因此，传媒本身越来越以虚构和游戏的模式呈现它们的画面。"②现代生活越来越被传媒图式所构造、表述和感知。

"内容在大部分时间里向我们隐瞒了媒介的真实功能。它冒充信息，而

---

① 埃里克·麦克卢汉，弗兰克·秦格龙. 麦克卢汉精粹[M]. 何道宽，译. 南京：南京大学出版社，2000：272.

② 沃尔夫冈·韦尔施. 重构美学[M]. 陆扬，张岩冰，译. 上海译文出版社，2006：96.

其实真正的信息，是在人类关系的深层发生了（等级的、范例的、习性的）结构改变。"①比如，铁路作为一种运输工具，它所带来的信息并不是它所运输的旅客或货物，而是一种世界观、一种新的生活方式。电视所带来的信息，并不是它所传输的画面，而是它所造成的新的感知模式、家庭结构和社会关系等。当代文字、印刷、影像、网络等多种媒介组成的媒介结构，与其说它创造出各种不同的表达、经验与场景，不如说它是所有场景潜在可能性的组合。在这个纷繁的世界，每一种媒介都把自己作为信息强加给了世界，把各自抽象严密的逻辑强加于信息的表达之上。我们所面对的，就是这些具有技术性、艺术性乃至意识形态性的编码规则，这些规则过滤、划分并重新解释世界，形成了一种"超真实"的媒介世界。所有真实的、现实的事件都烟消云散了，我们所接收的信息则是被各种媒介处理过的再现事件。现代传媒世界由口语、文字、影像、网络互文的媒介结构所塑造，媒介结构中的层级差异与文本互涉促成复合化的审美特性，它取代了单一媒介生成的纯粹审美感知。

第三节　新媒介文学的现实形成

一、文学疆界的延伸

学界对于媒介的研究日益具体深入。法国学者德布雷（Régis Debray）的"媒介学宣言"、德国学者基特勒（Friedrich Kittler）的"媒介考古学"、美国学者梅罗维茨的"媒介环境论"，从媒介本体、媒介历史、媒介社会学的角度带来许多启示。

梅罗维茨在界定媒介之时只是区分了"作为渠道的媒介；作为语言的媒介""作为环境的媒介"。②德布雷从历史学、社会学、传播学、符号学的跨学科视野来研究媒介，涉及面广泛，包括宗教起源到人类组织、媒介的社会群落、媒介生态学的历史辩证法、大众传播的公民媒介学等。德布雷认为从对象领域来看媒介含义太过广泛，媒介包括物件、机构、社会符号等，还适用于自然语言、身体器官、符号的物质载体、复制的技术手段等方面。③于是，他

① 让·波德里亚.消费社会[M].刘成富,全志钢,译.南京:南京大学出版社,2000:132.
② 施蒂格·夏瓦.文化与社会的媒介化[M].刘君,李鑫,漆俊邑,译.上海:复旦大学出版社,2018:84—85.
③ 雷吉斯·德布雷.普通媒介学教程[M].陈卫星,王杨,译.北京:清华大学出版社,2014:8.

将媒介分为三个层面:一是渠道,信息的物质载体;二是代码,语言的内部结构;三是讯息,具体的传播行为的内容。①德布雷倡导的媒介学结合印刷史、阅读史和文化史所提供的实证研究,试图研究媒介化的社会文本如何成为社会变迁的动力来源和阐释机制。他指出媒介学不能为媒介提供唯一性和排他性的概念,媒介涉及相关学科的交叉。他考察"宗教、政治、意识形态和思想态度等社会功能和技术结构的关系,思考媒介如何运载信息",探讨"技术和文化的互动结构"。②

　　基特勒推进以历史为导向的媒介研究,以媒介考古学的方法探讨媒介的古今联系。他说,"媒介决定我们的现状"③,"媒介考古学旨在重新发现媒介文化现象及相关议程中的遗迹,阐明其背后的意识形态机制。同时,媒介考古学也强调历史叙事的多样性,并凸显其被建构、被意识形态决定的本质"④。基特勒回溯到古希腊,对数字、字母的符号系统进行考察,试图开辟一条基于媒介本体的思想路径。在媒介考古学者看来,媒介文化关乎客观事实,也包括质疑话语,因此它可以成为一种社会批判的工具。以留声机、电影、打字机为代表的媒介革命在20世纪初已然发生,直到20世纪60年代,整个社会才产生相应的媒介意识,媒介很快成为当时的新兴学科传播学的研究问题,却没有得到其他人文学科的充分关注。媒体考古学考察"特定的文化条件是如何使新技术和阅读实践成为可能"⑤,在不同历史文化背景下挖掘技术的使用及其留下的印迹。"我们阅读实践中看似正常、深刻或异常的内容,总是受到历史背景和媒介形式的影响。阅读实践、文学诗学和阅读机器都是从特定的文化生态中产生并与之适应的。文学、阅读、媒介三者之间的交织关系,使得媒介考古学成为文学批评的重要实践。"⑥媒介考古学重视媒介在文学叙事中的独特作用,以考古的姿态帮助人们理解与"传统相

① 雷吉斯·德布雷.媒介学宣言[M].黄春柳,译.南京:南京大学出版社,2016:67.
② 雷吉斯·德布雷.普通媒介学教程[M].陈卫星,王杨,译.北京:清华大学出版社,2014:9.
③ 弗里德里希·基特勒.留声机　电影　打字机[M].邢春丽,译.上海:复旦大学出版社,2017:前言1.
④ 埃尔基·胡塔莫.媒介考古学:方法、路径与意涵[M].唐海江,主译.上海:复旦大学出版社,2018:26.
⑤ Jessica Pressman. Digital Modernism: Making It New in New Media[M]. New York: Oxford University Press,2014:60.
⑥ Jessica Pressman. Digital Modernism: Making It New in New Media[M]. New York: Oxford University Press,2014:60.

反的、真正新潮的和进步的事物"①。

媒介学是跨学科的研究,新媒介文学研究借鉴媒介学研究成果而将主要目光投注于文学领域,关注媒介在文学实践中产生的效应,并探求文学如何受到媒介的塑造。从对象范畴来看,媒介的含义广泛,它包括纸张、磁带、胶卷、屏幕等物质载体,喉咙、声带等发声器官,句法、语法等社会符码,还包括汉语、英语等自然语言,书写、印刷、电子等技术手段。基于宽泛的对象去定义媒介并不科学。我们可以从方法论上去认识媒介,媒介分为三个层面:其一,渠道,即信息的物质载体;其二,符号,即信息的语言结构;其三,内容,即传播的具体内容。新兴媒介不断影响并塑造文学的面貌。自文学确立自身定义、明确研究对象、建立学科体系,文学疆界便产生了。文学疆界并非一个固定的领地,它随着不同的社会历史语境得以扩张或者收缩。随着媒介的变革,新的文学现象随之出现,文学壁垒有所松动,文学疆界正在蔓延。

乔纳森·卡勒在《文学理论》中试图直截了当地对"文学"下一个结论:"文学就是一个特定的社会认为是文学的任何作品,也就是由文化来裁决,认为可以算作文学作品的任何文本。"②然而,他也指出这样的结论不会令人满意,于是归纳了理论家关于文学本质所作的五点论述:(1)文学是语言的"突出";(2)文学是语言的综合;(3)文学是虚构;(4)文学是美学对象;(5)文学是文本交织的或者叫自我折射的建构。韦勒克说:"文学艺术的中心显然是在抒情诗、史诗和戏剧等传统的文学类型上。它们处理的都是一个虚构的世界、想象的世界。"③特里·伊格尔顿(Terry Eagleton)认为文学是一种社会意识形态,特定社会集团赖以行使和维持自身权利。这些关于文学的认知和界定在中国产生了广泛影响。在古代中国,"文学"往往指代"文字""文章"或"学术"。现代意义上的文学主要指以语言文字为载体的想象性、创造性的虚构作品,主要类型包括小说、诗歌、戏剧等,审美性和意识形态性是其突出特征。明确了文学的含义,我们基本可以确定文学的疆界。卡勒所谓"文学由文化来裁决"这个看似权宜的说法,事实上正戳中了文学疆界的中心问题,文学的疆界并非由某些权威或特定机制所划定,而是由随时而变的文化来裁定。

文学疆界具有"场域"的逻辑和特征。法国社会学家皮埃尔·布迪厄提

---

① 埃尔基·胡塔莫.媒介考古学:方法、路径与意涵[M].唐海江,主译.上海:复旦大学出版社,2018:39.

② 乔纳森·卡勒.当代学术入门:文学理论[M].李平,译.沈阳:辽宁教育出版社,1998:23.

③ 雷·韦勒克,奥·沃伦.文学理论[M].刘向愚,等,译.北京:生活·读书·新知三联书店,1984:13.

出"场域""文化资本"等概念,也专门讨论了法国文学场域的生产和结构问题。布迪厄在《艺术的法则:文学场的生产和结构》一书中指出,场的三个阶段分别是:自主的获得、双重结构的出现、象征财富的市场。文学形成特定的疆界、朝着自主的方向发展是在19世纪;随后,文学的自主原则转化为文学场域的特定逻辑,即艺术与金钱、艺术秩序与经济秩序、生产者纯粹的生产和满足公众需要的大生产之间的双重结构;在文学场域的双重结构中,文化资本显示了独特的作用,它作为象征力量可以转变为经济资本并产生财富。文学疆界随着文学现代含义的确定而逐步确立边界,在这个场域之内,文学划分类型、处理审美,同时又面临场域之内的资本、占位、竞争等社会问题。"文学场是一个力量——场域,也是一个针对改变或保持已确立的力量关系的斗争场域。"①"人们能够观察到作为一个整体的社会场或政治场,与文学之间的各种各样的结构的和功能的同源关系,而文学场像它们一样,也有它的支配者与被支配者,它的保守派与先锋派,有它的颠覆性斗争与再生产的机制,而且,这一事实表明了上述每一种现象都将在其内部呈现一种完全特别的形式。"②文学疆界之内充满各种针锋相对的力量,它们凭借文化资本彼此较量;一部分力量获取了支配性的地位,并维持了一定时期稳固的文学疆界。

伴随文学学科建制的成型,文学疆界基本上是围绕以语言文字为载体、虚构的审美文本而展开创作、阅读和研究等一系列活动。影像媒介、网络媒介强势发展,数字媒介及其相应的文艺现象侵袭了文学的固有疆界。从口语媒介到印刷媒介,语言的书面化、修辞化促使文学逐步建构自身的特质、获得独立的地位。从印刷媒介到数字媒介,文学产生了新的形态,传统文学受到威胁,文学的疆界延伸。本雅明曾说:"长篇小说在现代初期的兴起是讲故事走向衰微的先兆。长篇小说与讲故事的区别在于它对书本的依赖。小说的广泛传播只有在印刷术发明后才有可能。"③印刷媒介为小说传统提供了基本条件,小说的兴起歼灭了讲故事的传统即史诗传统。小说诞生于离群索居的个人,创作者幽闭冥想、驰骋文思,在以文字为载体的小说中显示出对生命深刻的困惑。正如小说打破了口口相传的讲述经验,电影、电

---

① Pierre Bourdieu. In Other Words: Essays Towards a Reflexive Sociology[M]. Redwood City, California: Stanford University Press, 1990:143.

② 包亚明. 文化资本与社会炼金术——布尔迪厄访谈录[M]. 包亚明, 译. 上海:上海人民出版社, 1997:80.

③ 汉娜·阿伦特. 启迪:本雅明文选[M]. 张旭东, 王斑, 译. 北京:生活·读书·新知三联书店, 2008:99.

视、网络剧又打破了小说的文字书写经验。影像媒介产生以来,文学的基本秩序产生动乱,小说、诗歌、散文、戏剧等文学基本类型不断被冒犯,文学曾经将文字经验推向极致,但影像媒介的华丽画面可能让文字黯然失色。影像媒介的视觉思维侵入文学疆界,消遣式阅读更明显地进入文学的接受经验之中,经典文学文本复杂的叙事迷宫、深度的思维模式在大众接受经验中遭受冷遇。

在这种背景下,文化研究顺势兴起,它不断触碰传统文学疆界之外的话题。国外文化研究发源于两个传统:20世纪60年代法国的结构主义和英国的马克思主义文学理论。随着二战后资本主义的政治危机,工人运动的一时盛行,文化研究进一步发展。文化研究关注大众通俗文化,包括基于影像媒介的文化形式。大众通俗文化探索工人阶级的文化,不断强调阶级、种族、性别等社会问题,文化研究者相信它可以改变日常生活中的宰制关系、权力结构和政治语境。在文化研究之中,有两种力量的冲突,它既要研究通俗文化所触及的普通大众的生活,又要表明普通人民是如何被文化力量所操控的、大众文化是如何成为一种压制性意识形态的。文化研究把文学作为文化实践来研究,把文学作品与其他问题联系起来,扩大文学理论的范畴。20世纪80年代,文化研究在中国落地拓展。有学者指出,文化研究在中国的出现根植于"大众媒介文化的崛起"的背景。①还有人提到,文化研究的兴起,"是对方兴未艾的大众文化、媒介文化与文化工业的回应,而且是对激变中的社会现实的回应与对新的社会实践可能的探询"②。文化研究拒绝既定的学科壁垒和学科建制,直面社会现实和文化实践的挑战。"从根本上说,文化研究因为坚持把文学研究作为一项重要的研究实践,坚持考察文化的不同作用是如何影响并覆盖文学作品的,所以它能够把文学研究作为一种复杂、相互关联的现象加以强化。"③文化研究具有鲜明的开拓意识,进行多样化的文学拓展和文化实践,一度风起云涌。不过,传统的文学力量强调文学的疆界,试图让文学研究回到更为纯粹的经典文本解读之中。伊格尔顿说,一部文学作品只有存在于传统之中才合法,一切诗都可以是文学,但

---

① 周志强. 问题在于"如何"改变世界——30年中国"文化研究"学科反思[J]. 广州大学学报:社会科学版,2019,18(5):50—58.

② 戴锦华. 文化研究的理论与实践(代前言)[M]//阿兰·斯威伍德. 大众文化的神话. 冯建三,译. 北京:生活·读书·新知三联书店,2003:1.

③ 乔纳森·卡勒. 当代学术入门:文学理论[M]. 李平,译. 沈阳:辽宁教育出版社,1998:50.

是只有某些诗是真正的文学,取决于传统是否恰好流过它。①以文字为载体的传统文学作品似乎只有在文学传统中才能找到安全的栖息家园,文学一旦跨出了传统的疆界,人们便产生文学学科的焦虑。伴随着媒介更迭,文化研究的推动,文学疆界有所延伸。众多文学因素产生扩散和蔓延,此时,文学模式也在更迭。

二、文学模式的更迭

文学模式从聚集的文字形态向扩散的文字、图像多元形态发展,文学因子除了在传统文学中延续之外,更是以语言、意象、意境等方式渗透到影像艺术中。文学以语言为基础,在这一点上人们达成了共识。朱光潜指出:"文学的媒介是语言文字。"②韦勒克和沃伦认为:"语言是文学的材料,就像石头和铜是雕刻的材料,颜色是绘画的材料或声音是音乐的材料一样。"③语言是人类的创造物,而文学中的语言则带有特定语种的文化传统。"文学是一种可以引起某种关注的言语行为,或者叫文本的活动。……我们可以把文学作品理解成为具有某种属性或者某种特点的语言。"④文学以语言为基本单位,语言构成文学的基本要素。传统印刷文学的接受者对于文学的欣赏是对语言文字的欣赏以及在此基础上的审美想象。新媒介文学的语言则从单一的文字语言延伸为复合的影像语言。

文学语言脱离了日常交际的实用目的,而成为一种审美体系。正如阿诺德·贝林特所言:"或许我们最好将语言视为一个功能性的符号体系,它应用到经验世界,帮助我们达成目标,但却没有其他外在关联。"⑤这也正是索绪尔所告诉我们的,语言是一个封闭的意义体系,词语被与其相关的其他词语所定义,而它们并不会在言语体系之外表示任何事物。在文学的语言体系中,我们斩断了语言在日常经验中的交流特性,而赋予语言以诗意特征,文字、词语、语句被其他相关的文字、词语和语句所定义,构成了一个相互交

---

① 特里·伊格尔顿.二十世纪西方文学理论[M].伍晓明,译.西安:陕西师范大学出版社,1987:44-45.

② 朱光潜.文艺心理学[M].桂林:漓江出版社,2011:37.

③ 雷·韦勒克,奥·沃伦.文学理论[M].刘向愚,等,译.北京:生活·读书·新知三联书店,1984:10.

④ 乔纳森·卡勒.当代学术入门:文学理论[M].李平,译.沈阳:辽宁教育出版社,1998:28-29.

⑤ Arnold Berleant. Sensibility and Sense: The Aesthetic Transformation of the Human World[M]. Charlottesville, Virginia: Imprint Academic, 2010: 64.

织的文学系统。就如我们理解杜甫沉郁顿挫的文学特质,面对他的不同作品中的诗句,如"无边落木萧萧下,不尽长江滚滚来""秦山忽破碎,泾渭不可求""少陵野老吞声哭,春日潜行曲江曲"等,需要将这些诗句进行一种互文的理解,一个语句被其他相关语句所定义、所阐释,它们共同建构起浑涵汪茫的山河景象、穷高极远的悲切情致。理解杜甫,又可以将其诗句与白居易沉郁哀艳的诗句进行类比,与李白飘然超迈的诗句进行对比。由此,文学的语言成为一个互证的意义体系。"但不可回避的事实是,我们所有的感性经验是被历史的、传统的、务实的领域所安排,而这短暂的实践领地是语言和经验之间的唯一关联。"①在传统印刷文学中,语言文字是读者在文本中获得感性经验的主要媒介,语言成为完整的符号体系,主体经验与外在社会通过语言而建立关联。

文学疆界是以语言为本原的文学体系,文学文本是语言的文本,文学创作是对语言的编码,文学阅读是对语言的解码,文学的一系列活动是基于语言所展开的想象、创造与解读。"'文学',预指文字的运用,假定通过书写和阅读完成语言作品的视觉形象的传播过程。而'口头文学'这一表述显然与'文学'的定义矛盾。但在我们生活的时代,'文学'一词已经变得如此苍白,以至于人们很少将它作为一种美学标准。随着电气工程技术的发展,在叙说或歌唱的同时,伴随着讲话者(或歌唱者)的视觉形象,从而使'文学'的定义再次焕发了新生。"②说出此话的哈里·莱文同样认识到文学最根本的特性是对于语言文字的运用,同时他对于媒介给文学带来的变化持乐观态度。以书籍印刷为基础的文学是一个强大的文化传统,亦是一笔巨大的文化财富。随着媒介更新,我们需要以全新的视角来看文学的这种传统,并使之成为文化再创造的资源。影像媒介的出现,改变了人们的感受形式、表达方式和社会政治中的思想形态,正如印刷媒介曾经以书面化的表音字母和表意文字改变了口语媒介的感受体系一样。新媒介文学是否还单纯地只是语言文字的运用? 伴随着视觉形象和听觉感受的文学该如何存在? 新媒介文学的语言不局限于文字,它还包括影像语言、声音语言等形态。自影像等电子媒介破除文学的固有疆界,文学模式产生更迭,文学不只是以整一的文字形态存在,它还以离散的文学因子扩散到不同的媒介艺术中,语言、意象、意境

① Arnold Berleant. Sensibility and Sense: The Aesthetic Transformation of the Human World[M]. Charlottesville, Virginia: Imprint Academic, 2010: 65.
② 哈里·莱文. 故事的歌手[M]//马歇尔·麦克卢汉. 谷登堡星汉璀璨:印刷文明的诞生. 杨晨光,译.北京:北京理工大学出版社,2014:60.

等文学因子进入以电子媒介为载体的艺术之中。

首先,从语言层面来看,声音、文字以旁白、字幕等方式完成它的表达功能。在传统的文学疆界之内,文学是对语言文字的运用,它借助审美主体的书写和阅读完成语言作品的视觉形象传播。作家通过语言文字来架构情节、讲述故事、渲染气氛,读者通过语言文字来感受情节内容、文学意象和场面意境。创作者和接受者构设的视觉形象是一种虚拟形象,它依靠对语言文字的理解和想象而获得。影像媒介通过画面提供了直观的视觉形象,人们不再凭借文字的想象来获取虚拟形象。架构情节、讲述故事、渲染气氛都可以借助画面来完成,语言文字失去了主导的表意地位。此时,口头语言转移为影视人物的言说,书面语言转移为影视作品的字幕,传统印刷文学的基本要素——语言文字就碎片化为文学因子进入影像艺术之中,成为一种流散的文学存在。

其次,从意象层面来看,影像媒介所创造的画面意象可以承接文学意象的功能。许多文学作品始于一个意象,伍尔夫《飞蛾》源于飞蛾扑向亮着灯光的岛屿的意象,福勒《法国中尉的女人》源于一个女子在废弃的码头孤独眺望大海的意象,普鲁斯特《追忆似水年华》源于一个男孩睡前拨弄蜡烛思绪万千的意象。这些原初意象成为所有故事的关键,奇异地缠绕着作家的想象,抓住读者的感知,打开新的世界之门。在影像文本中,文学意象并未失去存在意义,而是以直观的方式激发受众的艺术感觉。由语言文字所构造的意象转变为由影像画面构造的意象,前者是间接的,依靠文字的表意和文学的想象;后者是直接的,依靠画面的表达和视觉的观看。比如,山川河流、日月星辰、草木虫鱼的意象在文字表达中拥有丰富多样、别具特征的气息和生命,在不同语境下烘托不同的情致。在影像媒介中,这些意象在画面中直接呈现出来,它们不但沿袭了文学的诗意情致,而且在镜头运用和场面调度下产生了特定的表意功能,从而推动故事情节、表达人物内心或渲染事件氛围。影像艺术中的画面意象吸收了文学意象的内在特质。

再次,从意境层面来看,文学意境转变为某种艺术意境,在不同媒介形式的艺术中产生审美效果。文学意境通过文字营造,似乎只可意会难以言传。语言文字的修辞创设了或含蓄隽永、或哀婉凄凉、或壮烈磅礴的意境,其言近旨远的韵味往往让作者和读者进入物我相忘的审美体验,感受到意蕴无穷的文学魅力。在影像媒介之中,文学意境转变为某种艺术意境,这种意境依托直观的画面形象、人物表情、场景设置而得以形成。小说可以将人物的内心感受直接地叙述、事无巨细地告诉读者,电影则通过演员紧蹙的眉头、扬起的嘴角、流转的眼神告诉观众剧中人物的内心。从小说到电影,文本的意境所依托的载体发生了改变，而意境所产生的感染力量则未曾改变。

随着影像媒介、网络媒介的发展，文学精英化的存在姿态不断遭遇挑战。影像文化的审美主体一方面膜拜文学的深邃传统，另一方面以全新的媒介形式开辟有别于文学的艺术疆界。"电影本身的巨大魅力和现代媒介社会的发展相结合，正使电影成为一种越来越重要的艺术样式，这将对我们阅读和理解文学的方式产生越来越大的影响。"①电影已成为重要的艺术类别，在其尚未确立"第七艺术"的地位之时，电影从文学中吸收了人物对白、性格塑造、戏剧冲突、场面渲染等众多艺术特征，而在电影的成长过程中，它也逆向地影响了人们对待文学的方式。在电影、电视剧、网络剧的发展过程中，文学疆界亦逐步延伸，文学因子以全新的方式生长在新媒介文学之中。单一的传统文学形态悄然改变，离散多元的文学因子介入新媒介文学之中。

三、新媒介文学的出场

电子媒介冲击我们的感官，塑造我们思考和表达的能力。"新媒介的广泛使用可能会增加或减少社会信息的'共享'。一种媒介可能会为不同的人形成不同的信息系统，另一种媒介则可能会将许多不同的人包括进共同的场景中。"②与印刷媒介相比，电子媒介，特别是影视媒介更能将不同年龄、教育、职业、阶层的人们纳入一个相似的信息世界中，人们之间的类别差异在影像媒介的信息系统中淡化了。传统的文学疆界、精英的群体身份建立在印刷媒介所创造的场景之中。印刷媒介文本需要特殊的编码和解码技巧，它更多地被上层阶级所利用，他们有更多的文化能力和社会资源来掌控这种媒介。电子媒介的广泛使用让人们之间的这种差异变得模糊，这种媒介更容易被普通人所接触和掌握，它被通俗化和民主化，产生了大众化的审美经验。德布雷认为："每个新媒介都会绕过先前的媒介所培育的媒介者阶层。"通过卫星和通讯社，电视绕过了思想阶层和出版界的专业认识，使消费者能直接获得巨大的文化需求。从此，"所有人都是知情者"。③每一种新的媒介都会培养起自己的接受对象或"媒介者阶层"。影像媒介、网络媒介的全面发展，使得更多人能够接近作家、导演、艺术家的创作品并且品头论足。

当文学疆界延伸、文学模式更迭，我们开始面对新媒介文学图景。新媒

---

① 雅各布·卢特. 小说与电影中的叙事[M]. 徐强，译. 北京：北京大学出版社，2011：7.

② 约书亚·梅罗维茨. 消失的地域：电子媒介对社会行为的影响[M]. 肖志军，译. 北京：清华大学出版社，2002：67.

③ 雷吉斯·德布雷. 普通媒介学教程[M]. 陈卫星，王杨，译. 北京：清华大学出版社，2014：253.

介文学分为印刷文学、影视文学和网络文学三种样态,文学因子渗入多种艺术形式中。

其一,印刷文学在教育体制内巩固自身合理化的生存空间,它完善学科建制、细化学科类别。一方面,印刷文学是固有文学疆界中最为强劲的势力,它维系文学之为纯文学的观念意识和文学实践,沿袭文学最为根本的特征;另一方面,印刷文学面对蔓延的文学边界,逐步调整自身的姿态,将一些新的文学创作、文学文本、文学阅读纳入自身的领地,加以批判和反思。在新的媒介环境下,文字造图、修辞链接、功能链接、互动写作等超文本范式对印刷文学产生了启示作用。印刷文学不是僵死的文学,而是在时代变迁中不断建构新一轮的传统。

其二,影视文学是文学面对影像媒介的冲击而形成的一种跨界的文学形态。文学为影视提供剧本、故事、人物原型、经典母题,使得文学以影像的方式呈现出来,影像文本也可以成为文学艺术的一种表现形式。传统文学因子从语言、意象、意境以及表述逻辑、叙事模式、艺术境界等多个层面渗入影视文本之中,影像文本吸附了文学诸多特质。基于文字的文学与基于画面的影视,两者的传播载体不同。影像文本在吸收文学因子的过程中,逐步发展出自身的独特形态。影视艺术形成一个场域,成为独立的学科,它获得了自主的权利、形成了特定的逻辑、出现了各种象征性的资本和财富。影视场域形成之初,电影、电视剧吸收诸多文学因子以获取广泛的题材内容、多元的表现手法和厚重的文化沉积力量。当影视场域逐步成熟之后,影视艺术成为一门学科,文学潜没为隐形的因素,在影像的指意实践中逐步淡化自身。影视文学是文学和影视产生交集之时出现的一种交叉的文学形态。

其三,数字媒介激发了网络文学。从印刷文学到影视文学,文学文本的传播符号从文字变为影像;而从影视文学到网络文学,文学文本的传播符号复归为文字。从文本载体、文学表述和经典建构来看,网络文学与传统文学有着紧密的亲缘关系。网络文学在网络上写作和传播,速成的写作造成了网络文学极长的篇幅,即时的网络交流促成了网络文学迎合读者的特性。点击率高的网络文学作品又在线下以纸质文本的方式加以出版,与经典文学作品争夺当下文学书籍销售的排行榜位次。网络文学与传统文学彼此渗透,在动态的经典谱系中,优秀的网络文学作品可能跨越文学的传统壁垒而在将来成为文学经典。从文本接受、内容类型和世俗程度来看,网络文学和影视文学拥有许多交织的特点。网络文学拓宽了文学的阅读和接受范围,是一种大众化的文学形态。悬疑、科幻、玄幻、穿越、爱情等类型的许多作品非常适宜于改编成影视作品,大量影视剧、网络剧均改编于网络文学作品,获得了良好的产业效应。网络文学给影视艺术提供了丰富的原创内容,网络文学和影视文学形成了文学的世俗化形态。印刷文学、影视文学、网络文学拥有众多家族相似性,但也无法彼此同化、吸纳和规训,它们共同构成了新媒介文学的多层图景。

历史表明了物质如何影响记录工具,记录工具又是如何支配书写形式的。文字领域中的物质形态会延伸到精神世界、象征世界,同时人在精神层面的再现和感知无法脱离相应的物质载体。技术革新带来了传播媒介的发展,影像、网络等电子媒介的兴起,激发了不同的文学经验。"每次技术的革新都会改变工作内容和人类的角色,但反过来,也会改变我们看待自己的方式,以及别人对我们的看法。"①以纸质文本形式存在的文学传统模式受到影像媒介和网络媒介的冲击,文学场域的固有疆界破除。新媒介文学随之产生:印刷文学的文本形态、写作经验和创作经验受到新型媒介的影响各自产生变迁;影视文学中活跃着诸多文学因子,这些文学因子以言语对白、叙事结构、文学意象、文学意境等方式存在;网络文学更新了传统文学的存在方式,互动写作、社交阅读、超文本链接渐成规模。媒介变革引起文学形态的多种变化,以文字语言、影像语言、网络语言为载体的新媒介文学已经形成。新媒介文学重新组织文学的诸种审美要素,产生复合化的审美经验。

第四节　新媒介文学的理论依据

一、以媒介为逻辑起点

新媒介文学的逻辑起点是媒介。当代新媒介文学景观形成的根本原因在于媒介之变迁,媒介既是器物层面的物质载体,又是意义层面的物质基础。其在文学作品中的物质性存在地位决定了文学文本的形成与接受情况。以一种媒介意识去揭示文学存在的物质性问题,我们更能认清传统文学的历史延续和新媒介文学的生成。导言中已经指出,新媒介文学之"新媒介"是相对的,媒介的演变贯穿于文学发展进程,文学中的媒介命题本是普遍存在的,而不仅限于当下的新媒介文学。新媒介文学的现实景观与突出现象让我们反观这些曾经被忽略的理论命题。历代文学研究的注意力集中在文学创作、文学文本和文学阅读的具体问题上,探究由文字缔造的书写系

---

① 尼古拉斯·卡尔.玻璃笼子:自动化时代和我们的未来[M].杨柳,译.北京:中信出版社,2015:69.

统及其影响。文学理论在文学观念和文学特性方面进行探索,接踵而至的结构主义、新批评学派、接受美学、解释学美学深挖文本的内涵和外延,于媒介的进路无涉。比较文学在国别和语言之间展开,有中国文学和英国文学、德国文学和法国文学的比较,而没有不同媒介的文学之间的比较。遥远的口语传播时代和漫长的文字传播时代极易让人淡忘媒介是如何塑造人们的表意行为,并造就文学的表达方式的。数字媒介艺术释放了多元的文化力量,新一轮的媒介转型促使我们再次审视文学的媒介样态。

以媒介为基点来认识文学作品的物质基础和表意符号,并不同于长期以来基于语言文字去认识文学的思维范式。1919年,俄罗斯语言学家雅各布森在《俄国现代诗歌》中提出"文学性"问题,指出文学性存在于文本的语言层面,文学性在于文学语言尤其是诗歌语言对于日常语言的改造。雅各布森的语言学诗学所标举的文学性就是语言性,是"一部作品成为文学作品的东西"①。美国新批评理论家韦勒克、沃伦在《文学理论》中同样把语言文字作为文学作品最基本的存在,认为文学作品是交织着多层意义和关系的复杂组合体。②实际上,文学语言应是语言性和物质性两者的结合。语言文字在文学作品中具有双重属性,一方面它是创造文学世界的表意符号,另一方面它所依托的媒介具有物质特性。如果我们把语言文字理解为文学的媒介,那么媒介就应包含符号系统和物质基础两个层面。在既往的文学研究中,语言的符号系统得到了充分的阐释,媒介的物质基础则几乎成为盲点。新媒介文学的现实状况和理论图景亟待我们进行清晰的学理探索。媒介在作家创作和读者阅读中具有载体功能,更为根本的是,媒介在文学文本中具有本体地位,它塑造了文学作品的相应形态。新媒介文学何以存在?这要从本源上辨析媒介在文学中的本体作用。

以历时角度观之,文学媒介经历了口语、书写文字、印刷文字和数字化四个阶段。物质媒介与口语符号、文字符号、影像符号结合在一起,人们往往关注符号所传递的精神意义而忽略符号所依托的物质媒介。如基特勒所说:"哲学虽然一次又一次地研究物质媒介,诸如大气、光和水之类的基本元素,但从远古的文献一直到现代畅销书,却都完全忽视了其自身的技术媒介。"③作为中介的语言文字在文学艺术的沟通中具有双重性,一方面它是表

① 江飞.文学性:雅各布森语言诗学研究[M].北京:人民出版社,2019:33.

② 雷·韦勒克,奥·沃伦.文学理论[M].刘象愚,刑培明,陈圣生,等,译.北京:生活·读书·新知三联书店,1984:16.

③ 弗里德里希·基特勒.走向媒介本体论[J].胡菊兰,译.江西社会科学,2010(4):249-254.

意符号,实现文学的交往功能;另一方面它是物质载体,维系文学的传承需要,即语言文字在发挥艺术功能的同时,具有传播媒介的物质性。日新月异的数字技术使得文学的表意符号与物质载体这二重性逐渐剥离,媒介作为物质载体显现出独立的价值。

从口头语言、书写文字、印刷文字、影像到网络的文学媒介在人类劳动实践中逐步形成。人类劳动实践存在于一定自然和社会的环境之中。康德将自然区分为有机物和无机物,指出"作为自然目的之物就是有机物"①。黑格尔划分为有机自然与无机自然两个方面。无机自然的特征在于它的规定自由散漫,空气、水、土、地区和气候这些一般元素就属于无机自然。有机自然则是自在自为的,以自身为终点,通过自身的运动达成自己,生命体属于有机自然。"有机物并不产生什么东西,它仅仅是自我保持,或者说,它所产生出来的东西,既是产生出来的,也是本来已有的。"②黑格尔又把自然界划分为力学、物理学和有机学三个领域。宇宙精神在自然界的发展中经过机械阶段、物理阶段和生命阶段,在人的心灵中达到了自身的充分完成。自然的、历史的和精神的世界都处于一种永恒运动、变化和发展的过程。黑格尔自然哲学运用精神的内在活动去解释自然界这个有机整体,而不是用物质的外在活动去解释,是高度思辨的产物。卢卡奇在康德、黑格尔哲学的基础上,在《社会存在本体论导论》中把存在分为三大类型:无机自然、有机自然、社会。③卢卡奇指出,人的起源、生存、发展和完结最大限度地基于生物学的存在,生物学的存在与无机自然界并存,并与社会存在产生不间断的相互作用。如果没有生物学所确定的存在形式,及其与其他领域不间断的相互作用,人类就不可能在内部和外部获得发展。人类在无机自然、有机自然、社会三大类型上发展出对世界的认识与对自我的认识。

文学作品的物质媒介是无机自然、有机自然、社会这三大存在相互作用的结果,人类在此基础上发展起对世界和自我的认识。康德说:"自然界尽可以按照自己的普遍原则而建立起来,我们却绝对有必要按照那条原则和以它为根据的那些准则,去追踪自然的经验性规律,因为我们只有在那条原则所在的范围内才能运用我们的知性在经验中不断前进并获得知识。"④在口头、书写和印刷阶段,文学的媒介是按照自然界的普遍规律而确立的;到

① 康德.判断力批判[M].邓晓芒,译.杨祖陶,校.北京:人民出版社,2002:223.

② 黑格尔.精神现象学:上[M].贺麟,王玖兴,译.北京:商务印书馆,1979:173.

③ 卢卡奇.社会存在本体论导论[M].沈耕,毛怡红,等,译.李洪武,校.北京:华夏出版社,1989:2.

④ 康德.判断力批判[M].邓晓芒,译.杨祖陶,校.北京:人民出版社,2002:21.

了数字媒介阶段,文学的媒介突破了自然的经验性规律,产生了人工的智能化经验。

首先,文学可以追溯至口头文学,早期的英雄史诗、民间歌谣、神话传说等文学形态借助有机自然中人体的发音器官得以传播,文学以语音为物质媒介。古希腊的《荷马史诗》、中国的《诗经》、印度的《摩诃婆罗多》在口耳相传中形成文学作品,口语符号是其媒介。

其次,在文学的书写和印刷传播时期,小说、诗歌、散文、戏剧等文体被区分出来,文学以有机自然的创造物即书写文字或印刷文字为物质媒介。文学作品的材料从无机自然中获得,但我们并不会因为其材料的物质性就认为作品是没有生命力的,就把文学作品置于自然事物之下。这在于文学作品的质料经由有机自然中人类的官能创造才能得出多种多样的文学作品形式。印刷媒介的物质基础按照单纯的自然规律而形成,它们应用于人类的感官对象上而形成了经验性的感知和知识。印刷媒介时代,媒介的物质基础遵从自然的经验性规律,在有机自然的范围内拓展人类的文学艺术经验。

最后,在数字媒介传播时期,影视剧、网络剧、短视频等文艺形式进入文学范畴,新型文学以数字技术的交流平台作为物质媒介,文学的媒介运用人工智能的产物进行互动传播,实现物质基础的重组。在这样的媒介谱系中,语言文字所依托的物质载体被区分出来,文学作品在不同媒介中变更着交流和表意的方式,物质载体催生出文艺新形态。文学媒介的物质基础被重组,其突破了无机自然和有机自然的范围,数字技术、人工智能创造出诸多虚拟的物象。康德、黑格尔和卢卡奇等哲学家所说的有机自然已经不能很好地解释数字媒介的形态。应该说,数字媒介从有机自然阶段进入人工自然阶段。人工自然就是在已有东西的基础上创造新的事物,而不是在有机自然中保持自我,人工自然在有机生命中拓宽并创造人类新的存在。在这一时期,媒介的物质基础突破现有的有机自然界,而形成智能的、动态的交流情景。

从一种自然形式向另一种自然形式的发展和转换,是人类对外在现实进行能动性创造的结果。在从无机自然、有机自然到人工自然的进程中,文学的物质载体不断生成。文学的语音媒介是运用人类天生的感官进行口耳相传;文学的书写或印刷媒介是运用有机自然的创造物进行文字传播;文学的数字媒介是运用人工智能创造新的产物进行互动传播,将无机自然、有机自然与人工自然融合起来。人类在漫长的印刷媒介时代形成了相应的理性概念与认知谱系,在这个谱系中,语言文字往往被视作文学作品的媒介,而语言文字所依托的物质载体并没有被区分出来。实际上,作为物质载体的媒介是无机自然、有机自然和社会这人类三大存在作用的结果,它为文学活动中不同的意指实践奠定了基础。

新媒介文学是口头、文字、印刷、影像等媒介共同作用的文学。我们在历史的追溯中可以重新发现旧媒介的特性,却并不能取代它。"迄今为止,还没有一种媒介可以完全取代其前身。同样,新技术也不会使旧技术消失。但是,它们可能会改变其运作所处的文化和经济背景(例如,一种技能或手艺可以从劳动领域迁移到艺术领域),并且还有助于建立新的叙事空间或新的媒介本体,正如许多(数字)艺术家重新发现了早期和古典的电影实践。"[①]媒介学家通过媒介考古学重新发现语言实践、文字实践和电影实践,而数字技术媒介正在建立新的美学空间。媒介是文学意义和作品物质性的交汇点,文本中的思绪情感、理性概念、思考脉络以语言文字为媒介,而语言文字本身不可能没有媒介,语言文字的依托就是物质载体。因此,语言文字和情感思维一样,并不能孤立地控制文学意义,它们都在一定媒介的物质基础上创造意义。"文学不能仅仅通过其意义或物质性来理解,而只能通过我们遇到的媒介即在物质—符号学节点中意义和物质性的共同在场或退出来理解。"[②]媒介开启了探索文学意义的特定视野,文学媒介是文学作品的物质性和历史范畴的现实性交融的结果。

二、文学媒介的物质性显现

当下新媒介文学主要关注数字媒介技术催生的文学景观,而我们回望文学传统,会发现文学的物质性始终存在,媒介的物质特性以及演变特征对古典文学形态也产生一定影响。新媒介文学内在地具有传统文学的连续性,相关研究中的媒介意识提供一种普遍意义上的理论认识。文学的物质性不只显现于新媒介文学之中,也伴随文学的整个发展历程。

书写文字历经石头、黏土、竹简、莎草纸、羊皮纸、纸张与屏幕等物质载体,相应的书写面貌、文学样态、传播形态差别甚大。大约在公元前1000年至公元300年,中国人主要的书写材料是竹简。同一时期其他有历史记载

---

① Thomas Elsaesser. The New Film History as Media Archaeology[J]. CiNéMAS. 2009,14 (2):75—117.

② Christian Huck. Misreading Shelley, Misreading Theory: Deconstruction, Media, and Materiality [M]//Martin Middeke, Christoph Reinfandt. Theory Matters: The Place of Theory in Literary and Cultural Studies Today. London: Palgrave Macmillan, 2016: 49—64.

的地区已经用纸来写字,那时莎草纸的产地埃及垄断了全世界的纸张供应。在现代印刷术问世前,莎草纸一直是西方主要的书写媒介,现代英语中纸的单词"paper"就发源于希腊语和拉丁语中指称莎草纸的"papyrus",莎草纸对于文化的传播起到重要作用。莎草纸"与象形文字的结合创造了一套独立的储存和传播信息的机制","这一结合一直是古代世界首要的信息技术"。[①]欧洲中世纪修道院缮写室的手抄本大多使用羊皮纸或牛皮纸作为媒介,而皮纸比莎草纸昂贵得多。"中国古人直接绕过莎草纸和皮纸,就地取材造出了浆纸并将其用于雕版印刷。"[②]清光绪二十六年(1900年),人们在丝绸之路上的莫高窟发现了数千份藏于406—1002年的手稿。除了1100部书卷,还有超过15000部纸质书籍和篇幅较短的文献。

以下就以公元400年左右的手抄本为例来考察文学的媒介与内容之间的关联。

魏晋南北朝时期是被视为"文学的自觉时代"。[③]彼时玄言诗旨归老庄,山水诗寄情闲适。其中陶渊明的诗篇以其内容充实、风格冲淡而卓然高标、独超众类,一别当时虚浮华艳的诗风。陶渊明繁华落尽见真淳的诗篇、委运任化的人生态度独树一帜,"猛志逸四海"的济世之志、"但道桑麻长"的归隐之状打动了古往今来的许多读书人。实际上,陶渊明的诗文在南朝并不受重视。《文心雕龙》只字未提,《诗品》仅列为中品。南朝梁萧统虽曾编辑《陶渊明集》,但陶诗在他编选的《昭明文选》中收录并不多。陶诗是到了唐代才真正得到人们的喜爱与研究的,李白、杜甫、白居易都曾写下赞颂陶渊明的诗句。宋朝开始,陶渊明的诗歌传诵和研究日趋广泛,《陶渊明集》得以传抄、补辑、校订、注释,现今我们读到的《陶渊明集》大多是南宋以后的刊本。"《陶集》流传既广,版本亦多,各种本子的差异,远在宋代就已经成为问题。"[④]由于版本文字的不同,历代注释家和研究者聚讼纷纭、莫衷一是。"校之不胜其异,有一字而数十字不同者,不可概举。"[⑤]

---

① 基思·休斯敦. 书的大历史:六千年的演化与变迁[M].伊玉岩,邵慧敏,译.北京:生活·读书·新知三联书店,2020:9.

② 约翰·高德特.法老的宝藏:莎草纸与西方文明的兴起[M].陈阳,译.北京:社会科学文献出版社,2020:3.

③ 鲁迅曾在《魏晋风度及文章与药及酒之关系》中指出"用近代的文学眼光来看,曹丕的一个时代可说是'文学的自觉时代'"。文章最初于1927年11月16日发表在《北新》第2卷第2号。

④ 陶渊明集[M].逯钦立,校注.北京:中华书局,1979:出版说明2.

⑤ 陶渊明集[M].逯钦立,校注.北京:中华书局,1979:出版说明2.

　　近世学者逯钦立校注的《陶渊明集》收录了大量异文,他以元代初期李公焕的《笺注陶渊明集》为底本,以曾集诗文两册本、汲古阁藏十卷本、焦竑藏八卷本、宋刊《东坡先生和陶渊明诗》本、元刊苏写大字本等为校本,作出了大量的比对和校勘。我们可以在异文中看出文本演化的痕迹。比如《杂诗　其一》:"人生无根蒂,飘如陌上尘。分散逐风转,此已非常身。落地为兄弟,何必骨肉亲! 得欢当作乐,斗酒聚比邻。盛年不重来,一日难再晨;及时当勉励,岁月不待人。"①该集子记录"落地为兄弟"一句,在苏本写成"流落成兄弟"。《杂诗　其二》:"白日沦西河,素月出东岭。遥遥万里晖,荡荡空中景。风来入房户,夜中枕席冷。气变悟时易,不眠知夕永。欲言无予和,挥杯劝孤影。日月掷人去,有志不获骋。念此怀悲凄,终晓不能静。"②据逯钦立整理,其他版本有写为"白日沦西阿,素月出东岭。遥遥万里辉,迢迢空中景。风来入房户,中夜枕席冷。气变悟时云(又有写'昇',不眠知夜永。欲言无云(又有写'或''余')和,挥杯劝孤影。日月椓(又有写'扫')人去,有志不获骋。念此怀悲凄,中晓不能静。"

　　这些文字的讹误或差异是由手抄本的物质形态和传播方式所决定的。每一部手抄本都是独一无二的存在。一字之差,或无伤大雅,或大相径庭。口头流传的诗歌,其作者、产生的时间与地点并不确定。书写的文字让文本的作者相对确定下来,却并不能固定文本的所有内容。在诗歌的传抄过程中时常出现同一首诗的不同版本,因为抄写的过程中文本是可变的,有讹误,亦有增删。当我们不能拥有作者的原本时,面对无数的抄本,其实也是面对被不断誊写、改写乃至篡改的文本。美国汉学家宇文所安认为:"如果不考虑所谓的'原本'、作者和创作年代问题,我们可以将现存的每个文本视作诗歌创作的多种可能的实现方式之一。被保存下来的仅仅是实际创作的一小部分,也只是现存文本的不同实现方式的一小部分。"③田晓菲在《尘几录:陶渊明与手抄本文化研究》中指出,陶渊明并非永久不变的存在,其诗作在历代的抄写过程中,尤其是经由宋代抄写与印刷媒介的作用而被形塑。"陶渊明的作品经过了手抄本文化的强大力量以及后代编者的塑造。"④作者在书中研究誊写的手抄本的变化过程以及作者被逐渐构筑的轨迹,提出手

① 陶渊明集[M].逯钦立,校注.北京:中华书局,1979:115.

② 陶渊明集[M].逯钦立,校注.北京:中华书局,1979:115-116.

③ 宇文所安.中国早期古典诗歌的生成[M].胡秋蕾,王宇根,田晓菲,译.北京:生活·读书·新知三联书店,2014:78.

④ 田晓菲.尘几录:陶渊明与手抄本文化研究[M].北京:生活·读书·新知三联书店,2022:4.

抄本文化的"流动性本质"①。这实质上是从物质媒介的角度切入,研究文学文本的传播与形成。

　　文本的不稳定性来自手抄本的物质特性与传播属性,手抄本的纸质媒介与个体抄写使得文本产生不稳定因素。文本在离开作者后经由抄写中的修补与订正会经历意想不到的变化。职业抄写者、世家子弟、显赫文人、一般平民或者有才学的歌妓以其抄写、编辑、修饰、补缺等活动参与了手抄本的创造。②在传抄的过程中,作者不再拥有稳固的地位,甚至也不能掌控他所创造的作品。因此,一些学者建议"把诗歌视为一个共享的行为,而不是个体诗人'创作'的集合"③。以陶渊明为例,宋人的编辑思想对陶渊明诗歌产生了至关重要的影响。宋代印刷媒介发展,使宋人继承了唐代手抄本文化中十分庞大而混乱的遗产。"正因为印刷扮演的角色日益重要,人们有史以来第一次对手抄本之间的差异产生了强烈的关怀。这告诉我们,物质文化和技术的发展会反过来影响人们感受认知世界的方式。"④也正是在宋代,人们对"真本"或"善本"产生了强烈的意识和追求。

　　正是印刷媒介的兴起,反向促进了人们对抄本的重视。步入印刷文化的北宋编校者整理了大量抄本,参与了宋朝之前文学的再创造。比如王安石编辑杜甫诗歌,苏轼抄写陶渊明诗集,他们都对流传下来的手抄本作出过修改。"印刷在文本权威的瓦解中发挥了关键作用。……在宋朝,随着印刷文化的发展,印刷开始取代抄写而作为传播经典文本的直接手段,印刷方式允许无休止的调整和修订,印刷文本缺乏石刻本的终结性。"⑤与这种转变相适应的是文本权威的变化,早期保持文本稳固的因素被弱化了,经典文本也与其他文本一样存在文本再创造的可能。印刷对于宋代文化发展的重要性是被广泛认可的,而人们主要强调印刷对于知识和学术繁荣的作用,较少从微观的文本层面发掘印刷媒介的作用。

　　版本学、校勘学、训诂学是进入古典文学与文献研究的基本学问,如何选择版本、编辑异文会决定读者对于文本及其作者、时代的理解。版本与校

---

① 田晓菲.尘几录:陶渊明与手抄本文化研究[M].北京:生活·读书·新知三联书店,2022:6.
② 田晓菲.尘几录:陶渊明与手抄本文化研究[M].北京:生活·读书·新知三联书店,2022:8.
③ 宇文所安.中国早期古典诗歌的生成[M].胡秋蕾,王宇根,田晓菲,译.北京:生活·读书·新知三联书店,2014:11.
④ 田晓菲.尘几录:陶渊明与手抄本文化研究[M].北京:生活·读书·新知三联书店,2022:11.
⑤ Susan Cherniack. Book Culture and Textual Transmission in Sung China [J]. Harvard Journal of Asiatic Studies,1994,54(1):5—125.

勘的背后隐含了一个长期被忽视的理论问题，即文学作品的传播媒介影响文本的生成。版本的差异、校勘的异文其根本在于文学作品之传播媒介的物质载体，表面上看这是由传抄者的主观意识所决定，但其主观意识受到文本的物质载体的制约。抄写者在传抄文学作品之时，有意或者无意地对手中的文本作出改动，而其中一些内容只存在于特定传播阶段的版本中。就如敦煌大规模的手抄本质量不一，产生了大量异文与变体，这就需要学者的考证。"我们现有的这些早期文本中的很多具体形态，实际上都是由保存它们的文献的性质所决定的。"①其实文献的性质被它的媒介属性和物质形态所决定。在手抄本上的改动就比印刷文本要更为便捷与普遍，现代读者习惯了印刷书籍稳定的版本与固定的产权，因而容易遗忘手抄本的文本流动性。在漫长的历史进程中，抄写过程实际上介入文学的创作与文本的生成，给后世带来对于版本与异文的校勘，从根源上看，手抄本的物质性对这一现象有极大影响。

文学的历史进程中具有物质性的一面，但少有人关注文学形成过程中石刻、竹简、纸张、书本本身的历史。石刻本、碑帖拓本、书写手稿、刊刻本、印刷本等不同媒介形态的文学作品给我们带来一种启示：生产的技术模式与媒介形态塑造了写作与阅读的样态，正如有学者指出，将写作和阅读本身理解为塑造物质世界之日常经验和社会关系的技术，该技术及其写作不能排除在文学性之外。②学者的任务是在不稳定、不确定的文本中读出确定性，揭示出语言体系中诸种具体的意指。文本时常被当作文学本身，文本作为文学研究的固有尺度，其中语言的差异性、累积性及互文性产生重要的意义。沿着文本差异性形成的纵深路径，我们发现文本的物质媒介、文学的物质属性在影响这一切的形成，但这一物质性却恰恰被排除在文本的意义之外，遗漏在传统的文学观念之外。

---

① 宇文所安.中国早期古典诗歌的生成[M].胡秋蕾,王宇根,田晓菲,译.北京:生活·读书·新知三联书店,2014:108.

② Judith T. Zeitlin, Lydia H. Liu. Writing and Materality in China: Essays in Honor of Patrich Hanan[M].Cambridge:Harvard University Press, 2003:9.此书关注中国历代文学作品的写作及其物质特征,书中对信件、手册、百科全书、地图、诗歌全集、铭文、广告、报纸文章、地方歌剧和电影等各种文学模式和文学格式进行探讨,发掘其书写形态及其物质特性。比如,探讨了在由集体编纂的印刷书籍内置由个人撰写的手稿,这对阅读和理解作品会产生多大的积极影响。

三、文学媒介的符号性特征

文学媒介分为物质基础和表意符号两个层面。文学媒介不仅指作为介质存在的声音、书籍、电视机、电影荧幕等，更是指在这些介质上面所承载的文字、画面、影像等符号，媒介本身具有文化意蕴。媒介具有符号性特征，媒介可以表达意义。审美客体的不同媒介方式激发不同的审美感知，同样的故事用口语、文字或影像媒介来表达，审美主体的心理感知会有所差异；同样的文字媒介，其内部不同的话语体系和表达方式也会促成不同的心理感知。媒介的符号性特征表现在它的交流本质和社会价值两个方面。

文学媒介在当代文化景观中扮演举足轻重的角色，人们的认知、判断和行为越来越受到媒介的塑造，这促使我们关注文学审美活动中媒介所起的作用。媒介是人体的延伸，是对视、听、嗅、味、触等五种身体感官的延伸。思想本身不能传递，它需要通过人体发音器官以及人类发明的语言符号才能将大脑的想法输送出来。表达思想的媒介延伸了人类的能力，影响了信息的本质，影响社会话语的产生与表达。《庄子·天道》有言：“世之所贵道者书也，书不过语，语有贵也。语之所贵者意也，意有所随。意之所随者，不可以言传也，而世因贵言传书。世虽贵之，我犹不足贵也，为其贵非其贵也。”[①]庄子对“道”“书”“语”“意”做了区分。书以载言、言以传意，世俗之人贵言重书，不能忘言求理。庄子以为书不足贵，贵在其为言意之表。书作为媒介物质，在庄子那里，地位不甚高，所谓“知者不言、言者不知”。庄子绝学去智，崇尚不可言传之意。事实上，庄子对“书”与“语”的区分竟暗合了现代的媒介意识，“书”是媒介的物质基础，“语”是媒介的符号特征。

瑞士语言学家索绪尔对符号学最为知名的贡献莫过于对语言和言语、能指和所指的二元划分。他指出，符号是能指与所指的结合。美国符号学家皮尔斯对符号进行了三个层面的划分，将符号分为再现体、对象和解释项，再现体分为质符、单符、型符，对象分为像似、指示、规约，解释项分为即刻解释项、动态解释项和终结解释项。符号是传递意义的，不存在没有意义的符号，也不存在缺乏符号的意义。“符号是携带意义的感知：意义必须用符号才能表达，符号的用途是表达意义。”[②]符号被视为意义的携带者，并且将作为介质的媒介包含在其概念之下。“媒介”的概念暗示着调解，调解是指示的过程、符号的行为。在皮尔斯的符号学体系中，媒介是符号的同义词，他

---

① 郭庆藩．庄子集释[M]．王孝鱼，点校．北京：中华书局，1961：488.

② 赵毅衡．符号学原理与推演[M]．南京：南京大学出版社，2011：1.

甚至承认用媒介的概念来替代符号的概念。1906年，皮尔斯宣称："我提出的所有概念显得太狭窄了，为何我不用媒介来替代符号呢？"①事实上，媒介不只是物质或技术，不是毫无生命的介质；媒介携带意义，特别是审美对象的媒介方式具有对应文化意义。

语言曾是物的相似性符号，语言与物相似。在西方传说中，这一相似性在《圣经》中挪亚的子孙没有建成的巴别塔中被破坏了，以示上帝对人类的惩罚。语言过早地失去了与物的相似性，语言开始相互分离、互不相容。现在的文字，特别是西方字母文字早已丧失了与物的相似性，其相似性的零散遗迹保存在希伯来语中，相传它源自那些被遗忘的原始词汇，曾经是上帝、亚当和原始地球动物等的共有语言。这件久远的宗教事迹成为西方文化寻找文字与物的相似性的重要证据。中国汉字的初始阶段也体现了文字与物的相似性，象形文字非常形象地说明了这一点。随着人类表意行为的复杂化，汉字还发展出了指事文字、会意文字和形声文字。西方字母体系的发明，汉字系统的成熟，使得文字逐步削弱了与物的相似性。符号是复杂系统，除却像似性符号，更有指示性符号、规约性符号等。新媒介文学语言作为交流媒介，已经突破了与物的相似性的最初状况，语言文字、影像画面呈现出符号性特征，在表达意义中体现出交流本质、社会价值。

首先，从符号的交流本质来看媒介的符号性特征。媒介包括两个层面，信息本身的意义和媒介呈现的象征性意义。第一个层面，信息本身的意义极为丰富，文字媒介的信息意义传递的可以是事件信息，也可以是文字构造的想象世界。第二个层面是媒介所呈现的象征性意义，信息由不同媒介传递出来会构成不同的意义。"意义依靠编码，编码提供在一定语境下表达意义的符号之间系统性关系的规则，正如一个游戏的规则不仅仅是娱乐，其编码包括词语被组织成句子的方式，或者展开各种线索让观众知道某一特定的编排包含了重要的信息。"②媒介作为交流途径，具有强大表意功能。它扩展我们表达自己的能力，表达自己在世界中孤独的个体体验、在公共事务中激昂的群体体验。符号是承载了意义的词语、声音或图像。符号学研究鼓励人们系统地认知意义是如何被表达的，从现有的大量数据中获知事实是如何被揭露的。"符号被有意图地组织、操控和建构起来，从某个既定视野到另一个时空中有目的地去传递意义时，媒介有巨大的潜力为符号增加复杂

① Winfried Nöth. Self—Reference in the Media：The Semiotic Framework[M]// Winfried Nöth，Nina Bishara. Self—Reference in the Media. Berlin：Mouton de Gruyter，2007：3—30.
② Elliot Gaines. Media Literacy and Semiotics[M]. New York：St. Martin's Press，2010：12.

性。"①人们生活在客体、事件、观念的符号世界中,后者影响着人们的审美态度、政治意见和生活方式。文学媒介的文字和图像符号建构起交流活动。

其次,从符号的社会价值来看媒介的符号性特征。波德里亚在《符号政治经济学批判》中提出一个重要的观点:物的效用功能并非真基于其自身的有用性,而是特定社会符号编码的结果。"物远不仅是一种实用的东西,它具有一种符号的社会价值,正是这种符号的交换价值才是更为根本的——使用价值常常只不过是一种对物的操持的保证。"②审美对象具有符号的社会价值。现代消费社会激发人们对能指的崇拜,掀起一种能指的拜物教。在符号的编码系统中,人和物都变得虚无,受到符号的支配。波德里亚的批判是建立在价值之上的物质生产理论,认为经济的交换价值转换为符号价值,传统政治经济学走向死亡。意识形态统治人的地方不是上层建筑观念,而是无处不在的符号编码,符号产生广泛的社会效果。媒介符号在公共领域掀起社会议题,这些社会话语和重要事件是被挑选、生产和传播的,它们无所不在。各种个人事务、公共事务、社会议题占据日常生活。媒介符号提供观点和信息,特别是以一种亲密和即时的伴随,让个人信服于它传递的逼真效果。"通过我们的认知建构的关于现实的描述与通过意识形态的、政治话语建构的现实描述,能够确认和区分这两者,显得非常重要。媒介扩大和渗透了我们生活的各个方面,我们必须问问自己我们是如何知道自己的生活、如何知道以谁的规则在生活。"③新兴媒介强势发展,公共领域通过媒介符号表达重要议题、传递重要思想,媒介还与社会民主的进程关联起来。

索绪尔的基本观点在20世纪五六十年代得到法国结构主义符号学家罗兰·巴特的推进。索绪尔认为视觉文本中的词语是对现实的内在反映,这一观点得到了广泛认可。巴特则指出,语言本身通过编码与规则,塑造了现实并建构了思想与意识形态。就是说,不是语言反映现实,而是语言建构现实。文化的意义镶嵌于语言符号之中,符号的意义并不是内在于对象的,而是与观察者相关。"符号学的目标强调文本的变动性和操作性的权力——不管它是口头的或视觉的——因此它与媒介研究的场域有了特殊的联系。事实上,赋予媒介巨大的权力,媒介中被揭露的潜在意义就可以在民主的进程

---

① Elliot Gaines.Media Literacy and Semiotics[M]. New York:St. Martin's Press,2010:10.

② 让·鲍德里亚.符号政治经济学批判[M].夏莹,译.南京:南京大学出版社,2009:2.

③ Shaleph O'Neill. Interactive Media:The Semiotics of Embodied Interaction[M].London:Springer—Verlag ,2008:132.

中发挥关键作用,探索一个更为公正和具有伦理意识的社会。"①媒介的符号特性置于社会文化的广泛场域中,它在个体的心理感知层面与群体的社会行动层面不断形成实践效果。

四、媒介唯物主义的理论进路

当我们以媒介为逻辑起点去审视文学,可以发现文学的传播媒介及其物质基础起到了如此奇特的作用,它隐没在文学发展的进程之中,而在当下数字媒介的不断更新下又被重新发掘与思考。媒介唯物主义为新媒介文学提供了理论依据,即从媒介的视角检视文学的物质性,继而观察文学的存在方式、流通传播与生产消费所产生的更迭。

从文学角度来看,文学语言是媒介物质和符号系统的结合体,语言作为符号系统的表意功能历来是文学研究的重心,而文学语言所依托的传播媒介及其物质基础的塑造作用则被遮蔽了。一个普遍的见解是:思想通过语言这一媒介表达出来,思想先于语言而存在,语言只是工具。文字、词语是人们编排思想的特殊符号,是传递信息的客体对象,这些信息在被媒介表达之前就被人们拥有。20世纪的语言学转向改变了这一思路。这一时期,人们认为思想在语言表达之时才呈现出来,语言是存在的家园,语言塑造了思想。说话的主体并不能绝对控制语言,语言自成一个独立的体系。语言学的知识转型尚未彻底完成,它还要在根本上指向媒介问题。媒介在现代人文科学尤其是文学学科中应该显示其本体性的存在地位。语言学转向强调了语言塑造思想;假如会有媒介论转向,那么可以说文学媒介的物质基础决定了文学语言的符号系统,继而才有语言塑造思想。

马克思认为生产工具的变革引起劳动的变革与社会的进步。《资本论》中谈到:"达尔文注意到自然工艺史,即注意到在动植物的生活中作为生产工具的动植物器官是怎样形成的。社会人的生产器官的形成史,即每一个特殊社会组织的物质基础的形成史,难道不值得同样注意吗?而且,这样一部历史不是更容易写出来吗?……工艺学揭示出人对自然的能动关系,人的生活的直接生产过程,从而人的社会生活关系和由此产生的精神观念的直接生产过程……这种方法是唯一的唯物主义的方法,因而也是唯一科学

---

① Bronwen Martin. Semiotics and the Media[M]// Robert S. Fortner, P. Mark Fackler. The Handbook of Media and Mass Communication Theory. Malden, MA: Wiley—Blackwell,2014:56—73.

的方法。"①马克思指出,"唯一的唯物主义的方法"是研究人类制造和使用工具的劳动实践过程的方法。劳动资料取得机器这种物质存在方式,生产力大为发展。将马克思所说的劳动工具推衍到文艺工具上,我们可以注意到文艺作品的创作工具和制作工艺非常重要,文学的抄写、印刷、数字技术工具作为媒介的物质基础,可以引起文学关系的变革与文学生产力的发展。对于文学媒介尤其是其物质基础的研究,可以加深人们对于文学艺术的认识。研究人类创造和使用媒介的文艺实践,并且解释文艺活动与社会生活的关系,是一种"媒介唯物主义",也是马克思所说的"唯一的唯物主义的方法"。

西方马克思主义关于媒介文化研究产生了多元的理论视角和研究导向。法兰克福学派以大众文化路径犀利地批判资本主义的媒介文化及其文化工业,对文化工业中的意识形态进行了系统剖析。英国文化研究继续法兰克福学派的批判思想,但改变了精英主义文化观,关心普通的日常生活。他们将文化置于社会生产和再生产的体系中加以研究,打破精英文化和通俗文化的区隔,说明文化的诸种形式是如何巩固社会的控制或促使人们抵抗这种控制,从而多角度地研究文化。类似于马克思强调生产与流通的资本循环模式,文化研究强调对生产的分析,以别于纯粹文本主义的方法。文化研究的重要人物雷蒙·威廉斯号召一种"文化的唯物主义",它是"对所有的表义形式进行分析,并将其置于生产的实际手段与条件当中"②。威廉斯把研究的视角放在大众文学和文化上,开辟了以文化唯物主义为核心的马克思主义文化研究领域。"马克思和恩格斯强调了'实践意识'的重要性,建议将文化视为对任何现存社会秩序进行再生产的主要力量,并因此将其视为对现有社会秩序的挑战。"③"文化唯物主义"是威廉斯给他自己提出的马克思主义理论的命名。"我们看到威廉斯在社会和政治再生产中对文化构成力量的核心强调,最终以提倡文化唯物主义而达到高潮。"④文化唯物主义在历史唯物主义语境中强调文学的物质生产的特殊性与文化的日常性,将"物质"与"文化"并置一处,突出文化的物质实践性质。在《文化与社会:1780—1950》中,他指出文化观念不仅是对工业主义的反应,而且是对新的政治和

① 马克思恩格斯文集:第五卷[M].北京:人民出版社,2009:429.

② Raymond Williams. Culture[M]. London:Fontana,1981:64-65.

③ John Higgins. Raymond Williams:Literature, Marxism and Cultural Materialism [M]. London: Routledge, 1999:125.

④ John Higgins. Raymond Williams:Literature, Marxism and Cultural Materialism [M]. London: Routledge, 1999:125.

社会发展、对民主所作出的反应,是对社会阶级新问题的反应。①在《漫长的革命》中,他指出人们的整体生活方式受到工业和民主发展的过程及其相互作用的影响,要理解人们所卷入的文化变化,就要将民主革命、工业革命和文化革命联系起来。②在《乡村与城市》中,他围绕乡村和城市两种基本的人类居住方式展开论述,回顾16—20世纪英国文学作品中对于乡村和城市的描写,将文学作品的叙述与资本主义的发展联系起来。比如,威廉斯以17世纪的田园诗为例,把田园诗与其创作背景联系起来,发掘诗歌承担的意识形态功能。诗歌写作的年代正是资本主义秩序开创的年代,这些诗作中展现的不是真实的历史,而是对封建秩序下自然经济的理想化描述,是在为地主阶级和封建时代的价值观念进行辩护。③威廉斯的基本思想和研究方法是将文学作品所表现的世界置于现实发展的语境中,揭示其内在的意识形态功能,强调文学的物质基础,他将文学作品、工业革命、民主进程关联在一起,挖掘文学与政治、经济、传播之间息息相关的问题。

结构主义语言学和符号学在文本的封闭形态下进行语词、结构和叙事的多重解读,将文化实践和社会现实归结为诸种审美形式。威廉斯的文化唯物主义破除了封闭的文本,关注作品的人物命运中显示的社会阶级问题、艺术的抽象形式中隐含的意识形态功能,以此确证文学的审美意义只有在特定文学情境中才能显现自身。在文学研究转向文化研究之际,威廉斯溯源社会现实的文化进路被充分阐释,而有关媒介物质性的唯物主义则被略去了。实际上,威廉斯曾论述艺术的物质性基础,指出,“在任何一种艺术之中都存在着物理性和物质性的意识”④,“把‘文学’限定为一种与书籍印刷相关、笔与纸的特殊技术,这可以被看作是文学的一个重要的历史阶段。但由于文学同它所主动体现出的许多种实践活动有着种种关联,所以它不能被限定在任何一种绝对化的定义中”⑤。威廉斯的文化唯物主义首先应该是媒介唯物主义,他说,“文学是一种以语言为媒介的特殊作品,其他事物虽然也重要,但都处于文学的外围:它们不过是实际的作品在其中展开或在其中被

---

① 雷蒙·威廉斯.文化与社会:1780—1950[M].高晓玲,译.长春:吉林出版集团有限责任公司,2011:6.

② 雷蒙·威廉斯.漫长的革命[M].倪伟,译.上海:上海人民出版社,2012:3.

③ 雷蒙·威廉斯.乡村与城市[M].韩子满,刘戈,徐珊珊,译.北京:商务印书馆,2013:4.

④ 雷蒙德·威廉斯.马克思主义与文学[M].王尔勃,周莉,译.开封:河南大学出版社,2008:169.

⑤ 雷蒙德·威廉斯.马克思主义与文学[M].王尔勃,周莉,译.开封:河南大学出版社,2008:170.

接受的情境,而这种作品本身则处于'媒介'之中"①。这种定义将文学判定为媒介之中的作品,而文学作品是一种特殊的物质转化。

威廉斯的学生特里·伊格尔顿同样也指出文学作品的物质性:"文学作品既不是传达思想的工具、社会现实的反映,也不是某种先验真理的化身:它是一种物质性的事实,就像人们可以检验一台机器一样,文学作品的功能也可以解析,它是由语言,而不是由客观事物或情感所组成的。"②形式主义流派比如俄国形式学派是用语言来解析文学,实际上语言的符号性与媒介的物质性是相统一的。当我们探讨文学文本实际上是如何发生作用的,除了研究文学特殊的语言组织,也需要注意文学文本的物质载体。随着数字技术的发展,我们看到了媒介对于文本形态、文学情境的基础性作用,媒介唯物主义的立场和方法显示出重要性。在条分缕析的文本细读、知人论世的社会描述之外,文学作品的媒介及其物质属性也成为文学研究的重要维度。

在当代文化研究中,媒介具有多种理论源流:伊尼斯、麦克卢汉、梅罗维茨的媒介传播学的路径,海德格尔、基特勒的媒介技术研究的路径,巴迪欧、齐泽克的哲学唯物主义路径,等等。伊尼斯认为媒介具有时空偏向属性,偏重于时间或空间的媒介影响了帝国不同的统治类型,媒介改变社会与文明。麦克卢汉认为媒介不仅能决定它所传播的内容,而且能决定传播得以发生的种种社会关系。媒介是人类感官的延伸,新技术的使用会影响人类的感官组织和文化结构。梅罗维茨在此基础上建立了媒介理论,将媒介史划分为口头、手抄、印刷和电子文化四个阶段,从中发掘传播技术除了传达的内容之外还产生了什么潜在影响。梅罗维茨关注媒介的物质性改变所带来微观的感知方式、传播方式和宏观的传播环境、社会文化方面的改动。他指出,"思维方式的变化与物质环境的变化相呼应,人类的栖息地从蜿蜒的村庄城镇发展到网状城市的线性街道,新的身体环境通常会阻碍非正式的口头对话。随着媒介的变化,人类的物质世界和精神世界从声音的圆形世界进入线性的印刷形式"③。此外,海德格尔对物性和技术加以沉思,基特勒推进媒介考古学的研究,并自陈其研究是对海德格尔技术沉思的一种阐释。齐泽克展示了当代媒介体系是如何作为一种崇高的意识形态体系而运作

---

① 雷蒙德·威廉斯.马克思主义与文学[M].王尔勃,周莉,译.开封:河南大学出版社,2008:165.

② 特里·伊格尔顿.文学原理引论[M].北京:文化艺术出版社,1987:3.

③ Joshua Meyrowitz. Media Theory[M]// David Crowley, David Mitchell. Communication Theory Today. Stanford:Stanford University Press, 1994:50—77.

的,指出:"媒介体系并没有激发非理性的敬畏,而是实现了意识形态效果,发挥的是去崇高化的作用。"①齐泽克用流行文化和日常生活的例子,引领媒介话语的发展,揭示日常媒介内容中蕴含的意识形态。这些不同路径的思考连接起媒介与文化的多重关联,他们从内部的媒介内容或外部的媒介环境展开了文化研究。

从文化唯物主义到媒介唯物主义的理论进路中,文学媒介的物质基础在不同程度上被强调。我们再回到马克思"唯一的唯物主义的方法",马克思指出在生产变革中劳动工具变革的重要性。文学是在人类劳动过程中产生的,精神活动的媒介也是一种工具。"艺术品的精深思想和精湛艺术特色是用工具媒介制作出来的,这种制作的产品并不直接言说他的思想和艺术内涵,这是有意味的形式,所有精深思想和精湛艺术的内蕴都存在于制作的形式之中,工艺媒介制作出来的作品形式是呈现该作品特定精神内涵的唯一途径。"②创作和生产的工具并不直接言说思想,但它们却是表达思想和技巧的通道。作家面对纸张上的符号,画家面对画布上的图像,音乐家同乐器、声音打交道,这些物质性记号和表演都是手工技艺所造就的结果,依托于一定的物质媒介。媒介的物质基础制约了文本的符号表意,这使得特定历史阶段呈现相应的文化生产与生活样式。文字的媒介从抄写工具、印刷工具到数字编码工具,媒介的这种物质性变化引起了文学活动的变化,也产生文学变革。

历来学者作出了形而上的选择,也就是不断忽略乃至否定艺术的物质性,而强化和突出艺术的精神性。在文学作品的生产过程中包含了人类最丰富的内在精神和审美经验,但只有发现其中的物质基础,才能清楚地理解文学经验。文学上许多危机都来自文学物质性的显现,像出版行业的变化、影视技术的革新,这些物质形式造成了文学叙事的困惑。传统文学活动中,作者是单独的精神劳动者,印刷与发行往往被视作附属性活动并脱离于作家的创作。在新媒介文学中,作家的创作常常与读者的阅读产生互动,作家的创作还与戏剧、电影、电视剧产生互文关系,其物质性进程就不再限于书写阶段的文字工作了,而是包括文字、画面、影像的全媒体传播过程。在这个复杂的进程中,以小说为代表的印刷文学文本面临诸多困境和转型,比如,当摇曳生姿的笔墨文采转换成直观的视觉影像,原本曲径探幽的言外之意、韵外之致被截断,各种表面化、感官化的作品开始冲击人类的听觉和视

---

① 保罗·A.泰勒.齐泽克论媒介[M].安婕,译.北京:中国传媒大学出版社,2019:113.
② 冯宪光.论艺术制作[J].马克思主义美学研究,2020(1):81-94.

觉感知；当讲究文本风格的个体创作与趋向集体合作的电影生产相遇，作家的主体地位就会受到牵制，这在作家的剧本改编中表现得尤为尖锐。此时，我们强烈地意识到，文学作品，特别是新媒介文学作品，在生产工具和艺术制作上产生了新的特性。新媒介文学利用了不断更新的数字技术，将精神话语进行直接或间接的数字编码，比如由数字技术进行直接的影像编码，或者从书写文字转换为电子文档的间接编码，文学作品的一切符号实际上已用数字编码来呈现。数字编码创造人类的交流符号，文学语言、图画影像经由数字符号编码而产生表意功能。

自此，我们从纵向的时间轴回顾了文学传播媒介的转折与演变，从横向的空间轴考察了多种媒介方式的并存与竞争，从现实维度认识到新媒介文学的形成，从理论维度辨析了新媒介文学的逻辑依据，新媒介文学应具备学理上的合法性，以下便可以切入新媒介文学的审美经验分析。

第二章 数字时代审美经验的美学内涵

　　理解新媒介文学的审美经验特征,首先需要在理论上追溯审美经验的具体所指。审美经验是现代美学的核心概念。审美涉及人对于美的感受,而人对美的把握是最具感性的活动,它不是深思熟虑的结果,而是瞬间触动的震颤。美的这种直接性和短暂性给解释带来了困难。经验涉及人对于事物的行为,是主体和客体之间的关系,它包括何人体验、体验何者以及如何体验的问题。由审美和经验叠加而成的审美经验就有了神秘、多义乃至含混的可能性。

　　西方审美经验理论从美之本质探讨到文学解释学、社会批判、现象学分析再到日常生活经验哲思,历经意义流变。20世纪80年代我国出现一阵审美经验的研究热潮,主要是基于文艺学或美学学科范畴,从主体审美心理视角进行理论建构。2010年以来再次出现了一批审美经验的研究著作,此时审美经验的使用范围拓宽,从理论构建变为经验表述,涉及文学艺术、民间艺术、影视艺术等多个方面。审美经验概念,持续作为一种美学话语、文化话语而蔓延,它的意指也变得越来越广阔乃至含混,形成了相应知识图景。

　　围绕审美经验产生了诸多理论话语和学术争鸣。审美经验理论历来多在意识哲学的范畴中展开,聚焦审美主体与审美客体之间的愉悦、感觉、情感等主观经验,而不大注意媒介在其中所产生的作用。随着媒介技术的不断更新,审美主客体之间的关系越来越受到媒介因素的干预。数字媒介促成了新媒介文学的繁荣,激发审美活动的新型样态,这使得我们必须重视媒介在文学审美经验生成过程中作为文化存在的力量。本章基于西方审美经验与中国审美经验的具体内涵,阐述数字时代审美经验的美学内涵,探讨新媒介与审美经验理论的转型,并重构文学的审美主义。

第一节　西方审美经验的意义流变

一、审美经验的概念形成

审美经验是在审美过程中产生的静态经验或动态体验,是审美主体和审美客体之间经由传播媒介所形成的实践关系。审美经验应该是由审美活动所建构的主客体之间的关系,不能完全归结为审美主体的精神意识,亦不能全然归纳为审美对象的固有属性。20世纪以后审美经验频繁地出现在美学的论说中,其在美学范畴中成为一个确定概念并不是突发的,而是人们在对美的长期探索中形成的。审美经验给美学提出的主要问题是:我们如何定义和仲裁美;美等同于其他形式的愉悦体验,还是依赖于特定的规则。这些专注于美的问题促使美学家推进关于美的哲学,审美经验的精神源流主要来自鲍姆加登、康德、席勒等人奠定的近代美学。

美学在于运用逻辑思维对美进行系统的理性分析,对具体丰富的审美经验作出抽象处理。鲍姆加登将人的意识划分为知、情、意三个部分,其中情对应美学和艺术,美在感性活动中体现出来。他将美定义为"感性认识的完善",他所建立的感性学就成为西方美学诞生的标志。康德则将美感和认识划清界限,美感独自确立起来。美感是一种无利害的愉悦。"鉴赏是通过不带任何利害的愉悦或不悦而对一个对象或一个表象作评判的能力。一个这样的愉悦的对象就叫作美。"①"美是那没有概念而普遍令人喜欢的东西。"②"美是一个对象的合目的性形式,如果这形式是没有一个目的的表象而在对象身上被知觉到的话。"③"美是那没有概念而被认作一个必然愉悦的对象的东西。"④康德讲明了纯粹的美感,他所确立的审美无利害观点产生了深远的影响。

有关审美经验的研究大多受到康德《判断力批判》的启发。我们可以定义美吗? 什么使得客体变得美? 康德通过超验哲学的方法解决了这些问题:他表明美不是确定性的客体品质,美的可能性在于根据人类思想的可能性而获得一种人类共同经验,是人类思想力量的自由反应。关于审美经验,

---

① 康德.判断力批判[M].邓晓芒,译.杨祖陶,校.北京:人民出版社,2002:45.

② 康德.判断力批判[M].邓晓芒,译.杨祖陶,校.北京:人民出版社,2002:54.

③ 康德.判断力批判[M].邓晓芒,译.杨祖陶,校.北京:人民出版社,2002:72.

④ 康德.判断力批判[M].邓晓芒,译.杨祖陶,校.北京:人民出版社,2002:77.

康德提出了审美自治的问题。美到底是客体的属性还是主体的感受? 康德试图证明并没有规则能让我们证明客体是美的,因此美必然是主体的体验,是在主体之中引起普遍的、共同的经验。康德认为美并没有规则或概念公式,这将他引向主观的美学。审美成为主体以某种方式对客体作出回应的一种能力。在康德哲学中,审美经验占据至高的地位,它连接起了纯粹理性和实践理性,是其他经验的存在理由;它带来了我们对于美的、理性的、道德的事物的情感理解;它具有纯粹的审美愉悦和审美自由。

席勒意识到康德哲学忽视了审美的一些重要维度,并提出一个重要观点:审美是历史过程。当我们体验审美对象时,我们可能会满足于描述它带给我们的知觉。但对艺术实践感兴趣的艺术家还会试图去理解是何种因素引出了这种知觉。艺术家可能不会找到使得哲学家满意的规则或形式,但艺术家掀起了认识客体特征的一场斗争,即获得自由和活力的客体特征到底是否由其他客体所激发。这种关注点促使席勒超越了康德模式,他认为审美应该是一个历史过程,包括形式的历史连续体。我们的知觉根据形式、政治和科学技术等而持续发展,同时,艺术不断地适应它们,对人类世界发展的各种可能性作出新的回应。那么,审美经验的可能性取决于物质存在和历史进程。当我们界定一个艺术作品,对之作出判断,我们不只是在审美经验的内部处理,而是与客体及其物质性相关。关于描述和界定审美经验的特征,席勒给出了两个关键点:第一,审美经验是对外观的体验,将经验与"看"的方式联系起来;第二,审美经验是主体和客体之间相互作用的关系。

审美经验既不是审美主体对审美客体的行为,也不是客体对主体的行为,而是相互行为。许多美学家发展了关于审美经验的中庸观念,它是一个包括主体和客体维度的过程。审美经验的精神源流在于对美的认识。人们对于美的感受是直接的,但哲学家对于美的认识却是运用理性思维将这种不经过思考的、直接的美归纳出来。这决定了美的议题极具争议。美学学科建立在美的界定和美的艺术的基础之上,从古希腊谈美的本质到现代谈审美直至谈审美经验,这个过程逐步重视具体的审美经验,从本质性的审美转向现象性的审美经验。在对美的认识过程中出现了审美经验的提法,这应该是对审美的具象化,将较为抽象的审美落实到具体的经验或真实的体验中。20世纪以来从哲学概念体系来理解艺术的方式遇到了困难,本质主义的追求受到抵抗,美学也从形而上的角度转向经验具体的思想倾向,因而关于审美的论述就变成了对审美经验的言说。

在认识美的精神源流下,审美经验的概念逐步确立,审美经验是审美主体和审美客体之间构成审美活动的动态过程。有学者指出:"审美经验并不只是主体对于艺术作品或其他具有审美特性的对象的反应。审美经验可以用来描述一种以艺术作品容纳现实体验的方式。艺术作品潜在地既是经验的主体，也是经验的客体，就是说，是一种反映现实的方式。审美经验不只是描述我们看待艺术的方式，而且是描述艺术回应世界的独特方式。"①审美经验的概念具有阐释和拓展的空间，逐步发展出了适应艺术作品性质和历史文化背景的审美经验理论。

二、审美经验的现代性衍变

在哲学史上，美学的兴起是审美现代性的标志，康德美学被视为审美现代性的典型形态。现代性首先是一种时代意识，代表着人类历史进程中的变革逻辑。现代性是强劲的资本主义文化发展逻辑，是剧烈变革的生产方式和社会机构，是独特的文法模式和叙述策略，是觉醒的自我意识和生活样貌。审美经验概念不断延伸、拓展乃至异变，其衍变就是在现代性的语境下展开的。审美经验的现代性衍变所形成的知识图景主要包括阿多诺的审美批判理论、耀斯的文学解释学和杜夫海纳的审美经验现象学，审美经验作为一个美学概念而在社会批判理论、文学解释学、现象学三个维度展开，分别代表了美学的社会学视野、美学与文学的联谊以及回到现象本身的哲学复归。审美经验和资本主义存在一种批判性的关系，审美经验的不同主题揭示出它对于社会进程的反映。

为了理解审美经验是如何和早期批判理论联系起来的，需要从早期认识论中再次审视审美经验的概念。审美经验的现代概念从本质上解决了主体和客体的相遇，将其作为可解释的整体。在阿多诺的视域下，审美经验则是介入和批判社会的一个基点。事实上，阿多诺等法兰克福学派哲学家并不满意于康德的思想而重新发掘审美经验的意义。阿多诺对于审美经验的理解并非象牙塔内的冥想，而是根植于他自身的文化冲突和现实际遇。1938年阿多诺流亡到美国，美国繁荣而庸俗的大众文化景象与他所持有的欧洲精英文化立场大相径庭，在激烈的文化冲击下，他的质疑和反思可以说是一种切身的审美追问。1970年阿多诺的遗著《美学理论》出版，该书对资本主义社会兴起的大众文化持尖锐的批判态度。阿多诺认为审美经验是高于日常生活的，他说："那种将自身与艺术作品等同的、认为艺术是经验生活之组成部分的态度，是前艺术的和十分谬误的态度。……真正的审美经验，

① Nathan Rose. The Philosophy and Politics of Aesthetic Experience: German Romanticism and Critical Theory[M]. Cham, Switzerland: Palgrave Macmillan. 2016:5.

是为了主体及其先验地位起见而发生的一场抵抗主体的活动。真正的审美经验要求观众一方进行自我克制,要求一种对艺术作品所言和未言的东西作出有意识的反应的能力。"①为了抵御文化工业的诱惑,阿多诺开出否定性这剂药方。他一再强调艺术的自律性,即艺术在价值取向上的独立本性,坚持艺术应该追求真理的精神。只有当艺术抛弃所有的奴性,反对社会统治,表明这个世界本身必须改变,这时艺术的社会意义才获得确定。艺术获得自主,才能获得社会地位。艺术的对抗性在这里被反复强调。

阿多诺不太关注审美主体和审美客体之间的分隔,而是将审美经验作为一个整体,对资本主义文化展开批判。诸如摄影、电影、超现实主义等被本雅明视作新颖的、有趣的,且在现代性中具有解放力量的艺术类别,阿多诺则对之持否定态度。他认为这些艺术丧失了神秘光晕,破坏了艺术与功能世界的距离,并不能把人们从幻觉中解放出来。阿多诺关于审美经验的解释,旨在倡导审美经验的精神独立性,强调审美和艺术的批判力量,是一种保守的立场。审美经验在社会批判理论家这里是一种理想,现实则是多种艺术形式被市场和资本收编。

阿多诺等批判理论家对于审美经验的保守立场,源自他们在20世纪所经历的个人动荡和社会苦难,是对于历史境遇的理论反映。在一战之后,本雅明曾写下如下感受:"经验从来没有如此彻底地矛盾过:战略经验遭受阵地战的抵触,经济经验遭受通货膨胀的抵触,身体经验遭受饥饿的抵触,道德经验遭受执政权力的抵触。"②在那个时候,没有一个故事讲述者可以做到正义,因为拥有真正审美经验的能力在如此沉闷的物质、经济和政治的混合环境下已经凋零了。就此而言,审美经验是一种能力丧失的补偿,以一种人文批判的方式来回应那些似乎无法控制的事件。"早期批判理论家并不是旨在发展一种政治规范性和理想机构的整体理论的政治哲学家,而更多的是关注文化发展并作出回应的社会批判家。但他们将社会批判置于整个现代性的语境、历史发展的本质和经验主体经验客体之间的动态关系中。"③批判理论家对启蒙的解放目标抱有同情,相信真正的人类解放尚未完成。阿多诺有关审美经验的批判理论是对资本主义发展进程的文化回应,体现出20世纪上半叶有关审美艺术的一种时代意识。

---

① 阿多诺.美学理论[M].王珂平,译.成都:四川人民出版社,1998:581.

② Walter Benjamin. Selected Writings—Volume 1:1913—1926[M].Howard Eiland, Michael Jennings. Cambridge, MA:Harvard University,1966:732.

③ Nathan Rose. The Philosophy and Politics of Aesthetic Experience:German Romanticism and Critical Theory[M]. Cham, Switzerland:Palgrave Macmillan,2016: 9.

　　耀斯将审美经验从社会批判的维度转移到文学解释的场域中来。阿多诺在《美学理论》中认为艺术和社会实践是否定性的对立关系。耀斯则对阿多诺否定性美学展开批判，批评阿多诺"退回到审美对象的本体论，意欲摒弃有关审美经验的实践问题，而沉湎于规范的诗学和情感心理学"①。在《审美经验与文学解释学》中，耀斯指出，我们不能将艺术史都划归给否定性的作品，在社会解放过程中，除了否定的、批判的作品，还有更多肯定的、积极的作品，它们并不遵循解放的否定性。否定性作品成为经典作品且获得公众效果在于它将最初否定它们的传统作为文化遗产而使自身重新获得肯定，并与文学的评价机制同化。肯定和否定这一对范畴并不能使我们充分理解艺术在一定历史阶段中的社会功能。"不应该从否定中而应该从具有客观约束性的意义的创造中观察和认识艺术的社会功能。"②耀斯认为，要避免否定性美学的片面性，就需要以自足艺术的审美经验为研究基础。

　　耀斯在审美经验的阐述中体现出文学解释学和接受美学的学术倾向，较为重视文学的接受方面。他对于审美经验的扭转有以下两点值得注意。

　　首先，耀斯将审美经验区分为生产、接受与交流三个方面，各自表现为创作、感受和净化的功能。这就区别于阿多诺将审美经验作为一个整体概念而进行社会批判的方式。审美经验在文学解释学这里再次被细致地区分开来，其中的审美接受被特别强调。耀斯指出审美经验在生产与接受方面的差异。在生产方面，审美经验的生产能力与其净化效果契合，作家将自己的经验转化为文学，在对作品的成功创作充满喜悦之时也获得了与读者分享的精神解放。在接受方面，审美经验与其他活动的不同之处在于它特有的暂时性：它使我们再次观察世界，并通过这种发现给我们的现实带来满足的快乐；它把我们带入想象世界；使我们以旁观者的角色认识过去；让人认识到人的自我实现是审美教育过程。③耀斯讲的审美经验并不是形而上学的美，而是在与美交往过程中得到的实践经验，它能够使人在理解艺术作品的同时也理解自己。作为人的生产能力的审美经验和作为人的欣赏能力的审美经验是不同的，而作为欣赏的审美经验往往创造了更多的意义，正如他所说：在作品不断进行的感受和解释的过程中，作为成品的作品展示出丰富的意义，这意义远远超出作品创作的视域。

　　其次，耀斯批判了阿多诺的否定性美学之后，通过诸多文学例证表明审

---

① 汉斯·罗伯特·耀斯.审美经验与文学解释学[M].顾建光,等,译.上海:上海译文出版社,2006:23.
② 汉斯·罗伯特·耀斯.审美经验与文学解释学[M].顾建光,等,译.上海:上海译文出版社,2006:9.
③ 汉斯·罗伯特·耀斯.审美经验与文学解释学[M].顾建光,等,译.上海:上海译文出版社,2006:10.

美经验主要通过交流和接受的态度表现出来,文学作品对于社会解放具有肯定和积极的意义。在文学阅读中所获得的各种期待无法在现实世界中实现,只能存在于与日常经验对立的虚幻世界中。耀斯提到了《堂吉诃德》《包法利夫人》,他们都是在平庸的现实中依靠想象来支撑自己对于世界的理想。从交流和接受的态度来看,审美经验将读者带进想象世界里,突破了时间空间的藩篱,审美经验促使人们认识到一个人的自我实现是一种审美经验的过程。耀斯指出文学审美与日常经验是有距离的。"鉴于审美经验与现实之间存在着不可弥补的距离,所以,只有把审美经验当作其作用不断衰减的第二手经验,它才能变为可以触摸到的东西。"①耀斯将审美经验与现实世界区隔起来,在此基础上论证审美经验在人之此岸世界中的积极力量。

在20世纪审美经验的知识图景中,还有一种重要的派别即审美经验现象学。胡塞尔指出,现象学"标志着一种方法和思维态度:典型哲学的思维态度和典型哲学的方法"②。现象学进行存在的悬置和历史的悬置,直接面对事实本身。杜夫海纳以一种回到事实本身的哲学态度来推进人们对于审美经验的认识。《审美经验现象学》法文版于1953年出版,该作将审美经验进行现象学的还原,将经验中超现实的因素悬置起来,考察经验存在的实体特征。首先,审美经验现象学研究的是欣赏者而不是艺术家本人的审美经验。其次,审美经验现象学从艺术作品的经验现实出发,来探讨审美经验实际上是如何获得实现的。杜夫海纳的审美经验现象学研究由艺术引起的审美经验,而不是来自自然界的审美对象,分别论述了审美对象的现象学、艺术作品、审美知觉的现象学和审美经验。审美经验现象学面对事实本身的哲学思维决定了杜夫海纳对审美对象的重视,他用审美对象来界定审美经验,认为直接来自艺术作品的审美经验肯定是最纯粹的。审美对象是作为被知觉的艺术作品,确定了本体论地位。"当决定打破审美对象和审美知觉的关联把我们关进去的那个循环,把艺术作品视为研究的出发点,以便在这个基础上重新发现审美对象以及审美知觉时,我们将求助于经验和历史的东西。"③杜夫海纳认为,引导我们达到审美对象和审美经验的最可靠的向导,是被一致接受的艺术作品。审美经验是在一个展示出艺术作品并教我们如何识别和鉴赏艺术作品的文化世界里完成的。在鲍姆加登和康德之

---

① 汉斯·罗伯特·耀斯.审美经验与文学解释学[M].顾建光,等,译.上海:上海译文出版社,2006:5.

② 埃德蒙德·胡塞尔.现象学的观念[M].倪梁康,译.夏基松,张继武,校.上海:上海译文出版社,1986:24.

③ 米·杜夫海纳.审美经验现象学[M].韩树站,译.陈荣生,校.北京:文化艺术出版社,1996:9.

后,审美经验离感觉经验越来越远。审美经验现象学回到最基本和具体的人类经验,从艺术作品的经验现实出发,着重论证审美对象和审美知觉的关联。杜夫海纳认为文学艺术经验就是典型的审美经验,并重视文学艺术经验的美学研究。于是,经过审美经验现象学的推进,审美经验不只是抽象的哲学演绎,而是更贴近艺术作品的真切体验。艺术作品成为分析的中心,也使得审美经验的研究更加具体和细致。

20世纪诸多研究者将审美经验作为解释复杂社会生活的一个维度,比如20世纪20年代有美国学者指出,"审美经验与包括宗教、政治、教育、卫生、技术等其他部分一起构成我们的共同行为,选择和塑造我们所希望的结果,以此来指导和解释我们当下的行动"①,"对于审美经验的解释,有两种理论值得关注,第一种认为审美客体唤起了观众的情感,另一种认为客观上艺术的内容或意义就是情感"②。审美经验从何种角度切入现实,多数研究者强调审美经验中的情感、同情心、注意力等心理意识方面。审美经验的现代性衍变所形成的知识图景是广阔的,审美经验作为一个美学概念进入社会批判、文学解释、哲学等不同话语体系中,其共同的特点在于,此时审美经验已经突破了康德时期抽象的形而上界定,而进入具体的经验分析中,乃至作为一种美学力量拷问社会文化现实。之所以将20世纪审美经验所形成的知识图景陈述为现代性衍变,一则在于审美经验概念产生之初就获得了审美独立的现代性根源,二则在于审美经验随后所形成不同倾向的话语意义契合于相应的历史进程,这种追随社会文化变迁的时代意识是现代性的思想精髓。

三、审美经验与日常化的语义下延

20世纪也有学者试图将审美经验从美学的壁垒中解放出来,并与现实生活进行融合,最为典型的就是杜威的实用主义美学。杜威的审美经验观念源于他对经验范畴的界定,经验是一个时间性的行为过程,它就是生活本身,展现了生活的意义。在1934年出版的《艺术即经验》中,他指出要"回到对普通或平常的东西的经验,发现这些经验中所拥有的审美性质"③。杜威提出"一个经验"的问题,审美经验是"一个经验"的集中与强化。英国经验

---

① George H. Mead. The Nature of Aesthetic Experience[J]. International Journal of Ethics, 1926,36(4): 382−393.

② Eliseo Vivas. A Definition of the Esthetic Experience[J]. The Journal of Philosophy,1937, 34(23): 628−634.

③ 杜威. 艺术即经验[M]. 高建平,译. 北京:商务印书馆,2005:9.

主义者往往用审美感官来论证审美经验，如夏夫茨伯里和哈奇生等人将审美感官看作是"内在感官"，它是与视听嗅味触感等"外在感官"并列的独立的内在感官。杜威不同意这种较为神秘的审美经验观点，他致力于恢复审美经验与日常生活之间的关联性。[①]一个作品的完成、一个问题的解决、进行一番谈话都是一个经验。"经验是由一些我们情不自禁地称之为'真经验'的情景和事件决定的，在回忆这个情形时，我们说，'那是一个经验'。"[②]审美经验并不疏离于日常经验，那些具有美感的、诗性的、完整的、丰富的日常经验就具有审美属性。

审美经验与日常经验有一种内在的连续性，只要获得正确的方式，所有经验具有成为审美经验的可能。审美经验可以发生在科学探索、哲学探索、体育运动和高级烹饪中。杜威反对将审美经验与日常生活对立起来，否认美的艺术创造与日常的生活过程存在内在对立。电影、爵士乐、连环画，甚至是桃色新闻，诸如此类的事件冲击普通人的愉悦神经；艺术家则捍卫着博物馆和美术馆的有教养的审美。杜威认为，只有当艺术杰作与普通行业的产品联系起来之时，它们才能得到普遍的赞赏。他反复强调，生产行为若从生活经验中孤立出来便会缺乏审美品质，审美艺术、实用艺术与普通生活之间不应该划分严格的界限。审美经验与人类其他经验不可分割，是人类经验整体的组成部分。杜威对于审美经验的解释对传统美学观形成了冲击，传统美学将艺术品看成是神圣的、自律的、不可侵犯的，杜威论证艺术经验与日常经验之间的连续性，重建高雅艺术与通俗艺术之间的连续性，建立美的艺术和实用的艺术之间的连续性。

阿多诺评价杜威"是一位真正获得解放的思想家"[③]，与其说这是阿多诺对杜威的充分赞誉，倒不如说这是阿多诺站在精英主义立场维护艺术的超越性。阿多诺认为，经验主义者不重视艺术，艺术在本性上拒绝服从日常生活的游戏规则，于是艺术就成为并不能与经验主义共在的存在物，艺术也就超越了经验主义衡量万物的尺度。既然艺术在根本上无法适应日常生活的游戏规则，而经验主义者并不纠缠于艺术却直接关注日常生活的经验，由此他们在理论上就获得解放。杜威的这种解放在20世纪西方美学中并未充分拓展，直至舒斯特曼对日常经验的进一步推进。

舒斯特曼作为美国新实用主义者，发展了一种日常化的审美经验，他说：

---

① 高建平．译者前言[M]//杜威．艺术即经验．高建平，译．北京：商务印书馆，2005：13．

② 杜威．艺术即经验[M]．高建平，译．北京：商务印书馆，2005：38．

③ 阿多诺．美学理论[M]．王珂平，译．成都：四川人民出版社，1998：563．

"实用主义美学最重视的就是审美经验。"①关于审美经验,他有三个层面的推进值得关注。

首先,重新阐释审美经验中的愉悦问题。在西方传统美学中,审美经验的概念与人们对于美的愉快感受紧密相关,它是一种有价值的情感反应。但在20世纪,两次世界大战的灾难让艺术家对审美经验的价值产生怀疑,那些令人愉快的审美经验在强大的战争面前毫无裨益,那些在审美上极为发达的欧洲国家在战争中却是最具破坏力的。艺术家们开始排斥审美经验中的愉悦情感。愉悦的情感体验在美学研究中地位有所下降。舒斯特曼说:"许多哲学家(克莱夫·贝尔、约翰·杜威和门罗·C.比厄斯利)都把审美经验的概念解释为本质上是有价值的和令人愉悦的。虽然我强调艺术和生活中的享乐维度,但将审美经验的价值与愉悦混为一谈是错误的。"②一方面,舒斯特曼将愉悦的内涵本身进行了升华,他指出:当代艺术品旨在唤起的震惊、碎裂、困惑、恐惧等体验,具有一种反抗力量,它们可以扩大我们对于艺术品的视野。在对艺术品的审美心理中克服这种不愉快的感受,可以在更高的层次上产生一种独特的感知,或许可以说是更难得的快乐形式,这类似于传统意义上的崇高概念。这种非愉悦的反应不应该被排除出审美经验的范畴,在更高层次上,它也是可以产生愉悦的。我们仍然可以欣赏某种震惊的价值,将其令人不安的特征转换成更高层次的愉悦。③另一方面,他扩大愉悦的适用范畴,通过对通俗艺术的研究来复兴审美经验的愉悦体验。通俗艺术有赖于受众的审美感受,其中愉快、轻松、欢悦等情感是其追求的目标。

其次,舒斯特曼将审美经验与通俗文化联系起来。舒斯特曼认为西方现代美学中作为无利害的静观的经验已经终结了,终结这种由高级艺术所引发的审美经验是为了唤起真正的审美经验,这就是由通俗艺术所唤起的审美经验。④舒斯特曼反对长期以来统治审美经验和美学领域的艺术概念——将艺术等同于高级的优美艺术,这种概念使艺术制度变得狭隘,使艺术实践变得贫乏,他极力论证通俗艺术在美学上的合法性,以此来证明审美经验的复兴。

再次,舒斯特曼将审美经验全面置于日常生活,将其世俗化、大众化。

① 彭锋.新实用主义美学的新视野——访舒斯特曼教授[J].哲学动态,2008(1):62—66.

② Richard Shusterman. Aesthetic Experience:From Analysis to Eros[M]// Richard Shusterman, Adele Tomlin. Aesthetic Experience. New York:Routledge,2008:79—97.

③ Richard Shusterman. Aesthetic Experience:From Analysis to Eros[M]// Richard Shusterman, Adele Tomlin. Aesthetic Experience. New York:Routledge,2008:79—97.

④ 彭锋.新实用主义美学的新视野——访舒斯特曼教授[J].哲学动态,2008(1):62—66.

"我的实用主义哲学的一个主要目的,是通过更加认可超出美的艺术范围之外的审美经验的普遍重要性而将艺术与生活更紧密地整合起来。"①舒斯特曼扩展那些极受限制的关于审美经验的文化假定,重新划定审美经验的领域,检视审美经验与艺术的关联,重建审美经验与人类生活的关联。他主张审美经验应该涉及生活,其中也包括鲜活的身体经验,于是太极、瑜伽乃至性爱经验都成为他审美经验的论说范畴,身体美学也就随此呼之欲出。杜威、舒斯特曼等人将审美经验当作具有综合性质的术语和统摄多种文化现象的手段,由此,审美经验的意义下延到日常生活的多个方面。

四、西方审美经验理论的有效性反思

审美经验经历了三个阶段形成现有的知识图景,第一阶段是审美经验概念的形成,这一阶段对审美经验的界定是历史性的,承袭了鲍姆加登、康德、席勒等美学家的解释。鲍姆加登建立了关于感觉的科学;康德认为美存在于形式的感觉中,能唤起不涉及利害的愉悦;席勒认为美是历史进程。审美经验的概念指的是审美主体和审美客体之间构成审美活动的动态过程。第二阶段是审美经验的现代性衍变,在一种变革的时代意识的召唤下,审美经验分别从社会批判、文学解释学、现象学的维度展开。阿多诺认为审美经验具有精神独立性,应该否定性地批判社会;耀斯认为审美经验可划分为生产、接受与交流三个方面,可以肯定而积极地促进社会解放;杜夫海纳立足于艺术作品的经验现实,分析审美经验的实现过程。第三阶段是审美经验的日常化延伸,审美经验突破哲学、解释学、现象学的限定,在日常生活中拓展其意义。杜威论述审美经验和日常经验的连续性,舒斯特曼更为激进地推进了审美经验的世俗化。

从理论内部来看,审美经验历经批判理论、解释学、现象学的阐发,实际上并没有形成规范性认知,其理论有效性在于拓展概念,而不是统一概念。直至当下关于审美经验的理解依然存有争议,争议的中心还在于狭义或广义地去理解审美经验。比如诺埃尔·卡罗尔(Noel Carroll)和艾伦·戈德曼(Alan. H. Goldman)关于审美经验有一场争论。前者认为审美经验是呈现或表达艺术作品的途径,主要有关艺术作品的欣赏、判断,反对艺术自主论者拓宽审美领域。"审美经验就是一些固定的方式,于此之中艺术作品的要点或目的被正式地和定性地呈现出来。审美经验关注这些要点和目的如何

---

① 理查德·舒斯特曼.生活即审美:审美经验和生活艺术[M].彭锋,等,译.北京:北京大学出版社,2007:XVL.

被呈现和推进。"①后者对审美经验采取宽泛的理解,审美经验包括认知的和道德的可能性,认为广义的审美经验比狭义的更加具有令人印象深刻的历史沿袭;审美经验是对审美价值的欣赏,而审美价值更适宜在广义上进行分析,因此反对将道德、政治、认知从审美经验中排除出去。②

阿多诺、耀斯和杜夫海纳分别基于社会批判、解释学和现象学的知识立场对于审美经验进行解释,在充满离乱、苦难和动荡的20世纪,他们对于世界动乱局势、殖民主义、种族主义是有思考的,但他们在理论上的回应却愈加逼仄,耀斯和杜夫海纳已经放弃了对审美经验进行阿多诺式的社会拷问,而直接将之限定在文学或哲学的专业范畴之中。当我们反思审美经验在其现代性衍变中到底获得了何种程度的有效性,恐怕并不在于追溯这个美学概念激发了多少社会运动,而在于考量这个概念产生了多大的理论张力。耀斯和杜夫海纳对于审美经验的理论阐释是有限度的,他们一方面将审美经验从概念形成之初的抽象意涵具体化为文学艺术的经验或审美对象的经验,另一方面又在审美经验与现实世界之间设定了一种距离,使得审美经验疏离于平庸琐碎的日常生活。审美经验在20世纪所形成的现代性衍变,其理论张力是有限的,它既未在概念上形成统一的规范性认知,也无法在实践上实现理论对现实的改造。

耀斯、杜夫海纳等人之后,舒斯特曼对于审美经验和生活艺术的阐释可以说是旨在建构一个日常化的审美经验理论,将审美经验从美学概念下延到具体的日常生活中。舒斯特曼将杜威的实用主义审美经验概念推进一步,除了传统意义上文学、音乐、舞蹈等艺术,日常意义上的体育、健身、饮食等活动及其身体经验也成为审美经验的论说对象。杜威、舒斯特曼并不认为事物的日常经验与审美价值之间应该有一个彻底的区分。舒斯特曼的审美经验理论是有其社会指向和实践意图的。从旧工业时代走来,20世纪的理论家们已经赋予资本主义一个文化面孔,所谓创意产业、文化技术以及各种标志、形象、设计、广告、符号,这一切都是为了证明资本主义的审美方式已经从物质过渡到非物质形式。但是,舒斯特曼已经不满足于审美经验的现代性衍变所形成的非物质形式,而是将审美经验切入现实生活的方方面面。审美经验保留着哲学含义,也存有其社会契机,随着社会契机被不断激

---

① Noel Carrel. Recent Approaches to Aesthetic Experience[J]. The Journal of Aesthetics and Art Criticism,2012,70(2):165—177.

② Alan. H. Goldman. The Broad View of Aesthetic Experience[J]. The Journal of Aesthetics and Art Criticism,2013,71(4):323—333.

发,审美经验的内涵随之扩大。这种尽力靠近世俗生活的美学理念,在文化研究中获得了巨大的共鸣,但这并没有使得审美经验直接获得现实世界中的实践效果。

伊格尔顿指出:"进入新千年的人类面临的核心问题根本不是文化问题。它们比文化更为平凡和物质化。战争,饥饿,毒品,武器,种族灭绝,疾病,生态灾难……所有这些都有其文化方面,但文化不是它们的核心。如果说那些谈论文化的人除了夸大文化的概念就不能做什么了,倒不如保持缄默。"①不论是文化的概念还是审美经验的概念,当其含义被不加克制地扩大,与日常生活过于紧密地联系起来,其理论初衷也就不再由自身所衡量,多种纷繁杂乱的现象都挤入审美经验的麾下。审美经验不仅是现象学经验、文学经验、艺术经验,而且是"一个经验"、日常经验,它成为一个具有多重含义的概念。由是,审美经验就不再能够用来严格地定义美学或艺术,它只能成为指导性的美学话语,提醒人们在艺术和生活中追求具有审美价值的东西。一个概念要在广阔的社会范围内获得理解,它就需要在公共领域形成较为确定的意义,从而获得沟通与解说的有效性。审美经验呈现出三个层面的知识图景,其不断转移乃至扩大的所指使其意义泛化,审美经验在不同语境下使用频繁,这种广泛的征用实际上降低了理论的针对性。今天我们研究新媒介文学,是在文学发展过程中去理解审美的生成与特性。根据马克思主义思想,辩证方法是按照过程来看待事物,并不是把事物看成一个实体或一种静态,而是看成不断发展的现状。考察新媒介文学的审美经验应该秉持马克思主义的思想方法,从文学现实的客观基础出发,根据审美经验理论的发展进程,具体地把握理论演变中的本质差别。面对审美经验意涵泛化的理论困境,仍然有必要倡导审美经验的"感性学"回归,以提高其解释的有效性。因此,在基本语义上,我们将审美经验理解为审美主体和审美客体之间所进行的美学实践活动。

第二节 中国审美经验的知识图景

一、审美心理:"美"的开启

审美经验的概念最初从西方引进,国内学者往往从审美心理、审美心态的角度来界定审美经验。早期对审美经验研究最有影响的是朱光潜。他对

---

① Terry Eagleton. Culture[M]. New Haven: Yale University Press, 2016:214.

审美经验的研究深受西方美学的影响。近代美学自康德开始,偏重认识论,而认识论的核心问题是如何认识宇宙事物的存在,这使得近现代的美学家关注以心知物时的心理活动,即在美感经验中人们的心理活动是怎样的。朱光潜将美感经验定义为人们欣赏自然美或艺术美时的心理活动。他谈美感经验是为了解决美学的中心问题,即说明什么是美,而事物引起美感经验才算是美。"美学的最大任务就在分析这种美感经验。"①坐看云卷云舒,在落日余晖下瞭望海面的波涛,在蜿蜒青山间聆听清脆的鸟鸣;在俗世的尘嚣中翻看书画作品,阅读小说……这些出自自然或人工的杰作,成为人们赏心悦目的对象,让人获得美感经验。

朱光潜从形象的直觉、心理的距离、物我同一、美感与生理四个方面分析美感经验。首先,美感经验是形象的直觉,诸如一块石头、一片树林,它就在那里,让我们用直觉去领会它,它是观赏者性情的反照,所以美感经验也是艺术性的创造。②形象的直觉意味着,观赏者不进行抽象的思考、不起意志和欲念,他只是孤立地欣赏此意象而不追问此物与他物的关系。其次,美感经验有心理的距离,这种距离在于抛开实际的目的和需要,重于形象的观赏,比如疾驰在公路上能停下步伐并驻足观望一下风景,面对成片的油菜花沉醉于灿烂的春色而不是担心着菜籽油的收成。有心理距离的美感经验意味着抛却寻常看待事物的方法,在平淡无光的庸常岁月中陡然发现美妙,与现实产生一定的距离。再次,在对审美对象进行凝神观照时,欣赏者心中别无所有,进入物我同一、物我交往的境界。将自己的情趣移注于物,将物的姿态移注于自身。在美感经验中常伴随着凝神观照的物我同一、移情作用以及距离的矛盾。最后,在美感经验中,人们摹仿在想象中所见的动作姿态,产生适应运动,使得知觉更加明了。在聚精会神的审美状态中时,我们未必能够明显地意识到身体器官特殊的生理变化,但它可以影响美感经验。

朱光潜将美感经验作为美学的中心问题来谈,其实在他的研究中,审美经验便是美,但美感不等于快感。第一,美感是不沾实用、无所为而为的,寻常快感则起于实用要求的满足。第二,美感是性格的反照,是个体情趣和物之情趣的相互沟通。第三,在获得快感时人们能有很明显的意识,而在美感经验中则有孤立绝缘的意象,让人产生忘我的超脱感受。美感是一种心理活动。③在朱光潜的论述中,审美经验是一种超然的、无功利的审美心理,

---

① 朱光潜.文艺心理学[M].桂林:漓江出版社,2011:2.

② 朱光潜.文艺心理学[M].桂林:漓江出版社,2011:11.

③ 朱光潜.文艺心理学[M].桂林:漓江出版社,2011:70.

它继承了自康德以来的审美自律的思想。朱光潜作为中国现代美学的奠基人,是从审美心理来谈审美经验的,之后国内诸多学者关于审美经验的研究也是从这个思路展开。

王朝闻就是其中之一。他在《审美心态》一书最后一章专门讲审美经验问题,提出以下五点。第一,感觉经验是审美意识的发展过程和基础:审美经验不只是发现美的根本性的精神力量,也是辨别美丑不可缺少的主观条件,涉及感觉、联想、想象、体验等心理因素。①例如,观赏浓墨重彩的油画、古色古香的建筑抑或是以静制动的雕塑,都是各种心理因素相互作用的过程,是过去的经验与当下的体会相互交融的过程。第二,审美感受的锐钝广狭和深浅都依赖审美经验:主体对客体的感觉过程,不仅有感觉器官在起作用,而且更为重要的是,感觉经验在新条件下另起作用。②旧的审美经验在新的审美活动中所起到的作用,表现在主体对美的被动感受和对美的主动创造。审美经验,不仅在审美感受中起到能动性、自主性的作用,而且在艺术创作中也起到相应作用。第三,审美经验形成的审美个性将作用于灵感等心态:这是从创作的角度来讲,审美经验成为创作者的个性,创作者能够掌握、支配和利用经验的自由,为新的审美感觉提供创造活动的可能。第四,对审美经验的继承与发展意味着审美意识的深化。第五,直接和间接的审美经验能对主体进行再创造,即审美经验对于审美主体的能力和兴趣的再创造。王朝闻还将审美经验与美育问题结合起来。"审美经验的重要性,最重要的不是审美主体怎样创造性地再现生活,而是不断创造能够独创性地感受美丑的审美主体。"③另外,王朝闻也指出,审美经验的重要性,不但表现在艺术生活方面,而且表现在一般的日常生活中,包括人们抒发情感时所采用的创造性的语言。④

王朝闻认为,狭义的美感就是审美感受。"审美感受是一种由审美对象所引起的复杂的心理活动和心理过程。在这个过程中,不仅由于审美主体的各种复杂的心理因素以及它们之间的相互作用,而且也由于审美主体本身受着种种个体的特殊条件(例如生活经验、世界观、心理特征的个性等等)所制约,因此这种心理活动的结果,便不是客观事物简单的、机械的复写和模拟。"⑤审美感受产生于审美主体和审美对象的相互作用中。王朝闻叙述

---

① 审美心态[M]//王朝闻.王朝闻集:13.石家庄:河北教育出版社,1999:506.

② 审美心态[M]//王朝闻.王朝闻集:13.石家庄:河北教育出版社,1999:511.

③ 审美心态[M]//王朝闻.王朝闻集:13.石家庄:河北教育出版社,1999:556.

④ 审美心态[M]//王朝闻.王朝闻集:13.石家庄:河北教育出版社,1999:528.

⑤ 王朝闻.美学概论[M].北京:人民出版社,1981:97.

了审美感受中的各种心理因素。第一种是感觉,各种感官之中,视听器官发展为审美的官能。触觉、味觉、嗅觉感受往往直接引起生理反应,视觉和听觉更多地与人的精神活动、理性认识相关,是审美活动中最重要的官能。第二种是知觉,知觉把感觉的材料联合为完整的形象。第三种是联想和想象,这是审美感受中的心理现象。第四种是情感,是人对客观事物是否符合自己需要而作出的心理反应,审美情感总体上是从美的享受中得到愉快。第五种是思维,是通过概念、判断和推理形式对现实作出的概括反应。

美应当从审美关系着眼而认识审美对象的客观性与审美感受的主观性。[1]在王朝闻的论述中,审美经验与审美感受有相互重合之处,审美感受的范畴大于审美经验,但审美感受又依赖于审美经验。从审美经验到审美感受再到美感,其范畴逐步扩大,而它们共同构成王朝闻美学论述中的中心问题。他认为,美的经验,不仅包括艺术家对艺术的欣赏,也包括普通人从自然和社会中发现的美,而普通人发现美的能力又是由艺术欣赏所培养起来的。[2]西方现代审美经验概念的建构中,实用主义美学将审美经验与日常生活结合起来,王朝闻这样的观念其实与之有近似之处。如果说朱光潜更多的是将审美经验作为一种无功利的审美心理,而王朝闻则肯定了普通人在日常生活中所发现的审美经验。

在20世纪80年代,美、美感、美学、艺术是什么,一系列最基本同时也是本质主义的问题得到了集中讨论。这是20世纪五六十年代美学讨论的延续。经过一个时期美学的中断,学者将自身的悲悯、无助更加深切地注入对于美的思考之中,这种思考普遍地伴随心理的治愈,带有人性的厚度。80年代开启对于美的讨论之后,审美经验基本上是在审美心理学的维度阐发的。审美经验作为西方美学史上的重要概念,可以追溯至古典美学以及近代美学中的审美、趣味判断、美感、美的经验等问题。20世纪审美经验一词才被广泛运用于美学研究中。西方对于审美经验的理解和界定并不一致,把审美经验理解为主体感受、美感经验、审美意识等等,其中最普遍的是把审美经验看作是人们对于美和艺术的反应中所产生的经验。审美经验在西方美学中的标出性,在于西方美学范式的变更,从美的本质的哲学探讨转换为审美经验的具体研究。其在中国的语用则并不像西方美学那样经历了漫长的演变,而是在80年代的"美学热"中集中出现,较多地被理解为美感体验中的心理过程。

---

① 王朝闻.审美谈[M].北京:人民出版社,1984:36.

② 王朝闻.审美谈[M].北京:人民出版社,1984:33.

20世纪50年代,中国学界对于"美是什么"有过一场大讨论,美是主观的、客观的还是实践的,彼此争鸣。到了80年代,李泽厚的实践论美学占据了主导地位,通过阐释美、美感和艺术三个基点确立了美学的本质,是马克思主义实践哲学在美学上的表达。李泽厚认为,美感是审美主体对美的认识和心理感受,属于审美心理学的研究范围,所谓"心理本体""情感本体""建立新感性",旨在建立人类心理本体和情感本体。[①]李泽厚从人的审美心理结构来谈美感,认为美感是人类历史地建构起来的心理本体;审美经验与美感、审美对象不可分离,审美经验是心理性的、现象化的经验,并未升华为美的抽象哲学。19世纪美学从哲学体系中解放出来以后,"美学作为美的哲学日益让位于作为审美经验的心理学,美的哲学的本体论让位于审美经验的现象论,从哲学体系来推演美、规定美、作价值的公理规范让位于从实际经验来描述美感、分析美感、作实证的经验考察"[②]。李泽厚将审美经验基本看作是低于美的哲学的问题,是有关日常审美的心理经验。

从审美心理的角度谈论审美经验是80年代主要的研究途径。如王朝闻指出,美的经验,不仅包括艺术家对艺术的欣赏,也包括普通人从自然和社会中发现的美,而普通人发现美的能力又是由艺术欣赏所培养起来的。[③]他认为,审美经验不只是发现美的根本性的精神力量,还是辨别美丑不可缺少的主观条件,涉及感觉、联想、想象、体验等心理因素。[④]滕守尧认为,审美经验是审美心理学的中心问题,审美经验是人们欣赏美的自然、艺术品和其他人类产品时产生出的一种愉快的心理体验,这种心理体验是人的内在心理生活与审美对象之间交流或相互作用后的结果。[⑤]此外,《审美经验论》(彭立勋)、《创作心理研究》(鲁枢元)、《美感心理研究》(彭立勋)、《文艺心理学》(陆一帆)、《文艺心理学教程》(钱谷融、鲁枢元主编)等多部美学著作也从主体的审美心理角度来谈论审美经验。他们对审美经验的解说有细微差异,但无一例外地立足于审美经验的心理特性。从审美心理来谈审美经验有其历史传统,如朱光潜所言,"近代美学所侧重的问题是:'在美感经验中我们的心理活动是什么样?'至于一般人所喜欢问的'什么样的事物才能算是美'的问题还在其次"[⑥]。

---

① 李泽厚.美学三书[M].合肥:安徽文艺出版社,1999:508.

② 李泽厚.美学三书[M].合肥:安徽文艺出版社,1999:504.

③ 王朝闻.审美谈[M].北京:人民出版社,1984:33.

④ 审美心态[M]//王朝闻.王朝闻集:13.石家庄:河北教育出版社,1999:506.

⑤ 滕守尧.审美心理描述[M].北京:中国社会科学出版社,1985:1.

⑥ 朱光潜.文艺心理学[M].桂林:漓江出版社,2011:1.

　　20世纪80年代人们对"美是什么"进行本质主义追问,此时人们对"美是什么"的热情远远超过"审美经验是什么"。蔡仪的基本立场是美学要以现实中事物的美为根据①,美在于客观事物本身,从认识论的角度确立美学的研究基础,"美学是研究现实的美、美的认识——美感和美的创造——艺术的科学"②。高尔泰走过"疲劳、饥饿、屈辱和忧惧"③的岁月,立足人的本质来谈美的本质,指出"美是自由的象征",美的追求与人的解放是统一的。蒋孔阳1986年在《对于美的本质问题的一些探讨》中归纳:美在形式、美在愉快、美在完满、美在关系、美在理念的显现、美在生活,指出"美的本质就是人的本质力量的对象化"④。"美是什么"尚且莫衷一是之时,审美经验的概念显然没有形成公认的界定。在美学研究热情高涨的年代,审美经验从审美心理学的角度获得了阐释。审美经验的概念具有心理—社会的功能,它将人们的注意力集中到美的对象、美的现象和美的环境之中,从审美心理的角度掀起一时的审美乌托邦想象。

　　这一时期许多美学家承担了为社会提供美的解释的专门任务。此时,人们对于美、人性、自由的热情空前高涨,虽然也有美学家走进工厂为广大群众做美的演讲,但在知识范式上这些演讲内容远离日常生活的冲突,可以说是一种经院化、垄断性的专业知识。从李泽厚、蒋孔阳、王朝闻等人的论述来看,他们本身的美学研究并不具有政治色彩,相反,正是他们疏离于政治、远离纷争的美学书写带给人们极大的学术热情和人间抚慰,美学成为人们反思现世的突破口。在当时的社会语境下美学恰好成为人们释放情绪、宣泄情感的振奋点。20世纪80年代对于审美经验的心理学阐释,是一种美学建构,更是一种群体共鸣。它之所以能产生广泛的共鸣,在于人们对于美的极大渴望、对于美的重新体认。许多人刚刚从上山下乡的境遇中回归,他们既有对曾经目睹过的壮丽河山、乡野边陲的自然美的确认,又有对无限未来、广阔天地的理想美的期待。这些辛酸、寥落、无望以及等待、期盼、救赎的复杂情绪交织起来,在关于美的问题上找到了安顿的家园,尤其在审美心理的层面激荡不已。审美经验在80年代的中国不仅肩负了兴盛美学的学术功能,更是承担了心理疗伤的文化功能和社会抚慰的政治功能。

---

　　① 蔡仪.美学讲演集[M].武汉:长江文艺出版社,1985:10.

　　② 蔡仪.美学讲演集[M].武汉:长江文艺出版社,1985:13.

　　③ 高尔泰.美是自由的象征[M].北京:人民文学出版社,1986:前言(一)2.

　　④ 郑元者.蒋孔阳学术文化随笔[M].北京:中国青年出版社,2000:98.

二、西方美学思潮与中国审美经验的语义摹仿

随着改革开放的深入推进,审美经验的概念在各种西方美学思潮的影响下产生了不同哲学维度的语义内涵。20世纪80年代,人们对于审美经验的阐释,可以说是由代表人物的观点发展成为一种群体的认识。"进行思考的不是人的总体,甚至也不是进行思考活动的孤立的个人,而是特定群体中的人,这个群体已经从对他们的共同处境所具有的某种典型情境所作出的无休止的系统反应中,创造出了一种特定的思想模式。"[①]20世纪90年代以后,审美经验这个美学概念几乎不再作为集体行动的工具,而是在美学、文艺理论等学科中分化为不同倾向的意义。

20世纪80年代的美学热潮褪去之后,许多学者指出,美学应该从探讨美的本质问题转向美的现象研究。审美经验作为现象化、心理性的美学命题,似乎就可以在90年代获得更完整、更深入的建构,但事实并未如此。审美经验在80年代就确立了审美心理的研究基调,美的直觉、表现、移情、感知、想象等诸多心理因素被纳入研究的范畴,由审美主体面对审美对象所产生的审美知觉、审美意识、审美判断都被谈及。90年代以后西方各种文艺思潮接连涌入,中国审美经验尚未形成成熟的理论体系,加之概念本身就具有多元的契合维度,它便被强势进入国内的美学思潮"收编"。于是,中国文化语境下的审美经验概念嫁接了西方美学发展的思潮,形成了一种语义摹仿的知识景观,它主要体现为对现象学、解释学、生活美学的依附。

改革开放以来,我国对于西方美学研究的基本脉络是德国古典美学、现象学和存在论美学、解释学与接受美学、西方马克思主义美学、后现代主义思潮,它们都描述审美经验问题,我国对审美经验的阐发随着现象学、解释学和生活美学三种思潮的盛行而出现了相关译著和集中讨论。首先,现象学美学倡导回到最基本和具体的人类经验,审美经验现象学重视文学艺术经验。审美经验在现象学维度便倡导从艺术作品的经验现实出发,从审美对象到审美感知的过程中研究欣赏者的审美经验。其次,解释学美学关注文艺作品创作、感受和净化的过程,其代表人物耀斯指出审美经验主要通过交流和接受的态度表现出来。审美经验并不是形而上学的美,而是在与美交往过程中得到的实践经验,它能够使人在理解艺术作品的同时,也理解自

---

① 卡尔·曼海姆. 意识形态与乌托邦[M]. 姚仁权,译. 北京:九州出版社,2007:7.

己。①审美经验在解释学维度便从审美创造、审美文本、审美交流的范畴去讨论审美现象的生成。再次，生活美学倡导回到普通事物和平常生活，以发现其中的审美特质。舒斯特曼实用主义哲学的目的，就是要"通过更加认可超出美的艺术范围之外的审美经验的普遍重要性而将艺术与生活更紧密地整合起来"②。舒斯特曼指出，艺术与经验的"联姻"产生了审美经验这一概念，它在世纪之交的美学领域非常重要，获得近乎宗教般的虔诚。审美经验是最高愉悦的所在，是精神皈依和超越的方式，因此成为解释艺术独特性和艺术价值的重要概念。审美经验长期被看作是艺术领域最基本的美学概念，但是这一概念不可避免地衰落了。其原本的重要性伴随着艺术终结的景象不断衰微。由于公众保持着强烈的审美经验的需要，而一旦审美经验从艺术中剥离出来，公众就学着在艺术领域之外去满足这种需要，审美兴趣就越来越倾向于追寻愉悦、情感乃至快感的通俗艺术。于是，生活美学就通过大众传媒的通俗艺术来确认审美经验的特征和价值。"对于今天的审美选择来说，两个最突出的场所显然是大众传媒的通俗艺术和致力于身体美与生活艺术的复杂的学科群体，后者在今天对审美的生活方式的专注中得到了充分的表现。"③现象学、解释学或者生活美学之间并不存在美学思想上的承接性，现象学立足于艺术作品，解释学立足于读者和作品之间的交流，生活美学立足于日常生活，它们分别来源于法国哲学、德国哲学和美国哲学且各自有不同的指向。审美经验作为一个"多重含义的概念"在中国就与诸种不同倾向的美学理论互相关联。

　　1990年至2010年，在中国形成审美经验的研究场域，一条线索是显在的，即以审美经验为主题的著作和论文，它们基本上是从现象学、解释学、生活美学的角度对西方审美经验观念进行评介，可以说处在语义摹仿的阶段，缺少结合中国问题的原创性。另外还有一条隐含的线索，即容纳审美经验的重要美学流派。20世纪90年代以后，中国美学的主要流派实践美学、生态美学、身体美学都不可避免地涉及审美经验。实践美学是80年代以来影响最大的美学流派，从李泽厚开启实践论美学以来，诸多学者推进此问题。朱立元、杨春时、邓晓芒、陈望衡、张玉能、陈炎、彭锋等学者都围绕实践美学

---

① 汉斯·罗伯特·耀斯. 审美经验与文学解释学[M]. 顾建光，等，译. 上海：上海译文出版社，2006：10.

② 理查德·舒斯特曼. 生活即审美：审美经验和生活艺术[M]. 彭锋，等，译. 北京：北京大学出版社，2007：XVI.

③ 理查德·舒斯特曼. 生活即审美：审美经验和生活艺术[M]. 彭锋，等，译. 北京：北京大学出版社，2007：9.

作出深入讨论。实践美学将审美经验看成是"人生实践的一种重要形式"[①]，审美经验是人在审美活动中与对象所形成的审美关系和动态过程。生态美学针对自然环境和生存状态恶化的现实危机，倡导人与自然、社会平衡和谐，是一种生态审美状态的存在观。身体美学面对通俗艺术和大众文化的兴起，直面身体的审美体验。这些美学流派各自强调不同的理论立场，论证自身的合法性，对于审美经验问题并未着力建构。彭立勋对20世纪中国审美心理学建设进行回顾时曾指出："从历史和现实来看，要建设有中国特色的现代美学，主要希望不在美的本质的哲学探讨，而在审美和艺术经验的科学研究，并且要从审美经验的特点出发，形成本学科的特殊研究方法。"[②]实际上，审美经验的重要性不断被强调，但诸种美学流派基于高远的理论抱负，彰明立场，推究本质，彼此激辩争鸣。但由于擅于宏大叙事，所以忽略了对于审美经验这个现象性命题的细致阐述。

最终，在西方美学思潮影响下中国的审美经验概念形成了一种尴尬的图景：我们一边宣扬审美经验的重要性，一边放弃审美经验的本土建构而实行西化的语义摹仿。人们不断强调当代美学应该以艺术为中心研究审美经验，"当代美学的主要研究对象已不是对于美的本质的哲学的探讨，而是对于审美经验以及与此相联系的各种艺术问题的研究"[③]。审美经验就是人们对于美和艺术的反应中所产生的一种特殊的经验，审美经验是人们体验现实的一种方式。"审美经验可以用来描述一种以艺术作品容纳现实体验的方式。艺术作品潜在地既是经验的主体，也是经验的客体，就是说，一种反映现实的方式。"[④]审美经验是审美主体和审美客体之间生成的回应世界的动态关系，这个概念在中国整个现代性的语境中不断被谈及，它本来可以追随中国改革开放的进程对诸多审美现象实现系统化的理论阐述和话语建构，但实际上并未形成一种包含政治规范的理论系统。

三、古典文学思想与中国审美经验的意涵疏离

总体而言，审美经验被认为是美学中的基本概念，是审美主体和审美客体之间动态的审美关系。在这个过程中，审美经验便能容纳许多具有审美

① 朱立元.美学[M].上海：华东师范大学出版社，2007：217.

② 彭立勋.20世纪中国审美心理学建设的回顾与展望[J].中国社会科学，1999(6)：74—89.

③ 彭立勋.审美经验与艺术研究的统———当代西方美学研究特点的总体审视[J].文艺研究，1989(4)：177—184.

④ Nathan Rose. The Philosophy and Politics of Aesthetic Experience：German Romanticism and Critical Theory[M]. Cham, Switzerland：Palgrave Macmillan，2016：5.

价值的经验,主体的情感、感知和想象,客体的形态、属性和特征,媒介的形式、技术和传播,都可以纳入审美经验的理论建构。这些具有普遍意义的审美经验元素,本可以在中国语境下产生新的理论体系。

20世纪80年代出现的一批美学著作以美学的学科视域梳理、运用中国古代文学及文学理论资源,李泽厚、刘纲纪主编的《中国美学史》、敏泽所著《中国美学思想史》、叶朗所著《中国美学史大纲》,对于中国古典文学思想都有过系统的梳理和建设。叶朗指出,美学是理论学科,它不属于形象思维而是属于逻辑思维。"美学史就应该研究每个时代的表现为理论形态的审美意识……美学范畴和美学命题是一个时代的审美意识的理论结晶……一部美学史,主要就是美学范畴、美学命题的产生、发展和转化的历史。"①叶朗认为美学史应该研究审美意识,特别是其中美学命题、美学范畴的演变。在中国美学史的建构中,审美经验并不是主要关键词,当我们试图从审美经验的概念变迁看出中国美学史的变迁之时,会发现不断被强调的审美经验概念在系统成书的中国美学史中是缺席的。这些美学史或从历史脉络的时序性对中国美学进行阐释,或从历代人物的代表学说进行阐发,或从历代沿革的美学范畴加以论述,所论及的"得意忘象""声无哀乐""传神写照""澄怀味象""气韵生动""意象""意境"等美学范畴多为学人在诗话、词话乃至语录中谈及,它们与80年代以来所提出的审美经验在意涵上难以形成有效衔接。

当代中国学者一直不曾放弃将古典美学思想与现代美学理论进行连接。王杰指出:"文艺美学的基本对象是审美经验或艺术体验,这是学术界已经取得共识的看法。"②确立审美经验在美学研究中的本体地位后,他指出要结合中国古典美学的资源,用精神分析学和人类学的方法阐释中国审美经验的特殊性。比如,用"韵"这个中国古典美学范畴的阐释来示范文艺美学的现代建设。西方以视觉性形象为基础、以"视觉性隐喻"为理论框架的美学理论已经出现深度危机,以"韵"和"意境"为核心范畴和表征机制的中国美学具有越来越重要的理论价值,要发掘建立在中国审美经验中以流动性的声音性形象为基础(乐、诗、词、曲等)的中国美学。姚文放指出,"文艺美学的中心问题在于审美经验"③,审美经验是极具弹性的概念,可以从文艺美学走向文化美学。审美经验作为文艺美学的基本对象得以确认,审美经

① 叶朗.中国美学史大纲[M].上海:上海人民出版社,1985:4.
② 王杰.中国审美经验的理论阐释与文艺美学的发展[J].江西社会科学,2008(1):102-108.
③ 姚文放.文艺美学走向文化美学是否可能?——三论文艺美学的学科定位[J].社会科学战线,2005(4):87-93.

验的意义限定却开始瓦解。经过三四十年的理论阐述,审美经验并未在中国学界达成普遍通用的确定意义。朱志荣主编的《中国审美意识通史》建构了从史前、夏商周、先秦直至清代的体系庞大的中国审美意识史,审美意识是感性存在于我们脑海里的美学趣味和美学理想,以区别于美学思想和美学理论。作者指出,使用审美意识而非审美经验,也在于审美意识更接近于美学的升华而非现象层面的散乱经验。

不论是作为现象层面的实际经验,还是理论层面的美学概念,审美经验是可以与中国古代丰厚的文学现象和文学思想形成有效衔接的,但现实情况是,80年代以来中国审美经验意涵与古典文学思想是疏离的。当前中国审美经验主要是对西方美学思潮中有关审美经验理论的语义摹仿,它成了审美现代性进程中的基本概念,但是疏离了中国古典文学思想,特别是疏远了体现于诗论、诗话、词话中的古代审美话语。新文化运动以降,从文言到白话巨大的语言裂变导致人们的言说方式、思维方式产生了颠覆性革命。语言是一种存在方式,白话文难以承接文言文的话语表述和思想表达。而美学的学科建制从西方引入,中国在美学学科的概念形态和研究范式上就极易追随西方模式而忽略中国古典语义。现代文艺概念与古典文学艺术之间的鸿沟是思隔山河的文化断裂,文言与白话的隔膜、时间与历史的磨砺、政治与时局的变迁无可挽回地制造出这种疏离。现代社会人们的思维模式、审美品位和生活状态都有了很大的变化,即便如此,古代文学艺术依然体现出强大的生命力,并作为一种文化传统生生不息,但是,对于古代文学艺术的理论归纳、美学阐述却是前路漫漫。

知识社会学研究知识与社会历史之间的联系,作为理论,它致力于分析知识与存在之间的关系;作为历史社会学的方法,它试图在人类思想发展过程中追溯知识与存在之关系所具有的表现形式。[①]知识社会学以知识与社会存在、理论与思维方式发展为自己专有的研究领域。人类活动形成了一定的社会存在,不断更新的社会存在又成为人类新活动的条件与出发点,知识在这些变化的社会存在中形成,是人类活动特别是知识分子思考的产物,同时它又受到特定社会存在的限制。知识社会学试图到达非评价性、超社会、超历史的层面。一方面,它确定知识与实践之间的相互关系,并试图建立一种切实可行的标准;另一方面,它对知识与实践进行毫无偏见的思索,并探索适应当代社会的理论。知识社会学把概念、观念、知识看作思想家心灵或意识过程中的产物,或者是看作这一社会过程中的产物。作为一种概念的审美经验并非凌虚的美学概念,

---

① 卡尔·曼海姆.意识形态与乌托邦[M].姚仁权,译.北京:九州出版社,2007:541.

它的形成和演变是社会环境的产物。关于审美经验的解释,是学者思想意识的产物,更是社会过程的产物。它被历史时代所制约,甚至受到无意识要素的影响。无意识要素逃避了思想家的观察,但它们又构成思想家的社会居所,这种居所决定了思想家的整个观念系统。受社会决定的不同的假设系统,都被知识社会学家称为一种总体意识形态。80年代以来中国美学精神的演进,不断地呈现美学活动的现实意图,以学理的方式张扬美学对于现实改造的可能性,这沿袭了中国美学现代性的精神,即关注中国现实社会和民众实际生活。辩证的是,生活现实决定美学家所形成的观念。对于审美经验的解释,含有不少评价性的、趋利性的因素,知识社会学的考察则需要将这些因素从知识形成的过程中清点出来,探索一个客观有效的真理领域。因此,有必要结合具体数据和历史背景,对中国审美经验的概念发展作出梳理。

四、中国审美经验的评介与变异

审美经验并不是从中国传统文化语境中生长而来的一个概念,即便我们能在中国诗论和传统文学中得到许多审美经验的实例,但这些零散的实例仅仅是现象性的存在,尚未被抽象化为逻辑性的概念。20世纪80年代审美经验在中国作为基本美学概念被广泛谈论,此时涌现了一批研究审美经验、审美体验、审美心理的著作和论文。改革开放40多年来,审美经验的语用也产生了一系列的发展。审美经验并非80年代的怀旧命题,而是随时代变迁的美学话语。我们在中国知网中针对与审美经验相关的文章作出统计,1980年至2017年以审美经验为题的论文共计307篇,在全文论述中涉及审美经验一词的论文共计55191篇。我们又分别对文艺理论、美学、中国文学、世界文学、哲学、戏剧电影、美术书法雕塑与摄影等不同人文学科在此期间有关审美经验的论文数量作出统计。以下通过两张图可以直观地看出审美经验在近40年人文学科中的归属和走向。

由图2-1可见,从1980年至2017年,全文出现审美经验一词的论文持续增长,2012年达到一个顶峰随后又逐步下滑,从该图中还可以看出不同人文学科中有关审美经验论文的历年增长数值。由图2-2可见,从1980年至2017年,不同人文学科有关审美经验论文的增长比率。80年代,有关审美经验的讨论基本是在美学学科内进行,但这种趋势呈曲线下滑。随后,关于审美经验的讨论逐渐转移到其他学科,特别是戏剧电影和美术书法雕塑与摄影两类学科涉及审美经验论文的增长率连年攀升,审美经验话语在艺术学领域持续增多。总体上看,审美经验在中国文学、美学、文艺理论三个学科方面谈及最多,且中国文学超过美学和文艺理论属于首位;而在哲学和世界文学两个学科中相关研究则处在较为平稳的末端。从以下两图中，我们发现审美经验逐步从一个美学概念延伸到中国文学、世界文学、文艺理论、戏剧、电影、美术、书法等多个人文科学领域，它不再是严格的美学概念，而是宽泛的美学话语。

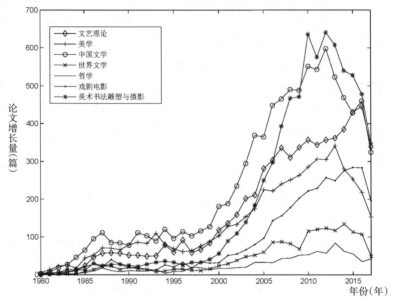

图2-1　1980—2017年各人文学科有关审美经验的论文增长数折线图

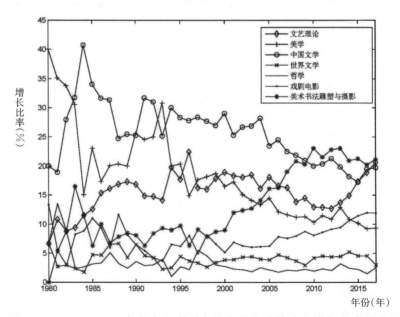

图2-2　1980—2017年各人文学科有关审美经验的论文增长比率折线图

与此相对应的是,2010年以后出现了一批以审美经验为主题的著作,它们并不专属于美学或文艺理论的学科范畴,而是拓展到中国文学、民间艺术、影视艺术等多种学科门类。1980年至2010年,30年间以审美经验为主题的中文译著或专著有《审美经验现象学》(杜夫海纳)、《审美经验与文学解释学》(耀斯)、《生活即审美:审美经验和生活艺术》(舒斯特曼)、《审美经验论》(彭立勋)、《西方审美经验观念史》(张宝贵),它们为美学领域的专业著作。2010年后,有关审美经验的专著出现了一个高峰,如《民间艺术的审美经验研究》(季中扬)、《纪录片审美经验现象学》(姚洪磊)、《山水诗前史:从〈古诗十九首〉到玄言诗审美经验的变迁》(何国平)、《汉末魏晋缘情诗审美经验研究》(赵琼琼)、《审美经验的守望——门罗·C.比厄斯利分析美学研究》(邓文华)、《审美经验:一位人类学家眼中的视觉艺术》(雅克·马凯)等著作涉及面广泛,使得审美经验形成广义的语汇系统。

知识社会学致力于把所得出的结论还原为最可靠的真理。一套理论的代表人物和中心论点具有个人性,但支撑这种理论的实际因素不只是个人以及他所意识到的自身利益,更在于支撑个人思想的某一集体和社会环境,即支撑天才思想的是潜在的群体历史经验。鉴于此,考察中国审美经验概念,除了了解代表人物的主要论点,还需要考量整体环境中有关审美经验的群体认识。社会进程的基本单位是个人,个人的情感与感性、自由与理性并不是孤立的。要认识文化进程的动力,就要认识个人的智性进程;认识个人,又需要将之置于塑造他的社会环境中。因此,我们需要从个体观点到群体认知来对审美经验进行考察,除了理解80年代至今最有影响力的解释之外,依然需要通过大量的数据来掌握审美经验的学术走向。

从以上统计结果中可以判断,审美经验从80年代的美学概念延伸为美学话语,在多种学科中被征用。进入21世纪,许多学者论及美学建设之时,多强调美学与现实的联系,比如,"转向现实关怀,成为新时期中国美学研究一个最为突出的特征"[①],"现代中国美学力图把对于社会人生问题的认识要求与实践改造,当作具有充足理由律的美学本体,以此来实现现实生活与人生经验的精神疗治"[②]。此时,他们重视社会现代性的外部实践需要更甚于审美现代性的内在理论意义。审美经验作为基本的美学概念也倾向于面对通俗艺术、社会现实,而忽略美学本身的理论体系建构。审美经验概念的重

[①] 谭好哲.转向现实关怀——新时期中国美学研究的一个突出特征[J].文艺争鸣,2008(9):44—47.

[②] 王德胜.审美现代性问题与21世纪中国美学研究[J].学术月刊,2002(5):6—8.

要性不断被强调,但它本身的规范性认知并未确定下来。于是,审美经验话语很自然地出现在哲学、美学、文学、艺术学、人类学的学术研究中,并以各种方式阐释,达到阐释者不同的使用意图。但如果我们假定审美经验的含义可以囊括所有艺术,包括诗歌、戏剧、音乐、建筑和视觉艺术等,它的概念及其语义边界就已经消解。对审美经验典型现象的研究可以证明,不同门类艺术的经验有根本不同之处。如果审美经验无所不能,最终就什么也解决不了。

审美经验自20世纪80年代被广泛谈及,在美学范畴之内,它的意义经历了审美心理、现象学、解释学、生活美学等角度的阐释,在实践美学、生态美学和身体美学中亦被谈及,基本上可以指审美主体和审美客体之间经由媒介传播所生成的一种动态关系;在美学范畴之外,它的意义延伸到文艺理论、中国文学、世界文学、电影、书法、摄影等学科领域,由美学概念泛化为带有审美色彩的人文话语。总体而言,审美经验的内涵逐步扩大,从美的哲学探讨逐步拓展为文学、艺术乃至日常生活中对于美的广泛理解。围绕审美经验概念产生了许多新的知识形式,诸如审美经验现象学、诗歌审美经验、视觉艺术审美经验、影像审美经验等等,当它们附着在审美经验的概念之上,新的经验证据扩展审美经验所指的同时又模糊了审美经验最初的美学限定。从根本上说,这40多年审美经验在人文学科中的走向及其语义演变来自社会变化,而非学术场域中自发的观念变革。20世纪80年代正是中国步入改革开放的新时期,此后政治、经济、文化环境的巨大变革促使审美经验概念的蔓延。"知识社会学的根本洞见之一就在于认识到那种使得集体无意识的动机变得有意识的进程并不是每个时期都会产生,而只在相当特殊的环境中才会发生。"①知识社会学代表人物曼海姆指出,当社会的稳定状态支撑并保持着世界观的内在统一性时,就不可能存在思考方式多样性的问题。在一定的历史时期,从前彼此隔阂的阶层开始相互交流并形成一定的社会循环,揭示某些概念之间的不相容性,或促使一种独立的概念蔓延、泛化,这时知识发生决定性变化。80年代是开启思想解放的新时期,高考恢复之后新的知识阶层在崛起,他们对于美的思考变得多样化,打破了僵化的模式,审美经验的概念随之被广泛陈述。改革开放40多年,知识分子的价值关怀明显地体现于政治、文化、现实方面,以此建立中华民族的文化自信。具体观之,这40多年中的前30年,知识分子更多的是对于西方审美经验概念的摹仿或进行中国古典文化中审美思想的现代转换,后10余年则将审美

---

① 卡尔·曼海姆.意识形态与乌托邦[M].姚仁权,译.北京:九州出版社,2007:13.

经验概念建立为中国话语,沿用到不同学科之中。同时,审美经验也就从美的哲学界定演化为美的人文诉说,从心理因素扩大到诸种艺术形式因素。个体观点或群体认知是与一定历史社会的总体结构相联系的。将审美经验的概念与新时期改革开放的社会结构相联系时,我们看出其意义演变的内在根源。

通过对20世纪80年代至今我国审美经验概念的知识社会学考察,我们可以得出结论:这40多年审美经验形成了一种漂浮的所指,其意义在美学内部经历不同演变,同时蔓延到其他人文学科之中,在中国文学、艺术学等学科中的使用远远超过了美学本身,这种所指对应我国改革开放后变迁的社会现实。审美经验概念在80年代的中国承担了审美解放、思想启蒙的学术功能,随后其在现象学、解释学、生活美学等维度形成了摹仿西方语义的知识谱系,但疏离于中国传统文学思想。此时,对于审美经验的言说方式愈加随意,它已经从一个确切的美学概念泛化为无所不包的共享语义,广泛的征用使其美学所指变得漂移不定。人们实际上不再是基于审美经验作形而上的哲学思考,而是将之作为学术行为、社会行动的美学话语。审美经验随着知识分子的现世情怀进入广阔的文化领域、生活领域,它承担了某种政治功能和社会功能。

改革开放40多年的时代进程中,"审美经验"在80年代、90年代和21世纪最初10年的阐释维度是有差异的,它在80年代的历史伤痕中彰显审美的心理力量,在90年代的岁月激流中追随西方的美学思潮,在21世纪前10年的文化反思中重建多元的本土语义。美学家关于审美经验的观念并不能脱离或者超越社会环境,观念本身就是一定社会语境下各种潜意识的产物。结合美学家的代表观点和普通研究者的群体认识,我们区分出不同时间段审美经验的解释倾向。在审美经验的话语场域中,审美经验确实承担起了美学诠释的学术功能、抒怀咏志的心理功能和文化批判的社会功能。改革开放40多年是新时期现场化的文学空间,又是历史化的时间流程。从20世纪80年代到2010年这个总体的时空中来看,审美经验并未承接起对中国古典文化进行归纳和理论化的学术功能。审美经验沿袭了西方美学思潮中相应的概念意义,但遗失了中国古典的文化基因,未将中国传统审美现象进行体系化的理论建构。正因如此,审美经验只是一个被广泛征用的美学概念和人文话语,而不是中国原创的体制完备的美学体系。莫砺锋指出,当他们持续考察中国古代文学艺术在现代中国社会中的实际影响时,发现"影响事实上微乎其微,有的方面甚至基本断绝","一个在五千年历史长河中生生不息的优秀传统文化竟然如此迅速地走向衰微,一个具有五千年文明史的民族竟然以缺乏传统的幼稚面貌出现在世界民族之林，这就是严酷的现实"。①中国传统文化影响的衰微，何尝没有文艺理论的责任？我们从西方借鉴过来概念，亦步亦趋地追随西方文艺思潮，诸如审美经验此等具有可阐释空间的美学概念并未针对吾国古典文化进行系统化探索，而在话语的广泛征用中消解了自身的具体所指。本应对文艺现象进行哲理归纳的理论系统丧失了阐释本国优秀传统文化的能力，如何让古典文艺在现代社会中产生确切的影响？从知识社会学的角度来看，这种能力的丧失不尽然是理论内在的原因，也有研究者所在的社会阶层及其总体意识形态的缘由。所幸的是，2010年以后关于审美经验的研究出现了不少针对我国文化传统和现实境遇的成果，这正是新时代社会环境下文化自信的崛起。

第三节　新媒介与审美经验理论的转型

一、问题所在：审美经验的基本指向

审美经验是审美过程中产生的静态经验或动态体验，是审美主体和审美客体之间经由传播媒介所形成的实践关系。审美经验是由审美活动所建构的主客体之间的关系，不能完全归结为审美主体的精神意识，亦不能全然归纳为审美对象的固有属性。审美经验贯穿于文学艺术活动乃至日常生活之中，其概念以不同面孔出现在美学阐释中，其话语广泛运用于文学、影视、民俗等多种艺术类别中。这一方面显示出审美经验的理论张力，另一方面又极易模糊、混淆审美经验的基本所指。

审美经验理论可以划分为传统的、批判的和实用的三种基本类型。首先，传统的审美经验理论源于康德的审美非功利思想。康德将美感和认识区分开来，认为美感是一种无利害的愉悦，美感是无目的的纯粹感受。传统的审美经验观念，其关键要素在于审美经验是为着自身目的而不是外在需求而具有价值。审美经验是在艺术作品的观照中获得无利害的审美感受，比如愉悦、震惊、痛感等。这种观念强调审美经验的本质性价值而非工具性价值。其次，批判的审美经验理论主要来自阿多诺、马尔库塞等法兰克福学派成员，他们通过审美经验含蓄地批判资本主义现状。他们试图将艺术的审美经验化作启蒙的潜力，把日常经验和艺术经验展开比对，来否定资本主

---

① 莫砺锋,等.千年凤凰　浴血重生:中国古代文学艺术与现代社会[M].南京:江苏人民出版社,2018:486.

义的现存社会秩序。"凭借审美经验,艺术成为革命性的——它否定现存社会现实的形态:同时维持了乌托邦式的可取之道之可能性的承诺,并且也控诉、谴责和批判了我们所在的社会。"①批判的审美经验理论在艺术作品的范畴中描述审美经验,强调艺术应该巩固自律,审美经验是无利害的、具有审美价值的、不受工具理性的限制。审美经验是人们理解艺术和社会的一座灯塔,鼓励人们借助审美的想象力和感受力去认识新的社会秩序。再次,实用的审美经验理论主要来自杜威、舒斯特曼等美国实用主义哲学家。他们将审美经验从艺术范畴中解放出来,扩大到日常生活中。日常生活中的所有经验,包括电影、电视剧、流行乐、瑜伽、功夫、烹饪等经验都有成为审美经验的可能。杜威并不认为审美经验只与艺术品有关,而是把艺术作品的审美经验视作塑造日常经验的向导。传统的观点根据审美的信念来定义审美经验,实用主义者则根据审美的现实来概括审美经验内部反复出现的特征。

20世纪以后,审美经验频繁出现在美学、文学、艺术的论说中。从谈美的本质、美的信念到美的现象经历了漫长的过程,在对美的认识过程中审美经验的问题逐步凸显。传统的审美经验观点把艺术看成是获得审美经验的唯一手段,审美经验被视作脱离社会生活的美的经验。那时资产阶级试图在艺术消费中寻求休闲、娱乐和审美,但又希望这种经验区分于市民社会中的利益追求。这种看法在唯美主义、"为艺术而艺术"等运动中得到了发挥。唯美主义、形式主义、现代主义在理论上设置了一些禁区,比如作者意图、历史影响、政治因素、道德审判等,它们所依赖的审美经验观念具有一种审美主义的倾向。但这种倾向很快受到了质疑。许多学者指出,审美经验不能脱离社会历史、道德评判、现实指向而走向形式主义,艺术价值并不可能仅存在于某一种特定经验中而脱离其他范畴的经验。在英语美学界,审美经验总是与艺术作品联系在一起,两者紧密关联、相互论证,比如将审美经验等同于艺术经验,将审美经验作为艺术品的核心要素,等等,在审美经验和艺术的关系中也会产生诸多思想交锋和争议,甚至陷入理论困局。

新的艺术形式不断产生,艺术环境持续变迁,从本体论的角度界定审美经验已经显得不合时宜,传统的审美经验理论得到重新审视。从哲学概念来理解艺术的方式遇到了困难,审美经验理论开始面对积累的艺术经验乃至生活经验。20世纪不断出现的审美经验话语是对审美的具象化,其特点是把抽象的审美理念落实到具体的经验之中,将作为美学概念的审美经验延伸到文学艺术的广阔空间中。比如耀斯在《审美经验与文学解释学》中将

---

① 诺埃尔·卡罗尔.超越美学[M].李媛媛,译.高建平,校.北京:商务印书馆,2006:83.

审美经验从阿多诺式的社会批判维度转移到文学解释的场域中，杜夫海纳在《审美经验现象学》中将审美经验进行现象学的还原，从艺术作品的经验现实出发分析审美经验是如何通过审美主体得以实现。此时的审美经验针对文学作品、艺术作品乃至日常生活。"经验，不是理论，是回应、反思和探索的创造性来源。从事美学的哲学家需要保持灵魂充满具体经验，而不只是审美客体。"①理论家对于审美经验的论述不只是说明和证明，而是通过具体的实例和故事来呈现鲜活的经验。美学家诺埃尔·卡罗尔说："当一个经验的内容依赖于对对象的反应，以及对象的性质层面时，它就是一个审美经验。当然，说明这种经验的本体论和心理上的条件，依然是一个庞大的工程。然而，只要这种经验所获得的是人类存在的事实，并且对艺术品的反应包含它们，那么，就毫无疑问地可以称之为审美经验。"②可以看出，审美经验的基本观念经历了从哲学概念到艺术话语，从审美自律到实用日常的演变。审美经验并不停留在对艺术文本的理解之中，而是作为美学话语进入艺术实践乃至生活实践之中。

传统的和批判的审美经验理论均将审美经验当成艺术的特性和艺术品价值的评判标准。门罗·C.比厄斯利就提出了艺术的审美定义，认为对艺术价值的限定应该成为艺术定义的一部分，并将审美经验作为评判艺术作品价值的基础。实用的审美经验理论则认为日常生活中所有经验只要获得正确方式都有可能成为审美经验。在审美经验的阐释中，审美态度、审美价值、审美愉悦、审美心理都是关键因素。有的美学家认为审美经验就是一种持续审美态度的经验。当然这个解释并不充分。"这使得经验取决于首先拥有审美态度，这往往导致不幸的结果，假如事实证明没有审美态度，那么也就没有审美经验，因为经验是根据态度来定义的。"③霍斯珀斯尽力证明作为审美区分原则的审美态度不是存在的。应该说，审美经验是审美活动中审美主体和审美客体之间动态的实践关系，它是一种丰富的生命体验，对此要达成毫无纷争的理论共识并不容易。所有审美经验理论都在不同层面关注主体心理、客体属性，各种观点立场有异、推论有别，不论是针对艺术作品还是日常生活，不论是审美自治还是审美他律，其基本指向都是审美主体对审美对象的身心体验。但其中的问题在于，既往审美经验理论的生成逻辑中缺乏了媒介这一重要因素。

① Robert Ginsberg. Experiencing Aesthetically, Aesthetic Experience, and Experience in Aesthetics[M]// Michael H. Mitias. Possibility of the Aesthetic Experience. Dordrecht: Martinus Nijhoff Publishers, 1986:61—78.

② 诺埃尔·卡罗尔. 超越美学[M]. 李媛媛，译. 高建平，校. 北京:商务印书馆,2006:94.

③ John Hospers. Understanding the Arts[M]. New Jersey: Prentice—Hall, 1982:353.

二、流变潜伏：审美经验的媒介向度

审美经验理论历来关注审美主体的体验和审美客体的属性，审美主体是否产生愉悦、震颤或崇高的体验，是否具备情感共鸣、审美态度；审美客体是艺术品或生活用品，它是否具有工具属性、审美价值，这些都得到了充分讨论。尽管审美经验理论并未对媒介进行清晰明确的陈述，但还是在媒介向度潜藏了一定的流变。审美经验理论主要有三种基本类型，其中法兰克福学派秉持一种否定性态度，借助艺术审美经验对资本主义现状进行文化批判。审美经验的媒介向度在法兰克福学派成员本雅明的著作中得到了强有力的暗示。审美经验的生成不断受到媒介的塑造，技术促进媒介的更新，带动摄影、电影、电视剧等艺术形式的发展，于此之中，审美经验显示出与媒介的重要关联。

本雅明在颠沛流离的一生中，对资本主义社会的城市景观、商品生产、艺术环境、市民文化有深切体悟，用沉思、忧郁和抵抗来谱写资本主义面孔。尤其是他对于技术、媒介的剖析具有创见，显示出一种积极的发展意识。本雅明指出："有一件事超越所有其他事物：艺术重要的、根本性的进步既不是新内容也不是新形式——技术革命优先于这两者。"①他将新的技术视作具有解放意义的现代性力量，从技术的维度对文学艺术及其产生的审美经验进行唯物主义分析，指明艺术作品在特定时代的生产关系中所具有的功能均指向了作品的创作技术。"如果我们此前可以表述：一部作品正确的政治倾向包含了它的文学质量，因为它包含了作品的文学倾向，那么我们现在可以更确切地确定，文学的倾向可以存在于文学技术的进步或者倒退之中。"②技术可以克服内容和形式之间的对立，是文学艺术研究的重要切入点。比如机械复制技术的出现改变了艺术的存在方式，其创作和接受的艺术经验都产生了变革。机械复制技术使得艺术品的灵晕凋谢，艺术的本真性受到干扰。在复制出现之前，艺术作品在时间和空间上是共同在场的，是独一无二的存在，是人与物的神秘交融。复制技术出现以后，复制品以众多的摹本取代了真品，在观众众多的公共空间中供人欣赏，复活了被复制的对象。复制技术的发展，带动艺术作品媒介的更迭，摄影、电影、电视剧接连出现，诸

① Walter Benjamin. The Work of Art in the Age of Its Technological Reproducibility, and Other Writings on Media [M]. Cambridge: The Belknap Press of Harvard University Press, 2008:329.

② 瓦尔特·本雅明. 作为生产者的作者[M]. 王炳钧, 陈永国, 郭军, 等, 译. 郑州:河南大学出版社, 2014:7.

多艺术作品的媒介形态发生了改变,艺术品从实体存在转换成摄影作品,小说从纸质文本转换成影像文本,等等,这促进了风起云涌的大众文化运动,导致了某种传统的分崩离析。

　　技术为媒介提供了支撑,媒介改变了人的思维逻辑和行为方式,这在审美经验的生成中起到关键作用。本雅明认为,技术、媒介和审美的紧密关系在摄影和电影中得到非常明显的体现,他以靠近人类的本质、文明的根源来探讨新的技术创造和行为形式。"本雅明论述的主要问题反映了人类行为的技术化如何在整个社会范围内与媒介发展相关的。他通过关注触觉和视觉经验的变化证明了人类行为技术化这一观点。"①本雅明对电影技术、电影艺术及其革命性作用尤其关注,他说:"在艺术形态的断裂点中,电影是最具有戏剧性的。电影促使一个新的意识领域应运而生。简而言之,电影就是棱镜。在当下环境的空间中,人们生活、追求兴趣、享受闲暇时光,它们都以一种可理解、有意义和充满激情的方式在他们眼前敞开。"②他认为,艺术最根本的进步在于技术革命,在电影这场技术革命中,情节和形式必须找到适合自身的内容。就如卓别林,他在影片中不仅让观众看着他发笑,而且保持了某种悲伤。"卓别林独特的意义有赖于这样的事实:在他的作品中,通过他的举止即身体和精神的姿势,将人类行为与电影图像结合在一起。卓别林姿态的创新在于他将人类富有表现力的行动剖析为一系列微小的神经支配。他每一个单独动作都是由一系列断断续续的运动构成。无论是他的行走、处理手杖的方式,还是举起帽子的方式——总是以同样生涩的微小动作将电影图像序列的法则适用于人体运动功能。"③卓别林不只是一个演员,他还是电影的作者,是一个整体的现象,他在电影这种技术和艺术中找到适合自身的表达内容,具有深刻的感化和批判力量。在英国,人们喜欢他的幽默感;在德国,人们钟情于其喜剧的理论含义;在俄罗斯,人们因为他的《朝圣者》而哭泣;在中国,人们因为他的《摩登时代》而振奋。卓别林在电影发展初期唤起了大众革命性和国际性的情感,而这种情感应是影像媒介所唤起

① Jaeho Kang. Walter Benjamin and the Media: The Spectacle of Modernity[M]. Cambridge: Polity Press, 2014:227.

② Walter Benjamin. The Work of Art in the Age of Its Technological Reproducibility, and Other Writings on Media [M]. Cambridge: The Belknap Press of Harvard University Press, 2008:329.

③ Walter Benjamin. The Work of Art in the Age of Its Technological Reproducibility, and Other Writings on Media [M]. Cambridge: The Belknap Press of Harvard University Press, 2008:340.

的新型审美经验。

法国著名导演阿贝尔·冈斯热情地宣称："莎士比亚、伦勃朗、贝多芬将被搬上电影……所有的传说、所有的神话、所有的宗教创始人以及宗教本身都等待着在银幕上复活,主人公们已在大门前你推我搡。"①导演的宣言,反映出传统的文学、艺术作品都潜藏着一种新型的媒介向度,就是将纸质的文学作品、实体的艺术作品进行媒介转换,通过影像媒介在银幕上复现。这是强劲的文化趋势。本雅明说："借助我们今天形势下的技术条件重新思考有关文学形式或体裁种类的观念,以便找到构成当前文学活力切入点的表达形式。小说在过去并不总是存在,将来也不一定必须总是存在,悲剧、宏大史诗也是如此。"②史诗、悲剧、小说、绘画、音乐都可能在数字媒介中找到另一种表达,新的技术和媒介可以让它们的存在样态改变,让人们获得非同以往的艺术体验。对传统艺术极具启发的冲击就来自电影艺术。与审美经验的传统形式相比,本雅明在电影经验中找到了被复制技术所培养的创作主体和接受主体,电影经验的典型特征在于共时和集体的维度,激进的审美意识和文化模式在这种经验下逐步建立。

在本雅明有关机械复制技术、作为生产者的作者、艺术品的光晕、电影的革命性意义等诸多论述中,均显示出了审美经验理论的媒介向度。本雅明从媒介的变化来理解当代艺术体验的变化、人类感知方式的变化,进而表明这种变化的社会原因。技术更新、媒介转化,它们所涉及的并非只是艺术的物质形式的演进,更是审美主体的艺术体验的变迁。从媒介向度来理解当代人类感知手段的变化,就有可能突破审美经验的认识论传统。复制技术、数字媒介促使艺术作品从高贵的神坛走向通俗的天地,艺术作品不再是不可接近的,传统艺术作品由灵晕构设的时空范畴及其仪式价值都遭到了瓦解。数字媒介把艺术作品从对仪式的依赖、空间的限制中解放出来。于是,艺术作品与审美主体之间的距离缩短了,人们在空间上更加靠近艺术作品。艺术作品无须仰仗不可复制、不可转移的灵晕,唯一的本真存在不再适用于艺术生产,艺术生产也就不再建立在对仪式的膜拜中,而是建立在大众实践的基础上。大众文化实践日新月异,拓宽了艺术创作、传播和接受的范围,尤其是在创作经验、接受经验方面,产生了诸多新的形态。审美主体和

---

① 冈斯·走向形象时代[M].//汉娜·阿伦特.启迪:本雅明文选.张旭东,王斑,译.北京:生活·读书·新知三联书店,2008:236.

② 瓦尔特·本雅明.作为生产者的作者[M].王炳钧,陈永国,郭军,等,译.郑州:河南大学出版社,2014:9.

审美客体之间所生成的审美经验越来越明显地受到了媒介的塑造，这种思路在主流的审美经验理论中长期被遮蔽，而在本雅明这里显示出极具潜力的理论锋芒。

三、现象还原：审美经验的现实变迁

任何一种理论都应基于一定的文化现实，理论并不能完全脱离事实而存在。20世纪审美经验理论在多种流派中被反复诉说，形成相互争鸣、彼此激荡的知识景观。从美的本质追问到审美经验的具体阐释，这本身体现出研究范式的一种转折。美学家、艺术家不再执着于美是什么的命题，而将美的定义化作对美的经验现象的阐述。"20世纪的艺术家对什么是艺术、什么是艺术体制发起了一轮轮挑战。抽象表现主义、达达主义、波普主义等各种艺术运动席卷了纽约、巴黎、伦敦，让我们重新思考应如何看待艺术的本质。我们反问自己，艺术还有本质吗？ 我们是否还可以描述艺术的本质、定义艺术、表达什么是艺术？"① 人们进入了艺术史上一段难以置信的时代。在这种情况下，艺术不易被描述，美不易被划定。人们就更多地关注艺术历史、艺术传统、审美现象。讨论艺术的审美现象就成了一个激动人心的事件，审美经验理论帮助人们从哲学的高度进入艺术的现实演绎之中。在新媒介语境下重新理解和推进审美经验理论，必然要审视关于审美经验的新型文化现实，以此考察现实给理论带来的活力或挑战。

从现实情况来看，电影、电视剧、网络文艺逐步盛行，这些艺术形式的共同特点是以数字媒介为载体，具有通俗化、民间化的特征，掀起了大众文化的革命风潮。数字媒介艺术体量巨大、影响广泛，已经成为主导的大众文艺类型。它们提供了人们日常生活中不可或缺的审美体验，应当成为审美经验理论的重要资源。电影、电视剧、网络小说、网络剧等数字媒介艺术成为当下文化产业的基本支柱，其产量、票房、收视率、点击率备受关注，它们带来了巨大的经济效益和社会效益。这些艺术类型在注重利润回报的经济实践和渗透意识形态的政治实践中昭示了强大的文化软实力，具有很强的现实指向和实践效果。也正是如此，它们往往在外在的、宏观的文化层面得到实证的研究，极少进入审美理论的考察视域之中。审美主体是否能在数字媒介艺术中获得不同于传统艺术的审美情感、态度和价值，审美客体是否因为数字媒介的差异而在存在形态、表达方式上产生异变，审美主客体之间是否因为媒介因素而产生不同的实践关系……这些都需要细致幽微的理论陈述。

---

① David E.W. Fenner. Introducing Aesthetics[M]. London：Praeger Publishers. 2003：2.

数字媒介艺术产生的到底是一种艺术的审美经验还是日常的娱乐体验？艺术的审美经验是否应该排除感官化、平面化的娱乐体验？对于这些问题游移不定、模棱两可的态度，驱使传统审美经验理论疏离于数字媒介艺术。早在20世纪50年代，美学家门罗·C.比厄斯利就曾指出："我不认为可以在娱乐和审美经验之间划清界限，但我相信至少他们之间有重要的区别。娱乐可能是一种审美经验，但效率低下、被动、简单和肤浅。娱乐肯定是暂时逃避麻烦，也许只是一剂止痛药，当娱乐过去，痛苦可能会在它停下的地方再次开始；痛苦可能只是被阻止和减轻，并没有在系统中被排除。"①在比厄斯利看来，娱乐可以看作审美经验，但也只能算低层次的审美经验。它并不能让人从痛苦中解脱出来，也不能起到情感净化、思想升华的作用。人生在世，不时被烦闷、孤寂、忧虑的负面情绪所侵扰，这会破坏人们对于创造性活动的兴趣、降低对自身行为的信心、妨碍自己与他人的良好关系。借助各种娱乐活动，特别是广播、电影、电视剧，人们可以试着逃避这些烦恼，长时间享受娱乐。但是，娱乐还不足以产生更高的审美价值。在传统的美学家看来，当我们说一个审美对象"好"，就意味着说它具有审美价值。这种审美价值不是纯粹的认知价值或道德价值，而是在审美经验的生成中伴随理性判断和道德升华。数字媒介艺术很难在传统美学家那里达到足够的"好"，它们给观众密集地提供感官化、平面化的娱乐体验，大众化的娱乐狂欢遮蔽了内在化的审美特征。传统美学家贬低娱乐，对数字媒介艺术缺乏正面衡量，数字媒介所引发的审美潜力也就被忽略了。因此，数字媒介艺术虽然在现实层面形成强大的文化力量，但并未在审美经验理论层面得到充分的内在阐释。

数字媒介艺术拓宽了受众范围，博物馆中精心品鉴的艺术家、影院内吃着爆米花的观众、电脑前快速浏览的网民，统统进入数字媒介艺术所制造的时空环境之中。"各种人，甚至那些完全沉浸在艺术中的人，对于经验的感受品质是非常多样化的。当我们不仅考虑到进行体验的各式各样的人以及他们不同的背景和气质，而且考虑到艺术媒介的巨大差异，各种媒介所对应的不同艺术类型，而不是提到我们对艺术和自然的回应之间的巨大差异，情况就更是如此。"②固然，审美主体的感受五花八门，正如艺术家和工程师的审美感受并不一致，画家和工人的审美判断并不等同，但这并不能阻碍我们对

---

① Monroe C. Beardsley. Aesthetics：Problems in the Philosophy of Criticism [M]. New York：Harcout，Brace & World.1958：559.

② Michel H. Mitias. Can We Speak of 'Aesthetic Experience' [M]// Michael H. Mitias. Possibility of the Aesthetic Experience. Dordrecht：Martinus Nijhoff Publishers，1986：47—58.

同一种类别的艺术进行抽象归纳、寻找普遍规律。数字媒介语境下,艺术媒介的巨大差异、不同媒介所对应的艺术类型已经得到关注。此时审美经验理论若要实现其连续性和完整性,就更需要强调一种包容的态度,以面对整体的审美经验现象。"审美经验理论的任务就是确立框架,它可以最好地描述和解释那些已经以惊人方式扩大和改变的经验领域。"①数字媒介艺术产生日常的娱乐体验,同时也滋养出艺术的审美经验,后者并不驱逐感官的身体体验,所以数字媒介艺术应该被纳入审美经验理论的研究范畴。数字媒介文学促使我们对审美经验理论进行现象还原,重视数字媒介文学的强势发展给审美经验理论带来的生命力,反观传统的审美经验理论并反思其缺失的媒介视角。

四、理论重估:新媒介与审美经验的复兴

广播、电影、电视、网络等新媒介文化在本质上具有感官化、同质化和强制性等特点,在这方面它们受到了美学家的持续批判。新媒介文化给思想家带来诸多忧虑:它们是否侵蚀了经典的高雅艺术、悬置了传统的民间文化、培养了被强权政治或市场力量蒙蔽的大众。与此担忧辩证相关的是城市文化的更新和大众群体的崛起,家族乡党间基于口头或书面媒介传播的认同感被城市间基于网络传播的离散经验所取代,这构成了一种全新的文化语境。新媒介将艺术的创作和欣赏普及给大多数人,撼动了知识和文化上的霸权,促进了艺术的民主化进程。在这个进程中,新媒介所引发审美经验现实和理论的变迁是不可回避的。

所谓新媒介不只是媒介属性或媒介机构的变革,它涉及创作者生产作品的方式、作品再现现实的途径、人们感知作品的体验、新的身份认同等诸多问题。英国学者马丁·李斯特等人指出,新媒介可以用来指代——文本经验(与文本模式、娱乐、愉悦以及媒体消费的新类型);再现世界的新方式;主体之间的新关系与媒体技术;具体化、身份认同与共同体之间关系的新体验;生理性身体与技术性媒体的新概念;组织与生产之间的新模式;以电脑为中心的传播;发布与消费的新方法;虚拟"现实";以往成熟媒介的全然变形及断裂。②新媒介不能简单地从传播介质的角度去理解,交互传播、交互

① Arnold Berleant. Experience and Theory in Aesthetics[M]// Michael H. Mitias. Possibility of the Aesthetic Experience. Dordrecht: Martinus Nijhoff Publishers. 1986: 91—106.
② 马丁·李斯特,等. 新媒体批判导论[M]. 吴炜华,付晓光,译. 上海:复旦大学出版社,2016: 13—14.

文本、超文本、数字模拟、虚拟现实等现象都来自媒介技术的更新,新媒介带来的是一系列新的感知、想象和体验。

新的媒介技术"电脑成像"使人们在电影制作和接受过程中产生了一种技术的想象。如今许多商业大片都采取了电脑成像的技术,它是大制作的关键技术。早在20世纪90年代好莱坞大片《侏罗纪公园》《玩具总动员》就实验性地使用了电脑成像。该技术几乎消除了传统动画电影中的手绘和单帧动画,可以突破灯光、拍摄背景对于人物的限制,广泛应用于电影后期制作,让观众产生强烈的兴奋感。电影中的现实与超现实、故事与景观获得了一种全新的表达。好莱坞电影否认因性别、阶级、权力不平等而带来的现实冲突,对抗的观点和文化最终总是得到调和或解决,它们以先进的媒介技术建立了一个与美国主导意识形态相对应的影像世界。20世纪欧洲电影曾风靡一时,直到70年代英国《银幕》和法国《电影笔记》的许多争论中仍然保持了共同的前提,就是电影的现实主义规则,即坚持对于世界的真实表达、创立了关于现实的保守观点。好莱坞电影则打破这种倾向,他们借助电影成像等新技术展示拟真的环境,掩饰残酷的真实世界,调节紧张的社会关系。在电脑成像的特效背景下,现实主义不再是一套关于人物、情节、结构、叙事的传统电影理论,而是有关画面、声音、剪辑、场面的媒介技术理论,这里同时涉及审美的质量和科技的质量。[①]媒介技术促使电影现实主义的观念发生了变化,现实主义可以包括摄影表达的真实、声音传递的质感、影像制造的幻象。于是,一部电影的特效越是"真实",在视觉上越是"现实",它就越是人造的、幻想的。观众进入由电脑成像技术营造的奇幻景观之中,同时意识到这是基于新媒介的人工技巧,这种既是虚拟的幻觉又是复杂的现实,反映出电影现实主义的一个悖论。电脑成像技术改变了影视艺术中对于现实主义的界定,解构了人们对于真实性的体验和理解,新媒介就这样一步步建构起新的审美空间。

影像技术和视觉媒介带来审美经验的当代转型,新媒介改变了审美对象的存在属性,在审美经验的生成中起到两个层面的作用。第一,从审美个体的心理感知来看,审美主体对审美客体产生的审美心理受到媒介因素的制约。审美客体具有相应的媒介属性,它可以是口语的、文字的、影像的,不同的媒介属性使得审美客体的审美特性产生巨大差异,审美主体在审美实践中的心理感受也大不相同。比如,当同一首乐曲用歌喉吟唱或古筝弹奏,听者的心理感知应有不同,此时的心理感知被音符的传播媒介所塑造。一部小说改编为电

---

① 马丁·李斯特,等.新媒体批判导论[M].吴炜华,付晓光,译.上海:复旦大学出版社,2016:155—158.

影或电视剧，在情节、节奏、叙事时间等表达方式上就产生差别，审美客体的媒介差异决定了观众不同的体验。第二，从审美群体的社会效应来看，不同的媒介艺术在接受群体中产生的艺术效果有别，影像媒介较文字媒介更容易产生广泛的影响。媒介是审美对象的一种属性，同时也是外在的传播途径，它与政治权力、社会意识联系在一起。经由媒介传递的审美经验极易从审美自治问题转向社会文化问题，审美个体的心理感知可以汇聚为群体化的情感认同，甚至产生大众化的革命力量。过去我们谈论审美经验，集中于审美心理、审美态度、审美价值等问题，实行审美主体和审美客体的两分法，媒介不管是作为外在的传播方式还是内在的客体属性都丧失了其存在性。随着新兴媒介的强势发展，是时候从审美经验的认识论走向媒介论。

由此，应该这样来理解审美经验：审美经验是审美主体和审美客体之间经由传播媒介所生成的实践关系，具体分为创作经验、文本形态和接受经验。审美经验围绕文学艺术作品的审美实践活动而产生，休闲时间中的阅读、观影、浏览行为都可能产生审美经验。因此一方面要将审美经验与狭义上的艺术品松绑，突破传统的和批判的审美经验理论的限制，另一方面要将它与文化生活关联，防止实用的审美经验理论无限扩张。新媒介语境下，重新认识审美经验现象、发展审美经验理论，应该关注审美经验生成中媒介的作用。

首先，在创作经验方面，新媒介促使传统的写作形态向网络化、影像化的生产形态转变。网络文学、影视文艺的生产方式异军突起。网络文学创作迥异于传统文学创作，网络作家与网站进行签约后开始写作活动、持续更新、与读者实时沟通、追求故事情节的刺激性，促成了新兴的文学表达方式，刺激了文学创作群体的重组。网络剧、网络综艺节目、数字电影、微电影等影视文艺的生产者进行集体劳动，他们面临市场与审查的双重压力，经受艺术创作与商业经济的博弈。集体化的创作经验激发了影像文本的诸多美学特质，以具有冲击力的视听元素、时尚感的色彩画面、独特的亚文化特质来迎合年轻受众的观看需求。

其次，在文本形态方面，印刷文本、影像文本和网络文本多元共存，新媒介促使文本向平台转换。印刷文本的出现曾经是人类文化的重要转折点，以它为载体的内容得以代代相传，以它为基础的传播秩序——书本的字、词、语句，以及思想、符号、象征，都成为长效范例。影像媒介出现之后，产生革命性变化。"铁路带来的'信息'，并非它运送的煤炭或旅客，而是一种世界观、一种新的结合状态，等等。电视带来的'信息'，并非它传送的画面，而是它造成的新的关系和感知模式、家庭和集团传统结构的改变。"①新型媒介将新的信息和思想呈现给世界。影像媒介建构一种可以直观显示、有效剪辑的画面思想以及感官化、表层化的文本逻辑。网络媒介发展20余年，网络文学形成了玄幻、仙侠、言情、悬疑等不同类型。作为一种交互性的符号文本，网络文学文本产生了诸多新的特质，比如延长篇幅、设置悬念、制造"爽点"、生产网络新词，满足人们虚拟的生存体验。这种文本不再专属于生产者，读者、观众更多地介入其中发挥能动作用，由此文本成为开放的平台。

最后，在接受经验方面，文字阅读和影像观看的经验转换成一种全方位的用户体验。数字媒介冲击人类感官，塑造人们思考、表达和行动的能力。如今观众利用大量零散碎片的时间来阅读或观看，浅阅读、短观看普遍存在于人们的文化生活中，艰深晦涩的阅读挑战容易被浅易通俗的观看快感所取代。浅易通俗并不尽然是肤浅、粗糙和无知，而是一种契合于网络媒介的美学风格，诸多网络流行用语自有对应于网络环境的意味，并发展出一种流行亚文化。如今观众能够直接干预他们所访问的文本和影像，通过鼠标的点击、意见的表达、粉丝的互动成为"用户"而不只是"观者"。

新媒介促使审美经验在创作经验、文本形态和接受经验三个维度产生变迁，突出表现为通俗化、大众化和民主化的倾向。"每次技术的革新都会改变工作内容和人类的角色，但反过来，也会改变我们看待自己的方式，以及别人对我们的看法。"②新兴媒介技术激发了新型的审美经验现象，审美经验理论需要在文化现实和美学传统的制衡中获得赓续与发展。在西方美学和艺术理论中，审美经验走向了日常化的归途，舒斯特曼在美的艺术范畴之外确证审美经验与日常生活的关联，烹饪、太极、瑜伽等都成为审美经验理论的范畴。在中国文艺理论中，审美经验理论于20世纪80年代掀起一阵热潮，主要是从审美心理的角度进行阐述，而今审美经验在文学、民俗学、影视学、教育学等多个学科范畴中被广泛征用，成为一个通用的美学话语。在这个历程中，审美经验理论本身的规约性与合法性被降解，它似乎面临一种无所不能却又一无所能的理论困境。如果从媒介的视角重新审视审美经验理论，审美经验就能获得理论复兴的活力。现今中国新媒介文学具有极大活力，我国电影、电视剧、网络文艺作品的产量巨大，正不断进行跨文化传播，产生世界性影响。它们逐步形成具有中国特色的文化产业，而中国本土的文艺现象则可以为审美经验理论提供现实观照。

① 让·波德里亚.消费社会[M].刘成富，全志钢，译.南京：南京大学出版社，2000：132.
② 尼古拉斯·卡尔.玻璃笼子：自动化时代和我们的未来[M].杨柳，译.北京：中信出版社，2015：69.

第四节　重构文学的审美主义

一、社会批判与审美主义的内驱力

审美主义（Aestheticism）的核心问题是审美与感性，作为一个美学、文学与哲学领域的共同命题，它在现代性进程中发展出丰富的语义内涵。英文"Aestheticism"翻译为"审美主义"或"唯美主义"，在中国语境下，当人们分析文学作品时，往往使用唯美主义的说法，以突出文学性；当涉及文艺理论时，更多使用审美主义的说法，以显示思辨性。审美主义的言说沿袭审美或美学的内在理路，而它本身也不能脱离唯美主义的文学属性。回归文学是后理论时代审美主义的一种探索。与"理论之后"①的转向相呼应的是，文学本身也在发生翻天覆地的变化，新媒介文学正在形成和发展。新媒介文学具有明显的世俗化倾向，审美主义与此的距离、对抗或能推进审美主义的理论审思与新媒介文学的美学引导，从而形成双向共赢的理论演进与文艺建设。

审美主义起源于德国的现代性思想传统。18世纪德国学者鲍姆加登提出"美学"（aesthetics）一词，意为感性学，"感性"可臻于完善，即为"美"。美的思维是"通过感官和理性的类似物以细腻的感情去感受这些事物"②。柏拉图认为荷马式的诗人用感性印象编织诸神故事和英雄伟绩，挑逗人的感性欲望，破坏理性秩序，因此要将诗人逐出它的理想国。他认为人的感性能力提供假象，感性本能制造混乱，要对感性进行限制乃至消除。他将遏制感性的力量寄托于理性或智慧。古希腊对待感性的态度使得感性被防范和压制。鲍姆加登创立的感性学是一门关于人类感性的学科，强调感性的独立，但他还是将感性纳入理性的规约之下。雷蒙·威廉斯在《关键词：文化与社会的词汇》中指出，英文"aesthetic"第一次在鲍姆加登的书中出现，强调美经由感官来理解。其词源可追溯到希腊语词"aisthesis"，意指"感官的察觉"。

---

① 伊格尔顿的《理论之后》（北京：商务印书馆，2009年。）指出，20世纪六七十年代许多高度复杂的理论来自对无法理论化的东西的迷惑，"理论重视的是无法思考的事物，而不是可以思考的事物"（70页）。"后现代主义思维方式很有可能正在走向终点"，"宏大叙事已经成为历史"（213页）。文化理论的黄金时期已经过去，理论已经终结。我们正处在理论之后的危机之中，但我们不能在"理论之后"，要重建理论，探索新的话题。

② 鲍姆嘉滕．美学[M]．简明，王旭晓，译．北京：文化艺术出版社，1987：43.

"在希腊文中,aesthetic 的主要意涵是指可以经由感官察觉其实质的东西,而非那些只能经由学习而得到的非物质、抽象之事物。"①有人将"aesthetic"(审美的)翻译为"感性的",将"aesthetics"(美学)译为"感性学","aestheticism"(审美主义)与"感性"有了词源上的紧密关联。

审美主义的理论源流可以追溯至鲍姆加登、康德、席勒、黑格尔、谢林、尼采等德国美学家,他们从思辨哲学的角度辨析审美。鲍姆加登、康德所提出的美学理论都认为感性不能抵达真理的终点,感性产生难以控制的生命欲望,需要以理性来制约。康德的判断力批判也是以理性作用于感性。19世纪以来,作为西方文明史一个阶段的现代性与作为美学概念的现代性之间产生无法弥补的分裂。"作为文明史阶段的现代性是科学技术进步、工业革命和资本主义带来的全面经济社会变化的产物。"②这种现代时期的特性与经验不可阻挡地崇尚科技、经济的力量,与此对应的是,作为美学概念的现代性产生更多反叛态度,是对资产阶级现代化的批判、反思与否定在审美领域开展。在哈贝马斯看来,现代性与西方理性主义的历史语境之间的内在联系被阻断了,现代性被描述成一般意义上的社会发展模式③,并且"从现代欧洲的起源中分离了出来"④。"现代首先是在审美批判领域力求证明自己的。"⑤审美与现代性的联合,审美现代性成为中西普遍的现象及理论,审美成为一种社会批判力量。审美对现代性提出了质疑与反思,现代则试图在审美领域证明自身,审美作为内在感性力量走向外在社会场域。

在现代社会"审美主义指的是一种信仰,它在美学领域内被视为解救内在世界的途径"⑥。理查德·沃林⑦认为,审美主义代表了对"世界宗教"历史

---

① 雷蒙·威廉斯. 关键词:文化与社会的词汇[M]. 刘建基,译. 北京:生活·读书·新知三联书店,2005:1.

② 马泰·卡林内斯库. 现代性的五副面孔[M]. 顾爱彬,李瑞华,译. 北京:商务印书馆,2002:48.

③ 这种现代性涉及一系列过程,比如资源的开发与资本的积累、生产力的发展与生产率的提高、经济实力的增长与政治权力的集中、城市生活方式的建立,等等。

④ 哈贝马斯. 现代性的哲学话语[M]. 曹卫东,等,译. 南京:译林出版社,2004:2.

⑤ 哈贝马斯. 现代性的哲学话语[M]. 曹卫东,等,译. 南京:译林出版社,2004:9.

⑥ 这句话是马克斯·韦伯所说。Richard Wolin. Aestheticism and Social Theory: The Case of Walter Benjamin's Passagenwerk[J]. Theory Culture Society. 1993(10): 169—180.

⑦ 理查德·沃林(Richard Wolin,1952—),美国政治思想家、美学家,国际左翼学者,曾师从哈贝马斯,主要研究社会理论、美学理论,继承批判法兰克福学派的思想。著有《存在的政治》(1980年,中文版2000年)、《文化批评的观念》(1992年,中文版2000年)、《海德格尔争论集》(1992年)、《迷宫》(1995年)、《非理性的诱惑》(2004年)等。

衰落的升华反应，"这一过程伴随着现代的、世俗化的世界观的胜利"①。在现代性进程中，放弃宗教的人们开始相信，那些曾被宗教垄断的超越性主要在艺术中得以体现。所谓"超越"具有极端的乌托邦意义：它暗示了一种可能性，即生命可以以不同于现在的方式而存在；所不同的是，以碎片形式存在的东西可以再次成为整体。艺术作品成为"和解"的预兆，化解现代性世界的对立情绪。审美主义与现代性携手合作，审美主义的内在感性力量形成了一种社会批判。社会批判理论在法兰克福学派创始人霍克海默的圈子中发展起来，法兰克福学派的政治经验、社会经验与审美经验引起了人们广泛的兴趣与思考。批判理论最初的目的是要研究"由于西方革命的缺席、斯大林主义在苏联的发展、法西斯主义在德国的上台"②而造成的政治迷茫。法兰克福学派以马克思主义立场进行意识形态批判，从政治意识形态的批判发展为对资本主义文化的总体性批判。其中引人注目的现象是审美主义的扩张，法兰克福学派将早期现代性关于审美经验的分析升华为对社会整体的审视、对资本主义现实的否定批判，由此，审美主义进入了社会理论范畴。20世纪审美主义经由法兰克福学派理论走向了社会批判路径，在审美现代性进程中显示出批判的美学锋芒与辩证的内在矛盾。

以法兰克福学派为代表的社会批判理论中，审美主义的感性倾向与自律功能被提升为总体性批判的价值尺度。从卢卡奇、阿多诺到本雅明，法兰克福学派的思想谱系以审美主义为基础方法和价值设论。但在哈贝马斯看来，批判理论陷入了困境。批判理论迷失在推论之中，推论思想"必须借助于审美经验，而这种审美经验是在同先锋派艺术的接触中培养起来的"③。先锋派否定艺术自律，认为艺术自律是"资产阶级社会的范畴"，它将艺术从实际语境中脱离，形成了艺术作品完全独立于社会的思想。④先锋派可以说是对资产阶级社会中艺术地位和自律观念的打击，它"所否定的不是一种早期的艺术形式（风格），而是艺术作为一种与人的生活实践无关的体制"⑤。阿多诺用美学来论证对理性的信念，并坚持艺术自律，反对先锋派对于艺术自律的拆解。哈贝马斯指出阿多诺的美学"成了一种荒诞的乌托邦"⑥。哈

① Richard Wolin. Aestheticism and Social Theory：The Case of Walter Benjamin's Passagenwerk[J]. Theory Culture Society. 1993(10)：169－180.
② 哈贝马斯.现代性的哲学话语[M].曹卫东,等,译.南京:译林出版社,2004:134.
③ 哈贝马斯.现代性的哲学话语[M].曹卫东,等,译.南京:译林出版社,2004:219.
④ 彼得·比格尔.先锋派理论[M].高建平,译.北京:商务印书馆,2002:117.
⑤ 彼得·比格尔.先锋派理论[M].高建平,译.北京:商务印书馆,2002:120.
⑥ 哈贝马斯.现代性的哲学话语[M].曹卫东,等,译.南京:译林出版社,2004:219.

贝马斯逐一批评了现代性的诸种审美主义方案,倡导社会批判理论的范式转型,要从审美主义走向交往理性。即便如此,审美主义经由批判理论的推衍,成为现代性批判的重要维度,审美主义及其深刻的复杂性也构成了社会批判理论的张力。

二、新审美主义:关注文学的感性力量

新审美主义重提文学性,将审美主义的文学基础与美学内涵充分地结合起来。汉语中的"审美主义"或"唯美主义"都对应于英文"aestheticism"。审美主义在文艺学的学术话语中所用较广,则唯美主义在外国文学中所用较广,两者时有通用,内涵亦有相通。审美主义在审美现代性进程中经由法兰克福学派的学理阐释而显现出社会批判的意向,而它本身根植于艺术的感性力量。英美文学专家约翰逊(Robert Vincent Johnson)在《审美主义》(Aestheticism)一书中指出,审美主义可以从三个方面加以理解和应用:一是作为人生观,以"艺术精神"对待生活的理念;二是作为艺术观,"为艺术而艺术";三是作为艺术和文学的实践特性。[①]约翰逊认为,审美主义广义上意味着对美的热爱,包括在艺术中发现美、在现实世界中发现具有吸引力的美。"作为一种艺术观点,审美主义代表了将艺术从生活中分离出来的激烈尝试。"[②]他将沃尔特·佩特(Walter Pater)与奥斯卡·王尔德(Oscar Wilde)视作审美主义的代表人物。[③]以佩特与王尔德为代表的唯美主义[④]文学受到法国诗人波德莱尔、戈蒂埃以及德国美学家黑格尔的深刻影响,尽管如此,英国唯美主义仍然是英国浪漫主义文学的自然发展,来自注重创造性想象的浪漫主义观念。

审美主义作为一种文学观念和创作流派在19世纪开始出现,王尔德作为欧陆唯美主义文学的主要代表,他的文学创作取得了瞩目的成就,而他关于生活美学的见解经常与法兰克福学派的工业批判、审美现代性的进程、日常生活审美化运动联系起来而被论述。当今学者所关注的文化工业、亚文化、现实主义、审美主义依然与19世纪文学艺术上的唯美主义有着密切关联。王尔德在他的美学代表作《谎言的衰落》中强调艺术独立于生活,艺术只表达艺术本身。这份有关美学思想的观察报告创作于1889年,随后的

---

① R. V. Johnson. Aestheticism[M]. London: Routledge.2018:14.
② R. V. Johnson. Aestheticism[M]. London: Routledge.2018:29.
③ 约翰逊在《审美主义》一书中,分四章讨论了审美主义的几个论点、审美主义的出现、诗与审美主义、审美主义的代表,其中审美主义的代表一章讨论了佩特与王尔德。
④ 此处也遵循汉语的学术话语惯例,论及文学作品时,采用唯美主义的提法。

1890—1895年,王尔德在文学艺术的创作上迎来了高峰。"艺术除了自己以外从不表达任何东西。它过着一种独立的生活,正如思想那样,纯正地沿着自己的谱系延续。……第二信条是:所有坏的艺术都是由于重返了生活和自然,并把它们抬升到理想的结果。……第三信条是:生活摹仿艺术远甚于艺术摹仿生活。这不仅仅是由于生活的摹仿本能,而且是因为以下这个事实:生活的自觉目标是寻求表达,而艺术给它提供了某些美妙的形式,通过这些形式,生活便可以展现自己的潜能。这是一种从未被提出过的理论,但是它很有成效,并在艺术史上投下了一束新光。由此可以推出的必然结论是,外在的自然也在摹仿艺术。它能向我们展示的唯一印象就是那些我们已从诗歌或绘画中得到的印象。这是自然的魅力之谜,也解释了自然的弱点。"①王尔德并非专事文艺理论,但他的理论文章却写得"生机盎然"。《谎言的衰落》一文就在诗意的环境中展开,阳光明媚的午后,两位对谈者躺在草坪上享受自然美景,他们不断重复是"生活反映了艺术""生活摹仿艺术",从而表现出王尔德对于艺术与现实的理解。唯美主义倡导"为艺术而艺术",从本质上讲是对审美经验的内在价值的概述,是艺术家"能使这种经验的最高形式成为可能的一份审美的独立宣言"②。

文学上的唯美主义主要有三个方面的思想特点:其一,艺术高于生活,生活摹仿艺术;其二,艺术具有独立的生命,艺术超脱政治、宗教、道德等一切利害关系,而成为纯粹自由的活动;其三,艺术形式高于艺术功能,表现形式重于表现内容,强调形式美与美感的独特性。审美主义作为美学立场,与19世纪唯美主义的文学流派具有思想上的一致性。有中国学者指出,"从欧陆兴起的唯美主义运动或寻求艺术自主性的浪潮,其存在的条件与合理性不光是因为神学的衰落,以及传统上由神学所庇护的社会秩序的崩解,由此精神领域出现权力真空地带;而且也因为,对于已经被量化和商业化的诸多价值而言,审美经验提供了可选择的抵抗手段"③。审美主义的思潮和运动开辟了艺术的超然领地,扩张的工业革命与市场经济改变了古典传统与启蒙规范,社会形态的变迁伴随着思想上的动荡,"为艺术而艺术"、艺术自律的美学原则为社会不满情绪建构了一种审美乌托邦,从而提供了思想的避难所。

乔因和马尔帕斯主编的论文集《新审美主义》在导言部分提出了"新审

---

① 奥斯卡·王尔德. 谎言的衰落:王尔德艺术批评文选[M]. 萧易,译. 南京:江苏教育出版社,2004:50—52.

② 门罗·C.比厄斯利. 美学史:对古希腊到当代[M]. 高建平,译. 北京:高等教育出版社,2018:481.

③ 朱国华. 两种审美现代性:以郁达夫与王尔德的两个文学事件为例[J]. 扬州大学学报(人文社会科学版),2019,21(5):5—28.

美主义"的核心问题,再次将审美与文学连接起来,他们指出,"美学是试图理解文学的理论话语","文学与哲学之间的关系可以说是共生的"。[①]审美在现代性中以不同面目出现,审美分析离不开哲学和政治现代性的复杂思考。同时,对现代性的充分思考需要考察美学,讨论文学和艺术对当代文化的影响需要将其置于现代政治和哲学的历史关系中来。"现代性从启蒙运动和宗教改革的核心进步中发展而来,并且与之密切相关,它渴望从理性本身而非某种形而上学、历史或神学的前提条件中产生知识和正义。"[②]对现代性而言,理性是自我立法和面向未来的,理性确立自身发展的规则,摒弃过去束缚它的信仰和神秘性。因而现代性的核心概念来源于认知理性、道德自律和社会政治的自我裁决。20世纪80年代以来流行文化和大众产业发展,"反审美"的立场导致了文学理论和文学、审美和文学的疏离。对艺术的物质生产传播的历史和政治基础的连续调查,成功地挑战了审美自律、艺术天才、文本的历史普遍性、艺术的内在精神价值等观念。[③]新审美主义倡导在审美现代性中理性地认识艺术的创作和生产,在大众文化兴盛之后沟通审美与文学、艺术与现实。

审美主义之所以能引起广泛的注意,在于它将审美诉求根植于文学、艺术,并延伸到政治、社会领域。审美主义在中国可以分为概念层面与话语层面。从概念层面而言,审美主义延续了鲍姆加登创立的美学的感性学传统,凸显感性在生命体验、社会文化中的作用。刘小枫指出,审美主义积极宣扬感性生命,但基本上是理念化的思想建构,经营的是此岸理念论和感性本体论。[④]"作为现代性的审美性的实质包含三项基本诉求:一、为感性正名,重设感性的生存论和价值论地位,夺取超感性过去所占据的本体论位置;二、艺术代替传统的宗教形式,以至成为一种新的宗教和伦理,赋予艺术以解救的宗教功能;三、游戏式的人生心态,即对世界的所谓审美态度。"[⑤]余虹认为,现代审美主义是一个"充满了分歧与冲突的形态家族,联系这个家族的唯一纽带只是对感性和艺术的肯定。但须留意的是,对感性审美主义而言,

---

①　John J. Joughin, Simon Malpas. The New Aestheticism [M]. Manchester: Manchester University Press, 2003: 2.

②　John J. Joughin, Simon Malpas. The New Aestheticism [M]. Manchester: Manchester University Press, 2003: 9.

③　John J. Joughin, Simon Malpas. The new aestheticism [M]. Manchester: Manchester University Press, 2003: 1.

④　刘小枫. 现代性社会理论绪论:现代性与现代中国[M]. 上海:上海三联书店, 1998:329.

⑤　刘小枫. 现代性社会理论绪论:现代性与现代中国[M]. 上海:上海三联书店, 1998:307.

生存之根就是绝对感性,跟着感觉走就行;对游戏审美主义来说,生存之根是协调感性与理性游戏的力量,这种力量来自人性或生命自身……在神性审美主义看来,生存之根是神性尺度,凭借诗意感性对此尺度的感领与传达才为生存提供路标。"①王一川将审美主义视为中国审美现代性进程中不可或缺的一副面孔,他认为欧洲审美主义有宽泛的内涵,不仅指以王尔德为代表的19世纪后期英法审美主义思潮,即唯美主义;而且涉及18世纪末至19世纪前期德国古典美学思潮,即思辨式审美主义。审美主义在中国则呈现为精英审美主义和市民审美主义两种形态。②从审美主义的概念层面来看,它有多重所指,并基于不同立场被划分为不同层级。不管是绝对地宣扬人的感性生命,还是将之纳入理性主义的逻辑框架抑或宗教的神性尺度中,各种审美主义共同强调感性的作用。

从话语层面而言,审美主义立足于审美的超越意义,"主义"暗含倾向和立场,强调纯粹审美的态度。王元骧认为,21世纪初中国文艺理论中存在审美主义与文化主义两种观念的对峙。广告、流行歌曲、电视剧、时装、美容等消费文化和大众文化,以及对此展开的某些文化研究被他批评为"文化主义"。他认为审美主义重视人的精神超越,它是以人不同于动物为前提的,即人降生到世界上是未完成的,还有待于进一步通过社会和文化的塑造,包括美的陶冶,使人摆脱单纯受欲望支配的状态,以求感性与理性趋向统一。文化主义与审美主义相反,文化主义俯就人的感官、欲望,甚至只是把人看作欲望的主体。③王元骧在捍卫文学审美本性的意义上使用审美主义这一术语,基本上是把追求超越性的文化情怀归为审美主义。童庆炳由于"文学审美反映"或"文学审美意识形态"论被部分学者批评为没有文化价值取向、不顾及文学外部文化蕴含的"审美主义"④,而颇感失落。这一辈学者走过风雨兼程的政治岁月,在百废待兴的文化历程中标举文学的审美功能已属不易。面对风起云涌的大众文化及其研究,他们坚守审美主义的超越价值和纯粹意义,对大众文化持保留意见。21世纪初中国审美主义话语的争辩是在中国文化研究兴起的背景下产生的,审美主义话语代表了理想化的精英立场。审美主义,到底是进入哲学的玄思,还是化解现实的疑难?它在对抗的困境中未能充分地完成历史使命,从而形成长久的忧思。

---

① 余虹.审美主义的三大类型[J].中国社会科学,2007(4):156—171.
② 王一川.两种审美主义变体及其互渗特征[J].社会科学,2006(5):178—185.
③ 王元骧.文艺理论中的"文化主义"与"审美主义"[J].文艺研究,2005(4):45—51.
④ 童庆炳.新时期文学审美特征论及其意义[J].文学评论,2006(1):64—74.

三、世俗狂欢：审美主义批判的现实难题

新媒介文学是媒介融合时代下文学的一种新样态。媒介事实上是科学和工业进步的产物，"科学和工业以及它们的进步也许成为现代世界中最持久的事情"①。当今数字媒介一方面促进口语、文字、影像和网络等多种媒介共同发展，另一方面使得影像、网络等媒介艺术中的文字、画面、声音实现多维组合，于是文学和艺术的表达方式更为丰富，拓展了文化表意空间。长期以来，我们认为文学是语言文字的艺术，可如今语言文字在双重意义上遭遇表述的无力感。首先，在语言文字的自足体系，诸多空洞铺张的文字、连篇累牍的呓语仅仅预示着写字的行为，却不能彰显文字作为所指的有效意义。其次，在语言文字的外部体系，它不断受到影视媒介的直观画面和网络媒介的新型语汇的冲击。文字一度将直观的形象转化为抽象的符号，影视媒介产生之后再度赋予直观形象以可见的价值。"由于印刷术的发现而来到的崇尚概念的文化的年代里，代表人类精神和伦理价值的可见形象就失去了它的重要地位。美不再是广大群众的一种梦想和体验。随着电影的诞生而得到复兴的视觉文化使形体美重又成为群众的一种重要的体验。"②在影像媒介中，人的表情、神态、形体又成为可见的，可见的美的形象是人类的需求，在影像的直观性中，人们再次强化了美的意识。新媒介文学将文字、影像、网络媒介的语言融合起来，文学从单一的文字语言延伸为文字、画面、影像等多媒介的复合语言。

随着文学语言从单一的文字符号演变为多元的复合符号，新媒介文学难以避免地产生世俗化的倾向，这体现为两个辩证维度：其一，从传播媒介来看，多媒介的表达方式拓展了文学表意空间；其二，从承载内容观之，多媒介的话语狂欢极易削平历史纵深力度。拓展的文学表意空间提供了文学多元化和产业化发展的土壤，同时又体现出类型化、同质化、商业化的特点，文学的思想内涵与艺术价值消解在流动的画面和通俗的排遣中。对新媒介文学的审美主义批判必须直面理论与现实的难题。审美主义作为美学概念，强调感性体验、审美愉悦，并受理性规约，它在法兰克福学派的推进下走向政治哲学与社会批判。新审美主义强调文学的感性力量，与唯美主义的文学观念和创作流派遥相呼应。在中文语境中，作为概念的审美主义并不过多地关注文学的现实面貌，而作为话语的审美主义则严厉批判文学的世俗

---

① 路德维希·维特根斯坦. 文化和价值[M]. 黄正东，唐少杰，译. 南京：译林出版社，2011：88.
② 贝拉·巴拉兹. 电影美学[M]. 何力，译. 北京：中国电影出版社，1978：303.

堕落。如果不在审美主义的学理基础上形成新的理解,审美主义就难以切入新媒介文学的核心问题,也就难以应对当下文学的崭新状况。

新媒介文学创造了更多的文学形式,媒介的融合与跨媒介的互文性形成了新媒介文学景观,其视觉表意符号从文字符号扩大为文字、图像与影像符号。视觉美学超越单一的文字抽象观念,提供了大量丰富的表达途径,它与观众追求视觉奇观、寻求新鲜刺激、渴望参与行动的内在冲动相结合。视觉化的影视语言符号,将文学的轨迹从品鉴感悟式的文字神思转移到急速闪动的画面观看中,从反复思量的文字考究转移到直观便捷的观看行为中。审美客体不仅是观照的静止对象,它也可能成为一个事件、一个行为。文学艺术在流动的画幅中演变成为一个过程。1966年阿多诺在《电影的透明性》一文中开始肯定电影等媒介形式的积极意义,将电影视作具有解放意义的艺术作品。"一个人在城市住上一年后,放下所有的工作,花上几个星期置身山间,可能会意外地经历色彩斑斓的图像,犹如梦想或白日梦对他们的抚慰。这些图像并不在连续流动中消融其他景象,而更倾向于在它们的外观中彼此抵消,就像我们童年的神奇的幻灯片。对图像非连续性运动的内心独白类似于写作的现象:后者与前者同样地在我们眼前移过,同时稳固它们分离的符号。内部图像的这种移动可能成就电影,犹如视觉世界成为绘画或者声音世界成为音乐。正如这种类型的经验的客观化再创造,电影可能会成为艺术。"①审美经验中主体和客体、观念和对象、理性和身体经验都是彼此融合的,而不是让某一方处于支配地位。阿多诺赋予电影一种美学的可能性地位——只要电影使用那些能给主观经验提供充分交流机会的技术手段,诸如结合蒙太奇和特定类型的音乐等媒介形式,它就有可能成为真正的艺术品。新兴媒介不断更新,画面与影像的符号形式丰富了人类情感的表达方式、拓宽了文学的传递途径。"电影打破过去审美经验的诸多形式,同时意味着这些历史性的生产与被生产的媒介改变了公众和私人的一系列关系。"②新媒介文学再生产了审美领域中的能指方式、情感想象乃至商品结构。新媒介文学中的文字、影像、网络等多种媒介表意形式共同发展,它在文本表达上运用声音、文字、画面以及特效等多种方式,扩大了文学的表意形式。

新媒介文学的世俗化倾向,一方面表现为以上所论述的文学传播媒介与表意空间的扩大,另一方面则是与之相伴随的矛盾效应,即文本内容在历

---

① Theodor W. Adorno. Transparencies on Film[J]. New German Critique,1981(24):199-205.
② Richard W. Allen. The Aesthetic Experience of Modernity: Benjamin, Adorno, and Contemporary Film Theory[J].New German Critique, 1987(40):225-240.

史纵深维度缺乏开掘。新媒介文学具有较为明显的大众文化特质,文本时常显示出平面感,历史的深度模式被忽略。文学的世俗狂欢表现为从本质走向现象、深层走向表层、所指走向能指,由此与历史产生严重的断裂感,可以说是历史意识的消失、文化记忆的淡漠。"一般而言,历史性可理解为个体对人类时间一种存在的意识或对过去历史上兴衰变革规律的意识。这两种历史意识,在后现代文化的普遍的平淡和浅薄中已经消失。"①历史是此在的,它不只是逝去的岁月和事件,而且是当下人们的理解和解读。历史意识作为一种深沉的根基,它在社会维度中表现为传统,在个体身上表现为记忆。人们对于历史的态度是暧昧不清的,消逝的过去无可厚非,未知的将来无足轻重。历史存在于纪念碑、博物馆、文物中,也记载在照片、文件和档案里,历史也被文学想象与书写。

　　新媒介文学擅于戏仿、拼接、重组历史事件,历史的形象和幻影在大众文化中被重新包装,简化乃至异化。如中国先锋小说往往不给出完整的故事与人物最终的出路,而是将特定意义组合作为解决办法,以零散的意象完成叙事。《小时代》《万物生长》等影片并不关注历史深度,采取平面化的叙事,消解逝去的时间,拼接零散的符号。《戏说乾隆》《风流才子纪晓岚》《步步惊心》等电视作品远离严肃正史、戏仿真实故事,剧中乾隆皇帝、纪晓岚、雍正皇帝等历史人物是戏剧化的,这些人物符号并不能帮助现代人追寻真实的寻根体验,反而加剧了个体无根的漂浮感。新媒介文学对历史题材的运用、对历史人物的再创造、对历史观念的表达等,时常呈现出一种断裂的时间感与消退的历史感。美国学者波兹曼认为电视废除人们的历史知识,"因为有了电视,我们便纵身跃入了一个与过去毫无关联的现时世界"②,"在一个本身结构就是偏向图像和片断的媒介里,我们注定要丧失历史的视角。……零星破碎的信息无法汇集成一个连贯而充满智慧的整体。我们不是拒绝记忆,我们也没有认为历史不值得记忆,问题的症结在于我们已经被改造得不会记忆了"③。电视让人们更为关注过去24小时所发生的事情,一边遗忘着历史一边焦虑着现时。"时间维度的崩溃和专注于片刻,部分地产生于当代强调有关事件、表演、偶然和各种媒介形象的文化生产。文化的生产者们已经学会了探索和运用新的技术、媒介以及最终的多媒体的各种可能性。不过,效果却是要重新强调现代生活流变的

---

① 王岳川. 后现代主义文化研究[M]. 北京:北京大学出版社,1992:238.

② 尼尔·波兹曼. 娱乐至死[M]. 章艳,译. 桂林:广西师范大学出版社.2004:178.

③ 尼尔·波兹曼. 娱乐至死[M]. 章艳,译. 桂林:广西师范大学出版社.2004:178.

特质,甚至还要赞颂它们。"①新媒介文学的受众群体广泛,大众从日常生活的劳作转移到文化产品的消费中,他们的情感结构是在放松自我的基本意图中建立起来的。在历史的坍塌瓦砾中,浅表的体验放任虚无主义的灵魂,大众的审美精神竟未觅得皈依的家园。

四、直面新媒介文学的审美态度

新媒介文学拓展了文化表意空间,削减了历史纵深维度,由这两个层面产生的世俗狂欢给审美主义提出了事实挑战。审美主义的美学概念下延至新媒介文学,后者接受审美主义的理论启示,之于理论建设和文学现实则是双向有益的。审美主义强调感性在审美体验中的地位,也就是承认审美主体对于美的刹那感触、直觉感知乃至感官体验。康德的无功利审美是审美主义的共同理论基础,但是新媒介文学不断产生世俗化的审美经验,并挑战审美独立、超越和救赎的功能,瓦解"为艺术而艺术""自由的体验"等审美理想。审美主义在概念上张扬感性,若对感性的审美现实不屑一顾,则会患上理论分裂症。

"我们对艺术好坏的看法的'起源'或'原型'在于任何使我们成为特定人群的因素,我们仍然同意有些艺术确实优于其他艺术,有些人对事物的判断优于其他人,于是这些人就拥有更好的趣味就是真实的向导。因此,不只是强调对审美经验趣味的主观判断,而且强调将趣味作为批判性辨别和情感反应的能力。"②思想精英用智慧的光芒照亮蒙昧的大地,却让大地上朴素的思想种子枯竭而亡。在文字传播的漫长时代,知识分子、意见领袖、艺术精英确立了美学规范与文化权力,其审美评判与思想霸权被广泛接受。新媒介文学的世俗狂欢带动了大众文化扩张的版图,并且进入理论的合法性空间。美国学者舒斯特曼明确反对高级艺术和通俗艺术之间的划分:"我的杜威式的实用主义,使我不仅批判高级艺术那种疏远的深奥主义和总体性主张,而且尖锐地怀疑任何高级艺术产品和通俗文化产物之间本质的、不可逾越的区分。"③他认为作品是作为通俗的还是高级的艺术发挥作用,取决于它被公众怎样理解和采用。像英国伊丽莎白时代的戏剧、中国明清时期的小说这类通俗文学随时间演变而成经典,并不因为产生之初的通俗性而被

---

① 戴维·哈维. 后现代的状况:对文化变迁之缘起的探究[M]. 阎嘉,译. 北京:商务印书馆,2003:82.
② Christopher Braider. The Frame of Art: Fictions of Aesthetic Experience[J]. Comparative Literature, 2007, 59(2):183—189.
③ 理查德·舒斯特曼. 实用主义美学:生活之美,艺术之思[M]. 彭锋,译. 北京:商务印书馆,2002:225.

驱逐。唐宋以降,说唱文学在市民社会中兴起,唐代变文、宋代鼓子词、金代诸宫调、明代弹词、清代子弟书等诸多作品在产生之初契合的是民间的世俗化审美经验,它们在长期的文学演变中逐步确立并形成了专门的学问。新媒介文学的世俗倾向在文学上、美学上并不是非法的,需要我们审慎对之。波德里亚指出消费社会中的"泛审美",韦尔施倡导"日常生活审美化",舒斯特曼提出"身体美学",这是审视美的感性层面,也是反思美的世俗层面。审美主义是时候从批判理论的启蒙执念中挣脱出来,从唯美主义的凌虚观念中解放出来,更新对当下文艺现实的美学诠释。

　　审美主义的语义比较丰富,加之汉语中对审美主义与唯美主义的区分又增加了迷惑性。审美主义是美学的核心命题,从根本上说它是一种秉持审美的态度,凸显感性体验和审美自律的概念。法兰克福学派将审美主义推向社会批判,对审美现代性作出总体性反思,因而审美主义也就从审美自治延伸至社会领域。"事实上艺术理论的兴起,且区别于艺术哲学或艺术史,是与批判理论中艺术的政治化倾向不可分割的——包括卢卡奇、布洛赫、本雅明、布莱希特和阿多诺等人的批判性阐释——他们仍然将审美经验作为特定的感知领域或行为,但将意义和价值问题与商业形式的艺术认知结合起来。"①法兰克福学派将作为纯粹美学概念的审美主义政治化、社会化,审美主义由此显示出社会批判的驱动力。走向社会批判的审美主义对大众文化采取了激进的批判态度,批评商业逻辑对艺术作品的渗透、文化消费对审美理想的消解、文化工业和资本主义的合谋,审美主义与现实变迁保持着历史性的紧张关系。此种审美主义出于哲学反思与社会批判,力图终结压制与异化,始终追求解放与自主,却与日新月异的文艺现实形成了价值的区隔。审美主义切入新媒介文学的核心问题,对其世俗倾向作出有力的理论回应和话语建设,那么就扭转了审美主义对大众文化进行批判时所产生的孤高乏力,同时呼应了新审美主义重申文学感性力量的立场。重构文学的审美主义,需要冷静地透视新媒介文学及其大众文化,将新媒介文学的审美经验纳入研究视域。

---

① D. N. Rodowick. A Compass in a Moving World：On Genres and Genealogies of Film Theory[M]// Liv Hausken. Thinking Media Aesthetics：Media Studies, Film Studies and the Arts. New York：Peter Lang GmbH, 2013：239—260.

第三章　新媒介文学的文本形态

　　媒介融合背景下文学文本包括印刷文学文本、网络文学文本、影像文学文本等形态，过去我们对于文本的研究主要关注于文字的符号书写、外在的意指实践、内在的思想情感，及其在语义表达中所体现的文学观念、社会秩序等等。我们甚少注意到文本作为一个开放的审美客体，其意义的表达受到媒介方式的深刻影响，也就是说，媒介会塑造文本客体的面貌。新媒介文学文本形态的变异表现在以下两个方面。整体上看，单一的文字文本演变为印刷文本、网络文本、影像文本等多种形态，网络文本和影像文本所形成的特征带来了新媒介文学的文本形态的变化。分别来看，印刷文本在延续强大的文化传统之外，受到新媒介的影响，产生了"浅剧情"叙事和"图像化"叙事的倾向；网络文本有多种类型，其文本形式具有交互性的特征，文本内容着重于剧情的铺张、悬念的设置；影像文本在不同的终端放映，文本形式是复合性的符号表意系统，文本内容着重于视觉表达；多种形态的文本在共同的社会文化环境下彼此竞争。文本是意义体系的集合，不同的文本形态具有截然不同而又相互竞争的话语与表达方式。脱离文本，审美经验无从产生，不同的文本形态是新媒介文学审美经验的本体要素。

第一节　印刷文学文本

一、"浅剧情"叙事与传统文学作品

　　文学划分为小说、诗歌、散文、戏剧等类型。我们可以把诗歌、散文、古典小说、现当代小说视为传统的文学作品，以区别于网络文学作品与影视文学作品。在诸种文学类型中，如今更受关注的是小说，它不仅以传统的文学形式展现自身，而且通过影视改编得以产业化的发展，获取经济效益和社会效益。在手抄本时代，诗歌是文学的中心，其精练的文字在抄写时代更有利于传播。诗

歌篇幅短小、文字精悍,在和谐的韵律中传递人类丰富的情感诉求。而随着印刷术的发明,小说这种文体逐步兴盛。通过较长的篇幅,小说可以开展繁复的叙事,编织多样的情节。新媒介时代,小说依然是印刷文学文本的主导范式。

新媒介时代,传统小说的首次公开传播有两种方式:出版社发行和期刊发表。传统小说主要依靠中文学科教育体制、专业文学刊物、文学奖项获得制度化生存。首先,中国语言文学的学科体制为传统小说确证了相应地位,中文系通过教材编写、人才培养为传统小说创造生存的环境。正如布迪厄所说,"在任何情况下,各种贯穿于某一阶段的思想的模式只能参照教育制度才能被充分地理解,因为唯独教育制度能够通过实践把模式作为整个一代人共同的思想习惯而确立和发展下去"①。教育制度把阅读、评判乃至创造小说的习性在中文系中作为一种共享的思维传承下去。其次,专业的文学刊物为传统小说提供了发表的平台,诸如《人民文学》《当代》《收获》《小说界》《中国作家》《花城》《十月》《大家》《天涯》《小说月报》《小说选刊》《中篇小说选刊》等传统期刊在新媒介强势发展、纯文学市场萎缩的背景下,依然坚守传统文学领地。这些刊物发表的小说基本上代表了现当代小说的创作动态、时代的文学发展方向以及文学的超越性探索。再次,文学奖项为传统文学提供了仪式化的认可。中国文学的重要奖项如茅盾文学奖、鲁迅文学奖、老舍文学奖、曹禺戏剧文学奖②表彰优秀文学作品,华语文学传媒大奖表彰文学创作的优秀个人。文学奖项对于文学作品的评选有意识形态的需求,对于文学价值的评判有不同的立场,其中也可能不乏权力的操作;不过从长期的客观结果来看,这些奖项所评出的文学作品基本上广受认可、影响较为长远。

印刷文学文本是最为典型地依靠文字语言来表达符号意义的新媒介文学文本形态。文字语言表现情意,传达作者的态度,它强调文字符号本身的意义,强调语词的声音象征。"文学语言深深地根植于语言的历史结构中,强调对符号本身的注意,并且具有表现情意和实用的一面,而科学语言总是尽可能地消

---

① Pierre Bourdieu. Outline of A Theory of Practice [M]. Richard Nice, trans. New York: Cambridge University Press. 1977:10.

② 茅盾文学奖、鲁迅文学奖、老舍文学奖、曹禺戏剧文学奖曾被视为四大文学奖项,其中茅盾文学奖、鲁迅文学奖影响更为广泛。2010年以来,一些传统文学奖项开始将网络文学纳入评奖范围,2010年,由君雨(本名张雯轩)创作、发表于晋江文学城的网络作品《网逝》入围鲁迅文学奖中篇小说备选篇目,2011年茅盾文学奖允许公开出版的网络小说参评,新修订的《茅盾文学奖评奖条例》注明,将向持有互联网出版许可证的重点文学网站等征集参评作品。

除这两方面的因素。"①文学语言丰富的意蕴创造了广阔的意义空间。传统文学作品涵括的种类多元化,在内容上反映市场经济、民族文学、底层生活、历史题材等方面;在形式上追求文学性,比如格非小说《褐色鸟群》中的先锋手法、苏童小说《蛇为什么会飞》的象征诠释等等。它们几乎都采用剧情化的叙事,即在作品中讲述或婉转曲折或惊心动魄的故事。虽然说没有一部小说是没有情节的,但这种剧情相对于网络小说丝丝入扣的情节进展又显得相对薄弱,传统文学作品并不只是依靠情节而生存,在情节之外它们更关注文学旨趣、叙述技巧、文化传承等思想、形式意义,故可以将这种剧情称为"浅剧情"。以近年鲁迅文学奖和茅盾文学奖的获奖作品为例,我们来看一下传统文学作品的"浅剧情"叙事。

鲁迅文学奖创立于1986年,首次评奖开始于1997年,主要奖励优秀中篇小说、短篇小说、报告文学、诗歌、散文杂文、文学理论评论等。鲁迅文学奖的获奖作品一般发表于《人民文学》《北京文学》《十月》《作家》《青年文学》《收获》等文学刊物上。茅盾文学奖设立于1981年,主要奖励长篇小说(13万字以上)创作,这些作品多由人民文学出版社、百花文艺出版社、浙江文艺出版社等出版社发行。其获奖作品基本上是当下传统文学作品的代表之作。

迟子建的短篇小说《雾月牛栏》《清水洗尘》和中篇小说《世界上所有的夜晚》获得鲁迅文学奖。这些小说并没有刻意编织叙述迷宫,情节在平淡中透着忧伤。《雾月牛栏》讲述住在牛栏里智商略微欠缺的孩子宝坠与继父、母亲、同母异父的妹妹的生活,作者采取全知全能的叙事手法,读者可以洞悉故事的来龙去脉,而文中人物的视角则是有限认知。故事中,宝坠住在牛栏,不愿去屋子里睡。继父病危,希望宝坠过去看他最后一眼,母亲还以卷土豆丝的葱花油饼为条件,请求宝坠去继父房里看他一眼。在母子俩的对话中,读者可以看出继父对宝坠非常怜爱,他把宝坠的牛栏拾掇得暖和,还每天送饭给宝坠吃。继父对宝坠有一种奇特的感情,疼惜却又带着愧疚。原来,宝坠七岁的时候,继父与母亲结婚,这年的雾月,新婚夫妇夜里的欢娱被睡在炕梢的宝坠看到了,继父觉得受到了莫大的羞辱。第二天,继父在牛栏询问夜间情况之时激动地一拳将宝坠打倒在牛栏。从此,宝坠闹着要在牛栏睡,脑子变得糊涂。继父独自承担着这份悔恨,默默地补偿宝坠,无意识地惩罚自己的身心。小说并没有以激烈的故事情节来摄人心魄,情节并非小说的最终诉求,而只是表达情怀的

---

① 雷·韦勒克,奥·沃伦.文学理论[M].刘象愚,刑培明,陈圣生,等,译.北京:生活·读书·新知三联书店,1984:11.

依托对象。小说的情节简单淡雅，却展示出滞重生活中人性的复杂与岁月的悲悯。质朴的乡间生活给小说抹上一层荒凉的底色，继父的赎罪则带出一种彻骨的疼痛。《清水洗尘》同样是讲述家庭生活，以天灶的心路历程将全文串联起来，小说截取洗澡这一生活横断面展现礼镇的乡土生活。礼镇的人把腊月二十七定为洗澡的日子，一年洗一次。长子天灶从八岁起承担着为全家烧水和倒水的义务。全家按照长幼顺序洗澡，天灶盼望着能自己烧一桶清水而不是就着别人洗过的水来洗澡，小说在洗澡的次序中描述一家人充满乐趣的生活。天灶一开始讨厌过年和洗澡，当他在一盆清水中除去一年的风尘，终于开始享受清水的畅快，期盼将要到来的除夕夜之时，这叙事的转折也完成了主人公心理上的蜕变。天灶心理的转折，涌动着生命不息的潜流，使小说充满积极向上的精神。《世界上所有的夜晚》以第一人称叙事，"我"的丈夫魔术师死于车祸，"我"为了摆脱忧伤而出门远行。在一个北方小镇，有20多家煤矿，"我"目睹了世间各种苦难、不公和死亡。在这世界上所有的夜晚中，"我"在所有的哀伤中化解了自身的空虚、委屈和哀痛。小说的情节冷静克制，在波澜不惊的叙述中超越了表象的痛苦。三部小说使得迟子建成为首位三夺鲁迅文学奖的小说家。这几部小说有简洁的剧情，但其重点并非在于建构剧情，而是在"浅剧情"中表达对人性的关怀和对美好的向往。在这些"浅剧情"的叙述中，作家对历史迷魅的还原、对多舛命运的伤痛、对人之生死的荒凉，蕴含着深切的人性之思，她以轻柔的姿态建构了一种文学记忆。

当代著名长篇小说如张洁《沉重的翅膀》、路遥《平凡的世界》、陈忠实《白鹿原》、阿来《尘埃落定》、王安忆《长恨歌》、宗璞《东藏记》、贾平凹《秦腔》、迟子建《额尔古纳河右岸》、莫言《蛙》、刘震云《一句顶一万句》、格非《江南三部曲》、王蒙《这边风景》、苏童《黄雀记》等作品获得历年茅盾文学奖。无一例外，每部小说都有精彩的情节。《平凡的世界》对于20世纪七八十年代陕西农村波澜壮阔的描绘，《白鹿原》对于关中平原白鹿村白家和鹿家三代恩怨纷争的史诗刻画，《尘埃落定》对于康巴藏族土司的神秘叙写，《长恨歌》对于上海胡同女儿王琦瑶一生的细腻书写，各具特色。它们可以归纳出"浅剧情"叙事的两个特点。其一是"剧情"。小说不可置疑地通过情节来建构作品，几乎所有的小说都是在讲故事，而讲故事必须依靠情节。文学作品的基本特征是想象、虚构和创造，它们依靠情节来处理非真实的世界。其二是"浅"。传统文学作品的情节不可或缺，但这些作品在讲述故事之外，还有更重要的职能，比如表达超越性的人文情怀、在虚构的世界中抒发对于人世的洞见、建构符合主流意识形态的价值观念，等等。畅销文学作品或者网络文学作品特别依靠剧情来获得观众的持续阅读，相对于它们对于情节的执意叙述，正统文学作品的剧情力度则比较浅淡。

传统文学作品依靠中文学科教育体制、专业文学刊物、文学奖项强化自身的地位，而其"浅剧情"叙事在多种媒介的强势竞争中更多地延续文学传统，符合纯文学的欣赏趣味。传统文学作品给读者提供精彩的故事，由此带来阅读的快乐，正如欣赏一幅美妙的画，聆听一曲动听的音乐，吟诵一首华丽的诗歌。除了讲述故事，它更要给人审美愉悦和思想启迪。传统文学文本所期待的并非毫不费劲的娱乐式阅读，而是引发思考的感悟式阅读，其内在要求是寓于剧情之中的形式意义和人文价值。可以说，传统文学作品的"浅剧情"叙事在一定程度上延续了文学史无形中所树立的文本特性，维系着纯文学的生命。

二、"图像化"叙事与畅销文学作品

新媒介文学作品出现了"图像化"叙事的倾向，即在小说中以文字叙事彰显近似于图像播映的文学效果。文学作品通过文字激发读者的想象力，在读者脑海里构筑景象、荡涤情感、引起哲思，这是文学古已有之的特性。在新媒介文学中，以构筑景象和情景为主的"图像化"叙事使文学在人们习以为常的传统功能之外又迸发新的活力，呈现出独特的文化意义。

新媒介文学的"图像化"叙事在畅销文学作品中更明显地表现出来。畅销书面向文学市场，近年中国文学类畅销书除了文学经典读物、网络小说之外，主要还包括年度热播影视剧的文学底本，如《狼图腾》《少年Pi的奇幻漂流》《致我们终将逝去的青春》《平凡的世界》《盗墓笔记》《山楂树之恋》《士兵突击》《人民的名义》《三体》《开端》等等。

（一）"图像化"叙事的话语形态

文学作品时常被看作是已经完成的静态文本，人们关注影视创作在文学作品中吸收了怎样的素材和故事，影视作品对文学作品的改编过程中产生了何种新的技法和语义。随着媒介融合程度的加深，新媒介文学创作越来越明显地受到影视产业的影响，"图像化"叙事就是突出表现，文学作品的文字叙述开始借鉴图像的表意方式。文字和图像具有不同的指意特征。文字表意是间接的，偏于暗示，文字符号提醒读者思考其中的意义。图像表意则是直接的，偏于表象，图像向人们的感官呈现不容置疑的景象。梅洛—庞蒂曾指出，画家通过无声的颜色和线条世界打动我们，唤起我们身上一种没有表现出来的解码能力。作家置身于已构成的符号中，置身于会说话的世界中，仅要求我们根据他提供给我们的符号象征重新整理我们的意义。[①]图

---

① 莫里斯·梅洛—庞蒂.符号[M].姜志辉,译.北京:商务印书馆,2003:53.

像艺术和文字艺术属于不同门类,而不同门类的艺术表达方式相互碰撞就产生了新颖独特的效果。

"图像化"叙事有两种话语形态:其一,状物写景、描摹景致,以文字叙述呈现特定的画面景象;其二,铺陈事件、构筑情境,以文字叙述展现蒙太奇般的事件场景。在过去大量的小说中,"图像化"叙事并不是主要的创作手法,而主要是作为故事的一种渲染或点缀。传统小说的基本功能是讲故事,因此情节的推进、人物的塑造更重于景象的创设,小说中文字叙述的功能在于激荡读者的情感和哲思,而不只是给读者展开某一幅图景。如今,随着文字媒介和影像媒介交互作用的加强,小说创作逐步受到影像媒介的影响,一些与影视产业保持紧密关系的作家非常注重在小说中构筑图景,以达到类似于影视作品图像播映的效果。在他们的作品中,"图像化"叙事从一种边缘技法发展为突出手法,体现出小说和电影的交互作用。

首先,描绘景致是"图像化"叙事最为直接可感的表现形式。郭敬明小说并未进入当代文学史的经典谱系,不过他的小说及其改编的同名电影一度成为突出的文化现象。小说《小时代》《临界·爵迹》都曾位于年度虚构类畅销书排行榜首位,电影《小时代》斩获高额票房。郭敬明小说在文字表达中营造图像的效果,以充满镜头感的表述方式传递视觉效果。

> 漫天翻滚的碎雪,仿佛巨兽抖落的白色绒毛,纷纷扬扬地遮蔽着视线。
> 这块大陆的冬天已经来临。
> 南方只是开始不易察觉地降温,凌晨的时候窗棂上会看见霜花,但是在这里——大陆接近极北的尽头,已经是一望无际的苍茫肃杀。大块大块浮动在海面上的冰山彼此不时地撞击着,在天地间发出巨大的锐利轰鸣声,坍塌的冰块砸进大海,掀起白色的浪涛。辽阔的黑色冻土在接连几天的大雪之后,变成了一片茫茫的雪原。这已经是极北之地了,连绵不断的冰川仿佛怪兽的利齿般将天地的尽头紧紧咬在一起,地平线消失在刺眼的白色冰面之下。
> 天空被厚重的云层遮挡,光线仿佛蒙着一层尘埃,混沌地洒向大地。
> 混沌的风雪在空旷的天地间吹出一阵又一阵仿佛狼嗥般的凄厉声响。拳头大小的纷乱大雪里,一个年轻而瘦小的少年身影,一步一步地朝天地尽头的冰川深处走去。
> 其实他也不知道自己在寻找什么,只是冥冥之中有一个声音一直

在召唤自己,像是来自脑海深处的幽魂一样,挥之不去。……①

　　这是《临界·爵迹》的序章,该书于2010年由长江文艺出版社首次出版。作为一部奇幻小说,《临界·爵迹》讲述奥汀大陆东南西北四国关于权力和欲望的争夺。作者用瑰丽的笔触描述诡谲的阴谋、惨烈的厮杀和旷世战争。除了跌宕起伏的悬念和暴风骤雨般的节奏,其叙事非常明显地呈现"图像化"的直观效果。开篇描绘大陆的冬天,从"碎雪""霜花""冰山""冰块""浪涛""冻土""雪原"再到"少年身影",小说通过这些可视感极强的意象连续向读者呈现寒冷的冬,而所有的这些意象提供的是刺激感官的文字视觉。从绚烂的文字到磅礴的篇章,小说中恢宏的场景所依赖的正是这种文字视觉。

　　其次,构筑情境亦是"图像化"叙事的表现形式。严歌苓兼具作家和编剧的身份,其《天浴》《小姨多鹤》《少女小渔》《金陵十三钗》《陆犯焉识》等多部小说改编成影视作品,其中《芳华》的创作尤其具有独特性。小说《芳华》出版于2017年4月,电影《芳华》2017年1月开拍,同年12月上映。作家严歌苓和导演冯小刚都有军旅生活体验,心中沉埋着文工团情结,两人约定创作一个作品,《芳华》诞生了。小说《芳华》和电影《芳华》有一个共同酝酿的阶段,严歌苓《芳华》的创作驱动力不仅是小说这种文体类型,更是电影这种产业形式。小说《芳华》的写作一开始就有电影改编的内在需求,因此,其在文本形态上更多地顾及从文字到影像的符码转换,为电影改编提供更大的可行度和便捷性,"图像化"叙事就更明显地体现出来。《芳华》上映后引发了集体追忆的情绪热潮,影片以炫目的影像书写了一段历史褶皱处的青春记忆,少女的动人身姿、军队的嘹亮歌声照亮了晦暗的苍茫岁月。《芳华》的核心事件是刘峰对于林丁丁的那一记触摸,它改变了爱的性质和人生的轨迹。小说是这样写的:

　　　　"你还会做沙发呀?!"丁丁的眼睛发出光芒。
　　　　…………
　　　　林丁丁是会撒娇的。此刻她跟刘峰是撒娇的。刘峰从来没觉得他配受丁丁的撒娇,于是腼腆而胆怯地问她是不是真想参观。……
　　　　林丁丁跟着刘峰穿过昏暗的院子,在正修建的排球场里深一脚浅一脚。这个团体的人隔一阵子流行一样事物,这一阵在流行打排球,于是大家做义工修建起排球场来。舞美和道具库房就在未来的排球场那

---

　　① 郭敬明. 临界·爵迹:1[M]. 武汉:长江文艺出版社,2010:10.

一边。进了门,刘峰拉开灯,丁丁看见一地烟头。"好呀你抽烟!"

…………

注意到了吧,刘峰成功地把林丁丁诱进了这个相对封闭的二人空间。

…………

丁丁指指旁边的沙发,问刘峰怎么不坐。……

刘峰走错的一步,是坐在了那个庞大沙发的扶手上。这是他为下一步准备的:伸出臂膀去搂他的小林。可就在他落座的刹那,丁丁跳了起来,大受惊吓地看着他:"你要干什么?!"

刘峰一下子乱了。他跟着站起身,扑了一步,把丁丁扑在怀里。①

小说的这一段叙述将文字当成了摄像头,从林丁丁的宿舍、昏暗的院子、修建的排球场一帧一帧地移到道具库房,以电影蒙太奇的手法完成了对触摸事件的文字叙事。这一记触摸是灵魂驱动了肢体,肢体不过是完成了灵魂的一个动作。但它并没有触动林丁丁的爱意,反而使她深感委屈和厌恶,大呼"救命"。刘峰的人性之爱被恶意解读,他从雷锋式的崇高境界跌落,坠入污秽的泥潭之中,最终被战友们逐出了红楼。刘峰对于林丁丁的爱恋是一场劫难,低到尘埃里的爱使他终其一生都在寻觅灵魂的救赎。林丁丁、萧穗子、郝淑雯、何小曼的一澜芳华也终究消散于动荡的人世间。小说主要讲述部队文工团女性的青春岁月和多舛命运,考虑到电影改编的可行性,小说突出了"图像化"叙事,即减少人物内心情感的书写、减少人间哲理的教谕,偏重形象的刻画、事件的铺陈,以助于构筑清晰可感的情境,便于影像媒介的转换。

"图像化"叙事的两种话语形态是当代小说叙述的重要手法:前者基于深厚的文学基础,来源于传统小说的景物描写,它在跨媒介互动中偏向景观的创构而非情感的烘托;后者更具有革命意义,借鉴影视剧的表达手法,它以文字符号创造移动的文学空间,达到视觉上的蒙太奇效果。

(二)跨媒介互动与"图像化"叙事的生成逻辑

以文字叙述为读者呈现特定的画面和景象,这是文学的基本功能。历代优秀文学作品中写景描人的段落不计其数,在诗词、小说等文学类型中都不乏描摹景致、铺陈情境的文句。但是,在作者摇笔吟咏之间,描摹景致并非最终目的,他们往往是寓情于景、感发志意。比如苏东坡谪贬黄州之后作了一首《临江仙·夜归临皋》:"夜饮东坡醒复醉,归来仿佛三更。家童鼻息已雷鸣。敲门

---

① 严歌苓.芳华[M].北京:人民文学出版社,2017:44—49.

都不应,倚杖听江声。 长恨此身非我有,何时忘却营营? 夜阑风静縠纹平。小舟从此逝,江海寄余生。"在僻陋多雨、气象昏昏的黄州,苏东坡夜饮复醉,归来时家童酣眠,于是他静听江水涌动,看到的景象是"夜阑风静縠纹平"。全词仅有"夜阑风静縠纹平"一句直接描绘景色,且并非全词重心,作者只是借助夜间江水微波来表达意欲泛舟江湖、寄情江海的超脱情绪。描摹景致并非重点,也非目的,而是一种意境的熏染、情致的表达。

"图像化"叙事并非凭空出现,我们可以在悠久的文学传统中发现"图像化"叙事的痕迹,但其终归不等于景物描写。在当代媒介融合的语境下,文字媒介和影像媒介产生了更多交汇,"图像化"叙事作为一种文学手法焕发了新的生机,我们需要从媒介的角度对它进行重新审视。"图像化"叙事不再只是文学作品中的点缀,而是逐步成为诸多小说的重要技法,彰显了独特的力量。"图像化"叙事为小说的影视改编提供了便捷,帮助导演将文字转换成影像,导演不需太过纠缠于如何将曲折的心绪和抽象的思考转换为画面,"图像化"叙事的文字本身就建构了具象的画面。从学理角度看,传播学家麦克卢汉提倡我们更加注意媒介的作用,他在发掘媒介特性的过程中将媒介定义为内容而不仅仅是传输渠道,媒介即信息的观点成为媒介研究的基础。作品本身承载了媒介的变更,多种媒介的交互作用促使"图像化"叙事从传统文学创作的边缘手法发展为一种中心手法。因此,我们试图从媒介的角度来解释小说中古已有之却亘古常新的"图像化"叙事。

媒介既是一个系统又是一个环境,我们处在媒介之中进行思考,人类的精神生活,包括记忆、想象、狂想、梦想、期待、认知等心理因素是可以媒介化,并在整个媒介过程中呈现出来。我们创造媒介,媒介也创造我们,我们与媒介互为关系。新型媒介形式的出现促使我们思考、写作和阅读文学的方式产生变化。一个作品从小说改编成电影,一部小说的创作受到画面影像的影响,于内在逻辑上是跨媒介互动中图像对于文字的指引。托马斯·米歇尔曾提出"图像转向"的问题,认为这是20世纪人文社科领域中继"语言学转向"之后的新型转向。米歇尔的图像转向理论有宏大意图,其将图形、视觉因素、语言形象、文化隐喻统统囊括其中,试图从广阔的社会现实探求对于图像的哲学理解。图像转向是一种图像观念的转向,而图像观念的改变来自以画面、影像为中心的视觉现象的风行。"图像(image)是呈现出与人们的感官相一致的事物的标志或符号。正如哲学家C.S.皮尔斯所定义的,一幅图像或'符号'不能仅仅表示或再现某种事物;它还必须具备他所谓的'第一性'——诸如颜色,质地或形状等固有特质,这些都是第一批打动我们感官的东西。"①图像具有直接触动人们感官的特征,它引起人们对于其他事物的相似感。图像最突出的特征也就在于它所具备的颜色、形状等因素击中了人们最直接的感受能力。

托马斯·米歇尔将图像存在于媒介中这一状况类比为生物体居住在栖息地。"正如生物体可以从一种媒介环境搬迁到另一种,一个视觉图像可以在绘画或照片中重生,一个雕塑图像可以在电影或视觉现实中再现。这就是为什么一种媒介似乎可以'栖居'在另一种媒介中,为什么一种介质可以显现在一种权威典范中,就像伦勃朗代表油画,或者油画代表绘画,或者绘画代表美术。这也就是'图像的生命'的概念之所以不可避免之原因。图像需要一个栖居的处所,而这正是媒介所提供的。"②新型媒介为文字或图像的转移提供了更多机会。视觉形象乃至文字符号可以出现在绘画、照片、电影、电视剧之中,不仅如此,栖居于另一处媒介之中的视觉形象可以逆向地改变视觉形象的原初栖居地。在这个意义上,影视剧中的视觉形象也可以改变文学作品的视觉形象。

"图像是媒介的神秘内容,它所呈现的形状或形式、它在媒介上所显现的外观使得媒介本身显示为媒介。它始终将相遇的地方、风景或身体、大地或人物、重复的手势或'运动图像'保留在记忆中。这就是为何一幅图像出现在叙述、诗歌之中就如出现于绘画之中,并且都被识别为'相同'(或至少类似的)图像。"③人们通过媒介中的图像彼此沟通,图像出现于绘画或影视作品中是显在的,而图像出现于诗歌、小说之中则相对费解。图像出现于文学作品之中并不是说在文学作品中插入一张图片,而是指文学作品通过文字符号在读者记忆中构筑起一种景象,类似于绘画或影视作品中所构筑的景象效果。中国古典小说常常在画作中汲取灵感,以文字铺陈出画作中的景象。比如曹雪芹在创作《红楼梦》过程中,从唐伯虎《海棠春睡图》、仇英《艳雪图》《汉宫春晓》、米芾的山水画作等作品中获得艺术灵感,"黛玉葬花""宝琴立雪"等场景与此前同题材画作有承接关系。他长于将画法作为文法使用,以诗境超越画境。④作家通过文字对情节、场景、情境的表现受到了画

---

① W. J. T. Mitchell, Mark B. N. Hansen. Critical Terms for Media Studies[M]. Chicago:The University of Chicago Press, 2010:117.

② W. J. T. Mitchell. What Do Pictures Want? The Lives and Loves of Image[M]. Chicago:The University of Chicago Press, 2005:216.

③ W. J. T. Mitchell, Mark B. N. Hansen. Critical Terms for Media Studies[M]. Chicago:The University of Chicago Press, 2010:120.

④ 王怀义,陈娟.《红楼梦》文本的图像渊源考论[J]. 红楼梦学刊, 2018(3):131—153.

作的启迪。在当代媒介融合的文化语境下，图像作为诸种媒介突出表现的对象，它更加明显地影响了作家的创作。《红楼梦》所借鉴的画作尚是静态的景象，而当代小说创作时所考虑的则更多的是动态的、流动的景象。

新媒介文学的"图像化"叙事的起源在于电影电视的动态图像对于小说文本的影响。电影电视节目占据了现代人类大量的闲暇时间，其直观的视觉效果也对小说产生了强大的冲击。文字表达固然擅长于人物心理描绘、价值规范表述、意识形态评判，但媒介融合时代更受青睐的显然是直观的画面表达、跃动的情节节奏、丰富的感官体验。在这个背景下，文学文本有意无意地借鉴和吸收影像媒介技术带来的艺术表现形式。比如，意象的白描、环境的渲染、人物的突然出现、时间的碎片化展示……这些手法就如电影镜头的剪辑、跳跃和闪回技术。在乔伊斯、普鲁斯特等经典意识流小说中，也曾出现过这些手法；而在媒介融合时代的文学文本中，这种手法更为集中地出现了，并指向"图像化"的叙事效果。或许，"图像化"叙事是对"小说性"的离经叛道，清算了传统小说的情节、情绪、意境等因素，而彰显视觉感官的动态需求。这种"背叛"恰恰是当下文学文本的文化适应，并且更容易获取文学的市场成功。

新媒介文学"图像化"叙事的特点是将图像特性融入文字表达，往往表现华美的景象，用文字展现图像艺术所需要的美感。莱辛在《拉奥孔》论述诗与画的界限时指出，拉奥孔不在雕刻里哀号而在诗里哀号。因为"在古希腊人来看，美是造形艺术的最高法律"，"凡是为造形艺术所能追求的其它东西，如果和美不相容，就须让路给美；如果和美相容，也至少须服从美"。[①]在雕塑中不适宜表现丑的形象；而诗人维吉尔写拉奥孔哀号，只要在诗里好听即可，无须表现丑的面孔。所以古希腊艺术家不会在造型艺术中表现狂怒的复仇女神，反而要把愤怒冲淡到严峻，他们在造型艺术中表现痛苦的时候避免丑。图像艺术如造型艺术是直观的，它更需要展示美的形象。"图像化"叙事在小说文本中描绘景象、构筑场景，借用绘画、电影等图像艺术的表达手法，也更倾向于以文字编织图像的美感。

"现代的和传统的或者所谓的原始媒介是辩证地、历史地相关联的。古老的媒介，诸如绘画、雕塑、建筑提供了一种理解电视、电影和网络的结构。同时我们关于早期媒介的观点（甚至最初对于'媒介'的现代理解）有赖于对传播、摹仿和再现等问题的新理解。"[②]媒介的冲突就如山丘一样古老，重点

① 莱辛.拉奥孔[M].朱光潜，译.合肥：安徽教育出版社，2006：15.

② W. J. T. Mitchell. What Do Pictures Want？ The Lives and Loves of Image[M]. Chicago：The University of Chicago Press，2005：212.

不在于强化新旧媒介的冲突,而在于在媒介交互作用中找到小说新的特质、新的存在方式。媒介并不固定在某个特定的位置,它本身就是信息和表征的空间,在跨媒介空间下我们维系、改变既有的文学感知方式并拥有了新的。我们可以说苏东坡的词作、曹雪芹的小说中就已经存在"图像化"叙事,它们与当代的小说手法历史地相关联,为理解当下文学现象提供了一种传统。而新媒介文学的"图像化"叙事是由于图像对人类感官的强势刺激而在小说创作中凸显的一种文学手法,是图像对文字的驾驭、文字对图像的逢迎,其生成逻辑根本上在于跨媒介互动中图像的视觉优先性。

(三) 视觉崇拜与"图像化"叙事的改编优势

新媒介文学的"图像化"叙事迎合了人类感官的视觉崇拜。早在古希腊时期,哲学家们就将视觉排在人类感官的首要位置。在《理想国》中,柏拉图说:"你有没有注意到,视觉显然是感官的造物主设计出来的最昂贵、最复杂的工艺品。"①人们的眼睛总喜欢观看,眼睛是所有感觉器官中最像太阳的器官,缔造了人类的视觉,视觉存在于眼睛中。视觉是人类有益的东西的源泉,如果我们没有见过天空、太阳和星星,那我们就不可能产生用来描述宇宙的语言。视觉崇拜是一个古老的命题,自古以来,人们就对视觉的神秘机能,以及由视觉所上升的理性抱有极大的热情。但是,影像媒介诞生之后,视觉崇拜有一种方向上的转折,即"由视觉上升到理性的辩证认识"逐步转移为"由视觉产生感性的感官体验"。画面是对视觉最具冲击力的符号表达,直观的图像、流动的影像就在这个过程中昭示了其优势,人们对于视觉的崇拜转移为对于图像的崇拜。

米歇尔在当代文化中诊断出一种图像转向的趋势。"一种广泛认同的观念就是在我们这个时代,视觉图像已经取代词语成为主导的表现模式。图像理论试图分析图像或视觉的转向,而不是简单地接受它的表面价值。"②米歇尔出于个人的理论抱负,将图像视为物质化的图片或物体,即可以被创造和销毁的有形事物;更为重要的是,他还将诸多精神因素,比如记忆、幻想、梦想、催眠、幻觉和其他可以通过口头或图形描述间接获得的心理现象也纳入图像的范畴。图像不可避免地成为媒介融合语境下诸种文化形式的中心元素,它通过电影、电视剧进行呈现和传播,又以影视剧的画面逻辑影响了文学作品的创作。"图像处于媒介问题的中心或者环绕着媒介问题:图像总

---

① 柏拉图. 理想国[M]. 刘国伟,译. 北京:中华书局,2016:239.

② W. J. T. Mitchell. What Do Pictures Want？ The Lives and Loves of Image[M]. Chicago：The University of Chicago Press，2005:5.

是出现在各种媒介之中,离开了图像的建构我们就无法理解媒介。"①理解图像,才能理解文字媒介和影像媒介融合过程中的表达逻辑。

新媒介文学的"图像化"叙事比较突出地出现在与影视产业合作紧密的作家作品中,作家在文字叙述中有意识地考虑到图像效果。严歌苓的《芳华》创作之初就已考虑到改编电影的可行性,在文字叙述上减少情感抒写、哲理表达,在故事推进上更多依靠具象的情节、直观的场景。同样,郭敬明小说《小时代》的叙事手法也自觉不自觉地为电影改编提供了便捷。小说开篇如是:

> 每一天都有无数的人涌入这个飞快旋转的城市——带着他们的宏伟蓝图,或者肥皂泡的白日梦想;每一天,也有无数的人离开这个生硬冷漠的摩天大楼组成的森林——留下他们的眼泪。
>
> 拎着 Marc Jacobs 包包的年轻白领从地铁站嘈杂的人群里用力地挤出来,踩着10厘米的高跟鞋飞快地冲上台阶,捂着鼻子从衣衫褴褛的乞丐身边翻着白眼跑过去。
>
> 写字楼的走廊里,坐着排成长队的面试的人群,每隔十分钟就会有一个年轻人从房间里出来,把手上的简历扔进垃圾桶。
>
> 星巴克里无数的东方的面孔匆忙地拿起外带的咖啡袋子推开玻璃门扬长而去。一些人一边讲着电话,一边从纸袋里拿出咖啡匆忙喝掉;而另一些人小心地拎着袋子,坐上在路边等待的黑色轿车,赶往老板的办公室。与之相对的是坐在里面的悠闲的西方面孔,眯着眼睛看着 *Shanghai Daily*,或者拿着手机大声地笑着:"What about your holiday?"②

《小时代:1.0折纸时代》于2008年由长江文艺出版社发行,多次位居畅销书销售榜榜首。小说开篇写地铁的白领、写字楼的求职者、星巴克的消费者……写作镜头不断转换,勾勒出锋利而冷漠的时代下上海这个飞速发展的城市。继而作者又分别白描林萧、顾里、唐宛如和南湘四位主人公的生活片段。以上每一段文字都在模拟电影的镜头语言,转换的视角犹如电影剪辑。这些镜头用远景、近景、特写,清楚地交代了一定时空中的人物,而人物

---

① W. J. T. Mitchell, Mark B.N. Hansen. Critical Terms for Media Studies[M]. Chicago: The University of Chicago Press, 2010:123.

② 郭敬明. 小时代:1.0折纸时代[M]. 武汉:长江文艺出版社,2008:4.

的形象往往定格在她的动作或表情,甚至她手中物品的品牌。全书几乎都是以这种写法来完成的,基本没有抽象的长篇大论,而是以简洁的文字铺开一幅幅直观的画面、流动的影像。这是媒介融合语境下小说文本受到影像媒介影响的产物。小说《小时代》的画面感强、文字简单、白描居多。由于阅读难度不大,它能吸引大量受众。《小时代》随后改编成电影上映,于2013年至2015年共播映四部。电影《小时代》取得了较大的市场成功,《小时代1》在2013年国产影片中票房排名第七,《小时代3》在2014年国产影片中票房排名第九,但总体上观众口碑不佳。"图像化"叙事彰显视觉奇观,小说的"图像化"叙事为电影改编提供了便捷,文字的图景叙写便于小说到电影的媒介转换。

　　"图像化"叙事将作品的视觉效果推至中心位置。小说的符号文本依靠文字来表意,一般不掺杂声音、图像等表现形式。"图像化"叙事以文字构筑景象和场景,为小说的影视改编提供基础。小说不同于雕塑、绘画,雕塑和绘画往往以一个整体形象构成一种新的创造物,小说则需要将文字串联起来构成一个符号系统。正如苏珊·朗格所说:"在语言这种符号系统中,每一个单独的符号都有自己独特的意义(虽然每个词的意义都有一定的伸缩性),还有专门适合这种符号的构造法则。正是依照这些法则,才逐渐组成了某些较大一些的单位 —— 短语、句子、完整的文章等等。只有在这个时候,才能把某些互有联系或互相组合的概念表达出来。"①字或词是语言的组成成分,每一个字或每一个词都有它自己单独的意义,所有的字和词加到一起就构成了整句话的整体意思。小说依据字、词、句的丰富语义展开一个文学空间,在这个文学空间里,读者需要调动情感、想象和思辨对文字符号进行解码。"图像化"叙事使读者在文字解码过程中避开了人物的曲折心智、世界的荒诞本质和字词的朦胧语义,取而代之的是由文字铺陈景象或场面,以制造"图像化"的叙事效果。通过小说的"图像化"叙事,文本的语象和图像形成了特定的亲缘关系。一些畅销小说以奇幻文笔、多变视角描写人物和场景,类似于电影的镜头转换,给读者鲜明的文字视觉。文字表达就像摄影机镜头,不断呈现瑰丽的景象。影像媒介强化了作家的视觉意识,使他们在小说文本的创作中不自觉地运用起来。"图像化"叙事基于一种视觉崇拜,以文字谱写的画面图像和奇观景象在小说的影视改编中具有表达优势。但是,影像的表达逻辑也侵入了文字的表意语境,作者用绚丽易懂的文字书写取代了艰深晦涩的文字表达,读者以观看的欲望消融了思与诗的碰撞,于是,曾让人流连叹惋、驻足深思的诗境隐退于变幻莫测、

①　苏珊·朗格.艺术问题[M].滕守尧,译.南京:南京出版社,2006:149.

精彩迭出的画境之后,这一点仍需要警惕。

新媒介文学的"图像化"叙事特色还会进一步凸显。越来越多的作家受影视剧的邀约而创作一部小说,特别是在网络小说领域,这种现象更为突出。"图像化"叙事作为一种文学创作手法受到文字媒介转换成影像媒介的过程影响,这种影响在根本上源于媒介的变迁。"在所有产生巨大能量和变革的大规模的杂交结合中,没有哪一种能超过读写文化和口头文化交汇时所释放出的能量。读写文化赋予人的,是视觉文化代替听觉文化。在社会生活和政治生活中,这一变化也是任何社会结构所能产生的最激烈的爆炸。"[①]从口语文化到书写文化,人类社会产生了巨大变革,书写文字及印刷文化赋予人们一种新的思维。从书写文化到影像文化,人类社会再次产生巨大变革,这次变革所释放的能量超出了纯粹的文学艺术领域,而是进入影视产业、文化市场等广阔领地。媒介的变迁促使文学的表意方式产生革新,在视觉优先的文化逻辑下,小说受到影视媒介的启示,以文字符号构筑直观的景象和流动的场景,在文学作品中制造出"图像化"的叙事效果,形成了"图像化"叙事这种文学创作手法。

"图像化"叙事在文学作品中给读者提供影像感,在文学作品的传播和改编方面提供了便捷的基础,它契合当代文艺作品市场化、产业化的趋势。但是,我们必须警惕,"图像化"叙事在低门槛的感官享受中有可能使小说丧失深远的艺术追求。柏拉图将人类世界划分为可见世界与可知世界,可见世界的范围首先就由影像组成,可知世界则是以理性和理智所达到的认识。可见世界所提供的形象是比较低级的部分,可知世界则上升到一种超越假设的原理。视觉触动灵魂,灵魂觉察到了真理和存在映照于其上的对象,灵魂才能与智慧一道熠熠生辉。脱离了小说的整体意境,孤立的"图像化"叙事难以成就伟大的艺术作品。我们还需要在"图像化"叙事的基础上探索小说的本质,完成小说的文学价值和社会意义,才能最终由柏拉图所谓的可见世界到达可知世界,才能经由视觉感官进入充沛的精神世界,完成感性和理性相互激荡的艺术之旅。

三、新媒介对印刷文学文本的潜在塑造

印刷文学文本是单一的符号文本,即主要靠文字来表述,而并不掺杂声音、图像的多元表现形式。文字实现了从声觉到视觉的突破,文字把口语记载下来,使音乐歌舞和文学艺术产生分离。从口语文化到书写文化,人类社会产生

---

① 埃里克·麦克卢汉,弗兰克·秦格龙.麦克卢汉精粹[M].何道宽,译.南京:南京大学出版社,2000:267.

了巨大变革。书写文字及印刷文化赋予人们一种思想思维,而当人们逐渐适应了印刷文化的思想思维之时,媒介作为中介的力量也就消解在广阔的文化环境中,以致人们忽视了媒介对于文本的塑造作用。

新媒介对于印刷文学文本具有潜在的塑造作用。这不仅体现在畅销小说的文本叙事中,而且在正统文学作品的文本中也得到了表现。新媒介对印刷文学文本的塑造,有多种表现形式。

首先,在文字表达上受到影视等新媒介的影响,由文字制造"图像化"的叙事效果,文本的语象和图像形成了特定的亲缘关系,比如郭敬明的众多畅销小说。《小时代》《临界·爵迹》《悲伤逆流成河》等小说销售量极好,其文学文本的文字表达并不是艰深晦涩的,而是以奇幻的文笔、简短的篇章描写人物和场景,类似于电影的镜头转换,给读者鲜明的文字视觉。作者的文字表达就像摄影机的镜头,不断想象和书写瑰丽的文学。新媒介激发了作家视觉的觉醒,并使其在小说文本的创作中不自觉地运用起来。

其次,在文体篇章上受到新媒介的影响,比如采取电视剧式的分集叙述。莫言的小说《四十一炮》以孩子的视角讲述20世纪90年代中国的农村改革。全书的基调就是狂欢化的诉说,罗小通坐在五通神庙里对着大和尚讲述自己的人生经历。《四十一炮》就像是一部电视连续剧,小说通过一个孩子的回忆和叙说同时展示两个时间段上的故事,这两个时间段的故事在不同字体的文本中相互交织。小说分为四十一次讲述,每次讲到精彩之处便戛然而止,然后开始另一时间段上的叙述。这种吸人眼球的叙述方式很精彩,也很令人讨厌;它不断地截住你的注意力,又不断地将你紧张的神经带入另一条线上的叙述。就如电视剧为了吸引人眼球,总会在最有悬念的地方结束一集的放映。可以设想,电视剧的媒介方式潜在地影响了小说家莫言的叙述手法。小说在虚实场景的不断变化中曲折迂回地讲述故事,跌宕起伏的故事总在精彩之处暂停,就类似于电视剧的分集。《四十一炮》事实上就是一个完整的剧情被切分成四十一集,只是它以不同字体的文字、不同时间段的叙述来实现这种分集。

再次,在文本内容上受到新媒介的影响。余华的小说《第七天》用荒诞的笔触讲述了一个普通人死后的七日见闻。该书于2013年推出之初,读者对之毁誉参半。小说通过阴阳两界相互参照的方式来写当下这个年代的生与死,记录了诸多社会乱象,比如墓地买卖、贫富悬殊、食品安全、器官买卖等等,可以说这是一部社会批判小说。当代中国人非常熟悉的社会事件都被这部小说记录在案,有读者将之称为"新闻串烧论"。小说讲述的故事太真实,以至于让我们揣测新闻媒介的信息冲击在多大程度上影响了小说文本。小说是虚构、想象的世界,新闻是客观、真实的世界,但小说对新闻作出艺术化的处理绝对是可以的。现代人置身于新闻媒介的空间中,新闻也是作家了解和认识世界的一种途径。余华在谈及为何创作《第七天》时表示:"我们老说文学高于现实,那是骗人的,根本不可能的。"①言外之意是现实或许高于文学,现实中所发生的离奇故事,超出了诸多平常人的想象能力。余华将现实作为一种景观直接植入小说的叙事,以象征的方式表征现实。因此,小说的文本内容在新闻中截取题材,是对现实的一种反哺,是对新闻媒介的一种认同与借用。

印刷文学文本是文学最基本的存在方式,文本与社会、文本与审美、文本与意识形态等问题得到较多关注,媒介对于文本的塑造力量往往被忽略。我们把自己限制在对事物的定义和解释之中,关于文学文本,我们乐于沉浸于其主题内容、思想价值、修辞技巧等方面,却较少注意媒介方式的差异对于文本形态的制约,以及新兴媒介对于文学文本的内在影响。媒介的每一次更新,都会伴随社会文化环境的变革,从宏观而言,我们可见的是交流方式、信息传递、生活状态的更迭;从微观而言,是隐藏在诸多文本中文字表达、文体篇章、文本内容的变化。新媒介对于印刷文学文本的塑造是潜在而又深远的。

第二节　网络文学文本

一、网络文学的类型区分

网络文学是随着网络传播媒介发展起来的文学样式,它主要是指发布于互联网上的原创作品,即用计算机创作、在互联网首发的文学作品。网络文学文本不仅在传播媒介上与印刷文学文本有所差异,而且在作者身份、创作方式、传播渠道和文学机制方面产生许多流变。欧阳友权指出,最能体现网络文学本性的是利用数字多媒体技术和internet交互作用创作的超文本、多媒体作品,以及借助特定的创作软件自动生成的"机器之作"。②这类作品具有网络的依赖性、延伸性和网民互动性,离开网络就不能生存,由此完全区别于传统印刷文学,这才是真正意义上的网络文学。网络文学文本有许多不同于传统印刷文学文本的特征,而这些新特征正是新媒介文学文本形态变异的重要表现。

---

① 余华果断捍卫新作最能代表我全部风格的小说[EB/OL].(2013—07—04)[2015—09—16].http://cul.qq.com/a/20130704/010449.htm.

② 欧阳友权.网络文学的本体追问与意义体认[J].文艺理论研究,2007(1):58—62.

印刷媒介的技术实质是机械的可重复性,印刷文本建立起连续、均质、序列性的视觉秩序。书籍报刊作为印刷媒介的承载客体,其技术特质影响了文本形式,塑造了作者创作和读者接受的方式,并且暗含着文学的内在规定性。印刷媒介下的文学形制传承了顺序的、稳定的阅读经验,而数字媒介下的网络文学打乱文本原有的统一秩序,导向一种非线性的、高自由度的阅读。

作为一种数字化的文学实践,网络文学在欧美与中国走向了不同的路径。欧美的网络文学在文本内部进行形式创新,超文本是其主要的文本创新,其文本与现代数字艺术、电脑游戏、人工智能等类型关系密切,相对较为小众。超文本以超链接为基本方式,通过点击不同的文字、图片或声音而形成多种阅读途径。超文本创作挑战了传统文学叙事,充分挖掘了数字媒介中文本创新的扩展机会。许多网络文学作品带有游戏的特征,需要用户的互动,而不同读者得出的阅读效果差异颇大。图3-1为2020年的美国网络文学作品《无限担忧重击》(*Infinite Worries Bash*)[①],它将文字、图片、声音融为一体。

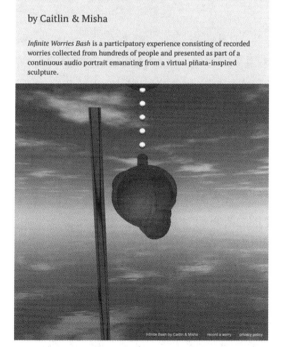

图3-1 网络小说《无限担忧重击》(*Infinite Worries Bash*)

---

① Infinite Worries Bash [EB/OL]. [2024−05−08]. https://worries.io/bash/.

作者采访多人,将他们的担忧记录在这个作品中。电脑屏幕上是一幅3D画面,用鼠标点击棕色棒子,每点击一次,便同步出现一位受访者所诉说的声音和文字。他们担忧明日的风雨、家里的小狗,担心是否通过考试,害怕失去所爱之人,惶恐永远困在父母的房子里,等等。这部作品收集并记录了数百人的担忧,通过文字、图像、声音的同步表现为受众创造了一种参与式的体验。欧美的网络文学作品探索了多种形式,包括超文本、电脑游戏、互动戏剧、人工智能合成小说等。"超文本小说、网络小说、互动小说、方位叙事、装置片段、'代码作品'、生成艺术和动画诗绝不是网络文学形式的详尽清单,但它们足以说明网络文学领域的多样性,印刷文学和网络文学之间的复杂关系,以及数字文学所采用的广泛美学策略。"①

中国的网络文学的内容创作和文学形式方面更多地承接了传统文学的特征,不局限于文本的超链接等形式探索,而是不断将网络文学文本转换成电影、电视剧、网络剧,在文化产业中产生巨大作用,规模庞大。类似于《无限担忧重击》的网络文学作品在中国并不多见,早期中国网络文学中存在更多的是超文本作品,如作者和读者共同完成的"互动小说"、多人接力创作的"接龙小说"、以文字的巧妙排列或关键词闪烁的"动态交互诗"②等。欧阳友权将超文本的特点归纳为三点:一是非线性或多线性;二是能动选择性;三是文本的不确定性。③黄鸣奋认为:"超文本是一种以非线性为特征的数据系统。"④超文本小说一度在中国流行,受到研究者的关注,专著《超文本写作论》《超文本文学研究》《超文本文学之兴》对此展开探讨。以目前网络文学发展状况来看,超文本并未成为中国网络小说的主要文本形式。2003年起点中文网创立了VIP付费阅读机制,这是中国网络文学发展的关键一步。"开通VIP,就意味着网站专门为用户服务","重视读者的感受","付费之后阅读有更好的体验"。⑤起点团队明确地将读者置于消费者的位置,以消费者为中心建立经营模式。如果按照付费阅读模式计算超文本的多重链接,其点击量和阅读量的折算相对麻烦,其技术化和市场化的转换难度相对较大,超文本在中国网络文学中逐渐不占优势。自此,中国网络文学进入了以长篇小说为主体的时代,小说叙事以故事情节而非形式技巧为主导。

① N. Katherine Hayles. Electronic Literature: New Horizons for the Literary [M]. Notre Dame, Indiana:University of Notre Dame Press,2008:30.

② 欧阳友权. 数字化语境中的文艺学[M].北京:中国社会科学出版社,2005:167-168.

③ 欧阳友权. 网络文学本体论[M].北京:中国文联出版社,2004:75.

④ 黄鸣奋. 超文本诗学[M].厦门:厦门大学出版社,2002:13.

⑤ 邵燕君,肖映萱. 创始者说:网络文学网站创始人访谈录[M].北京:北京大学出版社,2020:181.

中国网络文学经过20多年的发展,作品数量和文学规模要大于欧美网络文学。在美国,网络上传的文学作品经常是已经完成的整部作品,或者是不通过实体出版社而由个人独立出版的作品。在中国,网络文学文本的连载是一种通行模式。中国网络文学在宏观结构上实行类型区分,在文本形式上表现出交互特性,在文本内容上实行悬念叙事。

连载的网络文学作品繁多,对众多作品进行归类成为普遍的做法。网络文学网站基本上根据内容对网络文学文本进行划分。起点中文网一度将文学类型分为玄幻奇幻、武侠仙侠、都市职场、历史军事、游戏竞技、科幻灵异、同人拓展等七个方面。晋江文学城分设言情小说站、原创小说站、非言情小说站、衍生小说站。榕树下网站曾划分为都市、言情、青春、历史、军事、悬疑、幻想、儿童、短篇等九种类型。红袖添香网站划为古言、现言、玄幻仙侠、悬疑科幻等。根据中国网络文学各大网站的文学类型,可以看出奇幻玄幻、武侠仙侠、历史军事、都市娱乐、竞技同人、科幻游戏、悬疑灵异等类型基本上是普遍通行的。这些网站上网络文学的划分类型会根据读者需求与时代变化作出相应调整,甚至网站本身也在互联网洪流中不断调整,出现转型、合并乃至消失的现象。

原始的分类被心理学家和逻辑学家视为简单、先天的东西,仅凭个体自身的力量就能构成的能力。分类是"人们把事物、事件以及有关世界的事实划分成类和种,使之各有归属,并确定它们的包含关系或排斥关系的过程"[①]。简言之,分类就是把不同的事物安排在各自的群体中,群体相互有别。人们的类别概念中存在一种划分的观念,对事物进行归类,用特定关系对这些类别加以安排。在人类学家看来,分类是一种原始的能力,而这并不意味着分类是一种简单的人类意识。对对象加以细致、复杂的分类,始终是伴随现代化进程的一种需求。同一类型的文本,意味着一篇文本的各个要素与其他文本履行相似的功能模式。某种类型的代表作品,往往能推动同类型其他作品的热销。比如都市情感类作品,点击量巨大的代表作品有《校花的贴身高手》《何以笙箫默》《佳期如梦》《告别薇安》《成都,今夜请将我遗忘》等等。校园青春类的代表作品有《致我们终将逝去的青春》等。历史小说的代表作品有《夜天子》《明朝那些事儿》《甄嬛传》等。穿越小说的代表作品有《步步惊心》等。奇幻玄幻类的有《紫川》《斗破苍穹》《大主宰》《完美世界》等。武侠仙侠类的有《英雄志》《无家》《沧海》《铸剑江湖》《诛仙》《我欲封

---

① 爱弥尔·涂尔干,马塞尔·莫斯.原始分类[M].汲喆,译.渠东,校.上海:上海人民出版社,
2005:2.

天》等。悬疑小说有《鬼吹灯》《盗墓笔记》《盗墓王》等。这些代表作品往往能促成一个类型的风靡。

小说文本类型的划分并不是网络文学网站的发明,中国文学历来便有分类的传统。曹丕《典论·论文》说:"奏议宜雅,书论宜理,铭诔尚实,诗赋欲丽。"陆机《文赋》说:"诗缘情而绮靡,赋体物而浏亮。碑披文以相质,诔缠绵而凄怆。铭博约而温润,箴顿挫而清壮。颂优游以彬蔚,论精微而朗畅。奏平彻以闲雅,说炜晔而谲诳。"它们根据不同的文体风格来辨认文学类型。刘勰《文心雕龙》分别阐述了诗、乐府、赋、颂赞、祝盟、铭箴、诔碑、哀吊、杂文、史传、论说、诏策、檄移等文体类型。萧统《昭明文选》将文学类型划分为赋、诗、乐府、挽歌、杂歌、杂诗、骚、书、檄、对问、设论、辞、序、颂、赞、符命、论、铭、吊文、祭文等,而"赋"之下又包含畋猎、纪行、游览、宫殿、鸟兽等子目,"诗"之下包含公宴、咏史、游仙、招隐等子目。《文心雕龙》和《昭明文选》所列的大多数文学类型如今已经成为文学遗产,但其分类并非逻辑严密、井然有序的纲领。文学类型的构架是一定时期内作家、读者、世界之间相互沟通的产物,而某些类型的消失则是由文学发展的历史所决定。

从小说分类来看,鲁迅的《中国小说史略》比较系统地区分了中国古代小说的类型,将小说分为六朝鬼神志怪书,唐传奇文,宋之话本,元明之讲史,明之神魔小说、人情小说,清之讽刺小说、人情小说、狭邪小说、侠义公案、谴责小说等类型。中国现代文学史上有张恨水、徐枕亚、李涵秋、程小青、白羽等通俗小说名家,有"鸳鸯蝴蝶派""社会反讽派""帮会技击派""奇情推理派""悲剧侠情派"等通俗小说类型。中国当代文学史上又有伤痕小说、寻根小说、先锋小说、新写实小说等等,它们既是文学思潮,又是小说类型,这些小说的作者未必有意识地进行类型化的文学创作,但是它们反映出文学对于现实文化语境的呼应。每个时代的文学类型体系无不呼应着占支配地位的意识形态:"一个社会总是选择尽可能符合其意识形态的行为并使之系统化;所以,某些体裁存在于这个社会,而在那个社会中却不存在,这一事实显示了该意识形态的作用,并有助于我们多少有点把握地确定该意识形态。史诗在一个时代成为可能,小说则出现在另一个时代,小说的个体主人公又与史诗的集体主人公形成对照,这一切绝非偶然,因为这些选择的每一种都取决于选择时所处的意识形态环境。"①

网络文学文本的类型化并不是当下文化市场的独特产物,文学类型古已有之。当下奇幻玄幻、武侠仙侠、历史军事、都市娱乐、游戏竞技、悬疑灵

① 托多罗夫.巴赫金、对话理论及其他[M].蒋子华,张萍,译.天津:百花文艺出版社,2001:29.

异等多种类型的网络文学文本满足了市场细分的需要,文学网站借此对不同读者的审美趣味展开了一定的产业布局。不同类型的网络文学文本有其相应的情节模式、结构程式和表达方式,与偏爱这一类型的读者达成一定的阅读期待。它们遵循特定的类型传统,降低了市场风险,是生产模式工业化的重要表现。比如盗墓小说环环相扣、悬念丛生,都市情感小说情节纠葛、感情纠结,奇幻玄幻小说想象丰富、天马行空,悬疑灵异小说奇特飘逸、景象瑰丽,凡此等等。网络文学作品繁多,对于大量文本,需要将之纳入一定的范围中,这为作者创作和读者阅读提供更为便捷的方式。然而,任何一部作品并非单一面相,依据特定类型生动地讲述故事、立体地表现生活,需要诸多创作才华。

二、超文本及伴随文本

传统的印刷文学文本背后是一种权威的书写活动,作者和出版发行机构拥有各种权利对文本进行干预。网络文学文本以网络媒介为传播载体,作者和读者处在即时沟通的环境下,读者不再是受控的接受对象,网络文学文本在形式上最为典型的特征是交互性。交互性是用于分析人与人之间、机器与机器之间、人与机器之间交互的广义概念。"交互界面隐身于新媒介系统和结构的核心地位。"[①]交互界面是指用户和计算机之间交流的软件,使得双方彼此理解。交互界面操控的关系是语义学层面的,注重意义及其表达。网络文学符号文本的交互性主要是指网络文学文本的介质层、语言层、图像层、意象层、意境层这五个文本层次中直接或间接地表现出作者和读者之间的沟通话语、交流意识。

语言文本具有多重层次。语言学中用于单句分析的结构范畴适用于对文本结构的分析。"在某些情况下,一个文本可以只包含一个单句,如谚语、格言或招牌、标记。不过,一般来说,我们可以认为,文本由一系列句子构成。一个句子是文本的一个元素,一个单位或一种成分。文本由句子组成,这里'组成'一词就是其本义。"[②]这种结构主义的文本观念把文本当作语言的集合,文字由句子组成,句子由词语组成;句子的结构范畴可以推演至文本的结构范畴。李幼蒸将语言文本的层级结构划分得更为细致,分别为"区分性特征层、音位层、音节层、词素层、词层、词组层、句层、句组层和本文层。

① 尼古拉斯·盖恩,戴维·比尔.新媒介:关键概念[M].刘君,周竞男,译.上海:复旦大学出版社,2015:51—52.
② 罗杰·福勒.语言学与小说[M].於宁,徐平,昌切,译.重庆:重庆出版社,1991:5.

诸层次组成等级系列关系,即上下辖属关系"①。

英加登认为文学作品是一个多层次的构成,"它包括(a)语词声音和语音构成以及一个更高级现象的层次;(b)意群层次,句子意义和全部句群意义的层次;(c)图式化外观层次,作品描绘的各种对象通过这些外观呈现出来;(d)在句子投射的意向事态中描绘的客体层次。"②文学文本的"图示化构成""不定点""纯粹意向性构成"等因素在他这里得到了详尽的阐释。文本作品作为纯粹意向性构成,它存在的根源是作家意识的创造活动,存在的物理基础是以书面形式记录的文本或录音磁材等物理复制手段。文学文本的语言具有双重层次,"作品成为主体间际的意向客体,同一个读者社会相联系。这样它就不是一种心理现象,而是超越了所有的意识经验,既包括作家的也包括读者的"③。文学文本作为意向性构成,不只是心理想象,而是超越了主体的意识经验。英加登主要对文本展开现象学的解读。以英加登的研究为基础,韦勒克和沃伦提出文学的八个层次结构,即"语音层""意义单元""意象和隐喻""象征系统构成的特殊世界""叙事模式和技巧""文学类型""文学批评""文学史"。④前五个层次针对具体文本。

网络文学文本除了语言文字的构成之外,还包括图像、声音等因素。由语言、图像、声音共同构成的网络文学文本是欧美网络文学的趋势,中国的网络文学文本基本上是由语言文字所主导。我们将网络文学文本的层次划分为以下几个方面:介质层、语言层、图像层、意象层、意境层。第一,介质层即其他层次所依赖的物质基础,对于网络文学文本而言,主要是指屏幕这种载体媒介。介质层是文本审美对象的物理结构,在许多文本层次分类中,介质层并没有成为文本符号的一个层次;而事实上,介质层在语言文本的意义生成中起到潜在的影响,在物理媒介层面向语言形式层面的转换中,必须考虑到介质层的构型作用。第二,语言层是符号文本的语言文字层面,这个层次是人们对于符号文本的最基本认知,它在所有文本层次分类中必然存在。语言文字所组成的词语、句子、篇章构成了符号文本的基本结构,也是读者面对符号文本最基本的认知层面。第三,图像层是符号文本的"图像"层面,包括图画、动画等图像符号,类似于皮尔斯所说的"像似性符号"(iconic sign)。它直接给予了文学的形象层面,不像语言层主要通过抽象的理解。

---

① 李幼蒸.理论符号学导论[M].北京:社会科学文献出版社,1999:145.

② 罗曼·英加登.对文学的艺术作品的认识[M].陈燕谷,译.北京:中国文联出版社,1988:10.

③ 罗曼·英加登.对文学的艺术作品的认识[M].陈燕谷,译.北京:中国文联出版社,1988:12.

④ Rene Wellek, Austin Warren. Theory of Literature[M].Harmondsworth:Penguin Books, 1970:157.

图像层以直接的符号呈现于读者面前,让人获得直观的信息。在网络文学文本中,图像层出现的频率正在逐渐增高。第四,意象层是经由语言层和图像层的理解之后,读者对审美对象所获得的一种形象性理解。"意象"是中国古典文论中一个重要概念,《周易》便说"立象以尽意",意象是主观情意和描摹物象融合而成的某种艺术形象。符号文本的意象层面可以激发读者对于审美形象的理解,感发人的性灵。第五,意境层是指在具体的意象表达之外,让读者获得丰富的象外之境。这应该是含蓄不尽、耐人寻味的境界,读者的想象力在这个层面得到极大的发挥,在欣赏过程中实现再创造。意境层面可以是气势腾飞、传神动态的场面,也可以是率性自然、浑然天成的化境。符号文本的意境比具体的形象要更加广阔,可以激发无穷的言外之意、象外之境。

网络文学文本形成了五个层次,其介质层是物理构成,语言层和图像层非常突出地体现出作者和读者的沟通倾向,在意象层和意境层也更多地迎合了读者的阅读期待。在这五个文本层次中,最为典型的是文本的交互性特征,欧美网络文学的超文本以及中国网络文学的伴随文本都具有突出的交互性。

首先来看欧美网络文学超文本。超文本是在网络文学文本中加入文字、图像、声音、影像等多种形式的超链接,产生动态化、非线性、多元化的效果。早期欧美网络文学的代表作品莫斯罗普(Stuart Moulthrop)的《胜利花园》(Victory Garden)、乔伊斯(Michael Joyce)的《下午》(Afternoon, a story)、马洛伊(Judy Malloy)的《罗杰叔叔》(Uncle Roger)、麦克戴德(John McDaid)的《巴迪叔叔的幽灵乐园》(Uncle Buddy's Phantom Funhouse)、杰克逊(Shelley Jackson)的《拼缀姑娘》(Patchwork Girl)、布莱(Bill Bly)的《我们堕落了》(We Descend)都是基于超链接的文段而构成的超文本小说,屏幕上的文本包括文字以及有限的图像、动画和声音。超文本中断了文学叙事的线性维度,读者在虚拟太空中漫游,在每一站采集叙事断片,并把这些断片组装成契合自己喜好的意义结构。不同的阅读路径会显示不同的故事和话语。

美国学者尼尔森(Ted Nelson)在1963年率先提出了"超文本(hypertext)"的概念,他把计算机称作"文学机器",在互联网背景下看待文学。在多次再版的《文学机器》一书中,他指出:"超文本包括相连续的文本,是写作的最基本形式。宽泛地说,在超文本中我们能创造写作的新形式,更好地反映写作的结构;阅读者选择一个通道就可能顺着自己的兴趣或者现有的思维线索展开阅读，而在此之前这被认为是不可能的。"①超文本是非序列写作的结果，文本相互交织，允许读者自由选择，这一系列经由链接组织起来的文本块为读者提供了不同的阅读路径。

网络文学研究的代表人物兰道②、博尔特③、亚瑟斯④等人都强调了超文本的先锋性。兰道在超文本和后结构主义之间找出一致，将文本视为表达的动态化、多声部网络。他在《超文本》一书中提出："超文本将文字与图像、地图、图表和声音联系起来，就像与另一段文字联系起来那样容易，因此超文本将文本的概念扩散到文字之外。超文本将词语与非词语的信息连接起来。"⑤兰道认为，超文本的处理意味着印刷文化之后文学、学术的重大转变，它对文化所产生的影响就如谷登堡的活字印刷那样彻底。博尔特认为超文本表明了"写作环境的决定性转变"⑥，同时他也指出新旧媒介之间的交锋本质上是对抗性的，无法产生保证平衡的解决方案。亚瑟斯认为超文本是非线性的文本类型。文本的非线性是语言交流的对象，它不是由文字、词语和句子简单组成的固定序列，由于文本的构成、惯例和机制的不同，阅读过程中会形成不同的文字及其序列。非线性的文本要从"动态化、可确定性、暂时性、机动性、用户功能"⑦这几个方面加以考量，作者需要付出很多努力才能让读者遍历文本。

莫斯罗普⑧承认超文本诗作、网络艺术等各种形式的语言试验确实对传统文学实践造成破坏。超文本写作打开了哪些新的类型和模式？超文本能

---

① Ted Nelson. Literary Machines[M]. Sausalito,California：Mindful Press, 1982:16.

② 兰道(George P. Landow)，英国布朗大学教授，研究维多利亚时代文学的著名学者，也是国际公认的超文本应用和设计的理论家。

③ 博尔特(Jay David Bolter)，文学、媒介与传播理论家，其研究主要包括媒介演进、写作过程中的计算机功能、教育中的技术作用等。

④ 亚瑟斯(Espen J.Aarseth)，挪威学者，致力于网络文学研究，包括超文本小说、电脑游戏、计算机生成诗歌等类别。提出"遍历文学"的概念，著有《赛博文本：遍历文学透视》一书。

⑤ George P. Landow. Hypertext 3.0：Critical Theory and New Media in an Era of Globalization [M]. Baltimore：The Johns Hopkins University Press, 2006:3.

⑥ Stuart Moulthrop. Traveling in the Breakdown Lane：A Principle of Resistance for Hypertext [J]. Mosaic：A Journal for the Interdisciplinary Study of Literature,1995,28(4):55—77.

⑦ Espen J. Aarseth. Nonlinearity and Literary Theory[M]// Noah Wardrip—Fruin, Nick Montfort. The New Media Reader. Cambridge：The MIT Press, 2003：761—780.

⑧ 莫斯罗普(Stuart Moulthrop)美国学者，1980年以来一直活跃在网络文学、数字人文、游戏研究领域，是第一批进行超文本创作的作家，也是第一批分析数字媒介与文学、理论关系的学者，在数字写作、数字艺术方面作出了颇具特色的贡献。其论文《你说你想要革命？超文本与媒介规律》收入《诺顿理论与批评选》2000年版。

在科技、艺术和文化上作出什么差异？面对众人对于网络文学超文本的疑惑和质疑，莫斯罗普在文学创作实践的基础上作出了相应的理论辨析，他分析了超文本的具体特征和文化意义。"许多知识分子认为，超文本预示着一种范式的转变，即从抄本或印刷文件的时代转向一种更加民主和互动的思维方式。"①超文本文件除了文字，还有照片、音频、图纸及各种数字化材料，以文段（lexia）的阅读单位为基础，以超链接为基本方式，形成了多种阅读途径，各文段之间形成了丰富的交互性。莫斯罗普解释："超文本是由文本元素组成的复杂网络。它由'文段'组成，即类似于页面、段落、章节或卷。文段由'链接'而连成，它像动态脚注一样自动检索它们所指的材料。由于超文本不再是书本装订，当读者/作者在文档内外建立新的联系时，超文本话语可能会被随意修改。"②莫斯罗普论证了超文本如何与后结构主义理论联系起来，特别是在促进文本的互文性与读者的参与性方面具有高度一致。他还指出超文本是对文本生产和接受的一种根本重塑，预示着社会变革，要用新兴技术推进超文本发展并规避受到资本控制的危险。

"从文学的观点来看，最好的超文本是设法呈现读者漫游网络的活动，再把叙事组装成具有文本特殊意义的象征性姿态。"③让故事题材、修辞技巧适应超文本的机制，是一种运用网络媒介思维的能力。超文本类似于七巧板的智力隐喻活动，可以拼接、组装，读者参与文本的力度也更大。数字技术赋予了读者或用户更多选择的自由，读者可以在编写完毕的多种链接中选取自己偏爱的途径进入文本，完成一场属于自己的叙事探险。

其次来看中国网络文学的伴随文本。中国网络文学文本以有顺序的文字文本为主，并不像欧美网络文学文本偏重超文本的试验。在中国网络文学主文本之外，常常伴随着一些与主文本的人物、故事并不直接相关的叙事文本，如作者写给读者的留言、作者的自我疏解等，我们可将之称为伴随文本。伴随文本与主文本形成相互指涉的关系。

起点中文网是中国网络文学中影响非常广泛的网站。《我欲封天》是起

---

① Stuart Moulthrop. You Say You Want a Revolution? Hypertext and the Laws of Media. [M]// Vincent B. Leitch. The Norton Anthology of Theory and Criticism. New York：Norton & Company, Inc., 2001：2502—2524.

② Stuart Moulthrop. You Say You Want a Revolution? Hypertext and the Laws of Media. [M]// Vincent B. Leitch. The Norton Anthology of Theory and Criticism. New York：Norton & Company, Inc., 2001：2502—2524.

③ 詹姆斯·费伦, 彼得·J.拉比诺维茨. 当代叙事理论指南[M]. 申丹, 马海良, 宁一中, 等, 译. 北京：北京大学出版社, 2007：610.

点中文网著名白金作家耳根的仙侠类小说,该小说在2014年7月7日已完成"百盟书"①,且还在不断更新。2015年9月,《我欲封天》位居原创文学风云榜榜首,该小说更新速度很快,几乎每日更新乃至一日更新多次。小说在章节之中穿插作者和读者的交流内容。如2014年3年30日《公告》:建立QQ群,和读者交流。②2015年5月13日《我欲封天,等你加入!!》:号召读者共同努力达到月票过万。③2015年2月17日《献给所有兄弟姐妹:〈我欲封天〉年度总结》:感谢读者支持。④2015年4月1日《求4月保底月票!》:"今天爆发,兄弟姐妹,求月票给力! 毕竟……耳根明天准备……咳咳,逃学……"⑤

再如《斗破苍穹》是起点中文网白金作家天蚕土豆的玄幻类小说,它于2009年4月14日首发、2011年7月20日完结,长期位列移动阅读基地畅销榜的榜首,并已发售多个版本。该小说已被开发成网络游戏,改编成同名漫画和动画电影,并改编为玄幻网络剧《斗破苍穹之少年归来》。从网络文学文本本身来看,小说在正常的剧情叙事之外也类似地夹杂与读者的交流话语。如第二十四章,题目为《一切待续》,本章末尾写道:"晚上十二点还有更新,到时候冲榜,如果到时还在的兄弟,请大家支持。另外,大家投完票,可不要忘记留言哦,土豆加精ˆ－ˆ。"⑥第九十五章,题目《眼光挺差》,此章末尾:"这章过后,土豆就要上架了,晚上12点,到时候会有一更,上架前,很想对支持土豆的朋友说声谢谢,没有你们的支持,土豆也走不到这步,真心的说一声,多谢了。"⑦

---

① "百盟书"是起点作品书友的荣誉认证,一本书要有至少一百名"盟主",才能成为"百盟书"。"盟主"为起点中文网中一本书"粉丝榜"的最高等级,他需要10万粉丝积分(大概需要10万起点币,即1000元人民币)。

② 耳根.我欲封天·公告[EB/OL].(2014－03－30)[2016－01－16].http://read.qidian.com/BookReader/ee4DY6KJrWc1,KZvBWCMwknEex0RJOkJclQ2.aspx.

③ 耳根.我欲封天·等你加入!![EB/OL].(2015－05－13)[2016－01－16].http://vipreader.qidian.com/BookReader/vip,3106580,53638337.aspx.

④ 耳根.献给左右兄弟姐妹:《我欲封天》年度总结[EB/OL].(2015－02－17)[2016－01－16].http://vipreader.qidian.com/BookReader/vip,3106580,80518223.aspx.

⑤ 耳根.求4月保底月票![EB/OL].(2015－04－01)[2016－01－16].http://vipreader.qidian.com/BookReader/vip,3106580,81952385.aspx.

⑥ 天蚕土豆.斗破苍穹第二十四章一切待续[EB/OL].(2009－04－26)[2016－01－16].http://read.qidian.com/BookReader/2R9G_ziBVg41,b7DODiYkkY8ex0RJOkJclQ2.aspx.

⑦ 天蚕土豆.斗破苍穹第九十五章眼光挺差[EB/OL].(2009－05－31)[2016－01－16].http://read.qidian.com/BookReader/2R9G_ziBVg41,dBHJYlixU5oex0RJOkJclQ2.aspx.

严格来说,这些文字不能算是文学文本中的叙事,它无关于剧情进展、意象建立和意境表达,但这些伴随文本表现出的交互性构成了网络文学文本的突出特征。"文本有许多附加因素,这些因素严重影响我们对文本的理解,但是经常不算作文本的一部分,可以称为伴随文本。……伴随文本不仅是一些零散的'周边符号',它们是文本与世界的联系方式。……在每次解释中,某些伴随文本甚至可能比文本有更多的意义。因此,任何符号文本,都是文本与伴随文本的结合体。这种结合,使文本成为一个浸透了社会文化因素的复杂构造。"①伴随文本携带了大量意义,它是一种感知集合,连接文本与社会;它对符号表意起到巨大作用,控制叙事的产生和接受。网络文学文本的介质层是电脑屏幕、手机屏幕等终端,文本需要读者的不断关注与追捧才能维持生命。网络文学的写作门槛相对比较低,这意味着有众多作者可以加入网络创作的行列,这加剧了网络写作的竞争强度,因此,在网络文学网站上连载写作是非常残酷的,需要作者夜以继日地连载更新。作者并不是凌驾于读者之上的权威存在,而是等待读者支持的求助者。因此,他们除了在文本的语言层和图像层要有标新立异的表达之外,更需要不时地与读者沟通;而这种沟通除了作者和读者建网络群等直接的交流方式之外,更多的是在文本中直接表述。类似的沟通话语基本不曾在传统的印刷文学文本中出现,这是由网络媒介所激发的新型文本表达话语。这些话语所构成的伴随文本因素甚至比文本本身有更多的意义,它使得文本成为一个浸透了社会文化因素的复杂构造,体现出网络文学文本潜在的新型诉求。

交互性的符号文本从表面上看是作者在文本叙事之外对读者附加的交流话语,是伴随在叙事文本中的附加指意;而这种表面现象折射了网络文学文本深层的新型特征,即文本指向读者的需求、期待读者的支持,这导致了文本叙述更多的依附性特征。因此,交互性的符号文本可以从两个层面来看:第一,显性的表现是作者在伴随文本中与读者的沟通,即表达感谢、请求阅读等话语;第二,隐形的表现是作者在文本叙述中迎合读者的阅读需求、尽可能地满足读者的期待视域,并制造更多的叙事悬念,以不断获取读者的注意力、促使他们追踪阅读。网络文学文本的介质层是屏幕,文字层和图像层体现出作者与读者的直接交流,从而在意象层和意境层达到了潜在的交互效果。交互性的符号文本以对话交流的方式实现并协调文学权力结构,重构文学的日常实践,并改变读者和环境之间的关系。许多学者指出,新媒介就是交互媒介。交互性是技术基础和社会实践的融合,它被资本市场所

---

① 赵毅衡.广义叙述学[M].成都:四川大学出版社,2013:215.

运作,也附带文化的政治诉求。网络文学文本的交互性携带了大量的社会约定和文化联系,它通过作者和读者的交流话语直接显现于文本,并对文本意义的构成起到决定性的影响。

三、网络媒介与文本的悬念叙事

网络媒介使得网络文学文本产生了独特的形态:从符号文本的形式上看,网络文学文本具有交互性的特征;从符号文本的内容上看,网络文学文本的典型特征是悬念叙事。文本的悬念叙事其实也是符号文本交互形式的内在表现。中国网络文学文本基本采取连载的方式,在每日更新的文本表述中制造悬念丛生的情节,吸引读者继续阅读,这成为网络文学文本非常突出的特征。

不同的网络文学文本虽有不同的类型特征,但无一例外地采取悬念叙事。奇幻玄幻类小说《斗破苍穹》共有1623章,连载历时两年三个月,字数总计534万字。《斗破苍穹》围绕主人公萧炎的修炼、搏斗、战争和爱情故事连续推进情节。如此庞大的篇幅、繁多的字数,作者基本不能达到字斟句酌,而只是在故事上不断设置悬念以吸引读者的兴趣。悬疑类小说《鬼吹灯》2006年发布,多次进入图书销售排行榜榜首。小说有234章,共近一百万字。该小说融合了悬疑、探险、恐怖和神秘文化元素,作品弥漫着惊悚氛围,英雄主义的情怀则在惊异的氛围中不断彰显。悬疑盗墓小说《盗墓笔记》是南派三叔的代表作品,2006年开始发布,2011年完结,字数145万字,直至2015年仍然多次获得书友月点击榜前十名。小说讲述出土的战国帛书记载了一个奇特战国古墓的位置,50年后,其中一个"土夫子"的孙子在他的笔记中发现这个秘密,汇集了一批经验丰富的盗墓贼前去寻宝,在古墓寻宝中发生了等一系列诡异的事情。读者一直带着疑问阅读文本,神秘的墓主人是谁,他们能不能找到真正的棺椁,对疑问的渲染和扩张使得文本中的故事悬念重重、情节跌宕起伏。

都市情感类小说《校花的贴身高手》是起点中文网白金作家鱼人二代创作的一部异术超能都市小说,截至2024年5月,该小说仍在连载中,已有11000余章上线,每章字数两千多字,总字数已超过2300万字。小说的章节标题诸如"送个大礼""如假包换""你不早说""有点傻眼了""真的怕了""玩什么花样""你脑子有病?",口语色彩浓重。小说围绕林逸奉校花楚梦瑶父亲之命追求和保护校花的故事展开,男主人公林逸具有体术、心法、武技等各种超能异术。故事表面上看发生在校园里,但实际上是将校园的青春故事与灵异修炼的玄幻特征结合起来。如此冗长的小说若在传统印刷文学文本里必当挑战阅读者的耐心,而在网络媒介上,此小说却多次位列起点书友月点击榜的前十名。

　　同样是都市情感类的网络文学代表作品,《何以笙箫默》则难得短小精悍,小说共12章,约12万字。该小说2003年已出版纸质小说,2015年《何以笙箫默》改编成电视剧、电影,再度引起读者的关注。小说讲述何以琛与赵默笙跨越七年的爱恋。其章节标题也一应简介,分别为"重逢""转身""靠近""命运""回首""离合""若即""若离""恒温""不避""应晖""原来"。小说开篇描述男女主人公分手离别七年后在超市偶然相遇;继而跳转到赵默笙回国后面试工作时主编问她为何选择A城工作;再跳转到赵默笙进超市被保安拦下,保安还给她一张单人照而照片留有何以琛笔迹;随后她在工作中遇到自己的大学上铺、现今的明星模特萧筱;萧筱讲述何以琛分手后发疯般的状态……每一段情节都没有过多的渲染和铺张,而是不停地切入男女主人公现今纠结的交往以及七年前在大学的恋爱,不同时间段的叙述交叉展开。小说没有阅读难度,而文本所描述爱恋、误会、重逢与交往却能吸引读者带着某种惯性去阅读。

　　从以上不同文本类型的代表小说来看,不论是奇幻玄幻、武侠仙侠、历史军事、悬疑灵异类型的小说,还是都市情感、校园青春类型的小说,它们都在以相似的方式制造悬念、推进剧情。这些网络文学文本往往有起伏剧烈的情节、大幅切换的时空场景、迷雾重重的疑象推演,交织着人物的爱恨离愁,由此抓取读者的阅读神经。但是,网络文学文本无关于正统文学的发展历程,在这里没有伤痕文学、寻根文学的思想痕迹,也没有先锋文学的形式探索。网络文学文本从根本上看是商业化、娱乐化的,作者在写作的实践中逐步成为写手或网络文学作家,他们进入写作场域初期并没有刻意建构文学历史的意识。网络文学文本不断地制造一个个悬念、祈求读者的点击和阅读,大多数文本并没有因为崇高的人文理想和文学担当而作出更多的形式探索,因此,传统的文学价值规范在诸多网络文学文本中是缺席的。驯服网络文学文本的是点击率,驯服读者的则是文本的悬念。阅读网络文学文本不需要太多知识储备,其文本最为中心的因素是剧情,剧情最为中心的因素则是悬念的制造。

　　网络文学文本的悬念叙事即制造一系列悬念以推进小说剧情、吸引读者的阅读兴趣,其本质在于激发读者的好奇心等心理意识,在形式上没有既定规则。奇幻玄幻类小说主人公的修炼、决斗、征战的某些环节构成悬念;悬疑盗墓类型的小说往往紧扣寻宝的线索,探险线索中每一个惊险瞬间都能构成悬念;都市情感类小说则将男女主人公恋爱过程中分分合合的细腻过程制造成悬念；历史军事类小说更多地将历史故事糅合进小说叙事，历史事件和人物命运都能构成叙事悬念。网络文学文本的悬念叙事还可以从性别角度加以审视。许多网络文学网站都区分了女生频道和男生频道。至2024年，起点中文网设有女生网，而并未同等设置男生网。在起点中文网主页上，作品分类包括玄幻、奇幻、武侠、仙侠、都市、现实、军事、历史、游戏、体育、科幻、悬疑等类别。而该网站旗下的女生网中，作品分类包括古代言情、仙侠奇缘、现代言情、浪漫青春、玄幻言情、悬疑推理、科幻空间、游戏竞技、女生剧场等类别。女生频道的作品类型及其叙事更多地突出了情感因素，情感因素在其悬念叙事中起到重要作用。女性视角的悬念叙事往往格局细腻，感性思考和情感共鸣状态较强，或关注主人公身世命运，或关注女性情感归属；男性视角的悬念叙事格局恢宏，强调逻辑推理和演绎思辨，或关注小说历史事件的推进，或关注悬疑侦探事件的进展。网络文学文本针对不同受众群体采取的不同叙事定位，也是为了获得更好的阅读效果。

网络媒介的传播速度快、阅读方便，作者往往边写边上传，而连载小说要持续地吸引读者的注意力，便需要频繁地制造悬念。可以说，悬念叙事的特征是由网络媒介的传播方式所决定。这种对悬念的无限扩张也在一定程度上导致文本的审美疲劳和意义失效。比如《盗墓笔记》，读者被连环的悬念所吸引，求知欲望一直驱使着他们习惯性地追踪阅读下去，而在耗费大量休闲时间读完145万字之后，在小说的完结之处文本却并没有揭开真正的谜底。被100多万字培养起来的忠诚读者在经历了一系列的悬疑和惊悚之后，最终却面对表达的圈套和潦草的结尾。在"娱乐至死"的网络时代，不同的悬念可能被过度表达和过度消费，某一类型的文本大量复制，雷同的、浅薄的文本也大量地出现。《校花的贴身高手》点击率颇高，其特点就在于文本的悬念叙事扣人心弦；然则其文本语言缺乏诗意，口语化的网络用语大肆扩张；这是悬念叙事对文本在文学性表达上的一种"虐杀"。因此，由网络媒介所塑造的悬念叙事，一方面在文本内容上不断推演，制造更多精彩的剧情；另一方面过于执着内容的推进以及快速的写作节奏，往往造成文本形式上缺乏文学性和艺术感，甚至悬念本身成为一种叙述资本而消解了最终的悬念谜底。网络文学文本在悬念的制造上可谓独具匠心、丝丝入扣、引人入胜，然而在悬念叙事的背后尚缺乏文学性的形式探索，对人性的深沉挖掘，对社会格局的关怀。在网络媒介日益成熟的今天，我们期待着更有情怀、更有深度的网络文学文本的出现，以彰显网络文学自身的言说能力和社会意义。

第三节　影像文学文本

一、产业运作下的影像文学文本

影像文学文本,也即影像文本,是电影、电视剧、网络剧、短视频等以影像呈现的作品文本。它们在整体结构上实行产业运作,文本符号是复合化的,文本形态的突出表现是视觉叙事,不同形式的影像文本在审美特征上具有诸多共性。"影像的形式和产品——电影、电视、电脑游戏、网络媒体产业借鉴了电影效果,也就是说,整个电影产业已经通过不同的分类、类型、询问方式、再现方式、干预手段来重塑世界的知识。"①影像文本是新媒介文学文本中非常独特而强势的文本形式,新媒介文学文本中印刷文学文本、网络文学文本以文字符号为主要载体,而影像文本以图像、文字和声音符号为基本载体。

当下不同形式的影像文本处在产业运作的环境之中。影像文本的产业链包括投资、制片、营销、发行、播映、后期开发等流程,这几个环节受到政策环境、资本市场的重要影响。比如电影生产最主要的环节在于投资、制片、发行和播映。制片是影片的生产过程,包括电影的筹资、拍摄、后期制作等一系列与生产电影产品有关的活动。电影发行主要是安排影片的订购、供应和调度以及对影片进行宣传推广。影院从发行商处购得影片拷贝,向观众售票,实行影片播映。20世纪20年代,美国好莱坞的制片厂制度逐步建立起来,他们已经开始产业运作模式。中国电影自1905年《定军山》诞生以来,风雨兼程一百多年。新中国成立后,中国电影长期实行计划经营模式,在21世纪进入战略转型期,正式走上了产业化的发展道路。中国形成了国有和民营机构并存、多种资本互补、产品类型丰富的电影生产格局,除中国电影集团和上海电影集团之外,光线传媒、博纳影业、万达影视、华谊兄弟等民营电影公司颇具活力。2000年至2012年,十年间我国故事片产量从91部上升到745部。2019年,我国生产故事片850部;2020年,受到疫情影响,我国全年产出故事片531部。2002年至2019年,全国电影总票房持续增长,从2002年的9.5亿元上升到2019年642.66亿元。疫情影响下的2020年,全球总票房122亿美元,全年中国电影总票房仍达到204.17亿元(约31.28亿美

---

① Felicity Colman. Film, Theory and Philosophy: The Key Thinkers [M]. Montreal: McGill-Queens University Press, 2009:17.

元)。①中国电影产业的市场规模不断扩大,电影、电视剧等文化产业在21世纪我国国家发展战略中得到了重视和扶持。

影视文学文本的类型较为多样,除了院线播映的影片之外,还产生了微电影、IP电影、网络电影等等。院线电影集中了更多的电影生产资源,代表着电影产业的主导力量。微电影倾向于自发的民间创造,文本往往较为简易短小。IP电影则是一种影视版权,是对网络小说、音乐作品、动漫作品、游戏作品等原创文本的电影转换,是借用原创文本的题名、故事情节或人物形象并进行不同程度的再创作。IP电影在制作出电影成品之前,原创文本已经拥有相当数量的读者或观众,因此其电影转换伴随着明显的市场操作行为。电影生产者对投资成本、产品营销、影片票房和市场回报等环节进行详细考虑和周密布局,商业逻辑是重要的支配力量。20世纪中期,电影生产者或电影评论家就已平和地说道,"电影制作是艺术和商业的联姻"②,"影片是艺术,电影是产业"③。但是电影始终处在商业和艺术两个维度的制衡之中,似乎两者是难以兼容的对抗力量。在产业化的发展形势下,电影的商业性常常被优先考虑,影片的商业价值和市场效应成为吸引众多投资方的首要吸引力。在电影市场中,受商业逻辑驾驭的影片创作并不只是专注于艺术上的精雕细琢,更是要考虑到一连串的产业效应。在这个环境下,不同类型的电影便产生了迎合产业运作的文本特征。

以下我们通过个例来分析产业运作下影像文本的典型特征。2015年上映的《捉妖记》是产业环境下一部成功的奇幻商业大片,影片以IMAX 3D格式播放。影片播映首日以1.72亿元票房打破了之前《西游记之大闹天宫》保持的国产片首日票房纪录和单日票房纪录,以24.38亿票房成为2015年国产电影票房冠军,并创下截至2015年的国产影片最高票房纪录。影片投资3.5亿元,耗时7年,制作精良。导演许诚毅是动画师出身,曾在美国梦工厂工作,制作各式商业片、动画片,代表作有《怪物史莱克》,风靡世界的史莱克角色造型出自他笔下。电影文本是电影产业的本体要素,即便外在的资金注入和资本运作会对影片的产生起到重要作用,但在根本上产业运作是围绕文本而展开的。《捉妖记》描绘一个人妖混杂的世界,借鉴了《山海经》和《聊斋志异》的故事。影片讲述妖后在被追杀的情况下,将肚中胎儿放入小

① 尹鸿,孙俨斌.2020年中国电影产业备忘[J].电影艺术,2021(2):53—65.
② 理查德·麦特白.好莱坞电影:美国电影工业发展史[M].吴菁,何建平,刘辉,译.北京:华夏出版社,2011:5.
③ 基多·阿里斯泰戈.电影理论史[M].李正伦,译.北京:中国电影出版社,1992:284.

伙子天荫体内,天荫怀上了即将降世的小妖王,他被降妖天师霍小岚一路保护,躲过各种妖怪,展开了一段奇幻旅程。影片的一大亮点是小妖王胡巴的造型、表情和行为。影片的票房成绩空前,得到许多观众的赞誉。

从文本本体来看,影片融合了多种元素,尽可能地扩大了受众群体。首先,在故事背景上,影片讲述人与妖融合的世界,打破了人们对于妖的固定认知,将妖塑造为富有同情心和爱心的形象,赋予妖更多的人性。其次,在制作方式上,影片将动画与真人相融合,真人与动画形象的妖交替出现,营造出一种人、妖共处的自然景象。影片中出现几十个妖的动画形象,形态各异、表情丰富。特别是小妖王胡巴萌态可掬,汇集了孩子的天真、俏皮和淘气等习性。该电影文本在动画的形象设计和影像制作上投入了大量精力,胡巴的不同表情和造型是依靠动画师手工一张张绘制而成。动画形象吸引孩子们观看影片,而人与妖的世界则需要成人的理解,因此动画与真人相结合的制作方式,极大地吸引了不同受众。再次,在表现形式上,影片融合了音乐舞蹈的因素,比如四钱捉妖天师罗刚与竹高、胖莹两妖共同战胜登仙楼天师之后,一人与两妖共同起舞歌唱,营造人与妖互相和解、其乐融融的景象;比如影片结尾不同的妖出现在荧幕上,伴随欢快的音乐翩翩起舞,给观众带来听觉和视觉奇观。音乐和舞蹈元素的合理运用为影片增添了更为立体的观感。《捉妖记》作为产业运作下一个成功的影像文本,它的最大特征就是"融合",融合人和妖的世界、融合真人和动画的制作方式、融合音乐和舞蹈的元素、融合搞笑段落,等等。产业运作下的影像文本并非纯粹的艺术创作品,文本有着向外的利益驱动,即最大可能地追求票房,赚取市场回报。因此它们并不追求曲高和寡的高山流水,而是主动迎合普通大众的审美趣味,在文本的生产中尽可能地整合多种元素以唤起更多观众的情感共鸣。

"融合"体现出多种媒介方式的组合、多种文化元素的配合上,面向市场利益的多种文本因素的融合方式渗透着影视产业的商业逻辑。影像文本所关注的重心产生了位移,它的焦点不是心灵的困惑、精神的启迪,而是受众的反应和资本的回报。触动人内心深处的灵魂愈行愈远,而刺激人表面感官的享受则伸手可及。产业运作下影像文本似乎无意于表达人的恐慌和茫然,而更有志于塑造人的欣喜和迷乱,从而让受众在一种狂欢的氛围中获得娱乐。"艺术深深穿透个体生命的原因在于,它为世界赋予了形式,它表达了人类的天性:感受性、活力、激情,以及终有一死。艺术模拟的是我们真实的感受生活,而不是其他任何经验。这种创造性影响,在于艺术与同时代生活之间的重要关联,倒不在于艺术的主题来自艺术家的环境这一事实。"①艺术是表现性的,为人类知觉抽象出多种形式——生命的形式、感受的形式、活动的形式、痛苦的形式。艺术的创造性影响在于它汲取生活的多种主题,并对之加以形式表达。艺术根植于长久以来人类的生活经验,而经验又依照传承下来的经典作品重塑人们的艺术记忆和艺术想象。经典艺术作品是一定时代的代言者,它将艺术形象植入人类精神深处,在漫长的历史岁月中雕刻时光、塑造认知。而产业运作下的影像文本更多地关注受众感官的体验,远未穿透个体深层的生命。在流动的影像空间里,文本太多地受制于外在功利要求,多种娱乐元素的糅合往往淡化了对于人的深度追问,在一定程度上削减了艺术的力度。许多影像文本不同程度地援引和借鉴经典艺术作品的母题、题材、意象,为文本增加传统力量和人文厚度;而如何让更多影像文本在产业化的发展洪流和滔滔的历史岁月中沉淀为经典艺术作品,则是前路漫漫。

二、复合性的符号文本

影像文本与印刷文学文本、网络文学文本有所不同。印刷文学文本主要依靠文字来表意;网络文学文本即便产生了诸多新的形式比如图像、动画、声音的链接,但其表意主体依然是文字。影像文本颠覆了文字表达的主导性地位,彰显了画面、声音在叙事中的重要作用,因此它是一种复合性的符号文本,包括画面、声音、文字等多种元素。电影产生之初是默片形式,基本依靠画面来叙述;随后加入字幕;之后又发明了有声电影。影像文本的复合性特征不是生而如此,而是在发展过程中形成的,一旦形成复合性的特征便是不可逆的。影像文本必定是复合性的,缺乏画面、字幕或声音任一元素,便会使文本显得不完整,制约其指意效果。

电影符号学家麦茨提到:"电影包含众多要素,而这些要素又皆有自己的法则(影像、语言、音乐、杂音),电影显然必须是一种组合而成的东西,一开始它即努力跻身成为一门艺术,以确定自己的身份。"②电影不是雕塑这类单一的造型作品,而是通过画面、对白、音乐、字幕等多种要素进行诗性表现,整合多种材料并将其转变为影像的作品。电影促使观众所有感官参与其中,自我陶醉。电影的首要手法显然是影像的视觉手法,而加强文字和音

---

① 苏珊·朗格.感受与形式——自《哲学新解》发展出来的一种艺术理论[M].高艳萍,译.南京:江苏人民出版社,2013:417.
② 克里斯蒂安·梅茨.电影的意义[M].刘森尧,译.南京:江苏教育出版社,2005:52.

乐的协调也不可或缺。"电影往往需要许多手段集聚在一起来创造情感的连续体，使得它的视像穿梭在不同的空间和时间之中却依然凝聚在一起。"①

当下任何影像文本均是对画面、文字、声音、音乐等多种要素进行整合，遵循不同形态的叙事法则，进而在复合性的符号文本中讲述故事、表情达意。如《致我们终将逝去的青春》2013年上映，该片改编自辛夷坞同名小说，上映后即获得7.19亿元票房，为2013年年度国产影片票房亚军。该片复合性的符号表达充分诠释了一种美好而残酷的青春。影片追述让人们怀念的大学时光，围绕同寝室四位女生郑薇、阮莞、黎维娟、朱小北的大学生活，以及郑薇与陈孝正、林静的情感纠葛而展开。青春在不断离散的情感中坍塌，留下怅然的孤独个体。

影片通过画面、对白、音乐等复合方式来叙述，关于青春的关键词是"美好"与"残酷"。"美好"的青春有其曼妙的影像表达。郑薇在男生寝室外终于成功追求到陈孝正，她在雪地上一路蹦蹦跳跳地回去，镜头从郑薇的人物中景转到鞋子变为水晶鞋的特写，再转到郑薇面部特写，继而是郑薇欢快的背影消失在雪地中的全景。音乐伴奏响起，画面与音乐的结合营造出一种童话般的世界，这是获得爱的应允的喜悦，是实现爱的憧憬的欢快。郑薇生日，男女主人公的亲吻场景是影片中两人爱情的顶峰。陈孝正说："跟你在一起以后，我再也不是原来的自己了。"尔后两人在大树底下亲吻。画面梦幻奇妙，灯光缓慢地在人物脸上移过，夜晚下的绿色为主色基调，萤火虫般的白色亮点在荧幕中飞舞闪耀，舒缓的音乐背景平添了些许温馨与甜蜜。这里主要依靠灯光营造的画面与温馨柔和的音乐来表意。

"残酷"青春的影像表达时而克制时而激烈。校花阮莞的男朋友来找她，告诉她自己在醉酒后让一位女同学怀孕了。这位男朋友抱着阮莞哭泣，像个尚未长大的孩子，胆小懦弱而无丝毫主见。这一段场景发生在逼仄黑暗的招待所内，男朋友向阮莞哭诉之时，镜头仰拍阮莞的脸部特写，泛着泪花的眼睛传递出痛苦的情愫。这一片段没有任何配乐，画面中是阮莞镇定又痛切的表情，声音则是男朋友紧张而无助的哭诉，画面和对话相配合，形成强烈反差。女性替代男性成为意外事件的勇敢担当者，性别定位发生倒置。阮莞的纯真爱情被性的冲动所撕碎，而这又喻示着无忧无虑的青春正消散在难堪的事件中。这一场景的表达相当克制。

朱小北砸超市遭开除的场景则较为激烈。从郑薇、陈孝正亲吻的画面

① 苏珊·朗格.感受与形式——自《哲学新解》发展出来的一种艺术理论[M].高艳萍,译.南京:江苏人民出版社,2013:431—432.

直接切换到朱小北的事件，前后形成反差。超市店员误会朱小北偷窃东西，店员态度恶劣，双方起争执冲突。镜头从坍塌的货架和扭打在一起的人物转移到保卫处老师的教训场景。随后特写朱小北带伤的脸庞和她哭着的控诉："你们这样是对我人权的践踏，对我人格的强奸。我要他们正式向我道歉和赔偿。"朱小北的情绪未能很好地得到安抚反而被激化，她再次冲入超市，一怒之下砸坏超市的所有东西。晃动的镜头将小北哭泣的声音、物品砸落的声音交织在一起。这是青春的插曲，是关于自尊、冲动和反抗。该段落以朱小北愤怒地砸碎超市的落地玻璃作结，在狂乱中诉说青春的残酷。

影片中"残酷"青春的顶点可以说是郑薇与陈孝正谈论关于出国而后分手的一段场景。郑薇从同学处听说陈孝正即将出国，披着湿漉漉的头发去找他，陈孝正在盥洗室洗衣服。镜头就通过盥洗室的镜子来表达，在真实的人物和镜中反射的人物间慢慢转移。随之响起的是两人的对白：

> 陈孝正："他们说的都是真的，中建只是我的备份选择之一。我没想到签证下来这么快。"
>
> 郑薇："所以我是最后一个知道的。"
>
> 陈孝正："我想了很久，但是总是找不到办法让你不那么伤心。"
>
> 郑薇："我不伤心，你一直瞒着我，直到再也瞒不过去了才承认，你这样我就不伤心？陈孝正，你这是什么逻辑？"
>
> 陈孝正："我说过，我的人生是一栋只能建造一次的大楼，所以我错不起，哪怕一厘米也不行。"
>
> 郑薇："所以你现在才幡然醒悟，及时纠正你那一厘米的误差。"继而她伤心地反问："我跟你的前途必然是不能共存的吗？是不是因为你的蓝图里从来没有我？"
>
> 陈孝正痛苦道："我习惯了贫贱，我没有办法让我爱的女孩子忍受贫贱。"
>
> 郑薇哭："也许我愿意跟你一起吃苦呢？"
>
> 陈孝正咆哮："但是我不愿意。"
>
> 郑薇："海洋馆是你送我的分手礼物对吗？"

镜头转向陈孝正，他悲伤地哭，克制又痛苦，同样悲伤的大提琴音乐响起。此时特写陈孝正哭泣的脸庞，继而将画面转向大学寝室盥洗室，水龙头滴滴答答落着水，犹如主人公掉落的泪珠。

随即切换场景，阳光洒向富有朝气的绿色树木，台阶上坐着郑薇和阮莞,镜头慢慢移动。接着再次切换镜头,是大学毕业聚餐的画面,有人唱歌、有人喝酒。在这三个蒙太奇图景之中,没有对白和话语,只是让大提琴忧伤的音乐缓解激烈冲突之后绵长的痛苦。

这部唤起许多观众青春怀旧的影片融合了画面、声音、话语、文字等不同媒介因素,在复合性的符号文本中传递"美好"与"残酷"的主题,而青春最终坍塌在未知的时光之中。复合性的符号指意绝非这部影片的专利,几乎所有的影像文本均采取这种方式,只是组合的规则各不相同。复合性的符号文本主要包括画面、声音、文字等几大要素。

首先,从画面来看,影像文本提供动态图像,以视觉形式讲述故事。"每一部(故事)影片都是一个用不同的模拟代码和表现代码陈述的视听'文本'。"[①]每一个具体的影片,每一个视听文本,制造出自己独特的代码,如麦茨说是"独特的符号学系统"。在影片的符号系统中,画面最能提供直接的视觉形状,"视觉形状,即可见的特征的排列格局,是我们的眼睛可见之物。使图象与其原型相象的是图象的视觉形状,而不是它的形式。形式是观看被描绘的物体的方式。形式不是物质性的,形式是感知性的。形式不是被看见的东西。而是某物被怎样看见"[②]。图像不仅是原型的再现,还是对原型的观看方式。例如,用表现同一物体的中景镜头取代该物体的一个远景镜头,就是一个形式问题,镜头转换的画面形式在不同语境下造成特定的叙事效果。影像文本对于画面的形式表达是首要的符号指意问题。

其次,从声音来看,声音包括配音、画外音、音响效果、电影音乐等等,另外,无声也是对声音的一种运用。"一旦没有了声音,无论画面拍得多好,剪辑得多好,仍然不再有真实感,因而也失去了感染力。影片的速度似乎也减慢了。结果常常象是看一系列照片。"[③]电影大师卓别林的主要作品诸如《淘金者》《大马戏团》《城市之光》《摩登时代》等固然别出心裁、难以逾越,它们是默片时代的典范之作。这些默片即便没有人物对白,也还是适时地加入配乐以营造声音效果。有声电影产生之后,不同形式的声音必定交融在影像文本之中,比如人物对白、旁白、解说、音乐等等。人物对白是剧情的重要推进因素,音乐则是剧情的渲染因素。电影音乐的主要作用被归纳为:为片头字幕伴奏、加强戏剧性效果、造成一种地点感、制造或衬托速度的运动、表

① 扬·M.彼得斯.图象符号和电影语言[M].一匡,译.北京:中国电影出版社,1990:57.

② 扬·M.彼得斯.图象符号和电影语言[M].一匡,译.北京:中国电影出版社,1990:3.

③ 李·R.波布克.电影的元素[M].伍菡卿,译.北京:中国电影出版社,1992:91.

明人物的身份、预告后事、确定维持和改变情调。①

再次,从文字来看,主要表现为影片字幕。字幕看似为辅助性的手段,并不像画面和声音一样直接促进影像文本的叙事,但字幕是观众理解文本的重要形式。比如原声译制片的字幕就非常重要,观众需要字幕来理解影片内容。没有字幕而依靠声音翻译的译制片,往往会让观众感受到话语与画面的不协调。当下各种影像文本基本上都配有字幕,字幕以视觉的方式强化了观众对对白和旁白的理解。字幕是影像文本的文字符号,以声音形式出现的台词与字幕一起推进了文本的叙事。

图像、声音和文字在人的知觉系统中成为一个整体,即所谓的"通感"或"联觉"。"因为我的身体不是并列器官的总和,而是一个协同作用的系统,其所有功能在一般的在世界上存在的运动中再现和联系在一起,因为我的身体是生存的固定形状。"②梅洛—庞蒂认为不同感官具有统一性的基础,看到声音和听到颜色是有意义的,体验是某种行为方式的体验、生存样式的感受,身体与不同感受能够联系起来。"当我说看到一个声音,我指的是我通过我的整个感觉存在,尤其是通过我身上能辨别颜色的这个区域,对声音的振动产生共鸣。"③声音和画面是可以交融的。有声电影不仅给画面增添了伴音,而且也改变了画面本身的内容。比如,音响震撼的影片突然寂静下来,声音的中断会使观众的视觉更为敏感,影片的话语意义突然消失因而画面也发生了变化。影片是一个流动的空间结构,声音的中断带来的是观众身体的整体反应。"话语再现动作,动作再现话语,它们通过我的身体建立联系,作为我的身体的感觉外观直接以形象相互表示,因为我的身体正是由一个感觉间的相等和转换构成的系统。"④人是感觉的共通体,身体具有统一性,视觉体验、听觉体验是可以相互蕴涵的。因此,影像文本作为复合性的符号文本恰好契合了作为感觉共通体的人的需求。

三、影像媒介与文本的视觉叙事

影像文本是复合性的符号文本,图像、声音和文字在文本中各自具有独特作用,其中图像是主导因素。电影一经诞生,就是一种影像的表达。影像媒介激发人类的视觉感受,画面在影像文本中吞并声音、文字而成为首要的

---

① 李·R.波布克.电影的元素[M].伍菡卿,译.北京:中国电影出版社,1992:100—104.

② 莫里斯·梅洛—庞蒂.知觉现象学[M].姜志辉,译.北京:商务印书馆,2001:299.

③ 莫里斯·梅洛—庞蒂.知觉现象学[M].姜志辉,译.北京:商务印书馆,2001:299.

④ 莫里斯·梅洛—庞蒂.知觉现象学[M].姜志辉,译.北京:商务印书馆,2001:299—300.

关键因素。影像文本最为倚重视觉叙事,视觉叙事即在影像文本中创造画面的奇观效果,主要借助人类的视觉感官来推进叙事。

安德烈·巴赞说,"摄影机镜头摆脱了我们对客体的习惯看法和偏见,清除了我的感觉蒙在客体上的精神锈斑",电影的意义在于其"冷眼旁观的镜头能够还世界以纯真的原貌"。①巴赞致力于建构电影本体论,不断追问电影究竟为何物,他认为电影所提供的是一种认识论形式而不只是单纯的艺术形式。不可否认,影像文本提供了对于时代新的想象和表达,其视觉化叙事强化了画面的审美意义。罗兰·巴特在《图像、音乐、文本》一书中对图像修辞有一番著名的分析:"有些人认为图像在传达意义方面是微弱的,也有人认为和语言相比,图像是一个极端不成熟的体系,还有人认为图像妙不可言的丰富性包含着无穷无尽的含义⋯⋯"②针对这些说法,他提出了意义如何进入图像;何处是它的尽头;如果有尽头,是否还有超越图像的可能等问题。他指出,"如果这一图像中包含了符号,我们可以肯定这些符号是饱满的,是最适宜观看的","图像极尽直白,或者至少是十分显著的"。③图像的含义都是有意的,图像的所指必须以一种最清晰的方式表现出来。

影像文本的诞生意味着传播媒介的重大进步,人们得以在文本中直观地认知意义。印刷文字往往是对具体内容加以抽象化,它让孤独的作者获取文字的表达方式,让独立的读者进入自律的思想范畴。印刷的书面文字重新创造了生活中的口语及口传民谣、口传诗歌等艺术,它也并不导致口语意义的丧失,而是在不同媒介载体上重塑语言的意义。影像文本则以视觉化的方式彰显了图像表意的作用,以其复合性的符号表达回应了人类的多重感官功能。"电子技术的成就打破了古登堡的时期。我们掌握了融听觉和视觉媒介于一炉、效果优于单调的印刷符号的表达方式。对感觉印象接受的同时性取代了顺序性,复合感觉的丰富性取代了线性表述的单调性。"④影像媒介促使人们从文字的抽象思维走向具体的视觉印象。影像文本创造一个流动的时间结构,它通过画面更好地体现时空互动,打破了印刷文字单一的叙事维度。

视觉化叙事是影像文本的主导特征,画面超过声音、文字而成为影像文

---

① 安德烈·巴赞. 电影是什么?[M]. 崔君衍,译. 北京:文化艺术出版社, 2008:12.

② 阿瑟·阿萨·伯格. 媒介与传播研究方法:质化与量化研究导论[M]. 张磊,译. 北京:中国传媒大学出版社,2021:93.

③ 阿瑟·阿萨·伯格. 媒介与传播研究方法:质化与量化研究导论[M]. 张磊,译. 北京:中国传媒大学出版社,2021:93.

④ 阿诺德·豪泽尔. 艺术社会学[M]. 居延安,译编. 上海:学林出版社, 1987:264.

本的关键因素。从印刷文字媒介到影像媒介,印刷文字抽象的视觉叙事演变为影像文本直观的视觉叙事。画面、声音和文字在影像文本中的组合,意味着一个全新的文本结构,在这个结构中,画面优先进行表意实践。比如,当歌词进入歌曲之中,歌词与声音结合起来,歌词本身的词句、韵律和意象全部变成了音乐的元素。王菲《明月几时有》这首歌的歌词借用了苏轼《水调歌头·明月几时有》整首词,当音乐旋律响起,声音吞没了词的部分审美特质。歌词被声音所驾驭,原来独立的词与句消弭在歌曲之中。在一首歌曲中,声音超过歌词成为主导因素。再如,当配乐进入影片的特定场景之中,音乐作为独立的艺术又被瓦解了,配乐与画面结合起来进行指意。音乐本身的旋律、节奏和情绪又变成了影像的元素。文字进入影像文本,闪过的字幕是动态的,含蓄隽永、意境悠远的文字不再能够获得读者的慢慢品读,而是在相应速度的播放下帮助读者理解画面。文字成为影像文本的要素,它作为独立的艺术功能瓦解。因此,在影像文本之中,画面是首要因素。影像文本并不因为用了十分优美的音乐或十分雅致的文字而理所当然地变得更加优美。在一般情况下,当画面、声音、文字在影像文本中结合在一起时,画面首先刺激受众的感官,画面更容易吞并声音和文字作为独立艺术的特质。影像文本的视觉化叙事由此获得了合法性地位。

于是;我们不难理解影像文本为何注重制造画面奇观。好莱坞影片多着力于营造壮阔的场景、精巧的画面和震撼的特效,这是对于画面的极致运用。这种符合影像文本的视觉叙事的制作策略使得好莱坞在一百年的电影发展史中占据极为重要的地位,并获得丰厚的产业回报。与此形成对照的是,欧洲艺术电影越来越小众化,诸多欧洲艺术电影将人类内心的艺术探索作为首要追求而并不专注于表象的画面效果。比如伯格曼的《野草莓》、戈达尔的《筋疲力尽》等经典影片,它们更愿意对人类无意识范畴、人性本质、社会形态进行影像化的艺术追思,却在影像文本中将画面效果置于其次。欧洲艺术电影深邃而孤绝,但却越来越远离普通观众的欣赏趣味,这在于影像文本的视觉化叙事被低估乃至被弃置。21世纪前20年的中国电影发展历程中,张艺谋的作品是重要的范例。其早期作品《红高粱》《大红灯笼高高挂》很好地运用了画面的光影效果,是其艺术表现的重要特色。《红高粱》中高粱地里耀眼的阳光、涌动的红色高粱、狂野的红色嫁衣相互切换,无不在画面中彰显生命的原始魅力。《大红灯笼高高挂》中阴郁的宅院、魅惑的红色灯笼、阴沉的天空,无数富有特性的画面拼接成一曲悲凉的女性挽歌。张艺谋的作品转向商业化的产业运作之后,更是以恢宏浩大的场景制造华丽的画面,比如《英雄》《十面埋伏》《金陵十三钗》等影片。这些影像文本极为典型地采取视觉化叙事,在产业运作环境下产生巨大社会效益。此外,3D电影、IMAX荧幕的发展,更是对于影像文本视觉化叙事提供了技术支撑,这已经成为当下影像艺术发展的趋势。

影像文本的视觉化叙事是对于人体视觉的某种反射性归还,影像反映的行为就是视觉的有意运动。"作为一种体现知觉的方式,视觉不只是为我们提供了可见世界的基本途径,它也为我们提供了了解和到达自我的基本途径——看到对象如同正在观看对象一样。"①视觉在自我和他者的世界中都是一个中心的角色,影像文本则是对人体直观视觉的再次开发。观看是影像经验的本质性行为,这一点毋庸置疑。"只有在观看的行为中电影才会使我们的经验有意义,而且只有在观看的行为中电影才拥有自身的存在,正如对于我们在观看中才拥有自身的存在。"②在我们的观看行为之外,影像文本并不能获得存在之所在。人们必须在观看中才能获取影像文本的意义,而影像文本也必须为受众设定观看行为才能获得自身的本体地位。观看的行为连接了影像文本和受众群体。视觉化叙事是对观看行为的认可与彰显,契合了影像文本内在的本质性特征。

四、案例:《掬水月在手》的诗性修辞与影像美学

《掬水月在手》是一部风格独特的纪录片,亦是一个具有文学特性的影像文本。影片讲述叶嘉莹一生经历,导演陈传兴由此完成了"诗词三部曲":诗人郑愁予的纪录电影《如雾起时》表达"诗和历史",诗人周梦蝶的纪录电影《化城再来人》寻找"诗和信仰",而《掬水月在手》诠释"诗和存在"。《掬水月在手》以诗词大家叶嘉莹先生为表现对象,其表达手法是高度诗化的。它一方面以非虚构的途径讲述叶嘉莹饱经忧患的人生历程,另一方面以影像语言传递诗词的恒久魅力。新媒介文学日新月异,影片在诗歌与影像的交会中碰撞出颇具东方意蕴的审美特性,探讨有关文艺媒介的理论命题。

(一)非虚构:记录曲折的诗词人生

作为一部纪录片,《掬水月在手》采取非虚构的记述方式,准确地再现了叶嘉莹跌宕起伏而持守理想的一生。叶嘉莹1924年出生于北京西城察院胡同一个传统知识分子家庭,幼承庭训、饱读诗书。电影将四合院的门外、

---

① Vivian Sobchack. The Address of the Eye: A Phenomenology of Film Experience [M]. Princeton, New Jersey: Princeton University Press, 1992:98.

② Vivian Sobchack. The Address of the Eye: A Phenomenology of Film Experience [M]. Princeton, New Jersey: Princeton University Press, 1992:129.

脉房、内院、庭院、厢房与"空"作为空间背景，连接起叶嘉莹辗转流离的人生，以建筑空间回应历史时间。

少年叶嘉莹生活在北平沦陷区，听过七七事变的炮火声，感受过战乱时期艰难的时局。父亲因航空事业与家人分离，一路往南撤退；母亲忧思成疾，病逝于从天津回北京的火车上。"寒屏独倚夜深时，数断更筹恨转痴。诗句吟成千点泪，重泉何处达亲知"①等八首哭母诗写于此时。结婚后，叶嘉莹随丈夫到了台湾，遭遇"白色恐怖"，她抱着怀中幼女一度入狱；丈夫则被关押，三年音讯全无。随后叶嘉莹在彰化、台南、台北的几所中学教书，又经许世瑛先生推介进入台湾大学任教。1966年，叶嘉莹到美国密歇根大学当交换教授，并到哈佛大学合作教学。由于丈夫在台湾被羁押过，她遵从家人的意愿离开了台湾。后来因各种机缘，叶嘉莹留在了加拿大的英属哥伦比亚大学。

1976年，叶嘉莹的长女和女婿因车祸去世。难以自持的悲伤化作诗歌，叶嘉莹写下多首哭女诗，如"历劫还家泪满衣，春光依旧事全非。门前又见樱花发，可信吾儿竟不归"②。这是一个哀痛的转折点，此时的叶先生从各种际会和劫难中走向了超越。1979年，叶先生回国教书，她自费回国、不计报酬、传承中国诗词。1996年，她在南开大学创办中华古典文化研究所。她对中国古典诗词怀有深厚的感情，提出应结合历史背景、社会情状、文本特性来具体形象地解说诗词或要眇宜修或高渺深挚或晦涩难言的艺术境界。她说古典诗词"原只不过是我个人的一种兴趣与爱好而已，但自1979年我开始回国教书以来，却在内心中逐渐产生了一种要对古典诗歌尽到传承之责任的使命感"③。归国执教40年，叶嘉莹对中国诗词文化的传承作出了巨大贡献。

《掬水月在手》回顾了叶嘉莹的生命历程，以非虚构的基本手法表现出叶先生顺服命运却坚韧顽强、顾念家庭又情系国家的人生格局。非虚构电影被认为是表现真实的现实，而不是虚构的世界。"虚构和非虚构电影之间的区别不只是观众接受的问题，而是取决于电影在制作和观看的特定文化背景下的预期功能。最终，当我们描述非虚构和虚构电影之间的区别时，我们不能将我们的描述局限于文本的内在特性，或观众的接受过程，或文化语

---

① 叶嘉莹.沧海波澄:我的诗词与人生[M].北京:中华书局,2017:34.
② 叶嘉莹.沧海波澄:我的诗词与人生[M].北京:中华书局,2017:114.
③ 叶嘉莹.我的诗词道路[M].石家庄:河北教育出版社,1997:97.

境,而必须把三者共同纳入相应的描述中。"①美国电影理论学者大卫·鲍德维尔也指出:"非虚构电影和虚构电影之间的差别,是从来不会真正地以它们在形式方面的技术差别为根据的;其次,人们也不能通过引用享有技术的方式来解构它们之间的差别。"②不能单凭一个段落来分辨一部电影是非虚构电影还是虚构电影,为了审美目的,非虚构作品的作者会采用虚构的技巧,虚构作品的作者也会采用非虚构的相关策略。因而非虚构电影和虚构电影之间的差别不能以形式上的技术差别为原则。非虚构电影有其特定的表现对象、必要的客观性结构。

叶嘉莹一生漂泊,对她而言,往事如烟、前尘若梦,很多详细的情况她已难以追忆。不过她有作诗的习惯,记录了非常真纯的感情。《掬水月在手》最大限度地客观记录了主人公的生活记忆,主要通过人物采访和诗词旁白来实现。影片对于叶嘉莹本人的采访,以及对她的朋友、学生的采访都是纪实的。叶嘉莹的自述以及白先勇、席慕蓉、宇文所安、施吉瑞等人的讲述构成了电影非虚构的基调。以何种途径去体现纪实,这是非虚构电影可以选择的情感限度和表达尺度。影片呈现给观众的是一种相当节制的叙述,剪辑掉了私人化和世俗化的个体叙述。它一方面通过个体的言说去靠近表现对象的生命历程,另一方面又从中抽离出来以获得一种观照的态度,试图表达师生、朋友之间深刻的情感。《掬水月在手》以叶嘉莹为表现对象,这本身是一种诗的存在;以四合院为客观结构,显示出具有历史感的空间张力;观众的观影心灵则被人物经历和诗词风雅所牵动。这部非虚构的纪录片朴素无华,却能产生如诗如画的艺术效果,除了表现对象与诗词的生命关联,影片本身独特的修辞手法也是不可忽略的因素。

(二)跨媒介:探索互文的影像语言

《掬水月在手》被认为是一部展现了"女诗人的百年孤独"的"传奇"③,它如何以非虚构的方式呈现出"传奇"化的诗学效果?该片融合了器物、照片、诗歌和吟诵这些各自独立的文艺形式,跨越了媒介的分野。通过摄影、图像、音乐等方面的互文性探索,影片形成了一种独特的影像语言。正是诗化的影像语

① Carl Plantinga. The Limits of Appropriation Subjectivist:Accounts of the Fiction/Nonfiction Film Distinction[M]//David LaRocca. The Philosophy of Documentary Film:Image,Sound,Fiction,Truth. London:Lexington Books,2017:113−124.

② 大卫·鲍德韦尔,诺埃尔·卡罗尔. 后理论:重建电影研究[M]. 麦永雄,等,译. 北京:中国社会科学出版社,2000:401.

③ 陈晨,张瑜.《掬水月在手》:如诗影像记录"最后一位女先生"传奇一生[EB/OL]. (2020−10−11)[2021−03−16]. https://www.thepaper.cn/newsDetail_forward_9517129.

言与跨媒介的指意实践，使得这部文学纪录片产生了超越纪实的艺术效果。

首先，影片的突出特点是以器物、景物的摄影穿插在人物的叙事线中，这些空镜头反映出导演个性化的摄影意识。苍凉的北魏壁画、斑驳的龙门石壁、神秘的唐朝铜镜、飘逸的民国旗袍作为空镜头出现在影片中，衬托诗词的古韵。从创作意图而言，导演希望通过器物去引导观众感受古代诗人的创作状态；从制作层面而言，拍摄这些物件省去了搭建场景的费用；从接受情境而言，影片为观众营造出苍茫寂寥的氛围。摄影在其中扮演了特殊的角色，被摄器物的材质、构图、影调烘托出诗词的历史风华。"纵观摄影的历史，尽管它通过相机镜头创造的图像总是涉及某种程度的主观选择，摄影始终与现实主义联系在一起。……摄影一直与关于客观观察、公正无偏见和事实再现策略的观念联系在一起。相机是一台机器，由此许多人将机器与客观和非人类的视觉联系起来。所有相机和相机生成的图像，无论是静态照片还是视频，是电子形式还是数字形式，总被认为是更为客观的、机械化的实践。"①摄影机被看成是客观的机械工具、实用的科学工具，比人类的眼睛和手更能准确地记录现实。摄影通过机械记录对象，而不只是依靠创作者的手工，似乎更能适合实证主义的思维方式。此外，摄影显然也是有视角和企图的，可以体现出特定的艺术手法。在这部纪录片中，摄影往往把人物和器物作为情感对象，而不只是作为事实的纪录证据，多组空镜头强化了电影诗的基调。

其次，影片以文字、照片、影像的交融来呈现叶嘉莹的诗词人生，在影像处理上并不着意于奇观化的图像效果，而是表现出历史化的审美距离。如何以此时此地的境况去再现历史？影片通过叶嘉莹保存的照片、信件以及此在的讲述去追溯过去。比如，影片以叶嘉莹不同时期单人照的叠加来表现流逝时光中个体的状态，荧幕的左边是一张张照片的浮现，右边是诗作的显现，照片和文字形成互文状态，共同衬托叶嘉莹在不同时期的际遇。这些照片不再是静置的图片，而是与文字一起纳入动态的影像之中，并用来表现主人公的风貌气韵。"图片是有形的物体，你可以烧毁、损坏或撕裂的东西。形象则是在图片中显现出来的东西，也就是在被破坏后依然存在的东西——存在于记忆、叙述、复制及其他媒体的痕迹中。"②照片分离出瞬间的

---

① Marita Sturken, Lisa Cartwright. Practices of Looking：An Introduction to Visual Culture[M]. New York, Oxford：Oxford University Press,2018:24.

② W. J.T. Mitchell. Image Science：Iconology, Visual Culture, and Media Aesthetics[M]. Chicago:University of Chicago Press, 2015:16.

表象,我们可以通过照片连接起照片背后的时光和故事。这些照片中的叶嘉莹无一例外是抿着嘴唇,有着坚毅隐忍的目光,却未曾闪耀欢欣快乐的神色。这构成了一种视觉的隐喻,联系叶嘉莹在影片中对于去国离乡、独自持家的平和讲述,我们可以感知到照片背后那些离乱岁月与艰难时日。画家的观看方法,由画纸上涂抹的痕迹构成;摄影师的观看方法,反映在他对题材的选择上;导演的观看方法,体现在他对影像和场面的把握上。导演对于这些照片的选择和表现,传递出一种观看和创作方法。"影像是重造或复制的景观。这是一种表象,已脱离了当初出现并得以保存的时间和空间。"①这些照片脱离了当初拍摄的具体时空,却于此在的时空中产生了动人的回应。

再次,影片在音乐创作和声音设计上颇见功力,将声音与诗歌进行奇妙的组合。"如果观众已经不读诗了,那么这诗里的音韵要如何表现。"②这是盘踞在导演心中的重要问题。日本作曲家佐藤聪明以唐音雅乐谱就《秋兴八首》组曲,为《掬水月在手》贯通起一条音乐叙事线。该乐曲不单是在名称上与叶嘉莹代表性的学术著作《杜甫秋兴八首集说》形成呼应,更是以古朴旷远的基调与诗歌力量、人物情绪形成共鸣。有学者指出,"音乐是电影形式的核心和灵魂的构成部分,它试图从特定角度、特定的人以及特定的地点和时间去体验世界"③,"音乐可以将事物结合在一起并讲述故事;它能以类似于主流虚构电影的音轨方式,引导观众进入叙事和情感的位置;它有助于把每种视觉表现转化为高度个人化的视觉"④。音乐为影像注入了更为悠远的情感光芒,形成了一个由节奏、强度组成的力量场域。此外,影片在声音设计方面非常考究,注重声音与诗歌的交会。比如,影片中叶嘉莹回忆顾随先生对她的启发和教导,讲到师生曾作多首和诗。其间由男女二声部朗诵两首师生各自所作的《踏莎行》,在"耐他风雪耐他寒,纵寒已是春寒了"一句中形成共振,传递出声音的叠加效果和师生的道义相契。片中叶嘉莹的生平讲述和诗词吟诵具有不同特点,前者温和优雅,后者抑扬有致,它们让观众沉浸于美妙的音场之中,这与声音的后期制作不无关联。"作为情感和回忆的符号,音效在纪录片中起到举足轻重的作用,而这些痕迹并不必然依赖于摄影的再现。"⑤影片中的复调声音甚至超越了

---

① 约翰·伯格. 观看之道[M]. 戴行钺,译. 桂林:广西师范大学出版社,2005:3.

② 《掬水月在手》导演十问:我想用空镜抵达诗的本质[EB/OL].(2020-10-28)[2021-03-16].https://mp.weixin.qq.com/s/UH4Z17PaZ6MRfyOaJva-8g.

③ Holly Rogers. Music and Sound in Documentary Film[M]. New York:Routledge, 2015:xi.

④ Holly Rogers. Music and Sound in Documentary Film[M]. New York:Routledge, 2015:9.

⑤ Malin Wahlberg. Documentary Time:Film and Phenomenology[M]. London:University of Minnesota Press, 2008:60.

视觉印记,诗以音乐的形态再现、以声音的方式呈现,辅之以混音的音效处理,营造出一种有关诗词的剧场空间感。

《掬水月在手》在摄影、图像和声音方面体现了媒介互文的特点,构建了东方电影美学的独特叙述方式。美国艺术理论家威廉·米歇尔在论及图像转向问题时指出,图像转向并不局限于当代视觉艺术,它是一种思想的修辞及其成型。图像转向通常出现在新的生产技术、新的政治或美学运动的相关形象出现之时,比如,人工透视法则、照相摄影、电影电视的发明都被当作图像转向,并受到欢迎。他还指出:"媒介总是感官和符号元素的混合,所谓的'视觉媒介'都是声音和视觉、文字和图像相结合的混合形态。甚至视觉本身也不是纯粹的光学,它的操作需要光学和触觉的协调。"[1]即视觉和听觉的边界并不绝对,各种感觉可以形成共鸣。图像转向颇受欢迎,照相、摄影、电影等艺术往往凸显视觉的优先性;图像转向也构成威胁,在影像艺术中文字、声音往往依附于图像。《掬水月在手》淡化了媒介的边界,在图像转向的趋势下注重文字、图像、声音的内在关联。导演有西学的背景,却没有运用西方式的透视法则、油画色彩去创作,而是探寻更适合中国诗词的影像表达途径。导演更愿意接受小津安二郎、沟口健二、黑泽明等日本导演的启发,使用一些空无而枯寂的镜头,并展开电影语言的个人实验,尝试一种带有诗词韵律的东方影像美学。

(三) 诗歌与电影交融的限度及困境

《掬水月在手》在内容上以诗词家为表现对象,在形式上采取了诗化的影像语言,是一部以诗为底色的纪录片。"纪录片是一幅真实生活的肖像画,将现实生活作为素材,并由艺术家和技术人员所构造,他们(指艺术家和技术人员)无数次作出将故事以什么目的告诉什么人的决定。"[2]纪录片是关于真实生活的,但不是全片的真实生活,纪录片仍然有其艺术视角。《掬水月在手》具有诗的气象与意蕴,传递出中华诗词生生不息的文化血脉。诗歌历来是以口语或文字为媒介的,当诗歌通过影像语言去呈现美感之时,就遇到了挑战。这部纪录片非常典型地体现出诗歌与电影交融的可能性与局限性。

《掬水月在手》主要以两种方式来表达诗歌:其一是电影重现诗歌,即以旁白、独白、字幕等方式直接对诗歌进行呈现;其二是电影诗化表意,即以跨媒介的影像语言创设诗的意境。前者是文字的直接呈现,后者是画面的间接转达,

---

① W. J. T. Mitchell. Image Science: Iconology, Visual Culture, and Media Aesthetics[M]. Chicago:University of Chicago Press, 2015:14.

② Patricia Aufderheide. Documentary Film:A Very Short Introduction [M]. New York: Oxford University Press,2007:2.

影片对此作出了卓有成效的尝试。影片引用了诸多叶嘉莹所作的诗词,比如《鹧鸪天》下阕"明月下,夜潮迟,微波迢递送微辞。遗音沧海如能会,便是千秋共此时"。影片将词作的文字、静谧的画面、幽远的配乐和叶嘉莹本人的吟诵结合起来,夜空的明月、湖泊的倒影、寂寞的渡船、悠久的石壁、辽远的雪景缓慢地闪过,画面对应词作及其吟诵。一般而言,电影不会以黑幕白字去重现诗歌,而是倾向于将诗歌文字与画面、音效紧密结合,调动起视觉、听觉的多重感官。这样一来,诗作进入了电影的再创作中,观众对于诗作的赏析也就陷入了影像的解释旋涡之中。电影创作者横亘在诗作与观众之间,它对诗作的解读就影响到诗歌意义的生成和电影品质的优劣。可以说,《掬水月在手》在重现诗歌方面做得精准,对于叶嘉莹诗作的理解和把握相当到位,能够把诗歌呈现适时地融入叶先生的讲述和回忆之中;《掬水月在手》在电影诗化表意方面也作出了有益的探索,摄影、图像和声音多媒介交融,构筑东方影像美学;两者证实了诗歌与电影的跨媒介互文的多种可能性。

《掬水月在手》重现诗歌、诗化表意,但它在诗歌的意义阐释方面是有欠缺的,反映出诗歌和电影交融的局限性。影片难以用影像语言渲染诗词的内在精义,亦不能充分传达叶嘉莹的诗词成就。比如影片中叶嘉莹谈到朱彝尊、李商隐的诗词,指出这些作品具有一种"弱德之美"。清代词人朱彝尊被视为浙西词派的创始人,他所写的私恋之情虽不属于贤人君子的情意,但有"幽约怨悱不能自言"的"难言之处",表现了"低回要眇"的美感之品质。叶嘉莹将这种以隐曲为姿态的美感品质归纳为一种"弱德之美","这种美感所具含的乃是在强大之外势压力下,所表现的不得不采取约束和收敛之姿态的一种美"①。李商隐身陷党争、恩怨难言,因而诗作虽瑰丽多姿,但也晦涩难解,对其诗作的理解成为文学史上的一大难点。叶嘉莹在诗词讲稿中,结合自己的读诗经历,类比王维、王国维等诗人,鞭辟入里地分析了李商隐诗作。"李商隐诗深曲的思致、深厚的感情、敏锐的感觉,使人情移心折;用字瑰丽、笔法沉郁、色泽凄艳,使人魂迷目眩。"②叶嘉莹以《嫦娥》"云母屏风烛影深,长河渐落晓星沉。嫦娥应悔偷灵药,碧海青天夜夜心"为引子,从儿时读此诗对于事物、故事、境界的体会,到成年对于此诗的体味、欣赏,层层梳理、步步递进,讲解了诗歌中所蕴含的诗人的悲哀寂寞之情,在历史、事件和心境的汇合中,解读了诗人极深的寂寞感。叶嘉莹诠释朱彝尊词作时提出

---

① 叶嘉莹.朱彝尊之爱情词的美学特质(续)[J].四川大学学报(哲学社会科学版),1994(2):64—65.

② 叶嘉莹.迦陵谈诗[M].北京:生活·读书·新知三联书店,2016:160.

"弱德之美",认为陶渊明、李商隐诗作有"弱德之美",苏轼在"天风海雨"中所蕴含的"幽咽怨断之音"、辛弃疾在豪雄中所蕴含的沉郁悲凉之慨,亦是一种"弱德之美"。诗人对这些意内言外、绵缈不尽的情思,皆不做径直之言说;而将难言之处以隐笔、缩笔、曲笔婉转出之,蕴含着各种不得已的家国悲慨。叶嘉莹将多种深挚真切、缠绵悱恻之诗词解说得明白动人。"弱德之美"指诗词深微幽隐之美,也可以指人之品质,即一种自加敛抑、承受痛苦的美德。"弱德之美"是叶嘉莹的一种诗学观念,这种独创性的见解来源于她以生命体验去读诗、解诗的感发力量。《掬水月在手》涉及诗学上的"弱德之美",在电影海报上也用"弱德之美"来形容叶嘉莹,但由于影片在诗歌意义阐释上的限度,并不能将诗歌的内在肌理和丰富意蕴充分表达出来。

由于诗歌与电影的交会遇到跨媒介的隔阂与难度,《掬水月在手》在诗歌的意义阐释方面存在一定的局限性,因此,该纪录片在叶嘉莹的人生经历方面完成度较高,而在诗词成就方面的嵌入力度偏浅。叶嘉莹对古诗词创作、古诗词鉴赏、诗学理论、诗词吟诵、诗词教育作出了独特的贡献,达到诗作、诗论、诗教三者融会贯通的境界。她重视诗词"兴发感动"的力量,一方面以深厚的国学根基分析诗词作品,另一方面以中西比较诗学的视野阐释古典诗词。《杜甫秋兴八首集说》是其专力精诣之作。大历元年(766年),55岁的杜甫入夔。阅尽人间一切艰辛,经历种种变故,经过长期的涵泳酝酿,杜甫表现出一种艺术化的深沉情感。叶嘉莹把这称作是不拘泥于一事一物的"现实的感情"、经过酝酿的"意象化之感情"。身世飘零之辈于游旅漂泊之际,难免感身世之凋零、恸家邦之离乱。叶嘉莹对于杜甫凄清萧瑟的襟怀、慨往伤今的喟叹有着深切的共鸣,也提及自己在海外品读"夔府孤城落日斜,每依北斗望京华"的感动。《掬水月在手》以佐藤聪明的配乐《秋兴八首》去呼应伟大诗人杜甫与叶嘉莹研究杜甫的力作,对此作出了依托声音的抽象化处理,而回避了诗词的意义解读。

叶嘉莹以西方理论解读中国古典诗词,视野开阔、格局宏大,引起了极大反响。她用文本细读、意识批评、接受美学、女性主义理论解读古典诗词,比如用阐释学、符号学来解释李商隐诗作,用克里斯蒂娃的女性主义解析《花间集》,用互文性(intertextuality)、文化的符码(cultural code)分析《行行重行行》,用德国接受美学家耀斯"阅读的三个视野"来剖析纳兰性德的词作。古代说诗论词往往提倡让读者自己去体悟诗词之妙,却难以清楚地说明一首作品的好处究竟何在,这亦是旧日诗话、词话的一般通病。叶嘉莹通过作者的身世背景、历史背景、作品的本事、典故的源流,结合20世纪的西方文学理论,非常明白清晰地论说诗作如何之优美。缪钺先生对叶嘉莹论诗之法有精到的概括："叶君以为,人生天地之间,心物相接,感受频繁,真情激动于中,而言词表达于外,又借助于辞采、意象以兴发读者,使其能得相同之感受,如饮醇醪,不觉自醉,是之谓诗。故诗之最重要之质素即在其兴发感动之作用。"[①]旧之学者出于"温柔敦厚"的诗教观,往往将写爱情的诗词牵附于比兴寄托之意,为之隐讳、为之强加辩解。叶嘉莹以诗词的感发为基础,借鉴西方文论,纠正了古代诗论词论中曲加解说的强辩之言,自成风格。

《掬水月在手》的电影语言可以重现诗歌的文字,再现诗歌的情境,却极难传达诗歌的内在意蕴。影片在诗歌的意义阐释方面表现乏力,继而难以深入表现叶嘉莹在诗词方面的卓越成就。

(四)小结

《掬水月在手》在世纪缩影中谱写了一位中国知识女性的人生,以非虚构的纪录方式和诗化的影像美学回顾了叶嘉莹的诗词道路。叶嘉莹归国后的讲学引起了热烈的轰动,她以新颖的视角和理念解读中国古典诗词,"兴发感动"的说诗立场打破了长期以来固化的文学阶级论,在20世纪80年代回应了一代青年学子的文化心理需要,暗合了中国思想文化界的变革。叶嘉莹个人、诗词与历史形成了长久的回响,百转千回的诗词深蕴以更为精细而现代的方式被理解,她孜孜不倦的诗学追求和诗词传播早已突破了特定时代的限制。《掬水月在手》对于叶嘉莹人生历程的记录是充分的,通过文字、图像、音乐的互文探索,实现了纪录电影的诗化叙述,营造出一种独特的东方影像美学。与此同时,影片对于叶嘉莹诗词成就的表现未臻圆满,诗歌的意义阐释、诗词的解说精诣难以通过电影语言得到充分展现,叶嘉莹的诗教贡献便难以在历史格局中得到深刻体现。诗词常具托象幽微、寄兴深远之美感,其内在意义历来由文字来解释,而以画面影像去传递诗词的文字精义,这就陷入了诗歌与电影的媒介实验之困境。由文字媒介到影像媒介的不完全转换,反映出特定艺术媒介在表达上的限度。媒介融合时代尚需要更多类似《掬水月在手》的影片进行多元探索,以释放影像文本的艺术潜力。

---

① 缪钺.题记[M]//叶嘉莹.迦陵论诗丛稿.石家庄:河北教育出版社,1997:2.

第四节　文本的跨媒介改编

一、当代小说与影视剧改编

小说改编成电影由来已久。早在1902年,法国电影先驱乔治·梅里埃就将科幻小说《月球旅行记》改编成同名电影。1915年,格里菲斯将汤姆斯·狄克逊的小说《同族人》改编成电影《一个国家的诞生》。许多世界名著改编成电影,如普鲁斯特的《追忆似水年华》、劳伦斯的《查特莱夫人的情人》、陀思妥耶夫斯基的《白痴》《罪与罚》《群魔》、托尔斯泰的《安娜·卡列尼娜》《战争与和平》、卡夫卡的《城堡》《诉讼》,等等。欧美知名影片《乱世佳人》《教父》《魔戒》《肖申克的救赎》《西线无战事》《广岛之恋》《日瓦戈医生》《铁皮鼓》《情人》《不能承受的生命之轻》《洛丽塔》均改编自小说。

中国的情况同样如此。1914年,张石川将当时演出数月的话剧《黑籍冤魂》改编成了同名电影,开启了我国电影改编的历程。现当代诸多文学名篇改编为电影,如鲁迅小说《祝福》《药》《伤逝》《阿Q正传》,茅盾小说《子夜》《林家铺子》《春蚕》,巴金小说《激流三部曲》,老舍小说《我这一辈子》《骆驼祥子》《月牙儿》,沈从文小说《边城》,等等。著名导演陈凯歌的代表作《霸王别姬》,张艺谋的电影作品《红高粱》《大红灯笼高高挂》《满城尽带黄金甲》《金陵十三钗》《归来》以及《活着》[①],冯小刚的作品《永失我爱》《一声叹息》《手机》《芳华》等作品也改编自小说。

我们可以列出一长串小说改编成电影的名单。时至今日,电影影视剧改编自小说依旧非常普遍,如电影《哈利·波特》《指环王》《小妇人》《情书》《天浴》《一个女人的史诗》《少年的你》《流浪地球》《妈阁是座城》等中外影片概莫如是。2018年至2022年,每年连续出版的《中国电影蓝皮书》和《中国

---

① 余华的小说《活着》改编成同名电影《活着》。有意思的是,初刊本《活着》是中篇小说,发表于《收获》杂志1992年第6期。被广泛阅读传播、被文学史书写的则是作为长篇小说的《活着》。余华也是电影《活着》的编剧之一,在电影改编过程中,原本的小说得以扩充与修改,电影改编与小说创作之间存在紧密关系。《活着》改版历程及其电影改编等细节可参见罗先海的论文《跨媒介叙事的互动与裂隙——以〈活着〉的电影改编、小说修改为考察中心》,(发表于《文学评论》2020年第4期)。

电视剧蓝皮书》分别列出了年度影响力最大的十部电影和电视剧。①这五年间蓝皮书所分析的100部影视剧中有37部改编自小说，包括14部网络小说；50部电视剧中有29部改编自小说，占比58％。

在媒介融合的视域下，文字语言和影像语言都是新媒介文学的基本语言形式，小说和电影、电视剧之间具有非常紧密的同源关系，尤其是在大量的改编过程中，文学与电影、电视剧处在共生的艺术创作过程中。2017—2021年，每年影响力前十名的改编剧基本来自中国当代小说②，包括时下的畅销小说、网络小说。其中一部分被改编的小说是当代文学史上较突出的作品，比如2022年的热播剧《人世间》改编自梁晓声的同名小说，该小说于2019年获第十届茅盾文学奖；2020年的电视剧《装台》改编自陈彦的同名小说，该作家也是茅盾文学奖获得者；2019年的电影《流浪地球》改编自刘慈欣的同名科幻小说；2017年的电视剧《人民的名义》改编自周梅森的同名小说。而另外大部分被改编的小说并未进入中国当代小说史的书写之中，不过这些小说在时间范畴上属于中国当代，并且随着电视剧的上映，相应小说的影响力也随之上升。③小说文本与影视剧文本之间交织着大量共同点与差异处。以下我们并不纠缠于改编是否忠于原著的问题，而是观察不同媒介对同一题材不同的表现方式。由此，我们选取个例来具体审视同样的故事、同样的人物、同样的题材在印刷小说文本和影像文本中所带来差异性的审美效果。

2012年上映的影片《白鹿原》共斩获1.3亿元票房，获得第62届柏林国际电影节最佳摄影银熊奖。电影改编自陈忠实长篇小说《白鹿原》，小说近50万字，曾获第四届茅盾文学奖。这部近50万字的小说叙写了从清末到民国、抗日到内战，再到新中国成立，关中地区白鹿原上四代人的生命轨迹，它

---

① 两种蓝皮书由北京大学影视戏剧研究中心、浙江大学国际影视发展研究院联合推出，所谓"影响力"主要在于影视专家的评选，时间越靠后，其影响力考察更多注意到观众的意见。比如2021年度十大影响力影视剧是由73.95万影/剧迷、数百名北大/浙大影视专业学生代表、50位国内知名影视专家三轮票选而得出，第一轮由观众在1905电影网发布的50部年度作品中选出30部，第二轮由学生选出前20部，第三轮由专家选出前10部。

② 一般认为"当代小说"是指1949年以后的小说，但是这个含义在学术上仍有一定争议的。洪子诚的《中国当代文学史》、陈思和的《中国当代文学史教程》，都用这个定义。陈晓明《中国当代文学主潮》把当代文学推到1942年。许子东《重读20世纪中国小说》把当代文学分为四个阶段。陈平原主张当代文学应该指十年内，之前的都叫现代文学。

③ 中国当代文学史的建构，关系到文学批评家、理论家如何评价和认定特定作品，这既是在文学场域之中对文学文本的本体裁决，又是一种文化资本的社会分配。当代文学史的谱系并非一成不变，经典小说需要经过时间的沉淀。许多被改编成影视剧的小说原著是否会进入当代文学史，将以何种面貌进入，需要更为包容的评判与更为长久的观察。

所塑造的人物白嘉轩、仙草、鹿三、朱先生、黑娃、田小娥、白孝文、鹿兆鹏、白灵各具鲜明性格特征，整部作品波澜壮阔、深刻恢宏。小说以豪迈旷放之笔书写现代历史下的悲喜人生，最突出之处在于能在现代革命进程中对传统文化加以广幅的深刻表现，谱写了一曲宗族社会逐步坍塌和消亡的悲歌。白鹿原上有乡约，长幼尊卑、次序分明，男耕女织、井然有序。几千年来，天人合一、阴阳相生、万物一体的中华文化灵魂在这片土地上传承。但这一切随着晚清民国的政治变革而产生动荡。族长白嘉轩是旧有体制的信奉者，他的人生沉浮与一步步被摧毁的宗法社会捆绑于一处，从青年时期视之巍巍然至暮年时期行之颤悠悠，小说写尽了人生的风霜雨露。

小说情节丰富、人物众多、气象恢宏。影片则删繁就简，主要出现了白嘉轩、鹿子霖、田小娥、黑娃、白孝文、鹿三、鹿兆鹏几位人物。小说中许多人物被删去，比如朱先生，他饱读诗书、智慧超然，在白鹿村中从传统伦理价值的指导到地方公务的处理都发挥着重要作用，是乡土社会结构中的士绅，是宗族村落和皇权社会的重要维系者。他是小说中儒家文化理念的化身，是一个地区精神的引领者。影片删去了某些具有文化意蕴的人物与意象，进行了商业化的再创造。在《白鹿原》这一个例上，影像媒介的艺术表达比印刷媒介的小说表达显得逊色。以下我们从两个文本的开场差别、各自所具有的表达优势以及各自的文化格局来进一步分析小说和影像两种语言的差异。

第一，两个文本的开场不同，小说注重故事性，影片注重画面感。电影一开场，是白嘉轩、鹿三和工人们在丰收的黄土地上收割麦子的画面。继而镜头切换到白嘉轩带领乡里众人誓言白鹿相约。镜头再度切换到白嘉轩教训捣蛋儿子。随即是乡人急报皇粮被抢，清朝灭亡，从清朝过渡到民国。随后是一个冰天雪地的长镜头。电影开场通过不同画面的剪辑彰显白嘉轩族长的核心地位，展现他对于族规家法、礼义廉耻、仁义道德的重视与守护。小说开篇则是白嘉轩引以为豪的娶七房太太的故事，描述迎娶前四房太太的新婚之夜—白嘉轩父亲白秉德突然犯病—冷先生从容抢救—白秉德去世。"他（父亲）的死亡给他留下了永久性的记忆，那种记忆非但不因年深日久而暗淡而磨灭，反倒像一块铜镜因不断地擦拭而愈加明光可鉴。"①这种对于死亡经验的描述恐怕只有在小说文本中才能得到如此透彻的言说。红白喜事都在小说开篇得到了细致淋漓的叙述。继而小说叙述闹鬼—寻阴阳先生—传说中的白鹿显灵—白嘉轩设计去鹿家购置白鹿显灵的慢坡地等事

---

① 陈忠实. 白鹿原[M]. 武汉：长江文艺出版社，2004：6.

件。小说颇具煽动性地描写完七个新婚之夜后,终于开始讲述白嘉轩的多种义举,从家庭生活格局扩大到社会生活画面。两种不同的开场,是由不同媒介的表达特质所决定。印刷文本细致地描绘白嘉轩的经历、白鹿村的面貌,用文字书写来渲染神秘淳厚的民风;影像文本则直观地呈现白鹿村的景象,通过画面的剪辑更为急切地进入文本的中心故事。

第二,影像媒介和印刷媒介具有各自的表达优势。以印刷媒介存在的小说更擅长贴切的心理描绘;以影像媒介存在的电影则更擅长通过画面、声音等复合符号来呈现各种场景。在小说中,比如:"鹿三在院里葡萄架下吞食饭食的声音很响,吃得又急又快。他想不出世上有哪种可口的食物会使人嚼出这样香甜这样急切的响声。"①这样的文字描绘在影像媒介中恐怕要颇费周折才能传递同样的效果。"晚上,当他和她坐在一个炕上互相瞅瞅的美好时光里,她的光彩和艳丽一下子荡涤净尽前头五个女人潜留给他的晦暗心理,也使他不再可惜二十石麦子二十捆棉花的超级聘礼。"②这种心理描写在影像媒介中或许需要旁白或对白来传达,而且如果将这段心理作为旁白会很容易破坏新婚夫妇相互欣赏的美好意境。小说的文字始终具有影像媒介无法传递的美好。相应地,影像媒介也有独特的表意功能。电影《白鹿原》共出现四次戏曲艺术的表演,融入了陕北地区的民俗风情,使得影片更为饱满。前三次是戏台上的秦腔表演,第四次是室内的皮影戏表演,而四次表演均与女主人公田小娥的事件相关。前两次衬托的是田小娥与黑娃的纠葛,后两次衬托的是田小娥和白孝文(白嘉轩长子)的淫乱。比如镜头在戏台秦腔热烈的表演与田小娥、"麦客"黑娃的越轨偷情这两个场景间切换,镜头已经切换而上一个镜头中的戏曲声音则延长至两人交欢的画面。如此一则交代事件背景,二则加强两性行为的艺术表达。这是影像媒介所独具的复合符号表达功能。第四次的皮影戏表演则是在烟花之地,白孝文从一个顺服无能的儿子转变为倔强败家的逆子,他拿着变卖家产而得的银圆,带着田小娥逛戏园子、赌场挥霍、醉生梦死。一边是昏暗暧昧灯光下精致的皮影戏表演,一边是白田二人的纵欲纠缠,呢喃的戏曲音乐伴着蒙太奇镜头将一个男子的沉沦与一个女子的堕落呈现出来。这四场戏曲表演本身是一种艺术表达,同时能够烘托情节,此时,影像媒介就比文字媒介更有感染力。

第三,两个文本在艺术境界与文化格局上形成了差异。《白鹿原》的小说和影片属于不同的语言创造,各自也具有相应的表达优势。整体而言,《白

---

① 陈忠实.白鹿原[M].武汉:长江文艺出版社,2004:10.

② 陈忠实.白鹿原[M].武汉:长江文艺出版社,2004:11.

鹿原》的小说文本在文化格局上高于影像文本。这种高明在于小说对文字媒介的高超运用,而影像媒介撷取了更具商业煽动性的段落而失却了壮阔的文化深度。小说呈现了丰厚的社会图景,包括党派之间、宗族领袖之间、主仆之间错综复杂的关系;小说刻画了不同阶层的人物,比如饱读诗书的私塾先生、医术高明的乡间郎中;小说显现了对于未知力量的崇拜,比如传说中神秘的白鹿。小说是现实主义著作,它古朴、苍凉、沉郁,观照中华民族的灵魂,散发奇异的魅力。古老的白鹿原,富饶安详,在清末民初到20世纪四五十年代的动荡中却经历着痛苦的变动。小说将宗族村落与民族国家结合起来,家国同构,含有史志意蕴。小说在改革与冲突、碰撞与交流中表达了随着一个时代的谢幕,宗法文化的余晖也终究黯然褪去。小说展示了历史变迁的话语逻辑、现代社会的框架成型以及个体的命运兴衰。电影文本则将田小娥与黑娃、鹿子霖、白孝文等几个男人的关系作为影片的重心。磅礴的史诗、时代的洪流、新旧势力的对抗以及儒家道义的沦陷只是作为田小娥这个女性命运的背景设置与点缀。田小娥在整个社会文化格局中是一种情绪力量,她在男权社会中被窥视、指责与迫害,同时她也主动引诱、复仇与反抗,由此我们看到传统的男权社会如何爱抚,又如何摧毁一个生而美貌的女子。她是革命历程中一个渺小却极具爆发力的人物,长篇小说演绎了这种富有张力的人物命运和社会变迁,而影片凭借影像媒介的视觉和听觉优势来渲染田小娥外在的妖艳,却淡漠这个女子在社会格局中的无奈、在人性深处的善恶对抗。于是,我们在影片中看到田小娥妩媚的身姿、妖娆的眼神,演员风情万种的表演更是强化了那具有挑逗性的视觉效果。影片中田小娥的光彩照人与性感魅惑成为商业运作下观众重要的审美对象。

再来看另外几个小说改编成电影的例子。

导演张艺谋的多数影片改编自小说,当代作家莫言的《红高粱》、苏童的《妻妾成群》和严歌苓的《陆犯焉识》分别被他改编成电影《红高粱》(1988年)、《大红灯笼高高挂》(1991年)和《归来》(2014年)。影片《红高粱》获得第38届柏林国际电影节金熊奖、第8届中国电影金鸡奖最佳故事片奖,《大红灯笼高高挂》获得第48届威尼斯国际电影节银狮奖、第36届意大利大卫奖最佳外语片奖、第64届奥斯卡金像奖最佳外语片提名、第16届大众电影百花奖最佳故事片等近20个奖项。这两部影片在国内外拿下诸多大奖,它们以华美瑰丽的视觉影像呈现传统中国的东方意蕴和民俗景观,奠定了张艺谋20世纪90年代的电影艺术风格,为他在电影场域中的竞争积累了丰厚的文化资本。这两部影片毋庸置疑地成为中国当代电影史中的经典范例,但比较罕见地,这两部影片及其文学底本都拥有广泛的正面评价,小说《红高梁》和《妻妾成群》同样也是中国当代文学史中的重要作品。《红高粱》转换成时长91分钟的电影《红高粱》，文本时间被压缩。小说画卷般地铺陈20世纪三四十年代东北高密的民间生活和抗日战争，史诗般地渲染我爷爷和我奶奶的情爱缠绵、村民们的家国离恨。电影则撷取最具生命力的张扬片段，如轿夫颠轿、高粱地交欢、血染酒坊等段落，以热烈的红色基调凸显我爷爷和我奶奶的勇敢、欢快及痛苦。小说的篇幅具有文本时间延展的可能性，故而在历史演绎、状物写貌方面就颇为宏阔具体；改编而成的影片压缩了文本时间，故而选取重要事件加以艺术表达。影片没有面面俱到地转换小说文本，它对于文本内容的选择和表达非常适宜，达到再创作的良好效果。

中篇小说《妻妾成群》转换成119分钟的电影《大红灯笼高高挂》。它们的中心事件是女学生颂莲嫁入陈家大院后与其他三房太太的争风吃醋、明争暗斗。《妻妾成群》篇幅不大，影片基于文学文本就有了更多延伸的空间。影片以直观的画面营造出华丽的深深庭院，在这个庭院中有激情、冷漠、愤怒与绝望，充满了人间烟火的气息，又潜藏着死亡的幽冷。老爷陈佐千在影片中并没有出现正脸，但他的背影和声音就统治了这几房女人的世界。影片一方面细致地展示老爷统摄下几房太太的生活及其相互交锋，另一方面彰显几处极有隐喻意义的家庭仪式，比如老爷今夜在哪一房太太处，此房太太就享有点红灯笼、敲脚、同房的荣耀，由此影片就实现了点面结合，在充盈的时间结构中进行艺术表达。红灯笼是影片最为重要的画面意象，每个暮色沉沉的夜晚，大红灯笼绽放它浓艳的红色光芒，伴随紧凑的锣鼓声，骄傲地挂在某一房太太的门前。处于附庸地位的女性，她们的希冀与欲望、生存与希望都被这每夜燃起不停变换处所的红灯笼所掌控。视觉和听觉的结合让观众感受到冲击，这一点却是小说文本所难以企及的。"由于电影的听觉伴随视觉的运动性，其中语言只能起到一种次要的、辅助性和补充性作用，不可能产生那种感性—精神的艺术氛围，这种艺术氛围构成诗的精神性人物形象的基础。"①文学文本中文字起到主导作用，而电影文本中文字成为辅助。"作为沟通媒介的语言不是仅仅由大脑结构或传递预先存在的想法的愿望所决定。同样，大脑也不是完全为了适应于语言和象征思维。"②在文学文本中，大脑所行使的是语言思维，在电影文本中，大脑则更多地发动视觉思维。《大红灯笼高高挂》对《妻妾成群》所实行的影像表达之所以是一次成功的试验，一个重要原因就在于电影文本延展了小

---

① 卢卡奇.审美特性[M].徐恒醇,译.北京:社会科学文献出版社,2015:956.
② N. Katherine Hayles. Narrating consciousness: Language, media and embodiment [J]. History of the Human Sciences, 2010,23(3):131—148.

说文本的时间结构,拥有更多再生产的可能性。

长篇小说《陆犯焉识》转换成111分钟的影片《归来》。2014年上映的《归来》票房接近3亿元,许多人说它是最卖座的国产文艺片,但一个被忽略的事实便是:《归来》是张艺谋在2002年至2016年间拍摄的影片中唯一一部未能进入国产影片票房排名前十位的作品。自2002年始,张艺谋执导的影片《英雄》(2002年)、《十面埋伏》(2004年)、《千里走单骑》(2005年)、《满城尽带黄金甲》(2006年)、《三枪拍案惊奇》(2009年)、《山楂树之恋》(2010年)、《金陵十三钗》(2011年)、《长城》(2016年)均进入国产影片票房排名前十,唯有《归来》例外。《陆犯焉识》所叙述的故事时间跨度长达50年,分为1954年前、1954年至1976年、1976年后这三个时间段;《归来》则主要叙述1976年之后的故事。《陆犯焉识》在进行文学文本的媒介转换之时,大量地压缩了文本的时间,一则是故事时间的压缩,二则是叙事时间的压缩,从长篇小说到不足两个小时的影片,其时间结构产生了变化。小说的笔触流转于两个空间,陆焉识被禁锢于西北大荒漠的囚徒生活以及流放之前的贵公子生活,政治的诡谲变化、历史的风云变迁、人世的悲欢离合在小说中得以充分表露。陆焉识在西北荒漠的体力劳动中卸下了教授身份,在饥饿的挣扎中冻结了满腹才华,更重要的是在怀着忏悔的追忆之情中才发现了妻子冯婉瑜的圣洁与美丽,确认了自己对她深沉的爱。人间的繁华与苍凉、喧嚣与孤苦终于被这个浪子所体悟。小说以长篇的篇幅讲述陆焉识的创伤记忆,将个体命运和时代风潮结合起来。但是,《归来》在时间上的压缩使得影片文本缺少了跌宕起伏的动乱和峰回路转的通透,我们只看到一位风烛残年的囚犯奔向宿命的悲凉,却未曾看到他过去的骄傲与不屑。陆焉识那传奇而张扬的苦难在影片中消失殆尽。影片凸显了陆焉识和冯婉瑜的中年爱情,淡化了政治、社会的深刻力量。从这个意义上讲,长篇小说《陆犯焉识》依靠充足的篇幅使得文本获得了汪洋恣肆的发挥,影片《归来》由于压缩的时间使得电影文本怠慢了文学文本的诸多本意。

"敏感的评论家赫伯特·叶林早在20世纪20年代初一部《奥赛罗》的电影上映时便已指出,本质上伟大的悲剧不可能以这种创作方式深入进去。自此以后有一系列文学名著被拍成电影,当然它们处于极其不同的水平,然而正是其精神高度总是从电影创作中跌落下来。"①有许多小说家、评论家往往倾心于小说文本,对于改编文本有一定偏见。但是媒介本身是中立的,并不能说印刷媒介比影像媒介更能呈现高超的艺术境界和宏阔的文化格局,关键在于不同文本如何更好地发挥自身媒介的表达优势。许多一流小说的改编电影成不了

---

① 卢卡奇.审美特性[M].徐恒醇,译.北京:社会科学文献出版社,2015:956.

一流的电影作品,比如《战争与和平》;反而许多一流的电影作品改编自二流的小说,比如好莱坞经典大片《乱世佳人》。电影《白鹿原》未能超越长篇小说《白鹿原》,此个例不能证明印刷媒介更为优越,仍有许多电影作品超越了小说作品。2007年李安执导的影片《色·戒》上映,并获得第44届台湾电影金马奖最佳剧情片奖、威尼斯国际电影节金狮奖。影片改编自张爱玲短篇小说《色·戒》,电影比小说更为充实和生动。两个文本讲述的故事是女学生王佳芝成为间谍,意欲色诱汪精卫政府特务头子易先生,却最终被色所诱、为情所动,功败垂成。故事并不复杂,关键在于小说文本的叙述技巧和修辞效果,以及影像文本的电影语言和画面效果,两者艺术表达颇为不同,而影像文本超越了小说文本。小说《色·戒》是张爱玲晚年所作,并不是张氏风格的代表之作。小说采取闭合的叙述结构,从麻将桌上几位太太的对话写起,穿插讲述了王佳芝和易先生的事情,最终回到麻将桌上的叙述。电影采用了原著的总体叙事结构,将寡淡的小说扩充为饱满的荧幕故事,将隐没在文字背后的空间转化为具象的画面。两个文本有着不同的情欲书写、不同的性别表达,这种差异就是通过各自的传播媒介传递出来的。小说文本留有许多叙事空白,也无更多的两性描述,反映出女性作家对于诱惑、情感、沦陷的认知与白描。影像文本则填充了许多情节,将女性身体作为知觉对象毫无保留地展示出来,恐怕唯有李安才能如此细腻地处理女性的身体形象与政治隐喻。影像媒介更为彻底地通过身体来表达人性,将女性的主体自我与革命意识之间的对抗充分地演绎出来。影像媒介的画面修辞填补了小说叙事的诸多空白,将情欲冲突、身份认同更直接地呈现出来,更为残酷地破除了家国情怀的文化症候,营造一种情与欲的审美效果。同一题材的小说与电影,在媒介差异中形成不同的文本形态,可以给观众带来不同的审美感受。

二、网络小说与影视改编

网络文学以其悬念叙事、交互文本吸引了众多读者。近年,改编自网络小说的影视剧大量涌现,网络小说为影视艺术提供了新颖而丰富的题材资源。据报道,2014年共有114部网络小说被改编成影视剧,有90部拍成电视剧,有24部拍成电影。[①]2017—2021年这五年,由网络小说改编的影视剧目

---

① 新穷人是网络文学的最大市场[EB/OL]. (2015−10−13)[2016−02−16].http://cul.sohu.com/20151013/n423095139.shtml.

超过600部，它们在数量上逐年增长的同时，内容口碑也在逐年提升。①热播的电视剧《宫》《步步惊心》《甄嬛传》《何以笙箫默》《盗墓笔记》《鬼吹灯》《长歌行》《华胥引》《云中歌》《锦绣缘华丽冒险》《芈月传》《花千骨》《琅琊榜》《你好，旧时光》《隐秘的角落》《斗破苍穹》等影视剧均改编自网络小说。特别是《少年的你》《鬼吹灯》等电影，《琅琊榜》《大江大河》《都挺好》等电视剧，《隐秘的角落》《沉默的真相》等悬疑短剧，都赢得观众的诸多好评。网络小说与影视作品，不同的传播媒介，造成了同一题材的不同文本在表现形式上的差别。

仙侠玄幻类小说《花千骨》2008年首发于晋江文学城，2015年同名电视剧上映之后引起收视热潮。网络小说《花千骨》情节跌宕起伏，但文笔逊色，缺乏隽永的文字意蕴，并未充分发挥文字媒介特有的传播优势。小说文本表述浅淡，口语、书面语、网络用语夹杂，并没有形成特定的文学风格。在网络小说文本中，《花千骨》可算是平庸之作。电视剧《花千骨》则采取了小说的故事架构、情节设置和人物形象。电视剧制作了精美的画面，其充满水墨韵味的景象完美地展示了出尘的仙境，而幽暗诡异的场景则呈现对立的妖界。主人公美丽的长相和精致的妆容亦为影片的观赏增色不少。电视剧通过影像媒介掩盖了网络小说在文字表达上的欠缺，而彰显了画面充盈的表达效果。因此，电视剧文本比小说文本取得了更好的观众口碑。

架空历史类小说《琅琊榜》发布于起点中文网，2007年连载完结；2015年同名电视剧风靡一时。《琅琊榜》讲述"麒麟才子"梅长苏以病弱之躯拨开重重迷雾、智搏奸佞，为昭雪赤焰军冤案、扶持新君所进行的复仇故事。小说和电视剧在情节设置上均是环环相扣、惊心动魄，梅长苏步步为营，深陷权谋之斗，设下一个个心思缜密的布局，两个文本可谓是张弛有度的朝堂权谋之作。网络小说《琅琊榜》读者口碑不错，积累了不少粉丝读者，曾经获评历史类年度网络最佳小说，在起点中文网持续位列榜首。影像文本《琅琊榜》在后宫剧、悬疑剧、爱情剧、家庭剧的类别之外横空出世、另辟蹊径，将一个网络文学文本转化成一个俨然正剧的影视作品。这个影像文本之所以"凌然出尘"，除了情节上采取了网络文本的显著优势之外，重要原因在于它在画面形式上获得了美的意味。其一，梅长苏帅气的容貌、霓凰郡主飒爽的巾帼气质、靖王英武的卓然风骨……演员的形象首先给观众提供视觉美感。人物的外在形象构成影像文本重要的审美资质。其二，文本的画面构图相当精巧，这一点是小说文本所无

---

① 近年来我国网络文艺呈现繁荣发展态势　精品力作迭出[EB/OL].(2021—12—05)[2021—10—11].https://baijiahao.baidu.com/s? id=1718267095938372410&wfr=spider&for=pc.

法企及的。电视剧采取了不同类别的对称式构图,两两对称、三分法则、"V"形对称、对角线构图等等。比如第一集中几艘帆船相继驶入江左盟境内,海上云雾缭绕,犹如世外仙境,而几艘帆船在镜头中前后次序不同,形成"＜"字构图,展示错落有致、若隐若现的美。又如誉王和梅长苏相对坐于厅堂之中,两人中间是一桌清茶,镜头从两人的侧影打出去,门外景致略收眼底,两人各占画面一半,形成对称美。其三,通过画面营造古典意境。电视剧的情节是架空历史的,但在细节上尽量尊重史实,剧中人物妆容与服饰均有朝代参考,礼服、官服、便服搭配不同场景一一展现。作品注重画面细节,甚至连人物头上束发与腰间佩玉都尽可能地进行历史还原,人物行走跪坐间的礼仪也营造出浓郁的中国古典韵味。《琅琊榜》的网络小说文本和电视剧文本在情节上均吸引读者,而电视剧文本则更胜一筹并成为年度电视剧热点。究其原因,在于电视剧文本在最大限度地利用网络小说文本内容的基础上,充分彰显了影像媒介的画面表达优势。

网络作家祈祷君的小说《开端》2019年开始连载,2022年改编成网络剧上映,一时间引发颇高热度。这部作品被视作国内首部"无限流"①题材的电视剧,作者祈祷君也是该剧的第一编剧。它讲述了这样一个故事:男女主角遭遇公交车爆炸之后死而复生,却被困在乘车到爆炸的时空循环之中,在这个过程中他们努力寻找凶手,最终在警方的帮助之下拯救全车乘客,自己也解除了循环。该剧因疑云密布的剧情发展、扣人心弦的悬念设置、精湛的艺术表演而在播映之时频登热议话题榜,更在影视生态中实现类型创新,在时间折叠中创造叙事差异。中国影视剧按题材内容可以划分为古装历史、玄幻史诗、历险科幻、武侠江湖、悬疑侦探、都市生活、偶像爱情、青春爱情等,类型已相当丰富。然而,任何一部剧作并非单一面相,依据特定类型生动地讲述故事、立体地表现生活,则更需要创作者具备诸多方面的才华。荧幕密集上演爱恨缠绵的仙侠传奇、步步惊心的宫廷内斗、暗流涌动的敌我较量、家长里短的婚姻家庭、育儿"鸡娃"的教育内卷……这在一定程度上造成了观众的审美疲劳。《开端》突破了既有类型,融合了悬疑、玄幻、青春、爱情等类型元素,令人耳目一新。

《开端》类型创新的重要突破点在于时间循环的设定。我们所感知到的时间是线性的,失去的时间不能重来。实际上存在另一种看待时间的视角。康德认为,时间是内部感官的形式,"所有一般现象、亦即一切感官对象都在时间中,并必然地处于时间的关系之中"②。康德还指出:"时间只就现象而言才有

---

① 所谓"无限流",是指男女主角为了完成某一任务,不停回到原来的空间和时间,直到任务完成。

② 康德.纯粹理性批判[M].邓晓芒,译.杨祖陶,校.北京:人民出版社,2017:30.

客观有效性,因为现象是我们已经当作我们感官的对象的事物;但如果我们抽掉我们直观的感性,因而抽掉我们所特有的那种表象方式,而谈论一般的物,则时间就不再是客观的了。"①时间依赖于对象以及感受它的主体。时间可以是人的一种感知和体验。只有在时间中,一切现实才具有可能性。中国古人喜欢讲循环论,东南西北四方加中央,形成五元循环。世间万象处在五元循环之中。东南西北、春夏秋冬、生老病死,循环往复,犹如魔方,无限推衍。时间是否存在循环的可能? 这是一个充满想象和挑战的假设。西西弗斯不断推石上山的无望劳动是循环,普通人每日的重复劳作是循环,时间在哲学意义上具有更多的可能性。《开端》中每一次的时间循环和故事表达都没有单调重复,观众能看到部分重复的剪辑段落,更能看到环环相扣的剧情推进,故事主人公在时空折叠中不断接近事故的真相。《开端》在非真实的前提下表现出现实主义的创作特征,它将时间循环、悬疑探案与寻常生活巧妙结合,借助追究凶手的进程来展示乘客的不同人生与警察的鲜明个性,它有架空的恐怖想象,也有切实的生活写照。主人公不断在公交车上经历爆炸循环,在排查凶手的过程中乘客的性格特征与现实处境一一呈现,前者是超现实的虚假设定,后者是现实的沧桑人间,该剧在虚拟的时间构架中表现真实的世间百态,达到虚实相生的观影效果。这是由网络小说向网络剧改编转化的又一不俗案例。

三、不同媒介方式的文本差异

新媒介文学文本具有多种媒介形态,包括文字文本、影像文本、网络文本等。媒介决定了文本的存在方式,影响了文本的意义表达。在文学文本与影像文本的互文关系中已经产生了许多新型的文本特点,比如采取现在时态的讲述、视觉化的叙事、场景化的构设。印刷时代以小说为代表的文学进入鼎盛阶段,小说的表意方式和感知形式都是以书写或印刷文字为基础而形成的,作品中草木凋零、世事维艰的景象都由文字来创构。如今,文字的表达特权一部分让渡于画面和影像,印刷文学作品、网络文学作品与影视文学作品相互转换,文字不再占据文化的垄断地位,反而作为台词、形成意境、生成文学逻辑向画面渗透。新媒介文学促使传统文学走向多文本交融的情境,产生了更多样的文学表达形态。新媒介文学正在形成一种复合形态的文本,它在文字、影像、网络等多媒介的碰撞中重构文学符号。整体而言,新媒介文学的文本形态可以分为三个层面:以印刷文本观之,书写文字是主导的表意符号,文本中包括图画与文字的交织;以影像文本观之,画面

---

① 康德.纯粹理性批判[M].邓晓芒,译.杨祖陶,校.北京:人民出版社,2017:30.

影像是主导的表意符号,在文字、声音、影像的互动中,文字具有重要的辅助作用;以网络文本观之,以数字编码的书写文字是主导的表意符号,数字技术的运用使得"超文本""赛博文本"在网络文学中成为现实,多线叙述以及文字、画面、影像的超链接使文本呈现多元动态的特征。

新媒介文学利用不断更新的数字技术,将精神话语进行直接或间接的数字编码,它还将在数字技术的不断推进下发展自身的独特语言与文本形态,包括数码化、智能化的机器语言,这将带来更多的挑战。文学作品的一切符号实际上已用数字编码来呈现,就如由数字技术进行直接的影像编码,或者从书写文字转换为电子文档的间接编码。数字编码创造人类的交流符号,文学语言、图画影像经由数字符号编码而产生表意功能。在这个过程中,文学的存在方式、流通传播、生产消费产生更迭。新媒介文学的多重文本形态不但表达出文学的物质基础与符号表意的关系,而且呈现历史阶段中文化生产与生活样式的面貌。

麦克卢汉所说的"媒介即信息"形成一个巨大的阐释场域。它不断提示我们去反思媒介到底是什么,对于审美对象而言媒介的差异又意味着什么。"麦氏关于'媒介即信息'的具体阐释——媒介本身呈现信息、新媒介生产新信息、媒介信息'内容'仍是媒介等思想——已经构成了媒介存在论的重要内容。"①媒介带来了人的延伸,新的媒介为人类社会提供了新的尺度,媒介与其信息形成一个整体。新的媒介诞生之时,必然引进新的表达方式、新的信息内容,使人们面对一种新的媒介文化。"媒介即信息"命题本身颠覆了内容与媒介的切割法,媒介即携带了内容及其意义。传统印刷小说、网络小说、电影、电视剧等不同媒介形态的文本,其差异不只是在于传播形态,由媒介所构成的信息内容也形成了差异。

媒介不仅是中介、载体或材料,它制约信息的传达、影响意义的生成,它本身就在构成新的信息和意义。韦勒克、沃伦在《文学理论》中曾指出:"艺术家在创作想象中不是采用一般抽象的方式,而是要采用具体的材料;这具体的媒介有它自己的历史,与别的任何媒介的历史往往有很大的差别。"②他们意识到艺术表达需要具体的材料,比如文字、绘画和雕塑,这些材料构成了媒介,形成了自身特定的艺术史,但他们并未发掘不同媒介对于文学文本的理论意义。在共存的社会文化背景中,对不同媒介的文本形式加以比较是颇有价值的事

---

① 单小曦.媒介与文学:媒介文艺学引论[M].北京:商务印书馆,2015:31.

② 雷·韦勒克,奥·沃伦.文学理论[M].刘象愚,刑培明,陈圣生,等,译.北京:生活·读书·新知三联书店,1984:136.

情。过去诸多理论家热衷于不同艺术类别的比较研究,而尚未充分注意由媒介差异所带来的文学作品的风格差异。我们通过对同一题材的印刷小说文本与电影文本、网络小说文本与电视剧文本的对照解读,体会到媒介塑造了文学文本的表达意义及其社会影响力。新媒介文学由媒介方式而形成的文本差异可以分为以下三个方面。

第一,在篇幅布局和时间结构上形成差别。一般而言,小说文本分为短篇、中篇和长篇,电影文本的叙述时间为2~3小时,电视剧文本大多在20集到60集。作品的篇幅在接受过程中由时间来计量,这是主体内在心理的绵延。阅读小说或观看影视剧所耗费的时间各不相同,接受者的审美感官、情感和理性在时间流动中的逐步呈现。同一个故事在不同媒介文本中加以表述,详略程度各不相同。比如张爱玲的小说《色·戒》两万多字,李安的电影《色·戒》两个半小时,电影文本增加了更多的情节。网络小说《花千骨》140多章,电视剧《花千骨》50多集,电视剧文本删除小说中的许多片段。从小说到电影、电视剧,在文学作品的媒介转换中,时间结构发生了变化,读者接受文本的时间计量产生变化,其内在的心理感知也相应地改变了。篇章结构是表面形式的问题,而这种表象背后则是不同的叙述方式和叙述逻辑。如何增删内容和情节,使文本合情合理,是创作者重要的文化能力。接受时间的改变也会影响受众对于一个作品的评判,卢卡奇在分析人类审美特性之时,指出外观、感官、感受性这几个方面是不能完全分割开来的。"这些感官和感受性始终是一个完整的人的感官和感受性,这个人与别人同样生活在一个社会中,所以他必然与其他人具有极其共同的社会生活的要素和倾向。"①观众的感官及其对艺术作品的感受来自他作为一个整体的人的体验,在共同的社会环境下,个体的体验又与其他人有共通之处。如果说文学作品在印刷媒介的文本状态下侧重个体独立的阅读和体验,那么当文学作品转换成影视文本之时,个体与他人所构成的群体体验则更为明显。视觉、听觉、触觉等感官的合作,加深了人对于外部和内部世界的把握。艺术对象的外观、人类的感官在新媒介文学中创造出新的艺术实践和艺术精神,同时也使得每一种具有特殊性的艺术获得了更广阔的意义。

第二,在语言表达和叙述方式上形成差别。传统印刷小说在长久的历史文化中形成了极具文学性的语言系统和叙事结构,不管是写实小说还是先锋小说、意识流小说,其文字相对典雅、叙述更具策略。网络小说由于传播载体的变化,受众群体的低龄化,更注重悬念的设置与情节的铺张,其文字相对简

---

① 卢卡奇.审美特性[M].徐恒醇,译.北京:社会科学文献出版社,2015:140.

易、叙述技巧也相对简单。影视剧则采取另一套影像语言,画面、声音、文字是复合性的符号表达。"叙事性是联结小说和电影最有力的环节,是文字语言和视觉语言最具渗透性的特征。对小说和电影来说,作为文学的和视觉的符号群,总是通过时间顺序地被理解的。"①从小说文本转换为影像文本,媒介的转换,首先体现为表述语言的差异,前者是文字语言,后者是影像语言,两者是不同的语言形式。其次,语言形式的转换促使小说文本和影像文本的叙述方式也相应产生变化。两者在人物形象、情节架构上可以趋同;但前者通过文字载体创造意象和意境,后者通过影像载体制造画面奇观,媒介方式的差异促使两者形成不同的叙述重心。小说文本在叙述上注重文字带来的审美效果,影像文本注重画面带来的审美效果。

　　第三,在情感表达与价值建构上形成差别。在这个层面上看,不同媒介文本所带来的差异从表面的文本形式进入深层的精神构型中。苏珊·朗格认为:"从本质上来说,一切艺术都能创造出表现情感生活的形式,而所有艺术创造又都是遵循着同一个基本原则进行的,这个基本原则实际上就是各门艺术的相似之处。然而,当我们观看各门艺术创造出的形式时,我们又可以从中找到那个把各门艺术区别开来的根源,这个根源也就是各门艺术由之取得各自的独立性和各自面临的独特问题的根源。"②至于各门艺术为何获得自身的独立性,其真正根源是什么,苏珊·朗格并没有明确地发现由媒介差异所造成的艺术差异,她将各门艺术的差别归于它们使用的材料不同以及为这些材料所制约的技术上的不同。她认为如果各门艺术使用的材料相同,各门艺术的创造程序就会一致,并且"各类艺术之间的转换也不会产生出令人满意的结果,在转换过的艺术作品中,原作的艺术价值一丝一毫也见不到了"③。苏珊·朗格未免过于悲观,她对于艺术作品之间的转换持保守立场;她着眼于艺术的相似之处,试图寻找艺术在情感表现中的共同原则,却感到困难重重。事实上,不同文本的媒介转换,已经是一种新的艺术创造;并不是原作的艺术价值不存在,而是其艺术价值要寻找新的处所。文字媒介或影像媒介,都有自身所适用的情感表达方式及其艺术价值实现方式。比如同样的人物、题材从小说文本进入影像文本,它可能放弃了文学身份;但同时又承担了电影身份,肩负起电影艺术表达的职责。由是,我们无须非要给出不同媒介文本在情感表达上所遵循的共同准则,而是应理性地认可

---

① 陈犀禾.电影改编理论问题[M].北京:中国电影出版社,1988:69.

② 苏珊·朗格.艺术问题[M].滕守尧,译.南京:南京出版社,2006:96.

③ 苏珊·朗格.艺术问题[M].滕守尧,译.南京:南京出版社,2006:101.

不同媒介文本在情感表达上的差异。

传统印刷小说在内部文字表述、叙事技巧、艺术形式等方面颇为成熟,且在外部得到文学体制的青睐和庇护,它们在情感表达与价值建构上往往是正统的、更易受认可的,因而产生了更多文学经典。网络小说由于其媒介特质而表现出悬念化的叙事、交互性的表达等文本特质,它们往往更注重情节的铺展,缺乏有意识的文学担当和人文情怀,故而在文化价值建构上一度受到颇多质疑。如今网络文学进入了文学场域之内进行占位,必将与正统文学汇集。影像文本经过一百多年的发展,产生了一套自身的画面语言、叙事手法和影像美学。当一个文学作品从传统的文字文本转换成影像文本,会在时间结构上进行压缩或延长,在语言表达上进行转换。人们一方面接受着众多浅层的文学文本,另一方面又更为强烈地需要深层的艺术抚慰。于是,就形成了一种对立的景观:一则文学作品纷纷进行媒介转换,一则被转换的文学文本又不断受到质疑与批判,其中重要原因在于文本转换所引发的受众审美心理的不适。文字文本和影像文本通过不同媒介形成各自的情感表达与价值建构,并不是说某种媒介文本必定更为高级,而是说,当特定文本找到适合自身媒介的表达方式,就能较好地建构自身的情感表达方式。

人们意识到口头文学和印刷文学存在本质上的区别,比如口头文学依靠人们的朗诵和传唱而产生了大量文学的变体,而印刷文学则能更好地将文本内容固定下来。英加登曾说:"印刷品(被印刷的本文)不属于文学的艺术作品本身的要素……而仅仅构成它的物理基础。但是印刷的版式的确在阅读中起着一种限定作用,所以语词声音和印刷的语词建立起密切联系,尽管它们并不联合构成一个统一体。"①他仅认为印刷的版式能对文学阅读起到一定作用,而印刷作为一种媒介方式则完全未曾出现在他的文学现象学中。在他看来,作为媒介的书是物理事物,不是文学的艺术作品,而只是为文学的艺术作品提供一个稳定环境的物质工具,是使读者可以接近的工具。现今看来,作为媒介的抄写方式、印刷方式、影像方式不只是物理事物或物质工具,而是直接构成了文本的文化意义。不同的媒介方式形成了不同的艺术门类,比如小说艺术、电影艺术,每个门类具有自身的门类特征。

"尽管同质媒介的具体属性(听觉特性、视觉特性、语言、表情)构成人的生活和人的实践的一种要素,同质媒介仍然必须是现实不竭之流的提取物。同质媒介构成了艺术创作的实践基础,在艺术创作中艺术家将自身置于其艺术

---

① 罗曼·英加登. 对文学的艺术作品的认识[M]. 陈燕谷,译. 北京:中国文联出版社,1988:13.

品种的同质媒介中,它在自身人格的特质中的实现开拓了——我们已经研究过的——创造作为对现实审美反映自身'世界'的可能性。"①卢卡奇此处所谓的同质媒介并非我们所谓的文字、影像、网络等媒介载体,而是指作为听觉、视觉等方式的媒介官能。不同媒介方式的文本正对应于卢卡奇所谓的官能媒介,比如影像媒介就对应于视觉特性这种官能媒介,它将这种官能充分地利用发挥。不同文本是对某种官能的对象化和具体化,这使人体验到创造者的个性,体现了人类特定历史阶段中与艺术规律相适应的客观化的官能形式。我们在日常实践中已经形成了感官的分工,而不同媒介文本则将这种感官的分工在文本中确定下来,产生不同的艺术形式。个别作品与其对应媒介文本的门类存在内在的相互关系,这种关系属于审美的类型。新媒介文学的多媒介文本最终为不同审美经验的形成提供了本体性基础。

媒介本身构成审美对象的内容,因而我们只有更好地意识到新媒介文学的文本形态,才能使不同文本进行更好的交融与沟通,营造一种共生性的文化样态。诗歌、绘画、雕塑、音乐等不同媒介的艺术形式有着明显的界限,但同时,不同艺术形式也有着某种共通的倾向。正如韦勒克和沃伦所提到的,文学与其他艺术的关系,除了来源、影响、灵感和合作的问题之外,还有更重要的问题,"即文学有时确实想要取得绘画的效果,成为文字绘画,或者想要取得音乐的效果,而变成音乐。有时,诗歌甚至想成为雕刻似的"②。文学可能试图传递音乐的效果、绘画的效果、雕塑的效果。事实上,文学传递的效果与直接面对绘画或雕塑的感觉是完全不同的,诗歌可以传达雕塑的效果,可当你真正用视觉和触觉去触碰维纳斯的静谧、掷铁饼者的力量、拉奥孔的惊恐,感觉又颇有差异。不同艺术形式的差别是根深蒂固的,共通的艺术形式更多的是一种修辞效果;而媒介的更新则为不同艺术形式的碰撞提供更多的可能性,比如绘画、雕塑的效果便能在影像文本中得到更直观的呈现。新媒介文学中的印刷文本、网络文本、影像文本共存,为人们提供不同官能媒介的极致满足。不同媒介文本一方面存在绝对的差异,另一方面它们又彼此借鉴和转换,共同提供审美资源。

---

① 卢卡奇.审美特性[M].徐恒醇,译.北京:社会科学文献出版社,2015:430.
② 雷·韦勒克,奥·沃伦.文学理论[M].刘象愚,邢培明,陈圣生,等,译.北京:生活·读书·新知三联书店,1984:132.

第四章　新媒介文学的创作生产经验

　　审美经验是审美主体和审美客体之间所生成的主观经验,审美客体所对应的是审美文本,而审美主体的行为则主要通过创作和接受等方面表现出来。审美文本出自创作者之手,创作者将自己的经验转化为审美文本,创作者及其生产经验不可置疑地成为审美经验产生的重要维度。创作者及其生产经验所代表的是审美经验的生产能力,它可以指作家的创作经验、网络作者的写作经验、影视艺术生产者的生产经验等。创作者及其生产经验不仅制约文本形态,而且在读者接受中产生相应的净化效果、经济效益和社会效益。创造性的审美经验可以是一种主观自由的生产、天赋灵感的能力,更是一种受制于社会环境的生产经验。在这个过程中,不同媒介促使新媒介文学的审美经验在创作维度呈现出差异。本章通过分析书写—印刷文学的创作经验、网络文学的写作经验、影像艺术的集体生产以及创作者的跨界行为,探讨新媒介文学的创作生产经验。

第一节　书写—印刷文学的创作特性

一、成熟的文学表达机制

　　以书写和印刷为媒介基础的文本创作是成熟的文学表达机制,在漫长的发展历程中,文学的诸多因素在书写—印刷媒介中得到淋漓尽致的体现。文学作为语言的构造、情感的表达、道德的承载,作为想象的、虚构的、创造的艺术,作为审美的、意识形态的艺术,通过书写—印刷媒介加以广泛久远的传播。在中国文化语境中,书写—印刷媒介的文学创作有着明显的道德意味。

　　《周易》有言"修辞立其诚",《周易·乾·文言》解释"九三"爻辞时提到:九三曰"君子终日乾乾,夕惕若厉,无咎",何谓也?"子曰,君子进德修业,忠信所以进德也,修辞立其诚,所以居业也。知至至之,可与几也。知终终之,可与存义也。"①我们所熟知的"修辞立其诚"是在君子建功修行的语境下提出，而为文著述无不具有道德价值。王弼注："处一体之极，是至也。居一卦之尽，是终也。处事之至而不犯咎，知至者也。故可与成务矣。处终而能全其终，知终者也。夫进物之速者，义不若利，存物之终者，利不及义。故'靡不有初，鲜克有终'。夫可与存义者，其唯知终者乎？"②德行功业之间有修辞之文，这里又提到"利"与"义"的问题，唯义可以行之久远。文辞之间必重于"义"。孔颖达对"修辞立其诚，所以居业"的解释为："辞谓文教，诚谓诚实也。外则修理文教，内则立其诚实，内外相成，则有功业可居，故云居业也。"③"修辞立其诚"并非一个纯粹的文学写作问题，也是建功立业之途径；在此途径之中，文辞文教需诚实、内外兼修，表达作者的真实意图，从而居于功业。"修辞立其诚"并非从审美角度而是从社会政教的立场来谈论问题，在社会政教的实践中，要重视言辞文章的诚意，由此与人的内心情感、社会的道德立场联系起来。从中可见，在中华文化中，修辞问题一开始就被置于进德修业的语境中，处在"义"大于"利"的道德教谕之下。

中国在魏晋以后才逐渐确立关于文学的审美观念，在此之前，"诗"或"文"总是依附于政统或道统。孔子所谓"兴于诗、立于礼、成于乐""诗可以兴，可以观，可以群，可以怨"，也并非从独立的文学意义上来讲的。长久以来，人们处于儒家文化传统之中，恪守"诗以言志""文以贯道""文以载道"的信念。魏晋以来山水方滋，晋人向外发现了自然，向内发现了深情，独立的审美意义逐步得到显现。实质上，道学家之修养与文人之修养往往统而为一。人们更关注道在文中的贯彻，而不大宣扬文章辞采的修饰。且不论扬雄所谓赋是"雕虫篆刻"，表示"壮夫不为"；曹植所言"岂徒以翰墨为勋绩，辞赋为君子"；更有偏见认为作文害道、以作文为玩物丧志。

程颐语录云：

问："作文害道否？"曰："害也。凡为文，不专意则不工，若专意则志局于此，又安能与天地同其大业也？《书》曰：'玩物丧志'，为文亦玩物也。……古之学者，惟务养情性，其他则不学。今为文者，专务章句，悦人耳目。既务悦人，非俳优而何？"曰："古者学为文否？"曰："人见《六经》，便以谓圣人亦作文，不知圣人亦摅发胸中所蕴，自成文耳。所谓'有德者必有言'也。"

---

① 十三经注疏·周易正义[M].上海：上海古籍出版社，1997：15.

② 十三经注疏·周易正义[M].上海：上海古籍出版社，1997：15.

③ 十三经注疏·周易正义[M].上海：上海古籍出版社，1997：15.

曰:"游、夏称文学,何也?"曰:"游、夏亦何尝秉笔学为词章也?且如'观乎天文以察时变,观乎人文以化成天下',此岂词章之文也?"①

宋代二程认为"有德者必有言",却主张无事于学文,学文则害道。当然这走到了一种极端,而诗文与道统之间百般纠缠的关系可见一斑。文以致道、因道成文,是众多文人士大夫的理想境界。对于作文的极端贬抑,也在于士大夫秉承文辞为技艺、道德为实质的观念。这形成了一股强劲的文化力量,渗透在书写—印刷媒介的文学创作中。在"诗以言志"的观念之外,也有"诗以缘情"一说,陆机《文赋》"诗缘情而绮靡"、刘勰《文心雕龙·情采》"圣贤书辞,总称文章,非采而何?"皆可为证。但诗文在表达情感与文采修辞之时,依旧是要因文循道。靡靡之音的华彩词章在中国文学传统中难以获得道德上的合法性。由是,我们必须注意到,在一个强大的文化传承力量中,中国的文学是如何在道统的制约下艰难地获得了审美的力量,而其审美的力量必当承载道义的担当。在书写—印刷媒介的文学创作中尤甚。它作为最成熟的文学表达机制,也就负载了最多的历史的沉重风华。

书写—印刷媒介的文学经历长久的发展历程,人们也逐步从文学现实中获得除了道统之外的另外一些认知。其一,文学是语言的艺术。书写—印刷媒介的文学创作追求文从字顺或辞采华茂,注重格律音韵、平仄对仗,其巧字妙语、刻镂绘画是文学创造的重要手法。创作者对于语言的推敲是一种专业的功夫,最终达到随物赋形的效果。文学语言不同于日常语言或科学语言,日常语言在于实用的沟通作用,科学语言在于简明的说理作用,文学语言则有更多的修饰、夸张与想象。语言的修辞为书写—印刷媒介的文学提供最根本的形式美感。其二,文学是情感的表达。情之所至,来不可遏,去不可止,化为文辞,如万斛泉源不择地而出。这是情感奔涌时,一种极致的创作状态。其三,文学是虚构的创作。文学创作不同于事实调查或科学实验,文学作品可以在想象和虚构中进行创造。读者不需要追问文学文本所叙述的事件是否可靠、描述的人物是否真实,无需进行索引式的刨根究底。读者在虚构的文本中获得情感的共鸣或间离即可。其四,文学是审美意识形态的文本。文学在纯粹审美的意义之外,也承载意识形态的社会功用。

以上这些关于文学表达机制的特征,在中国的文化语境中依旧处在道统的历史期待之下。书写—印刷媒介的文学创作承载着或隐或显的道德规

---

① 程颢,程颐.二程集[M].王孝鱼,点校.北京:中华书局,1981:239.

约与价值审判。比如有人期待文学远离市场的侵扰,怀抱崇高的理想创作出阳春白雪的作品;对于文学的功利性创作或影视转换,加以怒其不争的鞭挞,始终坚信犹如王弼所说的"存物之终者,利不及义",而期待文学远离俗世利益之争而保有高尚的道德品位;始终捍卫传统文学经典的地位而无视在功利性环境下产生的新型文学创作及其文学文本。凡此倾向,是中国文学的道统在新媒介时代下的变相体现。书写—印刷媒介的文学创作具有历史感,继承了文化传统,它是捍卫文学道统的有利阵地。书写—印刷媒介的文学创作方式作为成熟的文学表达机制,一方面肩负传承文化传统的重责,另一方面在媒介变迁的时代环境中艰难地寻找新的生机。

德国学者本雅明在《讲故事的人》一文中提到,讲故事这种口头文化的衰落,是因为印刷小说、新闻报告等交流形式逐步出现,这一变化实质上对应于媒介的演变进程。古代史诗是口口相传的,小说则依赖于书本,随着印刷术的发明,小说的传播更为广泛。"只在印刷术发明了之后,长篇小说才得以广泛传播,口口相传的叙事文学瑰宝有着迥异于长篇小说的特性。"①讲故事的人讲的是亲身经历或转述别人的经验,长篇小说家往往是孤独的个人。写一部小说是通过描写人的生活而把生活的复杂性推向极致。而在新闻诞生后,讲故事的艺术面对小说和新闻两种陌生力量,便缓缓地隐退,似乎成为某种古代遗风。新闻报道威胁了讲故事的传统,也给小说带来了危机。"事实表明,它和长篇小说一样,都是故事所面临的陌生力量,但它比长篇小说对故事的威胁还要大,而且它也给长篇小说带来了危机,这种新的传播形式便是新闻报道。……新闻业成了资产阶级政权的重要统治手段之一。"②人们每天都会听到全球的新闻,所拥有的值得倾听的故事却在减少,这不利于故事艺术的存在,却利于信息的发展。法国媒介学者德布雷指出,"人类的思想活动不能脱离当时的媒介技术的记录、传递和储存","占统治地位的传媒系统是一个时代的社会组织的核心"。③媒介技术的发展在文学场域中改变了讲故事和写小说的方式,同时,它促使快速传播的新闻在社会场域中侵占了人们倾听故事、阅读小说的时间。

书写—印刷媒介的文学创作与其他媒介的创作有紧密的内在关联。口

① 瓦尔特·本雅明.无法扼杀的愉悦:文学与美学漫笔[M].陈敏,译.北京:北京师范大学出版社,2016:48—49.
② 瓦尔特·本雅明.无法扼杀的愉悦:文学与美学漫笔[M].陈敏,译.北京:北京师范大学出版社,2016:50.
③ 传播与媒介域:另一种历史阐释——《普通媒介学教程》导读[M]//雷吉斯·德布雷.普通媒介学教程.陈卫星,王杨,译.北京:清华大学出版社,2014:18.

语媒介与文学创作存在千丝万缕的联系,《诗经》《荷马史诗》最初以口头形式流传,隋唐时期的讲唱文学、曲子词与口头的声音艺术不可分割。民间的口头艺术对作家创作也有重要影响。据莫言讲述,他小时候爱听说书人讲故事。有一段时间,村里集市上来了说书人,莫言偷偷跑去听,忘记了他母亲分配给他的农活。为此,母亲批评了他,莫言便在点着小油灯的晚上把说书人的故事复述给母亲听,这些故事渐渐吸引了母亲。母亲每逢集日便不再给他安排干活,默许他去集上听书。"为了报答母亲的恩情,也为了向她炫耀我的记忆力,我会把白天听到的故事,绘声绘色地讲给她听。很快地,我就不满足复述说书人讲的故事了,我在复述的过程中不断地添油加醋,我会投我母亲所好,编造一些情节,有时候甚至改变故事的结局。"[①]莫言早年辍学,开始了"用耳朵阅读"的漫长生涯。在20世纪80年代改革开放和思想解放的年代,莫言正处在军旅生活之期,彼时,莫言,那个曾用耳朵聆听故事、嘴巴讲述故事的孩子,开始尝试用笔来讲述故事。于是莫言用自己的方式讲述故事,形成了兼具民间与魔幻的文学风格。由此例可以印证,口语媒介及口头故事对作家创作产生了影响。

书写—印刷媒介的文学创作基本上是混合的产物,小说与诗歌的混合、文学类型与美术音乐等其他艺术门类的混合、本国文学传统与外国写作技巧的混合,等等。比如莫言小说《檀香刑》是与民间戏曲的混合;鲁迅儿时从图画书中汲取养分,他那时"最为心爱的宝书"就包括连环画《山海经》,上面有许多"人面的兽,九头的蛇,三脚的鸟,生着翅膀的人,没有头而以两乳当作眼睛的怪物"。[②]书写—印刷媒介的文学创作受口语媒介、画本媒介等的影响,它混合了多种艺术形式和文化资源并进行创造性的生产。同时,影像媒介、网络媒介也对传统作家创作产生了影响。书写—印刷媒介的文学创作作为成熟的文学表达机制,最大程度地沿袭强大的文化传统,随即成为较为守旧的媒介表达方式;它或多或少地坚守着传统文学的道德意味,而对于新的媒介文化反应相对迟钝。电子媒介对于书写—印刷媒介的文学创作的新影响需要更多有意识的发掘。

二、独立化的文学创作表征

新媒介文学中的书写—印刷媒介的文学创作呈现两种趋势:第一,保持

---

① 莫言.讲故事的人[M]//陈思和.中国现当代文学名篇十五讲.北京:北京大学出版社,2013:386.

② 鲁迅全集:第二卷[M].北京:人民文学出版社,2005:254.

独立化的文学创作倾向;第二,在新的媒介环境下发展出功利性的文学生产模式。如果说第一种趋势是某种文化惯性的话,第二种趋势则是对应于新的媒介环境所产生的流变。两种不同趋势共同构成当下书写—印刷媒介的文学创作样态。首先来分析第一种趋势。相较于其他媒介形式,书写—印刷媒介的文学创作更多地具有独立化的特征,即更关注文学文本的审美特性,而相对较少地受制于外部的文化操控。

独立化的文学创作表现为作家进入一种虚静的创作状态,其创作经验来自内心深处的情感体会、感性认知和理性判断,不过多地掺杂利益的考量。虚静的创作状态,是保持内心的空静、澄怀。老子所谓"致虚极,守静笃",便是要人保有空明宁静的状态,排除外界的杂念和干扰,获得一种和谐的心境。外界的扰动与利欲的活动,容易使得心灵躁动不安,所以需要修炼"致虚"和"守静",以达到澄明的境况。老子所讲,是为人为学的方法,即保持内心的安静,才能认识事物的真相。这在作家的创作中表现尤甚,不受利害欲望的支配,遵从本心,才能创作出历久弥新的文学精品。

清代王原祁在画论《雨窗漫笔》中有一段精彩的论述:

> 意在笔先,为画中要诀。作画于搦管时,须要安闲恬适,扫尽俗肠,默对素幅,凝神静气,看高下,审左右,幅内幅外,来路去路,胸有成竹,然后濡毫吮墨,先定气势,次分间架,次布疏密,次别浓淡,转换敲击,东呼西应,自然水到渠成,天然凑拍。其为淋漓尽致无疑矣。若毫无定见,利名心急,惟取悦人,布立树石,逐块堆砌,扭捏满幅,意味索然,便为俗笔。①

艺术家创作要远离名利的干扰,需凝神静气、扫尽俗肠;若利名心急,想着取悦于人,则作品意味索然。虚静是一种独立的、超脱的创作状态,而在此创作状态之下还需要创作者具体的行为经验,比如神思和物化。

神思指艺术创作思维中的以想象为中心的精神活动。刘勰《文心雕龙·神思》曰:"陶钧文思,贵在虚静,疏瀹五藏,澡雪精神。积学以储宝,酌理以富才,研阅以穷照,驯致以绎辞。然后使玄解之宰,寻声律而定墨;独照之匠,窥意象而运斤。此盖驭文之首术,谋篇之大端。"②"澡雪精神"出于《庄子·知北游》,孔子问于老聃曰:"今日晏闲,敢问至道。"老聃曰:"汝斋戒,疏

---

① 王原祁.雨窗漫笔[M].张素琪,校注.杭州:西泠印社出版社,2008:19—20.
② 刘勰.文心雕龙注[M].范文澜,注.北京:人民文学出版社,1958:493.

瀹而心,澡雪而精神,捭击而知。"①神思是一种精妙的思维活动,所谓为文之术,首在治心。在作家创作过程中,内心思绪与外在境遇相交融,心境相得,方能吐纳珠玉之声、卷舒风云之色。中国传统文论一向强调作家独立的精神状态,即文章要获得精粹微妙之义,必先静其心。东晋画家顾恺之提出,绘画艺术是艺术家"迁想妙得"的结果,艺术家把自己奇妙的想象寄寓到具体形象中。在想象中伴随创作者的情感活动进行创作,即刘勰所说"登山则情满于山,观海则意溢于海"。神思这种创作思维活动,是创作者在文学想象中将情感活动和理性思维结合在一起的创作经验,它强调心灵的澄澈与独立。

创作主体和创作对象两者合而为一的物化境界,乃艺术构思的极高境界。《庄子·齐物论》曰:"昔者庄周梦为胡蝶,栩栩然胡蝶也,自喻适志与!不知周也。俄然觉,则蘧蘧然周也。不知周之梦为胡蝶与,胡蝶之梦为周与?周与胡蝶,则必有分矣。此之谓物化。"②庄周梦蝶是一种哲学思虑、一种生活境界,而将之推演到文学创作中来,可以指创作主体进入创作对象之中的创作状态。凝神之极,创作主体将全部身心倾注到描写对象中,忘掉自身的存在,进而将自己想象为描写对象,也就是主体客体化。福楼拜创作《包法利夫人》时曾说,"包法利夫人,就是我!——根据我来的"③,包法利夫人这个"现实生活中的女人"成为经典的文学形象,她的浪漫、浮华、沉沦与灭亡,牵动了无数读者的心。福楼拜为他的包法利感到苦楚、唏嘘,作者深深地同情他笔下人物的贪欲、虚荣、倦怠与无助。这些情感曾是福楼拜所经历和体验过的,他将自己早期的情感、思想寄托在这个人物身上,作者浪漫的心性、膨胀的欲望、对现世的憎恶通过包法利夫人表达出来。这种创作经验实是创作的物化境界,作者自我与叙述对象合而为一。

独立化是文学创作的理想状态,它摆脱个体躁动不安的心绪,挣脱外在功利条件的束缚,是最为崇尚虚静的创作经验。在这种创作状态下,作家往往遵从本心,随着自身的情感奔涌、灵感迸发、想象驰骋、物我合一而展开文学书写。蒲松龄作《聊斋志异》,谈狐说鬼,入木三分。作者刺贪刺虐,批判现实,虽然这部文言奇篇是在贫困落寞的生活境况中写成,但作者的创作是独立的,并不祈求现实的施舍。曹雪芹作《红楼梦》,"批阅十载,增删五次",遵从本心进行文学加工。英国作家夏洛蒂·勃朗特写完《简·爱》之后,随即

---

① 郭庆藩.庄子集释[M].王孝鱼,点校.北京:中华书局,1961:741.
② 郭庆藩.庄子集释[M].王孝鱼,点校.北京:中华书局,1961:112.
③ 李健吾.福楼拜评传[M].长沙:湖南人民出版社,1980:82.

将书稿寄给出版社,并和妹妹艾米丽·勃朗特一起起身前往伦敦求见出版社负责人,希望书稿得以出版。作者在创作中并未受到出版商的干扰,而是将全部情感和想象倾注到简·爱这个形象中,展开自传式的生平写照。她在19世纪英国相对保守的文化氛围中书写出简·爱的抗争历程和生命归宿,打动了大量读者。福克纳20世纪初创作《喧哗与骚动》,小说中充满绵延婉转的意识流,作家的自由联想和文学技巧将过去、现在、未来复杂地串联起来,作家的创作对时间推移、多角度叙述展开了新颖的探索。而后福克纳签约美国好莱坞的米高梅公司,撰写电影剧本,并获得诺贝尔文学奖、普利策奖。随着创作的成功,作家的社会活动愈显复杂,但《喧哗与骚动》在创作上是忠于文学本身的文体探索,作者在文学形式实验中进行时间的哲学思辨,其创作经验是独立的、不受外物牵绊的。古今中外诸多文学名篇,都是作者独立的文学创作,不受制于外物的牵绊。

书写—印刷文本的创作是成熟的文学表达机制,它最大程度地保留了独立化的文学创作经验,即作家的创作进入虚静的状态,排除外界利欲的干扰。文学出版机制成熟,作家的文学创作如果要被读者广泛阅读和接受,就要进入出版流程。图书出版并非简单的文字付印,而是对作品进行社会化传播,在出版过程中会对最初的文本进行增补、删除或修改,并影响到作家创作的最初文本。因此,相较于过去,新媒介文学中书写—印刷文本的创作已经容易受到外在利欲的干扰,比如出版对于写作的干涉、文学写作与影视改编的利欲纠葛、文学写作迎合文化市场,等等。但是在新型媒介环境中,许多作家依然坚守了创作的独立性,他们遵从内心真实的情感涌动,秉持文学的自足尊严。作家在敏锐的灵感中形成深厚沉郁的文风,在沉思的文字中表达文学的信仰。传播媒介风云变幻,传统的文学创作依然可以坚守独立的写作经验,复归到虚静的文学状态和创作境界中。

三、功利性的文学生产模式

相较于其他新型创作方式,书写—印刷文学的创作较大程度上保留了文学的传统因子,秉持一种独立化的文学创作。文学创作最终需要被媒介传播和读者阅读,它也成为一种社会化的活动。在媒介活动日益复杂的情况下,文学创作经验也形成另一种维度即功利性的文学生产模式。这种模式早已有之,不过如今显得更为突出,规模也更为巨大。

印刷文学文本的商业化和市场化倾向早已有之。清末民初的历史转折时期,许多文学创作追求商业利润,文学受到市场的制约。比如,鸳鸯蝴蝶派小说多写才子佳人,作者有以稿费谋生的职业作家,该类作品依赖报刊与传媒体制。文学创作的稿费制度已逐步出现。最早关于稿酬的史料见于《申报》(1872年)，其创刊号《本馆条例》中即有规定："如有骚人韵士愿以短什长篇惠教者，如天下各名区竹枝词及长歌之类，概不取值。"①《申报》在上海创刊，是近代中国发行时间最久、社会影响最广的报纸。该报刊登的小说没有稿费，只是免费发稿。《新小说》(1902年创刊)则第一次明确制定了稿酬标准，开启了付稿酬的先河。1907年，《小说林》在第一期《募集小说》的启事中写道："本社募集各种著译……入选者，分别等差，润笔从丰致送：甲等每千字五元、乙等每千字三元、丙等每千字二元。"②1908年《月月小说》在第二年第三期上以编译部名义发出了一则征文广告："本报除同人译著外，仍广收海内外名家。如有思想新奇之短篇说部，愿负本社刊行者，本社当报以相当之利益。本报注重撰述……已经入选，润资从丰。"③另外，近代著名的小说杂志《小说时报》(1909年创刊)、《小说日报》(1910年创刊)、《小说丛报》(1914年创刊)、《中华小说界》(1914年创刊)、《小说海》(1915年创刊)等杂志均规定了稿酬，到了民国初年，绝大多数报刊和书局都为小说付稿酬，稿费制度广泛实施。民初报章杂志作为新小说发表的主要场所，稿费制度使得作者的文学创作与经济、市场关联起来。报章连载是新小说的生产机制特点。如果有市场需求，连载小说再印刷单行本。此时，小说创作已经市场化，作家创作也能更直接地获得经济收益。

稿费制度的确立，使得作者依靠创作而生存成为可能。清末民初有了真正意义上的职业作家。"小说家的职业化，必然以读者为'衣食父母'。不再以朝廷的意旨、也不再以当道提倡的意识形态为指导思想，而是以读者大众的阅读口味为'上帝'。这种唯读者是从的创作倾向，在摆脱替圣王立言为先贤传道的陈旧模式的同时，迅速促成了清末民初小说的商品化倾向。"④职业作家的出现，促进小说大规模地生产，通俗文学一度繁荣。小说的商品化、文学的世俗化并不是现代影视传媒或网络传媒催发的结果，而在印刷媒介成熟之时便已开始。新媒介文学，尤其是影视和网络文学强劲发展，几种媒介方式在文学场域内共同发挥作用，这促使印刷文学显示出了另一种明显的创作经验，即功利性的文学生产模式，且比任一历史时期显得更为突出。

---

① 申报社.本馆条例[N].申报(创刊号)，1872.

② 小说林社.募集小说[N].小说林(创刊号)，1907.

③ 陈平原，夏晓虹.二十世纪中国小说理论资料：第1卷 1897—1916[M].北京：北京大学出版社，1989：323.

④ 陈平原.中国现代小说的起点：清末民初小说研究[M].北京：北京大学出版社，2005：83.

功利性的文学生产模式,即文学创作进入价值交换的市场交易中,摆脱纯粹审美的独立化创作而夹杂了经济收益的功利性目的。这种生产模式的确立,一则在于文学内部的发展,比如稿酬制度的确立、职业作家的出现;二则在于文学外部的侵袭,比如市场的运作、资本的收编。20世纪80年代第五代导演登上历史舞台之际,文学作品的影视改编进入一个高潮。张艺谋的代表作《红高粱》《大红灯笼高高挂》,陈凯歌的代表作《黄土地》《霸王别姬》均改编自小说。影视剧对于小说的改编并不影响既有的文本形态,也似乎不会制约作家的创作。但是,作家的创作不是封闭的,而是开放的、持续进行的,它在绵延的时间下随着现实境况不断发展。影视剧对小说的改编,增加了作者的物质收入,增加了小说的传播量,它给作家带来非常现实的利益。作家的创作开始受到影像媒介的吸引。比如,莫言于1991年刊发的中篇小说《白棉花》是应张艺谋的拍摄需求而作,这部小说故事通俗、情节跌宕,而写作时的视觉思维非常明显,这些都契合了张艺谋的导演风格。1993年,张艺谋相继邀请苏童、格非、北村、赵玫、须兰、钮海燕等作家为其筹划拍摄的电影《武则天》撰写小说,作为影片的改编底本。几位作家欣然应允,在一年左右的时间相继完成导演布置的写作任务。在这种背景下的文学创作,它必然按照张艺谋的趣味来写作,强调故事情节,突出画面效果,塑造一位适合巩俐扮演的女性形象,等等,那么,导演意图和影像逻辑已经侵入作家创作。事实上,这些传统作家对于自身的这种创作经验有所反思。苏童事后坦言,应张艺谋的要求写《武则天》这部小说,对他产生的打击至今没有完全消除。

> 他拍摄的《大红灯笼高高挂》给我带来了很大的商业机会,包括在社会上的名声。尽管这东西也破坏了我自己本来单纯的个人生活,并不是完全的好事,但我似乎有一种拿人手短、吃人嘴软的感觉。后来他便约我写《武则天》,因为不久前我已经写完了《我的帝王生涯》,对宫廷生活的兴趣还没有丧失,历史题材的小说又想尝试一次。我当时觉得这是一件可操作的事情,但当我写到一大半的时候,我陆续听说,在他和我签好合约两三个月后又和别的作家签了约。当时因为一个很大的投资商给他投资,投资人觉得这么大的一笔投资把剧本命悬一线,悬在我一个身上不放心,而那个时候我又不知道他同时又和别人签约,如果我知道的话,我不可能去竞争这样一个角色。①

---

① 苏童,王宏图.南方的诗学:苏童、王宏图对谈录[M].桂林:漓江出版社,2014:25.

苏童指出,在此之前,从未有导演采取让好几位作家同时为其写相同题材小说的策略,张艺谋开了一个先河。对于作家,真正的打击恐怕不只在于受到欺瞒的不悦。最为根本的是,这种功利性的命题式写作脱离了传统文学创作的独立风骨,在创作经验上需要考虑文字转换为影像的效果,需要顾及导演的审美趣味,因而受到诸多制约。这促使作家从自身虚静的文学创作经验中脱离出来,从心境交融、物我合一的传统文化轨迹中挣脱出来,许多传统作家并不适应这种转变。

20世纪八九十年代,作家对于影像媒介的收编和文学创作的功利性生产尚是采取若即若离、欲遮还羞的暧昧态度,到了21世纪,文学创作的媒介转换则是光明磊落、如火如荼。许多作家直接参与了文学作品的影视媒介转换,为影片创作小说、为影视剧改编担任编剧。严歌苓的许多小说都改编成电视剧,如《少女小渔》《小姨多鹤》《天浴》《一个女人的史诗》《谁家有女初长成》《梅兰芳》《金陵十三钗》《陆犯焉识》。她本人直接参与编剧工作,比如参与到《娘要嫁人》(2012年,导演乔梁)、《危险关系》(2012年,导演许秦豪)、《第九个寡妇》(2012年,导演黄建勋、刘国辉)、《金陵十三钗》(2011年,导演张艺谋)、《幸福来敲门》(2011年,导演马进)、《梅兰芳》(2008年,导演陈凯歌)、《天浴》(1998年,导演陈冲)等影视剧。她的小说文本与影视文本紧密结合,并被广泛传播和接受之时,作家也作出了反思。她认为,独立的小说创作是"想怎么写就怎么写,何时开始结束都由自己做主","从容选择题材以及从容地写出来,是十分有必要的创作状态。但是影视不断与文学写作发生联系,这种从容正在失去,我正准备捍卫自己文学写作的自由"。[①]在作家跨界当编剧、导演之风盛行之时,严歌苓曾宣布不再当编剧,"我主观上是不愿意再当编剧,碰到某些公司请我当编剧我尽量能推就推,实在推不掉再操刀"[②]。作家的文学创作进入文化生产的流程中,小说文本转换成影像文本,作家改造原本的创作而适应文化市场的剧本,这种文学生产为作家带来经济收益和社会效应,又在一定程度上使得作家扭转创作的初衷。在这种转折中,作家不断地摸索与反省。功利性的文学生产模式或多或少改变了书写—印刷写作自身的传统,它是新媒介时代传统文学所作出的调整。许多作家一边参与着这种生产模式,一边反省自身对于原初创作经验有意无

---

① 鲍文娟. 严歌苓谈创作:看似魔幻却是采访所得[N//OL].广州日报,(2014—07—22)[2016—02—18].http://www.chinanews.com/cul/2014/07—22/6411415.shtml.

② 严歌苓.高压下对温情的呼唤[EB/OL].新浪读书[2016—02—18].http://book.sina.com.cn/z/yangeling/.

意的背离。

"作家"的观念是在印刷媒介时代逐步确立起来的,这一身份在数字媒介时代又遭遇新的挑战,影视剧、网络剧的集体生产者时常遮蔽了作家的身份及其权威。在文字书写时期,特别是手抄本时代,一个文本的生成历经不同的传抄过程,与文本生成相关的主体就包括口头讲述者、文字书写者、文字抄写者,他们都可能参与到文本的创作中。[①]文字书写者一般是文本的生成者,抄写者是文本的传播者。许多作品成书过程较长,乃至有跨越不同年代的作者群。章学诚说:"古人之言,天下为公。"[②]手抄本时代比如先秦两汉时期写作者、抄写者与文本之间的权属关系并不那么清晰。印刷文化主导时期,文本背后的那些人逐渐成为确切的作者,"作者"的概念才明晰起来,"作者"的意识也更为明确。文本成为个人的私有物,文本的个体性和所有权得到强调。作者被认为是拥有一定权威的写作之人,作者的权威涉及特定的经济、文化和社会背景,而根本上来自作者在文本中表现出来的天赋、灵感、才能和思想。以法国社会学家布迪厄《艺术的法则》的说法,文学场域和组织机构建构一套话语秩序,共同赋予了作者一种权威。

从文字书写时期到印刷媒介时期,"作者"的观念日益明晰,独立化的文学创作逐渐呈现。而从印刷媒介时期到数字媒介时期,特别是在影视文本的创作中,集体的创作者又开始取代独立的作者。新媒介文学的创作中,尤其是在功利性的文学生产模式之下,作者不只是以自己的名义说话,作者也进入生产的集体劳动之中,如将小说改编为剧本、为影视作品撰写文学脚本。在作者的个人权威之外,还有一种市场权威。"工业文化也就是大众文化,随之便出现了一种新的权威:市场权威或公众权威。"[③]生产者"紧跟占据主导地位的注意力和公众关注度经济体制的步伐"[④]。文学分裂成两个部分:一部分得到同行的认可,一部分炫耀商业市场上的成功。作者被个人的内部权威和市场的外部权威所配置,这也就是布迪厄所说的象征资本与商业资本的分野。在商业市场中,"注意力"被强调,它可以转化成金钱。作者可以被景观化,它进入注意力经济之中。"注意力经济意味着'注意力'已经

① 程苏东. 写钞本时代异质性文本的发现与研究[J]. 北京大学学报(哲学社会科学版),2016,53(2):148—157.该文把写钞本时代文本的参与者分为"作者""述者""钞者""写手"四种类型,认为这四种角色对文本拥有不同的权利,特别是"钞者"整合了多元的文本来源,古代文学文献中呈现出多种异质的衍生型文本。

② 章学诚. 文史通义新编新注[M]. 仓修良,编注. 北京:商务印书馆,2017:200.

③ 樊尚·考夫曼. "景观"文学:媒体对文学的影响[M]. 李适嬿,译. 南京:南京大学出版社,2019:34.

④ 樊尚·考夫曼. "景观"文学:媒体对文学的影响[M]. 李适嬿,译. 南京:南京大学出版社,2019:32.

变成一种真正的兑换货币。"①注意力可以转换成商业资本,它对任何人而言都似乎触手可及,注意力通过销售而兑现。在功利性的文学生产模式中,读者的注意力受到更多关注,这种注意力反向驱使作家对创作加以调整,尤其是当作家的著作权被购买、作家的个体性被消解,"作者"的权威恐怕要让渡于导演、编剧、制片人等多种角色时。书写—印刷文学或者坚守独立化的创作经验,或者进入功利性的文学生产模式,传统文学理念和文学创作面临新的危机,这在一定程度上也被认为是文学本身的危机。

第二节　网络文学的写作经验

一、动态的文学表达样式

随着网络媒介的出现,网络写作这种文学表达样式得以发展。相较于从前,网络文学从作者的写作经验、文本形态到读者的接受经验产生了全方位的新特征。网络文学的写作相较于书写—印刷文学的写作,更具有革命性特质。刘勰所谓"文变染乎世情,兴废系乎时序"《文心雕龙·时序》,一种新兴写作方式的出现,总是根植于相应的媒介文化与社会语境之中。新媒介文学的网络写作显示了三个方面的突出特征,以区别于书写—印刷文学写作这种最为成熟的文学表达机制。

首先,网络文学的写作者已是一个庞大的群体,许多作者经历了从非职业作家到职业作家的转折过程。据《2020中国网络文学发展报告》,2020年我国累计创作2905.9万部网络文学作品,网络文学作者累计超2130万人,稳定的签约写手约70万人。网络写作相对于传统小说创作,门槛偏低,作者拥有一定的想象力和文字表达能力,加以持续写作的毅力,便可在文学网站上注册写作。网络文本的篇幅非常长,动辄几百万字,它们不断制造各种悬念,持续更新,以博取读者的阅读兴趣。单纯以网络文本而言,作者所能获得的收益非常低,比如写1000字获得5书币。根据字数、更新频率,报酬有所不同。早年大多数网络文学作者是兼职从事网络写作。这个群体最初的职业一般有中小学教师、公司职员、公务员,以及高中生、大学生,等等。一旦网络文学的写作得到读者的大力追捧,他们就会成为文学网站的重要作者,比如起点中文网的白金级签约作家、17K小说网的VIP级作家,如果

① 樊尚·考夫曼.“景观”文学:媒体对文学的影响[M].李适嬿,译.南京:南京大学出版社,2019:75.

其网络文学作品被改变成影视剧、漫画、游戏等文化产业形式,作家收益便大幅增加,大多数还会转行成为职业作家。2012年至2017年间每年发布网络文学作家富豪榜,排名前列的作者比如唐家三少、辰东、天蚕土豆、血红、我吃西红柿等人均是职业化的网络文学创作,其稿酬已超过许多传统作家。这些职业作家在网络文学写作者的群体中可谓是金字塔塔尖部分,并不能代表众多非职业写作者的写作生存状况。但是,职业作家的创作及其作品是网络文学场域中最有影响力的部分,众多籍籍无名的网络文学写手铺垫了网络文学创作的基本面貌,而少数从非职业化创作中转型成功的职业作家则为网络文学的进一步发展提供了更多的可能性。在网络文学作家的庞大群体中也有特殊案例,比如传统文学场域中的编辑、作者尝试网络写作,并将网络小说出版为纸质小说。金宇澄的长篇小说《繁花》2012年在《天涯》杂志刊发,且获得第九届茅盾文学奖。此前它是一部名为《独上阁楼,最好是夜里》的网络小说。2011年5月,金宇澄署名"独上阁楼"在弄堂网开帖《独上阁楼,最好是夜里》,每天创作一段内容贴出。作品以上海话写作,接受读者的反馈,直到同年11月进入尾声。金宇澄的网络写作不具备普遍性,但显示出网络写作与传统文学运作之间的独特关联。

其次,网络文学在写作范式上偏向于通俗化与互动性。网络文学写作较之书写—印刷文本写作具有更明显的娱乐和消遣属性,多了些游戏人生的意味。传统文学观念将文学的道德教化摆在首位,孔子说,"入其国,其教可知也,其为人也,温柔敦厚,诗教也"①,"诗三百,一言以蔽之,曰'思无邪'"②。"兴观群怨""讽喻美刺"的正统诗教使得政治需求掩盖住娱乐精神。网络文学通俗化的写作背离传统诗教对于文学创作的理论期待,网络文学写作扩大了潜藏于文学创作现实中既有的娱乐精神。网络文学的创作者凭借个体对于文学的爱好、一时被激发的创作冲动或者偶然被触动的功利心态而从事网络文学写作,作者一般不大注意立德立言、济世安邦的宏大创作意图。网络文学写作在数字化的文化语境中诞生,不应再以正统的文学道德观念去衡量,甚至可以说,其本身就在以新的姿态解构这种道德教化观念。网络文学写作偏于通俗化,它的目的并不在于寻觅阳春白雪、高山流水似的少数知音,而是在于培育跟踪阅读、一路追随的忠诚读者。读者的数量越多,作者的创作越能得到回报,也越容易在文化生产的产业链中获得更多收益。高雅精致的审美趣味属于少数人,网络文学写作讨好广泛大众,走向通俗化的写作范式。2014年12月,四川

---

① 十三经注疏·礼记[M].上海:上海古籍出版社,1997:1609.

② 十三经注疏·论语[M].上海:上海古籍出版社,1997:2461.

省召开网络作家学习贯彻习近平总书记文艺工作座谈会重要讲话精神专题会议,著名网络文学创作者李虎(笔名天蚕土豆)在会上讲到:"我们创作的网络小说,按照大众的理解,其实就是满足大众娱乐需求的通俗小说,让大众读者能通过我们写的小说,有放松的机会。所以我们创作的通俗小说,往往会在故事情节和创作主题上,显得更浅一点,在内容深度和思想性上,或许并不及阿来老师这一类的传统文学创作。"①网络小说作者坦然承认自己在创作上更追求情节,写得更通俗,以满足广大读者的娱乐需求。既然是通俗化的写作,网络文学的写作就更容易摆脱众多文化禁忌和社会规范,它们在满足自我愉悦和大众狂欢的同时,也期待着文化市场产业化的收编。网络写作的互动性则是依托通俗化而来,网络文学作者选择了通俗化的写作路径,随之冷落的则是精深的文学技巧和费解的文学逻辑。众多网络文学作品基本不具有阅读的难度,只要读者有兴趣便可顺势读下去。许多热情的读者积极参与到网络文学文本的剧情中,与作者交流沟通,向作者提出写作建议,作者也在线上线下通过多种方式和读者互动,也不乏采纳基于读者阅读期待视野的写作建议。网络文学创作通俗化的写作范式,给予读者更多参与的空间,也形成了写作的互动性特征。

再次,网络文学在写作经验上呈现出青春特质。这在以下四个方面体现出来。第一,网络文学写作者年龄偏轻,一般为二三十岁,这不仅是由于年轻一代率先接触网络或更容易接受网络写作,更是因为网络写作在一定程度上也是一项体力劳动。网络文学作者往往在几个月乃至几年的时间里每天持续更新几千字甚至上万字,因此网络作家常被称为"网络写手",网络写作被称为"码字"。心星逍遥说:"唐家三少有"码神"("码字之神")的称号,他曾经连续86个月一天未间断的更新,每天都更新超过7000字,至今作品总数超过2000万字了。"②传统文学写作尤其需要生活的体验、思想的沉淀,有的作家年轻时就创作出轰动一时的作品,而后无法逾越;有的作家则是历久弥坚、老当益壮。总体上,传统文学写作并不像当下网络文学的写作,有着持续更新、拉长篇幅的压力,其创作状态相对比较从容。网络文学写作则遵循苛刻的丛林法则,只有不断写作才有可能持续获得关注。第二,网络文学在作品类型上多样化,在语言特征上夹杂了众多新鲜的网络词汇,

---

① 网络作家天蚕土豆:写出更多具有正能量的作品[EB/OL].(2014-12-17)[2016-02-20].http://scnews.newssc.org/system/20141227/000523741.html.

② 解密网络写手收入之谜 唐家三少三年收入过亿[EB/OL].(2015-11-24)[2016-02-18]. http://mt.sohu.com/20151018/n423508584.shtml.

这些异于传统文学的作品类型和文体语言显示出青春特质。网络文学作者年轻化,在生活经验上略显欠缺,而在文学想象方面则颇有特色,他们善于书写虚幻世界中的奇异故事,创设跌宕起伏的情节,因此幻想类、军事类、悬疑类、情感类作品流行。网络文学作者的写作速度非常快,在语言上少了些精雕细刻的推敲,却多了些随时更替的表达活力,形成了颇为新颖的网络用语。诸如"赶脚""我也是醉了""也是蛮拼的""累觉不爱""无节操""小清新""……的节奏"等等,这些语言未必达到精致的美感却充满生机,有些词语难免低俗却广泛流行。从作品类型和表达语言上来看,网络写作尚需要自身的积淀与历史的筛选。第三,网络文学写作在价值取向上显示出青春化的纯真与反叛,少了些深沉与世故。具体而言,网络文学写作秉持一种大众化的民间立场,在作者的写作态度和审美风格方面显示出平民化、草根化的特征。新媒介时代的民间生活逐步从背靠黄土大地的乡土民间转移到仰望遥远星空的市民民间,网络文学写作的平民意识脱离了乡土的民间生活,但紧密地传递了城市、城镇新一代平民的审美诉求。其平民意识更多的是崛起的新一代大众对于简易文化的消遣诉求、对于主流文化的叛逆姿态,比如有意解构经典文学的叙事逻辑、调侃经典作品中广为人知的人物形象、大量摹仿已有作品的写作套路,等等。他们强烈地表达自身的审美偏好和文化诉求,网络写作在这个意义上也显示出特立独行的青春特质。第四,网络文学写作尚未走入成熟的发展轨迹,还有诸多有待推进和成长的因素。多数网络文学写作追求速度、字数,在遣词用语、叙事技法、思维逻辑和文学意境上亟待进一步演进。有些过度娱乐化的写作不可避免地走向意义的空洞和虚无。目前看来,众多网络文学写作似乎只是走入成熟文学创作和专业文学生产的预热阶段,仿佛人进入成年之前的一种青春期的狂热和躁动。网络文学写作这种新型的文学表达形式,尚需开辟路径以形成成熟的文学写作范式。

二、签约作家与商业写作

网络作家与网站签约并进行商业化写作,是网络文学创作中的重要现象。资本进入网络文学市场,读者网络付费阅读、打赏等,网络文学文本转换成影视剧、游戏、动漫等多种文化形式,已经非常普遍。网络文学网站由公司展开运营,比如盛大文学运营的网站就包括起点中文网、红袖添香网、言情小说吧、晋江文学城、榕树下、小说阅读网、潇湘书院七大原创文学网站以及天方听书网和悦读网。2014年12月,盛大文学旗下的起点中文网正式以第三方渠道的身份接入腾讯文学,腾讯文学旗下的创世中文网、云起书院连载更新的作品,也分期逐批接入起点中文网渠道。腾讯文学和盛大文学整合成立新公司"阅文集团",统一管理和运营原本属于盛大文学和腾讯文学旗下的网文品牌。在资本运营背景下,网络文学写作显然已经脱离传统的个人化写作,进入产业链条之中。

成为网络文学作者,除了文学创作经验的初步积累,还需要一些程式化的步骤。以起点中文网为例,作者要先注册成为普通用户,再申请成为作者,这一般需要经过"申请成为作者—发表作品—申请签约—获得稿酬"几个阶段。作品达到网站规定的字数,通过网络编辑审核,才能成为签约作家。作者从注册、签约到获得收益,都会受到网站规则和写作协议的限制。《起点作者注册协议》对于投稿、稿酬、作品授权都有一系列的规定。比如稿酬方面,"除非您与本网站另行签订协议成为本网站的签约作者,您完全理解并同意,本公司和本网站无须就您在本网站上传、发布或发表的任何作品支付稿酬或任何其他费用"①。在起点网上,非签约作者在网站上发表作品并没有稿酬。只有作品成为签约作品,作者才能拿到一定报酬,而报酬则是与更新速度和字数挂钩。起点网作者从稿费的角度来划分,可以分为公众作者、签约作者和上架作者三种类别。公众作者即非签约作者,网站并不向他们支付稿酬,他们没有固定销售收入,作者主要从读者那里获得打赏支持,事实上大部分公众作者事实上是没有收入的。签约作者能够获得网站推广,但其收入与更新速度、文章字数挂钩,稿费微薄。上架作者都是从签约作者发展而来,签约作者的作品达到25万字左右,编辑根据作品质量和市场反应来安排上架,上架作者才真正意义上能够获取稿酬。与此同时,网站会相应推出作者写作激励计划。比如起点网"2015年作家体系星计划",包括签约计划、创作扶持、创作激励和人文关怀四个方面,其中创作激励分为全勤奖、勤奋写作奖、月票奖和道具分成四种。全勤奖针对A级签约VIP作品(不含第三方签约作品),"签约作品每日有效VIP更新字数均达到4000字以上,同时作者名下无其他未完结签约作品,即自动可获得全勤奖励"②。全勤奖为每月600元,约折合5元/千字,随同当月稿酬一起发放。可以看出,网络文学销售采取的是微利稿酬模式。

---

① 起点作者注册协议[EB/OL].(2015−11−26)[2016−02−19].http://me.qidian.com/author/RegisterAuthor.aspx.

② 起点作者注册协议[EB/OL].(2015−11−26)[2016−02−19].http://wwwploy.qidian.com/ploy/20150520qdsp/qqj.htm#textID.

　　商业资本对网络文学进行渗透,VIP付费阅读、作者签约分成、作品上架推广、作品商业改编等形式逐渐成形,网络文学写作快速进入了经济资本和文化资本的竞争中来,成为创作者文化资本积累的有效方式。国内知名的文学网站如起点中文网、17K小说网、晋江文学城、潇湘书院、幻剑书盟、榕树下、逐浪中文网等以及新浪、搜狐、网易等门户网站的原创文学频道先后发展成为商业性文学写作平台。百度文学、腾讯文学、盛大文学更是凭借强大的资本,着力于网络文学的组合架构、商业转化等方式。腾讯文学和盛大文学整合成立的阅文集团,其定位是"立足于网络文学业务,利用自身储备,与游戏、动漫、影视等跨行业泛娱乐业务进行IP(知识产权)合作与联动"①。网站以商业资本为依托,借助读者付费阅读、图书出版、网络文本版权销售等多种方式进行资本再生产。作者则在这些网络文学创作平台上走向一种商业化写作。

　　商业化写作在外在形式上表现为网络文学网站的稿酬模式,作品与金钱进行价值交换,作者不断制造情节、拉长篇幅、扩充字数以获得微薄稿费。网络文学作者与文学网站签约写作,接受网站的一系列管理规定,网站对作品的签约、上架设置一定的门槛,又通过全勤奖、勤奋写作奖、月票奖和道具分成等作家激励机制来影响写作。起点中文网明确声明:"天道酬勤,起点是个商业平台,但我们对勤奋的作者从来饱含关怀,非签约的公众作者,只要能够坚持创作60万字以上,保证稳定更新,有基本的写作能力,不会烂尾……我们也会考虑签约培养……"②文学网站明确表示自身是商业平台,而对于作者的签约写作更像是资本化的雇佣关系。网站签约本身就是一种商业方式,网络文学写作已经从传统文学个体孤寂的创作体验进入集群式的平台竞争。网站还通过作品扶持、作家培训、品牌运营、作家关怀、互动激励等方式来孵化网络小说创作。如阅文集团根据网络文学作家指数进行排名,按月份更新。网络文学作家指数依据作家名下所有作品本年度内的线上影响力(理论稿酬+用户阅读时长)、读者热度(月票+评论)、版权价值(版权类稿酬)等维度数据综合加权编制,由系统自动测算生成③,以此反映阅文签约作家影响力和品牌价值。

---

①　腾讯文学盛大文学合并[N/OL].京华时报,(2015-01-28)[2015-11-26].http://news.xinhuanet.com/tech/2015-01/28/c_127429195.htm.

②　起点中文网[EB/OL].(2015-11-26)[2016-02-19].http://wwwploy.qidian.com/ploy/20130521/default.aspx.

③　网络文学作家指数[EB/OL].(2022-02-10)[2022-02-10].https://write.qq.com/portal/toprank.

商业化写作在内在逻辑上表现为网络文学作者的写作意识、作者意志受制于市场的消费偏好和资本的商业逻辑，在写作中有意考虑文本转换为影视剧、动漫、游戏的可能性，并支配创作的内容架构和文字表述。网络文学作者天下霸唱曾透露："我在创作新作《迷踪之国》前，网站给我寄来了国家公布的《电影剧本（梗概）备案、电影片管理规定》，指导写作基调，我和多位影视制作人沟通后，决定以探险性内容替代灵异恐怖情节，确保日后作品变成剧本时少走冤枉路。"①相当一部分网络文学作者在写作时考虑了文学文本在文化市场中进行产业转换的可能性，并由此来构思剧情、塑造人物、描绘场景，其写作意识已经从虚静走向功利。

网络文学的写作以网站签约写作为主流，以商业化写作为途径，进入了产业化的生态链中。网络文学网站的微利稿酬模式之所以能吸引大量的网络写手，除了作者个人的文学兴趣之外，更现实的原因可能在于网络文学作品有更广泛的销售渠道，比如网络电子阅读、移动手机阅读、纸质书出版、漫画改编、游戏改编、影视改编等。网络文学在公司的运营下进入产业化的市场环境中，网络文学文本可能成为强势IP，从而进入多元的销售渠道，转换成影视剧、动漫、游戏等多种产业形式，给作者带来巨大的名利。2012年第七届中国网络作家富豪榜前三名为唐家三少（代表作《斗罗大陆》）、我吃西红柿（代表作《吞噬星空》）、天蚕土豆（代表作《斗破苍穹》）；2013年前三名为唐家三少、天蚕土豆、血红（代表作《光明纪元》）；2014年前三名为唐家三少、辰东（代表作《遮天》）、天蚕土豆；②2018年前三名为唐家三少、天蚕土豆、无罪（代表作《流氓高手》）。后因涉及收入隐私，该榜单受到部分作家的抵制，并于2017年以后停止排名。这些网络文学作者的版税收入超过了许多从事传统写作的著名作家。这在于网络文学的签约作者往往进行商业化写作，更积极地进入资本市场的产业运营之中。唐家三少说："资本决定不了创作。我不会说你给我好多钱，我就按照你的想法写，那就不是创作，那叫命题作文。所以资本在这一方面是主导不了创作的，应该反过来说，应该是我们的创作在主导资本。"③他认为，资本会根据作者的创作来选择投资，公司只会选择适合他们公司衍生的作品，并把资本投入作品中来，此时作者和

---

① 廖小珊.网络小说改编影视：前途光明路漫漫[N].中国新闻出版报,2010—10—21(06).

② 网络作家富豪榜[N/OL].华西都市报,(2015—11—26)[2016—02—19].http://baike.baidu.com/link? url=FvCbOtixzEBUzPqFfEsI6hiQ5gwZC0lI9m5CcOByGnND7F3IO4o7EMr6mjtvh_alF5GNvp2JK8hnfxC_Qnj90a.

③ 唐家三少：要把中国通俗文学作品带上世界舞台[EB/OL].(2014—03—03)[2016—02—19].http://book.sohu.com/20140303/n395948585_4.shtml.

公司形成正常的合作模式。资本只会找到行业中最好的一批人来实现增值,而不是随便找一个网络写手来按公司的想法来写作。网络文学作家可能并不承认资本对于自身创作的内在制约,但不可否认的是,他们的作品在与公司的合作时已经进入市场的产业链中,而他们的创作也正在成为众多网络写手借鉴和摹仿的对象。在后续的摹仿中,其他网络写手会考虑到资本市场对于特定创作范式的青睐。

三、创作群体的重组

网络文学写作出现了许多不同于传统文学创作的特征,例如,它从亚文化的写作经验转向资本市场的创作改编经验,在这个过程中逐步建构自身的文学写作合法性,在文学场域内向传统作家发起挑战,促进文学总体创作群体的重组。

亚文化的概念源于20世纪70年代伯明翰学派文化研究中心对青年文化、音乐、休闲、表现风格的社会学研究和文化研究。亚文化与占统治地位的文化相区别,它具有自身的文化特征和社会行为特征,组成一个功能性的整体,对社会成员产生影响。人们从阶级结构、仪式抵抗、符号游戏等多重维度研究种族、民族、社群、阶级、异常行为等亚文化,亚文化的突出特征是反叛性。早在1966年,霍加特提出了文化研究所赖以立足的前提:"首先,一个人如果不懂得欣赏优秀的文字,他就无法真正理解社会的性质;其次,对文学的批评和分析,除了可以应用于'有学术声誉'的文学作品之外,还可以针对某些社会现象(例如通俗艺术、大众传播),用以阐明它们对个体与其社会的意义所在。"①这种前提调和了"文化作为一种完美的标准"的保守定义与雷蒙·威廉斯所谓的"文化是对一种整体的生活方式"的广泛定义之间的裂缝。亚文化在这种语境下得以推进。

早期欧美对于亚文化的研究往往关注青年文化,诸如摩登派、朋克族、光头仔、克龙比族、重金属摇滚派、足球迷等,它们和父辈文化之间存在差异和断裂,两者之间有着不连续性,亚文化形成了自身的特殊形态。亚文化"向源于父辈文化中根深蒂固的传统工人阶级清教伦理发起挑战;抵制在媒体中用清教伦理表现工人阶级的方法;改造媒体中出现的形象、风格与意识形态,这些事物出自电视和电影,也出自报刊,他们这样做是为了建构出一种另类的认同,传达一种可以被觉察到的差异:一种他者"②。亚文化一方面

---

① 迪克·赫伯迪格.亚文化:风格的意义[M].陆道夫,胡疆锋,译.北京:北京大学出版社,2008:9.
② 迪克·赫伯迪格.亚文化:风格的意义[M].陆道夫,胡疆锋,译.北京:北京大学出版社,2008:110.

以另类的姿态反抗父辈文化,另一方面又以不同的方式再现了父辈文化中潜藏的凝聚力,把它们与来自其他阶级的因素合并起来,为自身提供了面临困境的多种选择。菲尔·科恩曾精辟地指出:"亚文化的潜在功能是表达和解决(尽管是想象式的)母体文化中仍潜藏着的悬而未决的矛盾。母体文化所产生的接踵而至的亚文化都可以被视为基于这一核心主题的不同变体……部分变化中的社会精英或新出现的游民之间的经济层面上的矛盾。"①亚文化虽以革命性的激进方式对抗主导文化,但其直接对抗并不会僵持太久,往往以仪式化、风格化的方式来对抗,比如追求发型、服饰风格、流行时尚等闲暇领域的新特征,最终在展现或对抗与父辈文化之矛盾的同时,象征性地提供了某种化解矛盾、凝聚力量的可能。

网络文学作者的写作经验具有亚文化属性,它从属于文学写作这个文化母体,却反抗传统文学写作的诸多方式,形成了对于父辈写作的某种反叛性。网络文学写作产生之初,并不被父辈文化所认同,网络文学作者被称为写手,网络文学文本也未得到公正检阅。于是,网络文学写作脱离父辈文化的程式规约,在网络媒介平台上培养了新一代的大众读者,建构另类的身份认同空间。

网络文学写作体现出亚文化的经验。其一,写作者脱离传统文学传播机制而获得写作的独立性和自主性。在网络媒介出现之前,文学的生产大致是这样的过程:作者将作品投稿给某家报纸、文学刊物;编辑在众多稿件中相中这部作品,便与之联系,经过一番修改加工后作品得以发表;作品面世之后,读者反馈不错;作者继续创作作品,逐渐得到文学评论者的注意和认可;继而作品进入教材体系,成为教育机制中被介绍和讨论的对象,获取了某种程度的文化资本;作者也随之成长为作家。在创作者身份的建构中,期刊编辑、文学评论家、教材编写者起到至关重要的作用,作者的写作地位受到他们的极大制约。网络文学写作脱离了这种文学传播机制,作品能否发表不再由刊物编辑所决定。只要成为文学网站的作者,作者就可以随时上传更新作品,写作上相对随意,不需要经历纸媒那种具体和规范化的审查。从发布和传播途径上看,网络文学作者挣脱了父辈文化的牢笼,另辟蹊径,在网络平台上相对自由和独立地写作。

其二,网络文学在写作上对传统的书写—印刷文学写作形成反抗之势。网络文学在作者身份上实行网站驻站或网站签约写作,作者和文学网站形

① Phil Cohen. Subcultural Conflict and Woking—class Community[M]//Stuart Hall. Culture, Media and Language. London:Hutchinson,2005:66—75.

成了一定的契约关系；在写作方式上采取长篇的连载更新方式，创作和发布是即时的；在语体风格上采用夹杂网络语言的表述方式；在写作意识上显示出挣脱父辈文化的冲动，悬置了道德化的诗教传统和社会化的历史责任，渗透一种娱乐化的大众民间立场。这种反抗和变异形成了亚文化特质。"亚文化的成员必须分享一种共同的语言。如果一种风格真的要流行起来，如果它要真正地广受欢迎，那么，它必须在适当的时间以适当的方式说出适当的事情。它必须预先考虑到或把握到一种气氛，一个契机。"①亚文化分享一种共同的感觉，网络文学文本体现了一种新颖、轻松的消遣式感觉，其读者共同感受着脱离了父辈文化规训的快感，建构起自身的审美感受和表达方式。网络文学的写作主体逃脱了传统文学写作逻辑，卷入了网络写作的能指中，展开新一轮的意义斗争。写作意义的生成是一个过程，意义生成不能简化为沟通、传达、再现，写作主体将自己的感知、经验与立场投射在文本中，他们在网络文学文本中引进了一套异质的能指以对抗传统，这套能指不断更替，随时会被更新颖的表达所取代。经验和表意之间的关系在网络文学写作中不是一成不变的，写作不断更新，写作主体通过文本融入青年生活，延续或更替某种价值观。其中的颠覆成分宣告自身与父辈文化的矛盾或断裂，昭示着亚文化的表意力量。事实上，网络文学写作处于不断流动的状态，甚至容易丧失感觉的方向，这在一定程度上减弱了反抗的本质力量，而使其反抗存在一种被驯服的可能性。

当网络文学写作的反抗力量减弱，其亚文化经验便被强大的主流文化收编，这体现为网络文学写作从亚文化经验走向资本市场的创作改编经验。每种亚文化都要经历一个抵抗、缓和、规训的周期，这个周期被纳入强大的商业模式和市场文化中。斯图亚特·霍尔等人在《通俗艺术》里谈及青少年亚文化被商业化收编（incorporation）的问题时，曾提到："商业娱乐市场提供的文化——起着极其重要的作用。它折射出业已存在的态度和情绪，同时提供了一个富于表达的天地，一套通过它可以折射出这些特点的符号……"②亚文化的表达经验一般通过两种方式被整合和收编进主流文化之中：第一种，以商品的方式，比如把发饰、服饰、音乐等亚文化符号转换成大量生产的物品；第二种，以意识形态的方式，在行政系统、教育体系、传播媒体等占统治地位的集团中给异常行为贴上标签，对之进行重新界定。进入产业化的市场运行后，网络文学有意识地进行有利于文本的产业转换的写

① 迪克·赫伯迪格. 亚文化：风格的意义[M]. 陆道夫，胡疆锋，译. 北京：北京大学出版社，2008：155.
② Stuart Hall，Paddy Whannel. The Popular Arts[M]. Durham：Duke University Press，2018：276.

作,其文本转换成影视产品、游戏产品、动漫产品。网络文学写作的亚文化特性被资本运作的大众文化收编:其因脱离传统文学传播机制而获得的写作自主性在文化产业链中瓦解,背负了资本市场的新一轮枷锁;其亚文化的反抗和颠覆特质逐渐隐匿在资本市场的利益诱惑中,成为一种仪式化的隐喻,丧失了真实的反叛作用。霍尔认为,大众文化既不是大众的、完整的、自足的和真正的文化(文化主义),也不是统治阶级实行霸权的场所,而是大众与统治阶级之间对抗的文化场域,大众文化本身具有一定的抵抗性,"对抗和斗争"的形式主要有"吸收、歪曲、抵抗、协商和复原"等。[①]也就是说,收编亚文化经验的大众文化场域本身具有一定的抵抗性,所谓"吸收"或"收编"网络文学是与大众文化的本质相通的。事实上,亚文化只有在与主流文化、社会总体文化的关系中才能获得恰当的定义,即便其最终归宿是接受某种主流文化的"招安"。

　　网络文学写作促成了一种围绕资本市场的创作和改编经验,网络文学作者获得了更多经济回报和社会影响力。曾经一段时间,网络写作并未被有效地描述成正统写作,网络写手并不是大多数人所认同的作家,网络文学文本不符合长久以来的文化风格,网络文学仅仅是作为青年作者和读者沟通体系的亚文化。网络文学作者借助互联网媒介,创造属于自己的文化样式。随后其亚文化写作经验受到商业化的大众文化收编,写作合法性得到认同,作家身份得以建构,网络文学作者在整个文学场域内促进了网络写手和传统作家群体的重组。优秀的网络文学作家在码字的症候群中诞生,他们可能放弃原来的工作而成为职业化的作家,他们通过文学叙述获得文化身份的认同。2010年,鲁迅文学奖在征集范围中加入网络文学,这是主流文学奖项向网络文学敞开大门的一个标志。中国网络作家协会及各省网络作家协会成立,网络作家相继加入组织。2016年中国作家协会公布的454名新会员中有29位网络作家,2018年公布的新会员中有50位网络作家。2018年李虎(笔名天蚕土豆)、蒋胜男、吴雪岚(笔名流潋紫)等网络作家当选浙江省作家协会第九届委员会主席团委员;[②]2021年唐家三少当选中国作协主席团委员……网络文学作家的文坛地位也在逐步提升,这些都标志着网络文学写作获得了包容和肯定。"写手"逐步成为"作家",网络文学作者和印刷文

---

① 斯图亚特·霍尔.解构"大众"笔记[M]//陆扬,王毅.大众文化研究.上海:上海三联书店,2001:61—62.

② 艾伟当选新一届浙江省作协主席,麦家卸任[EB/OL].(2018—10—25)[2020.06—08].https://www.thepaper.cn/newsDetail_forward_2564090.

学作者共同处于文学场域中,分享或争夺同一场域内的文化机遇。作家群体不再限于印刷文学作者,网络文学作者正在实现自身的文化转向,并大量参与文学场域中的竞争和占位。那么,文学的创作群体必当在新晋力量的冲击下实现重组,文学的创作经验也从书写—印刷文学的创作推衍至网络文学的创作范围。

第三节　影像艺术的集体生产

一、集体化的创作经验

集体合作是影像文本创作和生产的基本途径。影像文本的艺术生产主要由导演、制片人、编剧、演员、摄影师、灯光师、剪辑师、化妆师等技术人员所组成。不同角色的生产者在各自的专业领域内展开构思和创作,随后由生产者的专业创作整合成一部作品,不同生产者分工合作、发挥专长。书写—印刷文学、网络文学的创作都是由作者独立完成,创作者的意图和实践就构成较为纯粹的创作经验;而影像艺术的生产由多种职业的生产者分工协作,个体的创作走向集体的生产。

导演在影像文本的生产中起到中心作用,对作品的风格负责。20世纪50年代,法国《电影手册》推广作者论,强调导演在电影创作中的重要性,认为导演是一部影片的"真正的作者",而诸如编剧、摄影师、演员和剪辑师等行为者只是导演在技术上的助手。"导演中心论"产生了巨大影响,如弗朗索瓦·特吕弗、让—吕克·戈达尔、阿伦·雷乃、吕克·布松等欧洲著名导演确实是名副其实的"电影作者"。在我国的电影生产中,导演依然起着中心作用,许多优秀影视作品依靠导演对艺术的精美诠释、对商业的准确把握而取得成功。导演对于艺术的感知、对于文本的架构、对于主创人员的安排是影视文学文本生产的重要创作经验。

制片人在市场化的影视运作中也凸显出重要作用。好莱坞的"制片人中心制"创造了一种执行命令和控制权力的等级制度,为电影的商业化生产提供了丰富的经验。制片人是整个影片生产的负责人,是影片生产制作的核心,监督检查整个影片生产过程,一般拥有较大的决策权力。制片人在电影生产中掌握经济权力,起到沟通与协调的作用,他们倾向于把握事务性的生产经验。

编剧是影视生产中颇具文学性的角色,他们构思故事、设置情节、编写对白等。除了专业编剧,还有作家充当编剧。20世纪20年代,有声电影出现,演员开始有对白,此时就需要作家为电影做更多的工作,主要是撰写演员的台词。好莱坞的制片厂老板就将作家请进办公室完成他们的写作任务,而作家也被雇佣,成为电影劳动者。作家作为电影劳动者,至今非常普遍。许多影视作品改编自小说,由原作者来担任编剧。这样,作家的文学创作经验进入影视文学文本的生产。

演员是影视作品中最容易受到关注的对象,他们塑造的丰富的人物形象活跃于荧幕,丰了观众的集体想象。演员如何看、如何走动、仪态和姿势如何,都与镜头中的其他成分相关,是电影集体设计的重要成分。演员的表演是"重现的行为""第二次行为",是对特定行为的艺术性表达。谢克纳(Richard Schechner)认为,"任何重复的行为都会有细微差别,比如说神态、声调、身体语言等,而且,特定的语境必然使任何一个行为都是独一无二的"①。表演是充满细节差异的再现。表演处于影片的叙述结构和给定情境之中,不能完全由表演者主导,而是联系自我与文本、自我与他者的交互行为。优秀的演员不仅能置身于角色之中,而且可以超越角色。优秀演员的表演经验无疑有助于影片意蕴的传递。影视明星是影视生产者中最受瞩目的对象,戴尔(Richard Dyer)指出:"明星是意义和情感的载体,在建构的过程中,有些情感和意义被凸显,而有些则被遮蔽,甚至被有意忽略。"②明星是被建构的多重意指,他们通过在影视作品中的形象和在报刊、娱乐新闻等多种媒介中的形象来塑造自我。影视明星不是真实的生命个体,而是影像文本、受众期待、社会意识等多种意义相互交织的结果,明星现象体现出意义在生产过程中的复杂性。

摄影师对整部影片的视觉风格负有重大责任,他出现在电影生产的所有拍摄现场。关于事物本身、构图、曝光、色彩,摄影师具有独特视角和处理技巧,善于把握视觉细节。摄影师通过镜头将最细微的现实展示出来,并以停顿、缓慢、快进的不同方式让受众感受现实。"我们可以描述出人们如何行走,但只能说个大概,对迈开步伐那一秒钟里的精确姿势,我们仍分辨不清。然而,摄影可以利用慢速度、放大等技术使上述认知成为可能。通过这些方法,人们认识到了光学的无意识性,就像人们可以通过心理分析认识到无意

---

① Richard Schechner. Performance Studies: An Introduction[M]. London: Routledge, 2002: 22—23.

② Richard Dyer. Stars[M]. London: British Film Institute, 1979: 3.

识的冲动一样。"①摄影以物质形式揭示了最微妙的细节,摄像机的出现改变了人们看待世界的方法。摄影给艺术带来了更多的可能性。"摄影把绘画从忠实表现的苦差中解放出来,使绘画可以追求最高的目标:抽象。实际上,摄影史和摄影批评史上最挥之不去的念头,是绘画与摄影之间达成的这个神秘协约,它授权两者去追求各自独立但同等有效的任务,同时在创作上互相影响。"②摄影在表现手法上忠实地再现现实,而在理念上则可以追求抽象,因而摄影成为电影集体生产中重要的艺术方式。摄影师作为个人的眼睛或作为客观记录者的眼睛在电影生产的总体局势中服从于影像文本的表达意图。第50届台湾电影金马奖,法国摄影师菲利普·勒素(Philippe Le Sourd)凭借《一代宗师》获最佳摄影奖。颁奖词评价:"《一代宗师》精致如画、动静皆美,俨然是一场精彩的视觉飨宴。"③第34届香港电影金像奖最佳摄影由《黄金时代》摄影师王昱获得。影片根据几个故事发生的地点进行摄影设计,在东北、山西、重庆、上海、香港等不同地点,按照萧红所处不同的阶段在影调上进行变化,在色彩和反差上对戏做烘托,帮助整个段落将情绪抒发出来。影片渲染黄金的调子,通过摄影影像将象征的元素进行微妙表达。影视艺术是一种视觉文化,摄影师在集体生产中愈发凸显其作用,摄影组和灯光组相互配合,对影视文本的信息进行视觉处理。另外,剪辑师、化妆师等技术人员在影像艺术的生产中也发挥各自专业的作用。

　　影像艺术采取个体与集体相结合的生产方式。首先,个体性在于导演、制片人、编剧、演员、摄影师等生产者都具有一定的创作自主,将个体经验纳入文本的生产中来。个体的创作行为由许多因素促成,包括个体艺术的修养、文化的感悟、实践的经验以及外在的生产条件。在影像艺术的生产中,生产的个体性实则是个体有限度地分享独特的创作经验。其次,集体性在于不同专业的生产者为了共同的艺术商品而创作,彼此妥协与整合。电影制作不是依靠个人的才能和智力完成的。"在电影制作活动中,个人智能是一种被激发的力量,是伴随着不安全感、怨恨和惧怕发挥作用的。"④所谓"个人智能"并不是肆意发挥的,它服从于生产的总体。每个成员都贡献富有想象的成分,但必须整合成一个整体。因此,影像艺术的生产由集体性的生产经验占主导地位,个体的创作经验并不能直接产生优秀的影像艺术作品,而

---

① 顾铮.西方摄影文论选[M].杭州:浙江摄影出版社,2007:10.
② 苏珊·桑塔格.论摄影[M].黄灿然,译.上海:上海译文出版社,2008:145—146.
③ 第34届香港电影金像奖颁奖典礼·金马奖最佳摄影颁奖词[EB/OL].(2013—11—23)
　　[2015—12—03].http://ent.sina.com.cn/m/c/2013—11—23/21024048456.shtml.
④ 罗伯特·考克尔.电影的形式与文化[M].郭青春,译.北京:北京大学出版社,2004:183.

需要配合巧妙的集体生产经验以激发出好的作品。"影像是重造或复制的景观。这是一种表象或一整套表象,已脱离了当初出现并得以保存的时间和空间,其保存时间从瞬息至数百年不等。每一影像都体现一种观看方法。"①影像作品体现出生产者观看世界的方式,生产者通过集体协作将现实世界以艺术化的方式表达出来,表达特定生产集体的一种认知和经验。

二、市场与审查的双重压力

相较于书写—印刷文本和网络文本的创作,影像艺术的集体生产社会化程度更高,在生产过程中主要面临市场与审查的双重压力。电影市场对于电影生产的压力具有普遍性,电影审查从某种程度上也构成一种制约。

中华人民共和国成立初期,电影事业处在国家的计划经济体制之下,政府对于电影生产的管理比较严格。20世纪90年代,中国电影业已经走上市场化改革之路。但当时,在中国电影的市场化道路中,关于电影的产业属性尚未形成共识。许多从业者关注电影的意识形态内容,轻视电影的文化创意生产,导致电影生产在表现形式、传播途径和服务方式等方面相对滞后,电影改革显得尤为艰难。21世纪,这种状况产生了根本性变化。2000年,《中共中央关于制定国民经济和社会发展第十个五年计划的建议》正式使用了"文化产业"概念,提出要完善文化产业政策,加强文化市场建设和管理,推动文化产业的发展。2002年,党的十六大报告中对"文化产业"概念作出了正面的阐释,提出要积极发展我国的文化产业。随后,国家广电总局根据党的十六大精神推出了《关于加快我国电影产业发展的若干意见》,把电影行业作为一个可以经营的文化产业来界定。自此,"电影产业"的概念获得了合法性地位,中国电影的产业化发展道路得以确定,并成为电影改革所追求的目标。

在此改革背景下,我国电影生产的市场化诉求更加明晰。有学者明确指出,要建构一种与社会主义市场经济相适应、与国际相接轨的新的电影范式,在电影中加入商业要素以实现"市场化生存"。"新的电影范式,要遵循电影作为'可经营的文化产业'的基本规律,要实现市场化生存,即遵循投入/产出的基本原则,以获取最大值的利润来实现并扩大自身的再生产。毕竟,当下中国电影面对的是市场化、产业化、国际化的新的语境。"②电影生产走向市场竞争,市场化生存的压力给电影生产提出新的要求。市场的压力主

---

① 约翰·伯格.观看之道[M].戴行钺,译.桂林:广西师范大学出版社,2005:3.
② 饶曙光.改革开放三十年与中国主流电影建构[J].文艺研究,2009(1):76—84.

要体现在投入与产出两个方面。从投入方面来看,主要在于电影生产的资金筹措问题;从产出方面来看,主要在于电影生产的资金回报问题。这对于电影生产者而言,是非常现实和具体的压力。电影集体化的生产需要资金的注入才能正常运行,而资金是逐利的,电影的生产需要考虑票房的因素以获得市场回报。如何面对这种市场化的外部环境,也就成为生产经验的一部分。

2015年,侯孝贤凭借《刺客聂隐娘》获得戛纳电影节最佳导演奖。《刺客聂隐娘》筹备时间长达7年,投资金额达9000万人民币。该片集合了多方投资,除了电影辅导金,侯孝贤自行先后在国内和韩国、加拿大、欧洲等地筹措资金,才得以完成电影。导演"直言拍电影最困难的就是找钱"①。侯孝贤作为知名的华人电影导演,在多年的文化实践中已经积累了丰厚的文化资本,他在电影的资金筹备方面尚是困难重重。影片的拍摄和制作过程中,除了艺术理念、影视美学、技巧手法等精神性的生产经验,更需要资金分配、人员协调、布景采购等事务性的生产经验,它们涉及资金、设备等生产资源的合理配置。《刺客聂隐娘》为了展现唐朝的丝制品,剧组除了在苏杭等地购买丝绸外,还让美术部门前往韩国、印度等地购买手工的丝制品。影片的每一幅屏风都是手工绘制,包括墙上的画都是由美术学院的学生画出来的。影片有许多外景,导演偏爱自然的光线,并不喜欢在摄影棚内拍摄。他们的外景遍布武当山、神农架、利川、随州、内蒙古等地。②通过这些外景拍摄最终制作出的影片画面精美绝伦,颇具意境高远的水墨画风。无论是外景的拍摄还是细节的展示,都需要大量资金的投入。资金的驾驭在电影生产中始终是一种现实的压力。

《刺客聂隐娘》最终票房未超过7000万元,许多观众表示不能理解影片。侯孝贤说:"我讲的是孤独的经验,聂隐娘是很孤独的故事。"③影片中经常出现古代神鸟青鸾的意象。传说中有一国王获一鸾鸟,甚爱之。欲其鸣而不致也。其夫人曰:尝闻鸟见其类而后鸣,王从其意,乃悬镜以映之,鸾睹形悲鸣,哀响中霄,一奋而绝。导演认为影片中的青鸾就是对孤独的具象化。可是,在市场压力下所保留的这种艺术化表达,有多少观众能够理解?

① 可惜《聂隐娘》不是文创? 侯孝贤七年淬炼之作延烧岛内"文创"话题[EB/OL].(2015—05—31)[2015—12—06].http://news.xinhuanet.com/tw/2015—05/31/c_127861374.htm.
② 《聂隐娘》15天票房6000万　侯孝贤:那些看不懂的其实是孤独[EB/OL].(2015—09—10)[2015—12—07].http://sichuan.scol.com.cn/ggxw/201509/54010907.html.
③ 《聂隐娘》15天票房6000万　侯孝贤:那些看不懂的其实是孤独[EB/OL].(2015—09—10)[2015—12—07].http://sichuan.scol.com.cn/ggxw/201509/54010907.html.

观众贡献票房，电影生产必须考虑观众的喜好。观众是一个包含不同层级的群体，为了尽可能地吸引观众，电影生产很可能会迎合中等资质的最大基数的观众。在生产者的影像追求和观众的欣赏趣味之间找到平衡点，始终是电影生产经验的难题。侯孝贤对于观众的迎合和票房的追求是有限度的，他遵从了内心艺术表达的企望。侯孝贤拥有充分的文化资本去筹措资金、表达艺术理想，但他依然背负市场化生存下电影投入与产出的巨大压力。而对于大多数尚未功成名就的电影生产者而言，他们正在残酷的市场竞争中进行文化占位，投入与产出的资金压力则是有增无减。

在中国电影生产环境中，除了市场的压力，还在一定程度上背负着审查的压力。中华人民共和国成立后，电影事业进入国家的统一管理之中，它是与社会主义政治文化相适应的一种电影范式。这种范式在社会主义市场经济的发展道路中有所调整，但遗留下来的许多做法依然有效，最为明显的外在表征就是电影审查。中国电影审查采取的是行政管理的方式，依据国务院颁发的《电影管理条例》的标准执行。

《电影管理条例》第二十五条规定电影禁止载有下列内容：

（一）反对宪法确定的基本原则的；

（二）危害国家统一、主权和领土完整的；

（三）泄露国家秘密、危害国家安全或者损害国家荣誉和利益的；

（四）煽动民族仇恨、民族歧视，破坏民族团结，或者侵害民族风俗、习惯的；

（五）宣扬邪教、迷信的；

（六）扰乱社会秩序，破坏社会稳定的；

（七）宣扬淫秽、赌博、暴力或者教唆犯罪的；

（八）侮辱或者诽谤他人，侵害他人合法权益的；

（九）危害社会公德或者民族优秀文化传统的；

（十）有法律、行政法规和国家规定禁止的其他内容的。

这十个方面的禁止内容是电影审查的依据，是规范电影生产的必要规定。它们涵盖内容广泛，在执行过程中就需要审查者根据具体情况作出判断，因此也难以避免审查判断的主观性。电影审查成为电影生产中的一个重要环节，同时也伴随相应矛盾。

电影审查是一把量尺，把握政治方向、舆论方向、价值导向和审美取向，在宏观思想和内容细节上都严格审核，需要在政策要求、市场期待与审美艺术等多方面作出平衡。业内人士也在不断推进电影审查制度的改革、呼唤电影分级制度的确立。2015年,《中华人民共和国电影产业促进法(草案)》首次提交全国人大常委会审议,拟完善电影审查的具体标准、立法简化电影剧本审查制度等。电影审查作为一种制度确定下来,作为一种意识形态的管理,始终给生产者带来不少压力。对于电影生产者而言,正确把握电影审查制度以及电影审查者的尺度,也成为一种重要的生产经验。

在市场和审查的双重压力之下,影像艺术的生产经验并不只是内在于文本的纯粹创作经验,而且包括外在于文本的复杂社会经验。这种生产经验包括对于商业的态度、对于权力的姿态,生产者由此采取了不同的行为,其外在行为最终又渗透进创作经验,影响了文本的面貌。

三、艺术创作与商品经济的博弈

文学是时间的艺术,它的审美结构存在于读者逐字阅读的文学作品之中;图像是空间的艺术,它的审美结构存在于由视觉感知的影像作品中;电影电视则将时间艺术和空间艺术糅合起来。在资本运作的市场环境下,影像文本并非纯粹的艺术作品,而是产生交换价值的艺术商品。影像艺术的生产无可置疑是一种艺术创作,生产对象是艺术商品,生产环境是市场化的。影像艺术的生产处在艺术创作和商品经济的博弈之中,两者相互对抗抑或彼此融合,这取决于生产者不同的生产观念和生产实践。

影像艺术将个体创作融入集体生产之中,导演和制片人在生产者集体中起到中心作用,并由他们主要承担艺术创作和商品经济的博弈关系。电影工业产生之初,电影生产不断遭受类型化、同质化、平庸化的质疑,其中尤为突出的是法兰克福学派激烈的批判立场。阿多诺指出,在电影媒介中存在产业方面和审美方面的种种矛盾,审美牺牲自我来应对社会经济方面的种种压力。"极端产业化了的艺术,会被当作艺术为适应先进的技术生产标准而作出全面调整的结果。"[①]当电影工业试着克服市场经济的压力,必然让艺术作出妥协和调整,以适应新的生产技术以及有利可图的市场。真正的艺术便在文化工业中黯然失落、走向浅薄。"工业化是艺术走向消亡的终点,但是,在此过程中,每前进一步,都将以牺牲内在精制过程为代价;也就是说,以牺牲技巧本身为代价。"[②]他们悲观地认为,在一个充分发展的商品社会里,艺术是无能为力的,只能由着商品经济而放任自流。这种批判性观点

① 阿多诺.美学理论[M].王柯平,译.成都:四川人民出版社,1998:372.
② 阿多诺.美学理论[M].王柯平,译.成都:四川人民出版社,1998:372.

将艺术和商品置于对立的两极,秉持精英主义的立场进行抽象的逻辑论证和美学批判。但是现实已经逾越了理论的归纳,电影工业的不断发展将艺术和商业进行糅合,两者相互制衡。

影像文学的生产有两种表现方式。第一种,在影像艺术的生产中坚持艺术创作而将商品经济的效益置于其后。它们在喧嚣的影视市场中处于边缘,往往更注重影视奖项的角逐,以获取影视生产的象征资本,其中很大部分是文艺片。比如贾樟柯执导的《三峡好人》(2006年)曾夺得威尼斯国际电影节金狮奖,国内票房不到100万元。许鞍华执导的《桃姐》(2012年)获得2011年威尼斯电影节金狮奖提名、2012年香港电影金像奖多个奖项,票房7051万元。同样是许鞍华执导的《黄金时代》(2014年)获得香港金像奖最佳影片、最佳导演、最佳摄影、最佳服装设计五项大奖,票房5155万元。这些作品在电影市场中并不具有很强的经济竞争力,它们往往是生产者创作热情的表达,注重影像的艺术表现力和感染力,并不过多地迎合大众市场的欣赏趣味。它们依然处在电影市场的商品流通机制中,却并不凭借作品获取充分的经济回报,因此在影像的市场化生存中处在相对边缘的位置。

第二种,在影像文学的生产中坚持商业化的创作倾向,在生产过程中充分考虑产品的市场回报和经济效益,在商业主调下融入艺术元素。这种方式是影像生产的主流,是影视产业化发展的趋势。自2002年中国电影正式走上产业化发展道路以来,冯小刚和张艺谋是2002年至2015年间执导影片占中国电影市场票房份额最多的两位导演,是市场化运作中最典型的电影生产者。冯小刚拍摄了《手机》(2003年)、《天下无贼》(2004年)、《夜宴》(2006年)、《集结号》(2007年)、《非诚勿扰》(2008年)、《唐山大地震》(2010年)、《非诚勿扰2》(2010年)和《私人订制》(2013年)等影片。张艺谋相继拍摄了《十面埋伏》(2004年)、《千里走单骑》(2006年)、《满城尽带黄金甲》(2006年)、《三枪拍案惊奇》(2009年)、《山楂树之恋》(2010年)、《金陵十三钗》(2011年)和《归来》(2014年)等影片。这些作品无一例外在电影市场中引起巨大反响,获得高票房。即便是《归来》这样颇具文艺风格的影片也获得了2亿多元票房。

冯小刚曾是中国电影市场中的"票房大腕",执导影片充分考虑观众的欣赏趣味,形成了一种观众喜闻乐见的文本模式。冯小刚的电影非常明显地体现出影像艺术在产业化运作中所需要的生产策略,即在商业回报和影像艺术中作出一定程度的平衡。冯小刚是华谊集团的签约导演,且持有公司股份。他在电影生产中会充分考虑公司的投资与收益问题,他往往在电影生产中将商业因素不着痕迹地融合在文本的影像表达之中,比如在《天下无贼》《非诚勿扰》等多部影片中植入广告,给制片方带来除票房之外的经济收益。更直接的是,有的影片就是公司所指派的任务,比如《夜宴》可以说是一则"命题作文",剧本由华谊集团董事长王中军拿给冯小刚,附带着一个投资庞大的拍摄计划。①《夜宴》非常明显是一种艺术商品的生产,它获得了市场成功,而葛优在剧中的表演不断体现出搞笑的反讽效果,带来艺术化的效果。冯小刚说:"我承认,我是相当功利的导演,因为我摔过大跟头。现在我知道哪些东西是抗不过的,哪些东西是可以坚持的。"②他所谓的"功利"实则是在产业化发展道路中迎合了电影作为艺术商品的商品交换需求。冯小刚在不同场合坦陈自己对于票房的重视、对于观众的尊重,显示出对电影的商业运作的重视。冯小刚的电影创作以商业化为主基调,商业化并不意味着艺术韵味会丧失殆尽,冯小刚的影片中透着一种"冯氏幽默",在剧本撰写、台词设置、演员表现中体现出戏剧化的艺术效果。商业化的生产者并非缺乏艺术的追求和文化的期盼,艺术情怀是许多影像艺术生产者的良知良能,只是它们需要在不同的机遇下迸发出来。比如《唐山大地震》可以说是冯小刚对于历史灾难、民间疾苦的悲悯表达,它在商业化的市场氛围中表露着生产者的艺术诉求和社会良知。

张艺谋早年执导《红高粱》(1987年)、《菊豆》(1990年)、《秋菊打官司》(1992年)、《活着》(1994年)、《一个都不能少》(1999年)、《我的父亲母亲》(1999年)等影片,获得威尼斯国际电影节金狮奖、戛纳电影节评委会大奖、奥斯卡金像奖最佳外语片提名等国外电影大奖,在最初的文化实践中积累了丰厚的文化资本,而其电影创作也主要在于艺术性的风格探索。2000年以后,张艺谋与制片人张伟平合作,自执导《英雄》开始,正式走上商业化的生产路径。他逐步疏离了早期影像风格的学院派探索,脱离了东方乡土民俗的内容基调,进入了一种宏阔、华丽的影视生产。客观地说,产业运作下张艺谋电影的商业转型依然保留了许多艺术元素,就如影片中一脉相承的视觉奇观,对于画面的精致呈现,对于人文情愫的怀念……这些元素在商品经济的市场流通中倒是给影片保证了艺术质量,保留了文化尊严。影像艺术的艺术维度始终是生产者或隐或显的内在追求。

许多新生代导演在电影生产中进行多元化探索,在市场化生存下追求影片作为艺术商品的经济效益;同时他们也进行商业元素和艺术元素的融合,在市场化生存下保留艺术元素。比如滕华涛、徐峥、林超贤、吴京、文牧

---

① 阙政.冯氏电影二十年[N/OL].新民周刊,(2014—01—22)[2015—12—09].http://xmzk.xinminweekly.com.cn/News/Content/3252.

② 金龙晟.票房大腕冯小刚[M].北京:中国广播电视出版社,2005:173.

野等人执导的影片进入国产影片票房年度排行前十名,其作品在商业化的主基调下体现出情感心理、游戏需求、城市文化等多种母题,在创作手法上不同程度地留有艺术元素。

从影像艺术生产的两种样态来看,艺术创作和商品经济并不是你存我亡的对抗,而是根据不同作品的主创人员、投资情况进行不同策略的博弈。在新的文化产业发展现实中,艺术和商品不是对立的两极,而是有了更多交流与共处的可能性,将两者进行交融的影像艺术生产经验则适应了文化产业发展的内在要求。理解影视艺术的集体生产中资本的积累法则与真正逻辑,文化资本向经济资本的转换,我们需要摒弃两种互相对立的观点:一种是经济主义的观点,它将文化资本、政治资本、社会资本等所有的资本类型简化为经济资本,忽略了其他资本所产生的特殊效果,仅仅关注经济的效益;另一种是唯艺术主义的观点,它将艺术限制在无功利的精神创作中,将所有商品简化为交换现象而无视其艺术成分。这两种观点各有偏颇,成为影视艺术生产的认知障碍。影像文本兼有商品属性和艺术属性,影像艺术的集体生产不同于一般商品的生产,并不纯粹地追求交换价值。它在产业化运作下考虑经济效益的同时,需要彰显艺术的成分,唯此,才能成其为艺术商品。

第四节　创作者的跨界行为

一、作家进入影视场域

当电影摆脱"杂耍"之偏见而成为"第七艺术"时,电影与文学的关系日益紧密起来,两者共享艺术理念、情感期待、故事情节、叙事技巧和话语表达等方面,作家进入电影场域亦是由来已久。电影产生之初,就有许多作家进入电影场域,如好莱坞电影工作室雇佣作家为电影提供素材和剧本,20世纪初中国鸳鸯蝴蝶派的许多作家参与电影生产,主要是担任编剧。比如包天笑在1925年前后与导演郑正秋合作,为《可怜的闺女》《空谷兰》《多情的女伶》《好男儿》《富人之女》等影片担任编剧。陈白尘、刘以鬯、刘呐鸥、欧阳予倩等作家也为影片担任过编剧或编导。早期我国参与到电影场域的作家并不在多数,文学创作和电影生产有着相对明显的隔阂。中国现代文学史上许多重要作家并未真正与电影生产产生直接的联系。

电影文本在小说文本中撷取文学元素,将文字语言转换成影像语言。新媒介文学的创作进程中,作家进入电影场域成为平常之事,作家的介入是全面的,不仅是新生代的网络写手进入影视生产流程,而且是许多著名的作家也会跨界进行影视生产。主要有几个类别:第一,从事传统文学创作的作家改编小说或为影视剧担任编剧;第二,网络文学作者改编自己的小说或担任影视剧编剧;第三,作家直接担任导演进行影视剧生产。

作家莫言、王朔、刘震云、严歌苓等人都为影视剧担任过编剧,成为影视剧生产链中的一员。张艺谋执导的影片《红高粱》由莫言担任编剧。影片《红高粱》汪洋恣肆的情节铺张、鲜艳华丽的视觉呈现令人耳目一新,迸发一种生命欲望的强力,成为中国电影史上的经典之作。莫言为影片提供了精彩的故事素材、个性的人物形象,作家的介入为影片奠定了厚重的艺术基础。王朔直接参与了众多影视剧的生产。20世纪80年代末,米家山执导的《顽主》、夏钢执导的《一半是火焰,一半是海水》、黄建新执导的《轮回》上映,它们均改编自王朔作品,由王朔参与编剧。20世纪90年代的电视剧《渴望》《编辑部的故事》曾经轰动全国,王朔直接参与了电视剧的策划和编剧工作。1996年上映的影片《冤家父子》则是由王朔和冯小刚共同编剧和执导,随后冯小刚和王朔开展了多年的合作,冯小刚执导影片《永失我爱》(1994年)、《甲方乙方》(1997年)、《一声叹息》(2000年)、《私人订制》(2013年)均是由王朔任编剧。王朔说,其实我是个编剧,我一直在编自己的故事,与旁人无关。①作家王朔也是编剧王朔。

作家刘震云也担任过多部影视作品的编剧,冯小刚执导影片《一地鸡毛》(1995年)、《手机》(2003年),以及马俪文执导的电影和王奕开执导的电视剧《我叫刘跃进》均改编自刘震云小说,并由他担任编剧。刘恒在作家和编剧两种身份之间也是游刃有余,他早期的小说《狗日的粮食》风格独特,获得第八届全国优秀短篇小说奖,中篇小说《天知地知》曾获首届鲁迅文学奖、《贫嘴张大民的幸福生活》获首届老舍文学奖,其在文学创作中关注人类最基本的生存欲求和生活愿望,偏重写实,颇有情怀。刘恒在影视剧生产中成绩斐然,其编剧电影有《本命年》(1990年,导演谢飞)、《菊豆》(1990年,导演张艺谋、杨凤良)、《秋菊打官司》(1992年,导演张艺谋)、《张思德》(2004年,导演尹力)、《云水谣》(2006年,导演尹力)、《集结号》(2007年,导演冯小刚),任编剧的电视剧有《贫嘴张大民的幸福生活》(1998年,导演沈好放)。刘恒所编剧的这些影片在中国当代电影史上占据重要地位,《菊豆》是第一部获得奥斯卡金像奖最佳外语片提名的中国电影,《本命年》获柏林电影节杰出艺术贡献银熊奖,《集结号》在取得高票房之外还获得中国电影金鸡奖、华表

---

① 王朔:一直在编自己的故事[J].电影,2014(3):64—65.

奖、大众百花奖三大电影奖项的最佳故事片奖。这些作家本已在文学场域内取得颇多建树,享有一定声誉,他们进入影视剧的生产之中,文学的创作经验带入剧本的创作之中,可以说,其创作经验促进了影视剧的繁荣。

当作家的小说被改编成影视剧,作家即便没有亲自担任编剧,也会或多或少地参与到影视剧的生产过程中。电视剧《白鹿原》拍摄前期,编剧申捷就曾拜访作者陈忠实并请教学习,陈忠实希望编剧在电视剧版中把朱先生这个人物重新"找回来",因为原著中的朱先生被塑造得过于神奇。①作者的嘱托在电视剧中就有所体现。电视剧《人世间》开播前期,导演请小说作者梁晓声观看初剪片并提出意见尤其是台词方面的意见。②作者表态绝不干涉改编,并以导演为中心,不过他仍提供了宝贵意见且客串了剧中的法官角色。梁晓声还指出,一般作家会更加认可文字的力量,认为改编的影视剧不及小说本身,而他认为《人世间》中的许多场景经过演员的表现,比文字更好。③电视剧《人世间》作出了许多创造性发挥,在画面结构、光影运用、演员表现方面确实创造出文字难以抵达的效果。作家及其作品进入影视场域,可以将文字经验和影视经验有效结合起来。

网络文学作者进入影视生产场域亦是非常普遍的现象,比如鲍鲸鲸、激澎紫、蒋胜男、祈祷君等网络文学作者均曾担任热映影视剧的编剧。网络文学文本为影视剧的生产提供了广阔的素材,网络文学创作为影视剧生产提供了许多共通的经验。网络文学的创作一般是连载式的,因为要连续更新,往往在情节的跌宕起伏处戛然而止,让读者期待后续的章节,这从形式上就非常接近电视剧的每日一播,于是网络文学和电视剧在生产本源上就产生了亲缘关系。网络文学作者蓬勃的想象、通俗的表达以及对于故事的截断,这些创作经验都契合于影视剧本的编写。网络文学作者进入影视生产场域后,在创作经验上并不具有天然的隔阂,而是存在诸多共通的可能。许多改编作品直接由原作者担任编剧,他们更容易把握作品的故事背景、人物形象、情节发展,并进行适当调整。2013年,盛大文学宣布成立中国首家编剧培训公司,投入10亿元成立基金,预备从现有网络作家群体中首批挑选100

---

① 电视剧《白鹿原》编剧申捷:陈忠实先生嘱咐要把"朱先生"改得接地气[EB/OL].(2017—05—24)[2015—12—09].https://www.sohu.com/a/143227791_257537.

② 梁晓声,王雪瑛. 对话梁晓声:《人世间》的创作心路与观影体验[N/OL]. 文汇报,(2022—02—22)[2022—03—02].http://wenhui.whb.cn/zhuzhanapp/xinwen/20220222/450904.html? timestamp=1645517337685.

③ 梁晓声这段评价出自《梁晓声聊〈人世间〉:把从前的事讲给年轻人听》,是凤凰网读书栏目2022年2月10日20:00—22:00的直播节目。

名成为职业编剧。①网络文学作者进入影视生产场域，为影视剧担任编剧已经成为一种市场需求。

许多热播的影视剧改编自网络小说，并且由网络小说的作者担任编剧。影片《失恋33天》(2011年,导演滕华涛)改编自鲍鲸鲸的日记体小说,由作者鲍鲸鲸担任编剧。该片投资890万元,票房3.5亿元,位列2011年度国产影片票房第四位,是小成本高回报的影片。影片讲述婚礼策划师黄小仙遭遇失恋,相恋7年的男友和自己的闺蜜走到一起,黄小仙在同事王小贱的帮助下经历了33天的失恋修复期。影片并没有悲天悯人的宏大叙事,也没有惊心动魄的情节迭进,但在简单日常的故事中诠释了现代都市青年的爱情梦想。影片最突出的特征是都市化的情感表达和网络化的台词运用,这来自编剧的文学风格。这种风格契合了电影作为一种都市文化产品的现代特征,符合主流观影群体的审美趣味,在竞争激烈的电影市场中胜出。

滕华涛执导的另一部影片《等风来》同样由鲍鲸鲸担任编剧。滕华涛说:"我的编剧合作者通常都不是专业编剧,而是文学作者,我一直希望合作者先以文学的形式来创作,因为我不希望作者丧失文学的思考和作家的高度,直白地说,就不希望这些人降格成为一个电影或者电视剧的编剧。"②文学作者的审美感知和创作经验能为影片的生产提供诗性的力量、思维的深度。事实上,部分文学作者正在成为专业编剧。电视剧《芈月传》由蒋胜男担任编剧。网络小说《芈月传》最初在晋江文学城上连载,被星格拉公司看中后,蒋胜男与该公司签订电视剧剧本创作合同,随后小说停止连载,蒋胜男为电视剧《芈月传》撰写剧本,并在电视剧开播前期出版小说。可以说剧本和小说的创作几乎是同时进行的,网络作家这种介入影视剧生产场域的方式是新型的。但《芈月传》的版权纠纷,表明在产业环境下网络作者担任编剧尚需更为规范化的运作。2022年火爆的网络剧《开端》改编自网络小说《开端》,由作者祈祷君担任编剧,作者指出剧版改编为其小说创作带来养分。③网络文学创作与影视生产呈现出交融互渗的趋势。

① 任晓宁. 转型编剧,网络作家的另一条路?[N/OL]. 中国新闻出版报,(2013-05-10)[2015-12-15]. http://www.dajianet.com/news/2013/0510/199506.shtml.
② 滕华涛,田卉群.《等风来》是一种多样性尝试——对话滕华涛[J]. 电影艺术,2014(2):101-106.
③ 祈祷君在采访中提到:《开端》的改编过程,某种意义上就是复盘并再一次提升的过程,是精练和升华。这个经历让我再次创作小说时,会开始思考如何更精益求精,甚至开始思考是不是有必要以后在完本后再进行连载,因为确实,反复的推敲和修改,是可以让作品变得更完善更完美的。"罗昕.《开端》原著作者:好好地讲述普通人拯救世界的故事[EB/OL].(2022-01-27)[2022-02-28]. https://www.thepaper.cn/newsDetail_forward_16463600.

　　除了为影视剧担任编剧之外，作家也跨界做导演。法国当代女作家玛格丽特·杜拉斯著有《情人》《广岛之恋》等小说，并成功执导《印度之歌》《卡车》等电影。日本作家三岛由纪夫著有小说《丰饶之海》《金阁寺》，并执导了影片《忧国》。中国作家马原曾尝试拍摄电视剧《中国作家梦》和电影《死亡的诗意》，但最终未能面世。1992年初，马原自筹资金拍摄电视剧《中国作家梦》，并身兼制作人、主持人，该剧片长720分钟，分24集，涉及巴金、夏衍、冰心、汪曾祺、格非、迟子建等多位作家。马原坦陈："我隐约觉得新时期文学作为一个时代就要结束了，我想在世纪之交为这一时期作一总结。"①这部专题片承载了作家的文化抱负，作家试图在文学上进行媒介跨越，通过影像媒介的方式将一个时代的文学总结表达出来。但是，资金、技术、市场这些问题对作家构成了新的挑战，电视剧未能诞生。1996年，《中国作家梦》只能以文字版面世。

　　"除了无望面世的《中国作家梦》之外，我拍了一部电影，因为这部电影没最终剪完，我还没把它拿出来……我也写过两三个电影剧本，都是胎死腹中"②。马原所说的这部电影即《死亡的诗意》，马原将《神游》和《死亡的诗意》两部小说结合到一起拍成电影《死亡的诗意》，他所依据的是两个小说的蓝本，而并未专门为电影去写剧本。马原事后反思，并说"如果有机会拍电影我应该专门写一个电影剧本，为视觉去写，不应该为我过去的文学梦去写"③。马原在电影创作中虽有着视觉为先的观念，但对他起到决定性影响的依然是文字。从文字语言转换为影像语言，从小说创作转换为电影生产，它们在艺术表达和社会运作上有巨大的差异，这给作家的跨界设置了巨大障碍。曾被誉为先锋派作家的马原践行媒介转换的文艺实践，最终迷途知返，回到文学创作。马原说小说已死，文字阅读被图像阅读所取代，"由于媒体技术的发展，世界事实上已进入读图时代。这个时代没有马原这样靠弄字为生的人的出路。我想说事实上小说已经死掉了。……新的媒体更可怕，它存在和小说相似的东西，却一定不是小说。以后叙事文学可能还会有，但是是用图的方式，就像二十世纪电影的出现是顶替小说一样，因为他们做的事情非常像，都是在叙事"④。影像媒介直观而通俗的图像叙事给小说的文字叙事带来极大挑战。作家马原敏锐地意识到媒介变迁给文学创作

---

① 孙宜学. 我为什么要当老师[N/OL]. 中华读书报，(2000—11—29)[2015—12—20]. https://www.gmw.cn/01ds/2000—11/29/GB/2000%5E328%5E0%5EDS919.htm

② 马原. 电影密码[M]. 北京：作家出版社，2009：88.

③ 马原，蓝皮. 对话马原：没有小说，只有小说家[J]. 江南，2009(4).

④ 马原. 小说密码[M]. 北京：作家出版社，2009：174—174.

以及文学生态可能带来的变化,而他自己的跨界实验最终未能成功。

相反,倒是郭敬明、韩寒这样的"80后"作家在影视生产的跨界中取得了成绩。郭敬明将小说《小时代》改编成电影《小时代》,前后分为四部上映,影片均获得高票房。其中《小时代》票房4.8亿元,2013年度国产影片票房第七名;《小时代3:刺金时代》票房5.2亿元,2014年度国产影片票房第八名。韩寒编导的影片《后会无期》票房6.3亿元,2014年度国产影片票房第五名,他执导的《乘风破浪》《飞驰人生》《四海》也引起了广泛关注。票房并非评价影片的唯一因素,却是影片市场影响力的表现。郭敬明、韩寒进入电影场域,是在新的媒介环境下拓宽了自己早期的文学创作。

二、电视导演与电影导演的角色转换

在影视文学文本的生产中,电视导演与电影导演进行了角色互换,不少电视剧导演转而进行电影拍摄。电视剧比电影的空间和容量更大,叙述时间更长,从电视剧到电影,在生产形式上有所变化,创作者的生产经验随之产生差异。但正是由于电视剧的创作经验与电影的创作经验始终存在明显的差异,电视剧导演转战电影领域,并不容易取得突出成绩。国外不少导演在电视剧和电影的创作方面均取得佳绩,如西德尼·吕美特(Sidney Lumet)、罗伯特·奥特曼(Robert Altman)、汤姆·霍珀(Tom Hooper)、丹尼·鲍尔(Danny Boyle)、埃德加·赖特(Edgar Wright)、迈克尔·哈内克(Michael Haneke)等。

李少红执导《雷雨》(1996年)、《大明宫词》(1998年)、《橘子红了》(2001年)、《买办之家》(2004年)、《红楼梦》(2010年)等电视剧,这些作品都具有导演个人的突出风格。在主题上,对于女性情感命运给予关怀,女性形象或悲戚哀怨或坚强决绝;在影像形式上,特别善于运用光影和色彩进行情感表达。《大明宫词》流光溢彩的宫廷色彩,《橘子红了》明暗交替的光影运用,都在精致的影调氛围和唯美的影像画面中传递了被压抑的情感力量。李少红不仅在电视剧的创作方面颇有特色,她早年也执导过不少影片,如《血色清晨》(1990年)、《四十不惑》(1992年)、《红粉》(1994年)等。《红粉》由李少红、苏童、倪震担任编剧,曾获得柏林电影节杰出艺术贡献银熊奖、印度电影节金孔雀奖。在执导了大量电视剧之后,李少红又折回进行了电影创作,如《恋爱中的宝贝》(2004年)、《生死劫》(2005年)、《门》(2007年)、《绝对隐私》(2006年),但这几部影片并未在电影市场中掀起多大波澜,也未能在叙事和风格上有新的突破。李少红穿梭于电视剧和电影的生产之中,但其电影作品显得较为平庸。

滕华涛执导的都市题材电视剧《双面胶》(2007年)、《王贵与安娜》(2008

年)、《裸婚时代》(2011年)都大获成功,前三者均改编自六六的小说,后者改编自唐欣恬的网络小说《裸婚——80后的新结婚时代》。这些作品充分关注现代人的婚恋生活、情感困境、生存压力,电视剧延长的剧情非常适宜于表现夫妻冲突、婆媳关系以及柴米油盐的生活琐事。这些电视剧的成功除了文学作品提供的良好素材之外,更在于导演以影像语言对文学脚本的恰当改造。滕华涛在取得电视剧生产的成功经验之后,转而进行电影生产,其执导影片《失恋33天》是另一种成功的确证。在这部影片中,滕华涛悬置了都市剧生产中对于情节的冗长铺张和对于生活细节不厌其烦的展示,而是非常决绝地进行了一次电影转换,达成了凝练的电影表达。相较于轰动一时的《失恋33天》,滕华涛与编剧鲍鲸鲸再次合作的影片《等风来》(2013年)则相对黯然。

电视剧导演赵宝刚曾执导《编辑部的故事》(1992年)、《一场风花雪月的事》(1997年)、《永不瞑目》(2000年)、《像雾像雨又像风》(2000年)、《奋斗》(2007年)、《我的青春谁做主》(2009年)、《婚姻保卫战》(2010年)、《北京青年》(2012年)、《老有所依》(2013年)等电视剧,多部作品影响广泛、深入人心。他执导的影片《触不可及》(2014年)却反响平平,片名"触不可及"似乎就成为导演从电视剧到电影生产转换的某种隐喻。影片讲述战乱时期的谍恋故事,它在100分钟内叙述跨越70年的家国情仇,每一时间段的叙事简明但缺乏张力,颇为窘迫。特务傅经年和舞蹈老师宁待,两个人的爱恋及其在社会动荡下的抉择显得突兀,缺乏逻辑,就如衔接不当的缩减版电视剧。导演在电视剧生产场域中多年积累的文化资本和社会资本并未成为电影生产的成功砝码。同样是影像媒介,电影创作的生产经验不同于电视剧创作,两者在文本表达上存在诸多差异。如果不能在文本这个本质性对象上作出新的突破,仅仅依靠资金、技术、声望等生产因素并不能保障作品的成功。

类似地,电视剧导演高希希曾执导《历史的天空》(2004年)、《幸福像花儿一样》(2005年)、《新上海滩》(2007年)、《甜蜜蜜》(2008年)、新版《三国》(2010年)、《楚汉传奇》(2012年)等多部作品,这些作品不拘一格,有的细腻委婉,讲述爱情故事;有的磅礴大气,讲述历史故事,导演在电视剧生产中能驾驭多种题材和不同风格。这些电视剧为我们提供了寄托情感、消遣闲暇的极好途径,赢得许多电视观众的情感共鸣。高希希在电视剧生产中斩获佳绩,这位电视剧导演也有电影情怀。2014年由他执导的影片《露水红颜》上映。影片中邢露和徐承勋两位主人公的爱情不落俗套,主演超凡的形象气质带来视觉的享受,画面、光线和构图也十分干净明快。然而,影片寡淡无味,在内容上缺乏公共性的社会关怀、深厚的人生教谕或者游戏化的娱乐狂欢,在形式上没有紧密的叙事节奏、考验智力的悬念,它并未激发一种砥砺人心的持久力量,也不能如高导演执导的电视剧一样在特定时期带来题材和风格的革命性力量。导演自己也意识到电影生产与电视剧生产的巨大差异,他说:"电影故事结构,和电视剧截然不同,用电影的语言表达一个故事,就要压缩时间,拆解时间,在精准的、有效的时间和空间里讲述一个话题式的爱情故事。"①电视剧导演善于情节铺展,但当他们真正压缩和拆解时间去进行电影表达时,遭遇了电视剧创作经验的转换困境。

影视文本凸显画面奇观和视觉叙事的重要性,两者都由生产者进行集体化的创作,面临市场与审查的双重压力,处在艺术创作和商业经济的博弈之中。不过电影与电视剧的创作经验在文本内部存在诸多具体差异,比如在情节安排、节奏把握、时间切割等方面均需要采取不同的方式。电影导演和电视剧导演进行角色互换之时,其实形成了一种跨界行为。电影和电视剧文本的内在差异给创作者的跨界带来了难度,甚至连赵宝刚、高希希等著名电视剧导演也难以成功地进行电影创作。

三、文字经验与影像经验的交织

从作家到导演、作家到编剧、电视剧导演到电影导演,创作者的跨界行为带动了多种创作经验的交织,尤其是文字经验和影像经验的交织。这使得文化生产的外在表现形式和内在逻辑方面都有了新的气象,成为新媒介文学审美经验的一种突出特征。

小说、剧本到影视剧,文本转换的过程牵涉到创作者不同的经验转换。

首先,跨越最大的是作家到导演的创作身份转换,它突出地呈现了文字经验与影像经验的交织。文字和影像这两种创作逻辑在同一创作主体中出现时,会产生对抗、交流与妥协。早在20世纪60年代,麦茨等电影理论家就试图把语音学原则运用到电影研究中,但随后他们就意识到"电影不是一种'语言',而是另一种拥有自己的'发音'的符号系统"②。小说和电影各自拥有一套自身的叙述话语。在小说或电影叙事中,我们需要区分小说或电影的叙述者、故事的叙述者、话语的表达者三个层次。小说的叙事者就是作者本人,而电影的叙事者则是导演、编剧、摄影师等。从作家到导演,即从独立的叙事者变为集体的叙事者,文字经验会有一定程度的削减。

---

① 李霆钧.《露水红颜》导演高希希:细节是电影的生命[N].中国电影报,2014-11-05(10).

② Seymour Chatman. Coming to Terms:The Rhetoric of Narrative in Fiction and Film[M]. Ithaca:Cornell Unversity Press, 1990:124.

　　小说和电影中事件和人物的表现有相当大的差异。在小说创作中,故事是通过各种叙事策略、情节进展、人物特征以及读者在文本的召唤结构中予以回应的隐喻模式而建构起来的。而在电影生产中,电影故事以确切无疑的视觉形象在眼前出现,电影凭借直观画面、转换剪辑而击中观众内心。人物的个性形象、故事的起承转合,在两种媒介中有显著不同。"每一种艺术形式都有因媒介而导致的独特性,电影制作者在将故事转换为电影之前,必须认清每一媒介的独特性。"①小说到电影转变的复杂因素还涉及对于时间感知的叙事表现。小说的时间呈现有多种方式,其叙事时间是多样化的,在长篇、中篇或短篇小说中作者可以安排不同的叙事时间,长则百万言,短则寥寥百字,在不同的叙事时间中建构精妙的隐喻模式。电影的叙事时间一般为两个小时左右,时间被大大缩短。电影要在较短的叙事时间内讲述精练的故事,对于时间的把握尤为重要。

　　文字叙事和影像叙事具有媒介差异,并且经由媒介转变而产生了叙事主体、人物表现以及时间感知的种种差异。从小说到电影,创作者需要在文本叙事逻辑上作出调整,适应不同文本的生产特性。小说创作相对较为独立,电影生产则是一个复杂的过程,生产过程中所面临的资金、技术、宣传等问题都可能影响电影创作者对于剧本的把握。当作家跨界成为导演,作家丰富的小说创作经验与影像生产经验相互交织或彼此对抗。对抗的结果可能导致失败的影像生产经历,交织的结果则可能激发新型的融合经验。

　　其次,是作家到编剧的身份转换。作家和编剧都从事文字工作,作家创作的最终对象是文学作品,编剧创作的则是影视剧的文学底本,两种文字创作有较大差异。编剧需要更多地考虑其剧本进行影像转换后的效果,因此作家跨界成为编剧,随之而来的是要在文字创作中体现一定程度的影像经验。影像经验在文本内部表现为文字创作服从于文本的影像效果,即文学的叙事时间让位于影视剧的叙事时间,人物事件要突出鲜明以便于影视剧的演员安排,环境渲染要适合于影视剧的布景设置,等等。影像经验在文本外部表现为文字创作受到影视剧生产团体的制衡,比如在影视剧的生产过程中,投资方、制片人、导演、演员等影视剧生产参与者都可能提出对于剧本的意见,由于外在的干预,创作者需要不断调整自我,进行文本修改。编剧王海鸰说:"要写出既能叫好又叫座的剧本,是一项要求很高的专门技能。它是一项妥协的艺术,平衡的艺术。要在各种不同的声音中,将自己想要表

① Stuart Y. McDougal. Made into Movies: From Literature to Film[M]. New York: Holt, Rinehart, and Winston, 1985:3.

达的东西表达出去,受到多方的认可,太难了!"①编剧的文学创作不是以文学作品为最终目的,而是以影视剧的影像呈现为最终目的,编剧更多的是一种服务性的文学创作,受到影视生产中主导力量的干预。而作家则拥有全面的文学创作经验,在艺术想象力、情节的铺叙突转、人物的性格塑造、文字表达功底等方面拥有明显的优势。作家跨界做编剧,打破了原本率性自主的文学创作姿态,挤压了文字所营造的隽永意境,不过创作主体是富有张力的、能屈能伸的生命个体,许多作家适应了编剧的影像创作经验,在文本内部和外部均能作出一定的妥协,最终为影视剧的生产提供了很好的文学底本。

再次,是电视剧导演和电影导演的身份转换。电视剧和电影的创作都是影像经验的表达,同样是影像创作经验,两者的表达形式颇有不同。电影的叙事时间一般为两个小时左右,电视剧的叙事时间短则十几集长则上百集,后者的叙事容量远远大于电影。两者虽都通过画面来讲故事,而不同的叙事时间决定了两者讲故事的方式存在极大差异。电影一般凝练集中,在两个小时内讲述具有戏剧性的故事;电视剧则悠游绵长,在几十个小时甚至上百个小时内制造许多个戏剧性冲突。导演从电视剧的大容量叙事转向电影的集中叙事,极易在缩短的叙事时间中造成故事时间的不协调。

全媒体时代的创作者面对的不是声音、文字、图画或影像某种单一的媒介,而是受到新旧媒介交融的冲击,创作者在跨界创作中逐步呈现交织的生产经验。比如《小时代》有小说和电影两种媒介文本,其小说的影像化叙事和电影的小说式呈现,就形成奇特的效果。小说的影像化叙事表现在:以简略白描的手法不断变换叙事场景,极度类似于影像艺术的蒙太奇手法;以瑰丽华美的文字描绘大上海的都市繁华,体现出如影像变幻般的视觉奇观;以通俗浅白的语言讲述四位女生爱恨别离的生活际遇,造成影像画面一样可感易懂的效果。电影的小说式呈现体现在:影片以影像媒介讲述小说的故事,重塑小说中的人物,而在场面调度和画面剪辑方面并未有影像语言的突破性表现;影片一如小说的浮华,其价值观念透露出对于物质生活的世俗崇拜,其影像表达又无时不在彰显物欲化的城市景观。《小时代》的创作非常突出地体现了文字经验和影像经验的交织。同样有着"80后"作家身份的韩寒,执导的《后会无期》也交织着写作经验和影像经验。该片讲述三个年轻人从东极岛到西部沙漠的迁徙旅途中所发生的故事,在一路向西的追索中,他们看到凋敝的土地和漂泊无依的自己,他们失去美丽的姑娘和依稀可见

① 杨莉,张杰.作家"客串"当编剧一集最高可拿30万[N].华西都市报,2012-03-29(17).

的理想。韩寒在反讽叙事中表现自己对于生活的批评性认知,这是他一贯的文学风格在影像媒介中的一种展示。电影文本中融入许多文学色彩,片中诸多妙趣横生的台词恰如韩寒小说中的对白。写作经验和影像经验的交织,一方面其益处在于两种经验的互渗交融,促进了艺术表达的丰富性;另一方面有其弊端,影像经验重在迎合大众化的观赏诉求,文字经验在与影像经验的交织中往往呼应影像文化的浅近需求,从而挤压了纯文学的诗性表达,含蓄隽永的哲思、幽微深远的意蕴迷失于大众化的创作倾向中。

创作经验属于审美经验,新媒介文学的审美经验在全媒体时代已不再是无功利的纯粹美学,而是在一定程度上受到外在资本的驾驭。作家担任编剧、作家成为导演或者电视剧导演转变为电影导演,这种跨界行为受到经济资本的驱使,许多创作主体受到经济利益的驱动转而进行跨界生产。其创作经验不是形而上的美学命题,而与产业运作中的资本问题紧密关联,是一种随时势变化的文艺现象。"随着独立自主的天才美学的被突破,创造性的审美经验就不仅是指一种没有规则和范例的主观自由的生产,或者在已知世界之外去创造出别的世界;它还意味着一种天才的能力,要使人们所熟悉的世界返璞归真,充满意义。"①创作者的创作经验不仅意味着一种天才般的创作能力,而且意味着在复杂的文化环境中将文字经验、影像经验与外在生产条件进行斡旋协调的能力。

---

① 汉斯·罗伯特·耀斯.审美经验与文学解释学[M].顾建光,等,译.上海:上海译文出版社,2006:12.

第五章　新媒介文学的受众审美心理

受众审美心理是接受者面对一定文本形态的审美对象所形成的接受经验。审美对象在创作完成之后就进入受众的世界,创作者不再能够掌控其命运。受众是活跃的群体,他们拥有丰富的体会和感悟,并产生相应的行动力。20世纪接受美学曾掀起了读者研究的热潮,将文学的文本研究扩大到读者研究,从文本的内部解释扩张到文本的外部审视。但是,他们并没有关注读者面对不同媒介的文本时接受经验有巨大差异。新媒介文学中的文字媒介、影像媒介、网络媒介制造出不断扩散的文艺空间,不同媒介的接受视域大不相同。如今对于受众审美心理的关注应当是对接受美学的借鉴、区别乃至超越。新媒介文学的接受经验已经成为创作的动力乃至制衡创作经验。观看者不再是被动、消极和静态的,他们参与到新媒介文学的流程之中,观看本身作为一种行为也在创造意义。观看者的积极意义毋庸置疑,而观看者面对不同媒介形态的审美心理尚需要充分注意。本章将对新媒介文学中的印刷媒介、影像媒介、网络媒介的受众审美心理分别进行探讨,关注不同媒介形态的接受经验的新型特征。

第一节　书写—印刷文学的阅读之境

一、古典式的"静穆"体验

朱光潜在对欧洲近代美学,特别是德国古典美学思想的借鉴和研究中,多次将"静穆"作为一种艺术审美观念加以发挥。1935年,朱光潜在《说"曲终人不见,江上数峰青"》一文中又提到:"所谓'静穆'(serenity)自然只是一种最高理想,不是在一般的诗里所能找得到的,古希腊——尤其是古希腊的造形艺术——常使我们觉到这种'静穆'的风味。'静穆'是一种豁然大悟,得到归依的心情。它好比低眉默想的观音大士,超一切忧喜,同时你也可说它泯化一切忧喜。"①此文发表后,"静穆"一说引起了较大争议,包括鲁迅也对之进行批评,反对朱光潜脱离晦暗暴烈的历史而延展个人情性的"静穆"式抒情美学。朱光潜本人倒并未对"静穆"再进行深入阐释,这种代表"最高理想"的"静穆"的审美观念很快被五花八门的学说所淹没。本书所说的"静穆"的审美心理,指的是一种不受外在功利因素干扰的、心灵宁静的阅读状态,它向内追寻伟大而沉静的灵魂。古典式的"静穆"体验特别地表现为对于书籍的尊崇和对于知识的敬畏,对于审美对象体现为尊敬、学习、品鉴的审美心理。

不论激进的文化运动如何颠覆系统化的知识、后现代的破碎感如何侵袭脆弱的心灵,总有一种文化血脉代代传承,总有一些审美体验惺惺相惜。是否一切坚固的东西真的会烟消云散,荡涤人心的真知灼见果真一去不返?恐怕不然,传播媒介与社会环境不断变迁,但仍有一种稳固的力量在变迁的背景下持存自我。书写—印刷文学的接受经验中延续着一种古典式的"静穆"体验,之所以说是"古典式",是由于这种体验传承自强大的文化传统。历史纷纷扰扰,评判是是非非,在充满裂痕的时间绵延中,审美对象所带来的"静穆"感尤为珍贵。

"文"在儒家传统中是一个重要概念。《论语》中多次提到"文",在不同语境下它可以指文字、文章、诗书礼乐、典章制度、文饰等多重含义。孔子讲"兴于诗、立于礼、成于乐""博学于文,约之以礼",其"文"都不是孤立的,而是与个体的道德修养联系在一起。"子以四教:文、行、忠、信"这里的"文"指古代文化之留存于典籍者,孔子举以为教,古代文化典籍乃是读书人安身立命之本。刘宝楠《论语正义》解释道:"文谓诗、书、礼、乐。凡博学、审问、慎思、明辨,皆文之教也。"②文、行、忠、信,这是孔子教人先后深浅之序,与他教弟子先行后学文("行有余力,则以学文")不同。这里的"文"指诗书六艺之文,先教以知之也。知之才能行之。既知之又能行之矣,然存心之未实,则知或务于夸博,而行或出于矫伪,故又进之以忠信。"文",成为学习的对象,但它又不能脱离个体心性的培养。

孔门四科乃德行、言语、政事、文学。"子曰:从我于陈、蔡者,皆不及门也。德行:颜渊、闵子骞、冉伯牛、仲弓。言语:宰我、子贡。政事:冉有、季路。文学:子游、子夏。"(《论语·先进》)这是文学一词最早的出处。文学指对书、礼、易、春秋等文化典籍的学习、传述和研究,学文而有所成就,则为文

---

① 朱光潜. 朱光潜全集:第8卷[M]. 合肥:安徽教育出版社,1993:396.

② 刘宝楠. 论语正义[M]. 高流水,点校. 北京:中华书局,1990:274.

学。在此四科之中,德行是首先强调的,要确立了道德品行才能展开文学的研习,个体通过对先王典籍遗文的整理、归纳、学习达到人性情感的培育塑造,社会道德也在这个过程中逐步建立。可见,孔子论文学,就有文德、文化之义,特别注重文化教养的学习。

在儒家观念中,文学在狭义上是指文献典籍、博学于文;广义上指人的文化教养、品格心性的涵茹。荀子在《劝学篇》中说:"君子知夫不全不粹不足以为美也,故诵数以贯之,思索以通之,为其人以处之,除其害以持养之。……生乎由是,死乎由是,夫是之谓德操。德操然后能定,能定然后能应。能定能应,夫是之谓成人。"①在苦读学习之时需有德操,化性起伪,才能成人文之美。《大略篇》说:"人之于文学也,犹玉之于琢磨也。诗曰:'如切如磋,如琢如磨。'谓学问也。和之璧,井里之厥也,玉人琢之,为天子宝。子赣季路故鄙人也,被文学,服礼义,为天下列士。"②文学是个体成才的途径,就如璞玉雕琢才能成为美玉。因此,文学体验与人格塑造唇齿相依。

在孔子、荀子这里,文学不是20世纪学科建制中的文学专业,而有更广泛的意涵,它与个体心性、社会道德紧密结合起来,赋予典章遗文以典范性和权威性。习文之人,对于文学抱有崇古之幽情,产生高山仰止之感受,注重个体文德之品鉴、情性之修为。以接受美学的视角来说,就是读者面对文学文本带有一种尊崇仰望的审美态度,主体通过阅读修行不断接近创作者的内在情感和审美对象的思想深度,以虚静的心灵进入文本,提升自我。这就是古典式的"静穆"体验。

千百年来,影响人们生活的是先哲反复思考而形成的观念和文化。这些观念和文化通过书籍、知识、思想、行为方式代代传承。从孔子、孟子,到韩愈、程颢、程颐、朱熹,他们建构了儒家的一个谱系。朱熹说《大学》《中庸》《论语》《孟子》这四部伟大经典在孟子之后就断了传承,到了唐宋才再次炳耀光华,即儒家的道统中途可能断裂。从新文化运动对儒家文化的颠覆以来,整个儒家思想谱系在近代不断承受动荡。一种思想传统在上千年的递进衔接中,不可能骤然断裂或者突兀衔接,它存有一种连贯性,或许在一定时代下沉潜黯淡,又在一定时代背景下发潜德之幽光。这种连贯性在外在客体上依靠书籍和器物等媒介,在内在主体上依托人们的潜在意识和心理体认得以延续,镌刻在民族共同的历史风华和文化记忆中。因此,在孔子那里就有迹可循的"静穆"式阅读体验并不可能随着儒家文化的某些动荡而消

---

① 王先谦. 荀子集解[M]. 沈啸寰,王星贤,点校. 北京:中华书局,1988:18—20.

② 王先谦. 荀子集解[M]. 沈啸寰,王星贤,点校. 北京:中华书局,1988:508.

失,也不可能在新的媒介文化形态下就荡然无存。"静穆"的阅读体验虽然不断受到挤压,娱乐化、消遣化的体验抢占整体的阅读空间,但是这种阅读体验始终是传统文化沿袭与创新的必要基础,它的力度不可削弱。

"静穆"的阅读体验是随文字而确立的一种精英式阅读经验,它沿革已久,至今还是强大的审美经验,一则在于学校教育体制内的保障,二则在于审美主体个体化的坚守。"静穆"的阅读体验是读者的一种接受经验,是个体心性的培养;同时也是个体的一种文化能力,在一定程度上成为读者的文化资本,受到了教育体制的庇护。"有足够理由相信,文学是一个社会机制,并且文学作品的机构对象由他们在体制中所起的作用来界定。可以看到在我们的文化中,总是有一种文学实践伴随着既有模式的界线,参与艺术机构、艺术功能、艺术价值等等因素的定义之中。在这个背景下,我们宣称文学作品的'本质'应该探究读者群体所持有的观念和习俗,更胜过探究文学对象本身。"①读者群体的观念和行为有着至关重要的作用,它在文学的社会机制中并不只是一种纯粹心理,而是延展到文化传统和社会习俗之中,产生潜在的持久作用。教育体制作为文学社会机制的重要维度,保障了"静穆"式阅读体验的合法地位。外在于教材的文学现象不断更新,它们脱离体制内的文学谱系;而体制内的文学教材书写被建构的文学经典,赋予它们正统典籍的光环。读者在面对这些作品之时,相应地保留了尊崇之意,多了一份谨严的审美心理。比如当代文学史中介绍莫言、苏童、格非、马原、张炜、王安忆、严歌苓等作家,他们确立了强劲的文化资本。读者面对这些作家作品时,其审美心理便很难是游戏人间、消遣娱乐的。专业读者、文学批评家以敏锐的文学感知、宏阔的文学史视野赋予他们一定地位,一般读者对经过知识精英筛选的、进入教材体系的作品则抱有尊敬之意。即便莫言的小说中会有许多流弊粗俗之语,但读者更愿意将之看成是一种艺术表达;即便马原后期的小说不再有先锋之势,而是家长里短的寻常之文,读者依然将作者看成是相关流派的重要作家……类似的审美心理很大程度上来自教育体制的拥护。

教育体制外的熏陶则是读者在脱离教育体系之后,依然保有对文学的热情,于此之中获得物我相应、宁静澄澈的阅读体验。美国学者雅克·马凯说:"创造者与观者倒也不是彼此隔绝、毫无共同之处的。二者之间存在着某种沟通,某种彼此对应的经验参与。组成形式的创造者与欣赏形式的

---

① Stein Haugom Olsen. The End of Literary Theory[M]. New York: Cambridge University Press, 1987:81.

观者之间存在着相互对应的经验。"①读者和作者之间存在一种交流的经验，比如卫塞尔曼的画作让人感受到感官狂喜，它表达了画家的经验，并和观者的经验相通。这种相互了解的分享、共同的经验基础就在创作者和观者之间建立了紧密的心理联系。在审美对象中，一切实体性的事物都消融在个体心理的内在形式中，接受者与审美对象乃至其创作者达到心心相印的境地，它不借助外在强力的推动或保障，而是来自相通的内心意念。正如刘小枫所说，"主体心理的世界有如由艺术的形式构筑起来的世界，成为一个自在的整体，无需与外界或他物发生关系。审美性的特质就在于：人的心性乃至生活样式在感性自在中找到足够的生存理由和自我满足"②。文本对不同的阅读者是开放的，文本的信息通过读者的主体意识从作者传递到读者，审美对象的意义在读者阅读、交流和解释中得以呈现。一位都市女性阅读王安忆的《长恨歌》，她可能会为女主角王琦瑶的命运扼腕叹息、为着理想的躁动而怨念心疼，流连于上海弄堂的市民景象、感叹于细小琐碎的生活，从而联想到自己的身世境地，感叹作品直指人心，并敬佩作家哀婉动人的笔调、清醒冷峻的智性。读者的这种体验并非教育体系将文本的特定评价强加于她，而是读者在文本接受过程中自行形成的审美心理。在这种阅读体验下，读者并不一定掌控解释文本的局面，但他们会在文本的交流中靠近作者和文本，带着一定的敬畏心态并反观自身、提升自我。古典式的"静穆"体验是一种审美心理，是在精神深处进行文化传承的重要途径，在新作迭出、鱼目混珠的文化生产中，它守护一片家园。这是读者对无知和浅薄的摆脱，对痛苦和无望的征服，进而走向豁然开朗、得到皈依、获得"静穆"的心理境界。

二、现代式的"沉浸"体验

古典式的"静穆"体验是沿袭文化传统的阅读经验，现代式的"沉浸"体验则是针对新的文化现象所产生的阅读经验。前者对审美对象有一种尊崇之意，在接受过程中不断净化阅读主体的精神世界；后者对于审美对象是一种融入的平等对话，阅读主体沉浸于文本之中。根据接受者不同的融入方式，可以将现代式的"沉浸"体验分为三种类型：间离的批判态度、共鸣的情感倾向以及快感的即刻体验。

现代式的"沉浸"体验始于作者神圣形象的消失。作者只是写作的人，而不是被顶礼膜拜的圣贤。罗兰·巴特把写作的神话翻倒过来，宣扬"读者

---

① 雅克·马凯.审美经验：一位人类学家眼中的视觉艺术[M].吕捷,译.北京:商务印书馆,2016:191.
② 刘小枫.现代性社会理论绪论：现代性与现代中国[M].上海:上海三联书店,1998:302.

的诞生应以作者的死亡为代价来换取"①。读者产生新的意义,读者和作者之间应进行一种平等的对话。"作者的创作冲动和受者的艺术体验不是同一回事,对艺术品的接受不只是一种再创造。创造过程和接受过程代表着一个辩证发展过程的两个阶段。艺术家是从两个方面获得对自己劳动的反应的,一方面是已经完成的作品,另一方面是受者对作品的体验——他可能误解作品,也可能比原作者理解得更好些。"②接受者给予作者相应的阅读反馈,并在接受过程中创造出新的所指。读者对于审美对象的鉴赏受到个人心理因素的影响以及社会文化的制约。在传统时代,只有知识分子拥有识文断字的能力,大多数人并不具有阅读的能力和资本,那么写作者自然获取了知识地位和文化光环。随着知识的扩张,大部分人获取了写作和阅读的能力,作者的权威地位和垄断的文化资源受到挑战,读者更为活跃地介入文化意义的生产之中。此时,读者的阅读接受经验产生新的动向。读者凭借成熟的思想、集中的思考、对于作品把握和批评的能力,将自己的情感体验投射到文本中,从而充分理解和评判一个作品,各自产生不尽相同的接受经验。

间离的批判态度是具有反思性和行动力的"沉浸"式阅读经验。"间离"最早由布莱希特在戏剧创作的范畴中提出,他在《论实验戏剧》一文中指出,间离是"把事件或人物那些不言自明、为人熟知、一目了然的东西剥去,使人对之产生惊讶和好奇心"③。间离在文本接受层面让观众打破情感共鸣的状态,观众从旁观察,产生距离。间离的结果就是:观众不再认为舞台上的人是不可改变、不能施加影响的,人物和环境都是可以被改变的,因而观众就能在剧院里获得一种新的立场,成为现实的改造者。间离的批判态度,首先是受众进入文本获得同情式的体验,其次是受众从文本中脱离出来,调整自身与文本的距离,重新构造对于作品的想象,构建新的情绪和思维。间离的批判态度反对主体仅仅追求审美快感和审美认同,而是强调主体反思和批评的态度。创作者把自己的内心感受注入文本之中,这一文本结构脱离了作者的原始经验环境,接受者基本不可能与作者的经验世界直接接触,这就使得读者对于文本的接受产生一定难度,它需要想象、移情与判断。文本结构与作者主观世界的分离,使得作品拥有更多理解和阐释的空间。"对艺术

① 罗兰·巴特.罗兰·巴特随笔选[M].怀宇,译.天津:百花文艺出版社,1995:307.
② 阿诺德·豪泽尔.艺术社会学[M].居延安,译编.上海:学林出版社,1987:141—142.
③ 贝·布莱希特.布莱希特论戏剧[M].丁扬忠,张黎,景岱灵,等,译.北京:中国戏剧出版社,1990:62.

作品的接受不是创作的简单完成,对艺术过程的继续并不是一种机械作用,因为每个历史时期、每个社会、每个个人总是以自己特有的方式来继续这个过程的。"①每个人从相同的作品中会获得不同的经验。艺术作品一旦开始传播和接受之后,其审美经验、美学价值和社会功能都处于变化之中,艺术作品的接受在历史过程中变得越来越丰富和复杂。间离的批判态度往往将文本看成是一定历史阶段的产物,读者的自我意识彰显,他们能够适时地从文本语境中挣脱出来,对文本加以反思、质疑与评判。

共鸣的情感倾向是读者沉醉于文本世界中,忘我地阅读与品鉴,并产生强烈的情感认同。相较于间离的批判态度,共鸣的情感倾向相对弱化了读者的主体意识。德国美学家耀斯说:"审美经验不仅仅是视觉(感受)的领悟和领悟(回忆)的视觉:观看者的感情可能会受到所描绘的东西的影响,他会把自己认同于那些角色,放纵他自己的被激发起来的情感,并为这种激情的宣泄而感到愉悦,就好像他经历了一次净化。"②这其实是亚里士多德所说的"净化的快感"和"情感共鸣"。读者进入文本,为跌宕起伏的故事情节而紧张,为爱恨离别的人物命运而心动,不知不觉落入文本的叙事体系之中,获得一种忘我的阅读状态。

比如许多读者读《平凡的世界》,孙少安或孙少平的经历会深深打动他们。孙少安坚定拼搏的生命强力、孙少平闯荡远方的强大意愿,可能正契合了许多读者特定阶段的心理境遇。润叶对孙少安的初恋情愫,在与徐向前婚姻中的任性抗拒、黯然觉悟与无私付出,让读者感受爱的坚韧。田晓霞对孙少平的热烈爱恋,他们抛置了身份地位的差距,忘我地去达到精神的平等沟通,让读者体会充满革命情谊的热恋。读者并不一定会去思考路遥在小说中塑造的女性形象是否太过完美和高尚,是否带有一种乌托邦的神性气质,她们是否只是契合了对于女性品格的理想化想象。读者更多的是迷恋于小说所虚构的爱情故事,在文本中体验这份情感或者渴望自己也拥有这般崇高无私的异性之爱。许多读者在阅读中会产生"像孙少安那样去奋斗,像润叶那样去爱"这般的情感共鸣,他们并不一定会从文学史的视野给作品一个评判,而是忘我地进入作品,产生感情上的共通体验。读者在文本的"图式化框架"中填补意义的"空白点",听从文本的"召唤结构",尽量靠近文本诉说的意义。在这种接受经验中,读者没有产生充分的批判意识,而是一

---

① 阿诺德·豪泽尔. 艺术社会学[M]. 居延安,译编. 上海:学林出版社,1987:138-139.

② 汉斯·罗伯特·耀斯. 审美经验与文学解释学[M]. 顾建光,等,译. 上海:上海译文出版社,2006:25.

味地接受文本的召唤并产生情感的共鸣,"得其环中"却未超然物外。

快感的即刻体验则是读者在文本接受过程中获取某种阅读的快感,既不是充分地反思与批判文本,也不是同情式地鉴赏文本以产生情感共鸣,而是享受自我沉溺的阅读时光,沉迷于一时欢愉的阅读体验。这种文本接受方式在新媒介文学的阅读经验中呈蔓延之势,即平面化、感官化的接受经验在扩展。读者快速地阅读文本,即时地获取某种快感,然后快速地忘却。快感经验似乎与崇高相距甚远,此时读者既不背负厚重的历史记忆和文化责任,又不承受艰难的精神拷问和话语反思,甚至不设身处地地对文本加以同情之理解,而是以消遣嬉戏之心态去择取简易文本,以获得短暂的快感经验。

比如,20世纪90年代,所谓"身体写作"一时兴起,以陈染、林白、海男、棉棉、卫慧等女性作家为代表。陈染的《私人生活》、林白的《一个人的战争》、海男的《坦言》、棉棉的《糖》、卫慧的《上海宝贝》等作品,大胆直白地描述女性身体,书写女性对于性爱的渴求,暴露女性隐秘的生存空间,诸如"大腿""乳房""浴室""床"等意象大量出现并得到细致描写。这些文本突破了女性对自己身体的禁忌,它们将过去难以启齿的欲望和故事以书写—印刷媒介的传播方式袒露在公共视野中。文学批评大可以从正面的角度义正词严地评判:这些写作是用身体表达个人自由,以狂欢的逻辑反抗禁欲主义的束缚,以市场营销的策略推进图书销售的热度,等等。但悬置某些冠冕堂皇的文学评价,从读者接受经验来看,许多读者面对这些文本往往是获得了追寻快感的即刻体验。"身体写作"某种意义上是给予文学的情色书写一个合法性的美学称谓或文学定义,普通读者很难在"身体写作"的文本中追思深层的精神意涵,而是不知不觉地沉湎于文字构造的快感体验之中。所谓反抗男权文化、启蒙和解放身体、以身体为途径达到精神层面的解放、以身体介入政治社会层面,多是夸饰谲狂的丽辞艳语,是对庸俗的文学现象进行意义升华。当我们直面文学接受的事实情况时,可以发现这些理论意义在读者的接受经验中是缺席的,普通读者面对"身体写作"的文本并不探求过多的文学价值,而只是获取快感的即刻体验,然后又快速地遗忘这种接受经验。

现代式的"沉浸"体验不是单一模式,不同读者面对不同审美对象产生了不同层次的阅读体验。间离的批判态度是在反思中产生阅读的接受经验,接受者的主体意识强烈;共鸣的情感倾向是在同情与认同中产生接受经验,接受者的主体意识被文本场域吸收或规训;快感的即刻体验则放逐了深层次的精神追索,在审美对象中获取愉悦身心的、短暂的接受经验。三种层次的接受经验所共有的特征在于接受者都沉浸于审美对象之中,敞开自身的审美心理,与文本进行一场平等之交流。

三、职业阅读与大众阅读的分化

审美经验三个层次即文本、创作和接受不应该有等级差别,而是构成一个各自具有独立功能的联合结构。创作者在创作作品之外,也阅读其他作者的作品,同时也是接受者。读者也会进行创作,同时也可能是创作者。读者如果认为一个文本不尽完美,放弃共鸣的情感倾向,而在反思文本客体的形式和意义中成为创作者,那么他在接受过程中的感受可能进入创作。歌德曾说:"有三类不同的读者:第一类是有享受而无判断;第三类是有判断而无享受;中间那一类是在判断中享受,在享受中判断。这后一类读者确实再造出崭新的艺术品。"①受众的接受维度及其审美心理在审美经验的结构中具有重要作用,它不仅产生接受的社会效果,而且可能在审美经验结构中创造出新的文本。

书写—印刷文学的阅读存在一些普遍的接受经验。英加登在《对文学的艺术作品的认识》中,将文学文本看成是意向性的客体,他指出,阅读的基本过程是"首先,它把书写(印刷)符号作为'表现',即意义的载体;其次,语词声音——它似乎以一种特殊方式同语词的书写符号交织在一起——是被直接理解的,当然也是在典型形式中和书写符号一道被理解的"②。对文学的艺术作品认识的初级阶段包括:掌握书面符号和词语声音、理解词语和句子意义。"对文学作品中意群的任何理解(语词,句子,句群或句子结构)都在于作出适当的示意行为,从而导致这些行为的对象的意向投射,或者意群的意向对象。"③认识文学作品的高级阶段是:读者拥有正确的审美态度,能够产生一种同作品相适应的审美价值,同时能让作品实现自身的最高目的。根据读者对于艺术作品不同层次的认识,以及积极阅读和消极阅读的不同趋向,新媒介文学中书写—印刷文学的接受经验可以分为职业阅读和大众阅读两种不同方式。

职业阅读是文学工作者以专业视角对文本进行阅读,伴随着文学阐释和文学批评。"阐释更适于被理解为对文学文本的重写,而此重写的依据,又

---

① 汉斯·罗伯特·耀斯.审美经验与文学解释学[M].顾建光,等,译.上海:上海译文出版社,2006:41.

② 罗曼·英加登.对文学的艺术作品的认识[M].陈燕谷,译.北京:中国文联出版社,1988:18.

③ 罗曼·英加登.对文学的艺术作品的认识[M].陈燕谷,译.北京:中国文联出版社,1988:36.

是文学文本自身就是对先在的历史和意识形态潜文本的重写与重构。"①在职业阅读中,读者努力将文本的隐含意义发掘出来,包括审美的、意识形态的潜文本,以此重构文学文本的意义。伊格尔顿指出,解读文学文本是一个事件、一种行动。文学作品的解读不是针对作为实体的对象(object),而是针对事件(event)。所谓事件,就是文学作品以特定的形式策略在特定世界中的出场,批评的目的是要把握这些策略。文学作品与外在世界形成一种问答模式,解读文学作品是回答与反应的行动。

比如,伊格尔顿用文学的事件性、用文学阐释的意识形态策略来分析夏洛蒂·勃朗特的名作《简·爱》,以此达到对于文本的重构。在勃朗特的年代,简·爱与罗切斯特有情人终成眷属在道德上显得非常困难,简·爱并非正室,她要在罗切斯特那里获取真正合法的爱情婚姻,背离了当时社会道德的基本规范。为了应对这种隐含的历史意识形态,勃朗特的写作策略是让这对"不伦"恋人分离,让"阁楼上的疯女人"强化罗切斯特的过错。随着罗切斯特病妻的去世,简与罗切斯特终于获得重新生活在一起的法律条件。但是,勃朗特并没有让简直接向罗切斯特投怀送抱,也没有让罗切斯特寻找简,而是让两人尝尽离别的苦痛,让罗切斯特因失明而受尽肉体的折磨。这避免了让简成为一个轻佻狂放的妇人,让罗切斯特成为寡情薄义的男人。最终勃朗特采取了某种超现实的处理手法,让简在远方听到罗切斯特的哭号,并带着意外继承的财产回去与他相聚。②罗切斯特成为盲翁,简作为仆女服侍左右,实现了崇高的爱情价值。勃朗特这样的叙事安排,才能让19世纪的读者在道德范围内实现道德的僭越,回避伦理谴责和舆论非难。正如伊格尔顿所说,"许多叙事的转折是为了完成一系列意识形态的结局"③。简和罗切斯特最终能否厮守的困境本是社会问题,但它与文本互为表里,《简·爱》这部作品则将罗曼史、神话故事、道德寓言、社会现状结合起来,实现了各种价值观的调和。这就是伊格尔顿的职业阅读对于一部作品的文本策略所作出的阐释,它们关注文学的事件性,解析作者的写作策略,揭示策略背后某种深层的语法、语境和意识形态寓意,形成读者自身的阅读策略,从而实现作者、文本和读者之间的对话。

① Frederic Jameson. The Political Unconscious[M]. New York:Cornel University Press, 1981:81.

② Terry Eagleton. The Event of Literature[M]. New Haven: Yale University, 2012:181-184.

③ Terry Eagleton. The Event of Literature[M]. New Haven: Yale University, 2012:182.

　　相对于作者的写作策略,读者在职业阅读中也形成了一定的阅读策略。阅读,是充满智力交锋的解码过程,读者的任务是对作者的编码、文本的内涵进行分析。文学的职业阅读产生了深刻的文学阐释和犀利的文学批评。"纵使艺术有言说的力量,但如果没有一个对话的知识分子为它言说,艺术仍是缄默的。因此,艺术不能离开它的占有方式而根据其自身来判断。"①批评家对于一个文学文本、艺术作品具有重要意义。文学批评是文学作品必要的补充,文学的社会效用取决于它被怎样接受和运用。批评家面对的是作品以及自身的言语活动,他们帮助文学文本实现其最高价值。"批评是一种深刻的(甚至是显示清晰的)阅读,它在作品中发现某种可理解的东西,在这一点上,它确实在辨认一种解释并具有这种解释的特性。然而,它所揭示的,不能是一个所指(因为这个所指不停地后退,直迟到主体的真空之中),而仅仅是一些象征符号链和一些同形的关系;它有权赋予作品的'意思',最终只不过是构成作品的那些象征符号的一种新的翻新。"②不可否认,职业阅读所产生的许多文学批评是深刻的,并具有重要意义。然而,文学批评也在制造许多虚幻的所指,它在社会场域中所起到的公共影响逐步萎缩,这就成为职业阅读的某种困惑。

　　书写—印刷文本的职业阅读往往由作家、评论家、学者、中文专业的学生等人员进行,他们的文化身份较之以往产生了巨大转变。在中华文化传统中,知识分子是思想与文化的传承者,他们与国家政治权力、社会文化权力紧密关联。古代儒士重视对文章典籍的研读,将之作为思想阐释的文本,在解读中寄寓个人道德、伦理自觉和法理制度,祈盼建立理想的社会秩序。这构成了知识分子个体心性之外的共同追求。但是,随着现代性进程的逐步推进,大众群体抢占新兴媒介的话语空间,知识分子的生存与活动范围有所缩小,他们话语的权力从公共的社会政治空间退让至科层化的专业学科空间之中,他们成为专门化的知识分子,在人为划分的一方领地之中阅读与批评。文学阅读成为职业技能,过去经由阅读而衍生的其他抱负黯然失落。在职业阅读的接受经验中,一方面,学理性的辨识、分析与探讨凸显出来,它们往往具备专业眼光、宏阔视野,推进文学文本实现其最高价值;另一方面,面对分化的社会场域、弱化的文化权力、失落的人文话语,知识分子中弥漫着一种焦虑颓废的情绪。这种理性阐释与感伤情绪交织在职业阅读的接受

---

① 理查德·舒斯特曼.实用主义美学:生活之美,艺术之思[M].彭锋,译.北京:商务印书馆,2002:189.

② 罗兰·巴特.罗兰·巴特随笔选[M].怀宇,译.天津:百花文艺出版社,1995:143.

经验中,它是分裂的主体在新媒介时代所作出的努力与挣扎。

职业阅读是维系书写—印刷文学文本精英式生存的精神命脉,它在媒介环境的变迁中伤痕累累却又一往无前,它凭借厚重、复杂与深刻的特质敞开了文本之黑洞,照进启蒙之亮光。职业阅读是在漫长的文学阅读历史中形成的,它是孤高决绝的。相对而言,大众阅读则简易轻松,它在全媒体时代呈现出强势的状态。大众阅读的主体是普通大众,它是建立在文学消遣和文学欣赏基础上的阅读,具备一般文字阅读能力的普通读者便可进行,其接受经验并不过多地追思文化使命和价值意义,而是进行无目的性的审美体验。大众阅读的审美经验强调感性的阅读体验,就是对作品进行情感融入。它是一种感情的植入,相对减弱了理性的辨识与学理的反思。

马克思说:“对于没有音乐感的耳朵说来,最美的音乐也毫无意义,不是对象,因为我的对象只能是我的一种本质力量的确证,也就是说,它只能象我的本质力量作为一种主体能力自为地存在着那样对我存在。”①大众阅读也需要阅读主体的文学能力,需要将自身的本质力量对象化;而这种对象化行为仅仅是理解与感悟,并不承载太多的批判意识。“阅读是对作品的欲求,是要融化于作品之中,是拒绝以作品本身的言语之外的任何其他的言语来重复作品。”②大众阅读关注文本的可理解性,阅读主体并浸润于作品之中,与之共喜乐共悲戚。

当下众多的文学畅销书就依靠大众阅读产生出版利润,大众阅读可以激发情深意切的感动,产生了大批忠实读者。这些读者本着文本的可理解性,将文本中的爱恨情仇置换成自身的某种体验,获得审美愉悦,在此以外,放纵思维惰性,别无他求。大众阅读的审美经验虽然并不直接参与文化话语体系的建构,但在普泛意义上,书写—印刷媒介的大众化阅读经验形成了一种文化氛围,构筑了现代个体、民族、国家、社会的想象空间。其空间意义终究需要职业阅读衍生的文学阐释和文学批评来表达和评判。因此,新媒介文学中书写—印刷文学的接受经验分化为职业阅读经验和大众阅读经验,从现象上看大众阅读经验广泛盛行,职业阅读退回到专业的学科领地之中,但是,两种阅读共同形成书写—印刷文本的接受经验,在新兴媒介的冲击下捍卫文学的生命。

---

① 马克思恩格斯全集:第四十二卷[M].北京:人民出版社,1979:126.
② 罗兰·巴特.批评与真实[M].温晋仪,译.上海:上海人民出版社,1999:76.

第二节　网络文学的接受之维

一、免费阅读与付费阅读

在这个注意力稀缺的时代,网络文学文本极为冗长,却吸引了许多读者持续不断地跟进阅读,读者的接受经验值得关注。网络文学的阅读分为免费阅读和付费阅读两种方式。网络文学刚起步时采取免费阅读的方式。2004年底,盛大文学收购起点中文网,开始规模化的网络文学付费阅读,在商业上拓展出了中国特色的付费阅读之路。盛大文学采取VIP付费制度,受到热捧的作品会放上"VIP书架",VIP小说或小说的VIP章节需要付费阅读,当时每千字收费2～3分钱。自此,起点中文网、纵横中文网、晋江文学城、17K小说网、幻剑书盟等大型网络文学站点纷纷开启付费阅读模式。目前,在众多网络文学站点上,相当一部分作品实行免费阅读,VIP小说、名家小说的前几十章往往也供读者免费阅读;网站首页推荐的VIP小说、名家小说、风云榜小说的几十章以后则进入VIP章节,需要付费方可阅读。

VIP付费阅读制是网络文学网站主要的盈利方式。网络文学的盈利方式主要有来自读者的在线营收、来自广告商的广告营收以及来自版权运营的版权营收。在VIP付费阅读普及的前十年,读者付费是网文行业中唯一的可持续变现渠道。一部受热捧的网络文学作品被运营商提供给读者时,该作品的大约前10万字是免费的,10万字之后就开始收费,以起点网为例,阅读1000字大约收取5起点币。①网络文学作品篇幅很长,读者群体也在逐年扩大。读者付费之后,网站和作者按比例获取分成收入,付费阅读每年能为网站带来可观的收益。付费阅读模式,突破了传统阅读与市场割裂、作者成长不确定、写作收益少的格局,让更多创作者有机会获得回报,乃至获得丰厚稳定的收入成为"大神"级作家,而职业网络作家的涌现又保证了创作的稳定性。读者也通过付费获得了多元和持续的网文内容和阅读体验。付费阅读保障了网络文学良性的生态运转,促进了网络文学的崛起。2003年起点中文网的作品总数仅数百部,但在实行商业化运作后,年度同比增长超

---

① 起点币是在起点中文网上使用的虚拟货币,主要用来订阅VIP作品章节,1元人民币＝100起点币。

过10倍,并连年保持高速增长。截至2015年,已有作品近200万部。①2020年阅文平台上已积累了超900万名作家,作品总数达1390万部。②付费阅读促使网络文学正式走上商业化道路。

自2003年起点中文网实行VIP付费制度开始,付费阅读被视为网络文学的重要机制,它是网络文学作品评价体系生成的关键要素,也是网络文学行业早期商业化运行的转型标志。不过在付费阅读渐成主流后,一些网络写作平台开始推行免费阅读的模式。"中文在线"旗下的移动读写社区"汤圆创作"于2014年7月上线,定位为"国内首家移动端读写平台",推出"免费阅读"。2015年该社区聚集了近40万作者,月活跃作者数已超过10万。创始人兼CEO周玮表示:"我认为,网络文学阅读本身是应该免费的,这样也有利于培养更庞大的粉丝群,会对IP的发展链条有更好的影响。所以,'汤圆创作'致力于发掘新人作者的同时,也实行免费阅读的模式。"③此后主打免费阅读的网文平台不断涌现并成型。有的网络文学运营者喊出"颠覆网文付费阅读模式,免费看正版"的口号。此外,主流网文平台也开通了一部分免费阅读版块。2021年阅文集团的业绩报告显示,2021年整体免费阅读业务日活用户突破1300万人次,环比增长30%;阅文集团宣布给予免费作品稿酬后,2021年免费作家稿酬也迎来快速增长期。④免费业务也成为阅文在线发展的推动力。平台依据大数据分析和算法给读者推荐相应网文,担负内容分发的职能。免费阅读并不直接依靠读者付费获利,而是通过广告投放、IP培育等方式创收,免费阅读有助于扩大粉丝群体。

免费阅读和付费阅读有所交锋并协同发展,在不同时期或由免费阅读或由付费阅读占据主流,这取决于不同阶段网络文学的发展需求。一般而言,在有付费阅读的网络文学站点上,付费阅读的文学作品更具有吸引人心的故事情节,相对拥有较好的阅读效应,读者的付费也在激发作者的持续创作,进而带动网站的收益,形成一种辩证法则。付费阅读给读者带来了主体性的价值意义,读者在免费阅读中被动获取的臣属地位发生了改变,读者分

① 吴文辉:阅文缔造全民阅读未来生态圈[N/OL]. 齐鲁晚报,(2015－07－16)[2016－01－01].http://news.sina.com.cn/o/2015－07－16/181432115384.shtml.

② 阅文集团2020年财报:营收85.3亿元,月活用户2.3亿[N/OL]. 经济日报,(2021－03－23) [2016－01－01]. http://m. haiwainet. cn/middle/3541083/2021/0323/content_32032165_1.html.

③ "汤圆创作"CEO周玮:网络文学本身应该免费[EB/OL].(2015－11－04)[2016－01－06].http://www.chinanews.com/cul/2015/11－04/7606314.shtml.

④ 魏沛娜. 付费＋免费 阅读新生态[N]. 深圳商报,2021－09－06(A08).

析和评判的权利通过货币得以确认。免费阅读与付费阅读在读者的接受经验、作者的创作行为、网络文学的运行机制等方面带来了不同的影响。表面上看两者具有经济上的差异，而在本质上，免费阅读抑或是付费阅读都具有网络文学阅读的共同特性。这种特性表现为读者与作者在审美心理上趋于平等化，读者在阅读经验上趋于碎片化。

其一，读者与作者在审美心理上趋于平等化。传统文学中作者拥有较为崇高的地位，凌驾于读者之上，作者全知全能的叙事视角或有限认知的叙事视角，都在通过文本推衍将读者带入一个神秘的文学世界，作者就是这个世界的主宰者，读者所接受的往往是一个已经创造好的文学世界，读者的阅读心理就是不断靠近作者的创作旨意、文本的隐含意义。网络文学的创作是开放的，文本是敞开的，作者不断更新作品的过程中，读者介入作者的创作中来，给作者反馈阅读意见，影响乃至支配作者的后续创作。读者与作者形成了平等的关系，读者通过阅读、订购、投票、评论、打赏等方式实现即时互动。比如，起点中文网实行起点月票制度，付费读者可以获得月票，投票给自己喜欢的作品，帮它提升在排行榜上的名次。读者对作者产生了积极有效的实际作用，读者的阅读体验也就不仅停留在心理意识层面，而是在社会行动层面产生作用。网络作家唐家三少说："网络小说有一个最大的特点就是交互性，我写的东西我可以现在写完，下一秒钟就发出去，发在网络上给我的读者看，读者的评论会第一时间反馈给我。我经常会说一句话，就是读者的支持是我创作最大的动力，因为在我最初创作的时候很心虚，认为自己写得稚嫩，在这个时候，读者给了我信心，促使着我一天一天写下去。"①读者的评论和评价对作者会产生强大的激励作用，许多网络作家都在不断强调自己作为作者并不比读者高明多少，他们会不断吸收读者的意见并将之置入文本。作者甚至会将自己写作、出版、改编的想法告诉读者，与读者合作，共同促成一件事情。网络文学作者依赖于读者的支持，读者不只是通过付费阅读帮助文本创造价值，还可以形成强大的粉丝团体帮助文本实现产业转换。在文本内部，读者不断追踪作者的写作思路并对之打赏或质疑批判；在文本外部，读者可以帮助作者提升排行榜名次，形成群体性力量并为文本的产业转换奠定基础。读者的地位大幅提升，使得读者在阅读体验中获得一种与作者平等的心理认同倾向。

① 唐家三少：网络文学无法取代严肃文学的意义[N/OL].京华时报，(2015-12-24) [2016-01-06]. http://www.chinawriter.com.cn/news/2015/2015-12-24/261564. html.

其二,读者在阅读经验上趋于碎片化。网络文学的阅读不再局限于书斋里宁静悠远的专注体验,而是散落在日常生活的各种零碎时间之中。读者在上下班拥挤的地铁上、在繁忙事务的休息间隙、在百无聊赖的周末午后,都可通过手机、平板电脑等移动终端进行阅读,移动设备以及零碎时间难以保证读者字斟句酌地细致审阅,而是让读者处于一种快速的碎片化阅读状态。网络文学读者的阅读习惯多是碎片化阅读,他们并不是职业阅读者或文学研究者,大多数人随时利用闲暇时间阅读,而不是花费大块完整的时间细细研读。网络文学作家非常明确地指向读者群体的阅读期待视野,网络文学文本注重情节推进和悬念设置,使得读者的碎片化阅读淡忘了语言文字的丰富意涵、意象意境的无穷意味,而是凸显了人物命运起伏、事件起承转合的阅读快感。这种碎片化的阅读在一定程度上远离了传统文学阅读的诸多经验,比如审美、感化、教育等功能,而是成为娱乐和消遣的方式。2014年成立的“汤圆创作”实行移动式的免费阅读和写作,他们强调文学的社交属性,致力于构建“创作、阅读、社交”三位一体的文学网站模式。网络文学的阅读似乎与传统的文学欣赏渐行渐远,形成了新型的阅读接受经验。这种经验不断地远离文学意义上的感兴传统,而走向文化意义上的交流形态。

网络文学的免费阅读和付费阅读在不同阶段各自占据重要地位,在特定的社会经济状况下,免费或付费以相应方式激励网络文学发展,在这种激励下网络文学形成了阅读的平等化、碎片化的突出特性。收费阅读的方式表明文学阅读中的物质利益开始支配文本与创作的动向。“语言的交际功能和诗学功能事实上在不停地相互交织,在充满修辞手段的日常交际中是这样,在善于为其利益而改变完全透明的陈述句的诗歌实践中也是这样。”①为了更好地获取读者的关注和阅读,并且促使网络文学文本产生更多的经济收益,网络文学作家让词语降低诗性功能,扩大其交际用途。他们造出许多新兴的网络用词,打破汉语的句法规则,建立一些新的修辞用法。由此,词语陷入对话、打赏、消费的情境之中,其言语行为对读者产生思想和情感上的动员效果。读者通过付费、打赏获取了评判与言说的权利,实现了权利重构,一个庞大的网络文学读者群悄然兴起。这种程式颠覆文学艺术的规则,颠覆说话方式、阅读方式、做事方式的关系体系,从而侵袭了传统文学秩序。

---

① 雅克·朗西埃.文学的政治[M].张新木,译.南京:南京大学出版社,2014:7.

二、点击率与数字消费

网络文学的阅读制造了文学点击率的现象,一个网络文学文本在读者中的接受情况大可以根据点击率一窥其详。一般而言,点击率高的作品在读者群体中受欢迎程度较高,许多"大神"级作家依靠巨大的阅读点击率得以诞生,"大神"级作家的作品点击率又相对更高,读者阅读点击与网站作家"造神"两者存在相辅相成的关系。点击率一方面来自网络文学文本的精彩程度,另一方面来自网站对作品的推介程度。读者面对数以万计的网络文学作品时,他们开始把自己交给新的权威。这种权威不再是专家话语、教材体系,而是点击排行榜、文学网站的阅读导航、推荐书目。读者遵从了给定的阅读指南,抑或是他们别无选择,没有人有充分的时间去筛选众多的作品。此时,作品的点击率起到了重要的阅读导向作用。

在网络文学网站上,网络小说的内容介绍直接标示了作品的总点击率、会员周点击率、总推荐数等信息。点击率对于读者阅读心理产生了诸多影响:首先,在作品选择上,许多读者会在自己偏爱的某一网络文学类型中优先选择点击率高的作品进行阅读;其次,在阅读体验中,读者对于点击率高的作品有了更多的期待视野,对于文本容易产生更为强烈的认同情绪或抵制情绪;再次,在作品评价上,点击率高的作品拥有广大的读者群体,读者的评论形成一种强大的话语场域。点击率是网络文学特有的阅读计算方式,它以可计量的数值直观地展示一部作品的阅读次数,促进作品之间的阅读竞争。读者对作品量化的阅读次数形成了一种可供转换和利用的潜在资源,预示着某部点击率高的作品已经拥有了较大的读者群体,它具备转换成印刷文本、影视剧、游戏等其他文化产品的潜能。网络文学作者、运营商都在试图提高作品的点击率,点击率是文学商业模式下文本接受的一种重要表征,它通过读者审美心理的内在发酵,产生了数字消费的巨大能量。

网络文学数字消费的群体是新一代读者、观众和游戏玩家,这个群体全然不同于传统文学的阅读者。有学者指出,这一群体产生于全球化背景下工业化、城市化和信息化的过程中,他们通常接受过高等教育,就职于不同行业,聚居于都市边缘,其经济能力与蓝领工人相差无几,但此收入不能满足其被消费文化激发起来的消费需求。除了物质上的窘迫,学者们也常用所谓"精神贫困""价值观缺失"等概念描述这一人群。"这类贫困并不因为经济状态有所改善而发生根本变化,他们是消费社会的新穷人,却又是贫穷的消费主义者。"①他们是消费社会的产物，也是工业经济向金融经济、实体经济向虚拟经济转型过程中的产物。他们并不是传统经济制度崩溃的产物，而是市场扩张中拥有一定教育背景、怀抱梦想却消费不足的群体。作为网络文学的阅读和消费主体，他们生活在城市之中，却不能在城市的现实空间中获取足够的文化认同和社会地位，他们进入网络的虚拟空间，在网络文学的玄幻、情感、武侠、军事等文本类型中获得想象性的替代满足。网络文学的阅读和消费主体往往接受过基本教育、拥有一定的文化，他们是各种新兴媒介的积极参与者，比过去的通俗文学读物的读者拥有更多的文化参与意识和动员能力，他们将对某一网络小说的评价从微信、微博等自媒体传播出去，形成舆论阵势，其评价则从网络文学文本的内容情节批评、感悟式点评扩散为社会生活体验的宣泄。在这种阅读和评论的氛围之中，读者形成了某种命运的共同体：在经济上，他们拥有强大的消费欲望但实力不足，其有限的实力乐意献给每千字两分钱的付费阅读、每部电影五块钱的付费观看以及价格不一的游戏武器装备；在文化身份上，他们乐于脱离精英阶层的深层教谕，以"草根""平民"自居，凭借群体数量的扩张而形成一种有效的群体性力量。他们在网络作家建构的虚拟世界中寻找自己的影子，在自己的阅读体验和评论中寻找现实的身份。

网络文学的消费主体对于世界的想象、个体行为的选择与消费社会的进程紧密相关。他们的阅读、消费与现代文化产业息息相关，其阅读接受的审美心理一定程度上成为资本增值的中介。起点中文网的写作指南指出："一本书能不能强推上架，是读者说了算，因为作品取得的每一个数据，都是读者贡献的，编辑，只是从辅助指导作者写作，提升作品质量这个角度，来影响到作品的成绩，最终决定作者成绩的，是我们的上帝——读者。"②读者在网络文学场域中获得这么高的地位，在于他们形成了一种"网民权威"，更在于他们可以影响乃至支配金钱与资本的走向。点击率反映出读者的权威，网民的注意力被点击率所体现、又被算法所分析，点击率及读者注意力也成为一种象征资本，并可以转换成经济资本。网络文学实行了产业化的运作模式，阅文集团、掌阅科技、阿里文学等网络文学集团，旗下拥有多家网络文学站点。如阅文集团通过图书推荐等一系列举措实现阅读体验的提升，并

---

① 汪晖. 两种新穷人及其未来——阶级政治的衰落、再形成与新穷人的尊严政治[J]. 开放时代,2014(6):49—70.

② 三江小阵. 网络原创文学写作指南[EB/OL]. [2016—01—06].http://wwwploy.qidian. com/ploy/20130521/default.aspx.

在运营上通过星创奖等活动发掘信任，通过"星计划"打造明星作家，通过IP开发扩大收益。掌阅科技偏重移动阅读用户端的积累，推出了许多优质的出版内容，阿里文学主攻移动阅读和IP衍生平台。①这些集团并非纯文学生产集团，而是聚集了雄厚经济资本的文化集团。如何吸引作者以获得原创内容、吸引读者以获取阅读声誉是他们的战略重点，而此战略的最终目的是要对网络文学的数字消费进行开发和再生产，以获取经济资本的再度扩张。

网络文学的数字消费是产生利润的环节，被许多公司、集团所重视，并成为国家文化发展战略的重要内容。数字消费全面介入经济、政治、社会空间。"文学的历史特殊性不取决于语言的某种状态或特殊用法。它取决于语言权力的一种新的平衡，一种新的方式，该语言以让人看到和听到的方式行事。简言之，文学是一个识别写作艺术的新制度。一种艺术的识别制度是一个关系体系，是实践、实践的可见形式和可理解性方式之间的关系体系。因此，这是对感性的分割进行干预的某种方式，而这种分割确定着我们所居住的这个世界：世界对我们来说可见的方法，这种可见让人评说的方法，还由此表现出的各种能力和无能。"②网络文学通过语言的特殊用法、写作的新型方式，让我们看到新媒介文学特有的存在方式，它为崛起的大众读者创造新的阅读节奏，制造新的体验意义。网络文学正在通过读者大众建立文学权力新的平衡，网络文学的文本识别难度并不大，人物个性、故事情节、话语表达能让读者在较短时间内充分把握，文本、作者与读者形成了一个关系体系。这个体系不断受到文化产业的青睐，他们将网络文学文本转换成影视剧、游戏产品，促进网络文学阅读的跨媒介延伸，并借助读者的"粉丝效应"制造热点IP，将这种关系体系转换成真金白银的经济效益。由此，网络文学的阅读与消费，构成了一种"文学的经济"，它以文学的身份介入社会空间和时间，通过言说方式、阅读方式等实践活动创造经济的价值，抢占文化产业的份额，实现利润的增值以及对于现实世界的经济切割。

网络文学文本的点击率昭示着作品的受欢迎程度，点击率通过读者审美心理的内在作用产生了数字消费的巨大能量。我国网络文学的阅读和消费主体是在经济社会转型中所出现的新一代城市和乡镇居民，他们的数字消费成为国家文化产业运作的重要环节，是资本和利润所追逐的基础性力

---

① 网络文学渐成三足鼎立之势[N/OL].中国新闻出版广电报，(2015−09−21)[2016−01−06].http://www.cac.gov.cn/2015−09/21/c_1116621512.htm.

② 雅克·朗西埃.文学的政治[M].张新木，译.南京：南京大学出版社，2014：8.

量。读者越来越多地运用新媒介技术进行阅读消费，同时，他们也在创造出对于资本市场而言极具价值的关于读者的信息，这些信息被算法所编织，显示出读者与市场之间的动态关系。读者在与文本的交互中留下阅读痕迹，他们在网络媒介的阅读和使用中，惯常性地泄露与自己有关的信息，网络媒介则保留了所有痕迹，包括阅读的选择和偏好，并反馈到读者的日常生活中。读者对于网络文学的阅读行为及其审美心理为文学弱时代带来了生机。当流行音乐、影视剧、游戏成为大众日常生活主要的文化消费品，传统文学阅读逐渐远离文化消费的中心位置之时，网络文学阅读又开辟出新的疆土，年轻的网络写手笔耕不辍地创造出新的文学形态，众多读者持续跟进的阅读创造了强大的文学需求，网络文学在创作数量、阅读点击量、传播范围和文化影响力上显示出强大生命力。其文本不仅点击率相当可观，而且凭借类型改编和资本操作，转换为新的影视剧、游戏产品，抢占了文化领域的重要份额。

三、网络化的"介入式"体验

网络文学的免费阅读和付费阅读共存，点击率是考量作品阅读和传播广度的重要指标，在这种阅读模式下形成了网络文学的数字消费语境。网络文学读者的"介入式"体验是在这些外在形势下所形成的受众审美心理和接受经验。网络化的"介入式"体验是指读者阅读网络文学作品之时，在心理意识上进入文本的想象世界，在行为上通过作品评论、与作家交流等方式介入作家的创作过程。不同于书写—印刷文学的"静穆"体验或"沉浸"体验，读者在"介入式"体验中拥有了更强的主体意识和行动权力。

网络化"介入式"阅读体验之所以能够产生，主要在于网络文学的作者和读者之间形成了情感共同体。读者不仅享受自我的阅读世界，而且享受其关联物即文本的虚构世界和作者的创作世界。他们不是被动接受已经完成的封闭文本，而是不断参与正在创作的开放文本，成为主动干预的阅读主体。网络文学作者在写作上抛弃了精英立场，并且有意地靠近读者，接受他们对于人物、故事、情节的拷问，采纳他们对于作品的某些写作建议，迎合他们通俗化和娱乐化的阅读需求。网络文学作者高岩（笔名最后的卫道者）说："你要说让网络文学上升到纯文学的高度并且负担更高的责任那是不可能的，而且也是做不到的，为什么呢？因为大众的需求就是这个档次。它能不能出经典呢？肯定能出，只是现阶段它经历的时间还太短。"①网络文学作

---

① 周志雄，等.大神的肖像：网络作家访谈录[M].济南：山东人民出版社，2015：54.

者庞建新(笔名落尘)说:"在我看来,网络文学能让全民处于一种愉悦的精神状态,这就是它的成功。而至于那些文化传承以及其他更高意义上的价值,会有那些纯文学作者去做这种事情。"①唐家三少也认为网络文学和传统文学应该区别看待,"我们所说的网络文学其实是通俗文学或者是类型文学,而传统文学一般都是指严肃文学。严肃文学更多是知识性、教育性,是每一个人都需要的东西。我给通俗文学的定位是在大众紧张的生活学习之余,给大家带来一些最廉价的精神享受的东西,而严肃文学会对你产生各方面的影响和帮助,两者的创作方向不同。通俗文学的销量哪怕是严肃文学的100倍,它也永远无法取代严肃文学作用"②。从这些网络作家的言论中可以看出,他们将网络文学与纯文学或传统文学区分开来,以此卸下了传统文学关于审美教育、净化感召、社会启示等沉重责任,那么,在这个前提下他们便可名正言顺地放纵世俗的阅读狂欢。

许多网络作家自觉地远离了文学向上的高度,自然坦荡地寻求作品的娱乐效果。网络作家最后的卫道者表示,自己读过《废都》《白鹿原》《平凡的世界》等现实主义题材的小说。"但是这些作品不符合现代人的阅读方式,它掺杂了关于人性的探讨,它就变得沉重了。我们已经够沉重了,课业沉重,生活也沉重,我们为什么不读点轻松的东西呢?"③《废都》《白鹿原》《平凡的世界》等小说正是因为表达出复杂的人性,才显得醇厚动人,小说对于"人"的追问和探索应该是一个永恒不息的境界,人性何以使作品变得沉重? 而这里所谓要让读者阅读"轻松的东西",恐怕是多数网络文学作者的共同追求。网络文学的阅读主体是新一代的城市与乡镇居民,他们对网络文学的阅读期待并不一定是提升个人的文学修养,而更可能是消磨无数碎片化的闲暇时光,在沉重烦闷的现实困境中寻找某种文艺化的解脱方式。网络文学的作者群体与读者群体有一个巨大的交集,许多作者就是从读者群体中发展而来,其社会身份多样化,包括城市打工者、企事业单位员工等,他们未必接受过学院式的专业写作教育,或许只是凭借文学兴趣、热情以及个人的坚持努力走向网络写作的道路。因此,网络文学的作者和读者在文学情感上是趋同的,读者要求娱乐,作者理解娱乐,两者达成默契的共识,那么在网络文学文本中,双方共同抛掷了文学严肃艰难的探索,而沉醉于轻松愉快的

① 周志雄,等.大神的肖像:网络作家访谈录[M].济南:山东人民出版社,2015:78.

② 唐家三少.网络文学无法取代严肃文学的意义[N/OL].京华时报,(2015-12-24)[2016-01-26].http://www.chinawriter.com.cn/news/2015/2015-12-24/261564.html.

③ 周志雄,等.大神的肖像:网络作家访谈录[M].济南:山东人民出版社,2015:67.

阅读。写作主体和阅读主体在共同的迷狂中相互指涉、互为镜像,形成统一的情感共同体。

法国哲学家朗西埃在评论博尔赫斯的小说时指出:"有一种不好的读者至上,它助长着对风格的迷信,也有一种好的读者至上,将读者变成他所阅读的作品的创造者。存在一种不好的文学的自动消解,它将文学套牢在对任何事物的无止境复制中,还有一种好的自动消解,它使文字的交流消失在经验的交流中。"①可以说,读者网络化的"介入式"体验是"一种好的读者至上"倾向,它使得读者同时成为作品的辅助创作者;同时它还是"一种好的自动消解",它使文学的交流消解在生存经验的交流中,读者在文学阅读中消解了文学本身的崇高意义,却获得了彼此心意相通的生存经验。"大部分网络文学并没有兴趣追求结构、无意识、叙事模式等等晦涩的话题。为了投合普遍的'碎片化阅读',写手的意图就是浅白,通俗,甚至让读者可以一目十行地囫囵吞枣。"②网络文学的浅白通俗为读者的"介入式"阅读提供了可能。网络文学作品是虚构或梦想,未曾刻意接近人类深邃的思想文明和人性曲折的复杂表现,不愿雕琢话语迷宫以制造阅读的难度,但是广大读者的"介入式"阅读体验使得文学和生活之间以一种通俗娱乐的逻辑得以沟通。

网络文学的"介入式"阅读体验一定程度上背离了传统文学的阅读经验,人们固然可以有万般理由批判网络文学作品的浅俗以及网络文学阅读的浅化,但是网络文学的写作和阅读已成风靡之势。作为新的文学事实,它创造了文学新的文化意义。由于其强劲的文化作用,人们开始反思网络文学对于文学史重构的价值,这是由网络文学接受、阅读和消费的强势现象所激发的。

20世纪初,梁启超倡导小说有支配人道、改良群治之效。新文化运动之后,鲁迅等作家将小说作为批判国民、启迪人心的重要依靠;左翼作家对才子佳人、英雄武侠的消遣性小说大加批评,强调小说严肃的社会价值。20世纪50年代到70年代,革命激情、阶级斗争压倒人们内心的娱乐欲望,小说往往斗志昂扬地谱写社会图景。80年代以来,文学、美学的解放,禁锢的欲望也得以释放,文学的世俗性也随之膨胀。21世纪,网络文学迅速发展,更加助长了文学的世俗性、娱乐性和消费性。此时,文学济世匡时的抱负渐成天方夜谭,而创造经济效益的现实作用倒成为文化产业运作者的共识。传统文学在普通人的日常生活中逐渐隐退,它退回到教育制度、期刊出版、评奖

---

① 雅克·朗西埃.文学的政治[M].张新木,译.南京:南京大学出版社,2014:211.
② 南帆.网络文学:庞然大物的挑战[J].东南学术,2014(6):4—13.

等文学制度的庇护之下,淡漠它过去所起的社会感召作用。网络文学的"介入式"阅读以通俗娱乐的方式将文学重新推入日常生活的舞台,调动了相当一部分人去阅读文学,在网络空间中培养了一个庞大的读者群。读者的"介入式"阅读促成了许多畅销作品,它们改编为影视、游戏、动漫等多个类型的作品,实现版权全面开发,进入文化产业生产消费环节。网络文学受众面广、参与人数众多,已然成为不容忽视的庞大的文学存在。网络文学在很多方面不同于传统文学,它给既有的文学研究增加新的维度。但正统的文学史还未能充分正视网络文学的社会作用。如今网络文学尚缺乏文学史的评判和定位,其显在的社会作用被文学体制有意忽略。

网络文学作家天蚕土豆说:"我们作为网络作家,大部分人创作的网络作品还是字数很长的,这点跟大部分传统作家不大一样。像我今年在创作的《大主宰》,我预计要写3年,全书将近500万字,这种字数篇幅其实网络作品里很多,所以我参加各个作协的座谈会时,谈得最多的,就是对网络文学作品的评价标准和评价方式,不应该跟传统文学一样。网络文学是一个更切合现在中国青年人阅读习惯的创作方式,更'草根'更平民,在早几年我觉得我们属于弱势群体,因为各种原因,网络文学并没有获得有关部门的关注与重视。"①盛行的网络文学需要研究者更新既有的文学评价体系,不少理论家热衷于谈论文学的解体、文学的终结,却往往是以传统文学的消解对抗着另一种新型文学形式的成长,漠视网络文学在大众群体中的兴起。网络文学可以与传统文学相互融合,并逐渐进入文学史的视野。读者的"介入式"阅读创造了新的读者群体,他们的阅读具有有效的行动能力:在审美心理上,他们平等地进入文学文本,拥有强大的娱乐精神和主体意识;在阅读行为上,他们平等地对话创作者,通过网站点评、论坛讨论、微信微博评论、QQ群讨论等方式与作者讨论或者相互争论,他们的阅读反馈可以影响或支配作者的后续创作。由此,网络化的"介入式"阅读体验是一种全新的读者接受模式,读者不再缄默无为,他们通过阅读的审美心理和行为方式影响了作者的创作和文本的形成。读者广泛的行动力不断扩大网络文学的社会影响,逐步促进文学史观照网络文学,这也正是"介入式"文学阅读体验对于文学史的意义。

---

① 网络作家天蚕土豆:写出更多具有正能量的作品[EB/OL].(2014—12—17)[2016—01—08].http://scnews.newssc.org/system/20141227/000523741.html.

第三节　影像艺术的观看之道

一、立体化的感官体验

鲁迅弃医从文,是一个负载了个体选择与民族危亡、文化区隔与民族歧视、文学功能与现代化进程的故事,其中重点是"幻灯片事件",即日本学生观看中国人被日军砍头的画面。鲁迅在《藤野先生》一文中具体地呈现了幻灯片事件的始末,又在《呐喊·自序》中写到幻灯片事件,解释了自己弃医从文的原因。幻灯片事件构建了多重看与被看的关系,表达出一种沉痛深厚的体验。幻灯片中是中国人在看中国人被日本人砍头颅;鲁迅和他的日本同学在看幻灯片;日本同学在看鲁迅如何看待这幅图片;鲁迅在看日本同学如何看待这幅图片。鲁迅既是一个观看者,又是一个被观看者,构成了复杂的权力关系。鲁迅在《藤野先生》中将幻灯片写成"电影","全用电影来展示"[①];在《呐喊·自序》中写成"画片""电影","总之那时是用了电影""教师便映些风景或时事的画片给学生看"[②]。于是就有日本学者考证,鲁迅当时看的是时事纪录片还是幻灯片,是在电影院看的电影还是实验室看的幻灯片。从媒介的角度来看,鲁迅当时所面对的是一种影像媒介。静止的幻灯片或运动的影片,给人造成的视觉经验不甚相同。鲁迅并不有意区分这细致的媒介差别,而是把他个体在影像媒介中所感知的经验用文字描绘成一个具有冲击力的画面,把整个事件处理成一个电影式的特写。他将中国国民的"示众"与"嘲笑"痛切地描述出来,并把这种震撼力转移到读者身上,这也就成为中国现代史上一个引起广泛共鸣的励志事件。

直观的影像画面对年轻的鲁迅产生强烈的震撼,他在无形中将影像媒介的视觉经验与人生抉择的转换、民族沉疴的反思联系起来,但很少有人去注意这个故事中影像经验所起到的潜在作用。影像经验始于20世纪初电影产生之时,其经验潜藏于个体生命的经历以及社会政治文化的变迁之中。随着影像媒介文化全面盛行,影像观看占据了观众大量的闲暇时间,影视产业产生巨大的经济效益、文化效益和社会效益,影像经验的独特性得以彰显。影像观看的经验是一种以视觉经验为中心的立体化感官体验。

首先,视觉经验在影像观看中处于中心地位。亚里士多德早已指出,人

---

① 鲁迅全集:第二卷[M].北京:人民文学出版社,2005:317.

② 鲁迅全集:第一卷[M].北京:人民文学出版社,2005:438.

类在诸感觉中尤重视觉:"无论我们将有所作为,或竟是无所作为,较之其他感觉,我们都特爱观看。理由是:能使我们识知事物,并显明事物之间的许多差别,此于五官之中,以得于视觉者为多。"①观看是一种重要的行为,观看先于语言,儿童就是先观看,后辨认,再说话。"正是观看确立了我们在周围世界的地位;我们用语言解释那个世界,可是语言并不能抹杀我们处于该世界包围之中这一事实。"②我们用言语述说世界,但我们被世界的景象所包围,我们需要观看世界、认识世界,再进行言说。视网膜是人类唯一暴露在外部的脑细胞组织,视觉的信息处理更多地关注人们对于事物本身的感觉过程。"人的眼睛、视网膜和大脑接受处理的是光的数据,而光的色彩元素构成了我们的视觉世界。光使我们能够辨别物体的形状、深度和移动。在电视、卡通、摄影作品、电影、录像以及计算机和互联网中,光的力量总能令我们有所感触。总之,不管光以何种形式存在,它都影响着我们的过去、现在和未来。"③书写—印刷媒介也需要观看,然而这种观看是抽象式的观看,是对抽象文字的想象性再现,读者通过文字的阅读在脑海中形成某种意象和意境,其观看经验是间接的。影像媒介的观看是面对直观的对象,这种媒介以流动的光影色彩刺激人类的视觉,只有影像媒介正式出现之时,视觉经验才以一种直接的观看方式在人类的审美接受经验中呈现出来。"目前居'统治'地位的是视觉观念。声音和景象,尤其是后者,组织了美学,统率了观众。在一个大众社会里,这几乎是不可避免的。"④影像媒介以视觉经验抢占了读者对于文字的想象,文字的感性和理性意义被清晰、具体、直白的形象来替代,图像将我们看到的世界再次呈现在我们面前,影像将人物、情节和场景加以实物化、可视化,并加以艺术处理。在影像的强势包围下,视觉经验激发各种新型的审美效果。

其次,影像观看含有听觉、触觉等感官体验,形成了立体化的接受经验。电影、电视等影像媒介文本不只是提供直观的画面,还配以音乐、台词。1895年,当法国的卢米埃尔兄弟用手摇式"活动电影机"在巴黎咖啡馆的地下室放映一批纪实性的电影短片之时,电影还只是被看成新鲜的"杂耍"。随后30余年,电影进入了默片发展阶段,默片中往往会加入适当的配乐。

---

① 亚里士多德.形而上学[M].吴寿彭,译.北京:商务印书馆,1995:1.
② 约翰·伯格.观看之道[M].戴行钺,译.桂林:广西师范大学出版社,2005:1.
③ 保罗·莱斯特.视觉传播:形象载动信息[M].霍文利,史雪云,王海茹,译.北京:北京广播学院出版社,2003:449.
④ 丹尼尔·贝尔.资本主义文化矛盾[M].赵一凡,蒲隆,任晓晋,译.北京:生活·读书·新知三联书店,1989:156.

1927年,第一部有声电影《爵士歌王》在好莱坞上映,影片中的人物开始有了声音形式的对白,观众的听觉被更积极地调动起来,这意味着影像文本复合了多元的感官形式。在电影和电视观看中,视觉经验和听觉经验相互交融,形成不同于书写—印刷文本阅读的接受经验。

1922年,第一部3D电影《爱情的力量》出现,该片由电影人哈利·费尔奥和摄像师罗伯特·艾尔德制作,采用了红绿立体电影模式。该电影只有一名观众,如今已经遗失。1952年,《非洲历险记》是第一部真正的3D故事片,该片讲述非洲探险的历程,其口号是"狮子在你腿上,爱人在你怀里",尽管影片被批判为"荒谬""廉价",但观众们仍然热切地涌入电影院去体验其自然视角和立体效果。早期3D电影的艺术性远不及2D有声电影,未能占据电影艺术的主流,并在20世纪90年代逐渐淡出人们的视线。21世纪,3D电影卷土重来,加强了影片本身的艺术深度和文化寓意,掀起电影的技术革命。2004年,第一部3D IMAX电影长片《极地特快》诞生,影片同时在普通2D银幕和3D IMAX银幕上播映,其中通过3D IMAX版获得的票房占据全片总票房的30%。电影生产者看到了3D电影巨大的商业潜力,随后国内外的3D电影呈爆发之势。3D电影调动了人类的视觉、听觉和触觉体验,观众在观看中身临其境,仿佛就能触碰到影像中的物体、人物和场景。加上3D立体影院中,设计的座椅晃动、水珠喷洒更是通过硬件设备强化了观众的触觉体验。2007年上映的3D大片《阿凡达》由美国导演詹姆斯·卡梅隆执导,曾获得第67届美国电影电视金球奖最佳导演奖和最佳影片奖,第82届奥斯卡金像奖最佳艺术指导、最佳摄影和最佳视觉效果奖。其制作规模巨大、技术先进,掀起观影热潮,在全球取得近30亿美元的票房。在3D影片《阿凡达》的观看过程中,观众复合了视觉、听觉和触觉经验,感受到影片所营造的美轮美奂的原始生态空间、紧张亢奋的现代机械操作氛围。通过这些感官体验的结合,观众借助影像媒介于内心深处获得某种体悟,比如大脑意志与身体意识的分裂、现代人高度机械化的生活环境与原始部落极度自然化的生存状况之间的对立、吐纳天地气息的初民生态与战胜自然的资源掠夺之间的抉择,等等。观众的心灵体悟由影像媒介立体化的感官体验所建构。国产片《画皮2》《画壁》《大闹天宫》《西游·降魔篇》《一步之遥》《捉妖记》等高票房影片都采取了3D播映形式。观众在这些影像文本中经历了视觉、听觉和触觉等综合性的感官体验。

观众在影像媒介中获得立体化的感官体验,使得个体的审美接受经验脱离了单纯的文字阅读经验,他们在感受占据中心地位的视觉经验之外,又调动了听觉经验和触觉经验。基于这种立体化的感官体验,观众或者停留于感官的愉悦,或者由感官而至内心,对文本进行体悟。

二、盲目性的群体效应

影像媒介给予观众立体化的感官体验,人们观看影像文本并不需要像观看文字—印刷文本那样需要阅读能力的长期培养,影像媒介降低了审美主体关于文字识别的阅读难度,让更多人进入影像媒介的审美经验中,并使得受众形成不同的群体。影像媒介的受众可以分层,比如专业观影者与普通大众的差别,不同阶层、地域、职业、年龄、性别的差别等等。在此主要论述基于最大数量的大众化群体。影像媒介的群体效应基于共享的信息系统,在共享的信息背景下,他们分别通过观看行为和评价行为形成了群体效应。

梅罗维茨指出,"新的传播媒介的引进和广泛使用,可能重建大范围的场景,并需要有新的社会场景的行为"①,"电子媒介一旦被广泛应用,它可能会创出新的社会环境,而社会环境重新塑造行为的方式可能会超越所传送的具体内容"②。新的媒介可能产生新的场景,塑造新的行为。影像媒介的观看一般在公共影院、家庭客厅及流动的社会空间中进行。在公共影院中,一边是现代的影院设备,一边是影片的想象氛围,影院的实体场景与影片的虚拟场景成为观众的共享空间。观众在公共影院中所感受的是他人在场的环境因素,他人在场是一种实体的现象。当不同个体共同在场时,彼此的行为交互影响,形成一种群体效应。在家庭客厅中,观众观看电影、电视剧、网络剧等影像文本。家庭空间相对私密,观众所感受的是他人缺席的环境因素。他人并不真实在场,但是通过微博、微信、新闻等网络形式的信息传播,他人在远方形成了召唤,共同表达了某种审美偏好。当人们急切地观看黄金时间播放的电视连续剧时,忽略了自身与媒介化的现实之间的差异,而将注意力放在这些流行电视剧中的情感、亲密感和社会用途上,美国学者詹姆斯·罗尔将之称为"媒介化的感情"③。受众在家庭空间中单独观看影视剧,却能建立起与他人、外部世界情感关联。这种情感一开始是私密环境中的个人情感,它并不像在影院场景中直接产生的笑、哭等群体反应,而是通

---

① 约书亚·梅罗维茨. 消失的地域:电子媒介对社会行为的影响[M]. 肖志军,译. 北京:清华大学出版社,2002:36.

② 约书亚·梅罗维茨. 消失的地域:电子媒介对社会行为的影响[M]. 肖志军,译. 北京:清华大学出版社,2002:11—12.

③ 詹姆斯·罗尔. 媒介、传播、文化———一个全球性的途径[M]. 董洪川,译. 北京:商务印书馆,2005:198.

过社交媒体相互宣泄和沟通,形成群体化的效果。影像媒介制造出新的观影场景,同时也在制造新的群体行为。公共影院和家庭客厅,两种空间营造不同的观看氛围。两种观看氛围虽然不尽相同,但它们都强调观众个体的在场经验以及个体与环境之间的互动效果,可变的场景以不同的方式制造影像观看的群体效应。

影像媒介的评价行为也形成特定的群体效应。观众并非被动地接受影视剧的内容,他们在影视网站上发布对于影视媒介文本的评分,发表相关评论,这些网络评分与评价形成影像观看潜在的虚拟环境。以两组2022年的数据为例,2005年上映的影片《无极》由陈凯歌执导,该片票房位居2015年年度国产影片票房首位,但是影片的观众评分较低。影片在豆瓣电影网站上的评分为5.4分(满分10分,超过19万观众参与评分)。[①]2015年上映的《捉妖记》由许诚毅执导,获得逾24亿元票房,成为票房高居前列的国产影片,且观众评价普遍较好。该片在豆瓣电影上的评分为6.7分(超过48万观众参与评分),其中10.2%的观众打5星(最高5星)并"力荐"影片,32.0%的观众打4星并"推荐"影片,44.5%的观众认为"还行"。[②]观众对于影视剧的评价很容易形成一边倒的形势,其群体性在于一方面蜂拥而至去观看某部作品,另一方面又一拥而上地叫好或叫骂。观众评价形成相互参照之势,观众在评价影片的同时又彼此沟通、相互评论,他们的意见不时地影响或制约他人的看法。在这种评价共同体中,观众创造自己,又消解自己。

影视剧在一定的时间段内播映后,先前观众的评价在绵延的时间中又影响了后续观众的情感态度,激发他们去观看某部作品。观众对影像媒介的评价行为又反作用于观看行为。观众对影像文本的观看行为和评价行为处在一个相互作用的机制中,此时,个体情感与群体情感相互沟通,人们在群体凝聚中完成了某种共同想象,呈现了群体的共同在场。"信息的有选择性传递,将人们划归到非常不同的信息系统,而创造出各个'群体'。……虽然电视和收音机可能不会明显提高人们对许多问题的真正理解,但是它们至少使人口中的大部分人从表面上熟悉了许多问题以及生活在不同场景中的人群。而这种熟悉有助于消除其他人的陌生感和'另类感'。"[③]影像媒介在视觉共同性的基础上不断促成一种群体感。观众的接受经验更多的是一

---

① 豆瓣电影[EB/OL].[2022-03-13].https://movie.douban.com/subject/1419969/.

② 豆瓣电影[EB/OL].[2022-03-13].https://movie.douban.com/subject/25723907/.

③ 约书亚·梅罗维茨.消失的地域:电子媒介对社会行为的影响[M].肖志军,译.北京:清华大学出版社,2002:78-79.

种娱乐化、世俗化的情感放逐,在这种较为简易的审美接受维度中,观众更容易平等地获取信息、体验文化产品。在认知能力的获取上,影像媒介比书写—印刷媒介更为民主化[①],影像的观看经验比文字的阅读经验更容易习得。相较于书写—印刷媒介,影视媒介更趋向于将不同层级的人们置于同一个公共领域。在这个公共领域中,人们并不热衷于达成政治的共识、民主的意见或者文化的洞见,却不断地产生大众化的群体效应。

以中国电影为例,2002年中国电影正式走上产业化道路。在电影产业的发展历程中,每年票房极速增长,这期间年度票房排名前列的影片意味着它们得到观众群体性的观看行为。仅举几例,2006年年度票房排名前两位的国产影片分别是张艺谋执导的《满城尽带黄金甲》和冯小刚执导的《夜宴》。2012年票房排名首位的国产影片是徐峥执导的《人再囧途之泰囧》(以下简称《泰囧》)。2014年票房排名首位的国产影片是宁浩执导的《心花路放》。《满城尽带黄金甲》是一部大制作的商业影片,国内票房2.9亿元。影片改编自曹禺的《雷雨》,将《雷雨》中关于家庭伦理的冲突拓展成宫廷权力、爱欲与仇恨的复杂冲突。《满城尽带黄金甲》延续张艺谋的电影风格,追求华美的视觉极致,其画面景观尽力营造壮丽辉煌的经验。但是,影片悄然剥落了张艺谋早期电影关于民族文化的追思,转而追求视觉上的形式美,它沉醉于轻舞飞扬的武打场面、奢华精美的外观造型,但在思想和语义上陷入空洞。它甚至不惜制造某些烂俗的场景,刺激观众的视觉又刺伤观众的眼球。

《夜宴》获得1.3亿元的国内票房,曾获不同电影奖的最佳美术设计、最佳造型设计、最佳原创音乐、最佳女演员、最佳电影歌曲等奖项,唯独没有拿下最佳影片、最佳导演的奖项。有电影评论者认《夜宴》是冯小刚导演的转型之作——从现代题材的贺岁片转向史诗的古装片,并不惜溢美之词。事实上,《夜宴》是华谊公司指派给冯小刚的"任务",可以说是一则"命题作文",剧本后附带着一个投资庞大的拍摄计划。[②]《夜宴》延续了冯小刚电影的诸多特色,诸如关注人性情感,流露市井戏谑,影片的大制作营造了富有美术感的画面、精致动听的配乐,影片的大宣传使之争取到更好的上映时间和更多的关注度。但是,影片的情节叙述和人物塑造却显得扁平,情节按照一种复仇的概念化模式连环出现,国王、太子、皇后的人物性格飘忽不定,所

---

① 在认知途径上,影像媒介同样存在诸多意识形态的强力宰制,比如对于信息的垄断、对于生产的控制,这另当别论。

② 阙政.冯氏电影二十年[N/OL].新民周刊,(2014-01-22)[2016-01-17].http://xmzk.xinminweekly.com.cn/News/Content/3252.

有人都成为为权力而角逐厮杀的符号。

《满城尽带黄金甲》和《夜宴》是年度大片,一度吸引了众多观众进入影院观看,时过境迁,不知还有多少观众会反复观赏品味。两部影片均是大导演的商业作品,可能它们还欠缺荡涤人心的人文力量、持久动人的人性关怀或者颠覆性的艺术表达方式,很难说能在电影史上进入经典谱系。正是这样的片子却在一定时间内造成喧哗的群体效应,这就在于观众社会性的群体行为,它甚至无关于文本本身的优劣。观众这种观看和评价影片的群体行为,很大程度上源自观众对导演品牌的信任,导演在多年电影实践中所积累的文化资本潜在地驾驭了观众的群体行为。观众相信张艺谋、冯小刚等大牌导演的片子是值得购票观看的,对于导演的信任掩盖了他们对于影片的质疑,在影院的氛围中形成驯服的群体心理。《夜宴》中的皇帝有云:"你贵为皇后,母仪天下,睡觉还蹬被子。"观众毫无抵抗地爆发出哄笑声,此时,他们早已弃绝了各种艰深的艺术探索,而是共同进入群体性的观赏和臣服之中。

《泰囧》是一部小成本高票房的影片,投资3600万元,票房超过12亿元。该片是2012年度一匹票房黑马,在2015年《捉妖记》上映之前保持着国产影片最高票房的纪录,成为一个重要的电影现象。影片讲述商业合作伙伴加竞争对手的徐朗和高博前往泰国争夺大股东的授权书,路遇呆萌天真的王宝,三人在泰国发生的一系列夸张搞笑的冒险故事。《泰囧》严重偏离了艺术家对于电影的期待视野,影片充满了各种无厘头的搞怪场面,但又不可否认,它契合了电影对娱乐性的需求,影片全面调动了观众的笑神经,使得观众在两个小时的观影时间内充分地放松娱乐,并不知不觉卸下生活的重担,随影片进入浅显的戏耍之中。《泰囧》形成巨大的群体效应,连导演本人也始料未及。徐峥在接受采访时说:"不是黑马,像疯马。它好像自己有一个命运主宰,推着向前走。"①影片的票房成为一个众人未曾预料到的奇怪数字,在这背后可以看到电影市场的观影人次相当庞大。人们大可以鞭挞《泰囧》太过"庸俗""格调低下",然而,所有深邃的哲思、艰深的理性被观众群体的疯狂笑声、至死娱乐所瓦解,观众的群体效应消解了诸多至深至诚的认知。

与《泰囧》类似,《心花路放》也是一部搞笑片,影片讲述离婚后的耿浩陷入极度的情感痛苦之中,好友郝义为了帮助他摆脱困境,带着耿浩开启了一段搞笑疯狂的猎艳之旅。影片类似于公路片,在流动的地理空间中连接了

---

① 徐峥:人间喜剧[EB/OL].(2013—02—15)[2016—01—17]. http://ent.ifeng.com/fcd/special/xuzheng/.

不同的地域文化,男主人公分别遇上小镇"90后杀马特"姑娘、阿凡达女孩、泼辣火爆的酒店特殊服务人员、清新美艳的同性恋女子。影片事实上就是以失败婚姻为导火索,以汽车行进的旅程为线索,融合了多种社会亚文化因素。整个影片激荡着某种过剩的男性荷尔蒙,不乏猥琐的求偶桥段,虽票房不俗,却只能算是一部商业影片。《心花路放》票房逾11亿元,为2014年国产影片票房之最。如果说《满城尽带黄金甲》《夜宴》这种影片的群体效应内在地源于导演的文化资本,《泰囧》《心花路放》的群体效应则源于影片本身的迎合大众的特质。《泰囧》《心花路放》放弃了电影艺术化的探索,而是深度逢迎大众对于轻松和娱乐的要求。观众真实的观影快感颠覆、遮蔽乃至解构了艺术对于影视文本预设的审美价值。

观众的群体效应基于观众群体化的心理认知和接受经验,这种审美经验在公共影院或家庭客厅的外在场景的激发下,产生了与场景相适应的观看行为和评价行为。"自从有了电影,一边看电影一边大声哭泣,放声大笑、尖叫,看着银幕爱上电影明星,这一切已经成为人世间的一种激情流露。……文化产业与流行媒介的有魅力的英雄获得成功之时,就是他们能够有效地把象征性形象与人类情感和经验联系起来那刻。"[①]影像媒介中的形象和内容能够与人类情感广泛联系起来,并不只在于个体化的感知,而更是一种群体化的行为。观众由其共有的观影体验联系在一起,他们共同面对某些影像文本,产生了可沟通的情感内容和审美经验。影视媒介的社会意义,其重点可能并不在于发送了怎样的信息内容,而是成为一种群体性的共享对象。通过影视媒介,各种职业、年龄、阶层的人们共享相同的信息。影视媒介文本作为公共领域中的角色,制造了许多群体感知和行为。但必须指出的是,观众的群体行为不乏盲目的倾向,个体放弃自我而顺从大多数人的观影选择和评判。《满城尽带黄金甲》《夜宴》《泰囧》《心花路放》等影片均在群体行为中获得极高的票房,在这些群体效应中,执行的是快乐原则,观众甚至可以不在意影片所提供的思想内容,而更在意其在传播场景中提供来让他们获得观影快感的氛围。影视媒介的接受场景过分强调空间性,它让观众成为特定空间中娱乐的俘虏,无意识地顺从并制造群体效应。

三、基于观众评分与评价的受众反应

影像观看偏重立体化的感官体验,极易形成群体化效应,观众对于影像

---

① 詹姆斯·罗尔.媒介、传播、文化——一个全球性的途径[M].董洪川,译.北京:商务印书馆,2005:197.

文本的观看和评价行为明显地影响到影视产业的收益,其群体效应很可能促进某部影片获得高票房或某部电视剧的热播。观众手中握有"选票",他们对于影像文本的选择、购买、观看和评价,直接刺激了不同观影热点的生成,给生产者带来不同的回报。由此,在影像媒介的接受过程中,观众的地位前所未有地提升了,他们的审美评判一定程度上构成了新的文化权力。从宏观上看,观众对于影像文本的接受经验和审美偏好,可以通过票房和评分等数值体现出来。以下我们通过量化的数据来分析影片票房和观众评分之间的关系,以及基于观众评分与评价的受众反应。

以电影产业为例,选取2002—2021年票房排名第一和第十的国产电影进行分析。因为票房第一的影片是当年最受市场认可的影片,票房第十的影片则可以适度反映出其他影片的情形,排名第一和第十的影片还可以显示出票房差别。这些影片的票房数据从国家广电总局官网和电影产业年度报告中得到。此外,笔者在豆瓣电影、MTIME时光网两个网站上收集了观众评价分数,其结果如表5-1所示。

表5-1 2002—2021年国产电影票房数据表

年份	片名	票房(万元)	累计CPI	修正票房(万元)	豆瓣电影评分	MTIME时光网评分	加权评分
2002	英雄	4251	1	4251	7.6	7.2	7.4
2002	大冬天小故事	21	1	21	—	—	—
2003	手机	4500	1.012	4447	7.4	7.2	7.3
2003	新扎师妹2之美丽任务	800	1.012	791	6.5	5.7	6.1
2004	十面埋伏	15300	1.0515	14551	6.3	5.9	6.1
2004	邓小平在1928	1400	1.0515	1331	5.8	4.4	5.1
2005	无极	17000	1.0704	15882	5.4	4.3	4.9
2005	生死牛玉儒	2000	1.0704	1868	5.5	7	6.3
2006	满城尽带黄金甲	23000	1.0865	21169	5.8	5.6	5.7
2006	疯狂的石头	2250	1.0865	2071	8.5	7.6	8.1
2007	投名状	19200	1.1386	16863	7.5	7.1	7.3

续表

年份	片名	票房(万元)	累计CPI	修正票房(万元)	豆瓣电影评分	MTIME时光网评分	加权评分
2007	铁三角	2900	1.1386	2547	6.4	6.4	6.4
2008	赤壁(上)	32000	1.2058	26538	6.4	6.5	6.5
2008	十全九美	5300	1.2058	4395	5.1	5.2	5.2
2009	建国大业	42000	1.1973	35079	—	—	—
2009	非常完美	9571	1.1973	7994	5.9	6.3	6.1
2010	唐山大地震	67332	1.2368	54440	7.8	7.3	7.6
2010	锦衣卫	14470	1.2368	11700	6.0	6.4	6.2
2011	金陵十三钗	46714	1.3036	35835	8.3	7.8	8.1
2011	画壁	17805	1.3036	13658	4.8	5.2	5.0
2012	人再囧途之泰囧	116978	1.3375	87460	7.5	7.4	7.5
2012	喜羊羊与灰太狼之开心闯龙年	16595	1.3375	12407	6.3	5.1	5.7
2013	西游·降魔篇	124604	1.3723	90799	7.1	7.2	7.2
2013	天机·富春山居图	30014	1.3723	21871	3.0	3.2	3.1
2014	心花路放	116700	1.3997	83375	7.2	7.4	7.3
2014	智取威虎山	45758	1.3997	32691	7.7	7.6	7.7
2015	捉妖记	243893	1.4193	171840	6.7	6.9	6.8
2015	九层妖塔	68552	1.4193	48300	4.4	5.1	4.8
2016	美人鱼	339300	1.4476	234388	6.7	7.4	7.1
2016	北京遇上西雅图之不二情书	78900	1.4476	54504	6.4	7.2	6.8
2017	战狼Ⅱ	567873	1.4708	386098	7.1	8.5	7.8
2017	英伦对决	53695	1.4708	36507	7.0	7.3	7.2
2018	红海行动	365086	1.5017	243115	8.3	8.6	8.5
2018	无名之辈	79398	1.5017	52872	8.0	7.6	7.8
2019	哪吒之魔童降世	500168	1.5453	323670	8.4	8.5	8.5
2019	攀登者	109469	1.5453	70840	6.0	7.0	6.5

续表

年份	片名	票房(万元)	累计CPI	修正票房(万元)	豆瓣电影评分	MTIME时光网评分	加权评分
2020	八佰	310900	1.5839	196288	7.5	7.7	7.6
2020	误杀	50100	1.5839	31631	7.5	7.7	7.6
2021	长津湖	577200	1.5982	361156	7.4	7.1	7.3
2021	扬名立万	91900	1.5982	57502	7.4	7.3	7.4

注:本表的票房数据来自国家广电总局官网及电影产业年度报告。累计CPI根据国家统计局公布的历年CPI数据计算得到。考虑到历年通货膨胀的因素,故将原始票房通过累计CPI换算成修正票房进行分析。电影的加权评分为豆瓣电影与MTIME时光网这两个网站上评分的平均值,每个评分的总分为10,评分截止日期2022年3月12日。网站上影片《大冬天小故事》《建党伟业》暂无评分,故不纳入下文统计分析。

下面考虑修正票房和加权评分之间的关系。图5-1是两者的散点图,同时给出两者之间的线性回归模型及置信区间。可知,有个数据点落在置信区间之外,因此该数据在统计意义下是一个奇异点,即该点与其他点的规律不同。该点对应于影片《天机·富春山居图》,评分偏低。

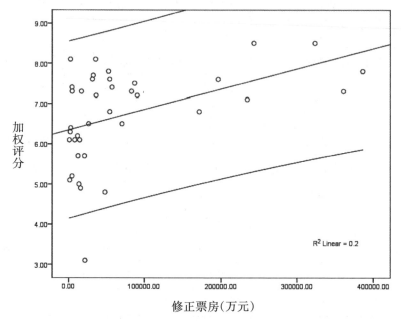

图5-1　2002-2021年年度票房排名第一和第十的国产影片票房、评分关系图(剔除影片《大冬天小故事》《建党伟业》)

为了清晰地了解其他数据的规律,我们剔除该影片的数据,并对剔除后的数据进行统计分析。应用线性回归方法,余下37部影片的修正票房与加权评分的散点图如图5-2所示。

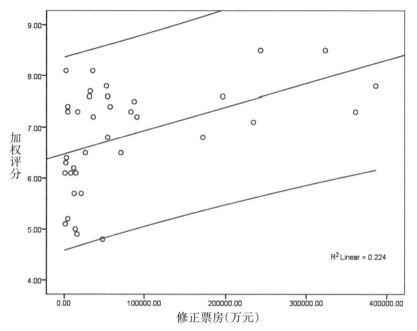

图5-2 2002-2021年年度票房排名第一和第十的国产影片票房、评分关系图
(剔除影片《大冬天小故事》《建党伟业》《天机·富春山居图》)

从图5-2初步看出,修正票房(x)与加权评分(y)有一定的联系。用软件SPSS中的线性回归方法可得其线性回归的估计模型为:

$$\hat{y}=6.476+4.580\times10^{-6}x$$

对于上述估计模型,我们还需检验其是否在统计意义下显著,即讨论变量x是否真正对评分y起到作用。为此,计算上述模型的方差分析表,如表5-2所示,其检验统计量的P值0.003,远小于一般给定的检验水平0.05。由此可见,评分与修正票房之间的线性关系是显著的。换句话说,票房高的影片,评分相对也会较高。

表5-2 2002—2021年年度票房排名第一和第十的国产影片评分和修正票房的方差分析表

变差来源	平方和	自由度	均方	F	P值
回归	8.422	1	8.422	10.093	0.003
残差	29.206	35	0.834		
总计	37.628	36			

从表5-2及以上两组数据分析可知，2002—2021年每年票房排名第一和第十的影片，票房和评分之间存在线性关系，即随着票房的增加，评分值也会增加。这意味着高票房和好口碑是相辅相成的。

从个别现象来看，某些影片的票房和口碑可能并不统一，但从整体的统计规律来看，影片的票房和评分呈线性关系，往往叫座的电影也是叫好的。虽然个体面对同一文本，可能产生不同的理解和感受方式；但是，大众群体的审美接受经验和文化消费心理在总体上却极易显示趋同的倾向，比如共同选择观看某部影片、给予雷同的评价。大众在对影像文本的评分和评价中逐步确立了自身的文化权力。在影像媒介尚未普及千家万户之时，往往是知识精英充当意见领袖，他们将自己认为好的作品写入影视艺术史，由此区分了影像文本的不同地位。而今，大众群体将自己对影像文本的票选、评分和评价通过多种途径表达出来，不仅在显在层面上造就了影像文本不同的票房和声誉，而且潜在地形成了大众化的审美方式和评价体系。由此，知识精英和大众群体在不同的场域中发表不甚相同的意见，两者分割了话语权。观众群体化的观看和评价行为正在产生实际的经济效益和社会效益。

"审美快感把人从工作实践的压力和日常世界的自然需求中解脱出来，这样，它就具有一种社会功能，这种功能从一开始就成为审美经验的特征。"[1]审美经验并非一个超自然、非功利的美学概念，而是有其社会功能。观众对于影像媒介的接受经验不断产生强大的社会功能。"因为电影是一个连续的过程，它需要与另外一种服务于交流或艺术目的的连续性人为过程——语言相比较。正如文字（语言）的结构既能在说者和听者之间建立交流、同样也能产生艺术作品（小说、诗、戏剧）一样，电影也既能传达信息又能创造艺术作品。'听者'（观众）能理解'说者'（即导演、制片人、作者、叙述者，

---

[1] 汉斯·罗伯特·耀斯. 审美经验与文学解释学[M]. 顾建光，等，译. 上海：上海译文出版社，2006：33—34.

或其他人)的叙述。"①影像文本中也存在语言和文字的交流,但影像文本与书写—印刷文本的文字交流形式有巨大差异。在影像文本中,视觉支配了电影的编码符号,同时影调、节奏、音乐、动作等因素介入电影的文本生成,因此,观众更在意是否得到立体化的感官体验,而不是一维的文字想象。观众能够理解影像文本生产者的意图,并以评分和评价表达自己的喜好,营造出不同于文字—印刷媒介的接受环境。影像媒介的接受经验更具群体性和社会性,观众的评分和评价以显在的数值表达出群体化的审美偏好,并制约影像生产的利润回报,制造出真实的社会效果。

四、数字媒介与后人类的审美体验

影像艺术的观看之道正面临后人类的状况。科技和人的结合激发了新的人类处境,20世纪60年代以后的西方知识界已出现关于后人类的讨论,而今蔚为大观。"后人类指明了人类本质的变化,它来自二战以来控制论、神经科学和遗传学,以及其他技术等领域的发展。这些技术可以包括人工智能和机器人、计算机和交流技术、微观科学和人造器官、遗传科学等。在这个意义上它们都是干预技术,后人类倾向于将技术发展的意义和过失结合起来。"②后人类这个术语指明了技术领域的革新和人类存在的条件之间的关系,将两者的联系加以概念化。有的学者则将人类的流离失所、方向迷失归结为计算机的影响、新型知识模式的兴起和人工生命的创造;更多学者则认可后人类时代的积极的作用,"后人类的可能性并不是超越或取代人类,而是认识和揭示包含人类技术的产品网络"③。后人类就是指机器、技术不仅作为外在手段改变人类生活,而且作为内在要素植入人体,人类精神与身体的双向维度都被改造,由此带来人的感知方式、生存状态和社会本质的新形态。

美国学者凯瑟琳·海勒在其影响广泛的著作《我们何以成为后人类》中就指出:"当机器成为理解人类的模范,那么人类就进入了后人类。"④当你凝视着电脑屏幕上滚动的能指,不管你是否认同屏幕上的实体及其所指,你都已经成为后人类。凯瑟琳·海勒如此强势地确证我们已然成为后人类,并认

---

① Gerald Mast. Film/Cinema/Movie: A Theory of Experience[M]. Chicago: University of Chicago Press,1983:11.

② Jeff Wallace. D. H. Lawrence, Science and the Posthuman [M]. New York: Palgrave Macmillan,2005:26.

③ Catherine Waldby. The Visible Human Project[M]. London:Routledge,2000:49.

④ N. Katherine Hayles. How We Became Posthuman [M]. Chicago: The University of Chicago Press, 1999:239.

为我们进入了一个计算世界（The Computational Universe）。"在计算世界，智能机器人和人类的基本功能就是处理信息。实际上，这个世界的基本功能就是处理信息。与罗伯特·维纳的想象不同的是，计算世界实现了创造一个新世界的控制论梦想，在这个世界中人类和机器人都获得家的感觉。其平等来自这样的观点，我们的世界乃至更大的宇宙本身是一台巨大的计算机，而我们就是它所运行的程序。"①在后人类的计算世界，机器、程序、信息包裹了人们的生活。与人类不同的是，机器程序并不受到生物演化和身体成熟所带来的时间限制，他们可以在一天经历数百代，一年经历百万代。一直以来人类都没有这样的能力去储存、传输和处理信息，但现在，人类可以与智能机器人共享这种能力了。为了预见这种革命的未来，我们需要关注，后人类并不是与机器革命相竞争的生命体，而是本身就拥有了庞大信息处理能力的存在对象。面对后人类，我们需要理解媒介、信息、物质性和超现实这些关键问题带给文学的审美体验的变迁。

成为后人类并非仅仅意味着将人工装置移植到人身上，而是把人类设想成类似于智能计算机的信息处理机器。许多人倾向于将信息视为一种非物质对象，并将信息和物质性放置于对立的位置上，这种观点在全球范围有效传播并且成为一个稳固的理性概念。实际上，信息有其物质基础，不同媒介所传递的信息获得各具特征的意义。但面对这些信息，人类的身体和心灵最终是一个整体，而不是分裂的。问题不在于我们是否会成为后人类，而是后人类已经在此，我们将会成为怎样的后人类。"当人类撞见后人类，会变得更好还是更坏？后人类可以保留我们在自由主体中想要维系的价值，还是转变成消灭主体？在后人类的未来，自由意志和个体力量仍有可能吗？在这些变革之后，我们还能认出自己吗？是否还存在认识和自我认识？"②凯瑟琳·海勒提出这些问题，并采取了一种民主的后人类自由主义观点。她认为："当自我被视为基于存在，与原始状况和技术轨迹相关联，与坚实基础和逻辑整体相一致，那么后人类容易被视为反人类的，因为它将有意识的思维视为运行其自我建构和自我认同的微小的子系统，却又忽视了复杂系统的实际动态。但后人类并不真正意味着人类的终结。它意味着以另一种概念取代人类概念的终结，那部分拥有财富、权力和闲暇的人通过个人机构和选

---

① N. Katherine Hayles. How We Became Posthuman [M]. Chicago：The University of Chicago Press，1999：239.

② N. Katherine Hayles. How We Became Posthuman [M]. Chicago：The University of Chicago Press，1999：281.

择来践行他们的意志，界定他们作为自主的存在。"①后人类唤起了令人兴奋的想法，打开了新的途径去思考人类存在的意义。"如果在后人类中，'后'字指的是已经出现的变化的话，那么'人类'指的是这些变化的连续特征。但是最终关于后人类的答案并不会在书中找到，或者说至少不只是在书中。相反，答案将是共同创造一个人类努力实现未来的星球，在这个星球上，我们可以继续生存，继续为自己和孩子寻找意义，并且继续深思我们与那些日益缠绕人类命运的智能机器人的异同。"②

后人类主义涉及人类和信息、机器之间的特定关系，以此形成了描述当代技术科学和文化的后人类话语。许多学者指出，"后人类主义并不是人类主义的根本断裂，既不是超越也不是排斥，而是对人类意义的持续批判"③，"后人类是一个历史时刻，它标志着人类主义和反人类主义之间对抗的结束，并探索出一种不同的话语体系，更积极地看待新的替代物。"④在后人类语境之下，并不是说人类被工具化、机械化和信息化，相反，人类更迫切地需要审美之思和诗性关怀。此时，新媒介文学有两种新的倾向。一则由于新的信息技术、生物工程等后人类的变革，出现了直接叙述后人类革命的新型文学作品，比如小说《血的音乐》（*Blood Music*）、《终端游戏》（*Terminal Games*）、《葛拉蒂2.2》（*Galatea 2.2*）、《雪崩》（*Snow Crash*）等。当代流行的媒体文化也在与后人类的思想话语相适应，如《黑客帝国3·矩阵革命》，凯瑟琳·海勒认为这部电影重新吸收人文主义的信仰，试图描绘一个后人类的未来，它在建立和巩固后人类的文化合法性方面发挥了重要作用。⑤二则是由于新型媒介、技术的革新，传统文学作品进行多媒介联动，即从基于文字媒介的文本转换为基于影像媒介的文本。就如从小说《妻妾成群》到电影《大红灯笼高高挂》，从小说《陆犯焉识》到电影《归来》，从小说《白鹿原》到电影《白鹿原》、电视剧《白鹿原》。"两三千年来，文学一直在探索意识、知觉和当下复杂世界的本质，如果它不能为世界的持续探索和动态特征贡献其有意

① N. Katherine Hayles. How We Became Posthuman [M]. Chicago：The University of Chicago Press，1999：286.

② N. Katherine Hayles. How We Became Posthuman [M]. Chicago：The University of Chicago Press, 1999：281－282.

③ Bart Simon. Introduction：Toward a Critique of Posthuman Futures[J]. Cultural Critique, 2003,(53)：1－9.

④ Rosi Braidotti. The Posthuman[M]. Cambridge：Polity Press,2013：37.

⑤ N. Katherine Hayles. Afterword：The Human in the Posthuman [J]. Cultural Critique, 2003,(53)：134－137.

义的洞见就非常奇怪了。"①后人类语境下文学在作品内容和文本形态上都作出持续的探索。此时,人们一方面接受快速、海量的信息,在诸多后人类的文学作品和传统文学作品的媒介转换中感受科技带来的便捷和新颖;另一方面,人们在快速化、碎片化和表层化的大量信息和文本中,也感受着莫名的恐慌和虚无,因此极其迫切地需要深度安慰。这就是一种后人类的审美体验,充满新鲜与便捷,却又潜伏着对抗与矛盾。

后人类的审美体验伴随着信息技术和人工智能所带来的心灵震撼。在2013年的好莱坞电影"Her"中,男主人公华金·菲尼克斯的"恋人"是人工智能。女主人公没有真实的形象,在故事的情境之中,她是一个应用程序;在影片的叙事结构之中,她是一个甜美的女声。华金·菲尼克斯就在这个虚拟又真实的存在中,治愈婚姻失败带来的创伤。电影似乎寓言了未来人与人工智能相爱的科幻故事,影片中的爱如此真实,而爱人如此虚幻。"关于虚拟身体,有两种倾向。一种,热切期待技术,认为技术能够使我们摆脱人体的限制。另一种,赞成通过我们体现的与技术的关系来认真地创造性地反思技术。"②影片中的虚拟身体创造了真实的氛围、经历和疗伤效果,更激发了我们对于未来的想象。2017年,一部由机器人所写的诗集被命名为"小冰"并在我国出版面市,"小冰"用了100个小时学习了1920年以来519位中国现代诗人的所有作品,进行一万次迭代之后完成了这部诗歌作品。机器拓展个人的力量和自由,"机器成为人类兴趣的目标所在,用来达到目的的手段,强化了人类作为工具使用者的角色。……计算机体现了机器自动操作的当下状况,延伸了人类的能力乃至取代人类,使得它们更具机械化、物理性和认知性"③。人化的机器不只是出现在虚构作品中,更是不断呈现在人类的真实生活中。

后人类的审美语境中,数字媒介与新型审美经验产生更多契合的可能性,文学作品突破了书写文字、印刷文字等传统的媒介形态,延伸到影像、网络等媒介形态之中。"模式和意义生产并不只是在个体大脑中存在,而是来自更广泛的社会和技术网络中的感官、感性和认知生物学体系。"④后人类的

---

① N. Katherine Hayles. Intermediation:The Pursuit of a Vision[J]. New Literary History, 2007,38(1):99—125.

② Laura Guillaume, Joe Hughes. Deleuze and the Body [M]. Edinburgh : Edinburgh University Press,2011:118.

③ Andy Miah. A Critical History of Posthumanism [M]//Bert Gordijn, Ruth Chadwick. Medical Enhancement and Posthumanity. Dordrecht:Springer,2008:71—94.

④ N. Katherine Hayles. Narrating Consciousness:Language, Media and Embodiment [J]. History of the Human Sciences,2010,23(3):131—148.

审美经验来自社会中个体的感官和认知的总和,并不是孤立地萌生于某个先知的大脑之中。当文学作品的媒介形态发生改变,其时间结构也相应地产生变化。从文字媒介转换成影像媒介,决定文学文本的时间结构的因素就从小说篇幅置换成影视剧的播映时间。小说的叙事时间置换成了影视剧的叙事时间:当短篇小说改编成120分钟的电影之时,作品的时间结构就扩张了;当40万字的长篇小说改编成120分钟的电影之时,作品的时间结构就被压缩了。这种时间结构不是简单的物理计量,而是接受者内在心理流程的一种外部表现。后人类的审美体验包含着对于时间的感受,人们突破了传统文学作品的长时间阅读模式而建构了碎片化的、零散化的感知方式,比如过去需要几天时间阅读的文学作品转换为两小时观看的电影,或者每天观看45分钟的电视剧。后人类的审美体验是一种受到数码、科技和信息推进的接受方式,它在享受快速、便捷、海量信息的同时,更加渴求深层的精神家园。新媒介文学的多媒介样态一方面带动了文学艺术的繁荣,另一方面却不断受到质疑和批判,有待于出现更多真正能引起精神共鸣的作品。

第四节 世俗化接受经验的全面拓展

一、娱乐与消费:对传统文学经验的背离

从书写—印刷媒介占主导的传统文学到多种媒介并存的新媒介文学,审美的接受经验发生了巨大的转变,以道德教谕和情感净化为主导的文学基本经验逐步被以娱乐和消费为主导的接受经验所侵占。

中国传统社会中主导的文学经验由知识阶层所确立,其立场和旨趣逐渐促成了文学经验中伦理教化和情感净化的正统倾向。"在一种媒介中对信息进行编码或解码所需的技能和学识,在很大程度上决定了在这个社会中谁能用该媒介发送信息以及谁能获取媒介所携带的信息。"①不同的传播媒介有各自的编码体系,符号系统掌握在不同群体中,产生不同的社会效果。汉语的文字系统一般需要读者掌握约5000个汉字,复杂的书写符号在一定历史时期隔离了劳苦大众的认知权利,使得一定阶层控制了文化信息和话语权力。阅读和写作是信息的获取途径又是限制手段。在书写—印刷媒介占主导的传统社会中,个体如果要完全接触社会信息、介入政治权力,就需

① 约书亚·梅罗维茨. 消失的地域:电子媒介对社会行为的影响[M]. 肖志军,译. 北京:清华大学出版社,2002:68.

要拥有良好的阅读和写作能力,而阅读和写作有相当复杂的技巧,且需要多年的练习积累。在中国古代社会,知识阶层掌握阅读和写作技巧,大多数民众需要为农耕劳作而耗尽劳碌的一生,并被区隔于主导的话语体系之外。文字—印刷媒介比口语媒介更具有排他性和选择性,是否具有阅读能力决定了个体能否在知识体系中拥有相应的话语权,而阅读水平的高度又进一步区分了个体话语权的强弱。

秦代,"文学"兼有文章博学之义,是广义的文学观念。两汉时期,把"文"与"学"区分开来,"文学"与"文章"区别开来,汉代所谓"文学"仍有学术的含义,但"文"或"文章"专指词章,则近似于近人指称的"文学"。魏晋南北朝时期,"文学"区别于学术,其含义与近人所用相同,且产生了"文""笔"之辩,所谓"有韵者为文,无韵者为笔","笔"重在知识和应用,"文"重在情感和审美。至此,文学观念逐步明晰。唐宋时期,以古昔圣贤的著作和思想为标准,唐人说"文以贯道",宋人说"文以载道",因文以见道,道借文而显,文学有着复古的倾向,道学家重道轻文,使文学成为道学的附庸。传统的文学观念由此形成,它从一开始就和文章典籍、知识学问联系在一起,并且逐步发展为不同阶段道统的伴随物。宋代,文学主敬而严肃、主静而节欲,即便有宋词的小怡性情,总体上文学经验趋向于正统。元代,或由于少数民族建立政权的关系,文坛略显寂寞而又颓废纵欲。明代,文人在文章体制和风貌上有复古之倾向,然前后七子、唐宋派、公安派、竟陵派等各流派互相竞争,趋古、趋新的潮流彼此争锋,如戏曲、小说之文学形式渐成风气,文学的缘情功能亦不断彰显。至清代,文学观念庞杂多样,尚文、尚质、主应用、主审美等各种对立或调和的主张一时俱应。可以说,在代代积累的文学风貌中,在重考据的实证环境下,清代的文学经验和文学批评进入集大成的时代。综而观之,中国传统社会中掌握主导文学经验并推进文学观念发展的,是拥有书写阅读能力的知识阶层;把持主导文学观念的,是文人、古文家、道学家。文学创作和文学批评的具体面貌随时而变迁,但正统的文学经验及其文学观念总不离知识、学问和道德,即便是最为"放纵"的词曲戏剧,也讲究净化的怡情功能。可以说,传统社会主导的文学经验是讲究道德教谕和情感净化的。

新媒介时代,区隔性的文字符号已经被更广泛的读者所掌握,同时伴随影像媒介和网络媒介强势发展,大众还进入一套影像和网络逻辑。一方面,由知识阶层所确立的、依托于文字的主导文学经验受到挑战;另一方面,由大众所拥护的、依托于影像的审美接受经验挤压了文学接受经验。与阅读和写作相比,影视媒介所需要掌握的解码系统就简单了许多。影像的符号系统复制了日常生活的景象和声音,它基于生活的自然经验而易于辨识。观看影视文本,并没有先易后难的掌握次序,无需循序渐进的学习过程,这一点不像书写—印刷文本,读者需要长期学习从易到难的文字辨识能力。不同影视文本的复杂性可能有所不同,但是内容的编码途径是一致的,即通过图像和声音。视觉化和听觉化的媒介方式大大拓展了接受群体的范围,不同教育背景、职业、年龄的人们都可以观看同一个影视文本,影像媒介促进了接受的民主化程度,激发了不同于传统社会的新型审美接受经验。即便是强大的政治力量和经济力量仍在掌控影像文本的生产,从接受经验上来看,影像文本的解码相对简单,打破了媒介接受能力的某种垄断。知识精英不再能轻易地控制文化知识的解释权。全媒体的现代社会中,人们共享许多信息,知识阶层所隔离的文化观念和审美经验被突破了,形成了不同的亚文化群体、各种层次的意见领袖以及各自的审美认同。于是,大众群体娱乐化和消费性的接受经验大肆扩张,逐步背离了传统社会中占主导地位的文学经验。

电影、电视剧、网络小说强劲发展,作品数量逐年攀升,这些媒介文化样式创造了群体化的审美接受经验。从文字媒介到影像媒介,文本信息以所指为中心过渡到了以能指为中心,受众从以文学意象为中心的文字解码与画面想象过渡到对画面本身的迷恋与消费。至此,观众的接受经验已经大幅度地脱离了正统文学观念中对于接受者伦理提升、情感净化的内在设定。

受众群体对于审美对象的娱乐和消费已经成为一种广泛的接受经验,形成了大众化的文化氛围。波德里亚说:"消费是个神话。也就是说它是当代社会关于自身的一种言说,是我们社会进行自我表达的方式。"①消费维护着特定的符号秩序与整体组织,它是一种交换结构和沟通体系,其形成的社会功能超越了个体的感知形式。审美经验通过群体的消费行为而进入产业化的社会功能之中。受众的娱乐倾向和消费行为被产业运作者们深刻洞悉,他们的文化生产迎合受众的接受经验。由此,接受经验和生产经验共同进入了特定的娱乐和消费逻辑之中,一起创造世俗化的大众神话。消费掏空了个体对美的深层企望,将美转变成可以机械复制的、可以商业买卖的形式化物品,将审美经验纳入了消费的内在欲望和社会结构,贬抑了审美的超越性维度而使之坠入功利的世俗现实。当代美国文化研究学者伍德曼西在梳理艺术无利害观念时指出:"艺术品,是一种自足统一体,只是产生于对它们自我目的的静观——即,无利害,单纯是为了自我内在特质和关系的娱

---

① 让·波德里亚. 消费社会[M]. 刘成富,全志钢,译. 南京:南京大学出版社,2000:227—228.

乐,而独立于它们可能有的任何外在的关系或效果。"①新媒介时代审美对象的无利害功能悄然隐没,审美对象在受众娱乐和消费的接受经验中悄然置换了自身的身份,从无利害的艺术品降解为功利性的文化产品。

阿瑟·丹托受到黑格尔的启发而提出"艺术终结",并从四个方面加以论证:艺术的哲学化、艺术历史意义的终结、艺术发展与进步的可能性、叙事的终结。"艺术终结"的观点是从进步的观念提出来的:当艺术有了多种可能性,如艺术不再体现技能,艺术与美无关,那么,艺术就只有变化或者退步,艺术也就"终结"了。丹托多次申明,艺术的终结(end)不是死亡(death)。②丹托认为,对艺术品的审美理解力接近于智力的活动,而不是接近感官刺激或激情的状态。③艺术品是经过阐释现成的实物变来的。解释是有建构意义的,阐释把实物变成艺术品,获得其艺术身份。"阐释不是外在于作品的某种事物:作品与阐释一起在美学意识中出现。由于阐释与作品不可分,要是它是艺术家的作品,那它就与艺术家不可分。……各种可能的阐释受到艺术家在世界中的位置、他生活的时空、他能有的体验的约束。"④在新媒介时代,大众群体对于审美对象智力性的理解在降低,感官刺激在加剧;与此同时,艺术家的阐释能力和行为不断受到大众群体的挑战。受众的美学意识中不再是智力性的深度阐释,而是感官化的外在感受。从这个意义上看,艺术似乎终结在新媒介时代的娱乐和消费场景之中,与这个场景相伴随的接受经验已然取缔了传统社会中的文学艺术经验。

重视娱乐与消费是艺术的进步吗? 在丹托的"艺术终结"论中,终结是和进步联系在一起的。技术的更新、视觉的成熟是否必然带来艺术的进步? 恐怕并不如此。世界上存在不同的艺术,把握世界的方式也是不同的。不同的艺术之间,主张和实践各不相同,似乎很难看出进步与否的关系。一方面,新的艺术不断出现,给理论家带来阐释的焦虑,也推进对于艺术本质的质询。另一方面,在由资本所制造的娱乐与消费之中,日常生活审美化、万物皆美,美便压倒了艺术。在理论的困惑和现实的更新下,艺术面临双重压力而走向终结。艺术的界定、基于影像媒介和网络媒介的审美对象是否足以成为艺术、以娱乐和消费为中心的审美接受经验是否足以成为艺术经验,

① Martha Woodmansee. The Author, Art, and the Market [M]. New York: Columbia University Press, 1994:11.
② 高建平."进步"与"终结":向死而生的艺术及其在今天的命运[J].学术月刊,2012,44(3):96-106.
③ 阿瑟·丹托.艺术的终结[M].欧阳英,译.南京:江苏人民出版社,2001:27.
④ 阿瑟·丹托.艺术的终结[M].欧阳英,译.南京:江苏人民出版社,2001:42.

这都是"艺术终结"论需要接受的挑战。实质上,艺术所面临的问题不是终结的问题,更不是死亡的问题,而是进步的问题,即如何看待各种新媒介艺术的发展问题。特定的历史和理论氛围形塑艺术的定义,艺术是针对现实社会的表意,它以自己的活动参与到社会中。人类需求的无限提升正在缔造新的媒介文化现象,并更新文艺观念。

二、感性与狂欢:身心经验的全面复苏

在肉体和精神二元对立的划分体系中,精神以抽象的思维活动、超脱的智力演绎、永恒的虚拟存在获得了凌驾于肉体之上的绝对优势地位。长期以来,人们重视精神的复杂活动而忽略了身体的诸种体验对于审美的意义。新媒介时代,影像媒介和网络媒介激发了身体感官化的接受经验,接受者在理性的精神活动以外又进入感性的生命体验,接受群体在一定的文化场景中形成狂欢式体验。身体在人体感知体系中是一个意向性的存在,身体与精神可以形成身心合一的体验。新媒介文学的审美主体在审美过程中交织着身体的感官体验和精神的理性意识,由此,身心合一的审美接受经验全面复苏。

视觉、听觉和触觉等身体体验在影像媒介和网络媒介的接受中非常突出地表现出来。身体本身具有自然表达的能力,身体能将一种动力机能转换成叫喊的行为,把一个音节或词语展现为声音,把一种行动意向投射为有效的行动。正如梅洛-庞蒂所说:"身体并不是某种基本微粒的集合(其每一微粒都是自在的),身体也不是一个一劳永逸的交错过程——身体不在它所在之处,身体不是它所是之物——因为我们看见身体从自身散发出一种对它而言,不来自任何地方的'意义',看见它把这意义投射到其周围,看见它把这种意义传播给其他有血有肉的主体。"[①]我们注意到言语行为和动作行为改变了身体的外在形态,也时常认为说话和动作是源于精神的表达;但事实上,为了言说或行动,身体本身成为指示意向的载体,在说话的、行动的、显现出来的正是身体。在新媒介文学中,接受者面对审美对象所体验到视觉的奇观、触觉的刺激,以及由此激荡而起的内心共鸣,这本就是一种身体的反应。针对不同的审美对象,身体表达出或认同或抵制的行动。

我们过于重视精神性的存在,而轻视身体的基础性作用和意向性存在,精神和身体完全可以共同形成身心合一的体验。"具体地看,人不是附在机

---

① 莫里斯·梅洛-庞蒂.眼与心[M].刘韵涵,译.张智庭,校.北京:中国社会科学出版社,1992:37.

体上的一种心理现象,而是有时表现为有形体的、有时投向个人行为的存在的往复运动。"① 人体的心理动机和身体原因交织在一起。"灵魂和身体的结合不是由两种外在的东西——一个是客体,另一个是主体——之间的一种随意决定来保证的。灵魂和身体的结合每时每刻在存在的运动中实现。"② 精神和身体在行动中的结合,实现了从生物存在到人性存在、从自然世界到文化世界的升华。两者的结合在人类的时空结构中是不稳定的,在书写—印刷媒介占主导的时代,精神体验占据主流,在影像媒介和网络媒介兴起的时代,身体体验凸显其地位。在媒介变迁的时间进程中,受众逐步突破了文字媒介的单一化接受经验,在影像媒介和网络媒介的激发下,他们将形而上的纯粹精神体验交付给了过去,通过身体的感官体验重建个体的存在。接受主体不能化约为理性主体的精神意识,接受主体混杂着感性的冲动、非理性的喜好,他们携带着身体的感官体验穿梭于媒介塑造的虚拟空间和现实建构的真实空间之中,成为融合身心经验的实践主体。

新媒介文学三种主要的媒介方式——书写—印刷媒介、影像媒介和网络媒介,其中书写—印刷媒介最多地保留了传统的审美接受经验,精神意识在这种媒介方式中得到庇护,受众在书写—印刷媒介的接受中重视精神化的理性认知。影像媒介和网络媒介则带来接受经验的更多变化。观众面对电影、电视剧直观的画面所产生的视听惊厥、身体战栗无不是新鲜的生命体验,这种接受经验拓展了人类身体的感知潜能。比如3D电影《阿凡达》展示杰克在潘多拉星球上与纳威部落公主娜蒂瑞相处的情节时,画面中是3D技术制作的立体化的原始生态美景,神秘瑰丽的原始丛林、晶莹闪烁的林中雨露为观众营造如梦如幻的景观。此时,观众不经意地被画面带入一种感性的身体感知,而不是某种理性的精神反思。电影《人再囧途之泰囧》快速更迭的镜头、夸张搞笑的剧情,使观众进入群体性的欢快之中,与其说这是一种流于表层的精神放松,更不如说是舒缓压力的身体释放。观众在影院中的集体松懈制造了狂欢化的接受效果。影像媒介全面带动了感性与狂欢的身心经验。网络媒介一方面为影视文本在更大范围内的传播提供了平台,另一方面生发出网络小说、网络剧等形式的网络媒介文本。网络小说在文本形态、创作经验和接受经验三个方面都产生了迥异于传统印刷小说的新型特征,它更多地伴随着感性的浅表体验,更易形成狂欢化的群体效果。网络剧在影视制作流程中植入网络传播思维,受众在网络剧的接受过程中产

---

① 莫里斯·梅洛—庞蒂.知觉现象学[M].姜志辉,译.北京:商务印书馆,2001:124.
② 莫里斯·梅洛—庞蒂.知觉现象学[M].姜志辉,译.北京:商务印书馆,2001:125.

生轻松和娱乐的身心体验。网络媒介更为明显地推进了受众充满感性狂欢的身心体验。

身体可以强烈地表达并展示内在心灵,信念、情感、欲望可以通过面部表情、身体姿态显示出来。身体并非一个物理的对象,它在生理的机能之外还拥有探询的意识。身体对于这种意识的表现既激发了艺术品的诞生,又促进了艺术品的接受。在人类文明的发展初期或者至今尚存的原始部落,人们崇拜和敬畏身体。但随着文明的更迭,身体却被置于较低的哲学地位。"身体最突出的负面意象如下:它被视为心灵之牢笼、令人丧志之玩物、罪恶之源、堕落之根。"①艺术家乐于美化身体的外在形态,哲学家偏向于将身体意识视为令人不安之物并专注于精神。身体清晰地表现了人类的道德、人类的屡弱,对于大多数人而言,身体意识意味着尚未升华的精神境界,意味着尚缺乏美、崇高和完满的理想。作为肉身的身体由此让人充满不安和罪恶。舒斯特曼给予了身体意识正面系统的美学阐释,他认为"身体是人们感性欣赏和创造性自我提升的场所,身体美学关注这种意义上的身体,批判性地研究我们体验身体的方式,探讨如何改良和培养我们的身体"②。他认为,身体应该是所有感知的媒介。"身体是我们身份认同的重要而根本的维度。身体形成了我们感知这个世界的最初视角,或者说,它形成了我们与这个世界融合的模式。它经常以无意识的方式,塑造着我们的各种需要、种种习惯、种种兴趣、种种愉悦,还塑造着那些目标和手段赖以实现的各种能力。所有这些,又决定了我们选择不同目标和不同方式。当然,这也包括塑造我们的精神生活。"③身体的体验应该获得相应的美学地位。

当代多元媒介文化过于调动人们的身体官能,刺激视觉、听觉、触觉的感受,却并没有真正关注身体的美学潜能,没有通过身体的真实感受来更好地反思自我。诸种媒介形式的文本乐于给接受者创造感性的狂欢体验,制造娱乐化和消费性的社会效果。它们发掘身体感官化的刺激和享受,并乐意凭此吸引最大范围的受众,以产生更多实在的产业利润和经济效益;而精神性的深沉感悟、逻辑化的理性意识被暂时抛掷于后。新媒介文学还需要制造更多能够赋予身体和精神真正交融的身心合一的高峰体验。新媒介文学事实上有赖于更精细的文化作品,以全面培育身体意识。当前的文化现实告诉我们:需要理性面对身体愉悦、身体感受和身体活动。

---

① 理查德·舒斯特曼. 身体意识与身体美学[M]. 程相占,译. 北京:商务印书馆,2011:1.

② 理查德·舒斯特曼. 身体意识与身体美学[M]. 程相占,译. 北京:商务印书馆,2011:11.

③ 理查德·舒斯特曼. 身体意识与身体美学[M]. 程相占,译. 北京:商务印书馆,2011:13.

三、无名的集体:世俗化接受经验的合法化途径

当大众群体背离传统社会主导的文学经验,进入娱乐和消费的接受模式中,他们获得了感性与狂欢的身体体验,身体和精神交融的审美接受经验有了更多拓展的可能性。这是一个世俗化接受经验全面风行的时代。新的媒介促成了新的公众群体,大众从隐匿的沉默主体变成显在的喧哗群体。大众群体在审美接受过程中,通过微信、微博、网络论坛等平台发表自己的意见,他们常常以虚拟的身份表达意见而不注重个体在话语场域中的独立身份,由此诸多虚拟的个体组成了无名的集体。所谓"无名",是并未获得明确指称的对象,它区别于有具体名字和身份的精英评论者。这个集体包含都市白领、城市工人、城镇青年、学生等多类型群体,他们在新媒介文学的审美接受过程中并未形成确定的共识,却表达出群体性的审美偏好;他们并不区分各自不同的职业,在评论意见的交流中淡化自身的身份,却无意中成为一定媒介文本的共同接受者。世俗化的接受经验通过这个无名的集体获得了合法化的现实存在。

无名的集体共存于新媒介文本的消费语境之中,在消费逻辑的支配之下放逐个体的无意识。"消费的真相在于它并非一种享受功能,而是一种生产功能——并且因此,它和物质生产一样并非一种个体功能,而是即时且全面的集体功能。"①人们一旦进行消费,就不是孤立的行为,而是进入了一个全面的生产交换系统中,所有的消费者在价值编码中互相牵连。新媒介文本的娱乐和消费,并不是把接受群体团结到舒适的观影场景中来审视各种怨愤、不公;而是试图用文本编码的规则来规训他们,让他们进入游戏规则,成为一体化的无意识集体,就如波德里亚所说,消费"具有社会一体化的力量"②。影院中的观众、电视机前的观众、电脑前的看客,他们无组织、无意识,留恋于媒介文本为他们精心制作的身体感官体验,沉醉于观看的行为过程,在一定程度上也就成为"仅仅满足于消费的消费者"③。在新媒介文本的消费之中,人们迷恋着荧幕上的正义英雄、娇媚女子,甚至摹仿荧幕人物的着装、打扮和行为,他们寻找着榜样,最后却只是凝视着自己的映像。他们将自我的想象投射到虚拟的影像人物之中,将自我的认知分解在群体的评判之中。一种巨大的集体自恋导致个体的自我混淆和自我迷失。在自我迷失之后,人们寻求集体化的补偿,以集

---

① 让·波德里亚.消费社会[M].刘成富,全志钢,译.南京:南京大学出版社,2000:69.

② 让·波德里亚.消费社会[M].刘成富,全志钢,译.南京:南京大学出版社,2000:228.

③ 让·波德里亚.消费社会[M].刘成富,全志钢,译.南京:南京大学出版社,2000:80.

体化的效应来掩盖个体空洞的独立价值。

于是,受众群体在娱乐和消费之中无形地营造了大众化的审美认同,即形成了某种"想象的共同体"。本尼迪克特·安德森在《想象的共同体》一书中探究"民族"这种特殊的政治想象确立的历史过程,是解释民族与民族主义问题的新的理论典范。想象的共同体是社会心理学上的社会事实,而非一种意识形态。安德森指出,18世纪初兴起的小说与报纸这两种想象形式"为重现民族这种想象共同体提供了技术的手段"[①],民族这个想象共同体最初是通过文字阅读来想象的。安德森探究的是民族的形成问题,语言和文字促成了民族的想象共同体。文字、影像也促使受众群体形成一种想象的共同体,他们在公共性的审美活动中拥有群体性的观念和价值,凭借审美认同成为一个共同体。"审美认同是艺术类型对社会群体的文化结盟,通过审美认同,群体就意识到某种艺术类型是代表了'我们的'或者'他们的'艺术、音乐和文学。于是,艺术类型的边界就变成了社会的边界。"[②]大众群体对于电影、电视剧、网络小说、网络剧等新媒介文本有着天然的亲近感,他们在对这些文本的接受过程和审美交流中,不仅将它们与传统的文学类型、艺术类型相区分,而且在接受者的彼此交流中产生群体归属感。无名的集体通过审美认同占据文化的领地,又由此来巩固群体的边界。他们将群体化的审美认同与影视、网络等大众文化形式牢牢结合在一起,将大众化的审美标准通过特定的群体效应突出地标识出来,这种审美标准也就成为其想象共同体的衡量标准。

无名的集体营造归属感、建构审美认同、确立群体标准,成为想象共同体之后,在世俗化审美经验的全面拓展中产生切实的作用。在现代性处境之中,个体压抑强大的生命能量、坠入孤独的生存状态,无数漂泊无依的个体期盼群体之间的共通感,迫不及待地进入相应群体的公共文化之中。世俗化的接受经验,处于娱乐和消费的文化语境中,彰显身体的感官体验和狂欢化的极致享乐,这种经验在正统的文学和艺术观念中并未获取足够合法的地位。它们由于接近生物性的官能维度、切近普罗大众的通俗体验而被弃置于审美科层体系的底层。无名的集体却在平凡和普遍的基础上为世俗化的审美经验开拓了一条新的道路。从显在层面上看,无名的集体不断促

① 本尼迪克特·安德森.想象的共同体:民族主义的起源与散布[M].吴叡人,译.上海:上海人民出版社,2003:93.

② William G. Roy. Aesthetic Identity, Race and American Folk Music[J]. Qualitative Sociology, 2002,25(3):459-469.

成群体性的接受效应，他们对于某一部电影、电视剧、网络剧的热衷而形成观看热潮，他们对于某一部作品的赞赏或摒弃而造成诸多"现象级"事件，比如对于《泰囧》《心花路放》等娱乐片的疯狂追捧、对于《刺客聂隐娘》等文艺片的隔膜疏离。某些文本本身并不会在主导的文学体制中获取足够的关注或认可，而观众的群体行为所造成的现象则敦促体制内的评判者重新检视该文本，更新某些保守的观念。从隐性层面上看，无名的集体依靠群体的心理归属感不断确证世俗化的审美经验。众多缺乏依傍的个体彼此诉说自身的接受经验，依托他人的镜像投射获取群体性的评判倾向。集体想象在人们心目中召唤出一种强烈的历史宿命感和文化认同感。因此，世俗化的接受经验依靠无名的集体取得了合法化途径。

但是，世俗化接受经验的合法化在目前的文化发展阶段仍然有其限度，它止步于大众文化领域，却并未真正在正统的文学、艺术体制中获得有效地位。从来没有一成不变的"正统"，也从来没有独属于精英群体的"正统"体验。我们有理由相信，大众的接受经验可以渗入知识精英的审美经验中，正如传统社会中民间的文化因子不断滋养士大夫文人的精神体验，被他们吸收并产生新的文化样式。傅斯年将文学区分为"成文的文学"与"不成文的文学"①，"一切民歌故事也都在民间为不成文的文学"②，民间的故事、神话、俗语就是不成文的文学。郑振铎将俗文学视为中国文学史的主要成分和中国文学史的中心，他指出，许多正统文学的文体原是由俗文学升格而来，比如《诗经》中的大部分作品原来就是民歌，五言诗原来是从民间发生的。汉乐府、六朝新乐府、唐五代的词、宋金的诸宫调、元明的曲，这些文体都是从民间发生出来的。"当民间发生了一种新的文体时，学士大夫们其初是完全忽视的，是鄙夷不屑一读的。但渐渐的，有勇气的文人学士们采取这种新鲜的新文体作为自己的创作的型式了，渐渐的这种的新文体得了大多数的文人学士们的支持了。渐渐的这种的新文体的升格而成为王家贵族的东西了。至此，而他们渐渐的远离了民间，而成为正统的文学的一体了。"③当民间的通俗歌声渐渐消歇之时，这种民间的歌曲却成为文人学士新的创作源泉和接受模本。今日被视为正统文学的文体或作品里，有许多元素原是来自民间，只是它们被文人改造或升格了。世俗化的接受经验纵有放逐个体的虚无感、抹平深度的浅表性，但其娱乐化的消费逻辑、感官化的身体意识、狂欢化的集体协同必将给"正统"的审美接受经验造成

---

① 傅斯年. 诗经讲义稿[M]. 北京：中国人民大学出版社，2004：127.

② 傅斯年. 诗经讲义稿[M]. 北京：中国人民大学出版社，2004：129.

③ 郑振铎. 中国俗文学史[M]. 北京：商务印书馆，2005：2.

冲击,改造旧有的接受方式。这种来自大众的接受经验极有可能侵入精英式的文化接受模式,并相互借鉴和改造。随着新媒介文学的深度发展,最终世俗化接受经验的合法化途径可以进一步扩张,可被接纳的有效因子将进入更新的文学艺术体制之中,难以接纳的反叛因子将依托无名的集体持存自我而成为对抗性的现实。

四、媒介偏向与多样化的阅读结构

文学的媒介物质、媒介技术、传播方式的演变,使得文学的生成方式产生变化,大到文学作品的文献面貌,小到文学作品的字句择用。就如纸简易代、抄印转化之时,文集编订、文学思潮、文学风格与当时文学作品的媒介是有具体关联的。以媒介考古的方式纵览文学发展进程,我们会发现,每一次媒介演进都是一场剧变,每一种媒介所奠定的文学文本会形成自身的基本特征。文学产生媒介偏向:口头文学偏重声音的传播,受到特定时空的限制,具有部落化的集体主义倾向;抄本文学偏重文字的传播,突破具体时空的限定,个人化的创作和阅读空间得以形成;印本文学在抄本文学的基础上大规模传播,它将手抄本转换成相对统一规整的印刷本,与抄本文学一起塑造文学的强大传统;数字技术兴起后,印本文学的电子版在屏幕上显示,网络文学应运而生,阅读群体和社群边界重新形成。

"媒介考古涉及与过往的接触,从过去的媒介文化中学习,以便通过各种媒介中的艺术作品来理解当下媒介化、全球化的网络文化。"①媒介考古的方法指向过去,探索各种媒介物质,而根本指向实际上是解决现在的媒介文化问题。"媒介考古学可以帮助我们理解与传统相反的、真正新潮的和进步的事物,而不是把研究目标定位于将'创新性事物变成既存的、已经实现的事物'。"②媒介考古学以历史为导向,借助考古的方法理解和解释媒介进程。多样化的文学现象在媒介进程中逐步形成,数字时代的媒介文化潜藏着旧有媒介的相关议程和逻辑。历时地看,新媒介并没有截断旧媒介的功能,媒介处在不断累积的进程中,但不同媒介的效能并不等同,书写文字削弱了文学的口头性质,印刷技术掩盖了书写文字的光晕,数字技术遮蔽了印刷文字的整一。革命性的媒介给传统权力造成一定挑战,它带给人们时空新体验,塑造新的技术、文化和政治图景。共时地看,当下集合了口语、书写、印刷、

① Jussi Parikka. What is Media Archaeology[M]. Cambridge:Polity,2012:137-138.
② 埃尔基·胡塔莫. 媒介考古学:方法、路径与意涵[M]. 唐海江,主译. 上海:复旦大学出版社,2018:39.

数字媒介的多重特性,成为一个媒介融合的全媒体时代。新媒介的真正力量并不是爆发在它引起震惊之初,相反,当新的媒介技术成为寻常之物时,它的社会影响力正趋于顶峰。"在一系列有趣的,但最终是平凡的发展人类工具的活动中,赛博空间的兴起只不过是又一次这样的尝试而已,它并不是对我们所知的时间、空间和社会关系的终结。"①如今,我们习惯于数字媒介带给我们的便捷的阅读和观看方式,数字媒介的影响力正在全面形成,而数字化的思考方式和行动方式是否占据了中心位置?

对此,笔者对大学生的文学阅读情况展开抽样调查,以了解数字媒介时代各种新旧媒介在文学场域的竞争状况,从而探究新媒介文学的受众行为与审美心理。笔者于2021年12月向天津、杭州、广州、重庆、成都、西安的高校发放问卷,包括教育部直属重点大学、省属重点院校等7所高校,回收1171份样本,相应结果在统计学上具有显著意义。受访的大学生中,文科生608名,占52%;理工医科生563名,占48%。他们每周阅读文学作品(小说、散文、诗歌、非虚构文学作品等)的时长平均是5.73小时,每周观看影视剧(电影、电视剧、网络剧)的时长平均是6.27小时,每周刷短视频的时长平均是7.43小时。

就文学作品而言,他们主要通过纸质书、电脑、电子阅读器、手机等介质来阅读,其中纸质书的阅读仍然占到约65%(统计结果见图5-3),可见电子书并未替代纸质书。

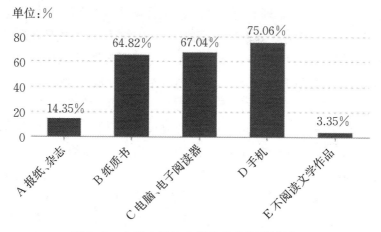

图5-3　大学生阅读文学作品的渠道统计图

---

① 文森特·莫斯可.数字化崇拜:迷思、权力与赛博空间[M].黄典林,译.曹进,校.北京:北京大学出版社,2010:110.

　　如图5-4所示,在诸种文学作品类型中,受访者阅读古典小说的比例超过29％,现当代小说的比例约为77％,网络小说约为55％。现当代小说、网络小说的阅读比重大大超过了古典小说,这主要是因为现当代小说、网络小说以现代汉语作为文字媒介,文字上的阅读障碍相对较少。

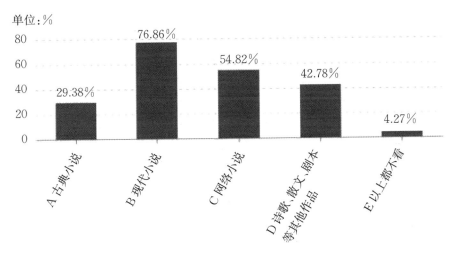

图5-4　大学生阅读文学作品的类型统计图

　　在网络文艺作品中,当代大学生最常观看网络影视剧的占比约为63％,观看短视频的占比约为50％,阅读网络小说的占比约为45％,如图5-5所示。

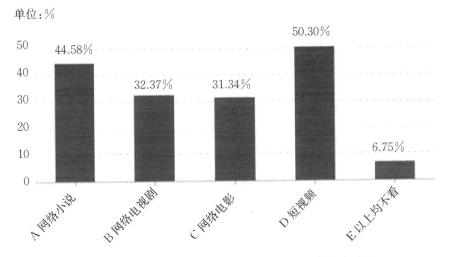

图5-5　大学生阅读或观看网络文艺作品的类型统计图

　　此外，针对网络小说的阅读情况，本次调查进行了时间上的纵向比较。1171名大学生中，除了194位从不阅读网络小说外，其他977位中有503位学生(占比51％)阅读网络小说的时间相较于5年前在减少，129位(13％)的阅读时间保持不变，345位(35％)的阅读时间增加，平均增加1.7倍。近年中国网络文学的体量持续增长，整体发展状况向好，51％的大学生阅读网络小说的时间减少并不表示网络小说的阅读量减少，而是反映出这些读者在少年阶段就开始阅读网络小说。

　　通过这份调查可以发现，我国文学阅读的整体形势并不悲观，数字媒介并未终结传统阅读，纸质书的阅读方式、文学作品的阅读时长、传统小说的阅读比例都保持着应有的份额。同样需要引起重视的是，网络小说、网络影视剧、短视频等新型文艺类型确实正在改造原有的阅读结构，大学生对它们的观看或阅读时间实际上已经超过了对传统文学文本的阅读。近半数的受访者认为文学阅读终将减少，数字阅读将会取代纸质阅读，影像观看会取代文学阅读。在被问及，数字媒介时代的文学阅读会有什么变化，他们的选择如图5-6所示。

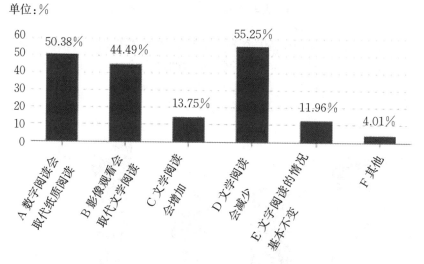

图5-6　大学生对数字媒介时代文学变化的态度统计图

　　在媒介考古的纵向视域中，文学产生了媒介的偏向；在数字时代的横向视野中，文学同时被多种媒介所传播。当人们不可逆地生活于被多种媒介所塑造的文化空间中，其实正是在媒介的竞争中选择自己偏好的文学阅读途径。伊尼斯认为："一种媒介经过长期使用之后，可能会在一定程度上决定它传播的知识的特征。"①声音、书写文字、印刷文字作为文学媒介已经奠定了文学的基本范式与稳固特征,而新一轮数字媒介的崛起,必然对文学产生旷日持久的影响。

---

① 哈罗德·伊尼斯.传播的偏向[M].何道宽,译.北京:中国人民大学出版社,2003:28.

第六章　新媒介文学的文论话语探索

新媒介文学的审美经验在文本形态、创作经验和接受经验三个方面体现出新特征，连接审美主体和审美客体之间的传播媒介显示出存在价值。审美客体由于承载媒介的变化而产生诸多变异，审美主体对审美客体的感知也产生变化。审美经验以审美主体的感知为中心。新媒介文学的创作者及其创作经验更为多元化，接受者及其接受经验更加世俗化。审美主体的理性认知、情感想象和身体感官全面介入当代文化现象中，面临审美的内在非功利性和产业的外在功利性之间的制衡。新媒介文学的审美经验并不是内在于美学的逻辑演绎，它既来源于文学事实，又构成新的文学事实。新媒介文学的审美经验生成机制给文学理论带来诸多启示，探索新媒介文学的文论话语有助于文学理论的发展。

第一节　全媒体时代审美经验新特征

一、理性认知与情感想象

审美经验是审美主体和审美客体之间生成的主观经验，这种主观经验是人类在长久的审美文化中建构起来的审美心理，具有社会历史的积淀性特征。审美经验的内在因素包括理性认知、情感想象与身体感官等方面。人的理性认识包括思辨、玄理、逻辑等思维能力，人的情感想象包括直觉、顿悟、灵感、升华、理想、趣味等感性体验，它们使审美经验得以发生。理性认知和情感想象在人类的感知体系中处在较为高级的地位，它们并非身体的快乐或疼痛体验，而是针对审美对象所抽象出来的精神体验。人类曾经通过理性认知和情感想象产生了伟大的精神。

鲍姆加登的《美学》(1750年)以改革的姿态拓展了整个感觉领域，在他这里，美学(作为自由艺术的理论、低级认识论、美的思维的艺术和理性类似的思维的艺术）是感性认识的科学,是研究感性事物、感性能力的科学。审美介于理性的普遍性和感性的特殊性之间。美学任务是要以类似于理性的逻辑运作方式来对待人的感觉体系。感觉和经验不可能只起源于抽象的普遍法则,它应该有自身恰当的话语和表现自身的逻辑,美学的诞生是对感性认识的推进。伊格尔顿戏谑地说道:"美学身为女性,虽然从属于男性但又有着自身谦卑而必要的任务要去完成。"①美学作为学科产生之后,审美本身获得更多有意识的关注。关于理性认知、情感想象以及众多感性方面的现象变得更加具体化、系统化。在19世纪之前,人们多用"美感""趣味""美的知觉""美的经验""审美态度"等概念,而很少用"审美经验"一词。鲍桑葵的《美学三讲》(1915年)较早地使用"审美经验"的概念,并对之展开讨论。鲍桑葵认为"审美经验是一种快感,或者是一种对愉快事物的感觉",而这种快感是身心合一的结果。②审美经验被看作是一种有利于生命活动的意识。审美经验给人的生命体包括身体与精神带来满足和愉悦。全媒体时代审美经验的快感、愉悦被不同媒介塑造,它们变得碎片化、短暂化。

印刷媒介主导时,审美主体处于文字阅读情境之中,个体发挥深邃的理性认知和悠远的情感想象,建立了人类文化的典范。随着影像媒介和网络媒介发展,阅读情境置换为观看或浏览情境,理性认知和情感想象的通俗化维度获得了滋长空间。"许多受过高等教育的人们实际上都是埋头苦读,把阅读当成根深蒂固的习惯,因而忽略了其他技巧性、智性的和创造性的活动:不仅包括戏剧、音乐会、画廊等同质形式,而且还有包括了一般技术的一切活动,从园艺、金属制造和木工到现行政治等等。"③印刷媒介普及后,现代性发展的普遍趋势就是更多文化层次被置于识字阅读的普遍情境中加以考虑。雷蒙·威廉斯指出,最优秀的识字能力和阅读能力一直在为人们提供思考的高标准,它比一般人所能企及的层次高出许多,但并不能以此为理由而认为多数人消遣的文化必然趣味低下。威廉斯寻求"一种共同文化的发展",倡导文化共同体,打破工人阶级文化和资产阶级文化的区分,消除对大众文化的偏见。威廉斯在20世纪50年代作出以上评判,当时影像媒介已经迅速发展,而网络媒介尚未正式起步。如今人们是否依然服从于识文断字的文化并将之奉为神明? 在识字阅读的情境中,人们几乎是按照语言所呈

---

① 特里·伊格尔顿.美学意识形态[M].王杰,傅德根,麦永雄,译.桂林:广西师范大学出版社,1997:4.

② 鲍山葵.美学三讲[M].周煦良,译.上海:上海译文出版社,1983:2.

③ 雷蒙·威廉斯.文化与社会:1780—1950[M].高晓玲,译.长春:吉林出版集团有限责任公司,2011:323.

现给他的样子去对待审美对象。人们进入由语言所编织的世界,而语言符号又被物质媒介所塑造。文字的发明影响口头语言,影响其词法、句法和语法,甚至影响其发音和社会应用。当文字媒介的表达被影像媒介所抢占,表达方式再次呈现了差异。

多元媒介共存的局面由技术推进。"艺术像其他形式的生产一样,依赖某些生产技术——某些绘画、出版、演出等等方面的技术。这些技术是艺术生产力的一部分,是艺术生产发展的阶段,它们涉及一整套艺术生产者及其群众之间的社会的关系。"①马克思主义者认为,生产方式发展阶段涉及生产力和生产关系的总和,生产力与生产关系发生矛盾时,革命就会发生。封建主义的社会关系阻碍了资本主义生产力的发展,就会被新的生产力所冲破;同理,资本主义社会关系阻碍工业社会生产力的发展,造成财富分配不均,将被社会主义所摧毁。这已是被广泛接受的常识。这个理论同样适用于审美艺术。具有先锋意识的生产者不应毫无反抗地接受艺术生产中现成的生产方式,而是应该加以发展、使其革命化。生产者和接受者之间可以形成新的社会关系,生产者通过广播、电影、电视、摄影、音乐等媒介方式发展新的艺术样态,改造旧的艺术生产方式。真正革命的艺术家或生产者不仅关心艺术的目的,也关心艺术生产的工具。比如电影中的蒙太奇手法,它是随电子技术发展起来的艺术手法,它对画面进行剪辑、拼接,对连贯叙事进行破坏,将各不相同的事物联系起来,让观众获得震惊的美学效果,深入事物的本质。这是影像媒介中艺术生产的一个重要原则。具有先锋意识的生产者追随生产方式的革命,这种革命不仅是工具、技术、媒介的更迭,更是艺术生产中审美经验的更新。

技术延伸了人类感官系统,被机械技术所延伸的感官也影响文字或影像的表达方式。全媒体时代的多种媒介为我们提供了更广泛的书籍、报刊、广播、电视节目、电影作品。同时我们也面临这样的事实:现在有大量低劣艺术、庸俗娱乐、劣质广告、玩世不恭的观念。许多我们认定为低劣的东西,它们的生产者对此心知肚明甚至乐此不疲,生产者有时只是借助特定的媒介形式在相应产业中获取资本。数字媒介是高效快捷的媒介形式,依托数字媒介的审美对象在生产和接受过程中显示出更为功利、浮躁的倾向。伴随影像媒介的兴盛以及网络媒介的发展,理性认知和情感想象越来越容易短暂化、碎片化。面对数字媒介化的审美对象,个体极易抛掷悠游绵长的幽思而进入即刻的瞬间体验。审美经验是分圈层的,普遍共享的审美经验越来越难实现。新兴媒介产生通俗化的理性认知和情感想象,碎片化、短暂化

① 特里·伊格尔顿.马克思主义与文学批评[M].文宝,译.北京:人民文学出版社,1980:66.

的大众审美经验挤压学院式的静观冥想而成为一种通行范式。

二、身体感官的再次彰显

美学学科诞生,开启了感性传统,美学对人的情感想象、感性体验进行研究,试图将人的感性体验纳入理性主义的轨道。审美经验的理性认知与情感想象方面优先获得了美学青睐,而身体感官因素较难获得合法地位。身体不会思考、不会言语,它被置于人类感官和思维体系的底层。既有美学理论大多将身体视为人类知识生产体系中的卑微主体,追随这种知识体系,它们也拒绝与身体一起的感官体验,总是过分强调感官体验必须接受理性的长期统治。如果我们从身体的视点出发,回到起源,重新思考一切,能否在身体的基础上重建一切伦理、历史、政治、理性?身体与理性在什么地方能够结合起来?身体是历史的产物,可否是历史的源泉,如何是历史的源泉?在这些意义上,马克思通过劳动的身体、尼采通过作为权力的身体、弗洛伊德通过欲望的身体、舒斯特曼通过美学的身体来开拓身体在历史中的价值。这些学说彰显身体的美学地位。全媒体时代以影像媒介和网络媒介形式存在的审美对象全面激发了审美主体的身体体验,身体官能在审美过程中全面释放。

马克思在《1844年经济学哲学手稿》中对历史和社会的深入思考是从身体开始的。经济生产的体系是身体的物质化隐喻,就如农业是身体在土地中的转化形式,运行的资本是资本家的替代性身体。对象的精神本质是交换价值,其物质本质是使用价值。人类的身体通过社会和技术,逐渐超越它的界线,把世界转变为自己的身体性器官。人类斗争的焦点集中于身体的权力,涉及人类知识和社会生活的根本,这个过程被马克思建构为关于经济基础和上层建筑的学说。马克思的批判目标是恢复身体被掠夺掉的力量。

人体本身是强力意志的短暂表现,这意味着它所有文化的根基。尼采从人体的角度审视一切,将历史、艺术、理性都作为人体的动态产物,所有的真理都来自人体。尼采一心破除对思想自律性的盲目信任,祛除禁欲主义的精神,禁欲主义精神实质上是不敢正视产生观念的血肉之躯。[①]对弗洛伊德而言,人类生活只有完全涉及强烈的肉体感觉和巴洛克式的想象,才是审美的、象征的,并充满内在的意义。从歌德、席勒到马克思的德国古典美学传统坚守丰富、平衡、富有力量的主题,弗洛伊德质疑了这个传统,他认为人

---

① 特里·伊格尔顿. 美学意识形态[M]. 王杰,傅德根,麦永雄,译. 桂林:广西师范大学出版社,1997:228.

的各种内在驱动力彼此对立，各种官能处于永恒冲突的状态。弗洛伊德将所有美的冲动归为性欲冲动，如此将审美与身体的原始冲动关联起来。

身体是否应该获取形而上的哲学地位？美国实用主义理论家舒斯特曼提议一种"身体美学"，认为身体可以提供美的感官感受或表象。他将身体美学定义为"对一个人的身体——作为感觉审美欣赏及创造性的自我塑造场所——经验和作用的批判的、改善的研究。因此，它也致力于构成身体关怀或对身体的改善的知识、谈论、实践以及身体上的训练"①。人的意志、感情、知识也是建立在感性认识之上的。感觉是属于身体并且以身体为条件的。身体美学并不否定人的身体感觉，而是对它们进行完善，增进人们对世界的认识。如果认识是哲学的首要任务，那么就不能忽视对身体维度的认识。"身体美学不仅关注身体的外在形式或表现，而且关注它那活的经验，从而致力于改善我们对身体状态和感受的意识，进而提供对我们短暂的情绪和持久的态度以更加重要的洞见。"②美学在理论追求之外还应包括摄制、表演、艺术批评等实践学科。舒斯特曼希望将身体美学纳入哲学的范畴，拓宽哲学的学科概念并使之更为实践化。身体美学关注武术、时尚、美容、健美等实践维度的问题，为美学吸收新的主题和实践；身体美学也扎根于传统美学的基本理论之中，它在根本上包含审美主观性和规范标准、个人趣味与共同感受等问题。身体美学关注身体在审美经验中所扮演的至关重要的角色，包括对美学理论边缘的身体疗法、运动、武术、美容化妆等审美维度加以关注。身体的表象和肉身的感受对内在心理具有规约作用，比如健身健美的实践最初在于追求有吸引力的形体，而结果常常是激发了对身体的特殊感受；结合瑜伽锻炼的"净食"是对饮食欲望的调整，而结果则成为一种精神上的坚持。由此看来，身体与精神是合一的。

身体美学凸显感性的认知功能，恢复美学的初衷；它突出身体在美学中的功能，认为身体是塑造感觉的场所；它具有合理的现实根基和理论根源。可是消费社会纵容身体成为商品和消费品，导致身体的物品化。身体在广告、时尚、大众文化中全面出场。"今天的一切都证明身体变成了救赎物品。在这一心理和意识形态功能中它彻底取代了灵魂。"③身体策略及展示将身体塑造成交换材料以获得经济效益，身体进入了消费的深层机制。身体化

---

① 理查德·舒斯特曼.实用主义美学：生活之美，艺术之思[M].彭锋，译.北京：商务印书馆，2002：354.

② 理查德·舒斯特曼.实用主义美学：生活之美，艺术之思[M].彭锋，译.北京：商务印书馆，2002：356.

③ 让·波德里亚.消费社会[M].刘成富，全志钢，译.南京：南京大学出版社，2000：139.

的消费氛围已经将身体的快感和欲望彰显出来,而它们也刺激审美心理。身体不是庸俗的生理学现象,其感官具有比意识更直接、丰富且实在的现象。身体是主观和客观交融的有机中心,既可以在消费语境下成为审美客体,又可以作为审美主体对审美客体进行感知,形成悖反式的效果。

全媒体时代审美经验的身体感官因素得到彰显。身体感官和理性认知结合在身体之中,这让人类意识得以实现,又揭示了身体的灵性和生机。当身体的灵性再次被数字媒介激发出来,就生成了新型的审美经验。"'那么,请给我一个躯体。'这是哲学上的换位套式。躯体不再是分隔思维的障碍,不再是为了能够思维而必须克服的东西。相反,躯体是思维达到非思维,即生活,而要存身或者必须存身的地方。"①身体敦促我们思考如何面对生命、逃离压制。全媒体时代影像媒介、网络媒介激发的审美经验充分地诠释身体日益突出的作用。"电影正是通过躯体(而不再是通过躯体的中介)完成它同精神、思维的联姻。"②用摄影机瞄准身体,身体面对荧幕产生感受。身体并非只置身此刻,而是同时包含之前与之后的时间。影像的记录和呈现将时间置入身体,身体的表现让思维与时间产生联系。表演者在镜头前展示身体的价值,观众在电影—剧场的联系中捕捉身体意义。当身体的意义被全媒体社会的消费逻辑所利用时,极易放大身体作为欲望对象的粉饰功能以及作为物品的消费功能,而淡化身体的意识机能和灵性反应。

网络媒介和影像媒介推崇直观的视觉刺激和立体的感官效果,听觉、视觉、触觉有了更充分的表达途径和接受空间,审美经验的身体感官层面得以全面释放。身体不仅作为一种审美客体被渲染和表达,而且其作为审美主体的机能也得到重视。人们毫无保留地渲染对身体美的崇拜,对身体感官的尊重。由是,审美主体获得了一种贴近身体本能的情怀,能更好地将身体与理性置于一处。身体感官的全面释放是在现实层面对传统审美经验观念的一种超越。美学家重新检阅那些抽离了身体感知的审美经验,重构审美经验的身体之维。同时必须看到,全媒体时代膨胀的消费逻辑之下,身体作为物品被展览,并刺激其他身体的感官体验,形成悖反效应,身体的商品价值不断威胁身体在审美过程中的诗性意义。因此,身体感官的再次彰显,一则审美主体拓宽了多重感知功能,在理性认知和情感想象的抽象维度之外突出了感性体验的具身维度;二则在功利性的消费逻辑驱使下,审美主体极

---

① 吉尔·德勒兹.电影2:时间—影像[M].谢强,等,译,长沙:湖南美术出版社,2004:299.

② 吉尔·德勒兹.电影2:时间—影像[M].谢强,等,译,长沙:湖南美术出版社,2004: 299—300.

易陷入身体在场而精神失落的价值危机之中。

三、审美经验的内外制衡

审美经验中理性认知、情感想象和身体感知等因素作为主观经验内在于主体，这是审美经验的内在非功利性。审美经验产生时主体的行动反应与社会功能在外部却显示出功利性。全媒体时代基于影视、网络媒介所发展的影视产业、游戏产业等文化产业对资本有着强烈诉求，它们寻求经济效益和社会效益，具有外在功利性。新媒介文学的审美经验在印刷媒介、影视媒介、网络媒介的多元文化形式中产生，处在功利性的内外制衡中。

对应于媒介平台、信息网络、文化市场的持续整合，发送者和接受者之间简单的传播模式已不能应对诸多文化的集合体。西方学者将此描述为"后媒介状况"，它挑战了大众传播模式的基本观念，新的大众传播话语对艺术产生非同凡响的意义。"在艺术话语中，'后媒介状况'有不同的意义，它可以指对艺术净化和特殊化的美学批判、以艺术对象解释艺术形式的失效、技术集合成为'文化集合'的一部分。"①艺术净化和特殊化的现代理想归于一个历史进程，它伴随着艺术形式独立于特定物质性存在的观念。随着特定视点、装置艺术、概念艺术和多种艺术形式的产生，早在20世纪八九十年代数字技术流行之时，基于物质使用的艺术类型学，比如倒置的小便池、怪异的纸盒子作为艺术品、作为传递艺术观念的媒介，已然挑战了艺术中媒介的观念。后媒介状况意味着我们进入一种媒介交互的文化集合体中，而且艺术净化的现代理想已经受到威胁。

电影的图像处理技术和媒介技巧为观众创造视觉奇观，尤其是多维立体电影更加注重身体体验。3D电影荧幕逼真的立体三维成像，辅以影院中座椅晃动、香气释放、向观众喷水等，让观众游历在影像真实与现实虚幻中若恍若惚，获取了全方位的审美体验。李安执导的3D电影《少年Pi的奇幻漂流》，广袤的大海上飘荡着一条孤独的白船，船上是人与兽寂寞的陪伴和漫长的对峙。孟加拉虎随时威胁着少年Pi的生命，当这只凶狠的猛虎咆哮着扑来之时，观众在3D影院中会很自然地躲避它，仿佛它威胁的是自己的生命。观众在视觉观看时产生身体感官的多重体验，体验本身是非功利的。

电视的实时处理技术和节目总安排的突出成效是将分散的人们联系起来，提供一种共同经历，电视便成为仪式化行为的重要领地。中央电视台的

---

① Liv Hausken. Introduction [M]// Thinking Media Aesthetics：Media Studies，Film Studies and the Arts. New York：Peter Lang GmbH，2013：29—50.

春节联欢晚会,在每一个除夕之夜伴随着华夏儿女,这场电视晚会将全国各地的人民以及世界各地的华人联系起来,人们在这里获取中华文化的共同体验。春晚的节目单需要老少咸宜、兼顾多种艺术形式,它未必创造卓越的艺术境界,但它成为中国人辞旧迎新、欢度新春的一种仪式。演员的嬉笑怒骂、节目的唱念做打,可能潜藏着某些意识形态的因素;而观众在电视节目中建立的情感结构基本上没有利益倾向,它内在于个体自身。"这就是媒介,重演了艺术、设计和乌托邦愿望之间的历史关系,让艺术的矛盾关系在合理的计划和惊异的探险、时间的管理和暂时的逃脱之中尽情发挥。"①这是突出的有关影像媒介文化的论述,审美经验作为一种主观经验是无涉功利的。影视观众自得其乐地体验影像带给他们的惊险刺激或悠柔绵长之感。影视作品作为思想情感的承载体,成为表达社会、政治、经济维度的重要基点。

"以历史角度来看,艺术品作为媒介的问题,最先与电影、照相术、广播、速记表音符号等大众录音与传播中新技术的发明紧密相关。面对这些媒介中社会权力的增长,艺术生产和美学理论便需重新思考艺术和社会、公共议题之间的关系。对这些议题的理解正与不同种类技术的特定分析、与它们特定的意义生产和感知指令相关。"②与此相适应的是,新的大众媒介技术强调社会技术和艺术技巧之间的紧密关系,它们来源于这样的观念,即技术能够训练身体并塑造观看与思考的方式,艺术作品由此与特定生产模式相关。技术的发明不仅促成了新兴媒介的产生,而且促进了艺术技巧的表达上的革命。基于新兴媒介的艺术作品、文化产业获得了规模化发展,在这个进程中增长的社会权力、扩张的经济利益瓦解着自律性审美艺术,无功利的主观经验被生产者所利用。内在于个体的审美经验要么被追捧,生产者迎合它们以获得更好的外在效应;要么被改造,功利化的文化生产培养着适应其生产模式的主观经验,文字的深度阅读让位给影像的浅显观看,艰难的逻辑思索让位给浅显的娱乐狂欢。大众媒介技术越是更新、媒介文化越是发展,作为无功利的内在审美经验越是受到外部功利性生产的强劲挑战。

现代社会遭遇文化危机,伊格尔顿指出,如果启蒙不能取代宗教信仰,理想主义者和浪漫主义者不能使宗教信仰凡俗化,那么文化的概念也无法

① Ina Blom. Mediating Sociality:A Contested Question of Contemporary Art [M]//Liv Hausken. Thinking Media Aesthetics : Media studies, Film Studies and the Arts. New York:Peter Lang GmbH,2013:67—88.

② Ina Blom. Mediating Sociality:A Contested Question of Contemporary Art [M]//Liv Hausken. Thinking Media Aesthetics : Media studies, Film Studies and the Arts. New York:Peter Lang GmbH,2013:67—88.

作为拯救的权宜之计。非常明显，单独的审美文化之中没有拯救之计。"没有人会将任何伟大的救赎愿望寄托在作为整个生活形式的文化观念上。根本没有生活的整体形式。人类社会是多种形式的且富有争议的。文化实则倾向于反映社会分歧更甚于排解争端。一旦这些论争开始渗透进文化观念本身——一旦价值、语言、象征、亲属关系、遗产、认同和共同体产生政治性的冲突之时——文化不再是解决途径而相反地成为问题的一部分。它不再能作为单边利益的共同性替代物来呈现自身。相反，它从虚伪的超然性转变为激进的特殊主义论调。实际上，这就成为后现代主义下文化的命运。"①伊格尔顿表达了对詹姆逊"文化作为整体生活方式"的一种质疑，文化是破碎、分裂的，没有一种整体的文化观念能将一切和解。媒介对于文化产生塑造作用，在多种媒介交互渗透的时代，主体内部的审美经验被功利性的外部生产所缠绕。审美经验处于功利性的内外制衡中。理性认知、情感想象、身体感官等审美经验因素随着不断发展的文化现状生成新特质，此中充满彷徨与挣扎、斗争与沉浮。内在无功利的审美经验，经历审美主义的忧思；外部功利性环境的生成，是无法逆转的历史潮流。审美经验中理性认知与情感想象的圈层化、身体感官的彰显、功利性的内外制衡，加深了文化的多样性，但这并不支撑有关审美堕落的悲观主义论调。

新媒介文学促使大众广泛介入各种文学艺术现象，获得新型审美经验，这种介入不仅是情感想象、理性认知、身体感官的多维介入，而且是公共话语、民主权利、社会意识的参与。当代美国学者阿诺德·贝林特在20世纪90年代提出"审美介入"，"主张连续性而不是分裂、主张语境的相关性而不是客观性、主张历史多元性而不是确定性、主张本体论上的平等而不是优先性"②。阿诺德·贝林特用审美介入来替代康德式的无利害观念，用参与来替代静观。介入即一种实践化的审美体验方式。"审美介入使感知者和对象结合成一个知觉统一体。它建立了一种连贯性，这种连贯性至少展示了三种相关的特性：连续性、知觉的一体化和参与。"③"连续性"是艺术与社会、历史、文化的交融，审美经验就成为人类整体经验的一部分；"知觉的一体化"就是各种感觉的经验性融合，也可以说是一种通感；"参与"就是主体介入世界，强调审美经验的积极特性及其参与性。各种异质却相互参照的媒介促

---

① Terry Eagleton. Culture and the Death of God[M]. New Haven：Yale University Press，2014：122.
② 阿诺德·贝林特. 艺术与介入[M]. 李媛媛，译. 北京：商务印书馆，2013：3.
③ 阿诺德·贝林特. 艺术与介入[M]. 李媛媛，译. 北京：商务印书馆，2013：65.

使大众积极介入广泛的艺术现象和文化议题,使人们意识到进入文学需要整个人的积极介入,而不只是精神的主观投射。新型媒介激发介入式审美经验,新媒介文学强调审美主体身心合一的投入,审美主体与客观世界的交融,最终需要通往审美化的人类社会。

四、走向新媒介文学情境

全媒体时代新媒介文学的审美经验形成诸多新特征。新媒介文学的印刷文本、影像文本和网络文本交叉融合,彼此之间借鉴、改编、重构,围绕新媒介文本产生了数字文学情境。基特勒说,"媒介决定我们的现状"①。传播学者梅罗维茨继承麦克卢汉和伊尼斯的观点,并借鉴戈夫曼(Erving Goffman)的拟剧理论,描述信息技术如何塑造日常生活中的社会关系和文化转变,指出"媒介并不单纯是两个或多个环境之间传递信息的渠道,而且也是一种环境"②。他提出,媒介问题至少与两个社会层面有关:微观的个人情境层面和宏观的文化层面,前者是指所选择的特定媒介如何影响特定的情况或互动,后者是指新媒介可能改变社会互动和社会结构。③从印刷场景到数字场景,在不同的环境中,新媒介影响人们的行为方式和思维方式。新媒介最先得到传播学者的关注和研究,而他们更多地从社会角色、传播方式、传播效果等角度进行定量分析和外部研究。除此之外,新媒介还影响写作和阅读等文学行为方式,构成新型的数字文学情境。美国媒介理论家道格拉斯·凯尔纳指出:"人们不应该在'互文性'的边缘止步不前,而应当从文本走向情境,走向文化和社会;是文化和社会构成了文本,文本的读解和阐释也就应在文化和社会中进行。"④伴随新媒介所形成的数字文学情境出现了三种明显的倾向。

首先,新媒介文本是复合型的,比较突出地表现在文字、影像、网络文本之间的对照和共处,这深化了商业化、产业化的数字文学情境。影像技术促使经典小说改编成电影、电视剧;网络媒介促进网络小说的繁荣和向电影、

---

① 弗里德里希·基特勒. 留声机　电影　打字机[M]. 邢春丽,译. 上海:复旦大学出版社,2017:前言1.

② 约书亚·梅罗维茨. 消失的地域:电子媒介对社会行为的影响[M]. 北京:清华大学出版社,2002:13.

③ Joshua Meyrowitz. Media Theory[M]// David Crowley, David Mitchell. Communication Theory Today. Stanford: Stanford University Press,1994:50—77.

④ 道格拉斯·凯尔纳. 媒体文化——介于现代与后现代之间的文化研究、认同性与政治[M]. 丁宁,译. 北京:商务印书馆,2004:48—49.

电视剧、网络剧的改编;多种媒介融合,使得小说、电影、电视剧产生了紧密关联,比如出现以电视剧为蓝本而撰写的小说、为电影制作而撰写的小说。另一种媒介承载的改编作品文本既是原作的衍生品,又是新作品,与原作彼此之间存在互文关系。新媒介文本是序列化、动态化的,完成写作的小说并不是终点,它还可以再生产为电影、电视剧,其文学元素转移到影视剧中。小说原著无法决定作品的命运,改编和再创作会产生逆转性的社会效果。在新媒介文学形成的数字文学情境中,商业化、产业化已经成为日益明显的趋势,这显然会对传统意义上的纯文学、纯审美产生冲击。然而,每一次小说文本在影像媒介上的动态呈现都是在资本运作中经历了一次创新,会产生新的文学效应。

其次,新媒介文学情境具有社交化乃至社群化的特征。新媒介文学的创作和阅读都产生了极大转折:对于作家而言,创作出现了去中心化的倾向,作家的写作更多地受制于读者或观众的反馈意见;对于读者而言,阅读形式多样化,包括书面文字的阅读和影像画面的观看。阅读、观看和评论是读者基本的交往方式,读者聚集在不同的网站和板块,他们在起点中文网、B站、爱奇艺、腾讯视频等门户网站观看和点评,在仙侠、科幻、都市、军事、职场、言情等不同板块阅读和评论……这些人分化成不同群体,组成粉丝团体进行实务操作,形成了对应的亚文化现象。从单一的文字文本到复合的影像文本,个体的功能在转换。面对传统的文学文本,读者是孤独的个体,逢其知音,千载其一。面对复合的新媒介文本,读者是互动的群体,知多偏好,各寻其类。影视、网络媒介打破了时间和空间的特定性,收音机、电影、电视特别是网络使得私人空间更容易为外部世界所接触,使得个体行为更容易进入群体,从而变成更为公开的事件。过去依赖于特定空间的文字文本及其阅读经验被数字媒介改变了,独自品味的声律丽辞、情采风骨让位于集体观赏的画面奇观、身体美学。戈夫曼将社会生活描述成一出多幕戏剧,在戏剧中每个人基于不同社会背景扮演不同角色,个人区分了前台和后台,在不同舞台上扮演各种角色、展示不同的自我,这种情况是由个人的角色、观众的组成、所处的环境共同决定的。新媒介文学的受众更积极地扮演起自身的角色,他们依据各自的观赏偏好进行文学社交活动,聚集为不同的群体。新的文学工业可能会破坏旧的行为模式,但是,在文学的交往中所形成的受众角色正在造就一个拟态环境。社群化的文学空间中,新媒介文学的受众一方面依据各自的审美偏好,依靠阅读的自主性、沟通的即时性建立了各种不同的分众空间,获得了群体化的行动能力;另一方面,他们又极易远离自身真实的存在,将自身的有限群体当作整个世界,忽略其他社群,造成一定的文化区隔。

再次，在新媒介的数字文学情境中，文学的审美特性不再局限于语言文字层面，而是延伸到画面影像层面，并强化了语言文字与画面影像的契合程度。在传统文学中，我们关注文本的语言性，在语言所营造的诗境中去体会文学作品的美感。在新媒介文学中，除了文本的语言性，我们更加关注画面的即视感和影像的冲击力。新媒介文学的文字印刷文本、影像文本、网络文本的诸种类别之间存在紧密的亲缘关系，相互之间借鉴、再创作，文本之间的可转换性就成为一种重要因素。此时，创作者考量的不只是如何深刻地挖掘出字里行间的幽微思绪、充沛情绪和精妙玄想，而是如何直观地展现出人物形象、故事进展和矛盾冲突。比如，严歌苓小说《芳华》的写作和影片《芳华》的筹备是同步的，小说的创作意图中就包括电影呈现的需要，其文本体现出视觉化叙事的倾向。网络小说擅长讲故事，设置诸多悬念，延长故事情节，往往忽略辞藻章句的推敲斟酌，这种倾向与作家快速码字的写作方式和读者追踪阅读的接受方式相关。也有许多网络小说家的写作直接和影视公司的改编合同捆绑在一起的。网络小说频繁地转换成电视剧、网络剧，它们直观化、悬念化的文本形态比较适宜于转换成影像文本。从纸张演进到电脑屏幕，用户选择一个频道进行阅读，这显然不是新媒介文学的全部。新媒介文学是语境化的，各种类型的文本之间的相互转换产生了一种媒介间性，促使传统的文学特性产生了扩张。在新媒介文学情境中，对于文学作品的评判不再囿于审美主义的文辞考究，而是延展为多元化的文化考量。伊尼斯曾指出，不能广泛传播的媒介，或者需要特殊解码技巧的媒介很可能被特定阶层所利用，相反，如果一种媒介很容易被普通人接触到，它就会被民主化。实际上，被广泛接触的新媒介文学并不是完全民主化的，相反，它更容易被资本化、产业化和科层化。数字文学情境中文学审美特性的转折和扩张，是对传统文学机制的一个挑战。

第二节　文学生产中新型审美经验的认同

一、文学生产的理论内涵

新媒介文学进入文学生产模式，突出呈现文学的社会形态。在此，有必要对"文学生产"的意义进行理论追溯和现实解读。文学生产的理论起点是马克思关于生产的论述。从《1844年经济学哲学手稿》到《资本论》，马克思开创了文学生产理论的研究空间。马克思将生产划分为物质生产和精神生产。思想、观念和意识是精神生产,是物质生产的产物。"思想、观念、意识的生产最初是直接与人们的物质活动,与人们的物质交往,与现实生活的语言交织在一起的。观念、思维、人们的精神交往在这里还是人们物质关系的直接产物。表现在某一民族的政治、法、道德、宗教、形而上学等的语言中的精神生产也是这样。"①马克思认为艺术是人类特殊的精神生产。社会发展到一定阶段,物质劳动与精神劳动相分离,产生一批相对脱离物质生产劳动的艺术家,艺术是劳动分工的产物。艺术一旦出现,就不再能以那种在世界史上划时代的形式生产出来。"宗教、家庭、国家、法、道德、科学、艺术等等,都不过是生产的一些特殊的方式,并且受生产的普遍规律的支配。"②艺术生产一则受到生产普遍规律的支配,二则拥有特定的审美情感和表现形式,具有自身特殊的生产机制。马克思著作中关于生产的观点是马克思文艺理论的生长点之一,理论家基于精神生产、艺术生产这个理论原点进行阐释和创新。文学作为一种艺术类别,文学生产并不简单地等同于精神生产,文学生产是与经济基础关系最为间接的社会生产,但它又是商品经济的一种实践,也产生物质性效果。

特里·伊格尔顿综合威廉斯的文化唯物主义与阿尔都塞的意识形态理论,提出文学是一种审美意识形态的生产。他在《批评与意识形态》一书中阐述了"文学生产方式"(Literary Mode of Production),文学生产方式是文学生产力和社会关系在特定社会组合形态中的统一。文学生产方式的内在结构包括生产、传播、交换与消费。文学文本是多种因素在多元决定的状况下进行生产的产品。文本是一种意识形态的生产,它与生产之间的关系是劳动关系。③伊格尔顿同时指出,文学不仅是文本,更是一种社会活动,一种与其他形式并存的社会、经济生产的形式。"文学可以是一件人工产品,一种社会意识的产物,一种世界观;但同时也是一种产业(industry)。"④伊格尔顿强调文学生产介入现实生活的体验及其社会历史规定性。书籍不只是有意义的结构,也是出版商为了利润销售于市场的商品。戏剧不只是文学剧本,它还是被观众消费并产生利润的商品。作家不只是精神结构的生产者,而且是出版公司雇佣的工人,生产能赚钱的商品。因此,文学不是学院派赏析

① 马克思恩格斯选集:第一卷[M]. 北京:人民出版社,1972:30.

② 1844年经济学哲学手稿[M]. 北京:人民出版社,2000:82.

③ Terry Eagleton. Criticism and Ideology: A Study in Marxist Literary Theory[M]. London: Verso,1978:44—46.

④ 特里·伊格尔顿. 马克思主义与文学批评[M]. 文宝,译. 北京:人民文学出版社,1980:65.

的对象,而是一种社会实践。文学作为一种社会生产的形式,我们需要重新认识作为产品的文学文本、作为生产者的作家和作为生产的文学。

皮埃尔·马歇雷(Pierre Macherey)将文学创作视为一种生产劳动,用"生产"(production)来代替"创造"(creation),提出文学生产理论。他认为文学并非不朽名作的集合体,其性质并不是展示纯粹经验事实,文学"是一个复杂的动态过程,表明作者写作的劳动和再生产的劳动,这种独立的规范化理想正在取代那种不断幻想追求认同、稳定或永恒的运动"①。他指出:"各种关于创作(creation)的理论都忽视了其产生的过程,他们没有对生产(production)作出任何解释。"②创作是针对不存在的事物,而生产则是针对日常生活中已经存在的事物进行加工和改造。所有关于天才、艺术家主观性、灵魂的阐述,在他这里是无趣的。马歇雷关注文学生产的实际过程,而摒弃关于创作、灵感、灵魂等等玄妙的论述。他通过对文化生产规律的探索,意欲建立一种严格的文学批评科学,他的文学生产理论虽非阐述文学的产业化运作,但其提出已经脱离了创作论的原初意义。

文学生产即文学进入现代生产关系之中,它不仅是囿于书斋的个体创作,更是进入社会的生产活动。尤其是新媒介文学的生产,它作为文化商品的一种生产方式,意味着文学进入生产、评价、传播和消费的产业链中,作家也是生产者、作品也是商品、读者也是消费者,外在于文学的社会经验进入文学生产场域。文学生产一方面具有普通商品生产的普遍性逻辑,另一方面由于文学的审美特性而具备生产的特殊规制。文学新图景表现为文学疆界逐步破除,形成传统文学、影视文学和网络文学几种类别共存的新媒介文学,其审美经验也产生诸多特质。新媒介文学情境中的文学生产出于版图扩张或者利益夺取的目的而不断迎合新型审美经验。新型审美经验全面释放身心合一的体验,一方面强调身体感官的片刻享乐,另一方面在理性认知与情感想象方面被媒介所塑造,趋于碎片化、短暂化。新型审美经验进入新媒介文学的生产模式之中,产生了外在生产功利性和内在体验非功利性的双重制衡。文学生产逐步远离了封闭、孤绝而深邃的创作形态,进入开放、简易而迎合市场的生产形态之中。新媒介文学生产包括作家创作,以及作品成为文化商品的生产过程,它在市场迎合和审美建构的两种对抗性力量下前行。

----

① Warren Montag. In a Materialist Way: Selected Essays by Pierre Macherey [M]. Ted Stolze,trans. London: Verso,1998:50.

② Pierre Macherey. A Theory of Literary Production [M]. Geoffrey Wall, trans. London: Routledge,1978:68.

二、文学生产的市场迎合

文学生产联系各种关系的生产。"政治、文化、道德、意识形态以及经济形成一个'经济结构',并不是因为某些本质上的经济特性,而是因为它们以某种方式成为生产。"①文学创作的概念由于生产的出现而发生了转变。我们看待文学创作和文学作品,是通过其存在的物质条件和再现意义之间的互动关系来实现的。文学与生产的联姻,使得文学从自律的审美主义走向他律的商业市场。书写—印刷文学、影视文学和网络文学进入文化市场的经济结构之中,自觉不自觉地迎合市场。

书写—印刷文学生产主要指当代纯文学作品的创作与传播,也包括流传至今的经典文学作品的再版与传播。纯文学一方面依托文学期刊、文学奖项、文学教育体制等社会机制得以存在,另一方面也进入文学市场之中,接受市场的质询和竞争。纯文学作品一旦进入市场竞争,它开始考虑市场的接受广度,迎合被新型媒介塑造的读者趣味。它们在文本形态上表现出"浅剧情"叙事和"图像化"叙事的特点,在创作形态上进入功利性文学生产模式中,以期获取更多市场影响力。

从影视文学的生产形态来看,影视文学与影视产业有着紧密的亲缘关系,影视产业是注重市场收益和产业效益的文化产业,市场收益来自观众,那么,影视文学在创作上要着重考虑是否能够获得观众认可。票房、收视率成为驱动影视文学创作的重要外在力量。高票房和高收视率能造就更多市场价值,也意味着影视文学文本要趋于大众化的审美品位,以争取最广泛的接受度。相较于书写—印刷形式的传统文学,影视文学更强烈地依附于文化市场,也更轻易地离开文学传统中深刻而复杂的灵魂。

从网络文学的生产形态来看,网络文学是即时创作、即时发表的文学形式,网络文学的创作和阅读可以处在共时性空间之中,作者和读者在线上就作品情节、人物和后续进展直接展开对话,读者建议可能影响到作者对于网络文学文本的后续创作。网络作家的写作行为既依托于在市场环境下实行商业化运作的网络文学网站,又依靠读者对其作品广泛而持续的阅读,读者对作品的阅读、点击、打赏决定了一位网络作家在文学网站中的地位乃至存亡。网络文学文本是同时体现作者和读者意志的交互性文本,突出地表现出悬念叙事的手法技巧,以吸引更多读者更长久的阅读。网络文学创作是

---

① Michele Barrett, Philip Corrigan. Ideology and Cultural Production[M]. London:Croom Helm,1979:20.

一种商业性写作,在网络文学市场中出现了签约作家、驻站作家,促进了整个文学创作群体的重组。相较于传统文学形态,网络文学也更直接地依附于文化市场,或者说,文化市场的成熟推动了网络文学形态的进一步发展。

新媒介文学生产包括传统书写—印刷文学、影视文学、网络文学三种不同文学形态的生产,它们进入文化市场后不同程度地迎合市场。文学创作演变为文学生产是一种历史必然。我们可以有诸多理由斥责曾经艰深的文学创作下降为庸俗的文学生产,成为追逐金钱和利益的商品生产。实际上,文学生产的内在逻辑复杂化了,它围绕资本运作,既保留纯粹文学创作的诸多内部特征,又开辟了文学生产的市场属性、社会属性等外部特征。在文学市场中各种资本博弈且起到支配作用,文学创作中的文学才思、文学想象、语言技巧、叙事手法等文学能力都进入文化市场之中,内化为某种文化资本。文学从凌虚的精神创作走向物质和精神相互制约的生产模式。文学生产的迎合市场并不是说文学生产转换为一个经济问题,而是指文学生产被资本逻辑所驱使。新媒介文学在文化市场中围绕资本逻辑创造出新的符号和认同,这种生产不是商品市场的金钱交换,而是以资本运作为中心的价值交换,其资本逻辑主要是经济资本和文化资本的积累和转换。

文学生产作为一种生产类型,有经济资本的积累,但作为文化类型的生产,它也需要文化资本的积累。市场环境下的文学生产机制进行经济资本的竞争和文化资本的博弈。经济资本是能够直接转换成金钱的资本;文化资本则关乎家庭出身、教育经历、文化能力,在某些条件下能转换成经济资本。文化资本在布迪厄的社会学研究中得到了专门论述,主要用来说明资本主义社会中语言特征、文化实践、社会价值的不平等分布,特别是教育体系促使各种文化资本得以分布和确定,再生产了潜在的阶级关系。文化资本以不同的形式存在,第一,它以精神的形式存在于个体身上,包括个体的生命存在、艺术能力、精神品性等;第二,它以文化产品的客观形式存在,包括创造性的作品、生产性的产品、理论问题的陈述成果等;第三,它还以体制的形式存在,这是得到合法保障、获得认可的一种形式,包括学术资格、教育证书、荣誉奖励等。文化资本的形成是一个漫长的过程,资本是需要时间去积累的劳动。在文学生产的市场竞争中,文化资本首先在作家身上沉淀,特别指向他们的文学创作能力;其次在文学作品中得以体现,比如作品所体现的深度和广度、所能满足读者需求的程度;最后通过评价体系得以拓展,比如教育体制的认可、评奖机制的表彰、读者的口碑等。新媒介文学图景中,创作者在文学生产过程中合理调动自身的文化能力,使作品的文本策略契合新型审美经验,这些可以成为文化资本并在文学市场中获益。相较于市场中经济资本,文化资本是一种相对虚拟与隐蔽的存在。

"文化资本参与了控制的过程,它将某种实践合法化,认为它自然而然地优于它者;通过使这些实践看起来比那些没有参与进来的实践更优越,通过一种否定性的传授过程,它就使得另外一些人将自己的实践看作是差人一等的,并将自己排除出合法化的实践。"①正如不同的社会群体拥有不同的经济资本,并利用他们所占据的经济资本而分享不同的社会权力一样,文化资本的拥有也是不平等的。文学生产中文化资本的积累是一个竞争过程,在生产实践中争取特定位置。文学生产一旦确立起来,它比以往文学作为独立、抽象的创作活动更需要经济资本的投入。市场中经济资本的分布并不均衡,比如网络文学网站的经济实力各不相同,作家依靠写作获得的经济收入也不均等,这种不均衡是显在的,可以用数值来衡量。另外,文化资本是凭借个体的文化能力、代表作品、体制认可等多种方式而逐步确立的,并依靠在文化生产场域的竞争中所获取的合法性地位而得以巩固,文化资本的不均衡分布是隐蔽的,难以直接用数值衡量,但其可以转换为经济资本,获得显在的效果,比如作品是文化资本的客观形式,承载更多文化资本的作品容易在市场中产生更多的利润。文化生产对经济资本有强烈诉求,而文化资本在其中起到作用更为根本的。

文学生产的市场迎合似乎使得经济拥有某种决定性力量。如詹姆逊所说:"事实上大众文化生产和消费本身——在全球化和新信息技术条件下——已经如晚期资本主义的其他生产领域一样被深入地商业化了,与整个商业体系紧密地结合起来。"②对于这种结果,法兰克福学派的悲观和质疑持续影响了许多人。比如他们指出,文化生产中投资于每部电影的资金数目庞大,因而要求迅速回收资金,这种经济要求阻止了对每件艺术品的内在逻辑的追求,即对艺术品自律的追求。对于这种市场环境导致的结果,法兰克福学派有着强烈的批判立场。"人们今天所称的流行娱乐实际上是为文化工业所刺激、所操纵、所悄悄腐蚀的要求。它与艺术无关,尤其是在它装着与艺术相关的地方更是如此。"③法兰克福学派纠缠在商业逻辑与艺术逻辑的冲突中,而现实的更新已经超越了理论的控诉。文学生产的市场迎合,关键点在于资本博弈,资本不均衡分布驱使文学的市场化竞争,经济资本和文

---

① Pierre Bourdieu. The Field of Cultural Production: Essays on Art and Literary[M]. New York: Columbia University Press,1993:24.

② Fredric Jameson. The Cultural Turn: Selected Writings on the Postmodern[M]. London: Verso,1999:143.

③ 曹卫东.霍克海默集[M].渠东,付德根,译.上海:上海远东出版社,2004:226.

化资本内在地塑造了文学生产面貌。

文学生产的市场迎合,一方面,是传统的书写—印刷文学、影视文学、网络文学的创作受制于经济驱动力,经济资本强势进入文学疆界,文化市场中的大众趣味降解了传统精英式文学的精神深度;另一方面,是传统的书写—印刷文学、影视文学、网络文学的生产被资本逻辑组织起来,它们不断适应新的商业模式以获取更好的生存状态,可量化的经济资本与隐蔽的文化资本各自积累并相互转换。经济资本需要金钱和资金的积累,文化资本则需要文化能力的获取和转换,因此,文学生产的深层维度始终呼唤有生命力的文学创作和有张力的文学作品。

三、文学生产的审美建构

文学生产的市场迎合根本上是由于资本逻辑驾驭了文学生产场域。文学生产中文化资本呼唤文学能力和文本质量的提升,但文化资本和经济资本在文化市场中仍然有明显的商业诉求,新媒介文学生产表现出典型的审美焦虑。这种焦虑突出体现在如何面对商业与艺术的矛盾。商业逻辑以市场为导向,核心理念就是:在任一种类的市场中,产品市场、资本市场或劳动力市场,个体利益是从物质和服务的交换中得来的。"遵从商业逻辑的生产实践,总是以产品输出的数量和质量为衡量指数的,其目的是培育市场交换的行为并获得成本效益,也就是在生产实践中对金融资源进行最有效率的利用。"①根据商业逻辑,特定生产实践的内在合理性就是市场价值,市场中的交换意图非常突出。生产实践的艺术逻辑时常包含"为艺术而艺术"的渴求,艺术本身被视为一种抽象的品质,比如在非功利化的写作行为中,向内寻求独立的审美精神。作品的市场价值可能会出现,但根据艺术逻辑,生产实践的合法化规则是围绕文本而产生的。商业逻辑和艺术逻辑往往被置于对立的两极。随着文学生产在实践层面的拓展,商业逻辑和艺术逻辑需要合谋,共同获取生产的收益。新媒介文学生产的审美建构需要把握新媒介文学的审美经验特征,跨越商业逻辑和艺术逻辑的屏障,在文学作品的创作、评价和传播中获取认同。

自康德以来,审美就承担着连接纯粹理性批判和实践理性批判的重任,寄托着融合现代性分化的愿望。然而这种审美一直是在自足的纯粹领地中以思辨的方式寻找出路,并没有进入整体生活纷纷扰扰的状况中来。因此,

① Doris Ruth Eikhof, Axel Haunschild. For Art's Sake! Artistic and Economiclogics in Creative Production[J]. Journal of Organizational Behavior,2007,28(5):523—538.

这种探索并没有让审美成为日常生活中的一种解放力量,而是与其他领域日益分化、对峙。于是,面对各种文学形态风生水起的生产现状,这种审美的诉求演化为一种典型的焦虑,背负着沉重的枷锁。文学生产促使文学作品成为文化商品,进入流通渠道,从令人瞻仰的神坛走向竞争残酷的市场。审美建构在世俗功利的环境中进行,此时的审美需要艺术与商业进行和解。

"当下许多文化商品完全由符号所构成,通过其表意实践来产生意义。"①文学生产符号价值的提升在于新型审美的建构。文学生产的要素主要由文学作品的创作、评价和传播三个方面构成,其审美建构也着力于此。

首先从文学作品的创作来看,创作形态和范畴已拓宽。新媒介文学图景意味着文学作品包括了传统书写—印刷文本、影视文学文本、网络文学文本。20世纪俄国形式主义、英美新批评关于文学文本形式和结构诗学的探索依然值得借鉴,同时,影视文学文本和网络文学文本等不同类型的文本在指称外部世界、形成产品的过程中各自产生新的表达目的和效果。文学生产的产品不是单一形态而是复合性的多元形态。不同类型的文学产品形态具有各自的特殊性,以不同方式呈现的文本内涵需要契合市场中关于艺术逻辑和商业逻辑的需求。文学作品从构思到作为成品呈现,这是文学生产的第一阶段,它从文学作品的创作论跨越到文学产品的生产论,不再限定于文学文本自足的迷幻编织,而是扩展为跟踪市场效果的世俗生产。

其次是对文学作品的评价,即评论者对于作品的定位与评判,包括文学理论和文学批评,它们构成了文学价值的生产。文学生产不仅是物质性的作品生产,而且包括对作品的象征性生产,即作品符号价值的确立。符号价值能建立作品的审美地位、交换价格,培养读者对于作品价值的信仰。正如布迪厄指出的,文化生产动态过程参与者不仅包括狭义上的文化生产者,如作家、艺术家、电影导演、作曲家等等;而且也包括作品意义与价值的生产者,比如批评家、出版商、赞助商、图书馆馆长、文化机构或活动(如博物馆、电影节、书展)、评奖机构等。布迪厄在文化生产理论中强调文化产品的经济价值和符号价值,尤其是文化产品的价值生产。对文学作品价值的生产,是文学生产全部现实的一部分,对这一维度的呈现,关系到作品生产与接受的社会关系。文学生产机制从内在的审美凝视扩散到外在的社会关联。在文学市场,文学评论等文化价值的生产能起到一定的消费引导作用,其目的并不如广告那般昭然若揭;但有效的文学评论能起到比广告更为切实的宣

① Goran Bolin. Value and the Media: Cultural Production and Consumption in Digital Markets[M]. Farnham: Burlington,2011:11.

传效果。文学作品价值的生产与文学作品的生产一样,都是文学生产不可或缺的部分。

再次是文学作品的传播。文学生产并非特指创作这一阶段,而是指围绕文学作品产生而开展的一系列运作,包括作品传播。传播的结构、组织和效果维系着文学生产的最终影响力。文学生产是一个有利可图的场域,以读者为目标群体。随着世俗化审美经验的拓展,普通读者往往被当作拥有中等资质、缺乏个性差异的群体,文学市场中的传播目的是刺激更多读者的阅读兴趣,促使文学生产获得商业效益。如此,文学的艺术逻辑似乎再次被挤压。实际上,文学作品的传播宗旨既是扩大作品的市场反响,也是以作品为依托传播特定的民族文化,以更丰富的渠道、更多样的方式,将一定的社会群体形象、地域文明特征、传统历史文化以及政治意识形态传递到更遥远的地方。因此,在文学生产的传播因素中,表面的市场逻辑下还有根深蒂固的文化逻辑,传承一个民族的文学传统,市场逻辑和文化逻辑应该是交融的。

文学生产不仅作为兴起的现实事件包围日常生活,而且本身也成为一个重要的理论命题。当代社会宫廷观念、贵族意识、市民趣味等由阶层所阻隔的审美旨趣相互消解,大众文化以崛起之势破除精英文化的壁垒,大众群体以强大购买力增强市场影响力。文学生产的审美建构不再是以阶级区隔为手段的意识形态再生产,而是在文学生产的要素中极力迎合新型审美经验,达成商业逻辑和艺术逻辑的和解,获取更多市场收益与文化认同。新媒介文学创作不是世外桃源中的孤绝写作,文学作品也不是超功利的审美欣赏对象,在这个背景下文化生产的审美建构关注作品本身的审美特性,也注重在市场中产品的交换价值。

第三节 文学消费中新型审美经验的体现

一、文学消费的市场本能

新媒介文学情境中传统文学的阅读模式演化为当下的文学消费模式。新媒介文学的文化消费从传统文学作品的阅读拓展为多种文学样态的消费,从作品的消费扩大为对作者和现象的消费。文学消费固已有之,新媒介文学消费实现了边际扩张,并在审美知觉、情感、认同等维度显示出值得关注的审美特性。

　　文学消费是文学生产关系中的一个关键环节,马克思认为消费"本身就是生产活动的一个内在要素。但是生产活动是实现的起点,因而也是实现的起支配作用的要素,是整个过程借以重新进行的行为"①。在媒介深度融合、审美经验全面拓展的时代,文学消费的边际扩张,消费更明显地制约着文学生产的主题、内容和范围。文学消费是围绕文学作品产生的阅读、接受和使用过程,既包括对文学作品的消费,也包括对文学行为的消费。文学消费在市场环境下运行,受到市场机制的调配。很多时候人们将文学的审美性与市场的消费性对立起来,前者是纯粹高洁的,后者是趋利市侩的,在这二元对立的价值取向中,人们试图将市场逻辑驱逐出文学的领地,从而保卫文学清净的精神家园。事实上,消费主义早就潜在于文学场域之中,文学消费具有市场本能。

　　18世纪,西方现代文学观念出现之时,文学在生产、分配和消费方面就发生了重大变化,文学体现出市场特征。玛莎·伍德曼西介绍了这种情况:"18世纪的欧洲,兴起的中产阶级令人瞩目地扩大了对于阅读物的需求。为满足这种正在增长的需求,各种新变化出现了:新的文学形式如小说、评论、期刊,有助于分配流通的图书馆,以及职业作家。这一发展的结果之一是,以笔谋生具有了现实可行性。"②文学消费的需求扩大后,各种新的文学机构大量出现,作家通过写作获得报酬,而作家的写作又不断满足新兴中产阶级的阅读趣味。文学也在市场调配中发展和演变。雷蒙·威廉斯指出,至少在19世纪之前,文学意味着印刷作品,它在"文学副刊""文学摊位"这样的语境中存在。其中,戏剧是一个例外,戏剧写出来不是供人阅读,而是供人表演的。19世纪,文学的主导含义是小说和诗歌的"想象性写作"。文学在实践中是一种选择性的范畴,是被文学批评建立的公认的标准。③文学的消费在扩大,文学的定义也在扩大,广播、电影、复兴的口头创作等创作的现代形式丰富了文学的内涵。大规模的工业化生产过程满足消费者的需要,还创造消费者的需要。资本主义者标榜自己成功地扩大了消费,扩张了庞大的消费信用系统。威廉斯认为,"消费者"成为一个非常重要的问题,首先它表达了对于经济活动的看法,其次它具象为个人形象,有消费需要的个人在市场

---

① 马克思恩格斯全集:第三十卷[M],北京:人民出版社,1995:35.

② Martha Woodmansee. The Author, Art, and the Market [M]. New York: Columbia University Press, 1994:22.

③ Raymond Williams. Writing in Society[M]. London: Verso, 1985:193—194.

得到满足。①

　　20世纪初,中国现代文学机制逐步建立,新小说文体蓬勃发展,刊载小说的刊物、出版小说的书局涌现。在晚清激荡的政治思潮下,梁启超在理论上提升小说的社会功能,将之视为"文学之最上乘",促进小说界革命。新小说的盛行有其复杂的政治、文化和社会原因,包括政治变革的宣传需要、市民价值观念的初步形成,以及现代教育孕育了新小说的作者和读者。此时,新小说的市场化倾向已经非常明显。陈平原指出:"明清两代,作为物化形态的小说当然也进入商品流通领域,但作家并未直接介入,商品意识形态在绝大部分作家的创作中基本上不起作用;而清末民初,由于新小说市场的建立以及作家的专业化,商品意识迅速介入小说家的创作过程,并直接影响了这一时期小说思潮的演变。"②

　　首先,报刊在市场化环境下创办和运行。1902—1917年,中国涌现了《新小说》《绣像小说》《新新小说》《小说世界》《月月小说》《小说世界》等几十种以"小说"命名的杂志。编辑多为作家,如《新小说》的编辑是梁启超,《小说丛报》的编辑是徐枕亚,《小说大观》的编辑是包天笑,等等。这些杂志的出版地又多集中在现代文化商业中心——上海,在这个文化地理空间中,小说刊物的运作更具有市场化特征。

　　其次,小说的出版市场非常活跃。随着通俗小说的发展,清末民初的小说印数大量增长。1902—1910年,商务印书馆共出版图书865种2042册,其中文学类占220种639册;1911—1920年,商务印书馆出版图书2657种7087册,其中文学类占626种1755册。在商务印书馆出版的书籍中,有四分之一是文学史,其中绝大部分为小说。③此时文学出版空前繁荣,小说是其中的出版主体。报纸副刊、文艺小报、文学杂志、书籍等现代出版形式促进了现代小说的繁荣,它们在市场环境下发行出版。此时,诗歌、散文等文学类型在文学市场中相对冷清,取而代之的是小说的兴盛。小说得到广大读者的欢迎,发行量大、消费情况良好,出版商有利可图,小说家往往能得到稿酬,小说写作也成为谋生的一种方式。此时,严肃小说的数量和影响远不及通俗小说,小说市场的消费促进了小说的通俗化,这是市场的选择。20世纪初,中国现代社会转型中所产生的现代意义上的文学,与文学市场有千丝万缕的联系,体现出文学消费的市场本能。

---

① 雷蒙·威廉斯.漫长的革命[M].倪伟,译.上海:上海人民出版社,2013:314.

② 陈平原.20世纪中国小说史[M].北京:北京大学出版社,1989:65.

③ 陈平原.20世纪中国小说史[M].北京:北京大学出版社,1989:75.

文学消费具有市场本能,作为现代机制的文学也伴随着市场化倾向。文学阅读并非单一的审美接受问题,阅读的趣味和选择成为文学消费的重要前提。文学消费处在市场化运作的产业链中,影响文学文本的生成和作家的生存状况。法国学者罗贝尔·埃斯卡皮在《文学社会学》提出:"写作,在今天是一种经济体制范围内的职业,或者至少是一种有利可图的活动,而经济体制对创作的影响是不能否认的。在理解作品的时候,下面一点也是要考虑的:书籍是一种工业品,由商品部门分配,因此,受到供求法则的支配。总而言之,必须看到文学无可争辩地是图书出版业的'生产'部门,而阅读则是图书出版业的'消费'部门。"[①]他从文学社会学的角度展开研究,把作家视为一种职业,把文学作品视为一种交流方式,把读者当作文学商品的消费者,认为文学的审美接受问题可以扩大为经济社会结构中的文学消费问题。在现代文学机制产生之初,读者的阅读对报纸、杂志、书籍的刊出起到导向作用,书商和出版商根据文学消费状况进行文学活动。而今,新媒介文学消费的市场本能进一步膨胀。传统文学、影视文学、网络文学等多种文学形态实现了文学消费的边际扩张,此时,除了文学消费的主体——读者,更有书商、出版商、网站运营者、影视生产者、资本拥有者各色人等涌入这个巨大的名利场中。

二、文学消费的边际扩张

以报纸副刊、文艺小报、期刊、单行本为主体的纸质媒介,以广播、电影为主体的视听媒介在中国近现代文学中已经产生广泛作用。随着媒介融合程度的加深,新媒介文学消费产生了边际扩张。从文学消费现实来看,传统文学阅读或囿于文学学科体制之内自成孤高的精神象征,或凭借报纸、刊物的文学板块等传统文学机构坚守高雅的文化姿态。与此对应的是,影视文学、网络文学等文学形态轰轰烈烈地演绎着消费神话,获取文化市场中可观的经济收益和名利效应。新媒介文学消费的边际扩张表现为两个方面:其一是消费的文本形态多样化,文字的阅读消费扩大为对传统小说、影视文学、网络文学等多种形态的使用消费;其二是消费的对象扩大化,文学作品的消费发展为对作者、现象的消费。

新媒介文学消费的文本形态多样化,包括对传统小说、网络小说、电影、电视剧、网络剧等的文学消费,其中尤其值得关注的是小说文本到影像文本

---

① 罗贝尔·埃斯卡皮.文学社会学——罗·埃斯卡皮文论选[M].于沛,选编.杭州:浙江人民出版社,1987:2.

的转换进程中文学元素的保留、转换与遗失。网络小说的阅读本身具有明显的消费逻辑，付费阅读、作家对读者的趣味迎合、文学网站对于点击率的追求、小说版权的售卖，都在确证一种由消费意识形态所主导的文学形态。网络文学文本与影视文本具有趋同的大众性和商业性；而传统文学文本与影视文本两者有更多异质性。读者对传统小说的阅读更多地沿袭了古典式的"静穆"体验，当传统小说转变为影视作品，就会失却小说中一些宏阔、深刻和抽象的人文探索。即便如此，传统小说的影视化转换依然拥有巨大市场，显示出新媒介文学消费的巨大潜力。2015年，小说《平凡的世界》改编成电视剧上映。同年，刘慈欣的科幻小说《三体》获得第73届雨果奖最佳长篇故事奖。读者对《三体》小说的消费基于文学的传统阅读方式，即通过文字媒介获得文学感知，构筑想象的科幻世界，进入沉浸式阅读体验。传统的文学阅读使《三体》在读者之中积累了巨大声誉。随着小说《三体》消费热度的上升，电影版的《三体》随之改编、拍摄与上映。《三体》作为文学文本到作为影视文本的消费，文本媒介形态发生了变化，受众的消费体验不尽相同。文学消费并不是消除文字阅读的功能和作用，而是使得文学阅读进入消费的逻辑体系与运作模式之中。文学阅读可以保留传统的体验方式，又具有了更多扩张的可能性。传统小说和网络小说转换为影视剧，从文字媒介的阅读到影像媒介的观看，文学消费在消费的范围、效果和社会影响方面实现了扩张。

　　新媒介文学消费的对象多样化，包括对作者、影视作品中的表演者以及文艺现象的消费。2015年，诗人余秀华掀起了一阵诗歌热潮。2014年9月，《诗刊》推出余秀华的诗歌《在打谷场上赶鸡》、随笔《摇摇晃晃的人间》等作品。2014年11月，《诗刊》将余秀华的诗和随笔搬到了《诗刊》的网络公众号上，冠之以《摇摇晃晃的人间———一位脑瘫患者的诗》之题。随着《诗刊》在杂志、博客和微信平台推出余秀华的诗歌，她的诗被疯狂转发。《穿过大半个中国去睡你》广泛散播，且被编成网络歌曲。伴随着奇异和惊颤，余秀华作为一个诗人的形象开始呈现。伴随"脑瘫""农妇""诗人""中国艾米莉·狄金森"这些标签，余秀华从乡土大地上横空出世、在艰难的生存境遇中涅槃重生，她走入北京大学、中国人民大学朗诵诗歌，出席读者见面会，接受《南方周末》、凤凰网的采访。但相较于她的诗集《月光落在左手上》，人们更愿意去注视她摇摇晃晃的身体；相较于她自以为豪的诗歌《我养的狗，叫小巫》，读者更愿意去谈论诗人笔下的"穿过大半个中国"。读者消费的是"余秀华"这个摇晃的形象，而不是纯粹美好的诗歌；读者消费的是"睡你"的文字刺激，而不是"小巫"摇着尾巴的忠诚；激起读者围观欲望的不是诗歌中野蛮草莽或风情万种的气息,而是余秀华特殊的身体和身份。余秀华从农妇到诗人的华丽转身,是诗歌对于具有文学才华的个体的救赎,还是读者对于承载奇异形象的个体的消费? 报刊发掘一位诗人,新媒体平台迅速传播诗作,造就了一场文化消费奇观。对于诗人及其行为的关注并未结束,这种关注往往脱离了诗歌本身。2021年,余秀华在微博上反击那些咒骂她的人,起因在于她给一位著名歌手写了《远方的你》《我们何以爱这荒唐的人世》《我要拄着拐杖去和你相爱》等诗歌,由此遭到歌手粉丝的辱骂。"我喜欢你。我喜欢这人间所有的美好/傍晚,一只喜鹊落上阳台/阳光里,它腹部炫目的白/我想送给你/我想送给你满天星宿。而这些也是你/送给我的。"不可否认,这首诗具备现代诗歌的语言张力与意象美感。攻击者关注的是余秀华给歌手写情诗这一事件,而并不是诗歌的表达。在新媒介文学场域中,借助新媒介平台的广泛传播,受众对于创作者、表演者、现象的消费已经扩大升级,现象级的事件和舆情层出不穷。读者消费的往往不是文本本身,而是外在于文本的作者、表演者或现象。对于作者、表演者或现象的消费,往往源自看客们对于特殊现象的猎奇心态和围观心理,而居于这些现象中心的文学文本反而在一定程度上被忽视了,文学消费泛化为社会文化消费。

新媒介文学边际扩张包括两个维度:消费的文本形态多样化与消费的对象扩大化。前者受到市场和经济的驱动,文学文本、影像文本相互协作,步入产业化发展阶段。后者受到传媒和舆论的影响,不同事件伴随了相应的情绪释放与话语狂欢,文学消费同时也是一种信息消费、娱乐消费。"读者是消费者,他跟其他各种消费者一样,与其说进行判断,倒不如说受着趣味的摆布;即使事后有能力由果溯因地对自己的趣味加以理性的、头头是道的说明。"①文学的消费者从精英的知识分子下延至普通的大众群体,在这个社会文化结构中,阅读行为首先是一种消遣而不是一种研究,消遣性阅读不断扩张并确证世俗化的审美经验。新媒介文学消费体现出世俗化的审美趣味,并从个体内在的阅读体验走向群体外在的消费行动。在这个过程中,文学的审美特性反而退至消费的边缘,这是需要警惕的。

马克思指出了生产与消费的辩证关系:"生产为消费创造作为外在对象的材料;消费为生产创造作为内在对象、作为目的的需要。没有生产就没有消费;没有消费就没有生产。这在经济学中以多种多样的形式表现出来。"②

---

① 罗贝尔·埃斯卡皮.文学社会学——罗·埃斯卡皮文论选[M].于沛,选编.杭州:浙江人民出版社,1987:86.

② 马克思.《政治经济学批判》序言、导言[M].北京:人民出版社,1971:16.

产品在消费中完成,消费创造出新的生产需要。文化生产及其消费得到了西方马克思主义的广泛关注,法兰克福学派进行了反思和批判。霍克海默认为,现代社会中美感获得独立的地位,变得纯粹起来。"纯粹的美感是独立主体的个人反应,是不受流行的社会标准制约的个体所作的判断。"①非功利的愉悦对象可以不考虑社会价值、社会目的,在审美判断中表现自己。霍克海默在康德的意义上重申美的自律。康德思考的是艺术品如何引起人们的情感一致性,艺术所要求的隐藏在个体中的能力是什么,个体情感如何产生出共同判断等问题。康德引入"共通美感"来回答这一系列问题,他认为每个人的审美判断都充满他自己所具有的人性。霍克海默在这一思维路径上保持了对于大众文化的批判态度,指出:"个体和社会的对立、个体存在和社会存在的对立曾给艺术的娱乐以某种严肃性,但这种对立已经过时。"②现在的娱乐是"大众化兴奋剂"。大众性不再与艺术生产的具体内容和真理性有任何联系,大众性不再由受过教育的人负责定夺,而是由娱乐工业负责定夺。③同为法兰克福学派成员的弗洛姆指出:"大多数人已尝到物质上充分满足的滋味,并已发现,消费者的天堂并没有给予它所允诺的快乐。"④在他们看来,在大众中流行的文学消费是现代社会机制的结果,文化生产与消费既不能实现审美的自律,又不能带来所许诺的快乐。

英国文化研究学派的看法相对积极,不过仍然强调文化和意识形态的抵抗。斯图亚特·霍尔对现代传媒、文学艺术、文化身份等问题进行考察,致力于大众文化研究。在《媒介与社会》一文中,他指出,"大众传播媒介在社会中,特别是年轻人中起到关键作用,包括电影、电视节目、流行歌曲"。⑤文化领域有其自身的特殊性和独立性,不能仅通过社会政治或经济实践去解读文化抵抗的内容、形式及其特定群体。西方大众传媒文化凸显阶级、种族、性别等矛盾,20世纪60年代以来的传媒理论、文化研究多有强调这方面矛盾的倾向,并呼吁文化的抵抗和斗争。当代中国传媒文化更多地偏向于审美与产业、经济效益与社会效益的制衡,而并不集中于性别、种族的问题。新媒介文学时代,文学消费的边际扩张仍然带给我们关于文学审美的思考。

---

① 曹卫东.霍克海默集[M].渠东,付德根,译.上海:上海远东出版社,2004:212.
② 曹卫东.霍克海默集[M].渠东,付德根,译.上海:上海远东出版社,2004:227.
③ 曹卫东.霍克海默集[M].渠东,付德根,译.上海:上海远东出版社,2004:227.
④ 陈学明,吴松,远东.痛苦中的安乐——马尔库塞、弗洛姆论消费主义[M].昆明:云南人民出版社,1998:152.
⑤ Catherine Hall, Bill Schwarz. The popular arts Stuart Hall and Paddy Whannel[M]. Durham: Duke University Press,2018:21.

文化研究学者迈克·费瑟斯通从三种视角来审视消费："1.商品的扩张、消费的增长，带来个人的自由，或增加了意识形态的操控能力？2.消费文化中人们对商品的满足程度，来自它们获取商品的社会结构。消费者对商品的消费表现出不同的社会地位、社会差距，为了建立社会联系或社会区别，以不同的方式消费商品。3.消费时的情感快乐、梦想和欲望。"①文化消费中关于意识形态的操控、阶级的区隔，即费瑟斯通所谓的前两种视角，西方马克思主义者对此作出了卓有成效的探索，而文化消费时的情感快乐与审美体验则需要更多辨析。新媒介文学消费不可避免地切入文化产业与传媒生产的经济版图，回归到文学的审美特性能更好地理解文化消费的边际拓展。

三、感官分工及审美体验

卢卡奇指出审美的发生与巫术相关，早期人类为了产生巫术效果而对现实进行摹仿，审美范畴从巫术摹仿中的自发形成。卢卡奇和马克思一样，认为美产生于劳动，但他同时也指出，美并非劳动的目的，而是一种没有事先设定和预料的"副产品"。"美产生于劳动，同时是一种非料想到的'副产品'。"②"审美的形成经历了复杂而曲折的道路。"对于现实的反映"不再是单纯为某种直接实践的目的而摹仿现实的现象，而是对其映象按照全新的原则加以组合。这个原则是要使观众唤起一定的思想、信念、情感和激情"③。卢卡奇从审美的发生与形成来讲审美意图，指出一些原来没有审美意图的过程被当作审美来看待，说明审美意图已经扎根于人的情感生活中了。他从哲学上揭示审美起源所经历的道路，在这个过程中产生了感官的分工与艺术的分化。

在劳动中，人认识世界有两个决定性的重要因素：运动想象和感官分工。卢卡奇认为人类通过劳动发展起来感官的分工，知觉能力进一步精细化，视觉与听觉属于高级感官。"高级感官即视觉和听觉，其普遍性远远超出了劳动的范围。在人们相互交往中所发展起来的人的认识，进一步促进了感官的分工，进一步形成了视觉和听觉的这种带趋向的普遍性。"④感官分工之后，产生艺术分化，舞蹈、表演、歌唱、语言、文字等促进各种艺术门类的产生。舞蹈和表演艺术，不断失去在艺术起源时所占有的中心地位。在关于

---

① 迈克·费瑟斯通.消费文化与后现代主义[M].刘精明,译.南京:译林出版社,2000:18.
② 卢卡奇.审美特性[M].徐恒醇,译.北京:社会科学文献出版社,2015:241.
③ 卢卡奇.审美特性[M].徐恒醇,译.北京:社会科学文献出版社,2015:241.
④ 卢卡奇.审美特性[M].徐恒醇,译.北京:社会科学文献出版社,2015:259.

世界的创造方面,舞蹈不断被其他艺术所超越,并退出了由开始时所占据的人类审美活动的中心地位。"随着语言艺术的发展,通过人的声调和表情的直接表演不断退居后台。对于抒情诗和叙事诗,表演实际上已经失去任何直接的意义,即使戏剧也会和表演相分离,通过单纯对剧本的阅读逐渐变为主要的了。"①在一定历史时期一般由一种艺术门类起主导作用,社会历史的变迁可以导致一定门类的衰亡或促使新门类的形成。新的关系、交替产生新的审美原则以及特定艺术门类连续性与非连续性的辩证法则在审美领域中形成独特的面貌。粗略地说,19世纪是小说的世纪,20世纪是电影的世纪,21世纪是视频的世纪,这是一个从文字、图像到影像的进程,也即视觉这一"高级感官"愈加占据优势的进程。

新媒介文学消费中产生了视觉优先的倾向,新媒介文学消费的中心是图像消费,这里呈现出新的审美特点。关于媒介与文学所形成的新型消费关系引起了国内学者的关注。赵勇对21世纪前十年的文学进行抽样分析,考察网络文学、青春文学、底层写作等三方面内容,认为21世纪初期文学的基本走向是媒介化、市场化、商品化和产业化,它们联手推动着文学生产与消费的转型。②胡友峰指出媒介文学视域中文学生产与消费的互动关系表现为图像生产与全媒体出版、生产的媒介化与消费的同步化、生产者偶像化与消费者粉丝化、生产市场化与消费娱乐化这四种特点。③文学消费具有市场本能,尤其是新媒介视域下的文学消费与电子出版、影像传播、粉丝号召等市场行为有了更紧密的联系,而市场机制并不能侵占审美空间。在新媒介文学的生产与消费中,市场逻辑重构审美特性与审美话语。功利性的文学操作模式是文学消费外在的保障,世俗化的新型审美经验是文学消费内在的特质。新媒介文学消费显示出以下三个突出的审美特性。第一,凸显审美快感。感官的快适成为文学消费的重要维度,由此消解纯粹美感与生命崇高。第二,寻求情感满足。感动的情感体验置换了感化的道德倾向,成为新媒介文学消费的重要驱动力。第三,消费主体的审美体验趋向一种群体认同。

首先,新媒介文学消费的审美快感进一步被强化。尽管传统的文学阅读也产生阅读快感和感官愉悦,但是新媒介文学的图像消费进一步刺激感官愉

---

① 卢卡奇.审美特性[M].徐恒醇,译.北京:社会科学文献出版社,2015:287.

② 赵勇.文学生产与消费活动的转型之旅——新世纪文学十年抽样分析[J].贵州社会科学,2010,241(1):63—73.

③ 胡友峰.电子媒介时代文学的"消费"问题[J].文艺理论研究,2016,36(5):29—37.

悦,尤其是视觉观看。康德从鉴赏判断的四个契机来分析美,第一契机就是"通过不带任何利害的愉悦或不悦而对一个对象或一个表象方式作评判的能力。一个这样的愉悦的对象就叫作美。"①他认为有快适、善、美三种不同的愉悦方式,而只有在美的鉴赏中产生的愉悦才是无利害的、自由的愉悦。其中"快适就是那在感觉中使感官感到喜欢的东西"②。快适在任何时候都是与其对象上的某种利害结合着且刺激人的感官。它使各种感官感到快乐、满意,主要追求愉快的感官效果,而非理性意志、判断力反思,其效果主要是使感官印象中的快意。康德并不认为快适可以上升到美的层面。面对新媒介文学的现实境况,我们尝试扩大审美的版图,并把文艺作品鉴赏中所产生的快感称为审美快感。莫言的小说《红高粱》是按传统书写方式创作的小说,而这部作品被改编成电影、电视剧,对其影视文本的消费可以视作新媒介文学消费。小说《红高粱》格局宏阔、景象瑰丽,也不乏极具煽动力的描写。小说的文字表述产生间接的感官快感,当这些文学因子进入影视文本,画面、声音和文字的立体化表达特质将这些文字因子扩大,推向视觉的极致,产生更具感官快感的消费效果。当小说改编成电影时,导演张艺谋通过艳丽的画面直接刺激观众的眼球,激荡起爱与反抗的原始力量。隐没在小说文字叙述中的欲望与抱负被图像的视觉表达激发出来,产生感官愉悦。作为审美对象的传统小说往往具有一种崇高的价值向度。《红高粱》并不单纯地渲染"我奶奶"和余占鳌的爱欲,而是在抗战的历史视野中描绘高密东北乡关于寻求生存、反抗战争、追逐理想的乡野景象,从中展现人性的复杂、残酷或温暖。许多作家都有一种构建崇高的情怀,他们在文学文本中寄托自身的精神探索,寻找理想的生存状态。新媒介文学消费彰显审美快感,消费的选择在一定程度上消解了崇高。

其次,新媒介文学消费注重审美情感,在感官愉悦与审美快感之外,消费者的情感维度被调动起来。新媒介文学消费包括对文学文本的阅读与影像文本的观看,消费主体在消遣式的观摩中实现情感的共鸣。普通消费者对文学文本并不展开抽象的逻辑判断或实证的社会分析,他们基于自身的情感偏好去消费一个文学文本。就传统文学文本而言,作家秉持相对纯粹的文学理想、书写厚重的故事、挖掘人性的纵深维度,其浓烈的艺术情怀扎根在语言文字的叙述中。但是,普通消费者往往将复杂的文本阐释、深层的隐喻解码交给专业读者,作家多维的文学隐喻和表达技巧在他们的文学消费中被削减成单一维度,消费者主要凸显了情感尺度的需求。普通的消费

---

① 康德.判断力批判[M].邓晓芒,译.杨祖陶,校.北京:人民出版社,2002:45.

② 康德.判断力批判[M].邓晓芒,译.杨祖陶,校.北京:人民出版社,2002:40.

者对于文本的形式特征或者话语迷宫可能并不敏感,对于作品的道德教化或社会批判可能并不关心,他们往往会被故事情节、人物性格等显在文学因素所打动。就网络文学文本而言,网络作家的文学理想也迥异于传统作家,崇高的文学抱负已经散落为现世的经济期待。网络作家的写作本身具有很强的商业性和功利性,他们非常自觉地放弃了传统文学创作中诸多九曲回肠的形式探索以及幽眇艰深的社会拷问,而是以铺张的情节、通俗的表达、迎合大众的情感表达来获取更多消费者的青睐和文学创作的收入。网络作家的创作更直接地迎合文学消费的审美特性,与文学消费产生了诸多一致的价值取向。读者对于网络文学文本的消费背弃了有难度的阅读方式,更多的是在网络文本充满悬念的叙事中获得情感的依归。读者的审美情感往往沉溺在对于作品主人公的爱或恨,对于情节的迷恋和追随,对于故事结局饱含热情的期待。

再次,新媒介文学消费期待群体认同。文学消费是一种社会性的活动。在传统的文学阅读中,个体单独完成文本的阅读,继而与他者的阅读产生关联。网络媒介提供了即时有效的沟通平台,读者与作者、读者与读者之间可以快速留言、对话。影像文本则开拓了在一个共享空间内共读的鉴赏方式。消费主体对于文学文本的阅读并不停留于个体感官的刺激和情感的满足,在新媒介环境下,他们有着强烈的沟通意识,将阅读感受以多种形式发布于网络平台。于是,个体的阅读行为不断聚拢,他们对于文学文本展开评论、交换意见、表达喜好,反向促进文学生产。消费主体的审美体验从内在于自身的存在方式延展为社会化的存在方式,其审美体验需要获得一种群体认同。新媒介文学消费凸显的是大众化的阅读和接受方式。知识精英的阅读体验往往彰显个体独树一帜的识见和智慧,它越是奇异、独特和深邃,越能获得存在价值,它甚至不需要凡夫俗子的理解。但是,普通大众的阅读体验时常是情绪化、趋同化的,当他们缺乏自我确证的信心和实力时,他们就会通过群体性的认可来获取存在的合理性。

印刷术的发明让文字普及,掌握文字不再是一种特权。影像技术的发明让图像盛行,观看图像甚至已经不是一种技能。有的学者认为,图像的兴起,意味着"文字时代开始落幕"[1],这不是说文字和阅读会消亡,而是说它们不再占据主导。"文字从前是主导社会的力量,现在不再如此,今后,阅读和写作不再是获取知识、传播知识的主要途径。"[2]新媒介文学的形成,让文字、图像、影

---

① 陈嘉映.走出唯一真理观[M].上海:上海文艺出版社,2020:329.
② 陈嘉映.走出唯一真理观[M].上海:上海文艺出版社,2020:331.

像拥有了共存的领地。传统文学在新的媒介情境和生活形态中会起到什么作用，寄身于新媒介文学中的文字会体现哪些独特的价值，这是新媒介文论需要探索的问题。在新媒介文学消费的审美体验中，我们已经看到了视觉和知觉的普遍性，及其所形成的知觉能力。回到卢卡奇所讨论劳动的起源、感官的分工与艺术的分化，在这个过程中视觉和听觉的普遍性使我们能够感受那些不能直接看到或听到的现象。视觉或听觉趋向普遍性的反映方式，同时具有一种内在的激发特征。利用人在视觉和听觉中形成的知觉能力，"对于经多种中介的、处于很远的对象性或表现形式，不仅可以为视觉和听觉所统觉，而且可以在其感性直接性中自发地作出说明和评价"①。那么诸种被分化的艺术可以形成一种具世性。卢卡奇指出，由于内涵和外延的丰富，审美内容必然形成凝练的形式、扩大的适应范围、深化的现实反映。各种艺术关联的综合始终是美学的一个实际的、中心的问题。新媒介文学本质上是在数字媒介的推进下，不同艺术门类及特征在文学上呈现出相互联系、作用和补充的面貌。许多人认为，审美体验侧重于美和愉悦之类的特定审美价值，政治体验局限于权力和正义之类的问题，经济体验则关注金钱、财产、劳力等方面。美学家韦尔施指出，审美体验超越了传统的审美领域，超越了上述局限，"审美体验可以发现世界，形成新的世界观，认识世界的未知的面向。……审美体验属于一系列不同的感知模式。审美体验原则上是多元的审美，而不是单一的审美。……审美体验是一个多元化的流派，审美能力在于能够走向多元化"②。新媒介文学消费的审美体验在审美快感、审美情感和群体认同三维维度上具有新的特点，并在多种文学形态的融合中体现出艺术具世性、审美多元性。

四、文学消费的辩证作用

先秦典籍《文子·道德篇》有言："故上学以神听，中学以心听，下学以耳听。以耳听者，学在皮肤；以心听者，学在肌肉；以神听者，学在骨髓。"③钱钟书在《谈艺录》引了《文子》的这一段话，指出："文子曰'耳'者，举闻根以概其他六识，即知觉是，亦即'养神'之'神'，神之第一义也。谈艺者所谓'神韵'、'诗成有神'、'神来之笔'，皆指上学之'神'，即神之第二义。"④"以耳听""以心听""以神听"，可类比为文学鉴赏的品味和层次。在新媒介文学多层

---

① 卢卡奇.审美特性[M].徐恒醇，译.北京：社会科学文献出版社，2015：260.

② 沃尔夫冈·韦尔施.审美的世界体验[J].余承法，译.外国美学，2020(1)：128—141.

③ 王利器.文子疏义[M].北京：中华书局，2000：218.

④ 钱钟书.谈艺录[M].北京：生活·读书·新知三联书店，2001：133.

次的复合审美结构中,"以耳听者"俯首皆是,"以心听者""以神听者"去之远矣。"以耳听者"是以听觉概括了视觉、触觉等其他身体知觉,在中国文论传统中,以耳听之的学问尚为表面之学,最终是要探索心灵的升华和心神的开悟。现代文化的演变已经僭越了知识分子的精神传统。

文学消费的边际扩张产生了辩证作用:一方面,消费群体的阅读喜好和审美趣味造就文学消费的景象,现代读者的审美趣味成为文学现象产生和消亡的重要尺度,其阅读喜好直接影响了作家的创作和出版社的选择;另一方面,读者的阅读喜好和审美趣味被资本所利用,成为资本流动的风向标,哪一种类型和风格的文学作品产生消费的热潮,市场资本就会批量地复制这种类型和风格的文学作品。我们陷入了文学市场表面富裕的陷阱之中,在这种表面富裕的背后滋长着作品流通的空洞以及文学关系的空虚。面对诸多为了市场利益而同质化的作品,我们不得不承受摇摆不断、动荡不息的文化循环。文学消费的市场本能一旦被激发出来,便成为文化运作中有利可图的事件。资本运作者所关心的并不是哪一部作品触动了读者内心最敏感的神经、最温暖的情怀,而是这部作品销售了多少万册、产生了多少商业利润。在世俗化的消费空间中,许多畅销作品只是昙花一现,绽放霎时的惊艳。它们被大众趣味所拣选,在资本循环中被生产。资本运作者乐于将畅销文学作品转换成为影视作品,文学作品的长度被重新设置,作品的段落被重新截断,以适应影视作品的长度和画面组合。作品的内容却在这种转换中成为一种文化循环,通过传媒系统,它们被强制性地赋予了新的组合规则。文学的"静穆"理想与崇高理念被虚拟地膜拜和祭奠,却在真实的文学市场中屈从于文化消费的现实使命。

新媒介文学消费体现了新型的审美经验,它对于感官快感的追求、审美情感的重视以及群体认可的期待,都在一定程度上强化世俗化的审美经验。电影美学先驱巴拉兹指出:"我们所需要的是启发性、鼓舞性和创造性的鉴赏而不是消极的欣赏(即只欣赏已经发现的价值);我们需要的是从理论上来理解影片,和这样一种美学,它并不是从已有的艺术作品中去得出结论,而是在推理的基础上要求或期望某种艺术作品。我们需要的观众是负责的和有能耐的美学家。"[①]新媒介文学场域中的大量消费将基于人文反思、逻辑推理、社会批判的文学鉴赏推至边缘,而不断扩张偏重感官快感、情感沉溺的世俗化审美经验。世俗化的审美经验,只是暂时的身心放逐,并未达到个体生存意志的全面解放。新媒介文学消费所膨胀的市场本能难免纵容浮夸的文学事件,而仅以商品利润和经济效益去丈量精神尺度是不够的。我们

① 贝拉·巴拉兹.电影美学[M].何力,译.邵牧君,校.北京:中国电影出版社,1978:6.

一方面对于新媒介文学的俗世性应抱有警惕之心,另一方面也应去除偏见,尽量发掘媒介融合态势下文学消费的审美特性。新媒介文学消费所表现出的艺术具世性与审美多元性是具有美学意义的。

第四节　中国新媒介文学的文论话语

一、寻找有效的文学解释

　　传统文学疆界逐步拓展,文学从纯粹创作进入文学生产和文学消费的循环之中,体现出艺术具世性和审美多元性。以报纸副刊、文艺小报、文学杂志、书籍等出版形式存在的文学已经体现出文学生产和消费的市场本能。随着媒介融合程度的加深,新媒介文学生产和消费产生了边际扩张。新媒介文学在审美特性上显示出寻求审美快感、情感满足、群体认同等倾向,趋向视觉优先的反映方式跨越了感官分工与艺术分化。文学的生产与消费激发新型审美经验,产生辩证作用。新媒介文学产生新型审美经验,它们是新媒介文学文论话语的现实来源。

　　新媒介文学的批评话语针对印刷文学、影视文学、网络文学。需要作出区分的是:印刷文学和网络文学批评使用文字这一媒介,这与文学作品使用的媒介相同;影视文学批评使用文字媒介,影视作品则使用文字、图像、声音等多种媒介,批评和创作所使用的媒介并不完全相同。影视作品带有麦茨所谓的五种进行轨迹:影像、对白、配音、音乐以及书写素材。电影的五种进行轨迹以言语表现时,感受是参差不齐的:对白可以用言语引述,但是缺少声调、强度、音色以及同时发生的身体动作和面部表情;配音和音乐等声响难以用言语引述,言辞的记述总是经过了转变或扭曲的东西;影像也许无法以词语表达,个别的画格可以被引述或复制,但处于停止状态的电影中就丧失了它所特有的动作效果。因此,有电影理论家指出,用文字对影视文学进行批评是不充分的。"批评的语言对于它所分析的对象来说,是不充分的。"① 人们想要抓住影视的文本,但是它稍纵即逝,在这种情况下,影视文本的分析者只得以"有原则的绝望"②,尝试和他所想要了解的对象对抗。新媒介文学的文论话语使用文字这一媒介,尽可能靠近文学对象,充分解释它们。

　　新媒介文学不同于传统印刷文学,新媒介文论话语需要体现出自身的

① 罗伯特·斯塔姆.电影理论解读[M].陈儒修,郭幼龙,译.北京:北京大学出版社,2017:226.
② 罗伯特·斯塔姆.电影理论解读[M].陈儒修,郭幼龙,译.北京:北京大学出版社,2017:226.

理论界限、方法差异和话语特点。相较于传统文论,新媒介文学的文论话语同样关注对文学作品和文学现象的解释能力,即对作品的理解和评价。不同的是,新媒介文论面对的是由传统印刷文学拓展的印刷文学、影视文学和网络文学。传统的文学解释对印刷文学的经典作品表现出一如既往的理解能力和驾轻就熟的评判技能。但是,文学解释将影视文学拱手让于电影学、艺术学等学科,并不做过多的理解和评判。影视文学发展出一套自身的叙述话语、表达逻辑和评价体系,文学解释越来越与之疏离。网络文学方面,其产生背景、文本特征、作者创作、读者阅读等方面也迥异于传统文学,尤其是其即时性、通俗化和商业化特征超出了传统文论的思考范式。网络文学文本篇幅冗长,未能达到批评家们所期待的充分而节制的文学表达。但网络文学优先考虑点击率、阅读量,疏离纯粹审美的文学意识,取悦了普通读者的阅读趣味,成为新一代大众读者的重要文学读物。文学解释并未给予网络文学充分关怀,它并没有深入网络文学的文本结构以进行文本细读,只是将之作为一种现象加以评判,在根本上缺乏同情之理解。

德国社会学家卡尔·曼海姆对思想的形成、变化和发展进行经验的研究,推动知识社会学的进程,他指出:"解释总是通过参考一种意义而使另一种意义变得可以理解。……一旦人们使这样的形而上学脱离了经验的基础,对各种精神形成过程的说明便可以说只剩下了某种'解释的可能性',即通过参考某种失去意义的实在进行解释的可能性。"[①]文学解释其实也是参考某一种意义而使得文学对象变得可以理解,而文学解释所参考的意义极有可能就是解释者自身的前理解、文学对象内在的因素,始终存在解释的循环乃至解释的歧义。文学解释者的前理解、文学对象的内在因素均是在传统印刷文本的长期浸润下形成的,具有持守传统文学意义的惯性,容易对影视文学和网络文学等文学形态表露出解释的无力。传统文论话语解释脱离了影视文学和网络文学的实在经验,参照旧有的文学意义难以对之进行有效的评判。实际上,影视文学和网络文学具有传统文学因子,它们大量吸收传统文学的母题、题材、故事以及语言技巧、文学意象、人文情境,传统文学赋予了它们艺术性存在的诸多可能。新媒介文论试图打破传统文论范式,将印刷文学、影视文学和网络文学融合起来考察。

文学理论是从广阔现实中抽象出来的理性认识,它需要对文学现实作出解释。但是当下文学理论成为学科化、专业化和技术化的知识生产,在文学的学科建制中越来越倾向于论证逻辑命题,理论的具体性和针对性在减

---

① 卡尔·曼海姆.文化社会学论要[M].刘继同,左芙蓉,译.北京:中国城市出版社,2001:22.

弱。有不少学者指出了相关问题。"当我们的文学现状已经发生了重大变化时,我们的文学理论却反应迟钝,没有作出应有的及时回应,因此显得滞后,变成了一种'不及物'的理论。如此一来,理论也就失去了阐释文学现实的能力。"①文学理论家希望通过文学表达对社会现实的关怀,在公共事务、文化实践中发出知识分子的声音,文学理论可以成为他们介入社会的文化途径而不只是持守自我的单纯学问。但"学科化和专业化却在削弱他们的角色扮演,把理论家收编到学院派工作的狭小空间里,就必然割断理论家与公众及其社会实践的复杂关联"②。对文学现象的解释能力关涉知识分子的身份和角色,更显示出文学理论的担当和价值。新媒介文学图景已经形成,文学理论需要对新媒介文学的审美经验作出及时有效的理解和评判,形成有效的文学解释。

二、新媒介文学的多维批评话语

针对兴盛的新媒介文学现象,多个维度的批评话语随之产生。新媒介文学给文学理论带来了新的思路,诗以言志、文以载道的传统受到极大冲击。网络小说、影视剧、网络剧能满足人们一时的情感冲动,"爽点""虐点""笑点""泪点"悄然取代了起承转合。在这些作品中,人们极易疏离沉重的历史责任和真实的现实逻辑,进入抚慰自身欲望的虚拟世界。通过文艺作品启蒙大众的时代已然消逝,现在是大众以点击率、播放数、流量等方式作用于文艺作品甚至是决定文艺作品的时代。梁启超在《论小说与群治的关系》中说:"欲新一国之民,不可不先新一国之小说……小说有不可思议之力支配人道故……故今日欲改良群治,必自小说界革命始;欲新民,必自新小说始。"③如今,以小说来改良群治的理想犹在,但小说功能发生了切实改变。小说不再直接为政治服务、以革命为目的,而是在娱乐需求中审美化地产生现实作用。新媒介文学的发展促使我们重新思考文学的意义和功能。

"人的每一种活动、他对现象的每一种感受都是在一定社会联系中进行的,因此客观上都与类的命运、与人性的发展——直接或间接、经过近的或远的中介——相关联。"④外在的生活处境不断地向内在的主观态度转化,这是现实世界中起到支配作用的辩证法则。中国城市化进程不断推进,城市

---

① 赵勇.视觉文化时代文学理论何为[J].文艺研究,2010(9):14-22.

② 周宪.文学理论的创新问题[J].中国社会科学,2015(4):137-146.

③ 郭绍虞.中国历代文论选[M].上海:上海古籍出版社,2001:408,412.

④ 卢卡奇.审美特性[M].徐恒醇,译.北京:社会科学文献出版社,2015:1153.

空间中循规蹈矩的中产阶级、缺乏依傍的"二代打工者",他们对于升职、加薪、求职、买房等美好生活的需要与日俱增,而无法摆脱的困境时而吞噬着他们对于未来的希冀。外在的生活处境不断创造出内在的主观需求,电影、电视剧、网络小说、网络剧等新媒介文学作品给他们提供了虚幻的满足,在娱乐导向的欲望叙事中他们卸下沉重的生活负担,忘却贫富差异的社会分化,成为"霸气的王妃""渡劫的上仙""逆袭的普通人"。伊格尔顿说:"我们终于承认人类的生存与真理、理性有关,但至少也与幻想、欲望有涉。"①新媒介文学特别密集地呈现人们的幻想与欲望,人们内在的主观需求又滋养了新媒介文学现有的状态。

关于新媒介文学的批评形态多样,话语方式不尽相同。我们可以从批评主体、评论对象、话语方式三个层面来分析新媒介文学的多维批评话语。

首先,从批评主体来看,文艺理论家、批评家、媒体人、网民或多或少都对网络文学有所评论。欧阳友权将当下我国网络文学批评划分为学院派批评、传媒批评和在线评论。"我国的网络文学批评已经形成一个由三类批评主体构成的三大批评阵营:即由传统批评家构成的学院派批评,由传统媒体人构成的传媒批评和以文学网民为主体形成的在线批评。"②这种划分准确地归纳了现有网络文学评论的主要成员。

其次,从评论对象来看,只有少量网络文学作品能够得到比较集中的讨论。每年产生的网络文学作品数以千万计,并不是所有的网络文学作品都能受到充分关注。虽然但凡上线的网络小说即有读者在线评论,但这种随感式的评论乃是只言片语,还不是系统的文学评论。除了网民在线评论,媒体批评和学院派批评一般只针对影响力较大的网络文学作品。尤其是一些点击率高的网络小说改编成热播电视剧、网络剧时,这些作品就从各种角度得到解读和阐述。当网络小说或网络剧成为现象级的文艺事件之后,它们更能得到集中的媒体批评和学院派批评。少有评论家会对单部网络小说进行文本阐释,或对网络小说家进行创作论分析,这当然也和网络小说的创作质量、发展程度有关系。

再次,从话语方式来看,不同主体的批评风格有别。一般而言,网民在线批评的在场感很强,语句简短,爱憎分明,时而也对情节和人物略作讨论、表达喜好,比如"好看""点赞""喜欢""佩服""灌水""烂尾"是他们常用的词语。他们沉浸在作品中,追踪小说情节、关注人物命运,但这多为情感判断,

① 特里·伊格尔顿.理论之后[M].商正,译.北京:商务印书馆,2009:6.
② 欧阳友权.网络文学批评的困境与选择[J].中州学刊,2016(12):161－165.

极少理性反思。媒体评论则善于抓人眼球，就某个具有冲击力的亮点展开分析。各大报纸、门户网站、微信公众号都成为媒体批评的重要平台。学院派批评则具有学术性，往往以专业视角展开学理分析。新媒介文论话语建构的主要力量还是学院派批评，而学院派批评也不能脱离媒体批评和在线批评。学者要对新媒介文学进行接地气的研究，必须进入新媒介文学作品之中，他本身需要成为网民、成为观众去阅读和观看。学者的写作是双重的，他们运用学术话语对新媒介文学进行系统研究，同时也应媒体邀约来撰写相应的评论文章，同一个评论主体可以同时从事媒体批评和学院派批评。因此，新媒介文学的批评话语是多样化的，应以学院派批评为根基，兼顾媒体批评和网民的在线批评。

如今新媒介文学批评相当活跃，每部火爆的小说、热播的影视剧都带动了各式各样的评论。2018年暑期档网络剧《延禧攻略》《如懿传》热播。《延禧攻略》作为一部网络剧，以乾隆皇帝的后宫为背景，讲述魏璎珞从宫女到令妃步步升级、"闯关打怪"的故事。《如懿传》则是改编自流潋紫的网络小说《如懿传》，以乾隆和娴妃为叙事主线。两剧上线后，各路媒体评论和学者批评纷至沓来，诸如《〈延禧攻略〉为何成为爆款》《〈如懿传〉为何高开低走》《延禧攻略和如懿传代表的是两种心境》等等，品评演员者有之、追溯历史者有之、指摘谬误者有之、两相比较者有之，不一而足。针对《延禧攻略》，有的评论分析赞扬乾隆和富察皇后扮演者的演技、精致考究的服饰妆容、古朴典雅的影像色调、画面的调色配色，有的讨论魏璎珞的后宫生存策略、剧情的递进特点、人物的现代精神、身体的政治意义，有的解析作品通过一种后宫叙事投射了现代生活的科层制、制造"爽点"来满足观众的心理需求，有的批评作品透露着腐朽的等级观念和权力崇拜，等等。观点不一而足。媒体批评五花八门，写作主体多有差异，包括自由撰稿人、媒体人、学者等，写作意图各不相同，有的是为作品营销所作的吹捧式文章，有的是出于个人喜好所作的评论，有的是出于文化研究所作的学理性评判。网络文学批评并没有统一的规制，批评主体和话语方式颇为丰富。相较于经典文艺作品的评论，话语空间更加开放，除了语言文字、人物性格、画面构图、影像风格的文本细读，更有借作品浇心中之块垒、针砭时事的外部解读。进行网络文学批评的学者除了中文系教授，也可以有法学系教授等，不同学科的学者，凡是有兴趣即可从自身的专业视域展开相应批评。

但就目前而言，新媒介文学的各式批评话语尚不能充分支撑新媒介文学的理论建设，随感式批评并不等同于系统化理论。从新媒介文学的批评话语到新媒介文学的理论建构，尚存有一段距离。日常生活中充满了电影、电视剧、网络小说等新媒介文学作品,对于它们的评论也前所未有地接近人们的日常,关涉衣食住行、两性伦理、职场升迁、审美风尚等。伊格尔顿在《理论之后》中说:"理论回归到日常生活——只是有可能失去批评生活的能力。"①新媒介文学批评的理想状态应该是成为新媒介文学创作的一面镜子,起到引导、引领乃至提高文艺作品的作用,并起到批评生活的作用。新媒介文学批评从分散的评论走向系统的理论,需要联系中国文论的发展实际。冯宪光指出:"目前中国当代文论在话语实践中没有切实地建构起稳固的以马克思主义为指导的中国当代文论话语体系的主导结构,使得话语体系多元而分散。"②新媒介文学批评和理论建设,将成为中国当代文论话语体系的重要部分。在新媒介文学的文论话语建设中,寻求以马克思主义为指导的、具有中国品格的理论结构,颇具现实意义。

三、新媒介文学的文论话语建构

新媒介文论话语,一则应考虑数字媒介语境下文学发展现状,二则应考虑文学理论的承续性,从新的文学现实中找到文学特性、文学规律和文学原理,从而推进文学理论建设。迄今,新媒介文学理论尤其是网络文学理论建设已有可观的成果,欧阳友权的《网络文学概论》《网络文艺学探析》《网络文学的学理形态》、陈定家的《比特之境:网络时代的文学生产研究》《文之舞——网络文学与互文性研究》、单小曦的《媒介与文学:媒介文艺学引论》《现代传媒语境中的文学存在方式》、邵燕君的《网络时代的文学引渡》、马季的《网络文学透视与备忘》、周志雄的《网络文学的发展与评判》、张邦卫的《媒介诗学:传媒视野下的文学与文学理论》、蒋述卓和李凤亮主编的《传媒时代的文学存在方式》等著作在网络文学本体、媒介转换、文学生产等角度拓宽了文学研究的范畴,深化了新媒介文学研究的理路。新媒介文学视域已经打开,学者们在持论维度上各有不同。新媒介文学的文论话语建设要从散乱无序的批评话语走向主导有序的理论逻辑,形成一种理论合力,提高文论话语的阐释力。

首先,新媒介文学的文论话语应以文学作品为本体。习近平总书记在文艺工作座谈会上指出,新时代文艺工作的五个问题之一就是要创作无愧于时代的优秀作品。文艺作品要真正深入人民精神世界、触及人的灵魂、引起人民思想共鸣。"衡量一个时代的文艺成就最终要看作品。推动文艺繁荣

---

① 特里·伊格尔顿. 理论之后[M]. 商正,译. 北京:商务印书馆. 2009:5.

② 冯宪光. 中国当代文论话语体系建构的主导结构[J]. 中国文学批评,2016(4):67—73.

发展,最根本的是要创作生产出无愧于我们这个伟大民族、伟大时代的优秀作品。"①关于新媒介文学的文学批评和理论在根本上是为了推进文学繁荣和发展,为了促进文学作品的创作和传播的,因此,其文论话语应以作品为本体。新媒介文学作品处在产业化生产环境中,网络小说的创作在写作和阅读的即时互动中受到读者阅读喜好的强烈影响、网络剧的生产受到网络平台乃至电视台的内容监管。新媒介文学作品从创作、传播到接受的过程更为明显地受到文本外部因素的制约,比如作品的点击率、播放量会影响人们对于作品的评判。网络小说、网络剧到动漫、动画、游戏衍生出产业链,任何一个环节的数值都可能干扰人们对于文艺作品的判断,甚至数值取代内容成为文学作品评判的标准。对新媒介文学作品的评判可以考虑量化的数值,以衡量作品的接受程度,但作品本身的内容、思想和语言更是要经受历史考验的因素。因此,新媒介文学的文论话语应以文艺作品而非作品的外部事件为本体。不谈文学只谈理论,不谈具体的阅读体验只谈抽象的逻辑演绎,这都不是文学的理论。新媒介文学的文论话语以文学作品为本体,对作品的文本特征、市场数值等因素进行价值整合,在对生命主体的感悟和历史现实的洞察中达成理性的认识,才能梳理出深刻而独特的意见。

其次,新媒介文学的文论话语应以作品的审美特性为重要准则。从中华人民共和国成立到改革开放之前,对文艺作品的评判处在审美与革命的双重纠葛之中,革命的使命往往压倒审美的要求,文艺作品为革命服务、为阶级斗争服务是主导的意识形态。进入改革开放新时期,市场经济发展,文艺作品逐步面临审美与商业的制衡。新时代,文艺作品商业化、市场化、产业化的程度进一步加深。文艺作品的市场化可以促进文化市场的繁荣,带来可观的经济效益和社会效益。在评判文艺作品时,人民评价、专家评价、市场检验都是被重视的。"优秀的文艺作品,最好是既能在思想上、艺术上取得成功,又能在市场上受到欢迎。"②文艺的审美理想、文艺的独立价值和作品的市场发行量、收视率、点击率等量化指标都应被顾及。完全实用主义或者审美主义的极端倾向已经被摒弃,而在深层逻辑上的审美特性是文艺作品的重要准则。"要对审美不仅在其起源中,而且在其发展的整个过程中,作为社会—历史现象来加以考察。……每一作品个性的结构,不论在形式上还是在内容上总具有其历史本性。"③作品与社会之间的关系是,一部艺术作

---

① 习近平.在文艺工作座谈会上的讲话[M].北京:人民出版社,2015:7.
② 习近平.在文艺工作座谈会上的讲话[M].北京:人民出版社,2015:20.
③ 卢卡奇.审美特性[M].徐恒醇,译.北京:社会科学文献出版社,2015:1078.

品的内在审美成就越是丰富,它所担负的社会职能越能更好地被实现。新媒介文学在整个社会—历史环境中,与媒介技术、文化产业紧密相关,建立新媒介文学的审美原则已经无法脱离产业化的文化语境,审美特性不能全然隔离市场属性。优秀的文艺作品应该是既拥有审美成就,又能引领风尚、启迪人心,担负一定的社会职能的。在文化市场中宣扬爱国主义、歌颂人民群众、礼赞人民英雄的国家诉求愈加强烈,它们需要文艺作品的审美特性去彰显,而不是依托文艺作品的商业属性。产业标准并不能取代艺术标准,审美特性在文论话语建构中凸显了重要性。

再次,新媒介文学的文论话语以中国特色为旨归。中国特色的新媒介文论话语体系是以马克思主义为指导,继承古代文论遗产,借鉴西方文论理路,基于中国文艺发展的现实状况所作的学理归纳。横向来看,网络文学的兴起基于互联网技术的发明,中国网络文学与世界网络文化的发展是同步的;纵向来看,中国网络文学、网络剧是在改革开放的时代历程中发展起来的,它们本身缺少对历史和革命的质询,扩张了对娱乐和欲望的书写,契合新时期经济和社会的演变逻辑。包括网络文学在内的新媒介文学较少背负厚重的历史使命,网络小说疏离于正统文学的建构体系,影视剧被视为通俗的大众文艺……新媒介文学以蓬勃态势侵入传统文学场域,撼动以往的文论话语,使我们不得不关注其存在方式,归纳其文艺规律。当我们对从事的活动有了崭新的自我意识,新的理论和话语将随之诞生。新媒介文学的文论话语会构成中国当代文论的重要部分。中国语言文学的一级学科下分设古代文学、外国文学、现当代文学、文艺学等二级学科,在文艺学的研究中,有分别对应于古代文学和外国文学的"古代文论"和"西方文论"。中国当代文论的建设一直处在西方文论和古代文论"影响的焦虑"之中,在对西方文论"亦步亦趋"的摹仿和对古代文论"毕恭毕敬"的翻译中,人们时常丧失了言说自我的能力。继新时期"审美意识形态""实践存在论""修辞学美学""后实践美学"等文论成果之后,新媒介文学理论基于相应的文化现实和理论体系,完全可以继续探寻具有中国风格、中国精神的文论话语,促成中国特色社会主义文艺理论的建设。

四、新型审美经验:文论话语建构的现实基础

文学理论及文论话语必须直面文学现象,而不是陷入从理论到理论的僵化思维。新媒介文学的文化现实与审美经验是文论话语建构的重要基础。在多维文化结构中,文学现象是复杂多样的。文学理论有必要反思全知全能的先知姿态,放弃俯瞰一切的宏大叙事,深入具体而微的文学现象,

包括文学文本、文学创作和文学阅读的现实。新媒介文学现象缺乏统一的目标和行动,它分裂为多种文学形态,产生多种层次的文学事件。文学理论需要对广阔多元的文学现象作出说明和评判,从对现象的分析把握中得到相对具有普遍意义的学理认知。文学现象并非固定不变,有关于它们的知识、认知和解释也不是静态的。文化进程中不断产生新的现象,理论面对的对象始终是新的,人们用来领会这些对象的概念也是变化的。新的概念应该是变化着的文化对象的产物,依赖于文化事实而不是理论想象。

伊格尔顿在《理论之后》一书中指出,文学理论陷入困境。文化理论的黄金时期早已消失,他细数拉康、施特劳斯、阿尔都塞、福柯的著作离我们远去,威廉斯、布迪厄、克里斯蒂娃、德里达、杰姆逊、赛义德的开创性著作也成明日黄花,命运曾召回了罗兰·巴特、福柯、阿尔都塞等人,但理论似乎随着这些人的消逝而终结。事实上,所谓理论困境在于已有的理论难以有效地面对新型文化现象。面对自由、民主抑或贫穷、战争、瘟疫、恐怖主义等社会景象,它沉溺在过去的理论光环和思维程式之中。"我们永远不能在'理论之后',也就是说没有理论,就没有反省的人生。随着形势的改观,我们只会用特定类型的思维方式。"①特定类型的思维往往就是小型叙事。后现代主义理论让人确信宏大叙事已经成为历史,而碎片化的后现代主义思维方式也可能正在走向终点。一拨又一拨的理论以质疑前者的方式提出新看法,但它们必须与现实局势紧密结合,探索新话题,哪怕是人们不愿触碰的话题。越是精妙的理论,越具有历史现实的根源。文学理论及文论话语需要将普遍意义与精准概念相结合。

新媒介文学的文论话语所面对的,首先是文学文本的现实,其次是文学创作的现实。文学创作者从传统文学场域内的专业作家扩大为影视文学的生产者、网络文学的写作者,他们各自的创作方式不尽相同。创作现实变得更加复杂,除了出于文学理想的非功利性创作,更是涌现了出于商业利润、市场操作的功利性创作。创作者运用丰富的艺术手法表达生活赐予人们的审美抚慰,也构思离奇的情节悬念来宣泄现实给予给人们的审美创伤,更重要的是,他们也凭借巧妙的故事推演、充分的文学叙述以获得创作的实在收益。再次是文学阅读的现实。读者通过某些共享的经验体会文学作品中具体细致的感情。情感的共享经验在一个绵延的时间段内体验之后就消失了,留给读者的是关于文学对象、文学阅读模糊回忆。如果没有体系化的文学理论和批评来归纳这种情感经验、表达这种功能关系,有关阅读的审美关

---

① 特里·伊格尔顿.理论之后[M].商正,译.北京:商务印书馆,2009:213.

系极易淡化、消失。理论家通过思辨力和创造力将经验内容转变为概念学说，将作品中得出的各种认知、理解和判断以一种系统化的方式确定下来，保存了关于文学、文化、社会的经验结构，使之变为普通读者可供借鉴的资源。理论超越了感性经验，但它还是经验性的，它始终要基于事实现象，正是这一点促使理论和批评能够在不同时代处于动态更新之中。

新媒介文学在文本形态、文学创作和文学阅读维度产生的审美经验是新媒介文论话语建构的现实基础。卢卡奇认为艺术在劳动中起源，人类感官的分工促使了艺术分化，而各种艺术门类的关联是审美的重要问题。审美统一性的基础是各种直接的、不同的艺术需求产生交叉汇合，它构成了艺术形成和发挥作用的基础。一方面，门类分化了的、单一的艺术反映都是对同一现实的反映，包含了社会历史、时代、场所等具体要素；另一方面，人们的思维、感觉、经验，通过无数线索与这一现实相连。①卢卡奇说："与在具体艺术作品中审美所展示的那种丰富的、显而易见的、内容与形式上的充实性相比，门类与艺术一般就显出一种贫乏的普遍化。"②某些作品由于自身的审美属性组合成了一定门类，而艺术门类的综合可以保持各种现象所实际共有的特征，内在地包含作品本身的结构，以及关于作品的审美态度。文字、影像、网络等各种媒介形态所产生的门类分化，最终在新媒介文学中达成融合。各种媒介形态的文本以不同方式对同一客观现实进行反映，而其审美经验对人产生不同的激发作用。

审美主体在艺术生产中作为创作主体，在接受作品时作为感受主观，主体由此投身于现象世界。现象世界中的审美经验不断发展，美学视域下的审美经验随之推衍。过去我们往往在认识论范畴中谈论审美经验，将认识论对物质与精神、感性与理性、自我与非我进行二元划分，这种二元划分的认知方式在古希腊柏拉图那里就开始传承，柏拉图的"理式"一说就奠基于理式和影子的二元对立。主客二分的认知逻辑是认识论的基本前提，即从认识主体和认识对象两个维度来确立认识关系。那么，在认识论范畴中所谈论的审美经验往往围绕审美主体和审美对象展开讨论，一则注重主观自我的复杂体验，二则注重客观对象的独特性质，可是，在认识论范畴中所展开的审美经验研究往往忽视了媒介的作用。审美经验固然是审美主体和审美对象之间所生成的主观经验，但这种主观经验的生成受到媒介传播方式的塑造。因此，媒介是连接审美主体和审美对象之间动态关系的桥梁。媒

① 卢卡奇.审美特性[M].徐恒醇，译.北京：社会科学文献出版社，2015：420.
② 卢卡奇.审美特性[M].徐恒醇，译.北京：社会科学文献出版社，2015：421.

介嵌入审美主体和审美对象的活动并留下深刻印记。新媒介文学的审美经验研究关注文学审美过程中媒介的作用,诸多新型审美经验的生成在于新兴媒介的促进,而这些新型审美经验构成文学理论和文论话语的发展动力。

有学者认为新媒介时代的文学需要从四个因素来考量,即社会、经济、传播和技术①,这四个因素迥异于传统文学理论对于文学的判定——如艾布拉姆斯的作家、作品、读者、世界四要素说。新媒介文学由于融合影像媒介、网络媒介而开启了更广泛的可能性,同时也面临数字媒介技术所带来的困惑。欧美网络文学从早期以超链接、文段为基础的超文本作品到后续结合视觉艺术、电脑游戏、人工智能的多维文本,在文学形式上具有试验性与先锋性。中国网络文学从早期连载小说、超文本小说的探索到后续幻想类、现实题材、历史题材等多种类型的文学竞相发展,网络文学作品海量生产,"网络文学大神"纷纷出圈,网络文学IP强势出击,中国文学跨文化传播,在文学实践上具有大众性与产业性。不论是在文本内部的形式演绎还是文本外部的产业探索,两种路径下的新型文学却面临文学性的衰落,即传统的文辞之美、意象之妙、修辞之巧、文气之畅黯然消退,代之以中国式的篇幅的无极限延长、情节的悬念化设置、言辞的通俗化表达或者欧美式的链接的无止境蔓延、视觉的奇观化呈现、技术的沉浸式体验。古典的文学审美在一些新媒介文学作品中无可奈何地失落了。

新媒介文学或将以先锋的方式重构文学现场,重塑文学性的语义内涵。传统的文学性因素在网络文学中内爆或者弥散,它们转换成新的文艺元素转移到电影、电视剧、网络剧、视觉艺术、电脑游戏等艺术形式中。美国学者米勒(J.Hillis Miller)在21世纪初的质疑——"全球化时代文学研究还会继续存在吗?"②,曾在我国引起热烈反响。米勒认为,文学作品的物化模式基本上决定它的意义和践行力量,电脑媒介使得文学发生极大改变。"'文学性'的迁移现象笃定正在发生,但是,这种迁移却是以我们通常意义上的文学作为代价的。即使印刷文学正在逐渐成为明日黄花,某种类似于文学的东西也会借着其他媒介的载体继续存在。"③正如许多文学研究者所坚信的,文学性始终存在,不过它不再仅存在于印刷文本和传统文学中,它可以迁徙到其他媒介文化中。

---

① Gunther Kress. Literary in the New Media Age[M]. London: Routledge, 2003:11.

② J.希利斯·米勒. 全球化时代文学研究还会继续存在吗?[J]. 国荣,译. 文学评论,2001(1): 131—139.

③ J.希利斯·米勒. 萌在他乡:米勒中国演讲集[M]. 国荣,译. 南京:南京大学出版社, 2016:335.

　　新媒介文学的审美经验将文学推向更广泛的范畴。面对新媒介文学，审美主体的理性认知、情感想象与身体感官可以延续经典文学的面貌，更可能产生世俗化、功利化、短暂化的倾向。新媒介文学的文论话语有必要对变迁的审美经验作出归纳与展望。面对扩大的文学范畴，文学理论及其话语建构需要洞察力与开放性来为动态的、异质的文学现象作出理性分析，不仅探索文学文本中的知觉、意识与审美，而且审视文艺活动中的迁移、转化与更迭。海勒认为数字文学领域已经产生许多具有很高文学价值的作品，呼吁要以新的解释和操演方法去研究数字文学，并指出："文学不能被概念化为印刷书籍，它是整个复杂的文学生产体系——包括作家、编辑、出版商、评论家、设计师、程序员、书商、读者、玩家、教师、版权法和其他法律形式、网站和其他电子传播机制，以及能够实现上述例示的技术——文学通过计算方式渗透到每一层。"①美国作家莫斯罗普的数字文学创作、文献整理与文学理论在欧美产生广泛影响，他批判性地吸收数字文学理论家尼尔森、兰道、博尔特、米勒、亚瑟斯、考斯基马等人的观点，其文章《你说你想要革命？超文本与媒介规律》作为数字人文领域的唯一代表收入《诺顿理论与批评选》2000年版。他通过超文本的文学创作和文学理论来回应写作和阅读的"数字革命"，"想要一场文本的、社会的、文化的、知识的革命"②。这场革命可能消解在文本的形式操演之中，也可能臣服于产业的商业驯服之下，而由革命意图激发的超文本文学实验则应该被视作文学介入数字时代的痕迹与契机。新媒介文学包容超文本的文学实验，同时也面向人工算法、人工智能、赛博格、媒介生态等后人类境况。超文本的文学也成过往，后人类的人生已是余生。往后的文学还能走多远？那些尚未实现的革命意图、尚未推行的文学实验以及尚未落实的文学理念，指向未来的广阔天地。新媒介文学实践及其文学阐释只是开端，远未终结。

① N. Katherine Hayles. Electronic Literature: New Horizons for the Literary [M]. Notre Dame, Indiana: University of Notre Dame Press, 2008: 85.

② Stuart Moulthrop. You Say You Want a Revolution? Hypertext and the Laws of Media. [M]// Vincent B. Leitch. The Norton Anthology of Theory and Criticism. New York: Norton & Company, Inc., 2001: 2502—2524.

结　语

看见——文学的媒介尺度。麦克卢汉所谓"媒介即信息"已不足以归纳数字时代、后疫情时代人类的媒介生存境况。人不再只是生活在媒介之中，人在本质上已是媒介化的存在。文学生产及其组织要素必须适应新的媒介情境，否则就会阻碍文学的进程。当代数字技术、数据科学、媒介信息急速膨胀，人类的生活方式、思维模式和存在状况发生变迁。人工智能越来越逼近真实的人类主体，人类本身也越来越依赖虚拟现实。这是我们无法回避的文化现实。新媒介技术创造了新的生命经验，更新了文学存在方式，人们对于文学的审美体验亦产生更迭。新媒介文学具有多样化的作品形态，包括印刷文本、电子文本以及影视剧文本，围绕文本形成了独特的创作经验和接受经验。

审视新媒介文学，我们首先会拷问媒介是什么。新媒介文学的本质仍是文学，但突出了媒介视角。麦克卢汉曾警示，我们很有可能忽略媒介及其讯息之间的根本联系，特别是因为传播的内容会让我们忽略那些令传播本身成为可能的技术或媒介。例如，电视节目（内容）使得我们忽视自己正在看电视（媒介）的这个事实。[1]实际上，内容与媒介相互合作，媒介对内容起到影响。媒介到底是什么？传播学家可能会将电视、电台、电影、互联网列为媒介，艺术家会将雕塑、绘画、音乐、歌剧、戏剧列为媒介，哲学家可能将视觉、听觉、触觉、言语列为媒介，媒介考古学家会将声波、莎草纸、古籍抄本列为媒介，新媒介理论家会认为数字技术创造了新媒介，数字摄影、数字电影、数字游戏乃至人工智能造就的虚拟世界就是媒介……各种不同的媒介观念反映出媒介作为术语的含混性，很难在多样化的媒介观念中建立标准的媒介类型学。

---

[1] 尼古拉斯·盖恩，戴维·比尔.新媒介：关键概念[M].刘君，周竞男，译.上海：复旦大学出版社，2015：102.

从对象领域来看,媒介确实非常广泛,它可以包括纸张、磁带等物质载体,喉咙、手脚等身体器官,口头、书写、印刷、视听等传播方式,语法、句法等社会符码。新媒介之媒介不能广义地理解成"万物皆媒"。《辞海》中,"媒介"的解释之一是"使双方发生关系的人或事物"。《韦氏词典》中,"媒介"词条收录了两项定义:传播、信息、娱乐的渠道或系统;艺术表达的物质手段或技术手段。法国学者德布雷认为媒介学无法对媒介提供唯一性和排他性的概念。由于媒介对象太多,从对象领域去界定媒介学会进入死胡同,更合适的是以方法论去界定。与其他媒介相比,新媒介文学之媒介,着重于文学传播的一般方式,即口语、手写、印刷、影像、网络等。媒介是传播的渠道,媒介也是传播的信息。本书已将媒介分为物质基础和表意符号两个层面。媒介化的文学文本和文学效应如何受到媒介的塑造又如何驱动文学发展,产生何种审美经验,这是本书集中讨论的问题。

我们再从媒介定义转移到媒介进程中。文学媒介进程经历口语、书写、印刷、网络几个主要阶段。莱辛《拉奥孔:论画与诗的界限》其实涉及不同媒介艺术的差异,书中虽未直接涉及媒介研究,但提供了跨媒介艺术的比较研究视角。媒介的事实存在已久,但直到19世纪才逐渐产生媒介意识。19世纪技术发展使得新的文艺媒介,如留声机、电话、无线电等产生,媒介这一术语开始更多地被使用。20世纪人文社科中的"语言学转向"、麦克卢汉等人的媒介洞见催生了当代媒介研究。索绪尔认为能指与所指具有任意性关系,在这一关系系统中寻找差异和意义,很大程度上处在解读媒介的过程中。阐释的焦点逐步从"这部作品的意思是什么"转移到"这部作品是怎么表达意义的",这就不得不介入媒介问题。麦克卢汉则认为媒介影响感知和思维,重塑了人类感觉的各种形式,他及后来的媒介环境学派逐步发掘媒介区别于诗学、美学、哲学的独立价值。21世纪新一轮数字技术、媒介革命让人更加意识到媒介的力量。中国网络文学顺势兴起,欧美超文本小说、互动戏剧、电脑游戏、叙事世界等多种文类塑造出媒介互动环境。超文本小说创造出非线性、分叉路径的小说版本,互动戏剧由情节驱动,用户与人工智能生成的人物展开互动,电脑游戏创设多种虚拟沉浸式体验,叙事世界则是用户在设计好的环境中创造属于自己的人物并与其他用户进行实时对话。超文本小说、网络小说的媒介基础与传统的印刷小说不同,其提供的文本体验和传统的印刷小说也有所不同。传统的线性叙事与互动的文本探索之间产生差异。在一路飞驰的媒介进程中,技术创新、媒介更迭实际上是文学发展的关键事件。在此过程中,学者也提出了紧迫问题。瑞安(Marie-Laure Ryan)提问:新媒介是否会产生新叙事?"新媒介叙事的研发者面临的最紧迫问题是:找到什么样的主题和什么样的情节可以恰当地利用媒介的内在属性。"①豪斯肯(Liv Hausken)提问:"新媒介、新文类、新的文本格式需要新的文本理论吗? 每次发明了新媒介,我们都得抛弃关于文本和媒介的所有知识然后重新开始吗?"②新媒介产生新叙事、新文学、新美学。

审视新媒介文学,我们还会拷问,文学怎么了。随着大众文化的普及和市场权威的出现,纯粹文学分裂为两个部分:一部分在商业市场上成功;另一部分在文学既有场域中获得成功,得到作家、编辑、学者等同行的认可。前者形成的商业资本与后者形成的象征资本势均力敌,处于二元辩证之中。网络文化兴起后,网民大量参与文学互动。大型网络公司的算法强化了市场权威,并且塑造出网民权威。文学作品面临同行权威、市场权威和网民权威三者的制衡,市场权威与网民权威时常会形成近似的倾向。在书写、印刷时代占主导地位的同行权威开始让渡于市场权威和网民权威,同行权威对后者引导或干预的难度增加,文学作品的评判权力已经分化。由大学、教材研究所、报刊协会、出版社、作家协会、评奖机构等体系共同建构的文学场域不再固守成规,他们逐渐吸收多元的文学力量。文学面貌产生变化,这个过程中面临许多矛盾、质疑与诘难。有人说"文学堕落""文学已死",而堕落与死去的"文学"更像是在僵化的传统文学观念下被想象和维护的领地。

文学被视为语言的艺术,人们常常把"语言"等同于"文字"。新媒介文学的语言应拓展为文字语言与影像语言。影像技术的发明让图像盛行,观看图像不像认读文字那样是一种需要长期习得的技能。学者认为图像兴起意味着"文字时代开始落幕"③,这不是说文字和阅读会消亡,而是说其不再占据主导。"文字从前是主导社会的力量,现在不再如此,今后,阅读和写作不再是获取知识、传播知识的主要途径。"④我们已经感受到大多数人已经开始通过图片、影像和短视频来接受信息。新媒介文学旨在让文字、图像、影像拥有共存的学术领地。

新媒介及其带来的多样化文学文本已经构成不可回避的文学事件。"当文学从一种媒介转换成另一种媒介——从口述到书写,从手写抄本到印刷书籍,从机器印刷到电子文本——这并不是说遗弃那些已深入体裁、诗歌意图、叙事

① 玛丽－劳尔·瑞安.新媒介是否会产生新叙事[M]//玛丽－劳尔·瑞安.跨媒介叙事.张新军,等,译.成都:四川大学出版社,2019:326.
② 丽芙·豪斯肯.文本理论与媒介研究中的盲点[M]//玛丽－劳尔·瑞安.跨媒介叙事.张新军,等,译.成都:四川大学出版社,2019:358.
③ 陈嘉映.走出唯一真理观[M].上海:上海文艺出版社,2020:329.
④ 陈嘉映.走出唯一真理观[M].上海:上海文艺出版社,2020:331.

结构、修辞等各方面的逐步累积的知识。而是,这种知识被带入新的媒介之中,特别是尝试复合旧媒介的效果和新媒介的特征。"①文学作品的媒介转换不是偶然的文学事件,它打开了文学新旧融合的世代。王德威认为应该对文学史进行反省:"我觉得不应该局限于诗歌、小说、戏剧、散文而已。这样的文类本来就是20世纪的文明,那么在21世纪以后面临这么多文化的新现象,包括了网络上的传播,包括了新媒体的诞生,包括了影音世界所给予我们的在文化文学上的启示,这都应该是在我作为文学史的编撰者的考量之内的。"②新媒介文学是文学在21世纪的基本形态,它不是局限于以文字为基础的文学,它打开了文字、画面、影像、网络的多重空间。不论"纸张消失""屏幕消失"多么危言耸听,文学依旧在那里,召唤永恒的审美经验。

本书将新媒介文学视作当下文学发展的基本样态,对其审美经验展开研究。考据、义理、词章都是中国传统文学研究的不同着力点,而词章之美是文学成其为文学的关键。文学史、文学理论、文学批评是中国当下文学研究的基本途径,文学史书写、史料考证、知识考古、语图关系、视觉政治无疑奠定了文学研究的多种路径和视野,而体会文学作品的美感终究是文学的目的,也是归宿。文学的审美经验,即以作家的创作经验,作品语言、叙事、图式、风格的文本形态,读者的阅读经验为核心的审美特性研究是文学研究不可回避的问题。新媒介文学的审美经验可以从文本形态、创作经验和接受经验三个范畴来看。

第一,新媒介文学的文本形态产生变异。

文本形态即审美经验研究范畴中的审美对象,它以物理形态存在于斯,以不同的媒介方式引起人们的直接观照。新媒介文学的文本形态分为印刷文学文本、网络文学文本和影像文本,印刷文学文本存在至久、影像文本发展逾百年、网络文学文本发展起步于20世纪末,它们共存于全媒体的时空之中,文本形态在延续传统的同时产生了变异。

首先,印刷文学文本保留了精英、严肃的文学因子,在悠长的流年碎影中一直承载着知识群体对于艺术、思想和文化的崇高敬意。在全媒体时代,印刷文学文本中正统文学作品显示出"浅剧情"叙事的特征,畅销文学作品显示出"图像化"叙事的特征,新媒介对于印刷文学文本起到潜在的塑造作用。"浅剧

---

① N. Katherine Hayles. Intermediation:The Pursuit of a Vision[J]. New Literary History,2007,38(1):99-125.

② 王德威. 我们对于文学史应该做一个重新的反省[J/OL]. 新京报书评周刊,(2017-06-21)[2021-12-28]. https://mp.weixin.qq.com/s/Cs26LEvhqLEXCsmWp8-sfA.

情"叙事是一个相对的概念,一方面印刷文学文本特别是小说文本必然建构情节,剧情是小说文本的突出表征;另一方面相异于网络文学文本单纯倚重情节来吸引阅读的方式,印刷文学文本在情节上表现出浅淡的倾向,它并不会仅将视点锚定在情节之上,而是更注重通过特定情节来探索文本的表达技巧、艺术追求和人文理想,最大程度地延续纯粹的文学传统。"图像化"叙事是指印刷文学文本通过文字叙述来获得"图像化"的阅读效果,借用影视艺术表现手法来编织文字的图像美感,这在畅销文学文本中表现尤甚。

其次,网络文学文本类型多样,包括玄幻、仙侠、武侠、言情、都市、悬疑、灵异等类别。网络文学文本是一种交互性的符号文本,也就是在文本中会表现出作者和读者的沟通意识,文本叙述常常迎合读者的阅读趣味和期待视野。文本或者直接中断情节叙述而加入作者对读者的问候话语,形成一种附文本;或者间接地附和读者对于文本的需求,在情节进展、人物命运、故事结局等方面切近读者的接受限度。网络文学文本采取突出的悬念叙事,其并不如传统印刷文学文本那般负载高远的文化担当,而是由接二连三的、扣人心弦的情节悬念构成,以强大的故事编织、情节架构、悬念设置将读者的注意力集中于文本内容之上,从而淡化深度的思维模式。某种意义上说,网络文学文本标榜的不是伟大的孤独,而是平庸的共鸣。

再次,影像文本处在产业运作环境之中,它是一种复合性的符号文本。影像文本颠覆了印刷文学文本关于文字表达的主导性地位,凸显了画面和声音在叙事中的重要作用。画面、声音、文字采取不同的组合规则,构成艺术化的影像文本,契合了人作为一个感觉整体的审美需求。影像文本最为突出的特点是彰显了文本的视觉叙事,其以极具震撼力的画面夺取了当代大众的审美注意力。视觉一直是人类感官的中心因素,影视文本对于画面的极致运用遵从了人体感官的自然规律,同时推动了一种视觉文化。

新媒介文学的不同文本形态各具特征,纵向来看又产生了相应的变异。在多种媒介共存的空间中,同一题材的作品往往被制作为不同媒介形态的文本,比如同一题材的作品有小说形态、电影形态和电视剧形态等,这种丰富形态更是展现了新媒介文学作为审美对象的多元特性。

第二,新媒介文学的创作经验更为多元动态。

创作经验是审美经验范畴中的生成性经验,它来自创作主体的审美活动,而创作主体所凭借的差异化创作媒介会形成不同的创作经验。

首先,书写—印刷文学创作作为一种成熟的文学表达机制,在新媒介文学中分裂为独立化的文学创作和功利性的文学生产两种模式。独立化的文学创作及其创作经验延续了作家对于文学写作和自身身份的信念。法国作家加缪在1957年获得诺贝尔文学奖时,曾在获奖感言中表示:在时代的剧烈动荡中,他靠着"写作的光荣"这种情感支持着自己。"写作之所以光荣,是因为它有所承担,它承担的不仅仅是写作。它迫使我以自己的方式、凭自己的力量、和这个时代所有的人一起,承担我们共有的不幸和希望。"①秉持着这份担当意识,加缪与历史生涯中的死亡本能抗争,完成了一部部不朽巨作,锻造灾难时代的一种生活艺术。伟大的作家觉得应该通过文学作品来感动绝大多数人,为他们奉献超乎于苦痛和欢愉之上的艺术形象。即便每种创造都有其特殊性,作家的独特性往往扎根在与其他人的相似之中,这种相似就是对于人类苦难的同情和承担。作家独立化的文学创作具有这种为人类自由、世间真理服务的精神,其创作往往不依附于政治权力和现实利益,它坚持独立的创作立场,遵循创作者内心毫无杂念的创作冲动。功利性的文学生产模式则是新媒介文学创作的另一种维度,这种文学创作进入价值交换的文化市场之中,夹杂了经济收益、社会效益的功利性目的。

其次,网络文学的写作是动态的文学表达样式,创作者一般是文学网站的签约作家,他们进行商业化写作。网络文学的写作者往往背弃了传统作家的苦难意识,一头扎进文学市场的洪流之中。在这个市场中,高效快速的写作取代了一字一句的推敲打磨,作者所写出的文字数量直接与写作收入相关联,他们每日成千上万字的写作使自身成为"写作劳工"。网络文学的创作经验是针对读者娱乐消遣的阅读需求而形成的迎合他者的快捷式写作经验,写作主体的独立性相对弱化、依附性则在加强。许多网络文学的写作者一开始并非专业作家,而是职业写手或业余写手,一旦写作受到市场认可,便摇身一变而成作家,可以说,网络文学作家是在苦心孤诣的"码字"过程中生成的。在这个进程中,网络文学写作促进了创作群体的成员重组,抢占了文学场域的生存空间。

再次,影像艺术的集体生产倚重集体化的创作经验,在影像文本的创作过程中,导演、制片人、编剧、演员、摄影师、化妆师、剪辑师都是不可或缺的创作主体,不同视角的创作经验相互合作。影像艺术的生产处在文化市场和政府审查的双重压力之下,其创作经验无法达到无拘无束的自由境界,而是不断在妥协中寻找策略性的表达方式。

新媒介文学的创作形态多样化,出现了创作者跨界的现象,比如作家进入电影场域承担编剧、导演等工作,电影导演和电视导演角色互换等。由

---

① 加缪.写作的光荣(1957年诺贝尔文学奖受奖演说)[EB/OL].袁莉,译.澎湃湃客:创意写作坊[2021－09－01].https://m.thepaper.cn/baijiahao_14295794.

此,写作经验和导演经验相互置入,促成了别具特色的文本的诞生。

第三,新媒介文学的读者接受经验也产生了新型特征,突出反映为受众审美心理的变化。

接受经验是审美经验范畴中的获得性经验,它源于接受主体的审美心理。接受主体面对不同媒介形式的审美对象会形成不同的接受经验。

首先,书写—印刷文学的接受经验分化为古典式的"静穆"体验和现代式的"沉浸"体验。前者是延续文字媒介确立起来的精英式阅读经验,接受者往往具有崇古之幽情,通过阅读行为不断靠近审美对象的内在情感和思想深度,接受者的审美心理多是空灵虚静的。后者是在现代文化氛围中新近产生的阅读经验,接受者对于审美对象采取融入式的平等对话,其方式有间离的批判态度、共鸣的情感倾向和快感的即刻体验三种类型。

其次,网络文学的接受经验是"介入式"体验。网络文学站点实行免费阅读和付费阅读的运作模式,网络文学的代表文体是小说,VIP小说多采取付费阅读方式。网络小说倚重读者的点击率,读者在数字消费语境中展开阅读。网络文学读者在文本选择和阅读过程中拥有金钱赋予的权力,这种权力制约了创作者的文学生存状况,读者由此获得了前所未有的阅读地位,也前所未有地影响了作者创作。于是,读者的"介入式"接受经验就是在阅读过程中进入文本的想象世界,作者和读者之间形成一种情感共同体,读者获得了主体性的审美心理体验,并通过即时的作品评论、与作家的沟通等行为介入作家的创作过程。网络文学"介入式"阅读调动了相当一部分人去接触文学,它以娱乐消遣的方式将文学再次置于日常生活空间。

再次,影像文本的接受经验则是注重立体化的感官体验,视觉、听觉、触觉等多种人体知觉在不断进步的影像技术中被充分激发,并产生艺术感知。影像文本降低了接受者关于文字的抽象思维要求,而提升了其对画面的直观感知能力。于是,影像文本的接受群体迅速扩大。接受者在影像文本的观看中极易产生盲目性的群体效应,影像文本的接受群体由于阶层、职业、性别、年龄等差异形成不同的圈层,但是他们面对共享的文本系统,产生了可沟通的审美心理,在观看行为和评价行为两个方面形成相应的群体效应。群体效应不乏盲目倾向,个体极易脱离审美对象本身的艺术维度,而陷入人云亦云的群体判断之中。

新媒介文学的审美经验在文本形态、创作经验和接受经验三个范畴中生成,文字、网络、影像等不同媒介形式的审美对象形成不同的审美经验。新媒介文学的审美经验不断产生,审美主体的理性认知和情感想象固然沿袭了人类代代相传的心理感知特征,但更多的是审美主体在全媒体的文化空间中生成了新的经验,旧有的理性认知和情感想象也不知不觉地产生了一些变异。影像媒介和网络媒介充分调动了视觉、听觉、触觉等身体感觉,释放了身体感官的审美功能,并以文化事实的存在赋予这种感官享受以合法性。裂变的审美经验表现在两个方面:一则原先处于人类感知体系中的身体官能获得了更高地位,感性的身体体验在影视媒介和网络媒介的审美对象中全面复苏;二则原先处于人类感知体系中的思维功能被冒犯,理性认知和情感想象在其艰深崇高的维度之外,出现通俗浅易的维度,有着碎片化和短暂化的倾向。由此,世俗化审美经验在新媒介文学中全面铺展。人们一面享受着多元媒介所拓展的文化表意空间,在书写—印刷媒介、影像媒介或网络媒介的不同审美对象中感受立体的身心体验;一面又遭遇失落的历史纵深维度,新兴媒介的审美对象开拓了大众化的接受经验,生产者在产业化的功利运作模式中,为了扩大接受范围而不惜对高远深邃的精神气度进行"腰斩"。由此,新媒介文学理论及其文论话语建设成为不容回避的事业。

对于知识分子至关重要的公共领域在互联网时代正在日益堕落,这个脆弱的公共结构在新媒体的文化脉搏下濒临瓦解——这是哈贝马斯晚年的判断。印刷媒介让每个人变成了潜在的读者,互联网则把所有人变成了潜在的作者。新媒介给沟通带来了极大的便利,而哈贝马斯则说:"让我感到恼怒的是,这是人类历史上第一次主要为经济目的而非文化目的服务的媒介革命。"①新媒介文学一方面创造出文学新活力,带动了极大的经济效益和社会效益;另一方面给文学品质带来了挑战,许多作品不断走向布迪厄所说的"中等审美水平",以吸引更多受众。公众注意力被流量、算法所抓取并形成了注意力经济,精神文化的传播屈从于物质经济的传播。文学在丰富的媒介形式中生成新型审美经验,又在表面的丰富之下潜藏新一轮精神危机。文学生产和文学消费的大量事实现象不断确证世俗化的审美经验,这种审美民主的趋势威胁了精英式的思维方式和知识体系,开启了大众化的阅读狂欢与视觉沦陷。

让人充满热情和困惑的事实正是文学理论发展的动力,理随时而变迁,新兴事物的审美辩证法不断促使我们调整姿态、更新认识。新媒介文学是否依然创造非功利的审美世界,是否依然给人们提供诗意的精神家园,是否依然开辟深邃的思想空间? 对于它们确定的答复,一定来自对文学永恒的期盼和追求,也来自我们不懈的革新与求索。

---

① 西班牙《国家报》最新专访哈贝马斯[EB/OL].(2018－07－06)[2021－12－28]. https://m.gmw.cn/baijia/2018－07/06/29702471.html.

参考文献

一、普通图书

[1] 雷·韦勒克，奥·沃伦.文学理论[M].刘象愚，邢培明，陈圣生，等，译.北京：生活·读书·新知三联书店，1984.

[2] 康德.纯粹理性批判[M].邓晓芒，译.杨祖陶，校.北京：人民出版社，2017.

[3] 王逢振.詹姆逊文集：第一卷　新马克思主义[M].北京：中国人民大学出版社，2004.

[4] 哈罗德·伊尼斯.帝国与传播[M].何道宽，译.北京：中国传媒大学出版社，2012.

[5] 周宪.中国当代审美文化研究[M].北京：北京大学出版社，1997.

[6] 乔纳森·卡勒.当代学术入门：文学理论[M].李平，译.沈阳：辽宁教育出版社，1998.

[7] 樊尚·考夫曼."景观"文学：媒体对文学的影响[M].李适嬿，译.南京：南京大学出版社，2019.

[8] 爱弥尔·涂尔干，马塞尔·莫斯.原始分类[M].汲喆，译.渠东，校.上海：上海人民出版社，2005.

[9] 列维·斯特劳斯.种族与历史；种族与文化[M].于秀英，译.北京：中国人民大学出版社，2006.

[10] 周有光.世界文字发展史[M].上海：上海教育出版社，2003.

[11] 亚里士多德.范畴篇；解释篇[M].方书春，译.北京：生活·读书·新知三联书店，1957.

[12] 潘吉星.中国科学技术史：造纸与印刷卷[M].北京：科学出版社，1998.

[13] 孙宝国.十八世纪以前的欧洲文字传媒研究[M].哈尔滨：黑龙江人民出版社，2005.

[14] 马克思恩格斯全集:第四十七卷[M].北京:人民出版社,1979.

[15] 马克思恩格斯全集:第四十一卷[M].北京:人民出版社,1982.

[16] 斯大林选集:下卷[M].北京:人民出版社,1979.

[17] 马歇尔·麦克卢汉.谷登堡星汉璀璨:印刷文明的诞生[M].杨晨光,译.北京:北京理工大学出版社,2014.

[18] 周星,王宜文,等.影视艺术史[M].桂林:广西师范大学出版社,2005.

[19] 埃里克·麦克卢汉,弗兰克·秦格龙.麦克卢汉精粹[M].何道宽,译.南京:南京大学出版社,2000.

[20] 瓦尔特·本雅明.机械复制时代的艺术作品[M].王才勇,译.北京:中国城市出版社,2001.

[21] 让-菲利浦·德·托纳克.别想摆脱书:艾柯、卡里埃尔对话录[M].吴雅凌,译.桂林:广西师大出版社,2013.

[22] 让·波德里亚.象征交换与死亡[M].车槿山,译.南京:译林出版社,2012.

[23] 朱莉娅·克里斯蒂娃.符号学:符义分析探索集[M].史忠义,等,译.上海:复旦大学出版社,2015.

[24] 托多罗夫.巴赫金、对话理论及其他[M].蒋子华,张萍,译.天津:百花文艺出版社,2001.

[25] 朱莉娅·克里斯蒂娃.主体·互文·精神分析:克里斯蒂娃复旦大学演讲集[M].祝克懿,黄蓓,编译.北京:生活·读书·新知三联书店,2016.

[26] 宇文所安.中国早期古典诗歌的生成[M].胡秋蕾,王宇根,田晓菲,译.北京:生活·读书·新知三联书店,2014.

[27] 沃尔夫冈·韦尔施.重构美学[M].陆扬,张岩冰,译.上海:上海世纪出版集团,2006.

[28] 让·波德里亚.消费社会[M].刘成富,全志钢,译.南京:南京大学出版社,2000.

[29] 施蒂格·夏瓦.文化与社会的媒介化[M].刘君,李鑫,漆俊邑,译.上海:复旦大学出版社,2018.

[30] 雷吉斯·德布雷.普通媒介学教程[M].陈卫星,王杨,译.北京:清华大学出版社,2014.

[31] 雷吉斯·德布雷.媒介学宣言[M].黄春柳,译.南京:南京大学出版社,2016.

[32] 弗里德里希·基特勒.留声机　电影　打字机[M].邢春丽,译.上海:复旦大学出版社,2017.

[33] 埃尔基·胡塔莫.媒介考古学:方法、路径与意涵[M].唐海江,主译.上海:复旦大学出版社,2018.

[34] 包亚明.文化资本与社会炼金术——布尔迪厄访谈录[M].包亚明,译.上海:上海人民出版社,1997.

[35] 汉娜·阿伦特.启迪:本雅明文选[M].张旭东,王斑,译.北京:生活·读书·新知三联书店,2008.

[36] 特里·伊格尔顿.二十世纪西方文学理论[M].伍晓明,译.西安:陕西师范大学出版社,1987.

[37] 朱光潜.文艺心理学[M].桂林:漓江出版社,2011.

[38] 雅各布·卢特.小说与电影中的叙事[M].徐强,译.北京:北京大学出版社,2011.

[39] 约书亚·梅罗维茨.消失的地域:电子媒介对社会行为的影响[M].肖志军,译.北京:清华大学出版社,2002.

[40] 尼古拉斯·卡尔.玻璃笼子:自动化时代和我们的未来[M].杨柳,译.北京:中信出版社,2015.

[41] 江飞.文学性:雅各布森语言诗学研究[M].北京:人民出版社,2019.

[42] 康德.判断力批判[M].邓晓芒,译.杨祖陶,校.北京:人民出版社,2002.

[43] 黑格尔.精神现象学:上[M].贺麟,王玖兴,译.北京:商务印书馆,1979.

[44] 卢卡奇.社会存在本体论导论[M].沈耕,毛怡红,等,译.李洪武,校.北京:生活·读书·新知华夏出版社,1989.

[45] 基思·休斯敦.书的大历史:六千年的演化与变迁[M].伊玉岩,邵慧敏,译.北京:生活·读书·新知三联书店,2020.

[46] 约翰·高德特.法老的宝藏:莎草纸与西方文明的兴起[M].陈阳,译.北京:社会科学文献出版社,2020.

[47] 陶渊明集[M].逯钦立,校注.北京:中华书局,1979.

[48] 田晓菲.尘几录:陶渊明与手抄本文化研究[M].北京:生活·读书·新知三联书店,2022.

[49] 郭庆藩.庄子集释[M].王孝鱼,点校.北京:中华书局,1961.

[50] 赵毅衡.符号学原理与推演[M].南京:南京大学出版社,2011.

[51] 让·鲍德里亚.符号政治经济学批判[M].夏莹,译.南京:南京大学出版社,2009.

[52] 马克思恩格斯文集:第五卷[M].北京:人民出版社,2009.

[53] 雷蒙·威廉斯. 文化与社会:1780—1950[M]. 高晓玲, 译. 长春:吉林出版集团有限责任公司,2011.

[54] 雷蒙·威廉斯. 漫长的革命[M]. 倪伟, 译. 上海:上海人民出版社,2013.

[55] 雷蒙·威廉斯. 乡村与城市[M]. 韩子满, 刘戈, 徐珊珊, 译. 北京:商务印书馆,2013.

[56] 雷蒙德·威廉斯. 马克思主义与文学[M]. 王尔勃, 周莉, 译. 开封:河南大学出版社,2008.

[57] 特里·伊格尔顿. 文学原理引论[M]. 北京:文化艺术出版社,1987.

[58] 保罗·A.泰勒. 齐泽克论媒介[M]. 安婕, 译. 北京:中国传媒大学出版社,2019.

[59] 阿多诺. 美学理论[M]. 王珂平, 译. 成都:四川人民出版社,1998.

[60] 汉斯·罗伯特·耀斯. 审美经验与文学解释学[M]. 顾建光, 等, 译. 上海:上海译文出版社,2006.

[61] 埃德蒙德·胡塞尔. 现象学的观念[M]. 倪梁康, 译. 夏基松, 张继武, 校. 上海:上海译文出版社,1986.

[62] 米·杜夫海纳. 审美经验现象学[M]. 韩树站, 译. 陈荣生, 校. 北京:文化艺术出版社,1996.

[63] 杜威. 艺术即经验[M]. 高建平, 译. 北京:商务印书馆,2005.

[64] 理查德·舒斯特曼. 生活即审美:审美经验和生活艺术[M]. 彭锋, 等, 译. 北京:北京大学出版社,2007.

[65] 审美心态[M]//王朝闻. 王朝闻集:13. 石家庄:河北教育出版社,1999.

[66] 王朝闻. 美学概论[M]. 北京:人民出版社,1981.

[67] 王朝闻. 审美谈[M]. 北京:人民出版社,1984.

[68] 李泽厚. 美学三书[M]. 合肥:安徽文艺出版社,1999.

[69] 滕守尧. 审美心理描述[M]. 北京:中国社会科学出版社,1985.

[70] 蔡仪. 美学讲演集[M]. 武汉:长江文艺出版社,1985.

[71] 高尔泰. 美是自由的象征[M]. 北京:人民文学出版社,1986.

[72] 郑元者. 蒋孔阳学术文化随笔[M]. 北京:中国青年出版社,2000.

[73] 卡尔·曼海姆. 意识形态与乌托邦[M]. 姚仁权, 译. 北京:九州出版社,2007.

[74] 朱立元. 美学[M]. 上海:华东师范大学出版社,2007.

[75] 叶朗. 中国美学史大纲[M]. 上海:上海人民出版社,1985.

[76] 莫砺锋,等.千年凤凰　浴血重生:中国古代文学艺术与现代社会[M].南京:江苏人民出版社,2018.

[77] 诺埃尔·卡罗尔.超越美学[M].李媛媛,译.高建平,校.北京:商务印书馆,2006.

[78] 瓦尔特·本雅明.作为生产者的作者[M].王炳钧,陈永国,郭年,等,译.郑州:河南大学出版社,2014.

[79] 马丁·李斯特,等.新媒体批判导论[M].吴炜华,付晓光,译.上海:复旦大学出版社,2016.

[80] 鲍姆嘉滕.美学[M].简明,王旭晓,译.北京:文化艺术出版社,1987.

[81] 雷蒙·威廉斯.关键词:文化与社会的词汇[M].刘建基,译.北京:生活·读书·新知三联书店,2005.

[82] 马泰·卡林内斯库.现代性的五副面孔[M].顾爱彬,李瑞华,译.北京:商务印书馆,2002.

[83] 哈贝马斯.现代性的哲学话语[M].曹卫东,等,译.南京:译林出版社,2004.

[84] 彼得·比格尔.先锋派理论[M].高建平,译.北京:商务印书馆,2002.

[85] 奥斯卡·王尔德.谎言的衰落:王尔德艺术批评文选[M].萧易,译.南京:江苏教育出版社,2004.

[86] 门罗·C.比厄斯利.美学史:对古希腊到当代[M].高建平,译.北京:高等教育出版社,2018.

[87] 刘小枫.现代性社会理论绪论:现代性与现代中国[M].上海:上海三联书店,1998.

[88] 路德维希·维特根斯坦.文化和价值[M].黄正东,唐少杰,译.南京:译林出版社,2011.

[89] 贝拉·巴拉兹.电影美学[M].何力,译.邵牧君,校.北京:中国电影出版社,1978.

[90] 王岳川.后现代主义文化研究[M].北京:北京大学出版社,1992.

[91] 尼尔·波兹曼.娱乐至死[M].章艳,译.桂林:广西师范大学出版社.2004.

[92] 戴维·哈维.后现代的状况——对文化变迁之缘起的探究[M].阎嘉,译.北京:商务印书馆,2003.

[93] 理查德·舒斯特曼.实用主义美学:生活之美,艺术之思[M].彭锋,译.北京:商务印书馆,2002.

[94] 莫里斯·梅洛－庞蒂.符号[M].姜志辉,译.北京:商务印书馆,2003.

[95] 郭敬明.临界·爵迹:1[M].武汉:长江文艺出版社,2010.

[96] 严歌苓.芳华[M].北京:人民文学出版社,2017.

[97] 莱辛.拉奥孔[M].朱光潜,译.合肥:安徽教育出版社,2006.

[98] 柏拉图.理想国[M].刘国伟,译.北京:中华书局,2016.

[99] 郭敬明.小时代:1.0折纸时代[M].武汉:长江文艺出版社,2008.

[100] 苏珊·朗格.艺术问题[M].滕守尧,译.南京:南京出版社,2006.

[101] 欧阳友权.数字化语境中的文艺学[M].北京:中国社会科学出版社,2005.

[102] 欧阳友权.网络文学本体论[M].北京:中国文联出版社,2004.

[103] 黄鸣奋.超文本诗学[M].厦门:厦门大学出版社,2002.

[104] 邵燕君,肖映萱.创始者说:网络文学网站创始人访谈录[M].北京:北京大学出版社,2020.

[105] 尼古拉斯·盖恩,戴维·比尔.新媒介:关键概念[M].刘君,周竞男,译.上海:复旦大学出版社,2015.

[106] 罗杰·福勒.语言学与小说[M].於宁,徐平,昌切,译.重庆:重庆出版社,1991.

[107] 李幼蒸.理论符号学导论[M].北京:社会科学文献出版社,1999.

[108] 罗曼·英加登.对文学的艺术作品的认识[M].陈燕谷,译.北京:中国文联出版社,1988.

[109] 詹姆斯·费伦,彼得·J.拉比诺维茨.当代叙事理论指南[M].申丹,马海良,宁一中,等,译.北京:北京大学出版社,2007.

[110] 赵毅衡.广义叙述学[M].成都:四川大学出版社,2013.

[111] 理查德·麦特白.好莱坞电影:美国电影工业发展史[M].吴菁,何建平,刘辉,译.北京:华夏出版社,2011.

[112] 基多·阿里斯泰戈.电影理论史[M].李正伦,译.北京:中国电影出版社,1992.

[113] 苏珊·朗格.感受与形式——自《哲学新解》发展出来的一种艺术理论[M].高艳萍,译.南京:江苏人民出版社,2013.

[114] 克里斯蒂安·梅茨.电影的意义[M].刘森尧,译.南京:江苏教育出版社,2005.

[115] 扬·M.彼得斯.图象符号和电影语言[M].一匡,译.北京:中国电影出版社,1990.

[116] 李·R.波布克.电影的元素[M].伍菡卿,译.北京:中国电影出版社,1992.

[117] 莫里斯·梅洛-庞蒂.知觉现象学[M].姜志辉,译.北京:商务印书馆,2001.

[118] 安德烈·巴赞.电影是什么?[M].崔君衍,译.北京:文化艺术出版社,2008.

[119] 阿瑟·阿萨·伯格.媒介与传播研究方法:质化与量化研究导论[M].张磊,译.北京:中国传媒大学出版社,2021.

[120] 阿诺德·豪泽尔.艺术社会学[M].居延安,译编.上海:学林出版社,1987.

[121] 叶嘉莹.沧海波澄:我的诗词与人生[M].北京:中华书局,2017.

[122] 叶嘉莹.我的诗词道路[M].石家庄:河北教育出版社,1997.

[123] 大卫·鲍德韦尔,诺埃尔·卡罗尔.后理论:重建电影研究[M].麦永雄,等,译.北京:中国社会科学出版社,2000.

[124] 约翰·伯格.观看之道[M].戴行钺,译.桂林:广西师范大学出版社,2005.

[125] 叶嘉莹.迦陵谈诗[M].北京:生活·读书·新知三联书店,2016.

[126] 叶嘉莹.迦陵论诗丛稿[M].石家庄:河北教育出版社,1997.

[127] 陈忠实.白鹿原[M].武汉:长江文艺出版社,2004.

[128] 卢卡奇.审美特性[M].徐恒醇,译.北京:社会科学文献出版社,2015.

[129] 单小曦.媒介与文学:媒介文艺学引论[M].北京:商务印书馆,2015.

[130] 陈犀禾.电影改编理论问题[M].北京:中国电影出版社,1988.

[131] 十三经注疏·周易正义[M].上海:上海古籍出版社,1997.

[132] 程颢,程颐.二程集[M].王孝鱼,点校.北京:中华书局,1981.

[133] 瓦尔特·本雅明.无法扼杀的愉悦:文学与美学漫笔[M].陈敏,译.北京:北京师范大学出版社,2016.

[134] 陈思和.中国现当代文学名篇十五讲[M].北京:北京大学出版社,2013.

[135] 鲁迅全集[M].北京:人民文学出版社,2005.

[136] 王原祁.雨窗漫笔[M].张素琪,校注.杭州:西泠印社出版社,2008.

[137] 刘勰.文心雕龙注[M].范文澜,注.北京:人民文学出版社,1958.

[138] 李健吾.福楼拜评传[M].长沙:湖南人民出版社,1980.

[139] 陈平原,夏晓虹.二十世纪中国小说理论资料:第1卷 1897—1916 [M].北京:北京大学出版社,1989.

[140] 陈平原.中国现代小说的起点:清末民初小说研究[M].北京:北京大学出版社,2005.

[141] 苏童,王宏图.南方的诗学:苏童、王宏图对谈录[M].桂林:漓江出版社,2014.

[142] 章学诚.文史通义新编新注[M].仓修良,编注.北京:商务印书馆,2017.

[143] 十三经注疏·论语[M].上海:上海古籍出版社,1997.

[144] 迪克·赫伯迪格.亚文化:风格的意义[M].陆道夫,胡疆锋,译.北京:北京大学出版社,2008.

[145] 顾铮.西方摄影文论选[M].杭州:浙江摄影出版社,2007.

[146] 苏珊·桑塔格.论摄影[M].黄灿然,译.上海:上海译文出版社,2008.

[147] 罗伯特·考克尔.电影的形式与文化[M].郭青春,译.北京:北京大学出版社,2004.

[148] 金龙晟.票房大腕冯小刚[M].北京:中国广播电视出版社,2005.

[149] 马原.小说密码[M].北京:作家出版社,2009.

[150] 马原.电影密码[M].北京:作家出版社,2009.

[151] 朱光潜全集:第8卷[M].合肥:安徽教育出版社,1993.

[152] 刘宝楠.论语正义[M].高流水,点校.北京:中华书局,1998.

[153] 王先谦.荀子集解[M].沈啸寰,王星贤,点校.北京:中华书局,1988.

[154] 雅克·马凯.审美经验:一位人类学家眼中的视觉艺术[M].吕捷,译.北京:商务印书馆,2006.

[155] 罗兰·巴特.罗兰·巴特随笔选[M].怀宇,译.天津:百花文艺出版社,1995.

[156] 贝·布莱希特.布莱希特论戏剧[M].丁扬忠,张黎,景岱灵,等,译.北京:中国戏剧出版社,1990.

[157] 马克思恩格斯全集:第四十二卷[M].北京:人民出版社,1979.

[158] 罗兰·巴特.批评与真实[M].温晋仪,译.上海:上海人民出版社,1999.

[159] 雅克·朗西埃.文学的政治[M].张新木,译.南京:南京大学出版社,

2014.

[160]周志雄,等.大神的肖像:网络作家访谈录[M].济南:山东人民出版
    社,2015.

[161]亚里士多德.形而上学[M].吴寿彭,译.北京:商务印书馆,1995.

[162]保罗·莱斯特.视觉传播:形象载动信息[M].霍文利,史雪云,王海
    茹,译.北京:北京广播学院出版社,2003.

[163]丹尼尔·贝尔.资本主义文化矛盾[M].赵一凡,蒲隆,任晓晋,译.北
    京:生活·读书·新知三联书店,1989.

[164]詹姆斯·罗尔.媒介、传播、文化——一个全球性的途径[M].董洪
    川,译.北京:商务印书馆,2005.

[165]阿瑟·丹托.艺术的终结[M].欧阳英,译.南京:江苏人民出版社,
    2001.

[166]莫里斯·梅洛—庞蒂.眼与心[M].刘韵涵,译.张智庭,校.北京:中
    国社会科学出版社,1992.

[167]理查德·舒斯特曼.身体意识与身体美学[M].程相占,译.北京:商
    务印书馆,2011.

[168]本尼迪克特·安德森.想象的共同体:民族主义的起源与散布[M].
    吴叡人,译.上海:上海人民出版社,2003.

[169]傅斯年.诗经讲义稿[M].北京:中国人民大学出版社,2004.

[170]郑振铎.中国俗文学史[M].北京:商务印书馆,2005.

[171]特里·伊格尔顿.美学意识形态[M].王杰,傅德根,麦永雄,译.桂
    林:广西师范大学出版社,1997.

[172]鲍山葵.美学三讲[M].周煦良,译.上海:上海译文出版社,1983.

[173]特里·伊格尔顿.马克思主义与文学批评[M].文宝,译.北京:人民
    文学出版社,1980.

[174]吉尔·德勒兹.电影2:时间—影像[M].谢强,等,译.长沙:湖南美术
    出版社,2004.

[175]阿诺德·贝林特.艺术与介入[M].李媛媛,译.北京:商务印书馆,
    2013.

[176]道格拉斯·凯尔纳.媒体文化——介于现代与后现代之间的文化研
    究、认同性与政治[M].丁宁,译.北京:商务印书馆,2004.

[177]马克思恩格斯选集:第一卷[M].北京:人民出版社,1972.

[178]马克思.1844年经济学哲学手稿[M].北京:人民出版社,2000.

[179]曹卫东.霍克海默集[M].渠东,付德根,译.上海:上海远东出版社,

1997.

[180] 马克思恩格斯全集:第三十卷[M],北京:人民出版社,1995.

[181] 陈平原.20世纪中国小说史[M].北京:北京大学出版社,1989.

[182] 罗贝尔·埃斯卡皮.文学社会学——罗·埃斯卡皮文论选[M].于沛,选编.杭州:浙江人民出版社,1987.

[183] 马克思.《政治经济学批判》序言、导言[M].北京:人民出版社,1971.

[184] 陈学明,吴松,远东.痛苦中的安乐——马尔库塞、弗洛姆论消费主义[M].昆明:云南人民出版社,1998.

[185] 迈克·费瑟斯通.消费文化与后现代主义[M].刘精明,译.南京:译林出版社,2000.

[186] 陈嘉映.走出唯一真理观[M].上海:上海文艺出版社,2020.

[187] 王利器.文子疏义[M].北京:中华书局,2000.

[188] 钱钟书.谈艺录[M].北京:生活·读书·新知三联书店,2001.

[189] 罗伯特·斯塔姆.电影理论解读[M].陈儒修,郭幼龙,译.北京:北京大学出版社,2017.

[190] 卡尔·曼海姆.文化社会学论要[M].刘继同,左芙蓉,译.北京:中国城市出版社,2001.

[191] 特里·伊格尔顿.理论之后[M].商正,译.北京:商务印书馆.2009.

[192] 习近平.在文艺工作座谈会上的讲话[M].北京:人民出版社,2015.

[193] J.希利斯·米勒.萌在他乡:米勒中国演讲集[M].国荣,译.南京:南京大学出版社,2016.

[194] 玛丽—劳尔·瑞安.跨媒介叙事.张新军,林文娟,等,译.成都:四川大学出版社,2019:326.

[195] 哈罗德·伊尼斯.传播的偏向[M].何道宽,译.北京:中国人民大学出版社,2003.

[196] 贝尔纳·斯蒂格勒.技术与时间:2.迷失方向[M].赵和平,印螺,译.南京:译林出版社,2010.

[197] 文森特·莫斯可.数字化崇拜:迷思、权力与赛博空间[M].黄典林,译.曹进,校.北京:北京大学出版社,2010.

[198] Richard Shusterman. Pragmatisit Aesthetics: Living Beauty, Rethinking Art[M]. Oxford:Blackwell,1992.

[199] Marcel Danes. Encyclopedic Dictionary of Semiotics, Media, and Communications [M]. Toronto Buffalo London: University of Toronto Press,2000.

[200] Jonathan Bignell. Media Semiotics: An Introduction [M]. Manchester: Manchester University Press, 1997.

[201] N. Katherine Hayles. Electronic Literature: New Horizons for the Literary [M]. Notre Dame, Indiana: University of Notre Dame Press, 2008.

[202] Jean Baudrillard. Simulacra and Simulation [M]. Sheila Faria Glaser, trans. Ann Arbor: The University of Michigan Press, 1994.

[203] Avital Ronell. The Telephone Book: Technology, Schizophrenia, Electric Speech [M]. Lincoln, Nebraska: University of Nebraska Press, 1989.

[204] Dick Higgins. Horizons. The Poetics and Theory of the Intermedia [M]. Carbondale: Southern Illinois University Press, 1984.

[205] Jessica Pressman. Digital Modernism: Making It New in New Media [M]. New York: Oxford University Press, 2014.

[206] Pierre Bourdieu. In Other Words: Essays Towards a Reflexive Sociology [M]. Redwood City, California: Stanford University Press, 1990.

[207] Arnold Berleant. Sensibility and Sense: The Aesthetic Transformation of the Human World [M]. Charlottesville, Virginia: Imprint Academic, 2010.

[208] Judith T. Zeitlin, Lydia H. Liu. Writing and Materality in China: Essays in Honor of Patrich Hanan [M]. Cambridge: Harvard University Press, 2003.

[209] Elliot Gaines. Media Literacy and Semiotics [M]. New York: St. Martin's Press, 2010.

[210] Shaleph O'Neill. Interactive Media: The Semiotics of Embodied Interaction [M]. London: Springer—Verlag, 2008.

[211] Raymond Williams. Culture [M]. London: Fontana, 1981.

[212] John Higgins. Raymond Williams: Literature, Marxism and Cultural Materialism [M]. London: Routledge, 1999.

[213] Nathan Rose. The Philosophy and Politics of Aesthetic Experience: German Romanticism and Critical Theory [M]. Cham, Switzerland: Palgrave Macmillan. 2016.

[214] Walter Benjamin. Selected Writings—Volume 1: 1913—1926 [M].

Howard Eiland, Michael Jennings. Cambridge, MA: Harvard University,1966.

[215] Terry Eagleton. Culture[M]. New Haven: Yale University Press, 2016.

[216] John Hospers. Understanding the Arts[M]. New Jersey: Prentice—Hall, 1982.

[217] Walter Benjamin. The Work of Art in the Age of Its Technological Reproducibility, and Other Writings on Media[M]. Cambridge: The Belknap Press of Harvard University Press. 2008.

[218] Jaeho Kang. Walter Benjamin and The Media: The Spectacle of Modernity[M]. Cambridge: Polity Press.2014.

[219] David E. W. Fenner. Introducing Aesthetics[M]. London: Praeger Publishers. 2003.

[220] Monroe C. Beardsley. Aesthetics: Problems in the Philosophy of Criticism[M]. New York:Harcout, Brace &. World.1958.

[221] R. V. Johnson. Aestheticism[M]. London: Routledge.2018.

[222] John J. Joughin, Simon Malpas. The New Aestheticism[M]. Manchester: Manchester University Press. 2003.

[223] Pierre Bourdieu. Outline of A Theory of Practice[M]. Richard Nice, trans. New York: Cambridge University Press. 1977.

[224] W. J. T. Mitchell , Mark B. N. Hansen. Critical Terms for Media Studies[M]. Chicago: The University of Chicago Press. 2010.

[225] W. J. T. Mitchell. What Do Pictures Want? The Lives and Loves of Image[M]. Chicago: The University of Chicago Press. 2005.

[226] Rene Wellek, Austin Warren. Theory of Literature [M]. Harmondsworth:Penguin Books,1970.

[227] Ted Nelson. Literary Machines [M]. Sausalito, California: Mindful Press. 1982.

[228] George P. Landow. Hypertext 3.0:Critical Theory and New Media in an Era of Globalization[M]. Baltimore: The Johns Hopkins University Press. 2006.

[229] Felicity Colman. Film, Theory and Philosophy: The Key Thinkers [M]. Montreal: McGill—Queens University Press. 2009.

[230] Vivian Sobchack. The Address of the Eye: A Phenomenology of

Film Experience[M]. Princeton, New Jersey: Princeton University Press. 1992.

[231] Marita Sturken, Lisa Cartwright. Practices of Looking: An Introduction to Visual Culture[M]. New York, Oxford: Oxford University Press,2018.

[232] W. J. T. Mitchell. Image Science: Iconology, Visual Culture, and Media Aesthetics[M]. Chicago:University of Chicago Press, 2015.

[233] Holly Rogers. Music and Sound in Documentary Film [M]. New York:Routledge, 2015.

[234] Malin Wahlberg. Documentary Time: Film and Phenomenology[M]. London: University of Minnesota Press, 2008.

[235] Patricia Aufderheide. Documentary Film: A Very Short Introduction [M]. New York: Oxford University Press,2007.

[236] Stuart Hall, Paddy Whannel. The Popular Arts[M]. Durham: Duke University Press,2018.

[237] Richard Schechner. Performance Studies: An Introduction[M]. London: Routledge, 2002.

[238] Richard Dyer. Stars[M]. London: British Film Institute, 1979.

[239] Seymour Chatman. Coming to Terms: The Rhetoric of Narrative in Fiction and Film[M]. Ithaca: Cornell Unversity Press, 1990.

[240] Stuart Y. McDougal. Made into Movies: From Literature to Film [M]. New York: Holt, Rinehart, and Winston, 1985.

[241] Stein Haugom Olsen. The End of Literary Theory[M]. New York: Cambridge University Press, 1987.

[242] Frederic Jameson. The Political Unconscious[M]. New York:Cornel University Press, 1981.

[243] Terry Eagleton. The Event of Literature[M]. New Haven: Yale University, 2012.

[244] Gerald Mast. Film/Cinema/Movie: A Theory of Experience [M]. Chicago: University of Chicago Press,1983.

[245] Jeff Wallace. D.H. Lawrence, Science and the Posthuman[M]. New York: Palgrave Macmillan,2005.

[246] Catherine Waldby. The Visible Human Project[M]. London: Routledge,2000.

[247] N. Katherine Hayles. How We Became Posthuman [M]. Chicago: The University of Chicago Press, 1999.

[248] Rosi Braidotti. The Posthuman[M]. Cambridge: Polity Press, 2013.

[249] Laura Guillaume, Joe Hughes. Deleuze and the Body [M]. Edinburgh: Edinburgh University Press, 2011.

[250] Martha Woodmansee. The Author, Art, and the Market[M]. New York: Columbia University Press, 1994.

[251] Terry Eagleton. Culture and the Death of God [M]. New Haven: Yale University Press, 2014.

[252] Terry Eagleton. Criticism and Ideology: A Study in Marxist Literary Theory[M]. London: Verso, 1978.

[253] Warren Montag. In a Materialist Way: Selected Essays by Pierre Macherey[M]. Ted Stolze, trans. London: Verso, 1998.

[254] Pierre Macherey. A Theory of Literary Production [M]. Geoffrey Wall, trans. London: Routledge, 1978.

[255] Michele Barrett, Philip Corrigan. Ideology and Cultural Production [M]. London: Croom Helm, 1979.

[256] Pierre Bourdieu. The Field of Cultural Production: Essays on Art and Literary[M]. New York: Columbia University Press, 1993.

[257] Fredric Jameson. The Cultural Turn: Selected Writings on the Postmodern[M]. London: Verso, 1999.

[258] Goran Bolin. Value and the Media: Cultural Production and Consumption in Digital Markets[M]. Farnham: Burlington, 2011.

[259] Raymond Williams. Writing in Society[M]. London: Verso, 1985.

[260] Catherine Hall, Bill Schwarz. The Popular Arts Stuart Hall and Paddy Whannel[M]. Durham: Duke University Press, 2018.

[261] Gunther Kress. Literary in the New Media age[M]. London: Routledge, 2003.

[262] Julia Kristeva. Revolution in Poetic Language[M]. Margaret Waller, trans. New York: Columbia University Press, 1984.

[263] Jussi Parikka. What is Media Archaeology[M]. Cambridge: Polity, 2012.

二、专著中析出的文献

[1] 朱丽娅·克利斯蒂娃. 符号学：语义分析研究[M]//J.M.布洛克曼. 结构主义莫斯科－布拉格－巴黎. 李幼蒸，译. 北京：商务印书馆，1980.

[2] 戴锦华. 文化研究的理论与实践(代前言)[M]//阿兰·斯威伍德. 大众文化的神话. 冯建三，译. 北京：生活·读书·新知三联书店，2003.

[3] 斯图亚特·霍尔. 解构"大众"笔记[M]//陆扬，王毅. 大众文化研究. 上海：上海三联书店，2001.

[4] Winfried Nöth. Self—Reference in the Media：The Semiotic Framework [M]// Winfried Nöth，Nina Bishara. Self—Reference in the Media. Berlin：Mouton de Gruyter，2007：3—30.

[5] Bronwen Martin. Semiotics and the Media[M]// Robert S. Fortner ，P. Mark Fackler. The Handbook of Media and Mass Communication Theory. Malden，MA ：Wiley—Blackwell，2014：56—73.

[6] Joshua Meyrowitz. Media Theory[M]// David Crowley，David Mitchell. Communication Theory Today. Stanford：Stanford University Press，1994：50—77.

[7] Richard Shusterman. Aesthetic Experience：From Analysis to Eros [M]// Richard Shusterman，Adele Tomlin. Aesthetic Experience. New York：Routledge，2008：79—97.

[8] Dieter Daniel，Sandra Naumann. Shifting Aesthetics of Image—Sound Relations in the Interaction Between Art，Technology，and Perception [M]// Liv Hausken. Thinking Media Aesthetics ：Media Studies，Film Studies and the Arts. New York：Peter Lang GmbH，2013：217—238.

[9] Christian Huck. Misreading Shelley，Misreading Theory：Deconstruction，Media，and Materiality[M]// Martin Middeke，Christoph Reinfandt. Theory Matters：The Place of Theory in Literary and Cultural Studies Today. London：Palgrave Macmillan，2016：49—64.

[10] Michel H. Mitias. Can We Speak of "Aesthetic Experience"[M]// Michael H. Mitias. Possibility of the Aesthetic Experience. Dordrecht：Martinus Nijhoff Publishers. 1986：47—58.

[11] Arnold Berleant. Experience and Theory in Aesthetics[M]// Michael H. Mitias. Possibility of the Aesthetic Experience. Dordrecht：Martinus Nijhoff Publishers. 1986：91—106.

[12] D.N.Rodowick. A Compass in a Moving World: On Genres and Gene-alogies of Film Theory[M]// Liv Hausken. Thinking Media Aesthet-ics : Media Studies, Film Studies and the Arts. New York:Peter Lang GmbH,2013:239—260.

[13] Liv Hausken. Introduction[M]// Thinking Media Aesthetics : Media Studies, Film Studies and the Arts [M]. New York: Peter Lang GmbH,2013:29—50.

[14] Robert Ginsberg. Experiencing Aesthetically, Aesthetic Experience, and Experience in Aesthetics[M]// Michael H. Mitias. Possibility of the Aesthetic Experience. Dordrecht: Martinus Nijhoff Publishers, 1986:61—78.

[15] Espen J. Aarseth. Nonlinearity and Literary Theory [M]// Noah Wardrip—Fruin, Nick Montfort. The New Media Reader. Cam-bridge: The MIT Press, 2003:761—780.

[16] Stuart Moulthrop. You Say You Want a Revolution? Hypertext and the Laws of Media.[M]// Vincent B. Leitch.The Norton Anthology of Theory and Criticism. New York: Norton & Company, Inc., 2001: 2502—2524.

[17] Carl Plantinga. The Limits of Appropriation Subjectivist: Accounts of the Fiction/Nonfiction Film Distinction [M]// David LaRocca. The Philosophy of Documentary Film: Image, Sound, Fiction, Truth. London: Lexington Books, 2017:113—124.

[18] Phil Cohen. Subcultural Conflict and Woking—class Community [M]// Stuart Hall. Culture, Media and Language. London: Hutchin-son,2005:66—75.

[19] Andy Miah. A Critical History of Posthumanism[M]// Bert Gordijn, Ruth Chadwick. Medical Enhancement and Posthumanity. Dordrecht: Springer,2008:71—94.

[20] Ina Blom. Mediating Sociality: A Contested Question of Contempo-rary Art [M]// Liv Hausken. Thinking Media Aesthetics : Media Studies, Film Studies and the Arts. New York:Peter Lang GmbH, 2013:67—88.

三、期刊文献

[1] 尹鸿,孙俨斌.2020年中国电影产业备忘[J].电影艺术,2021(2):53—65.

[2] 高建平.论审美活动——主客二分的美与美感及其超越[J].学术研究,2021(2):143—150.

[3] 彭锋.新实用主义美学的新视野——访舒斯特曼教授[J].哲学动态,2008(1):62—66.

[4] 彭立勋.20世纪中国审美心理学建设的回顾与展望[J].中国社会科学,1999(6):74—89.

[5] 欧阳友权.网络文学的本体追问与意义体认[J].文艺理论研究,2007(1):58—62.

[6] 李健.跨媒介艺术研究的基本问题及其知识学建构[J].中国比较文学,2021(1):26—42.

[7] 周志强.问题在于"如何"改变世界——30年中国"文化研究"学科反思[J].广州大学学报:社会科学版,2019,18(5):50—58.

[8] 弗里德里希·基特勒.走向媒介本体论[J].胡菊兰,译.江西社会科学,2010(4):249—254.

[9] 冯宪光.论艺术制作[J].马克思主义美学研究,2020(1):81—94.

[10] 彭立勋.审美经验与艺术研究的统一——当代西方美学研究特点的总体审视[J].文艺研究,1989(4):177—184.

[11] 王杰.中国审美经验的理论阐释与文艺美学的发展[J].江西社会科学,2008(1):102—108.

[12] 姚文放.文艺美学走向文化美学是否可能?——三论文艺美学的学科定位[J].社会科学战线,2005(4):87—93.

[13] 谭好哲.转向现实关怀——新时期中国美学研究的一个突出特征[J].文艺争鸣,2008(9):44—47.

[14] 王德胜.审美现代性问题与21世纪中国美学研究[J].学术月刊,2002(5):6—8.

[15] 朱国华.两种审美现代性:以郁达夫与王尔德的两个文学事件为例[J].扬州大学学报(人文社会科学版),2019,21(5):5—28.

[16] 余虹.审美主义的三大类型[J].中国社会科学,2007(4):156—171.

[17] 王一川.两种审美主义变体及其互渗特征[J].社会科学,2006(5):178—185.

[18] 王元骧.文艺理论中的"文化主义"与"审美主义"[J].文艺研究,2005(4):45—51.

[19] 童庆炳.新时期文学审美特征论及其意义[J].文学评论,2006(1):64—74.

[20] 王怀义,陈娟.《红楼梦》文本的图像渊源考论[J].红楼梦学刊,2018(3):131—153.

[21] 叶嘉莹.朱彝尊之爱情词的美学特质(续)[J].四川大学学报(哲学社会科学版),1994(2):64—65.

[22] 程苏东.写钞本时代异质性文本的发现与研究[J].北京大学学报(哲学社会科学版),2016,53(2):148—157.

[23] 饶曙光.改革开放三十年与中国主流电影建构[J].文艺研究,2009(1):76—84.

[24] 王朔:一直在编自己的故事[J].电影,2014(3):64—65.

[25] 滕华涛,田卉群.《等风来》是一种多样性尝试——对话滕华涛[J].电影艺术,2014(2):101—106.

[26] 汪晖.两种新穷人及其未来——阶级政治的衰落,再形成与新穷人的尊严政治[J].开放时代,2014(6):49—70.

[27] 南帆.网络文学:庞然大物的挑战[J].东南学术,2014(6):4—13.

[28] 高建平."进步"与"终结":向死而生的艺术及其在今天的命运[J].学术月刊,2012,44(3):96—106.

[29] 赵勇.视觉文化时代文学理论何为[J].文艺研究,2010(9):14—22.

[30] 周宪.文学理论的创新问题[J].中国社会科学,2015(4):137—146.

[31] 欧阳友权.网络文学批评的困境与选择[J].中州学刊,2016(12):161—165.

[32] 赵勇.文学生产与消费活动的转型之旅——新世纪文学十年抽样分析[J].贵州社会科学,2010,241(1):63—73.

[33] 胡友峰.电子媒介时代文学的"消费"问题[J].文艺理论研究,2016(5):29—37.

[34] 沃尔夫冈·韦尔施.审美的世界体验[J].余承法,译.外国美学,2020(1):128—141.

[35] 冯宪光.中国当代文论话语体系建构的主导结构[J].中国文学批评,2016(4):67—73.

[36] J.希利斯·米勒.全球化时代文学研究还会继续存在吗?[J].文学评论,2001(1):131—139.

[37] Biao Xiang. Theory as Vision[J]. Anthropological Theory. 2016, 16 (2): 213—220.

[38] Sead Alić. Philosophy of Media-Is the Message[J]. Synthesis Philosophica, 2010, 50 (2):201—210.

[39] Peter Schaefer. Vilém Flusser's Philosophy of New Media History[J]. New Media & Society, 2011, 13(8) :1389—1395.

[40] Hrvoje Jurić. Philosophy and Media[J]. Synthesis Philosophica, 2010, 50 (2):199—200.

[41] Susan Cherniack. Book Culture and Textual Transmission in Sung China[J]. Harvard Journal of Asiatic Studies, 1994, 54(1): 5—125.

[42] George H. Mead. The Nature of Aesthetic Experience [J]. International Journal of Ethics, 1926, 36(4): 382—393.

[43] Eliseo Vivas. A Definition of the Esthetic Experience[J]. The Journal of Philosophy, 1937, 34(23): 628—634.

[44] Noel Carrel. Recent Approaches to Aesthetic Experience[J]. The Journal of Aesthetics and Art Criticism, 2012, 70(2): 165—177.

[45] Alan. H. Goldman. The Broad View of Aesthetic Experience[J]. The Journal of Aesthetics and Art Criticism, 2013, 71(4): 323—333.

[46] Richard Wolin. Aestheticism and Social Theory: The Case of Walter Benjamin's Passagenwerk [J]. Theory Culture Society, 1993 (10): 169—180.

[47] Thomas Elsaesser. The New Film History as Media Archaeology[J]. CiNéMAS. 2009, 14(2) :75—117.

[48] Theodor W. Adorno. Transparencies on Film [J]. New German Critique, 1981(24):199—205.

[49] Richard W. Allen. The Aesthetic Experience of Modernity: Benjamin, Adorno, and Contemporary Film Theory[J]. New German Critique, 1987(40):225—240.

[50] Christopher Braider. The Frame of Art: Fictions of Aesthetic Experience[J]. Comparative Literature, 2007, 59(2):183—189.

[51] Stuart Moulthrop. Traveling in the Breakdown Lane: A Principle of Resistance for Hypertext[J]. Mosaic: A Journal for the Interdisciplinary Study of Literature, 1995, 28(4):55—77.

[52] Doris Ruth Eikhof, Axel Haunschild. For Art's Sake! Artistic and Eco-

nomiclogics in Creative Production［J］. Journal of Organizational Be-
havior,2007,28(5)：523－538.

［53］Bart Simon. Introduction：Toward a Critique of Posthuman Futures
［J］. Cultural Critique,2003(53):1－9.

［54］N. Katherine Hayles. Narrating Consciousness：Language，Media and
Embodiment［J］. History of the Human Sciences, 2010,23(3):131－
148.

［55］N. Katherine Hayles. Afterword：The Human in the Posthuman［J］.
Cultural Critique, 2003,(53):134－137.

［56］N. Katherine Hayles. Intermediation：The Pursuit of a Vision［J］. New
Literary History, 2007,38(1)：99－125.

［57］William G. Roy. Aesthetic Identity, Race and American Folk Music
［J］. Qualitative Sociology,2002,25(3) :459－469.

四、报纸文献

［1］李霆钧.《露水红颜》导演高希希：细节是电影的生命［N］. 中国电影
报,2014－11－05(10).

［2］杨莉,张杰.作家"客串"当编剧一集最高可拿30万［N］. 华西都市报,
2012－03－29(17).

［3］申报社.本馆条例［N］. 申报(创刊号),1872.

［4］小说林社.募集小说［N］. 小说林(创刊号),1907.

［5］廖小珊.网络小说改编影视:前途光明路漫漫［N］. 中国新闻出版报,
2010－10－21(06).

［6］魏沛娜.付费＋免费　阅读新生态［N］. 深圳商报,2021－09－06
(A08).

五、电子文献

［1］2022中国网络文学发展研究报告［EB/OL］.(2023－04－12)[2023－10－
12].http://mp.pdnews.cn/Pc/ArtInfoApi/article? id=35022532.

［2］网络作家富豪榜［N/OL］.华西都市报,(2015－11－26)[2016－02－19].
http://baike.baidu.com/link? url=FvCbOtixzEBUzPqFfEsl6hiQ5gw
ZC0lI9m5CcOByGnND7F3IO4o7EMr6mjtvh_alF5GNvp2JK8hnfxC_Qnj
90a.

［3］梁晓声,王雪瑛.对话梁晓声:《人世间》的创作心路与观剧体验［N/OL］.

文汇报,(2022−02−22)[2022−03−02].http://wenhui.whb.cn/zhu-zhanapp/xinwen/20220222/450904.html? timestamp＝1645517337685.

[4]任晓宁.转型编剧,网络作家的另一条路?[N/OL].中国新闻出版报,(2013−05−10)[2015−12−15]. http://www. dajianet. com/news/2013/0510/199506.shtml.

[5]吴文辉:阅文缔造全民阅读未来生态圈[N/OL].齐鲁晚报,(2015−07−16)[2016−01−01].http://news. sina. com. cn/o/2015−07−16/181432115384.shtml.

[6]阅文集团2020年财报:营收85.3亿元,月活用户2.3亿[N/OL].经济日报,(2021−03−23)[2016−01−01]. http://m. haiwainet. cn/middle/3541083/2021/0323/content_32032165_1.html.

[7]唐家三少:网络文学无法取代严肃文学的意义[N/OL].京华时报,(2015−12−24)[2016−01−06]. http://www. chinawriter. com. cn/news/2015/2015−12−24/261564.html.

[8]网络文学渐成三足鼎立之势[N/OL].中国新闻出版广电报,(2015−09−21)[2016−01−06]. http://www. cac. gov. cn/2015−09/21/c_1116621512.htm.

[9]2021年中国电影票房472.58亿[N/OL].北京商报,(2022−01−01)[2022−01−08].https://baijiahao.baidu.com/s? id=1720719624157178843&wfr=spider&for=pc.

[10]阙政.冯氏电影二十年[N/OL].新民周刊,(2014−01−22)[2015−12−09]. http://xmzk.xinminweekly.com.cn/News/Content/3252.

[11]王德威.我们对于文学史应该做一个重新的反省[J/OL].新京报书评周刊,(2017−06−21)[2021−12−28]. https://mp. weixin. qq.com/s/Cs26LEvhqLEXCsmWp8−sfA.

[12]《2020年度中国网络文学发展报告》:中国网络文学用户已达4.67亿[EB/OL].(2021−03−17)[2021−12−12]. https://baijiahao.baidu.com/s? id=16944782542753318727&wfr=spider&for=pc.

[13]陈晨,张瑜.《掬水月在手》:如诗影像记录"最后一位女先生"传奇一生[EB/OL]. (2020−10−11)[2021−03−16]. https://www.thepa-per.cn/newsDetail_forward_9517129.

[14]《掬水月在手》导演十问:我想用空镜抵达诗的本质[EB/OL].(2020−10−28)[2021−03−16]. https://mp. weixin. qq. com/s/UH4Z17PaZ6MRfyOaJva−8g.

[15] 新穷人是网络文学的最大市场[EB/OL]. (2015－10－13)[2016－02－16].http://cul.sohu.com/20151013/n423095139.shtml.

[16] 近年来我国网络文艺呈现繁荣发展态势 精品力作迭出[EB/OL].2021－12－05[2021－10－11].https://baijiahao.baidu.com/s?id=1718267095938372410&wfr=spider&for=p.

[17] 鲍文娟.严歌苓谈创作:看似魔幻却是采访所得[N//OL].广州日报,(2014－07－22)[2016－02－18].http://www.chinanews.com/cul/2014/07－22/6411415.shtml.

[18] 严歌苓.高压下对温情的呼唤[EB/OL].新浪读书[2016－02－18].http://book.sina.com.cn/z/yangeling/.

[19] 耳根.我欲封天·公告[EB/OL].(2014－03－30)[2016－01－16].http://read.qidian.com/BookReader/ee4DY6KJrWc1,KZvBWCMwknEex0RJOkJclQ2.aspx.

[20] 耳根.我欲封天·等你加入!![EB/OL].(2015－05－13)[2016－01－16]. http://vipreader. qidian. com/BookReader/vip, 3106580, 53638337.aspx.

[21] 耳根.献给左右兄弟姐妹:《我欲封天》年度总结[EB/OL].(2015－02－17)[2016－01－16].http://vipreader. qidian. com/BookReader/vip,3106580,80518223.aspx.

[22] 耳根.求4月保底月票![EB/OL].(2015－04－01)[2016－01－16].http://vipreader. qidian. com/BookReader/vip, 3106580, 81952385.aspx.

[23] 天蚕土豆.斗破苍穹第二十四章一切待续[EB/OL].(2009－04－26)[2016－01－16]. http://read. qidian. com/BookReader/2R9G_ziBVg41,b7DODiYkkY8ex0RJOkJclQ2.aspx.

[24] 天蚕土豆.斗破苍穹第九十五章眼光挺差[EB/OL].(2009－05－31)[2016－01－16]. http://read. qidian. com/BookReader/2R9G_ziBVg41,dBHJYlixU5oex0RJOkJclQ2.aspx.

[25] 网络作家天蚕土豆:写出更多具有正能量的作品[EB/OL].(2014－12－17)[2016－02－20]. http://scnews. newssc. org/system/20141227/000523741.html.

[26] 解密网络写手收入之谜 唐家三少三年收入过亿[EB/OL].2015－11－24[2016－02－18]. http://mt.sohu.com/20151018/n423508584.shtml.

[27] 起点作者注册协议[EB/OL].(2015－11－26)[2016－02－19]. http://me.qidian.com/author/RegisterAuthor.aspx.

[28] 腾讯文学盛大文学合并[N/OL].京华时报,(2015－01－28)[2015－11－26]. http://news.xinhuanet.com/tech/2015/01/28/c_127429195.htm.

[29] 网络文学作家指数[EB/OL].(2022－02－10)[2022－02－10]. https://write.qq.com/portal/toprank.

[30] 唐家三少:要把中国通俗文学作品带上世界舞台[EB/OL].(2014－03－03)[2016－02－19].http://book.sohu.com/20140303/n395948585_4.shtml.

[31] 艾伟当选新一届浙江省作协主席,麦家卸任[EB/OL].(2018－10－25)[2020.06－08]. https://www.thepaper.cn/newsDetail_forward_2564090.

[32] 余华果断捍卫新作最能代表我全部风格的小说[EB/OL].(2013－07－04)[2015－09－16].http://cul.qq.com/a/20130704/010449.htm.

[33] 第34届香港电影金像奖颁奖典礼·金马奖最佳摄影颁奖词[EB/OL].(2013－11－23)[2015－12－03]. http://ent.sina.com.cn/m/c/2013－11－23/21024048456.shtml.

[34] 可惜《聂隐娘》不是文创? 侯孝贤七年淬炼之作延烧岛内"文创"话题[EB/OL].(2015－05－31)[2015－12－06]. http://news.xinhuanet.com/tw/2015/05/31/c_127861374.htm.

[35]《聂隐娘》15天票房6000万 侯孝贤:那些看不懂的其实是孤独[EB/OL].(2015－09－10)[2015－12－07].http://sichuan.scol.com.cn/ggxw/201509/54010907.html.

[36] 电视剧《白鹿原》编剧申捷:陈忠实先生嘱咐要把"朱先生"改得接地气[EB/OL].(2017－05－24)[2015－12－09].https://www.sohu.com/a/143227791_257537.

[37] 孙宜学.我为什么要当老师[N/OL].中华读书报,(2000－11－29)[2015－12－20]. https://www.gmw.cn/01ds/2000－11/29/GB/2000％5E328％5E0％5EDS919.htm.

[38] 罗昕.《开端》原著作者:好好地讲述普通人拯救世界的故事[EB/OL].(2022－01－27)[2022－02－28]. https://www.thepaper.cn/newsDetail_forward_16463600.

[39] "汤圆创作"CEO周玮:网络文学本身应该免费[EB/OL].(2015－11－04)[2016－01－06].http://www.chinanews.com/cul/2015/11－

04/7606314.shtml.

[40] 三江小阵. 网络原创文学写作指南[EB/OL]. [2016-01-06]. http://wwwploy.qidian.com/ploy/20130521/default.aspx.

[41] 徐峥:人间喜剧[EB/OL].(2013-02-15)[2016-01-17]. http://ent.ifeng.com/fcd/special/xuzheng/.

[42]《2020中国网络文学发展报告》在京发布:国内市场规模已达近250亿元[EB/OL]. (2021-10-09)[2021-12-20].https://www.cqcb.com/entertainment/2021-10-09/4507446_pc.html.

[43] 西班牙《国家报》最新专访哈贝马斯[EB/OL].(2018-07-06)[2021-12-28]. https://m.gmw.cn/baijia/2018-07/06/29702471.html.

后　记

　　写完书稿，我并没有感到欣喜若狂或者殚精竭虑，毕竟，这本书的写作已经持续了那么久。2014年我进入复旦大学中文系开始博士后工作，书稿始于那时。记得开题、中期考核到出站的每个环节，会议室的圆桌总是围坐十几位教授，他们逐一对申请人的工作进行评点。如今我依然很感谢先生们对当时的博士后报告提出宝贵意见。

　　新媒介文学研究取得了较好进展，国内学者作出诸多开拓。单小曦、黎杨全对"新媒介文艺"的探索，欧阳友权对网络文学的开创性研究，给我很多启示。媒介学研究也是如火如荼，多种译作、著作不断出版。本书所说的"新媒介文学"是相对广义的文学，将文学的语言从文字拓展为文字、影像等多重符号。本书采取了"新媒介文学"而不是"新媒介文艺"的提法。随着新媒介发展，网络文学、影视艺术日益兴盛，以文字为语言基础的文学不能囊括诸种视觉形象，"新媒介文艺"之"文艺"对"文学"的置换符合新的现实，却昭示出文学危机。本书采用"文学"而不是"文艺"，希望立足文学来思考文艺现状。"新媒介文学"强调了对文学本体的关注。我期待以此打开文学研究的广阔空间，也愿意接受对此的质询与批评。

　　审美经验可以分为文本形态、创作经验和接受经验三个维度，我从书写—印刷文学、影视文学、网络文学三种类别逐一阐述新媒介文学的审美经验，希望一方面梳理新媒介文学的诸种形态，另一方面呈现新旧交替时文学审美经验的特性，最终达到现实与逻辑的统一。值得注意的是，新媒介文学的各种形态之间产生有趣的互文关系，比如印刷小说、网络小说与影视文本相互改编，蕴含在改编中的是文学因子的迁移。文学理论与文论话语的更新来自文学现实的变迁，将文学、审美与文论相互融合。这是本书的理想目标，虽不能至，心之所向。

　　在修改书稿的几年里，我发现一度引用过的文献不断译成中文出版，比如威廉·弗卢塞尔的《摄影的哲学思考》、阿多诺的《电影的透明性》、王尔德的《王尔德文选：镜子、谎言与瞬间》、列夫·马诺维奇的《新媒体的语言》、玛丽－劳尔·瑞安的《跨媒介叙事》、托马斯·埃尔萨瑟的《作为媒介考古学的新电影史》。学术车轮飞速旋转，不曾停歇。

感谢博士后合作导师陆扬教授。每次在复旦的答辩令人忐忑，陆老师请我们吃的大餐却如此治愈。感谢我的博士导师冯宪光教授。多年来冯老师持续教导我、鼓励我，让我如沐春风，尤为感恩。感谢朱立元、陈引驰、陈思和、杨乃乔等老师在答辩环节给出指导意见。本书得到国家社会科学基金资助，感谢专家在结项环节给出宝贵的评审意见。

书中部分内容已在《文学评论》《文艺理论研究》《文艺争鸣》《现代传播》《外国文学》《当代文坛》《中州学刊》《厦门大学学报》《马克思主义美学研究》《文学与文化》《中国社会科学报》等学术期刊发表，感谢期刊录用与编辑润色。

感谢南开大学可敬可爱的师友学生。大部分时间我在范孙楼修改书稿，楼下就是穆旦花园，镌刻于此的《春》以无声的文字纪念这位现代诗人，也以跃动的文字诉说青春活力。年与时驰，意与日去，若成枯落，将复何及。读到过穆旦的一首诗，名为《理想》：

> 没有理想的人像是草木，
> 在春天生发，到秋日枯黄，
> 对于生活它做不出总结，
> 面对绝望它提不出希望。
> …………
>
> 理想虽未褪色，年轮却日渐清晰。
> 就让一缕春天的芬芳，点缀平凡的岁月。
> 并让一个学术的理想，照亮思想的旅程。

周才庶
2022年4月